史蒂芬金選

Stephen King

STEPHEN KING 黃意然｜譯

史蒂芬·金

鬼店

The Shining

【導讀】
完美的失控
——《鬼店》的小說與電影

【影評人．台北金馬影展執行委員會執行長】聞天祥

史蒂芬．金（Stephen King）不僅是暢銷（這點無庸置疑）且重要（就讓「嚴肅」與「通俗」文學陣營繼續爭執）的小說家，對電影的影響力也不容小覷。處女作《魔女嘉莉》（Carrie）一九七四年出版，一九七六年被布萊恩．狄帕瑪（Brian De Palma）搬上大銀幕，不僅飾演嘉莉的西西．史派克（Sissy Spacek）和她母親的琵琶．蘿莉（Piper Laurie）聯袂入圍奧斯卡最佳女主角、女配角（就恐怖片而言實在難得），光是美國戲院和錄影帶的收益就是拍攝成本的二十七倍，讓史蒂芬．金的小說更加洛陽紙貴，成為影視界爭相搶購版權的對象。

之後，《撒冷地》（Salem's Lot）在一九七九年改編為電視迷你影集（二〇〇四年又再重拍）。而他於一九七七年寫就的《鬼店》（The Shining）則是第二部改編為電影的小說，一九八〇年五月首映，而導演可是赫赫有名的史丹利．庫柏力克（Stanley Kubrick）。

史丹利．庫柏力克是影史最具啟發性的大師之一。手法出眾、技巧卓越，遊走於不同類型卻又直指人心的能耐，讓他成為極少數能教好萊塢片廠甘心掏出銀兩又尊重其個人風格的異數。他的科幻鉅片「二〇〇一太空漫遊」（2001: A Space Odyssey,1968）至今仍高踞影史十大影片之列；「奇愛博士」（Dr. Strangelove or: How I Learned to Stop Worrying and Love the Bomb,1964）

被美國電影協會（AFI）選為百大喜劇第三名；「發條橘子」（A Clockwork Orange,1971）則在百大科幻片排名第四；「金甲部隊」（Full Metal Jacket,1987）被英國電影台第四頻道（Channel 4）選為影史最佳戰爭片第五名；就連引發不少情色話題的遺作「大開眼戒」（Eye Wide Shut,1999）都被奧斯卡最佳導演馬丁・史柯西斯（Martin Scorsese）選為九〇年代十大影片第四名（插播一下：吳念真的電影處女作「多桑」第三，田壯壯早在一九八六年完成的「盜馬賊」則是榜首）。如果電影導演也有田徑、體操那種全能競賽的話，大概沒人是他的對手。所以《鬼店》怎麼可能難得倒他？

然而事實是：不但史蒂芬・金不滿意史丹利・庫柏力克的詮釋；甚至慘遭惡名昭彰的金酸莓獎提名年度最「爛」導演！

史蒂芬・金說庫柏力克「想得太多，感受太少」（thinks too much and feels too little）。更直白一點，就是不忠於原著。

《鬼店》描述潦倒作家傑克・托倫斯好不容易獲得一份新工作，負責看管一間在冬季關閉的豪華度假飯店。他帶著妻兒前往，希望這份新工作除了解決經濟困境，也能讓他安心寫作，甚至修補一度破裂的家庭關係。他的五歲兒子丹尼具有一種稱之為「閃靈」的天賦能力，能和「同類」遙感對話卻不必動口，特異的體質則可感應到環境的異常，甚至瞥見過去和未來的部分跡象。當大雪覆蓋整個山區，一家三口與世隔絕後，飯店開始作怪。當年管理員殺害全家而後自殺的陰影，以及電梯、房間的異象，讓逐步陷入瘋狂的傑克，成了追殺妻兒的惡魔。

在史蒂芬・金的小說裡，鉅細靡遺地描述了這座飯店神秘而不光彩的轉手歷史；庫柏力克反而意有所指強調飯店是蓋在原住民的墳場上，並把鬧鬼的房間從二一七改為二三七房（還有一些蛛絲馬跡讓影迷開始玩起連連看的遊戲）。關於傑克在父親家暴之下長大的童年，不順利的教學生涯與先盛後衰的寫作志趣，以及讓他決心戒酒的一次意外，在庫柏力克的電影版裡都付之闕如。遑論他在地下室發現關於飯店的剪貼簿，勾引起他到圖書館查閱新聞檔案，作家的神經被黑暗的內幕勾得亢奮起來，進而被飯店這座更大的惡靈所控制的過程，也不在庫柏力克的劇情裡。他沒採納史蒂芬．金的改編意見，反而找了另一位小說家黛安．強生（Diane Johnson）來合編劇本，於是傑克的妻子不再是個活在強悍母親陰影下、嫉妒自己兒子跟丈夫太好的女人，而獲得更多的同情。至於那些活跳起來會攻擊人的植物綠雕，也在特效不見得能表現好的考量下而被捨棄。當然，更極端的是庫柏力克完全顛覆了結局的寫法，趕來救援的黑人廚師慘死斧下，主角也沒有與邪靈同歸於盡的救贖可能。史蒂芬．金寫了部恐怖小說，庫柏力克則將它打落到無間地獄。

其實不難想像史蒂芬．金的沮喪或不滿。許多資料都顯示他把自己曾受的酗酒之苦，轉為傑克的角色弱點，庫柏力克卻無視於這番掙扎。而無論是創作的折磨、痛苦和自我懷疑，或是一個父親、丈夫面對責任的壓力，就作家而言都是不可或缺的要素，遑論最後的自我犧牲所帶來的昇華和洗滌。偏偏庫柏力克認為人的錯誤像推骨牌一樣，是無法抑扼地一個接一個倒下，直到最後超越個體所能控制的結果出籠。人，何其渺小。

史蒂芬．金還不算最憤怒的。《發條橘子》的作者安東尼．伯吉斯（Anthony Burgess）就曾大罵：「我的後半生有大量時間都在複印創作意圖以及意圖落空的聲明，而庫柏力克和紐約出版商卻厚顏地享受肆意歪曲所帶來的回報。」因為電影「發條橘子」以及紐約版小說都捨掉原著最終章。諷刺的是，很多人不但因為電影才回頭看小說，還不禁讚嘆電影青出於藍。那麼《鬼店》呢？

「鬼店」電影上映時，其實招來很多負面評價，但票房頗佳，讓電影公司賺了不少錢。但就像庫柏力克其他電影一樣，隨後評價卻越來越好。「鬼店」在二〇一〇年被「第四頻道」推選為影史恐怖片之最，也名列美國電影協會百大恐怖片，男主角傑克．尼柯遜（Jack Nicholson）則是影史排名第二十五的經典壞蛋，就連他一面狂砍浴室門一面嘻皮笑臉說的台詞：「Here's Jonny！」也被選為影史百大金句之一。究竟是什麼道理？

就像你很難用傳統武俠片的標準去衡量王家衛的「東邪西毒」，電影版「鬼店」也是部破格之作。從開場空拍鏡頭就已經透露些許端倪，在山徑疾行的汽車，宛如被上帝之手移動的模型玩具；令人聯想到後來，傑克明明望著桌上的迷宮模型，卻彷彿親眼看到妻兒正在裡面玩耍。真實與幻覺、主體與客體，成了交錯混淆的互比。庫柏力克所作所為，不正發揚光大故事裡男孩寫的「REDRUM」終於在鏡子裡現形為「MURDER」的隱喻嗎？

再者，透過卓越精巧的技術，例如燈光，他塑造出冬季高緯度的光線變化，當它照入偌大的旅館時，讓人感覺到寧靜中隱匿著不寒而慄的真相。時而亦步亦趨緊跟角色，時而跳換成主觀視野的穩定攝影系統，除了提高了空間的神秘與心理的恐懼感，其複雜華麗的運動方式，也早已被視為完美的攝影範本。庫柏力克不按理出牌的音樂運用，再度一新我們耳目外，小男孩騎著三輪車在走廊晃蕩，車輪壓過地板到地毯的聲音差異，竟能教人毛骨悚然，更是高招。亦即庫柏力克不過摭拾了原著的梗概與部分情節，卻極力發揮所有電影元素的能耐。

史蒂芬．史匹柏（Steven Spielberg）說他第一次看電影「鬼店」時，並不很喜歡，之後卻像上癮一樣，看了二十五遍。它也是少數讓我看不膩的電影之一。有太多的影像，如綠色的浴室、紅色的洗手間，甚至閃著霧光的靄靄白雪，都美得怪異；讓人擔心它們是否會像片中三點全露的出浴美女突然化為滿身瘡痍的老嫗腐屍。果然，平靜的電梯也能湧出怒濤般的血漿；模仿黛安．艾伯絲（Diane Arbus）攝影作品的雙胞胎女孩，神出鬼沒外，還壓抑著恐怖。看不穿與說不破的結局，則讓它永遠保持謎樣魅力。而這些，都跟小說無關。但如果你想看的是好故事，還是讀小說吧！

史蒂芬·金在一九九七年主導了長達二百七十三分鐘的電視迷你影集版的「史蒂芬·金之鬼店」，不僅擔任編劇、監製，還充當助導兼劇照師。他知道撼不倒庫柏力克電影版的經典地位了（就連當年「好時年」出版的原著，現在改由「皇冠」取得版權重譯印行，中文書名也從《幽光》改爲因電影而通用的《鬼店》），但至少得讓觀眾知道他希望的影音詮釋是怎麼模樣的。

文學／電影的愛恨情愁，本來就無法成為歷史定位的依據。一經改編，就是新的創作。忠實與否，「道德」問題終究多過「藝術」問題。至於金酸莓獎簡直不識貨的褻瀆行徑，就一笑置之吧！

他們都為大師喝采！

歡迎光臨全景飯店。這裡位於科羅拉多州的落磯山頂，總共有一百一十間客房，還有一座短柄槌球場、綠雕花園，以及大得會讓人迷路的廚房。每年的十一月到四月，飯店將被狂風暴雪所籠罩，完全與世隔絕，進不去也出不來，絕不會有人來煩你。有酒精中毒、家暴傾向的男人，最適合帶妻子與小孩一起來。如果你剛好有一本小說打算在這裡完成更好。只要在這裡住上一陣子，你的腦袋就會出現精神分裂般的自言自語，別緊張，這俗稱幽閉恐懼症，不是什麼大問題。不必久等，你就會受邀參加舞會，徹夜狂歡，笙歌達旦，包你流連忘返，忘掉一切煩惱，「永遠」都不想離開。

——【恐怖、推理名作家】既晴

這是史蒂芬・金的第三部作品，但是是我接觸他的第一部作品，猶記得初中一在學校圖書館借來看後，立刻飢渴地想讀遍他的每一部作品。我從他的作品中學習到兩件事：史蒂芬．金筆下的恐懼不是庸俗地去描寫血淋淋的噁心場面，而是直接把人心底最深的懼意給掏出來，他製造最爲身歷其境的寒顫，教讀者在閱讀時跟書中角色一起戰慄。但是一本小說不應該只是寫恐怖，那未免太無聊了，他對細節的描寫也頗具功力，讓大家在被他嚇壞之前，先對故事背景有個全景圖般的認識，因此當我們在讀畢後回想起種種恐怖的片段時，也會同時憶起整個恐怖事件周圍的畫面。過去的譯本似乎有所刪節，少了許多細節，希望這次能讀到一字不漏的全譯本！

——【名作家】張草

《鬼店》是恐怖小說的經典之一，如果你以爲這只是一本把你的心口吊在半空中的懸疑緊張之作，偶爾小小嚇你一下，不會鬧出人命的，那就錯了。這本書的驚嚇非常直接，史蒂芬．金下手毫不客氣，恐怖到心臟都會跳出來。你要看嗎？我已經替你捏把冷汗了……

——【中央社副社長兼總編輯】張慧英

斧頭使勁劈出房門上裂縫，上一世紀所有的恐怖都具象成爲門後傑克．尼克遜猛然探出的那張臉。若問有什麼足以媲美電影「鬼店」裡這一幕，那必然是小說《鬼店》，如果傑克．尼克遜的視線是侵略性的，從電影銀幕裡朝外瞪視整個世界，「恐懼也正在凝望著你」。那小說帶來的恐怖則是，「原來我已經在裡面了」，無論是飯店大廳、拉門電梯、鋪絨地毯還是天花板導管，正因爲是無比日常的空間描述，才讓人放心深入，和電影走向略有差異的甬道，最後卻同樣迷失在那令人燥狂的白色世界中。如今，我們等到這本小說，像小說裡對飯店的命名，「全景」，我們終於擁有關於「恐怖」的全景圖。

——【名作家】陳柏青

電梯門開啓，鮮血如同巨浪般狂湧而出；酷寒雪夜中，父親拿著斧頭在迷宮裡追尋兒子的小小足跡；這是屬於電影導演史丹利·庫柏力克的「鬼店」。坐在打字機前，對自己寫下的作品逐漸失去信心；面對家人時，愧咎感及對酒精的渴望始終不斷來回拉鋸；這是屬於史蒂芬·金的《鬼店》。如果庫柏力克帶來的，是一則主角不見掙扎、故事幾無救贖可言的黑暗寓言，那麼金的小說，則是一道作家在無意識間暴露自己深陷酒癮泥淖，努力藉由故事說服全世界，自己並非無藥可救的求救訊息。於是，就算金曾對庫柏力克的電影版不假修飾地表達過厭惡之情，但兩者眞正且最大的分別，其實可能在於——說故事的人是站在故事外頭，或是親身活在故事裡面。

——【文字工作者】劉韋廷

史蒂芬·金在《鬼店》對精神恐懼與幽閉恐懼的描寫無人能出其右，在他筆下呈現出的人性與畫面是如此鮮明生動。無論你是否曾讀過這位當代恐怖大師的作品，《鬼店》這部被ＡＦＩ選爲百年百大驚悚電影的精采原著，絕對不容錯過！

——【恐怖小說名作家】**鍾靈**

當我翻開書頁，跟隨傑克一家人踏入全景飯店（The Overlook Hotel）的同時，便深陷其中無法自拔，這個具有史詩般駭人履歷的房子，俯瞰並監視（overlook）著居住者的一舉一動，揪扯他們（以及我，讀者）的心。與之對抗的，唯有小丹尼靈光一閃（Shining）的能力……

表面上，讀者在《鬼店》看到的是一個個的恐怖元素（鬧鬼的飯店、發狂的爸爸與具有高超感知能力的小孩），但在史蒂芬·金針對一家三口一一剖析其內心世界，呈現其無助、徬徨與悲哀的運筆之下，這些元素的力道更爲椎心刺骨，構成一幕幕的人間悲劇，耀眼（shining）而懾人。

——【「島田莊司推理小說獎」首獎作家】**寵物先生**

本書獻給持續發光發亮的喬・希爾・金。

這本書的編輯與前兩本同樣都是威廉・G・湯姆森，
他是一位富有智慧、眼光獨到的人。
他對本書的貢獻卓著，爲此，我萬分感謝。

——史蒂芬・金

有好幾間世上最美的度假飯店位在科羅拉多州，
但本作品中的飯店並非根據其中任何一間。
全景飯店及其相關人士僅存在作者的想像空間中。

同時，在這個房間裡，豎立著……一座巨大的黑檀木時鐘。鐘擺來回擺動，發出滯悶、沉重、單調的鏗鏘聲。當……整點敲鐘的時刻來臨，巨鐘的黃銅內腔傳來清楚、響亮、低沉，極其悅耳的聲響，但其音調與重音卻又十分古怪，於是每隔一小時，樂團的樂師便不得不暫停……仔細傾聽那聲音；因此跳華爾滋的舞者不得已只好停止旋轉；所有歡快的來賓也突然侷促不安起來；當報時的鐘聲仍在敲的時候，可觀察到最輕率的人臉色逐漸發白，較年長及沉穩的人則伸手撫額，彷彿在困惑地沉思或冥想。但是當回音完全靜止，輕鬆的笑聲又立刻遍佈人群之中……「他們」彷彿在嘲笑自己神經過敏……並且互相低聲起誓，下次鐘響時不該再如此驚慌失措；然而，過了六十分鐘後……時鐘再度響起，慌亂、緊張與冥想照樣又重現。

但即使如此，整場化妝舞會依然是場奢華狂歡的盛宴……

——《紅死病的面具》，艾德格·愛倫·坡著

理性沉睡，怪物生焉。

——哥雅

時機到了，該閃耀的總會閃耀。

——俗語

contents

PART ONE
序幕

PART TWO
休館前一日

PART THREE
黃蜂窩

PART FOUR
受困雪中

PART FIVE
攸關生死

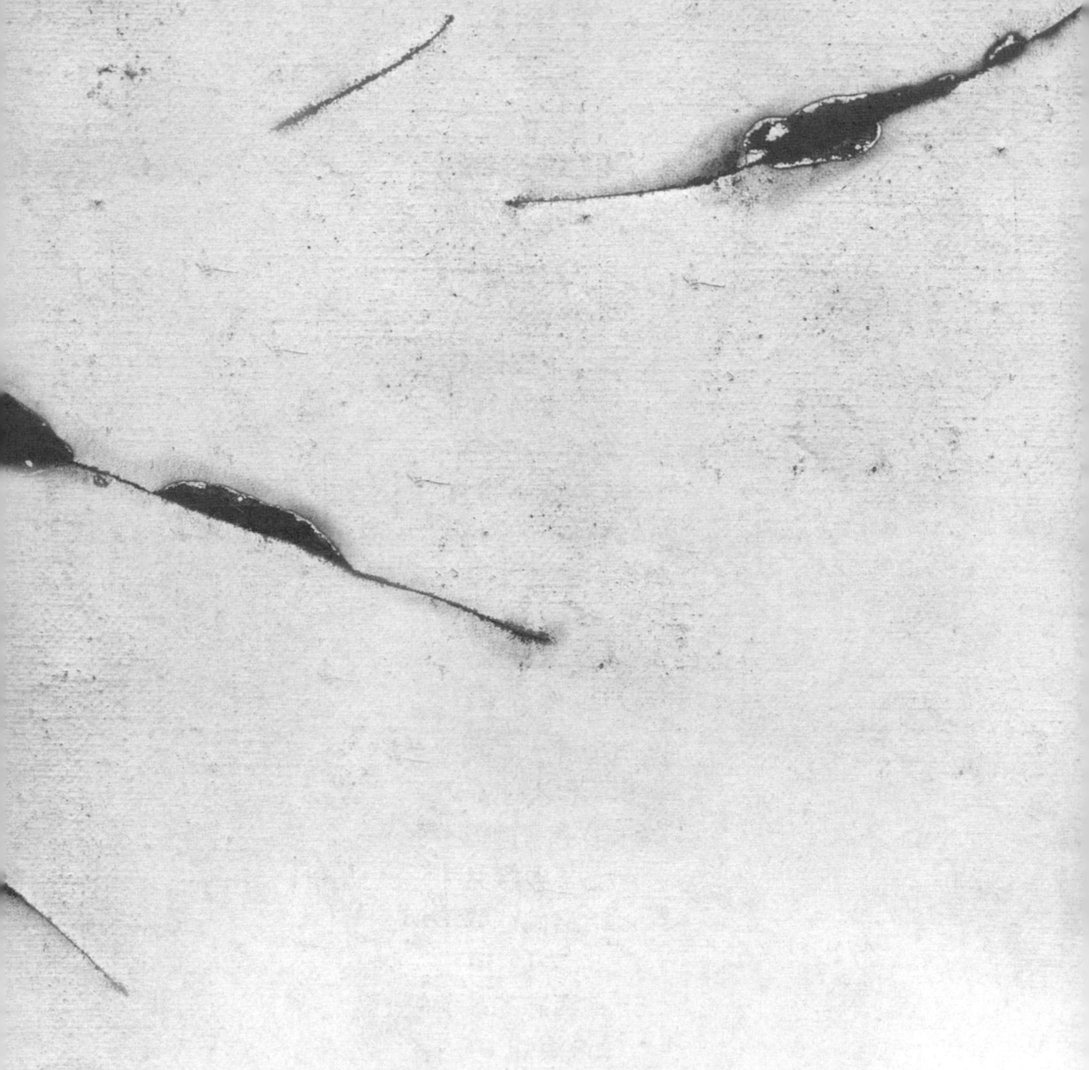

PART ONE
序幕

1. 面試

傑克·托倫斯心想：囉哩叭唆的麻煩矮子。

歐曼身高五呎五吋，行動的時候總是迅速又帶點神經質，那似乎是所有矮胖男人專屬的特色。頭髮的分線清楚分明，深色的西裝樸素卻讓人感覺安心。那西裝對付錢的顧客說，我是可以傾聽你的問題的人；對雇用的幫手則說得較為簡單不客氣：你，這招最好管用。西裝的翻領上別著紅色的康乃馨，或許是避免街上的人誤以為司圖爾特·歐曼是當地的喪葬業者。

傑克聆聽歐曼說話時，他自己承認在這種情況下，不管誰坐在桌子的另一側，他大概都不可能喜歡。

歐曼剛問了一個問題他沒有聽清楚。這不大妙；歐曼是會將此類過失歸檔入內心的旋轉式名片架，留待以後考量的那種人。

「抱歉？」

「我剛剛問，你太太是否充分瞭解你要在這裡承接什麼樣的工作。另外當然，還有你的兒子——」他低頭看著擺在面前的求職函。「丹尼爾。你太太一點也沒有被這主意給嚇壞了？」

「溫蒂是個很特別的女人。」

「你兒子也很特別嗎？」

傑克笑了，大大咧開嘴的公關笑容。「我們希望如此，我想。以一個五歲的孩子來說，他相當地獨立自主。」

歐曼沒有回以笑容。他將傑克的求職函迅速收回檔案夾，再把檔案夾放入抽屜。桌面上現在完全清空，只剩下一張桌墊、一具電話、一盞強光檯燈，及一個收／發籃。收／發兩邊也都是空的。

歐曼站起身，走到角落的檔案櫃。「托倫斯先生，如果你願意的話，繞到桌子這邊來。我們來看一下飯店的平面圖。」

他拿回五大張紙，放到光滑平坦的胡桃木桌面上。傑克與他並肩而立，清楚地意識到歐曼的古龍水香味。*我的男人要不抹英倫皮革香水，要不就一絲不掛。*這句話毫無來由地浮現在他的腦海中，他不得不將舌頭緊緊夾在齒間，以免爆笑出聲。牆外，隱隱約約地，傳來全景飯店廚房的聲響，午餐過後聲量逐漸降低。

「最頂層——」歐曼精神奕奕地說：「閣樓，現在那裡除了古董雜物外什麼也沒有。『全景』從第二次世界大戰以來換人經營了很多次，似乎每個接任的經理都把自己不要的東西全往上堆到閣樓裡。我要在那裡面到處散佈些捕鼠器和毒藥。有些負責三樓的清潔女服務生聲稱，她們聽到窸窸窣窣的聲音。我不相信，一點也不信，不過絕對不能有百分之一的機會讓一隻老鼠住進全景飯店。」

傑克雖然懷疑世界上每間飯店多少都有一、兩隻老鼠，但仍保持沉默。

「當然不管發生任何情況，你都不會允許你兒子上去閣樓吧！」

「不會。」傑克說，再次亮出大大的公關笑容。真是羞辱人。這囉哩叭唆的麻煩矮子真認為他會允許兒子在擺了捕鼠器的閣樓裡玩耍嗎？那裡可堆滿了廢棄的家具，天知道還有別的什麼？

歐曼迅速拿開閣樓的平面圖，放到那一疊紙張的最底層。

「全景飯店有一百一十間客房，」他用一副學者的口吻說：「其中三十間，全部是套房，就位在三樓；十間在西側（包括總統套房），十間在中央，另外十間在東側。全部的房間都擁有壯觀的視野。」

你可不可以至少省掉這套推銷辭令？

但他保持沉默。他需要這份工作。

歐曼將三樓的平面圖再放到底下，他們繼續研究二樓。

「四十間房，」歐曼說：「三十間雙人房，十間單人房。一樓則各二十間。另外每一層樓有三間收放床單、毛巾的亞麻布織品儲藏櫃，還有一間儲藏室，二樓是在飯店的最東邊，一樓則是在最西邊。有問題嗎？」

傑克搖搖頭。歐曼迅速將二樓和一樓的平面圖挪開。

「好啦，大廳層。中央是登記櫃檯，櫃檯後面是辦公室。大廳從櫃檯往各個方向延伸出去都是八十呎。西側這邊有全景餐廳和科羅拉多酒吧，宴會廳和舞廳等設施是在東側。有疑問嗎？」

「只對地下室有疑問，」傑克說：「對冬天的管理員來說，那是最重要的一層，可以說是主要的工作範圍吧！」

「華生會帶你參觀。地下室的平面圖在鍋爐室的牆上。」他皺著眉頭予人深刻的印象，或許是要表現出身為經理，他不干預「全景」營運中諸如鍋爐、水管這類平庸的小事。「在那下面也擺些捕鼠器或許是不錯的主意。稍等一下……」

他從上衣內側口袋掏出一本便條簿（每一張都以黑色粗體字印著司圖爾特．歐曼辦公桌所有），在紙上潦草地記著筆記，撕下，丟進發文籃。紙條擱在籃裡顯得孤零零的。便條簿又隱沒在歐曼的上衣口袋，宛如魔術師的戲法結束。好，你看著喔，傑克男孩，現在你看不見了。這傢伙真是聰明絕頂。

他們回到原本的位置，歐曼坐在辦公桌後頭，傑克在前面，應徵者和面試官，乞求的人和心不甘情不願的施恩者。歐曼將乾淨粗短的手交握放在桌墊上，直視著傑克，一個矮小即將禿頭的男人，穿著銀行職員的西裝和樸素的灰色領帶。翻領上的花與另一邊翻領上的小別針相對稱。別針上僅用金色的小字寫著職員。

「托倫斯先生，我非常坦白地告訴你。艾伯特．蕭克利是非常有權勢的人，佔全景飯店很大的股份。飯店本季有獲利，是史上頭一遭。蕭克利先生也是董事會的一員，但他不適合經營飯店，他恐怕是第一個承認這點的人。然而，在選管理員這件事上，他的意願表示得相當明顯。他希望我雇用你。我會照他的意思做，但是假如這件事我有權自己做主的話，我是不會雇用你的。」

傑克的雙手在膝上緊握著，使勁地相互捏緊，冒著汗。囉哩叭唆的麻煩矮子，囉哩叭唆的麻煩矮子，囉哩叭唆的——

「托倫斯先生，我相信你不十分喜歡我，我並不在乎。毫無疑問地，你對我的感覺不影響我自己的看法，我覺得你並不適合這份工作。從五月十五日到九月三十日『全景』營業的這段期間，總共雇用了一百一十位全職員工，可以說是飯店內每間房配置一人。我不認為他們許多人喜歡我，我甚至懷疑他們有些人覺得我有點討厭。他們對我個性的判斷或許沒有錯，我要用飯店該有的方式來管理的話，就必須有點惹人厭。」

他望著傑克等待回應，傑克再度亮出公關笑容，大大地咧開嘴，無禮地露出牙齒。

歐曼說：「全景飯店是在一九〇七年到一九〇九年興建的。最近的城鎮是塞威，從這裡往東四十哩的地方，中間的道路在十月下旬或十一月的某個時間點就會封閉，一直要到四月的某個時間點才會開通。飯店是一位名叫羅伯特．湯利．華生的人蓋的，他是我們目前的維修工人的祖父。范德比爾特家族住過這裡，還有洛克斐勒、艾斯特及杜邦等豪門世家。另外曾經有四位總統住過總統套房：威爾森、哈丁、羅斯福和尼克森。」

「哈丁和尼克森住過，我不會覺得太驕傲。」傑克喃喃地說。

歐曼皺起眉頭，但沒理會他，繼續說下去。「結果『全景』對華生先生而言負擔太沉重，他在一九一五年把飯店賣掉。後來在一九二二、一九二九、一九三六年，飯店分別再度易手。有一段時間就這樣空著，直到二次世界大戰結束後，霍瑞斯．德爾文，這位身為百萬富豪的發明家、飛行員、電影製作人及企業家買下了『全景』，整個重新翻修。」

「我聽過這個名字。」傑克說。

「對，他點到的每樣東西似乎都變成金子……只除了全景飯店。在戰後第一位客人踏進飯店大門之前，他就挹注了超過百萬的資金，將年久失修的廢墟改頭換面成觀光名勝。短柄槌球場就是德爾文加蓋的，你剛才到的時候，我看見你很欣賞的樣子。」

「短柄槌球？」

「就是我們槌球的英國祖先，托倫斯先生。槌球是次等的短柄槌球。傳說中，德爾文從他的社交秘書那兒學會後，就全心喜歡上這種運動。我們的球場可能是全美國最棒的短柄槌球場。」

「我毫不懷疑。」傑克鄭重地說。短柄槌球場，前面還有一座綠雕花園，裡頭滿是以樹籬修剪成形的動物。接下來還有什麼？在設備倉庫後頭有和實物同等大小的威格利叔叔棋盤遊戲❶嗎？他對司圖爾特．歐曼先生十分厭煩，但看得出來歐曼還沒結束。歐曼將繼續發表意見，說完每一字每一句。

「在損失三百萬後，德爾文把飯店賣給一群加州的投資客。他們經營『全景』的經驗同樣悽慘，反正就是不善於經營飯店。

「一九七〇年，蕭克利先生和他的一群合夥人買下飯店，將管理的工作交給我。我們也在赤字中營運了好幾年，但我很高興地說，目前的飯店業主對我的信任不曾動搖過。去年我們達到損益平衡。今年『全景』的帳目出現黑字，是近七十年來首次賺錢。」

傑克認為這龜毛矮子確實驕傲得有道理，不過，原先的厭惡感突然高漲再度淹沒了他。

他說：「歐曼先生，我看不出來全景飯店顯然多彩多姿的歷史和你覺得我不適合這個職務中間有什麼關聯。」

「『全景』之所以會虧那麼多錢，其中一個原因是每年冬季的損耗。它耗掉非常多的毛利，多到你恐怕不敢相信，托倫斯先生。這兒的冬天是難以想像的嚴酷。為了對付這個問題，我派了全職的冬季管理員來管鍋爐，每天輪流替飯店各個不同區域放暖氣，負責修理破損的東西，做修繕的工作，讓自然的力量找不到據點，並且隨時警覺任何以及每個不測的事件。我們第一年冬天，我雇了一家人，而不是一個人，結果卻是場悲劇，可怕的悲劇。」

歐曼以品評的眼光冷淡地注視傑克。

「我犯了錯，我坦白地承認。那男人是個酒鬼。」

傑克感到一抹熱切的笑容——與露齒的公關笑容恰恰相反的——緩緩地在他嘴角綻開。「就因為這樣？我很訝異艾爾沒有告訴你。我已經戒了。」

「有，蕭克利先生告訴我你不再喝酒了。他也告訴我你上一個工作的事……或者我們該說，上一個負責的職位？你之前在佛蒙特州的私立預備中學教英文。你的情緒失控了。我相信我不需要再講得更具體。但是我碰巧相信葛拉迪的事件是有關聯的，這就是為什麼我把你……嗯，過去的歷史提出來談。在一九七〇年跨七一年的冬天，我們剛重新整修完『全景』，不過還沒開始第一季的營運，我雇用這……這個名叫戴伯特．葛拉迪的不幸男人，他搬進你和你太太、兒子將要

❶Uncle Wiggily Game：根據美國《威格利叔叔》系列童書中的角色所設計的棋盤遊戲。

共同生活的住處。他有太太和兩個女兒。我有幾項但書，最主要的是這兒冬季的嚴苛環境，還有葛拉迪一家將會與外界隔絕長達五到六個月的事實。」

「但這不盡然是真的，不是嗎？這裡有電話，可能也有民用頻段的無線電對講機。而且落磯山國家公園在直升機可達的範圍內，這麼大的地方鐵定有一、兩架直升機吧！」

「我不敢確定，」歐曼說：「飯店的確有雙向溝通的無線電對講機，華生先生會秀給你看，同時還會給你一張播送的正確頻率表，萬一你需要求救的話。從這裡到塞威的電話線仍架設在地面上，幾乎每年冬天都會突然有段時間不通，而且有可能持續三個禮拜到一個半月。另外，在設備倉庫裡有雪上摩托車。」

「那這地方並沒有真正與外界失去聯絡。」

歐曼露出痛苦的表情。「托倫斯先生，假設你兒子或你太太在樓梯上摔倒，跌破了腦袋，到那時你會認為這地方與外界斷絕聯繫嗎？」

傑克明白了他的意思。雪上摩托車以最快的速度奔馳，可以在一個半小時內載你下去塞威……也許吧。公園搜救服務中心派出的直升機可以在三個小時內飛抵這裡……在最佳的情況下。但在暴風雪中，直升機絕對沒辦法起飛，你也別期望能用最快的速度飆雪上摩托車，就算你敢帶著傷勢嚴重的人到外頭去，但外面的氣溫可能是華氏零下二十五度，如果加上風寒效應的話，甚至會到零下四十五度。

「從葛拉迪的事件中，」歐曼說：「我推斷出許多結論，如同蕭克利先生似乎也從你的情況中得到一些推論一樣。獨居本身就有害處，最好是有家人陪伴著他。萬一有麻煩的時候，我想，問題極有可能並不像撞破腦袋，或使用電動工具時發生意外，或者某種災難那樣的危急；比較可能的是嚴重的流行性感冒、肺炎、手臂折斷，甚至盲腸炎，這些都有足夠的時間處理。

「我猜想當時發生的事情是喝太多便宜威士忌的後果，葛拉迪瞞著我儲藏了大量的威士忌；另外還有可能是因為一種怪病，老一輩的人稱為幽閉煩躁症。你聽過這個詞嗎？」歐曼紆尊降貴地施捨微微的笑容，準備等傑克一承認自己的無知立刻說明，而傑克很樂意迅速、俐落地回答。

「這是幽閉恐懼症患者的反應的通俗說法，這種病症可能發生在人長期被關在一起的時候。幽閉恐懼症的感覺表露在外就是，討厭碰巧和你關在一起的人。在極端的案例中，甚至可能造成幻覺和暴力——謀殺的起因可能是一些微不足道的小事，像是燒焦的餐點，或者輪到誰洗碗的爭執。」

歐曼看來相當不知所措，讓傑克感覺舒坦多了。他決定再進逼一點點，但在心裡默默承諾溫蒂他會保持冷靜。

「我想在那件事情上你的確是犯了錯。他有傷害他們嗎？」

「托倫斯先生，他殺了她們，然後自殺。他用手斧殺了小女孩，用獵槍斃了他太太，和他自己。他的腿斷了，毫無疑問是喝得醉醺醺後摔下樓。」

歐曼張開手，自以為是地盯著傑克。

「他是高中畢業生嗎？」

「不瞞你說，他不是，」歐曼略微生硬地說：「我想，這樣講吧，比較沒有想像力的人較不容易受到嚴酷天候、孤單寂寞的影響——」

「那就是你的錯了，」傑克說：「愚蠢的人比較容易得幽閉煩躁症，正如他比較容易因為一場牌局就開槍打人，或是犯下一時衝動的搶劫。他會無聊。下雪的時候，沒事可做只能看電視，或一個人玩接龍，在沒辦法把所有的A接出來的時候還作弊。無事可做只能抱怨老婆、責罵孩子，然後喝酒。因為聽不到什麼聲響，所以越來越難入睡，因此他喝到睡著，醒來時宿醉頭痛。他變得急躁不安。也許電話不通，電視天線吹倒，無所事事只能空想、在接龍時作弊，變得越來越焦躁，越來越暴躁，到最後……砰，砰，砰。」

「但是教育程度比較高的人，比方說像你自己的話呢？」

「我太太和我兩人都喜歡看書，而且艾爾．蕭克利大概告訴過你，我還有劇本要寫。丹尼有自己的拼圖、著色本和電晶體收音機。我計畫教他閱讀，同時想要教他如何穿雪鞋行走。溫蒂也會想學學。噢沒錯，我想我們可以一直找事忙，就算電視故障也不會互相找碴。」他停頓一下。「當艾爾告訴你我不再喝酒，他說的是實話。我曾經有酒癮，而且變得非常嚴重，但是過去十四個月中，我沒喝超過一杯啤酒。我不打算帶任何一瓶酒上來這兒，而且我不認為飄雪後還有機會再弄到酒。」

「這點你大概完全正確，」歐曼說：「不過，只要你們三人在這上頭，發生問題的可能性就加倍。我和蕭克利先生提過這一點，他告訴我他會負責。現在我告訴你，顯然你也願意承擔這個責任——」

「我願意。」

「好吧！我接受，因為我沒什麼選擇。不過，我還是寧願找個休一年學、沒有固定對象的大學生。算了，或許你辦得到。現在我要把你交給華生先生，他會帶你到地下室，在附近繞一繞。除非你還有進一步的問題？」

「不，一點也沒有。」

歐曼站起來。「托倫斯先生，希望你別見怪。我對你說這些事並不是針對你個人，我只是希望找到最適合『全景』的。這是間頂尖的飯店，我希望一直保持下去。」

「不。我並不介意。」傑克再次閃出公關笑容，但他很高興歐曼沒有伸出手來和他握手。他確實耿耿於懷，五味雜陳。

2. 波爾德

她望出廚房的窗外，看見他就只是坐在路緣上，沒有玩他的卡車或小貨車，甚至也沒玩那架輕木材質的滑翔機，自從傑克上禮拜把滑翔機帶回家後，他高興了整個禮拜。如今他只是坐在那裡，找尋他們老舊的福斯，手肘放在大腿上，兩隻手撐著下巴：一個五歲的男孩在等他的爸爸。

溫蒂忽然感到難過，快要掉淚的難過。

她將擦碗盤的毛巾掛在水槽邊的桿子上到樓下去，一邊扣上家居服最上面的兩顆鈕釦。傑克和他的自尊心！嘿不，艾爾，我不需要你的好意。我暫時還過得去。走廊的牆壁坑坑洞洞的，佈滿蠟筆、彩色蠟鉛筆和噴漆的痕跡。樓梯陡峭、處處是裂痕。整棟建築聞起來有老舊的陳腐味，在搬離史托文頓小巧整潔的紅磚屋後，他們給丹尼住這什麼樣的地方？住在他們樓上三樓的人沒有結婚，雖然這點並沒有造成她的困擾，但他們經常滿懷怨恨的爭吵卻令她不安。她很害怕。樓上那傢伙叫湯姆，星期五等到酒吧關門他們回家後，就認真地吵起架來——與此相較，一週的其餘時間只不過是預賽而已。傑克稱之為週五夜爭吵，但這並不好笑。那個名叫伊蓮的女人最後總是被逼得掉淚，並再三再三地重複著：「湯姆，不要啊！拜託不要啊！求求你，不要啊！」而他則是大聲責罵她。有一回他們甚至把丹尼給吵醒，丹尼通常熟睡得像具屍體。隔天早上傑克碰到湯姆正要出門，在人行道上與他詳談。半晌後，湯姆咆哮起來，傑克對他說些別的，聲音很小溫蒂無法聽見，湯姆只是悶悶不樂地搖頭走開。那是一星期前的事，接下來幾天情況有好些，但從週末開始一切又回歸正常——抱歉，應該是不正常。這對小男孩是不好的。

悲傷的情緒再次淹沒了她，但她已經走到人行道上，於是強自忍住。她在他身邊的路緣坐下來，把裙子一拉壓在臀部底下。開口說：「怎麼了，博士？」

他對她微微一笑，但只是很表面的。「嗨，媽。」

滑翔機在他穿著球鞋的兩腳之間，她看見有一邊的機翼已經開始裂了。

「那個機翼需要我看看能做些什麼嗎？寶貝？」

丹尼已經把頭轉回去盯著街道。「不用了。爸爸會修好的。」

「博士，爸爸可能要到晚餐時間才會回來。到那山上去要開很遠的路。」

「妳想金龜車會拋錨嗎？」

「不，我想不會。」但他剛給了她新的煩惱。謝啦，丹尼。我正需要呢。

「爸爸說可能會，」丹尼無動於衷地說，幾乎有點無趣的樣子。「他說汽油幫浦全都爛得像狗屎了。」

「丹尼，別說那句話。」

「汽油幫浦？」他真正驚訝地問她。

她嘆口氣。「不，是『全都爛得像狗屎』。不要那樣說。」

「為什麼？」

「這句話很粗俗。」

「媽，什麼是粗俗？」

「就像是你在餐桌上挖鼻孔，或是開著浴室門小便，或者說些像是『全都爛得像狗屎』的話。狗屎是個粗俗的字眼，有教養的人是不會說的。」

「爸就說啊！他看著金龜車的引擎說：『老天爺，這汽油幫浦全都爛得像狗屎。』爸爸難道沒有教養嗎？」

溫妮費德，妳怎麼會陷進這些事情中？妳訓練有素嗎？

「他有教養，不過同時也是個成年人。他非常小心，不會在不瞭解的人面前講那種話。」

「妳是指像艾爾叔叔嗎？」

「對，沒錯。」

「那等我成年的時候，我可以說嗎？」

「我想不管我喜不喜歡，你都會說的。」

「多大的時候？」

「二十歲聽起來怎麼樣，博士？」

「那還得等好久喔！」

「我想是很久，但你會努力試試看嗎？」

「好啦！」

他轉回去目不轉睛地注視著街道。他的身體微微彎曲，彷彿要起身，但開過來的金龜車新多了，紅色也鮮豔多了，他又放鬆下來。她想知道這次搬到科羅拉多州對丹尼而言究竟有多難過。他閉口不談，但看他大多時候都是獨自一人，讓她很擔心。在佛蒙特州時，傑克有三個學校同事的子女和丹尼差不多年紀，而且那邊有幼稚園，但在這附近沒有小朋友可以和他一起玩。大部分的公寓都租給上科羅拉多大學的學生，而住在阿拉帕荷這條街上少數幾對結婚的夫妻，只有極少對有小孩。她看過也許十來個高中或國中年紀的孩子、三個小嬰兒，如此而已。

「媽咪，爸爸為什麼會丟了工作？」

她從沉思中驚醒，慌亂地尋找答案。她和傑克討論過如何應付丹尼提這個問題的各種方法，從迴避到不加掩飾地實話實說。可是丹尼不曾問過，直到現在，就在她心情低落，最沒有心理準備回答這個問題的時候。然而他凝視著她，或許正忖度她臉上忐忑不安的表情，建構出他自己的看法。她心想對孩子而言，大人的動機和行動看起來一定有如在黑暗森林的陰影中所看見的危險動物那般的巨大，令人毛骨悚然。他們像木偶一樣地被牽來扯去，卻茫然不懂究竟是為什麼。這念頭讓她險些再度流淚，竭力壓抑住淚水後，她彎下身拾起故障的滑翔機，拿在手中翻轉。

「丹尼，你爸爸以前指導辯論隊，你記得嗎？」

「當然記得，」他說：「吵好玩的，對吧？」

「對。」她把滑翔機翻過來又翻過去，注視著商品名稱「高速滑翔機」及機翼上的藍星印花，回過神來發現自己正把實情一五一十地告訴兒子。

「有個叫做喬治．哈特菲德的男孩，你爸爸不得不叫他退出辯論隊。那表示他不像其他人那麼優秀。喬治說你爸爸開除他是因為不喜歡他，不是因為他不夠優秀。後來喬治做了一件壞事，我想你知道那件事吧。」

「他就是那個割破我們家金龜車輪胎的人嗎？」

「對，就是他。在放學後，你爸爸當場逮到他。」此刻她又遲疑起來，但現在不可能迴避；選擇只剩下說出真相或是說謊。

「你爸爸……有的時候會做一些事後覺得懊悔的事。有時候他沒有照原本該有的想法去思考。雖然不是很常發生，但偶爾就是會這樣。」

「他是不是弄傷了喬治．哈特菲德，就像我把他所有的紙張撒在地上那次一樣？」

有的時候——

（丹尼的手臂上著石膏）

——他會做一些事後覺得懊悔的事。

溫蒂死命地眨眼，硬把眼淚一路逼回原處。

「就是像那樣子，寶貝。你爸爸揍了喬治，要他別再割輪胎，結果喬治撞到頭。然後負責管理學校的人說，喬治沒辦法再去上學，你爸爸再也不能在那裡教書了。」她停住，說不出話來，害怕地等著一波接一波的問題。

「喔。」丹尼說，回頭繼續望著街道，顯然這話題結束了。要是對她而言問題能這麼容易結束就好了——

她站起來。「博士，我要上樓去喝杯茶。你要一些餅乾和一杯牛奶嗎？」

「我想我要等爸爸。」

「我認為他不會在五點前回到家喔。」

「也許他會早一點。」

「或許吧，」她同意。「或許他會早一點。」

她正要跨上人行道時，丹尼喊道：「媽咪？」

「什麼事，丹尼？」

「妳想要去那間旅館過冬嗎？」

現在，五千個答案中，她該選哪個來回答這問題呢？是她昨天或昨晚或者今天早上的感受？每段時間的感受各不相同，跨越的範圍從樂觀的粉紅色到黯淡無光的死黑色都有。

她說：「如果那是你父親希望的，那就是我想要的。」她稍稍停頓。「那你呢？」

「我想我大概想去吧，」他最後開口說：「這裡沒什麼玩伴。」

「你想念你的朋友，是不是？」

「我有時候會想念史考特和安迪，差不多就這樣而已。」

她回到他身邊親吻他一下，揉揉他才剛失去嬰兒般細緻的淺色頭髮。他是如此嚴肅的小男孩，有時候她不知道有她和傑克這對父母親，他究竟該如何生存。他們起先抱著高遠的希望，最後卻淪落到陌生城市裡這間討厭的公寓建築。丹尼裹著石膏的影像又在她眼前浮現。神的安排部門中有人犯了過錯，她有時會擔心這個錯永遠無法修正，唯有最無辜的旁觀者才會付出代價。

「博士，別跑到馬路上去喔！」她說，緊緊地抱住他。

「不會啦，媽。」

她上樓走進廚房。放上茶壺，再擺幾塊奧利奧巧克力餅乾到盤子上給丹尼，以免萬一她躺在床上休息時，他決定上來。她坐在桌邊，面前擺著大的陶瓷杯，望著窗外的他——仍然坐在路緣，身上穿著藍色牛仔褲，和過大的深綠色史托文頓預備中學的長袖運動衫，滑翔機則擱在一旁。一整天呼之欲出的眼淚此刻潰堤流下，她傾身向前在熱茶冉冉升起的芳香蒸汽中哭泣。為了哀傷失去的過往，也為了對未來的恐懼。

3. 華生

你的情緒失控了，歐曼說過。

「好，這是你的爐子，」華生說著，打開漆黑、充滿霉味的房間裡的燈。他是個肥胖的男人，頂著宛如爆米花的蓬鬆鬈髮，穿著白色襯衫和深綠色的卡其褲。他旋開爐子腹部正方形的小鐵柵門，和傑克一同凝視火爐內部。「這邊是母火。」一個穩定的藍白色噴嘴發出嘶嘶聲，不間斷地朝上輸送毀滅的力量。然而傑克想的關鍵字是毀滅而不是輸送：假如你把頭探進去，烤肉會在三秒鐘內火速出現。

你的情緒失控。

（丹尼，你還好嗎？）

爐子佔據了整個房間，是傑克目前為止所見過最龐大且最古老的。

「母火有安全保障裝置，」華生告訴他。「裡頭有個小感應器測量溫度。如果溫度降到某個點以下，就會啟動你住處的蜂鳴器。鍋爐在牆的另一面，我會帶你繞過去看。」他使勁關上鐵柵門，帶領傑克到鐵鑄的爐身後面，走向另一扇門。鐵將昏昏沉沉的熱氣輻射在他們身上，不知怎地傑克聯想到一隻體型龐大、正在打瞌睡的貓。華生搖晃鑰匙發出叮噹聲，並且吹著口哨。

失控——

（當他回到書房，看見丹尼站在那兒，身上只穿著如廁學習褲還咧開嘴笑時，憤怒的紅雲緩緩地遮蔽傑克的理智。在他腦海中，他主觀地覺得很慢，但一切肯定發生在不到一秒鐘的時間內，只不過感覺起來緩慢，就像有些夢感覺好似慢動作一樣。惡夢。書房的每扇門和抽屜似乎在他離開的時候被徹底翻過。壁櫥，櫃子，滑動的書架，每個書桌抽屜都拉開到底。他的手稿，從七年前大學時代寫的中篇小說慢慢發展出來的三幕劇本，全部散落在地板上。他剛才邊喝啤酒邊修改第二幕時，溫蒂說有他的電話，如今丹尼把那罐啤酒全灑在他的稿子上，大概是想看啤酒起泡沫。看啤酒起泡沫，看啤酒起泡沫，這些字眼在他心裡一遍又一遍地播放，猶如走音鋼琴裡一根壞掉的弦，接通他怒火的線路。傑克特意走向三歲大的兒子，丹尼正帶著滿意的笑容抬頭仰望他，他很高興自己在爸爸書房新近完成的任務是如此的成功；丹尼開口說些什麼，就在此時他一把抓起丹尼的手用力彎折，迫使他扔下緊抓在手裡的打字機橡皮擦和自動鉛筆。丹尼小聲哭喊著……不……不……說實話……他尖叫。在憤怒的濃霧中十分難記全，那根史派克．瓊斯❷的弦發出可怖的一聲撞擊。溫蒂在某處，詢問發生什麼事。她的聲音被內心的迷霧所籠罩，顯得模糊不清。這是他們兩人之間的事。他把丹尼的身體轉過來打屁股，成年人粗大的手指掐入男孩前臂少得可憐的肉當中，圈握成拳，骨頭斷掉時啪的那一聲不是很響，不是很響，而是非常響亮，巨響！但不是很響。聲音適巧足以射穿紅霧宛如一支箭，然而聲音的箭矢並沒有引進陽光，反而帶來羞愧、悔恨的烏雲，以及恐懼，和靈魂痛苦的痙攣。這明亮的聲音劃清了界線，一邊是過去，另一邊則是所有的未來，就好像鉛筆芯斷掉，或是把一小片生火的木柴拿到膝蓋上折斷時，所發出來的聲音。一瞬間未來的開端——也許是他的下半輩子的那一邊——是全然的沉寂。傑克看著丹尼的臉逐漸失去血色，變得像起司一樣，注視著丹尼平常就很大的眼睛，如今張得更大，而且呆滯無神，他確信男孩將會昏死在啤酒和紙張的一片混亂中；他自己的聲音，虛弱而帶著醉意，含含糊糊的，試圖將一切收回，想要找出沒有骨頭斷裂的過大聲響，可以回到過去的一條路——屋子裡有現狀存在嗎？——他的聲音喊著：丹尼，你還好嗎？丹尼回應的尖叫聲，接著是溫蒂走近他們身邊，看見丹尼前臂與手肘的古怪角度時，受到驚嚇的抽氣聲；在正常家庭的世界裡，沒有手臂應當那樣懸垂著。她將丹尼迅速搶進自己懷中發出尖叫，並且毫無意義地絮絮叨唸著：噢天啊！丹尼。噢我的天啊！噢我的老天啊！你可憐可愛的小手臂！而傑克站在那裡，目瞪口呆、不知所措地，努力想要搞清楚這種事情怎麼可能發生。他站在那兒，視線與他妻子的交會，他看出溫蒂恨他。當時他沒想到憎恨實際上可能意味著什麼；直到後來他才領悟到她那天晚上很有可能離開他，住進汽車旅館，隔天早上請個離婚律師；或者打電話報警。他只看見妻子的恨意，感到震驚，孤零零的。他覺得恐怖，死亡即將來臨就是這種感覺吧。然後她飛奔至電話旁，臂彎裡緊摟著尖叫不止的兒子，邊撥打給醫院。傑克並沒有跟在她後頭，只是站在書房的一片狼籍中，聞著啤酒的氣味，想著——

你的情緒失控了。）

他用手粗暴地擦過嘴唇，跟著華生進入鍋爐室。裡頭很潮濕，但是讓他額頭、腹部和雙腿流下黏膩不舒服的汗水的不僅僅是濕氣，而是回憶，是讓兩年前的那夜彷彿是兩小時前的那整件事。記憶鮮明得絲毫沒有衰退。讓羞愧和厭惡重新湧現，感覺自己毫無價值，而那種感覺總是逼得他想喝一杯，但想喝酒的慾望帶來更加黯淡的絕望——他究竟能否有一個小時，注意喔！不是一個星期或甚至一天，而只是醒著的一個小時，想喝酒的渴望不會像這樣出其不意地襲擊他呢？

「鍋爐。」華生宣告說。他從身後口袋拿出一條紅藍相間的印花大手帕，堅定、響亮地擤了一下鼻子，稍微偷看一眼裡頭是否有引人注意的東西後，再將手帕塞回到看不見的地方。

鍋爐直立在四個水泥塊上，長長的圓柱型金屬槽，外頭包覆著銅，有經常修補的痕跡。它蹲

❷Spike Jones：美國通俗音樂家及樂團團長，擅長滑稽嘲諷的歌曲。

踞在一團交錯雜亂的輸送管線旁，這些管子彎彎曲曲地延伸向上，直達裝飾著蜘蛛網挑高的地下室天花板。在傑克的右手邊，兩條巨大的暖氣管從隔壁房間的爐子穿牆過來。

「壓力計在這兒。」華生輕拍一下壓力計。「每平方英寸的磅數，簡稱psi，我想你大概知道。我現在把她調到一百，房間夜裡會有點冷，有少數幾個客人抱怨。什麼鬼玩意兒，誰叫他們九月還發神經跑上來。除此之外，這是台老寶貝了。身上的補釘比一條救濟的工作褲還多。」印花大手帕又掏出來，哼的一聲，瞄一眼，又收回去。

「我得了該死的感冒，」華生閒聊地說：「我每年九月都會得一次。我在這下頭瞎搞這台老婊子，再去外頭割草，或耙一耙槌球場。我老媽子以前常說，冷到了就感冒。老天保佑她，她過世六年了。癌症找上她。一旦癌症找上你，你就最好先立遺囑。

「你應該把壓力調到不超過五十，或者六十。歐曼先生，他說一天放西側的暖氣，隔天輪中央，後天再換東側。他可不是個瘋子嗎？我討厭那個矮混蛋，哇啦哇啦哇啦地講上一整天。他就像隻小狗，咬你的腳踝一口，然後跑來跑去，在地毯上到處撒尿。如果腦袋裝的是黑色火藥，他連鼻子都炸不掉（連鼻子都不會擤）。可惜你看到這些蠢東西的時候手上沒拿槍。

「看這兒。你拉這些環來開關這些傢伙。我把它們全都幫你標好了：藍色的標籤全都通到東側的房間，紅色是中間的，黃色是西側的。要送暖氣到西側的時候，你得記住那是飯店裡真正承受風雪的一側；當壓力計大叫的時候，那些房間已經凍得像個冷冰冰的女人，連內臟都帶著冰塊。輪到西側的日子，你可以把壓力計一路調到八十。至少我會這麼做。」

「樓上的溫度自動調節器——」傑克開口。

華生猛烈地搖頭，使得蓬鬆的頭髮彈到頭蓋骨上。「它們沒有連接上，只是擺好看的。有的客人從加州來，除非他們該死的房間裡熱到可以種棕櫚樹，否則就覺得什麼都不對勁。所有的暖氣都從這下面來。不過，一定得留意壓力計，有看見她慢慢地爬嗎？」

華生輕拍主要的刻度盤，在他自言自語的時候，指針已經從每平方英寸一百磅，緩緩上升到一百二十。傑克忽然感到一陣戰慄倉卒地橫過背脊，心想：鵝剛從我的墳上走過，害我無故打了一個冷顫。華生接著轉一下壓力計的輪子，卸掉鍋爐的壓力，鍋爐發出洪亮的嘶嘶聲後，指針降回到九十一。華生旋轉閥門把它關掉，嘶嘶的聲音心不甘情不願地漸息。

「她會慢慢爬，」華生說：「你跟那個又肥又矮的鄉巴佬歐曼反應，他就會拿出帳本，花三個小時解釋我們為什麼到一九八二年之前都買不起新的。我跟你說，這整個地方總有一天會炸到天空去，我只希望那個討厭的肥佬有在場搭上那班火箭。老天，我真希望自己能像我老媽一樣有慈悲心腸。她可以在每個人身上都看到優點；我呢，就跟得了帶狀疱疹的蛇一樣討人厭。管他去死，人是管不住自己的天性的。

「好啦，你千萬要記得白天要下來這裡兩次，晚上鑽進被窩前再一次。必須檢查壓力計，你要是忘了，指針就會慢慢、慢慢地往上爬，那麼十之八九你和你家人醒來時就會在他媽的月球上了。你只要把她的壓力卸掉一點，就高枕無憂啦！」

「最高的極限是多少呢？」

「喔，估計可以到兩百五十，不過早在那之前就會爆炸了。當刻度盤上升到一百八十的時候，你絕對沒有辦法要我下來站在她旁邊。」

「沒有自動關閉的裝置嗎？」

「不，沒有。這是在規定必須要有這種東西之前就建的。最近聯邦政府什麼都管，不是嗎？聯邦調查局拆開人家的信件，中央情報局竊聽該死的電話……然後你看看尼克森的下場。不是讓人看了覺得難過嗎？

「不過，你只要定期下來這兒檢查壓力計，就不會有事，還要記得照他要求的輪流開關這些傢伙。沒有一個房間的溫度可以超過四十五，除非我們有個不可思議的暖冬。至於你自己住的那一間就可以隨你高興，要多暖和就多暖和。」

「那水管呢？」

「好的，我正要講到那裡。在這兒，通過這道拱門。」

他們走進一間狹長、方形的房間，長得彷彿延伸數哩。華生拉了一條繩子，一盞七十五瓦的燈泡投射出搖來晃去、令人作嘔的光線，照在他們所站的區域上。正前方就是電梯井的底部，裹著厚厚一層油的纜線往下連接到直徑二十呎的滑輪，和塞滿機油的巨大馬達。到處都是報紙，包著的、捆好的，裝成箱的。其他的紙箱上標著紀錄或發票或收據──保留！聞起來有泛黃發霉的味道。有的紙箱破掉了，可能有二十年歷史的發黃脆弱的紙張散落在地板上。傑克感興趣地環顧著四周。「全景」整個的歷史或許就在此，埋藏在這些逐漸殘破的紙箱當中。

「那台電梯很難搞，要讓它繼續運轉不容易，」華生說著，伸出大拇指朝電梯一比。「我曉得歐曼請州政府的電梯督察吃了幾頓豪華大餐，讓維修工人遠離那台麻煩的東西。

「接著，這裡是中樞水管的核心。」他們面前有五條大管子，每一條都包著絕緣材料，並用鋼帶緊繫著，上升到陰影中，消失在視線之外。

華生指著管道間旁邊佈滿蜘蛛網的架子，上面有幾張沾滿油污的破紙片和一個活頁夾。「那裡有全部水管的線路圖，」他說：「我不認為你會有漏水的煩惱，從來沒有過，但是偶爾水管會結凍。唯一防止的方法是，晚上讓水龍頭流一點點水，但是這該死的宮殿有四百多個龍頭。樓上那個胖同性戀要是看到水費帳單，八成會一路尖叫到丹佛。我說的沒錯吧？」

「我會說那是非常精明的分析。」

華生讚賞地看著他。「喂，你真的是唸過大學的人，是吧？講話簡直像書一樣。我很欣賞，只要不是那些同性戀的男孩就好了，很多大學畢業生都是。你知道幾年前挑起大學暴動的那些人嗎？同性戀者，就是他們搞的。他們感到灰心，想要解脫，他們稱作『出櫃』。操他媽的，我不知道這世界會變成什麼樣子。

「好啦，假如她結凍的話，最有可能就是從這管道間凍起來。你瞧，這裡沒有暖氣。萬一發生的話，就用這個。」他把手伸進破掉的柳橙簍，拿出一個小的瓦斯噴槍。

「發現冰塊堵塞時，你只要把絕緣的包材解開，把這熱氣直接噴上去。懂嗎？」

「懂。不過，萬一水管是在管道核心外面結凍的話呢？」

「如果你好好工作，讓這地方保持暖和的話，就不會發生那種事。不管怎麼說，你也沒辦法接近其他的水管。你別煩惱，不會有問題的。這下面臭得要死，到處都是蜘蛛網，讓我毛骨悚然，真的。」

「歐曼說第一任的冬季管理員殺了家人和他自己。」

「是啊，葛拉迪那傢伙，他是個爛演員，我一見到他就看透了，成天咧開嘴笑像個賊頭賊腦的小人。那是在這裡才剛開業的時候，討厭的肥佬歐曼，只要對方願意用最低的薪水工作，他連波士頓殺人王都敢雇用。當時是國家公園的森林巡邏隊員發現他們的；電話不通。他們全部的人都在西側三樓，凍得硬邦邦的。小女孩實在值得同情，才八歲跟六歲，可愛得像是摘下來的花蕾。噢，那真是一團糟。那個歐曼，淡季時在佛羅里達州管某個低級的度假地點，他趕搭一班飛機到丹佛，然後雇雪橇把他從塞威載上來，因為路都封閉了。雪橇耶，你能相信嗎？他差不多費盡心力才讓這件事沒登在報紙上。幹得非常好，我得稱讚他。在《丹佛郵報》上有一則報導，另外當然山下埃絲蒂斯公園的無聊三流小報上有登死亡訃聞，不過就只有這些而已；非常好，考慮到這地方原有的名聲的話。我預期有些記者會再把這件事整個挖出來，只不過多多少少是利用葛拉迪當藉口，一再炒作這些醜聞罷了。」

「什麼醜聞？」

華生聳聳肩。「任何大飯店都有醜聞，」他說：「就好像每間大飯店都有鬼魂。為什麼？哎呀，人們來來去去啊。偶爾會有人在房間裡突然暴斃，心臟病發、中風，或類似的毛病。飯店是非常迷信的地方，沒有十三樓或十三號房間，進來時通過的門背後不掛鏡子，等等這一類的。喏，就在今年七月我們這兒死了一位女士。歐曼不得不處理，你想的一點也沒錯，他處理了，這就是他們付他一季二萬二千塊的原因，儘管我不喜歡那個討厭的矮子，但他的確值那個價錢。就好比有人進來這裡吐了一地，他們雇用歐曼這種傢伙來清理那一堆髒東西。七月裡死掉的那個女人，他媽的肯定有六十歲了吧，跟我差不多年紀啊！她的頭髮染成紅色，紅得像妓女的紅燈一樣，因為沒有戴奶罩，奶子下垂得差不多快到肚臍了，兩條腿上上下下都是粗大的靜脈曲張血管，看起來簡直就像一雙要死的路線圖，脖子、手臂還有耳朵上都掛著叮叮噹噹的珠寶。她身邊帶著一個男孩，他的年紀不會超過十七歲，頭髮長到屁眼，褲襠兒鼓得好像塞了漫畫把它撐起來似的。他們在這裡待了一個禮拜，也許十天，每天晚上的作息都是同樣的：下來科羅拉多酒吧從五點待到七點，她猛灌新加坡司令雞尾酒，好像他們明天就要禁止喝這種酒似的，而他呢，只有一罐奧林匹亞啤酒，慢慢喝，堅持到最後。這中間她會開玩笑，說各種幽默風趣的事，每次她說了一個笑話，他就會傻笑得合不攏嘴，簡直就像她拿線綁在他的嘴角上一樣。只是過了幾天後，你可以看得出來，他越來越笑不出來，天知道他腦袋裡得想什麼，才能在上床前讓他的幫浦準備啟動。咳，之後他們進去用晚餐，他是用走的，她卻是搖搖晃晃，喝得醉醺醺的，你曉得，他會趁她不注意時，偷捏一把女服務生，對她們咧開嘴笑。哼，我們甚至還打賭他能撐多久呢！」

華生聳一下肩。

「然後有天晚上他在十點左右下樓來，說他『太太』人『不舒服』——表示她又爛醉不醒，和他們待在這裡的每隔一天晚上一樣——他要出去幫她買些胃藥。就這樣他開著他們來時的那輛小保時捷走了，那是我們最後一次看到他。隔天早上她下來，想要裝作沒事，但是一整天下來她的臉色越來越蒼白，歐曼先生問她，多少像是外交手腕啦，需不需要他去通知州警，以防萬一他出了一點意外或什麼的。她像隻貓一樣地靠著他。不用——不用——不用，他開車技術很好，她並不擔心，一切都在掌握之中，他會回來吃晚餐的。那天下午她大概在三點踏進科羅拉多，完全沒有用餐。十點半左右她回到樓上的房間，那是大家最後一次看到她活著。」

「發生了什麼事？」

「郡的驗屍官說，她除了灌了一堆酒之外，還吞了大概三十顆安眠藥。隔天她丈夫出現了，從紐約來的有名大律師。他用四種不同程度的句子臭罵老歐曼：我要告你這，我要告你那，等我打完電話，你會連一件乾淨的內衣都找不到……像這一類的話。不過歐曼很厲害，那個騙子。歐曼讓他安靜下來。大概是問大律師是否喜歡看到他老婆大剌剌地登在紐約所有的報紙上：紐約著名的某某某的妻子被發現服用過量安眠藥死亡——在和一名年紀小得可以當她孫子的男孩打砲之後。

「州警在萊昂斯一家通宵營業的漢堡店後頭發現那輛保時捷，歐曼動用了一些私人關係，讓車回到律師手上。之後他們兩人聯手對付老亞徹．霍頓，他是郡驗屍官，他們讓他把裁決改為意外死亡，心臟病發。現在老亞徹開著一台克萊斯勒。我不埋怨他，人不得不將就將就，尤其是漸漸上了年紀以後。」

拿出印花大手帕，哼，看，收起。

「那麼接下來發生什麼事？約莫在一個禮拜後，有個迷糊的笨蛋清潔女服務生，名字叫做德洛莉絲‧維克瑞，她在整理那兩人住過的房間時大聲尖叫，然後昏死過去。等她清醒過來時，她說她看見死掉的女人在浴室，光著身子躺在浴缸裡。『她的臉整個發紫、腫起來，』她說，『而且她還對我笑。』於是歐曼給了她兩個禮拜的遣散費，叫她離開。我估計從一九一〇年我祖父開了這間飯店營業以來，可能有四、五十人死在飯店裡。」

他狡獪地盯著傑克。

「你知道他們大部分人是怎麼走的嗎？在操他們的情婦時心臟病發或中風。那就是度假勝地經常出現的，想要最後再放蕩一下的老傢伙。他們上山來假裝自己回到二十歲。偶爾有些事會洩漏出去，又不是所有管理這地方的人都像歐曼一樣厲害，能讓事情不見報。對，就是因為這樣『全景』才會出名。我敢打賭紐約市那該死的比爾特莫也有這種名聲，只要你問到對的人。」

「不過，沒有鬼魂嗎？」

「托倫斯先生，我在這裡工作了一輩子。從小就在這裡玩，那時年紀還沒有你秀給我看的皮夾照片中的兒子大呢。我從來沒有見過鬼。你需要跟我出去後頭一趟，我帶你去看設備倉庫。」

「好。」

華生伸長手去關燈時，傑克說：「這下面真的好多紙張喔。」

「噢，這不是開玩笑的。這裡的紙張看起來好像可以回溯一千年：報紙啦，舊的發票和提貨單啦，天知道還有些什麼。我爸爸以前整理得相當好，那時我們還有燒木頭的舊火爐，不過現在全都沒法控制了。總有一年我得找個男孩把它們運下去塞威燒掉，假如歐曼願意花這筆費用的話啦。我猜如果我喊『老鼠』喊得夠大聲的話，他就會願意的。」

「那麼真有老鼠嗎？」

「嗯，我猜是有一些。我有捕鼠器和毒藥，歐曼先生希望你用在閣樓和這下面。托倫斯先生，你要好好盯著你兒子，你不會希望他發生任何事的。」

「不，我當然不希望。」由華生說出口的勸告並不刺耳。

他們走到樓梯，在那裡停頓片刻，等華生再擤一次鼻子。

「你在那裡可以找到所有需要的工具，我想，還有一些不需要的。另外還有屋瓦，歐曼有跟你提到嗎？」

「有，他希望西側屋頂的部分屋瓦重新換過。」

「他會儘可能壓榨你做所有免錢的工作的，那個又肥又矮的討厭鬼，然後到了春天再到處哭訴說你工作沒一半做好的。我有一回當著他的面直接告訴他，我說……」

他們爬樓梯時，華生的話逐漸減弱成使人安心的嗡嗡低鳴。傑克．托倫斯再一次回頭看那令人費解、充斥著霉味的幽暗，心想倘若真有地方有鬼魂出沒的話，應該就是這裡了。他想起葛拉迪，受困在柔軟、無情的大雪中，悄悄地發狂，犯下殘暴的惡行。他們有尖叫嗎？他好奇。可憐的葛拉迪，感覺瘋狂一天比一天接近他，最後終於明白他的春天永遠不會到來。他不該在這裡的。他也不該情緒失控。

他跟在華生後頭穿過大門時，這些字眼宛如喪鐘一般在他心裡迴響，並且伴隨著尖銳的斷裂聲——有如折斷的鉛筆芯。老天啊，他好想喝上一杯，或者無數無數杯。

4. 虛幻境界

丹尼等得有點疲累，四點十五分時上樓去喝牛奶吃餅乾。他一邊狼吞虎嚥地吃著，一邊注意著窗外，吃完走進去親吻母親，她正躺在床上休息。她建議丹尼待在屋裡看看「芝麻街」，這樣子時間會過得快一點，然而他堅定地搖搖頭，回到他在路緣上的位子。

現在時間是五點，雖然他沒有戴手錶，也還不大會看時間，不過他可以從陰影漸增的長度，還有午後光線如今染上的金黃色調，意識到時間的流逝。

他將滑翔機拿在手中翻轉把玩，低聲地哼唱：「奔向我的甜心，我不在乎……奔向我的甜心，我不在乎……我的主人不在……甜心，甜心，奔向我的甜心……」

他之前在史托文頓上「傑克和吉兒幼稚園」時，他們齊聲唱過這首曲子。丹尼在這裡沒有上幼稚園，因為爸爸沒辦法再負擔送他上學的錢。他曉得母親和父親都很擔心這點，擔心會令他更加孤單（雖然沒有明說，但他們更擔憂的是，丹尼會責怪他們），但實際上他並不想再去上以前的「傑克和吉兒」，那是給幼兒上的。他還不算是個大孩子，不過也不再是幼兒了。大孩子上大學校，還有熱騰騰的午餐吃。一年級，明年。今年夾在幼兒和真正的兒童之間。沒關係的。他的確想念史考特和安迪，以史考特為主，不過還是沒關係。看來他似乎最好獨自等待接下來可能發生的事。

他瞭解他爸媽許多許多的事，也知道很多時候他們不喜歡他那麼懂事，還有許多時候拒絕相信他懂那麼多。不過，總有一天他們不得不相信，他心甘情願地等待。

然而，很可惜他們不能多相信他一點，尤其是現在這種非常時期。媽咪躺在公寓的床上，因為過於擔心爸爸已經快要哭出來了。她擔心的某些事情是大人的事，丹尼無法理解——一些不大明確的事，與安全有關的，或是與爸爸的自我形象有關，還有感覺到內疚、憤怒，並且害怕他們的將來——不過目前盤據在她心裡主要的兩件事情是，爸爸的車子在山上拋錨了（那他爲什麼不打電話？）或者爸爸突然跑去做**壞事**。丹尼十分清楚**壞事**是指什麼，因為比他大六個月的史考特．艾倫森曾經解釋給他聽。史考特之所以會知道是因為他爸爸也做**壞事**。有一回，史考特告訴他，他爸爸一拳打中他媽媽的眼睛，把她打倒在地。最後，史考特的爸爸和媽媽因為**壞事**而**離婚**了，丹尼認識他的時候，史考特和母親住在一起，只有週末才和爸爸見面。丹尼生活中最大的恐懼就是**離婚**，這個詞老是出現在他腦海中，像是用紅字寫成的標語，上面爬滿嘶嘶作聲的毒蛇。**離婚**，你爸媽就不再住在一起。他們會為了爭奪你在法庭上拔河（是網球場？還是羽球場？❸丹尼不確定是哪一個，或者是否是別的場所，但是媽媽跟爸爸在史托文頓打過網球也打過羽球，所以他想當然耳地認為很可能是其中之一），你得跟他們其中一個人走，幾乎再也見不到另一個，而且假使他們突然一時衝動，你跟的那個人很可能會和你甚至不認識的人結婚。**離婚**最令他害怕的地方是，他感覺得到那個詞——或概念，或者他所能理解到的任何東西——飄蕩在他爸媽的腦海中，有時候發散開來，顯得相對的遙遠，有時候宛如積雨雲般的陰霾、昏暗，令人恐懼。自從爸爸懲罰他把書房裡的紙張弄得亂七八糟，醫生得幫他的手臂裹上石膏後就一直如此。那段記憶已經淡去，但**離婚**念頭的記憶依然清晰可怖。那段時間這念頭多半縈繞著媽咪，他時常害怕她會將這字眼從腦袋摘下，硬生生地從嘴巴拖出來，讓它成真。**離婚**，是他們想法中經常出現的暗流，是他總能捕捉到的念頭之一，有如簡單的音樂節拍。不過就像節拍，中心的思想只是架構出

❸法庭的英文是court，而網球場是tennis court，羽球場是badminton court，所以丹尼搞不清楚。

更複雜想法的脊柱，那種複雜的想法他甚至還沒辦法開始詮釋，對他來說那些只不過是色彩和情緒。媽咪的**離婚**念頭圍繞著爸爸對他手臂所做的事，以及爸爸丟掉工作時在史托文頓發生的事。那個男孩，那個生爸爸的氣，在他們的金龜車腳上戳洞的喬治．哈特菲德。爸爸的**離婚**念頭比較複雜，多彩的深紫色，交織著恐怖的純黑紋路。他似乎在想如果他離開，他們母子倆會過得比較好，這樣子就不會再傷害他們。他爸爸幾乎一直都很痛苦，多半是因為那件**壞事**。丹尼也差不多每次都能捕捉到這個念頭：爸爸經常渴望走進一個暗暗的地方，看彩色電視，吃碗裡的花生米，做那件**壞事**，直到他的腦袋平靜下來，不再打擾他為止。

但是今天下午他母親沒必要擔心，他但願自己能走過去告訴她。金龜車沒有拋錨，爸爸也沒有繞到別的地方做**壞事**。他就快到家了，噗噗地開在萊昂斯和波爾德之間的公路上。爸爸目前暫時連想都沒有想到**壞事**。他是在想……在想……

丹尼偷偷回頭看背後的廚房窗戶。有時候想得非常入神會招致某種情形發生在他身上，會使得一切——真實的一切——遠離，接著他會看見原本不存在的東西。有一次，在他們給他的手臂裹上石膏後不久，在晚餐桌上發生過這種情形。當時他們彼此沒多交談，但是都在想事情。噢對了，**離婚**的念頭籠罩在廚房桌上如同積滿黑雨的烏雲，鼓得滿滿的，眼看就要爆發。他難過得無法下嚥，一想到吃飯時這些黑色的**離婚**圍繞在四周，就讓他忍不住想吐。因為這念頭似乎極度重要，所以他全力集中精神，這時那種情況就發生了。等他回到真實世界時，他人躺在地板上，豆子和馬鈴薯泥撒在大腿上，媽咪抱著他哭，而爸爸在講電話。他嚇壞了，努力向他們解釋說他沒事，偶爾當他專注地想要瞭解超出他一般能理解的事情時，這情形就會發生。他試著說明東尼的事，他們說東尼是他的「隱形玩伴」。

父親說：「他產生了ㄏㄨㄢˋㄐㄩㄝˊ。現在看起來似乎沒事，不過無論如何還是請醫生給他檢查看看。」

醫生離開後，媽咪要他保證絕對不再那麼做，絕對不要再那樣子嚇他們，丹尼答應了。他自己也嚇壞了。因為當他集中精神時，心思飛出去找他爸爸，在東尼出現（遠遠的，如他往常一樣，從遠處呼喚著）之前有短暫的片刻，奇怪的東西遮蔽了廚房和藍色餐盤上切開的烤肉，有一瞬間他自己的意識陷入爸爸的黑暗中，接觸到一個他無法理解的詞，比離婚更嚇人的，那個詞就是**自殺**。丹尼後來再也沒有在爸爸心裡撞見過這個詞，當然也不會刻意去尋找。他不在乎是否永遠無法查明那個詞究竟是什麼意思。

但是，他的確喜歡集中精神，因為有時候東尼會來。並不是每一次；有的時候眼前的東西會變得暈暈的、模模糊糊的，一會兒又清楚了——事實上，是大多數時候——不過，有些時候東尼會出現在他視野的最外圍，從遠處喊著，召喚著……

自從他們搬到波爾德以來發生過兩次，他記得當他發現東尼從佛蒙特一路跟著他來時，有多麼地驚訝和高興。終究不是所有的朋友都遺留在佛蒙特。

第一次是他在後院的時候，沒發生什麼事，只有東尼向他招手，接著一片黑暗，幾分鐘後他回到現實世界，僅留下一點模糊的記憶片段，有如雜亂無序的夢境。第二次，是在兩個禮拜前，就比較有趣一點。東尼向他招手，從四碼外呼喊著：「丹尼……來看……」他似乎站起身，接著掉進一個很深的洞，就好像愛麗絲夢遊仙境一樣，然後他到了公寓房屋的地下室，東尼在他旁邊，指著陰影中的旅行箱，那是他爸爸裝所有重要文件，尤其是「劇本」的箱子。

「看到沒？」東尼以來自遠方的悅耳聲音說：「箱子在樓梯下面，就在樓梯底下。搬家工人把它放在……樓梯……正下方。」

丹尼走向前去更仔細地瞧瞧這個奇蹟，然後他又往下跌，這回從他一直坐著的後院鞦韆上跌下來，他的呼吸也幾乎停住。

三、四天後他爸爸跺著腳走來走去，氣沖沖地告訴媽媽，他已經找遍該死的地下室，旅行箱不在那裡，他要去告那該死的搬家公司，竟然把他的旅行箱丟在佛蒙特和科羅拉多之間的某個角落。假如這樣的事情一再冒出來，他怎麼有辦法完成「劇本」？

丹尼說：「不，爸比，箱子在樓梯下面。搬家工人把它放在樓梯正下方。」

爸爸奇怪地看他一眼，走下去察看。旅行箱在那兒，就在東尼指給他看的位置。爸爸將他拉到一邊，讓他坐在自己的膝上，然後詢問丹尼是誰讓他下去地窖的。是樓上的湯姆嗎？爸爸說，地窖很危險，那就是為什麼房東要把它鎖起來。假如有人沒把它鎖好，爸爸想知道是誰。爸爸很高興能拿到他的文件和劇本，但是他說，他覺得這樣不值得，萬一丹尼摔下樓梯，斷了……腿的話。丹尼十分認真地告訴父親，他並沒有下去地窖，門一直都有上鎖。媽媽也同意丹尼的話。她說，丹尼從來不曾到過後廳，因為那裡又濕又暗，還有很多蜘蛛。他並沒有說謊。

「那你怎麼會知道呢，博士？」爸爸問。

「東尼秀給我看的。」

他的父母在他頭頂上交換了一個眼色。這種情況以前發生過，三不五時，因為太嚇人了，所以他們很快就將它拋諸腦後。但是他知道他們很擔心東尼，尤其是媽媽，因此在她可能看到的地方，他小心翼翼地思考有何方法能讓東尼過來。不過此刻他想她正在床上休息，還沒到廚房走動，所以他努力集中注意力，看看是否能瞭解爸爸在想什麼。

他的眉頭皺起，有點骯髒的雙手在牛仔褲上緊握成拳。他沒有閉上眼，並不需要，不過他把眼睛瞇成一條縫，想像爸爸的聲音，傑克的聲音，約翰．丹尼爾．托倫斯的聲音，低沉而穩重的，有時開心得上揚，有時憤怒起來更為低沉，而想事情的時候則保持平穩。想事情，想著，想……

（正在想……）

丹尼悄聲嘆一口氣，垂頭彎腰地坐在路緣上，彷彿全身的肌肉都消失了。他充分感應到了；他看見那條街道，一對男孩和女孩走上另一邊的人行道，手牽著手因為他們

（？在談戀愛？）

覺得這天很愉快，很高興兩人白天能在一起。他看見風吹得秋天的落葉沿著排水溝滾動，如形狀不規則的黃色車輪。他看見他們經過的房子，注意到屋頂上覆蓋著

（屋瓦。我想如果遮雨板還好的話就沒問題。對，一定沒問題的。那個華生，真是號人物，希望能把他安插進「那齣戲」中。不當心點的話，我最後會把該死的所有人類全都寫進去。對了，屋瓦。那裡有釘子嗎？噢慘了，忘記問他了。好吧，反正釘子很容易買到，塞威的五金行。黃蜂，通常都在一年的這個時節築巢。我可能需要買個殺蟲噴霧罐，以防萬一我拆掉舊屋瓦的時候碰到。新的屋瓦。舊的）

屋瓦。所以這就是他正在想的事情。他得到那份工作了，正想著屋瓦的事。丹尼不知道華生是誰，不過其他的一切似乎夠清楚了。他或許有機會看到黃蜂的巢。毫無疑問的。

「丹尼……丹……」

他抬頭一看，發現東尼在街上遠處，站在停車標誌旁招著手。一如往常，丹尼在看見老朋友時感到一股溫暖的喜悅，但是這次他似乎也感覺到一絲恐懼，彷彿東尼背後隱藏著什麼邪惡的東西，跟著他一起過來。一罐黃蜂，一旦釋放出來就會深深地刺痛人。

不過，他非去不可。

他更加垂頭彎腰地坐在路緣上，雙手從大腿上緩緩滑下，在褲襠底下擺盪著，下巴深埋入胸口。然後隱約有股強大的拉力毫不費力地將一部分的他拉起，跟在東尼後頭跑進逐漸開闊的黑暗中。

「丹——」

此時黑暗中佈滿不停旋轉的白色物質。在夜裡化為冷杉的陰影被呼嘯的疾風推擠著，彎下腰、痛苦地發出咳嗽、哮喘的聲音。雪花旋轉、舞動著，到處都是雪。

「太深了，」東尼從黑暗中說，語調中有股哀傷把丹尼嚇了一跳。「深到出不去。」

另一個形影陰森森地逼近、聳立。長方形的龐然大物，傾斜的屋頂，在暴風雪的陰暗中變得朦朧不清的白色物體。許多窗戶。一棟狹長的建築，屋頂上鋪蓋著屋瓦。有的屋瓦比較綠，比較新。他爸爸鋪上了新的屋瓦，用塞威五金行買來的鐵釘。現在雪覆蓋在屋瓦上了，蓋住所有的事物。一盞青綠的巫婆燈在建築物正面照射出形狀，閃動著，然後變成兩根交叉骨頭上方咧著嘴笑的巨大骷髏頭。

「毒藥，」東尼從飄浮的黑暗中說：「毒藥。」

別的標語閃過他眼前，有的是以綠色文字書寫，有的是寫在斜插入雪堆的木板上。禁止游泳。危險！通電的鐵絲網。此地產已徵收。高壓電。導電用的第三軌。致命的危險。勿近。禁止入內。不得擅入。違者一律開槍射殺。他一個也不懂，因為他還不會認字！但他感覺得出所有的意思，一種不切實際的恐懼飄進體內幽暗的空洞，猶如見光死的淺棕色孢子。

那些標語漸漸淡出。現在他置身在擺滿奇特家具的房間裡，一個陰暗的房間。雪潑濺在窗戶上，宛如飛撒的沙子。他的口很乾，眼睛像灼熱的彈珠，心臟在胸腔怦怦怦地猛搥著。外頭傳來沉悶轟隆的聲響，好像有扇可怕的門突然大敞。腳步聲。在房間的另一端有面鏡子，在鏡子銀色的透明圓罩深處，有個單字出現在青綠的火焰中，那個字是：REDRUM。

這房間逐漸消失。又出現另一間房。他很熟悉

（將會熟悉）

這個房間。一張翻覆的椅子。雪從一扇破碎的窗子飛旋進來，讓地毯的邊緣結了霜。窗簾被拉扯下來，斜斜地披掛在斷裂的窗簾桿子上。一個矮櫃面朝上地倒在地上。

更多沉悶轟隆的聲響，穩定、有節奏而駭人。粉碎的玻璃。逐漸逼近的毀滅。嘶啞的聲音，一個瘋子的聲音，更恐怖的是那聲音聽來熟悉。

出來！你這小廢物，給我出來！吃你的藥！

砰。砰。砰。木頭裂成碎片。憤怒與滿足的狂吼。REDRUM。來了。

緩緩移動到房間的另一側。牆上的畫被撕下來。一台唱機

（？媽咪的唱機嗎？）

翻倒在地板上。她的唱片，葛利格、韓德爾、披頭四、亞特．葛芬柯、巴哈、李斯特，扔得到處都是，破裂成一片片邊緣呈鋸齒狀的黑色不規則三角形。一道光線從另一間房射進來，是間浴室，刺眼的白光和一個在藥櫃鏡子上閃爍不定的單字，有如紅色的警示燈，REDRUM，REDRUM，REDRUM——

「不，」他低喊著：「不要，東尼，拜託——」

此外，懸盪在白色陶瓷浴缸邊緣上的是，一隻手！柔軟無力的。一滴滴的鮮血（REDRUM）緩緩順著中間的那根手指流淌下來，從仔細修剪過的指甲滴到瓷磚上——

不，噢不，噢不——

（噢拜託，東尼，你把我嚇壞了）

REDRUM，REDRUM，REDRUM

（停，東尼，停下來）

漸漸淡去。

黑暗中，轟隆隆的噪音越來越響，越來越響，迴盪在四周，各個角落。

現在他蹲伏在陰暗的走廊，蜷縮在藍色的地毯上，一大堆扭曲的黑影編織入地毯的呢絨中。他傾聽逐漸接近的轟隆聲響，眼下一個影子轉了彎，步履蹣跚地朝他走來，聞起來有血和死亡的味道。影子一手拿著球桿，不懷好意地左右揮舞著（REDRUM），不時猛烈撞擊到牆上，劃破絲質的壁紙，讓大量的灰泥粉塵瞬間如魅影般飛散開來。

出來吃藥！像個男人把它吃下去！

那影子身形魁碩，朝著他前進，散發出酸酸甜甜的難聞氣味，手持的球桿以邪惡、低微的嘶嘶聲劃過空氣，每當碰撞到牆壁就發出巨大空洞的轟隆聲，接著噴發出一陣你能嗅到的煙塵，嗆鼻而令人發癢。小小的紅眼在黑暗中發著光。那怪物逼近他，它找到他了，顫抖地縮在這兒，背靠著一堵白牆，而天花板上的活動門鎖著。

黑暗。飄移。

「東尼，拜託，帶我回去，求求你，求求你——」

於是他回來了，坐在阿拉帕荷街的路緣上，襯衫濕濕地黏貼在後背，渾身是汗。耳邊仍聽得見不斷重複的巨大轟隆聲，並聞到自己的尿臭味，他在極度的恐懼中不小心尿出來了。他看得見那隻軟弱無力的手在浴缸邊緣晃來晃去，鮮血從一根指頭滴淌下來，中間的那根，還有那個令人費解，比其他任何東西都要來得恐怖的字：REDRUM。

此時陽光燦爛。真實的世界。只除了東尼，他正站在六條街外的轉角，僅剩一小點，聲音模糊、高亢、悅耳。「保重啊，博士……」

然後，下一瞬間，東尼不見了，爸爸破舊的紅色金龜車正轉過街角，顫顫巍巍地駛上這條街，後頭排放著藍色的煙霧。丹尼立即離開路緣，揮著手，兩腳交互地跳著，高聲喊道：「爸爸！嘿，爸！嗨！嗨！」

爸爸將福斯車轉進路緣，熄了火，打開車門。丹尼奔向他，卻當場僵住，眼睛睜大。他的心臟爬上喉嚨中間，凍結成硬塊。在他爸爸身旁，另一個前座上，放著一根短柄的球桿，球桿的頂端上凝結著血液和毛髮。

然而那只不過是一袋雜貨。

「丹尼……你還好嗎？博士？」

「嗯，我沒事。」他走向爸爸，將臉龐埋進爸爸那件羊皮內襯的牛仔外套，緊緊、緊緊地抱住他。傑克回摟著他，有一點點迷惑。

「嘿，博士，你不該這樣子坐在太陽底下。你在滴汗呢！」

「我想我剛才睡著了一下子。爸比，我愛你。我一直在等你。」

「丹，我也愛你。我帶了些東西回家，你想你長得夠強壯，可以把東西拿上樓嗎？」

「當然可以囉！」

「博士·托倫斯，世界上最強壯的人，」傑克說完弄亂他的頭髮。「他的興趣是在街角睡覺。」

之後他們走到大門邊，媽咪下樓到玄關迎接他們，丹尼站在第二級階梯，看著他們親吻。他們很高興見到彼此，身上散發出愛，正如同手牽手走上街的那對男女散發出來的愛一般。丹尼開心極了。

那袋雜貨——*只是*一袋雜貨——在他的手中噼啪作響。一切都很好。爸爸回家了；媽媽愛他。沒有壞事發生。不是每件東尼秀給他看的事情都會發生。

但，不安留存在他心上，強烈而恐怖地環繞著他的心，以及他在靈魂鏡子上看到的那個無法解讀的字。

5. 電話亭

傑克把福斯停在梅薩台地購物中心的雷克索爾藥房前面，熄掉引擎。他再度思量是否該去換掉汽油幫浦，接著又告訴自己他們負擔不起。反正，假使這輛小車能繼續開到十一月，就能光榮身退了。到了十一月，那邊山上的雪應該會高過金龜車的車頂……也許比三輛金龜車相疊起來還要高。

「博士，我希望你待在車裡，我會帶條糖果棒給你。」

「我為什麼不能進去呢？」

「我得打通電話，講點私事。」

「所以你才不在家裡打嗎？」

「沒錯。」

儘管他們的財務越來越吃緊，溫蒂仍堅持要有電話。她爭辯說家裡有幼小的兒童，尤其是像丹尼這樣偶爾會昏厥、身體不舒服的男孩，他們不能沒有電話。因此傑克付了三十元的裝機費，已經夠慘了，還要再付九十元的保證金，那真是重傷。但到目前為止，除了兩通打錯的之外，電話一直是悄無聲息的。

「爸爸，我可以要一條魯斯寶貝巧克力棒嗎？」

「可以，你乖乖坐好，不要玩排檔，好嗎？」

「好，我會看看地圖的。」

「你就看地圖吧！」

傑克下車後，丹尼打開金龜車的置物箱，取出五張破破爛爛的加油站地圖：科羅拉多州、內布拉斯加州、猶他州、懷俄明州和新墨西哥州。他喜歡公路地圖，喜歡用手指一路追蹤公路通往何處。對他而言，新地圖是搬到西部最棒的一件事。

傑克走到藥房的櫃檯，拿了丹尼要的糖果棒、一份報紙和一本十月份的《作家文摘》。他給櫃檯的女孩五塊錢，要求她找二角五分的硬幣給他。手裡拿著銀色的硬幣，他走到打鑰匙機器旁的電話亭，溜了進去。從這兒，透過三層玻璃他能看見金龜車裡的丹尼。男孩的頭低垂著，勤勉地研究地圖。傑克突然對男孩湧起一股近乎不顧一切的愛；顯露在臉上的情緒卻是冷硬嚴肅的。

他認為自己應該可以從家裡打這通義務的道謝電話給艾爾，他鐵定不會說出任何溫蒂會反對的話；但是他的自尊不容許。這些日子以來，他幾乎總是聽從他的自尊要他做的事，因為除了他的妻與子、存款帳戶裡的六百塊錢，和一輛一九六八年份了無生氣的福斯之外，自尊是他僅存的了，是唯一屬於他個人的東西。就連存款帳戶都是他和妻子共有的。一年前他還在新英格蘭最頂尖的預備中學教英文。那時有朋友——雖然與他戒酒前不盡然是同一票人——有歡笑，教書的同事讚佩他在課堂上純熟的教學技巧和私底下對寫作的投入。六個月前一切狀況都非常好；同時，在每兩週的工資週期結束後，還剩下足夠的錢可以開個小小的儲蓄戶頭。而在他喝酒的那段日子，儘管艾爾．蕭克利請過他非常非常多次，他卻從來沒有剩過半毛錢。他和溫蒂開始慎重地討論，要在大約一年內找棟房子付訂金，一間鄉下的農舍，花上六到八年徹底翻修，管他的呢，他們還年輕，有的是時間。

然後他的情緒就失控了。

喬治．哈特菲德。

希望的跡象轉變成庫爾莫特辦公室裡舊皮革的氣味，整件事宛如他自己劇本中的某一幕：牆上是史托文頓歷屆校長的老照片，以及描繪學校的鋼版畫，有一八七九年學校草創時期的，以及一八九五年，范德比爾特的獻金幫助他們興建體育館時的畫像，那棟建築至今仍坐落在足球場的西端，低矮、廣大，覆滿長春藤。四月長春藤在庫爾莫特狹長的窗外沙沙作響，暖爐的蒸騰熱氣發出令人昏昏欲睡的聲音。這不是佈景，他記得自己心想。這是現實，是他的人生。他怎麼能搞到如此糟糕的地步？

「傑克，這事態嚴重，非常非常地嚴重。董事會要我向你傳達他們的決定。」

董事會希望傑克辭職，傑克照辦了。換作不同的情況下，他這個六月應該能取得終身職。

在庫爾莫特辦公室的會談之後，他度過人生中最灰暗、最可怕的一夜。需要與渴望喝醉的衝動不曾如此強烈。他的兩手發抖，把東西打翻，不斷想對溫蒂和丹尼發火，脾氣就像拴在磨損皮帶上的兇暴動物。他害怕自己可能會攻擊他們，於是離開家，結果來到酒吧外頭。唯一阻止他進去的是，他心知一旦走進酒吧，溫蒂最後會離開他，並且帶著丹尼一起走，而他們離開的那一天就是他的死期。

酒吧裡幽暗的影子正坐著品嘗美味的忘憂水，他沒走進去，轉身前往艾爾．蕭克利的家。董事會的票數是六票對一票，艾爾是唯一的那一票。

現在他撥號給接線生，她告訴他，投下一元八角五分，他就能和兩千哩外的艾爾聯繫三分鐘。時間是相對的，寶貝，他一邊想著，一邊塞進八個二角五分的硬幣。隱隱約約地，他能聽見通訊線路在嗅找向東之路時，發出電子的嘟嘟聲。

艾爾的父親就是鋼鐵大王亞瑟．朗利．蕭克利。他遺留給獨子艾爾一大筆財富以及範圍廣泛的投資、管理職，和許多董事會的席位，其中之一就是史托文頓私立預備中學的董事會，這是他老人家最喜歡的慈善機構。亞瑟和艾爾．蕭克利兩人都是校友。艾爾住在巴赫，非常接近學校，因此親自過問學校的事務，擔任史托文頓的網球教練好幾年。

傑克和艾爾並非出於巧合，完全是自然而然地成為朋友：他們在許多一同參加的學校和教職員活動中，總是喝得最醉醺醺的兩位。蕭克利與妻子分居，而傑克本身的婚姻正緩緩地往下滑，縱使他仍深愛著溫蒂，（屢次）誠摯地許諾他會洗心革面，為了她，也為了寶寶丹尼。

他們兩人從無數的教職員餐會轉戰酒吧，泡到酒吧關店，然後在某間小雜貨店停下來買箱啤酒，再把車停在某條偏僻小路的盡頭喝酒。有好些個早晨，傑克步履蹣跚地走進租來的房子時，天空已漸露曙光，他發現溫蒂和寶寶睡在長沙發上，丹尼總是靠裡側，小拳頭蜷縮在溫蒂下巴突出的部位底下。他凝視著他們，感到一股苦澀的自我嫌惡哽在喉頭，甚至比啤酒、香菸和馬丁尼（或者如艾爾所稱的火星人）的滋味還要強烈。那時他的腦子就會神智清楚、深思熟慮地想到槍、繩子或者刮鬍刀片。

倘若喝酒狂歡是在平日的夜晚，他就睡個三小時，起床，著裝，嚼四顆益斯得寧止痛錠，然後帶著醉意出門去教九點鐘的英詩。早安，各位，今天紅眼奇才要告訴你們，朗費羅如何在一場大火中失去了他的妻子。

他不認為自己是個酒鬼。傑克心裡想著事情時，艾爾的電話開始在他耳邊響起。那些他缺席或是鬍子沒刮就去教的課，仍然充滿昨晚火星人的臭味。我不是酒鬼，我隨時都能停。那些他和溫蒂分床而眠的夜晚。聽好，我沒醉。撞毀的擋泥板。沒問題，我可以開車的。那些她總在浴室流下的淚水。任何聚會只要有供應酒，即使是紅酒，同事們都會投來小心翼翼的眼神。慢慢地他逐漸醒悟到自己是別人談論的對象；認知到他的安德伍德打字機毫無產出，只有一球球大多空白最後扔進字紙簍的紙團。他曾算是史托文頓的當紅炸子雞，也許是慢慢嶄露頭角的美國作家，更無疑是極有資格教導那巨大奧秘——創意寫作——的人選。他出版過二十四篇短篇小說。本來正在寫一本劇本，認為或許還有本小說在某間心靈的秘室醞釀著。但如今他不再創作，他的授課變得不穩定。

一切終於在某天夜裡結束，離傑克折斷兒子的手臂不到一個月。在他看來，折斷兒子手臂那件事終結了他的婚姻。剩下的只需要溫蒂下定決心……他知道，要不是她母親是個超級討人厭的婆娘，溫蒂早在丹尼康復可以旅行時，就搭巴士回新罕布夏州了。一切結束。

時間剛過午夜，傑克和艾爾開在國道三十一號上，正要進入巴赫。艾爾坐在他的積架駕駛座上，如耍特技般在彎道上變換車道，有時甚至越過雙黃線。他們兩人都喝得爛醉；那晚火星人大舉登陸。他們來到橋前的最後一個彎道時，時速七十，路當中突然出現一輛兒童的腳踏車，接著積架車輪上的橡膠被扯成碎片，響起尖銳、刺耳的嘎吱聲。傑克記得看見艾爾的臉赫然聳現在方向盤上，宛如一輪明月。然後令人恐怖的哐啷聲響起，他們以時速四十的速度撞到腳踏車，小車子瞬間飛起有如一隻彎折、扭曲的鳥兒，車把撞擊擋風玻璃後，又彈到空中，在傑克圓睜凸起的眼前，將安全玻璃撞出星狀裂紋。半晌，他聽見最後的可怕轟然巨響，腳踏車摔落在他們身後的道路上。有東西在車輪輾過時發出砰的一聲。積架偏向一側滑行，艾爾仍操縱著方向盤，傑克聽見自己的聲音在遠處說：「天啊，艾爾。我們撞到他了，我有感覺到。」

在他的耳畔，電話仍繼續在響。快接啊，艾爾。在家吧！讓我把這件事作個了結。

艾爾在離橋柱不到三呎處猛然把車停下來，車輪冒著煙，兩個輪胎都扁平了，留下長達一百三十呎、蜿蜒曲折的燒焦橡膠環。他們互相對視了一會兒，然後奔回寒冷的闃黑中。

腳踏車徹底毀壞。一個輪子不見了，艾爾回頭看見輪子躺在路的正中央，半打的輪輻豎起來宛如鋼琴弦。艾爾遲疑地說：「傑克小子，我想那就是我們輾過的東西。」

「那小孩在哪裡呢？」

「你有看到小孩子嗎？」

傑克蹙起眉頭。一切發生得實在太快：來到轉角；腳踏車赫然出現在積架的頭燈照射處；艾爾高聲叫嚷；接著是衝撞及長長的滑行。

他們將腳踏車搬到路肩。艾爾回到積架上，打開緊急警示燈。接下來兩個小時，他們利用四顆電池的強力手電筒搜找路邊，但一無所獲。雖然夜已深，仍有許多車子經過受困的積架，和拿著擺動不定的手電筒的兩個男人，卻沒有一輛車停下。傑克稍後認為這是某種奇特的天意，偏要給他們兩人最後一次機會，讓他們避開警察，不讓任何經過的人去通知警察。

兩點十五分他們回到積架上，神智清醒但惶惶不安。「假如沒有人騎的話，那輛腳踏車怎麼會跑到路中間？」艾爾質問：「它不是停在路邊，是在馬路該死的正中央啊！」

傑克只能搖搖頭。

「你要找的人沒有接電話，」接線生說：「你希望我繼續試嗎？」

「接線生，再多響幾下吧，可以嗎？」

「可以的，先生。」那聲音盡職地說。

艾爾，快接吧！

艾爾徒步過橋到最近的公用電話打給一位單身的朋友，告訴他，如果他願意把積架的雪胎從車庫搬出來，載到巴赫外圍的三十一號公路大橋的話，就能獲得五十元。那朋友在二十分鐘後露面，穿著牛仔褲和睡衣的上衣。他審視了一下現場。

「有撞死人嗎？」他問。

艾爾已經用千斤頂將車子後半部托起，傑克正鬆開固定車輪的大型螺帽。「上天保佑，沒撞到人。」艾爾說。

「不管怎樣，我想我就直接開回去了。早上再付錢給我吧。」

「好啊！」艾爾頭也沒抬地回說。

他們兩人沒出任何意外地將輪子裝好，然後一起開回艾爾．蕭克利的家中。艾爾把積架在車庫停妥後熄火。在幽黑的寂靜中，他說：「傑克小子，我要戒酒了。全都結束了。我剛消滅了我的最後一個火星人。」

而今，傑克在電話亭裡冒著汗，突然想到自己從未懷疑過艾爾有辦法堅持下去。他開車回到自己的家，坐在福斯裡頭將收音機音量調大，有個迪斯可的樂團一遍又一遍地吟頌著，在破曉前的屋子裡如護身符一般：儘管去做吧……你想要做……就隨你高興地去做吧……無論音量調多大聲，他總是聽到輪胎尖銳的嘎吱聲，和砰的那聲撞擊。當他緊閉起雙眼，他能看見那個被壓毀的輪子，破碎不全的輪輻直指著天空。

他進屋時，溫蒂睡在長沙發上。他往丹尼的房間裡瞧，丹尼躺在嬰兒床上，沉沉地睡著，手臂仍埋在石膏裡。從外頭街燈透進來的柔和光線中，他能看見純白石膏上頭的深色線條，那兒有所有小兒科醫生和護士的簽名。

那是意外。他從樓梯上摔下來。

（噢，你這卑鄙的騙子）

那是意外。我一時情緒失控。

（你這他媽的酒醉廢物，上帝從祂鼻子擤出來的鼻涕，那就是你。）

嘿，聽著，拜託，別這樣，只是個意外——

但搖擺不定的手電筒影像驅散了最後一聲懇求，他們搜遍了十一月下旬乾枯的草叢，尋找理當四肢攤開躺臥在那裡等候警察的軀體。開車的人是艾爾並不重要；有些夜晚是由他開的車。

他將被子拉上來幫丹尼蓋好，走進臥室，從衣櫃最上層取下點三八口徑的西班牙拉瑪半自動手槍。槍收在鞋盒中。他拿著槍在床上坐了將近一個鐘頭，仔細端詳著，為槍枝致命的亮光所震懾。

他把槍放回盒子裡並擺回衣櫃時，天已大白。

那天早上他打電話給系主任布魯克納，請他找人代他的課，他感冒了。布魯克納答應了，口氣不若平常那般的和善體貼。傑克．托倫斯去年一年中非常容易感冒。

溫蒂幫他準備了炒蛋和咖啡，他們默默地吃著。唯一的聲響來自後院，丹尼在那兒開心地用沒事的那隻手將他的卡車開過沙堆。

她去洗碗盤時，背對著他說：「傑克，我一直在考慮。」

「是嗎？」他用顫抖的手點燃一根菸。說也奇怪，今天早上沒有宿醉，只有發抖。他眨眨眼睛。在剎那的黑暗中，腳踏車飛起來撞到擋風玻璃，在玻璃上造成星狀裂痕；輪胎發出尖銳的聲音；手電筒來回擺動著。

「我想要跟你談談……什麼對我和丹尼最好。也許，對你也是。我不知道。我想，我們早在之前就該談了。」

「妳能為我做件事嗎？」他問，眼睛盯著搖搖晃晃的香菸濾嘴。「幫我一個忙？」

「什麼忙？」她的聲音單調，不帶絲毫感情。他望著她的後背。

「我們一個禮拜後再談，如果到時妳還想談的話。」

她轉身面向他，兩手邊上淨是肥皂泡，漂亮的臉蛋蒼白，一副不再抱有幻想的樣子。「傑克，承諾對你並不管用，你只是馬上又繼續——」

她停頓下來，直視著他的眼睛，愣住了，突然間感到不確定。

「一個禮拜，」他說。他的聲音喪失所有的氣力，變成喃喃低語。「拜託。我不是在承諾什麼。如果到時妳還想要談，我們就談，談任何妳想談的事。」

他們隔著充滿陽光的廚房互相凝視了好長一段時間，當她轉回去洗碗盤，沒再多說一句話時，他開始打顫。天啊！他需要喝一杯，只要一小杯提神酒讓他能看清事情的真實面——

「丹尼說他夢見你出了車禍，」她突然說：「他偶爾會作些古怪的夢。今天早上我幫他穿衣服的時候，他對我說的。你有嗎，傑克？你有發生什麼意外嗎？」

「沒。」

到中午，想喝酒的渴望已變成輕微的發燒。他跑去艾爾家。

「你沒喝酒吧？」艾爾讓他進去前先問一聲。艾爾看起來很恐怖。

「一滴也沒沾。你看起來像是《歌劇魅影》中的朗．錢尼❹。」

「進來吧！」

他們整個下午都在玩雙人紙牌遊戲，沒有喝酒。

過了一星期。他和溫蒂沒太多交談。但他心知她正在觀察，並不相信他。他喝黑咖啡和無數罐的可口可樂。有天晚上他喝了整整一組六罐的可樂，結果衝進浴室嘔出來。酒櫃的瓶子數量並沒有減少。他上完課就去艾爾．蕭克利家——她恨透了艾爾．蕭克利，他是她這輩子最討厭的人——他回家時，她發誓聞到他呼出的口氣中有蘇格蘭威士忌或琴酒的味道，但他會在晚餐前口齒清晰地和她聊天，晚餐後喝杯咖啡，陪丹尼玩，和他共享一罐可樂，讀床邊故事給他聽，然後坐下修改作文，喝著手邊一杯又一杯的黑咖啡，於是她不得不承認自己搞錯了。

幾週過去，沒說出口的話語更進一步撤離她的唇邊。傑克察覺到那個詞撤退了，但他曉得那個詞永遠不會徹底退隱。情況開始稍微和緩。接著是喬治．哈特菲德的事件；他再度情緒失控，這回可是完全清醒的。

「先生，你要找的對象還是沒有——」

「喂？」艾爾的聲音，上氣不接下氣的。

「請說吧。」接線生陰沉地說。

「艾爾，我是傑克．托倫斯。」

「傑克小子！」真誠的喜悅。「你還好嗎？」

「很好。我只是打來向你道謝，我得到那份工作了，非常理想的工作。假如我在下雪的整個冬天沒辦法寫完那該死的劇本，那我永遠也無法完成了。」

「你會完成的。」

「最近怎麼樣？」傑克遲疑地問。

「沒喝。」艾爾回答：「你呢？」

「一滴也沒喝。」

「很想念嗎？」

「每天都在想。」

艾爾放聲大笑。「那情景我很熟。不過，傑克，我真不知道你在哈特菲德那件事過後，怎麼能保持滴酒不沾？那事實在太超過了。」

「我真的是自己把事情搞砸了。」他平靜地說。

「噢，去他的！等春天一到我就召開董事會。艾芬格已經在說，他們可能太過草率了。而且

❹Lon Chaney：好萊塢默片時代的恐怖大師，以精湛特殊的化妝技巧著稱，被譽為「千面人」，於一九二五年飾演《歌劇魅影》中的魅影而聲名大噪。

假如那劇本有點成績——」

「嗯啊。聽著，艾爾，我孩子還在車上，他看起來好像快要坐不住了——」

「喔沒問題，我瞭解。傑克，希望你在山上度過愉快的冬天。很高興我能幫上忙。」

「艾爾，再次謝謝你。」他掛斷電話，在悶熱的電話亭裡閉上眼睛，再度看見那撞毀的腳踏車，來回搖晃的手電筒。隔天報紙上有篇短文，事實上只不過是篇塾檔的文章，但是並沒有提及腳踏車主人的名字。為何那輛腳踏車深夜裡會出現在那兒，對他們而言永遠是個謎，或許它原本就該如此。

他走出去回到車上，將有點融化的巧克力棒拿給丹尼。

「爸爸？」

「什麼事，博士？」

丹尼猶豫了一下，注視著父親心不在焉的臉龐。

「我在等你從旅館回來的時候，作了一個惡夢。你記得嗎？我睡著了？」

「嗯。」

但是沒有用，爸爸的心思在別的地方，不在他身上。又在想壞事了。

（爸爸，我夢見你傷害我啊）

「什麼樣的夢呢，博士？」

「沒什麼。」他們開出停車場時丹尼回答說。他將地圖放回置物箱。

「你確定嗎？」

「確定。」

傑克無力而困惑地看了兒子一眼，接著思緒又轉回到他的劇本上。

6. 暗夜思潮

歡愛結束，她的男人在她身旁熟睡著。

她的男人。

她在黑暗中微微笑了，他的種子仍帶著暖度緩緩從她稍微分開的大腿間流淌下來，她的微笑既悲傷又喜悅，因為她的男人這個詞句喚起千百種情感。每種情感單獨檢視都是迷惑。結合在一起，在這幽暗中沉沉欲睡，就好像是在幾乎快荒廢的夜店遠遠聽到的藍調，令人憂傷卻又愉悅。

愛你啊，寶貝，簡單得就好像從圓木上滾落，
但假如我無法成爲你的女人，我也絕不會成爲你的狗。

那是比莉·哈樂黛嗎？還是某位較平淡的歌手如佩姬李？無所謂。那聲調低沉而傷感，在她腦海的寂靜中柔美地唱著，彷彿是從老式的渥爾萊茲點唱機播放出來的，或許，是在關店前的半小時。

現在，遠離她的意識層，她想著自己和身旁這個男人究竟睡過多少張床？他們在大學相識，第一次做愛是在他的公寓……那是在她母親將她趕出家門後不到三個月的事，母親叫她永遠不要再回來，如果她想找去處的話，可以去找她父親，因為是她造成他們離婚的。那是在一九七〇年。那麼久以前的事了嗎？一學期後他們同居了，分別找到暑期的工作，大四學年開始時仍住在

那間公寓裡。那張床她記得最清楚，一張大的雙人床，中間微微凹陷。他們做愛時，生鏽的彈簧床墊數算著節拍。那年秋天她好不容易終於與她母親分開，傑克協助她的。傑克說，她想要繼續打擊妳。妳越常打電話給她，越常爬回去乞求原諒，她越能用妳父親來打擊妳。這對她有好處，溫蒂，因為這樣一來她就能繼續假裝一切都是妳的錯，但對妳並不好。那年，他們在那張床上討論過一次又一次。

（傑克坐起身來，被子堆聚在他的腰部四周，手指間夾著燃燒的香菸，直視她的眼睛——他這樣做時總是半帶著幽默，半帶著怒氣——告訴她：她叫妳永遠別再回去，對嗎？別再到她家去，是嗎？那爲什麼知道是妳打的電話時，卻不掛電話呢？爲什麼只有在我陪著妳的時候，才叫妳不准進去呢？因爲她認爲我可以稍稍約束她的行爲。寶貝，她想要繼續直接逼迫妳。妳如果讓她得逞下去，妳就是傻瓜。她叫妳再也不要回去，妳何不照她的話去做呢？別再想了。最後她認同了他的看法。）

是傑克提議要分開一段時間的，他說，好仔細思量這段感情關係。她一直擔心他是開始對別人感興趣，後來她發現並不是那麼回事。他們在春天又復合了，他問她是否去見了她父親。她嚇得跳起來彷彿他用馬鞭抽了她一下。

你怎麼知道的？

影子知道。❺

你在暗中監視我嗎？

他不耐煩地笑了，他這樣子笑總讓她覺得自己很笨拙，彷彿她才八歲，他能比她自己更清楚地看出她的心思。

溫蒂，妳需要時間。

幹嘛？

我猜……妳需要時間考慮，妳想要嫁給我們哪一個人？

傑克，你在說什麼？

我想我是在求婚。

婚禮。她父親有到場，母親沒有出席。她發現自己能接受這一點，只要有傑克在。然後是丹尼的到來，她完美的兒子。

那是最美好的一年，最棒的床。丹尼出生後，傑克幫她找了一份工作，為六位英語系教授打字，例如：小考、考試、課程摘要、讀書筆記和讀物清單等。她最後幫其中一位打了一篇小說，那篇小說始終未能出版……傑克對其頗為不屑，私下感到高興。這工作一星期可賺四十元，甚至在她打那篇失敗的小說的兩個月間，一路飆升到六十元。他們買了第一輛車，一輛中間有嬰兒座椅、五年的中古別克。一對前途似錦、努力向上爬的年輕夫妻。丹尼迫使她與母親和解，雖然她們之間的關係總是緊張，從來都不愉快，但終究還是和解了。她帶丹尼回娘家時，傑克沒有陪同她去。她沒告訴傑克，她母親總是重新包過丹尼的尿布，對他的配方奶緊皺眉頭，而且永遠都能用非難的態度在嬰兒的屁股或私處發現疹子的初期症狀。母親從不把話挑明，但無論如何她的訊息還是會傳達出來：她開始（也許以後一直都得）為彼此的和解付出的代價是，感覺自己是個不稱職的母親。這是她母親繼續巧妙壓迫她的手段。

白天，溫蒂待在家當家庭主婦，在兩層樓四間房的公寓裡，陽光普照的廚房中以奶瓶餵丹

❺The Shadow Knows：出自電影「影子」，亦翻為「魅影奇俠」，片中最著名的金句是：「有誰知道潛伏在人們內心深處的邪惡是什麼？影子知道。」（Who knows what evil lurks in the hearts of men？The Shadow knows.）

尼，用高中時代沿用至今的破舊隨身音響播放她的唱片。傑克三點會回到家（或者假如他覺得可以翹掉最後一堂課的話就是兩點），丹尼睡覺的時候，他會帶她進臥房，她擔心自己不夠稱職的恐懼就會消失無蹤。

夜晚，她打字的時候，他會寫文章、做作業。那些日子裡，有時候她走出擺放打字機的臥室，會發現他們兩人睡在沙發床上，傑克只穿著一條內褲，丹尼四肢大張舒舒服服地趴在丈夫的胸膛上，拇指還塞在嘴裡。她將丹尼放進嬰兒床，然後讀一下傑克當晚寫的東西，再喚醒他上床去睡。

最棒的床，最美好的一年。

太陽總有一天會照亮我的後院……

那時候，傑克喝酒仍有節制。星期六晚上，他的一群同學來訪，他們邊喝著一箱啤酒邊討論，她很少參與其中，因為她的領域是社會學，他的則是英文：爭論皮普斯的日記到底是文學還是歷史；討論查爾斯．歐爾森的詩；有的時候朗讀發展中的作品。就這些和上百個其他的議題，不，上千吧。她並沒有感受到想真正參與的強烈衝動；光坐在傑克身旁的搖椅上就夠了，他盤腿坐在地板上，一手拿著啤酒，另一手輕輕圈著她的小腿，或是環住她的腳踝。

新罕布夏大學的競爭激烈，傑克尚有額外的寫作負擔。他每晚至少花上一個小時寫作，那是他的例行公事。星期六的討論會是必要的抒壓治療，幫助他宣洩一下，否則可能會不斷不斷地膨脹直到爆發。

結束研究所的課業後，他找到一份在史托文頓的工作，主要是憑藉著他的短篇小說的力量，當時他出版了四篇，其中一篇登在《君子》（Esquire）雜誌上。那天她記得非常清楚，得花上三年以上的時間才能夠忘卻。她險些將那信封扔掉，以為只不過是通知訂閱有優惠的信函，打開後卻發現是封信，上頭寫著《君子》雜誌希望隔年年初能刊登傑克的短篇小說〈關於黑洞〉。他們將會付九百元，不是出版時付款，而是他一同意就付。那幾乎等於打文件半年的收入，她飛也似的衝到電話旁，將丹尼留在嬰兒高腳椅上，他滑稽地在她身後轉動著眼珠，小臉蛋上沾滿奶油豌豆和牛肉泥。

傑克四十五分鐘後從學校回到家，別克載了七個朋友和一桶啤酒。在乾杯的儀式過後（溫蒂也喝了一杯，雖然她平常不喜歡啤酒），傑克簽署了同意書，放入回函信封，走到街尾把信投入信箱。他回來時，嚴肅地站在門口說：「我來，我見，我征服。」❻大家一陣歡呼鼓掌。那晚十一點酒桶空了，傑克和僅剩的另外兩位尚能行走的朋友要再去泡幾間酒吧。

她在樓梯走道上將他拉到一旁。另外兩人已經上了車，醉醺醺地唱著新罕布夏的加油歌。傑克單膝跪地，看似聰明卻笨手笨腳地繫著麂皮鞋的鞋帶。

「傑克，」她說：「你不該去。你連鞋帶都繫不好了，更別說是要開車。」

他站起來，平靜地將雙手放在她的肩膀上。「今晚如果我想要的話，甚至可以飛到月球去。」

「不，」她說：「就算擁有世上所有《君子》雜誌的文章你都別去。」

「我會早點回家的。」

但是他到清晨四點才回家，嘴裡唸唸有詞腳步蹣跚地上樓，進來時把丹尼吵醒。他試著安撫

❻我來，我見，我征服（Veni, vidi, vici）：凱撒大帝擊潰本都國王法爾奈克二世後，傳捷報回羅馬時所寫的名言。

嬰孩，卻不小心將他摔到地板上。溫蒂急忙衝出，還沒想到別的就先擔心她母親看到瘀青的話會說什麼——上天幫幫她吧，幫幫他們兩個吧——然後一把抱起丹尼，在搖椅上坐下來，安撫著他。在傑克離開的五個小時之中，她大多想著她的母親，想她母親預言傑克永遠成不了器。高見，她母親說過。確實是。領救濟的隊伍中多的是受過教育滿腦子高見的傻子。《君子》雜誌的短篇究竟證明了她母親是對是錯？溫妮費德，妳沒把寶寶抱好。來，交給我。難道她沒好好支持她丈夫嗎？否則他高興時為何要出門呢？她的心中湧起一股無助的恐懼，她不曾想過他外出的理由根本與她無關。

「恭喜啊，」她搖著丹尼說——他又快睡著了。「你說不定害他腦震盪了。」

「只不過是瘀青而已吧！」他聽起來鬱鬱不樂，想要表示悔意：小男孩一個。那一瞬間她恨他。

「也許是，」她口氣緊繃地說：「也許不是。」她聽過太多次母親以這樣的語調對離婚的父親說話，這讓她既厭惡又害怕。

「有其母必有其女。」傑克嘟囔著說。

「上床去！」她大聲喊著，恐懼爆發出來聽起來像是憤怒。「上床去，你喝醉了！」

「別指使我該做什麼。」

「傑克……拜託，我們不應該……孩……」她不再吭聲。

「別指使我該做什麼。」他悶悶地重申一次，接著走進臥室。她獨自和又睡著了的丹尼留在搖椅上。五分鐘後傑克的鼾聲傳出來到客廳，那是她睡在長沙發上的第一晚。

如今她在床上輾轉反側，已經昏昏欲睡。她的腦子，在睡眠的侵襲下掙脫了線性的次序，飄過待在史托文頓的第一年，經過不斷惡化的時日到達最低潮：她丈夫折斷了丹尼的手臂，最後思緒來到那天早晨吃早餐的角落。

丹尼在外頭沙堆玩著小卡車，手臂仍裹著石膏。傑克坐在餐桌旁，面無血色一片死灰，香菸在指間抖動著。她決定向他要求離婚。她從各個角度仔細思考過這個問題，事實上在手臂折斷前已考慮了六個月。她告訴自己，要不是因為丹尼，她老早就下定決心了，但就連這點也未必是真的。在傑克出門的漫漫長夜裡她時常作夢，總是夢到母親的臉和她自己的婚禮。

（是誰要嫁女兒？她父親站在一旁，穿著他最上乘的西裝，儘管衣料其實一點也不好——他是個旅行各地的推銷員，推銷著即將破產的一系列罐頭商品——他的臉色疲憊，看起來多麼衰老，多麼蒼白：是我。）

即使在意外過後——如果可以稱為意外的話——她仍舊無法全盤坦白說出，承認她的婚姻是嚴重失衡的挫敗。她在等待，愚蠢地希望奇蹟出現，期待傑克不僅能看清楚他自己的狀況，還有她的。但事情惡化的速度並沒有減緩。先是離家去學校前喝一杯；在史托文頓學校宿舍午餐時，喝個二到三杯啤酒；晚飯前喝三或四杯馬丁尼；改考卷時再喝個五、六杯。週末是最嚴重的，與艾爾．蕭克利出門的夜晚更糟。她作夢也沒想過，身體沒有任何毛病時，生命居然能如此地痛苦。她一直很難過。造成這種情況有多少是她的責任？這問題始終糾纏著她。她覺得自己像母親，有時像父親。偶爾她覺得自己恢復正常時，又會想不知丹尼的感覺如何，擔心有一天丹尼長大了會指責她。她還想著他們要何去何從。她毫無疑問母親會接納她，也確信經過半年後，在看著母親重新包過尿布，重新煮過或分配過丹尼的飲食，一回到家就發現他的衣服換過，或是頭髮剪了，或者她母親覺得不合適的書被悄悄擱置在閣樓某個遺忘的角落……在度過半年這樣的生活後，她的精神鐵定會徹底崩潰。而她母親會拍拍她的手安慰她說，雖然這不是妳的錯，但全都是妳自己的責任。妳從來就沒有準備好。當妳介入妳父親和我之間時，妳就露出本性了。

我父親，丹尼的父親，我的，他的。

（是誰要嫁女兒？是我。六個月後死於心臟病發。）

那天早晨的前一晚，在他進房前她幾乎一直清醒地躺著，思考著，作出決定。她告訴自己，離婚是無可避免的。她的決定無關她的母親和父親，也無關她對他們婚姻懷著的內疚，和她覺得自己不夠稱職的想法。假如她打算搶救她成年初期的任何東西，為了兒子，為了自己，那就非得離婚不可。牆上的筆跡狂亂卻清晰。她丈夫是個酒鬼。他的脾氣本來就壞，加上現在喝酒喝得兇，寫作又非常不順，他再也無法完全控制住自己的脾氣。無論是不是意外，他折斷了丹尼的手臂。而且他即將失去工作，若非今年就是明年吧！她已經留意到其他同事太太同情的眼神。她告訴過自己要儘可能死守住婚姻這份麻煩的工作，但現在不得不放棄了。傑克可以有充分的探視權，她只需要他的贍養費直到她能找到工作，獨立自主為止。她動作得相當迅速，因為她不曉得傑克能夠支付贍養費多久。她會盡量不夾帶太多的怨恨來提出離婚，但是他們的婚姻關係必須終止。

她如此想著，陷入不安的淺眠中，被親生母親和父親的臉孔糾纏著。母親說，妳一無是處，只會破壞家庭。牧師說，是誰要嫁女兒？父親說，是我。然而到了明亮晴朗和煦的早晨，她的想法依舊不變。她背對著他，雙手至腕關節全浸在溫暖的洗碗水中，心裡不好受地開口。

「我想要跟你談談什麼可能對我和丹尼最好。也許，對你也是。我想，我們早在之前就該談了。」

然後他說了奇怪的話。她原本預期會看見他的怒火，激起他的怨恨和反唇相譏。她預料他會瘋狂地衝向酒櫃。但絕沒料到如此輕柔，幾乎毫無抑揚頓挫的回答，這完全不像他。簡直就像與她生活了六年的傑克昨晚再也沒回來，彷彿某個她從不認識、或不十分清楚的神秘分身取代了他。

週。

「妳能為我做件事嗎？幫我一個忙？」

「什麼忙？」她得嚴密地控制自己的聲音別發抖。

「我們一個禮拜後再談，如果到時妳還想談的話。」

她同意了。他們之間依然沒提及那個詞。那個禮拜他比以往更常去見艾爾・蕭克利，但他早早就回家，氣息中也沒有酒精味。她幻想她聞到了，但心裡明白實際上並沒有。再過一週。又一週。

離婚交回審議，沒有投票。

究竟發生了什麼事？她仍在懷疑，依然沒有一點頭緒。這話題成為他們之間的禁忌。他就像是在轉角探身出去，看見意料之外的怪獸隱身在那兒等待著，蹲伏在牠以前殺害掉的乾枯骸骨之間。烈酒仍在櫃子中，但他絲毫沒碰。她好幾次考慮要把酒扔掉，但到末了總是打消念頭，彷彿一旦做了，某種不明的魔咒會就此破解。

另外還要考量的是丹尼的事。

倘若她覺得自己不瞭解丈夫，那她對她的孩子則是敬畏。「敬畏」完全是照字面上的意思：一種無法言明的迷信恐懼。

微微打著盹，丹尼誕生那一刻的影像浮現在她的腦海。她再度躺在分娩台上，渾身是汗，頭髮束起來，兩腳張開跨在腳蹬上。

（由於他們不斷給她吸入笑氣，所以她有一點點亢奮；在某個時間點甚至嘟囔著說，她覺得像在拍輪暴的廣告，一旁的護士是個老鳥，助產過的嬰兒可以組成一所高中，她覺得溫蒂的幻想非常好笑。）

醫生站在她分開的兩腿間，護士則站到旁邊，一面準備器具一面哼唱著。劇烈、鮮明的痛楚以穩定縮短的間距出現，她好幾次儘管覺得丟臉仍尖叫出聲。

之後醫生相當冷酷地告訴她必須用力，她照著做，接著感覺醫生從她身上取出某樣東西。那感覺清晰分明，她一輩子不會忘記——那東西被拿出來。然後醫生抓住她兒子的腿，把他舉起來，她看見他小小的性器官，立刻知道他是個男孩。在醫生摸索著空氣呼吸器時，她瞥見了別的東西，原本以為所有的吶喊已用盡，但那東西恐怖到讓她找到力量再度尖聲大喊：

他沒有臉！

不過，嬰孩當然有臉，丹尼本身可愛的臉蛋，出生時罩著他的羊膜如今存放在小罐子裡，她幾乎感到可恥地一直保留著。她並不贊同古老的迷信，然而儘管如此她仍舊保存著羊膜。她不同意無稽之談，但這男孩打從一開始就很不尋常。她並不相信預知的能力，但是——

爸爸是不是出車禍了？我夢見爸爸出了車禍。

有件事改變了他。她不相信只是因為她準備要提離婚就能改變他，那天早晨之前鐵定發生了什麼事，在她睡得不安穩的時候出事了。艾爾．蕭克利說沒發生什麼事，一點事都沒有，但他說這話時目光迴避著她；而且倘若你相信同事的流言蜚語，據說艾爾也在戒酒。

爸爸是不是出車禍了？

也許是命中偶然的碰撞，當然沒有更具體的證據。她比平常更仔細地看了當天和隔天的報紙，但沒有一則新聞能與傑克聯想在一起。老天保佑，她一直在尋找肇事逃逸的車禍，或是造成重傷的酒吧口角，或……誰知道呢？誰想要呢？可是沒有警察上門拜訪，來詢問問題，或帶著搜索令讓他有權從福斯車的保險桿上刮下油漆採證。什麼事也沒有。只有丈夫一百八十度的轉變，和兒子醒來時睡得迷迷糊糊的問題：

爸爸是不是出車禍了？我夢見……

她醒著的時候，不願承認自己是為了丹尼而不得不和傑克在一起，但如今，在淺眠的時候，她可以坦承：幾乎打從一開始，只要傑克開口丹尼就是他的，正如她幾乎從一出生就是她父親的一樣。她不記得丹尼曾吐過一整瓶的奶在傑克的襯衫上。每當她厭煩得放棄餵丹尼時，傑克總能讓他乖乖吃下，即使在他長牙齒，顯然疼得沒法咀嚼的時候。丹尼肚子痛的時候，她必須抱著他搖上一個小時，他才會安靜下來；傑克卻只需要抱起他，繞著房間走兩圈，丹尼就會在傑克的肩膀上睡著，大拇指牢牢地塞在嘴裡。

他不介意換尿布，甚至那些他稱之為「特別快遞」的。他可以抱著丹尼連續坐上好幾個鐘頭，讓丹尼在他的大腿上跳，陪他玩手指遊戲，當丹尼戳他鼻子咯咯地笑倒時，對丹尼做鬼臉。他調好配方奶並完美無瑕地餵丹尼吃，之後輕拍丹尼的背讓他把嗝全打出來。從兒子還是小嬰孩起，他就會載他一起去買報紙，或一罐牛奶，或是去五金行買釘子。他在丹尼僅六個月大時，就帶丹尼去看史托文頓對基恩的足球賽，而丹尼整場球賽從頭到尾動也不動地坐在父親的膝上，身上裹著毛毯，肥嘟嘟的拳頭裡緊抓著一支史托文頓的小啦啦隊旗。

他愛他的母親，但他是父親的兒子。

她難道沒有屢次感覺到兒子無言地反抗整個離婚的想法嗎？她在廚房思索著離婚的事，邊轉動手中晚餐要用的馬鈴薯削皮邊反覆思量。一回頭看見他交叉雙腿坐在廚房椅子上，盯著她看，眼神似乎受到驚嚇，同時又帶著責備。帶他到公園散步時，他會突然抓住她的雙手問，近乎懇求地說：「妳愛我嗎？妳愛爸爸嗎？」她會困惑著點頭，或是回答：「親愛的，我當然愛你們啊！」聽完他會跑到養鴨池，把鴨子嚇得呱呱叫，在他攻擊的小小殘暴行為下驚慌失措地拍動翅膀，留下她不解地盯著他的背影。

甚至有的時候，她決定起碼要與傑克討論一下這議題的決心瓦解，似乎並非出於自己的軟弱，而是屈服於兒子堅定的意志力。

我不相信這種事。

但在睡夢中，她確實相信。在丈夫的種子在股間逐漸乾掉，沉沉欲睡的時候，她覺得他們三人永遠焊接在一起，若是他們三位一體有一天被拆散，絕不是他們其中任何一位造成的，而是由外頭的力量瓦解的。

大多數她所相信的都是以她對傑克的愛為中心。她從未停止愛他，或許只除了丹尼的意外後緊接著的黑暗時期。她也愛她的兒子。最重要的是，她愛他們在一起，散步、騎車，或是單單坐著；玩抽鬼牌遊戲時，傑克的大頭和丹尼的小頭警覺地懸在排成扇形的紙牌上；共享一罐可樂；一起看報紙上的滑稽漫畫。她喜歡有他們陪著她，她向敬愛的神祈禱，艾爾替傑克找來的飯店管理員工作將會是另一段美好時光的開端。

風即將揚起，寶貝，

吹走我的憂傷……

輕柔、甜美，醺醺然的歌聲再次迴盪，隨著她進入更深層的睡眠中，在那兒思潮停止，來到夢中的臉龐也不復記憶。

7. 另一間寢室

丹尼醒來時耳邊仍殘存轟隆轟隆的響聲，那個酒醉、粗暴而狂怒的聲音嘶啞地大喊：給我出來吃藥！我會找到你的！我一定會找到你的！

但現在怦怦作響的是他狂跳的心臟，暗夜裡唯一的聲響是遠處警笛的聲音。

他靜靜不動地躺在床上，抬頭看著臥室天花板上被風吹動的樹葉陰影。影子錯綜複雜地糾纏在一塊，形狀像是藤蔓或叢林中的爬藤植物，有如厚地毯的呢絨上編織的圖樣。他穿著丹頓醫生牌的嬰兒連身睡衣，可是在睡衣和皮膚之間冒出更加貼身的汗水。

「東尼？」他悄聲喊著：「你在嗎？」

沒有回答。

他偷偷溜下床，放輕腳步不作聲地走到窗邊，望著窗外如今寂靜無聲的阿拉帕荷街。現在是凌晨兩點，外頭什麼也沒有，只有空蕩蕩的人行道上飄動的落葉、停著的車子，和克里夫布萊斯加油站對面街角的長頸路燈。頂上罩著燈罩動也不動地站著的路燈，看起來有如太空秀中的怪物。

他抬頭張望街道兩邊，睜大眼睛找尋東尼招著手的細長身影，但是找不到任何人影。

風呼呼吹過樹梢，落葉沙沙地舞上空無一人的人行道，在停靠車輛的輪軸蓋附近打轉。那聲音極其細微悲傷，男孩心想自己也許是全波爾德唯一夠清醒能聽得到的；至少，是唯一的人類。他無法知道深夜裡是否還有別的東西在外頭，飢渴而鬼鬼祟祟地穿梭在陰影間，觀察並嗅聞著微風。

我會找到你的！我一定會找到你的！

「東尼？」他再次低呼，但沒抱太大的希望。

唯有風回應了他，這次更強勁地吹著，將葉子吹得四散，飛過他窗戶底下傾斜的屋頂，有的滑入雨水槽，就在那兒歇息宛如疲累的舞者。

丹尼……丹……

他被這熟悉的聲音給嚇一跳，探頭出窗外，小手抓住窗台。隨著東尼的聲音，整個夜晚似乎無聲地偷偷甦醒過來，並且在風聲停歇，葉子靜止不動，陰影也停止晃動時喃喃低語。他覺得自己看見有個更暗的影子站在一條街外的巴士站牌旁，但是很難分辨究竟是真的還是眼睛的錯覺。

別去，丹尼……

接著風又強勁地吹，害他瞇起眼睛，然後巴士站牌旁的影子消失了……如果它曾站在那兒的話。他站在窗邊

（一分鐘？一小時？）

又待了一陣子，但是沒再聽見東尼的聲音。最後他爬回自己的床上，將毯子拉起，看著外星路燈照射出的影子變成複雜的叢林，裡頭滿是食肉的植物，一心只想悄悄地環住他，榨光他的生命，把他往下拖進闃黑之中，在那兒一個不祥的紅字閃爍著：

REDRUM。

PART TWO
休館前一日

8. 眺望全景飯店

媽媽在擔心。

她害怕金龜車沒辦法在這幾座山間爬上爬下，他們會拋錨在路邊，然後有人可能會橫衝直撞地開過來撞到他們。丹尼本身比較樂天；假如爸爸認為金龜車能完成這最後一趟旅程，那大概沒問題吧！

「我們就快到了。」傑克說。

溫蒂將鬢角的頭髮往後撥。「謝天謝地。」

她坐在右手邊的凹背摺椅上，一本維多利亞．赫特的平裝本小說攤開但面朝下地擱在膝上。她身穿藍色的洋裝，那是丹尼認為她最漂亮的衣裳。洋裝上有海軍領，讓她看起來非常年輕，宛如剛準備從高中畢業的女孩。爸爸一直把手放到她腿上，她不停笑著把他的手撥開說：走開啦，蒼蠅！

丹尼對大山的印象深刻。有一次爸爸帶他們到波爾德附近一座被稱為「熨斗」的山上，但這幾座山更為雄偉，在最高的那座山上頭可以看見薄薄的一層雪，爸爸說那經常是終年不化的。而且他們真的是在群山裡頭，不是閒晃而已。四面八方矗立著峻峭的岩石表面，高聳到即使將脖子探出窗外也很難看見山頂。他們離開波爾德的時候，溫度高到華氏七十好幾。而今，才剛過中午，山上的空氣就令人感到寒冷凜冽，有如過去在佛蒙特州的十一月，爸爸把暖氣打開……倒不是真有什麼作用。他們經過幾個寫著落石區的標示牌（媽媽每個都唸給他聽），雖然丹尼迫不及待想看見石頭落下，但一塊落石也沒有。至少還沒有。

半個小時前，他們通過另一個爸爸說非常重要的標示牌。那個路標寫著**進入塞威通道**，爸爸說這路標是冬天鏟雪車最遠到達的地方，那之後的道路太過陡峭。冬天時，道路從他們來到這塊路標前剛經過的塞威小鎮，一路封閉到猶他州的巴克蘭。

現在他們又經過另一個路標。

「媽，那個是什麼？」

「那上頭寫著**慢速車輛請走右線**，就是指我們。」

「金龜車上得去的。」丹尼說。

「神啊，求求祢。」媽咪說著，把食指和中指交叉起來祈禱。丹尼低頭看她露趾的涼鞋，看見她連腳趾都交叉了。他咯咯地笑著。她也對他微笑，但他曉得她仍然很擔心。

道路以一連串的S形彎道緩緩地蜿蜒向上，傑克將金龜車的手動排檔從四檔降到三檔，再轉到二檔，金龜車喘息著抗議。溫蒂的眼睛直盯著時速表的指針，從四十下滑到三十再到二十，然後勉勉強強地在二十左右搖擺。

「汽油幫浦……」她膽怯地開口。

「汽油幫浦還可以再跑三哩。」傑克簡短地說。

右邊的岩石牆面縮減，露出彷彿深不見底的狹長山谷，邊緣是一排深綠色的落磯山松和雲杉。再下去松樹消失，轉為灰色的岩石峭壁，在變平坦之前垂落了幾百呎。她看見其中一片峭壁上有飛濺的瀑布，下午一、兩點的陽光在瀑布間閃耀，宛如陷在藍網中的金魚。這些山雖美但也很殘酷，她不認為它們會容許太多的失誤。她的心中湧起一股不祥的預感。再往西一點的內華達山脈，就是一八四六年多納小隊在雪中受困，靠著自相殘殺才得以倖存的地方。山區不容許人犯過多的錯誤。

傑克重踩離合器換到二檔，車子猛然抖動一下，繼續艱辛地爬坡，金龜車的引擎不屈不撓地發出沉悶的聲響。

「你曉得吧，」她說：「從剛才經過塞威後，我想我們看到的車子不超過五輛，其中一輛還是飯店的轎車。」

傑克點點頭。「那輛是直接到丹佛的史戴波頓機場的。華生說，飯店再上去已經有一小塊一小塊的地結冰了，他們預測明天再高一點的山上會下更多雪。為了以防萬一，任何通過山區的人現在都得待在主要道路上。那個該死的歐曼最好還在上面。我想他一定會在的。」

「你確定食物儲藏室裡有滿滿的存貨嗎？」她問，心裡仍懸念著多納小隊。

「他是這麼說的啊！他叫哈洛倫和妳一起清點。哈洛倫是廚師。」

「喔。」她有氣無力地說，一邊盯著時速表，指針已經從每小時十五哩掉到十哩。

「那邊就是山頂，」傑克指著前方三百碼處說：「那裡有個觀景的避車道，妳可以從那裡看到全景飯店。我要在路邊停車，讓金龜車有機會休息一下。」他轉過頭去看坐在一疊毯子上的丹尼。「博士，你覺得怎麼樣呢？我們可能會看到鹿，或者馴鹿喔！」

「當然好啊！爸爸。」

福斯車奮力地不斷往上爬。時速表降到每小時五哩的界線上頭一點點的位置，差不多快要停下時，傑克把車開到路邊

（「媽咪，那是什麼標示牌？」「觀景避車道。」她盡責地唸出。）

踩下緊急煞車，然後把福斯車打到空檔。

「來吧！」傑克說著跨出車外。

他們一同走到護欄邊。

「就是那裡。」傑克說完指向十一點鐘方向。

溫蒂感覺自己在陳腔濫調中找到真理——眼前的景色令她驚嘆得屏住呼吸。有好一會兒她絲毫無法呼吸，眺望出去的景致讓她喘不過氣來。他們站的位置靠近某座山峰的頂端。在他們對面——天知道有多遠？——一座甚至比這兒更高的山峰聳入天空，鋸齒狀的山巔如今僅剩下一點剪影，周圍籠罩著開始西沉的太陽形成的光暈。整個谷底在他們腳底下展開，方才他們坐金龜車辛辛苦苦爬上來的斜坡，令人暈眩地突然消失，她知道往下望太久的話會噁心，最後會想吐。想像力在純淨的空氣中似乎瞬間活躍起來，掙脫了理智的束縛，只要向下看就會不禁想像自己縱身一躍，不斷地往下墜落，天空和斜坡緩慢地滾動，不停地交換位置，從口中逸出的尖叫有如軟綿綿的氣球，頭髮和洋裝輕飄飄地鼓起……

她強制自己將視線從陡坡上挪開，順著傑克的手指望去。她能看見公路沿著教堂尖塔般的山峰側面，忽而自己改變方向，但始終朝著西北，繼續向上爬升，只是坡度比較平緩。再往上一些，彷彿直接鑲在斜坡之中，她看見堅決附著在地上的松樹讓出一塊方形的寬廣綠色草坪，而豎立在中央俯瞰這一切的就是那間飯店，「全景」。看見飯店，她又找回自己的呼吸和聲音。

「噢，傑克，這真是美極了！」

「是啊，是很美，」他說：「歐曼說這是全國獨一無二最美的地點。我不是太喜歡他，不過我覺得他或許……丹尼！丹尼，你沒事吧？」

她四處張望找尋丹尼，忽然間擔心起他來，讓她忘記其他的一切，無論多麼令人讚嘆的景物都無法再吸引她的注意力。她急忙衝向兒子。丹尼正抓緊護欄，仰頭望著飯店，小臉一片死灰，他的眼神和快要昏倒的人一樣茫然。

她在丹尼身旁跪下，將支撐他的雙手放在他肩上。「丹尼，怎麼——」傑克到她身邊。「博士，你還好嗎？」他輕快地稍微搖一下丹尼，丹尼的眼神頓時清醒。

「我沒事，爸比。我很好。」

「丹尼，怎麼回事啊？」她問：「寶貝，你頭暈嗎？」

「沒有，我只是……在想事情。對不起。我不是故意要嚇你們的。」他注視著跪在面前的雙親，朝他們困惑地微微一笑。「可能是太陽吧，太陽光太耀眼了。」

「我們帶你到飯店去，給你喝杯水。」爸爸說。

「好。」

金龜車在平緩的坡度上比剛才穩當地向上行駛，丹尼坐在車裡，不斷從他們兩人之間望出去，看著道路慢慢變直，讓他偶爾能瞥見全景飯店，飯店那一大排面西的窗戶反射著太陽光。那就是他在暴風雪中看見的房子，在那個陰暗發出轟隆隆聲音的地方，有個可怕的熟悉人影在鋪著叢林地毯的長廊上搜找他。那是東尼警告他別去的地方。就是這裡，就是這裡沒錯。不論Redrum是什麼，它就在這裡。

9. 參觀

歐曼在寬敞而古典的前門玄關等候他們。他與傑克握個手，冷淡地對溫蒂點一下頭，也許是注意到她走進大廳時許多人把頭轉過來。她的一頭金髮披散在樸素的海軍洋裝肩上，裙襬適度地停留在膝上兩吋處，但你不需要看更多也知道她有一雙美腿。

歐曼似乎只有對待丹尼才是真正的熱誠，不過溫蒂以前也有過同樣的經驗，平常對孩童抱持著費爾茲❼觀點的人似乎都喜愛丹尼。他微微彎腰向丹尼伸出一隻手。丹尼有禮貌地握一握，臉上沒有笑容。

「我兒子丹尼，」傑克說：「還有我太太溫妮費德。」

「很高興見到你們兩位。」歐曼說：「丹尼，你幾歲了啊？」

「五歲，先生。」

「已經會叫『先生』啦。」歐曼微微笑著瞥一眼傑克。「他好有禮貌啊！」

「當然囉。」傑克說。

「托倫斯太太。」他同樣微微欠個身，溫蒂愣了半晌，以為他會吻她的手。她把手半伸出去，歐曼握住她的手，但只有一瞬間緊握在他的雙手中。他的手很小，乾爽而且光滑，她猜想他有上粉。

❼W. C. Fields：美國的喜劇演員，他創造出一個滑稽辛辣，雖然富有同情心卻非常不屑小孩、女人和狗的角色。

大廳喧鬧忙碌。幾乎每張古典高背椅都有人坐。服務生推著行李來回穿梭，櫃檯前面排了一整列人，檯面上巨大的黃銅收銀機佔了大半的空間。美國銀行卡和萬事達簽帳卡在收銀機上壓印，看來好像時光倒錯，非常地不協調。

他們右手邊，往下通到一扇關閉起來以繩索隔開的高大雙扇門，還有個舊式的壁爐，正熊熊燃燒著樺木的圓木。三位修女坐在十分逼近火爐的沙發上，她們的袋子堆在兩邊，一面笑談著一面等待結帳離開的行列變短一點。正當溫蒂注視她們的時候，她們突然爆發出一串和諧而清脆，宛如少女般的笑聲。溫蒂覺得自己的唇邊也泛起淺淺的微笑；她們之中應該沒有一位年紀低於六十。

背景中有持續不斷嗡嗡作響的交談聲，還有收銀機旁鍍銀小鐘發出的微弱叮噹聲，兩位當值的職員輪流敲著鐘，然後有點不耐煩地招呼著：「請往前！」這令她回想起當年和傑克在紐約比克曼高塔飯店度蜜月時，印象鮮明的溫暖記憶。頭一次她讓自己相信這或許正是他們三人所需要的：與世隔絕地共度一整個季節，有點像是家族的蜜月。她慈愛地低頭朝丹尼微笑，他正直率地瞪大眼睛張望每一樣事物。另一輛轎車停靠在大門前，車身顏色如銀行員的背心一般黑。

「本季的最後一天，」歐曼說：「休館日，總是緊張而忙碌。托倫斯先生，我還預期你會在三點左右到。」

「我想如果福斯決定神經發作的話，就給它一點時間，」傑克說：「不過它沒有失常。」

「真是幸運啊。」歐曼說：「我晚一點想帶你們三位參觀這個地方，另外當然，迪克．哈洛倫想要展示全景飯店的廚房給托倫斯太太看。不過，我恐怕——」

一名飯店職員走過來，幾乎要使勁拉扯他前額的頭髮。

「抱歉，歐曼先生——」

「嗯？什麼事？」

「是布蘭特太太，」那職員不安地說：「她堅持只用美國運通卡付款。我告訴她我們去年營業季結束時，就停止收美國運通卡了，可是她不……」他的眼睛飄向托倫斯一家，再轉回到歐曼身上，聳了聳肩。

「我來處理吧！」

「謝謝你了，歐曼先生。」職員穿過大廳回到櫃檯，那兒有一名裹著毛皮大衣和一條看來像黑色羽毛長圍巾的重量級女士，正在大聲抗議。

「我打從一九五五年起就常來全景飯店了，」她對著那位面帶微笑、聳著肩膀的職員說：「就連我第二任丈夫在那討人厭的槌球場中風去世——我就跟他說那天太陽太大了嘛——之後我還繼續光顧，而我從來沒有……我重複一遍：從來沒有用美國運通信用卡之外的東西付過帳。你高興的話大可以去叫警察！叫他們把我拖走！我還是拒絕用美國運通信用卡以外的東西付錢。我重複一遍……」

「抱歉。」歐曼先生說。

他們看著他穿越大廳，恭敬地輕觸布蘭特太太的手肘，當她轉身向他激烈演說時，他攤開雙手點個頭，富有同情心地聆聽，再點一次頭，然後回了幾句話。布蘭特太太得意揚揚地笑了，轉向那名倒楣的櫃檯職員，大聲地說：「謝天謝地！這間飯店總算有個員工沒有變成徹底的市儈！」

歐曼僅勉強夠到她毛皮大衣的粗壯肩膀，她恩准他扶著她的手臂帶她離開，推測大概是進他裡頭的辦公室。

「哇！」溫蒂笑著說：「那傢伙的薪水不是白拿的。」

「不過，他並不喜歡那位女士，」丹尼立刻接著說：「他只是假裝喜歡她而已。」傑克低頭朝他咧嘴一笑。「博士，我確信你說的是真的。不過恭維是推動世界前進的潤滑劑。」

「恭維是什麼？」

「恭維就是，」溫蒂告訴他，「當你爸爸即使不喜歡我那條新的黃色寬鬆長褲，卻還是說他喜歡，或是當他說我不需要減個五磅的時候。」

「喔。那是開玩笑地說謊嗎？」

「非常類似。」

丹尼專注地盯著她，接著說：「媽咪，妳很漂亮。」他們交換了一個眼神，突然放聲大笑起來，丹尼困惑地皺起眉頭。

「歐曼可沒在我身上浪費太多恭維，」傑克說：「你們兩個，過來窗邊吧！我覺得穿著牛仔外套站在正中央很引人注目。說實在的，我不認為在休館日，這裡會有很多人。想來我錯了。」

「你看起來非常帥氣。」她說完，兩人又放聲大笑，溫蒂一手掩住嘴巴。丹尼仍然不懂，不過沒關係，他們兩人相愛。丹尼認為這地方讓他媽媽想起她在別的地方

（畢克門什麼的）

度過的愉快時光。他但願自己能像她一樣喜歡這裡，他一再一再地告訴自己，東尼秀給他看的東西不是每次都會成真。他會小心，他會留意那個叫Redrum的東西；但他不打算說出來，除非到了非說不可的地步。因為他們是如此地快樂，他們一直在笑，沒有去想壞的事情。

「看看這兒的景色。」傑克說。

「噢，美極了！丹尼，你看！」

然而丹尼不認為這裡的風景特別漂亮。他不喜歡高處；高的地方讓他頭暈。與飯店正面同等長度的寬敞門廊之外，有個修剪得十分美觀的草坪，其右側有練習高爾夫推桿的果嶺，草坪向下傾斜，最後通到一座狹長方形的游泳池。泳池一端的小三腳架上立著關閉的標示牌；關閉是丹尼自己認得出來的標示之一，另外還有停止、出口、披薩等其他幾個。

泳池再過去有條碎石子的小路，彎彎曲曲地穿過小松樹、雲杉和白楊樹之間。這裡有個他看不懂的小標示牌：**短柄槌球**，底下有個箭頭。

「爸比，那是什麼？」

「一種遊戲，」爸爸說：「有一點點類似槌球，只不過不是在草地上玩，而是在四邊像大撞球桌的碎石子場地上打。這是非常古老的遊戲了，丹尼。他們偶爾會在這裡舉辦比賽。」

「是用槌球的球桿來打嗎？」

「類似，」傑克同意。「只不過它的柄稍微短一點。球桿的前端有兩頭，一頭是硬的橡膠，另一頭是木頭。」

（出來！你這小廢物！）

「那是唸ㄉㄨㄢˇ ㄅㄧㄥˇ ㄔㄨㄟˊ ㄑㄧㄡˊ，」爸爸說：「你想打的話，我可以教你怎麼打。」

「也許吧，」丹尼小聲地說，語調奇怪，一副興致缺缺的樣子，他的爸媽在他頭頂上交換了不解的眼神。「不過，我可能不會喜歡吧。」

「好吧，博士，如果你不喜歡的話，就不需要打。好不好？」

「好。」

「你喜歡那些動物嗎？」溫蒂問：「那個叫做綠雕喔！」通往短柄槌球場的小徑再過去，有些樹籬修剪成各種不同的動物形狀。眼尖的丹尼辨認出兔子、狗、馬、牛，和一組三隻較大的動物，看來像是玩耍中的獅子。

「那些動物就是艾爾叔叔想到我可以勝任這份工作的原因，」傑克告訴他。「他知道我大學時候曾在園藝造景公司工作過，那種工作就是幫人家整理草坪、矮樹叢和樹籬的。我以前幫一位女士修整過她的綠雕。」

溫蒂一手掩住嘴偷偷地竊笑。傑克一邊看著她，一邊說道：「對啊，我以前至少一個禮拜修剪她的綠雕一次。」

「走開，蒼蠅。」溫蒂說著又竊笑。

「爸，她的樹籬漂亮嗎？」丹尼問，他們兩人聽到這問題強忍住一陣爆笑。溫蒂笑得太激動，連眼淚都順著臉頰流下，不得不從手提包拿出面紙。

「丹尼，她的樹籬不是動物，」傑克好不容易控制住自己後說：「是玩的牌，黑桃啦、紅心啦，還有梅花和方塊。不過，那個樹籬會長，你知道——」

（它們會慢慢爬，華生說過……不，不是樹籬，是鍋爐。你得一直留意，不然你和你的家人最後就會到他媽的月球上。）

溫蒂和丹尼一臉迷惑地注視著他。他臉上的笑容漸漸消失。

「爸？」丹尼問。

他朝他們眨一眨眼，彷彿剛從遠處回來。「丹尼，它們會長，然後造型就會不見。因此我一個禮拜得理個一、兩次，直到天氣冷到樹籬今年不會再生長為止。」

「這邊還有兒童遊戲場呢！」溫蒂說：「我幸運的孩子。」

遊戲場在綠雕後面，有兩座溜滑梯、一個大鞦韆架——上頭有高低不一的六個鞦韆、一座立體方格的攀爬架、一個水泥環組成的隧道、一個沙坑，還有一間完整複製全景飯店的娃娃屋。

「丹尼，你喜歡嗎？」溫蒂問。

「我當然喜歡，」他說，希望聲音聽起來比他實際的感受要來得熱情。「挺棒的。」

遊戲場之外，有道不顯眼的鐵絲網的安全圍籬，圍籬外是通往飯店、用碎石鋪成的寬大車道，再過去就是山谷本身，一步一步落入午後淺藍色的霧靄中。丹尼不知道與世隔絕這個詞，但若是有人解釋給他聽的話，他應該會馬上明白。在下方遠處，躺在太陽底下猶如一條決定假寐的黑色長蛇的，是往回經過塞威通道，最後到達波爾德的道路。這條路整個冬天都將封閉。一想到這點他就覺得有點呼吸困難，當爸爸將手落在他肩膀上時，他差點跳了起來。

「博士，我會盡快拿飲料給你。他們目前有點忙碌。」

「爸，沒問題的。」

布蘭特太太走出裡頭的辦公室，看上去　副洗刷冤屈的神氣。不久之後，她洋洋得意地大步邁出門外，兩名服務生費力地推著八個行李箱，儘可能地跟在她身後。丹尼望出窗外，看見一位身穿灰色制服、戴著有如陸軍上尉帽了的男人，將她的銀色長轎車開到大門之後下車。他輕觸一下制服帽向她致意後，跑到後面打開後車箱。

在偶爾會閃現的靈光當中，他從她腦海裡讀到一個完整的想法，一個飄浮在混亂的情緒和顏色的低音雜訊（他在人潮擁擠的地方經常感受到的）之上的念頭。

（我眞想鑽進他的褲子裡）

丹尼皺起眉頭，看著服務生將她的行李放入後車箱。她的眼神相當犀利地盯著穿灰色制服、正在監督搬運行李工作的男人。為什麼她想要那男人的褲子呢？難道她穿著那身毛皮長大衣還覺得冷嗎？假如她那麼冷，為什麼不乾脆穿上她自己的長褲呢？他媽媽差不多整個冬天都穿長褲。

穿灰色制服的男人關上後車箱，走回前頭協助布蘭特太太上車。丹尼仔細留意看她是否會提到他的褲子，但她只是微微一笑，給他一塊錢鈔票當小費。一會兒後，她就指揮銀色大轎車順著車道而下。

他想要問母親為何布蘭特太太會想要司機的褲子，最後決定還是別問。有的時候問問題會給你惹上一大堆麻煩，他以前就遇到過。

因此他沒問，只是擠到他們兩人中間，一起坐在小沙發上，看著所有的人在櫃檯辦理退房手續。他很高興媽媽和爸爸心情愉快，而且彼此相愛，但他忍不住有點擔心。他就是無法不擔心。

10. 哈洛倫

這廚師一點也不符合溫蒂心目中度假飯店的廚房要角的典型形象。首先，這樣的角色被稱為主廚，一點也不像廚子那樣平庸——煮飯是她在公寓廚房裡所做的，把剩菜全部扔進抹上油的百麗砂鍋再加入麵條。另外，全景飯店在紐約週日《時報》的度假欄登過廣告，在這樣的飯店內的烹飪能手應該是個頭矮小，長得圓圓胖胖，還有張麵糰似的臉（有幾分像貝氏堡麵糰寶寶）；他應該像四〇年代的音樂喜劇明星一樣留著細如鉛筆線條的小鬍子，還有深色的眼眸、法國的口音及令人厭惡的性格。

哈洛倫的眼睛確實是深色的，但僅此而已。他是位高個子的黑人，頭髮微微蓬鬆，髮色開始花白。說話時帶著輕柔的南方口音，常常大笑，露出太過潔白整齊的牙齒，簡直就像一九五〇年代西爾斯羅巴克出品的假牙。溫蒂自己的父親就有一副，他稱之為羅巴克人，三不五時會在晚餐桌上逗趣地把假牙朝她頂出來……溫蒂如今想起，他總是趁她母親在廚房準備別的東西，或是講電話的時候。

丹尼仰頭目不轉睛地看著這個身穿藍色斜紋衣料的黑巨人，然後當哈洛倫輕鬆地將他抱起摟在臂彎裡的時候，他笑了。哈洛倫說：「你不會待在這裡整個冬天吧？」

「會啊，我會。」丹尼害羞地笑著說。

「不，你要跟我一起下去聖彼得學做菜，然後每個討厭的夜晚到沙灘上去找螃蟹，對吧？」

丹尼高興地咯咯直笑，搖著頭說不。哈洛倫將他放下來。

「如果你要改變心意的話，」哈洛倫俯身向他嚴肅地說：「最好快一點作決定。從現在算起三十分鐘後，我就會坐上我的車。再兩個半小時後，我將坐在科羅拉多州丹佛，這座高空城市的史戴波頓國際機場，B候機室，第三十二號登機門前。然後再過三個鐘頭，我會在邁阿密機場租車，出發前往陽光普照的聖彼得，等著套上我的游泳褲，偷偷取笑那些深陷在雪裡受困的人。你會鏟雪嗎，孩子？」

「先生，我會。」丹尼笑著說。

哈洛倫轉向傑克和溫蒂。「看來是個優秀的孩子。」

「我們認為他會幫忙的。」傑克說著伸出手，哈洛倫與他握握手。「我是傑克．托倫斯，這是我太太溫妮費德，還有你剛認識的丹尼。」

「很高興認識他。女士，妳的名字縮寫是溫妮，還是費迪？」

「我是溫蒂。」她微笑著回答。

「好吧。我想，這比另外兩個名字要來得好。往這邊走吧！歐曼先生希望你們參觀一下，那就帶你們參觀吧！」他搖一搖頭壓低聲音說：「接下來不用再見到他，我可高興得咧。」

哈洛倫開始帶領他們到處參觀溫蒂這輩子所見過最寬廣的廚房。整個廚房乾淨得閃閃發亮，每樣東西表面都小心翼翼地擦到極度光亮。這裡不僅僅是寬大，而是大到令人害怕。她走在哈洛倫旁邊，與廚房完全格格不入的傑克則和丹尼稍微落在後頭。一面長長的牆板上懸掛著各式各樣的切割工具，一路從削皮刀到有四個凹槽的洗碗槽旁邊掛著的雙手切肉刀。有個和他們波爾德公寓裡的廚房餐桌一樣大的揉麵板，還有一排令人嘆為觀止的不鏽鋼製鍋碗瓢盆，從地板掛到天花板，蓋滿了整面牆。

「我想每次進來都得留下一長串的麵包屑。」她說。

「別讓它害妳沮喪，」哈洛倫說：「它是很大沒錯，不過仍然只是間廚房罷了。這裡大部分的器具妳甚至永遠都不需要碰。我唯一要求的是保持清潔。如果我是妳的話，我會用這邊這個爐子。全部共有三個爐子，不過，這個是最小的。」

這還是最小的呢，她注視著爐子，心裡鬱悶地想。爐子上有十二個爐頭、兩個一般的烤箱和一個荷蘭烤箱，上面還有一個可以煨醬汁或燉烤豆子的加熱盤、一個烤肉爐和一個食物保溫設備，再加上無數個刻度盤和溫度表。

「全都是用瓦斯。」哈洛倫說：「溫蒂，妳以前有用瓦斯煮過吧？」

「有……」

「我喜歡瓦斯，」他說著，打開其中一個瓦斯爐，藍色的火焰砰的一聲點燃起來，他輕輕觸碰一下調整成微弱的火光。「我喜歡看得到正在烹飪的爐火。妳看見所有瓦斯爐的外部開關在哪裡了嗎？」

「看見了。」

「烤箱的刻度盤全都有做記號。我本身呢，偏好中間的，因為它似乎加熱地最平均，不過妳可以用任何一個妳喜歡的，或者三個都用囉！」

「每一個烤箱各熱一份電視餐。」溫蒂有氣無力地笑著說。

哈洛倫哈哈大笑。「儘管用吧！隨妳高興。我在洗碗槽那邊留了一張可以吃的食物清單，妳看到了嗎？」

「在這裡，媽咪！」丹尼將兩張雙面寫得密密麻麻的紙拿過來。

「乖孩子。」哈洛倫接過紙張，揉一揉他的頭髮說：「孩子，你確定不想和我一起去佛羅里達，學習料理這人間天堂裡最鮮甜的克里奧爾燴蝦嗎？」

丹尼一邊用雙手遮住嘴巴吃吃地笑，一邊退到父親身旁。

「我想，你們三人可以在這裡吃上一年，」哈洛倫說：「我們有間食品冷藏室、一個大型冷凍庫、各種蔬果櫃和兩個冰箱。來吧！我帶妳去看看。」

接下來十分鐘，哈洛倫打開許多櫃子和門，顯露出來的食物份量是溫蒂前所未見的。這些儲備的食物令她感到驚訝，但並沒有如她原本以為的能使她安心。她不斷回想起多納小隊，倒不是考慮到同類相殘（擁有那麼多的食物，實際上需要很久很久，他們才會淪落到缺乏糧食只剩彼此的地步），但正因為如此，她更強烈地覺得這真的不是開玩笑的事：一旦下雪了，要離開這裡就不是單純開車一小時到塞威的問題，而是浩大的工程。他們將端坐在這間遭到遺棄的豪華飯店裡，像童話故事裡的生物一樣吃著留給他們的食物，聆聽刺骨的寒風繞著大雪冰封的屋簷呼呼地吹。在佛蒙特州，丹尼折斷手臂的時候，

（傑克折斷丹尼的手臂時）

她曾經撥打電話附的小卡片上的號碼給美蒂思急救隊，他們十分鐘後就到了她家。小卡片上還寫著其他的電話號碼。警車五分鐘內就可以到，消防車甚至更快，因為消防隊就在三條街外再轉彎走一條街的地方而已。要是電燈熄了可以打電話找人，蓮蓬頭堵塞也找得到人，電視故障的時候也能打電話叫人。但是在這裡萬一丹尼又昏厥過去，把自己的舌頭吞下的話該怎麼辦？

（噢天啊，這是什麼想法！）

萬一這地方著火了呢？萬一傑克跌下電梯井摔破頭的話呢？萬一——

（萬一我們過得很快樂！溫妮賁德！現在別再胡思亂想了！）

哈洛倫領頭帶他們走進大型冷凍庫，在裡頭他們呼出的氣有如連環漫畫的對話框，彷彿冬天已然來臨。

漢堡肉裝在大塑膠袋裡，一袋十磅，共有十二袋。鋪了厚木板的牆面有四十隻全雞垂掛在一排鉤子上，十二罐罐裝的火腿宛如撲克籌碼堆疊在一起。全雞下方，有十大塊牛肉、十大塊豬肉，還有一隻碩大的羔羊腿。

「博士，你喜歡羊肉嗎？」哈洛倫咧開嘴笑著問。

「我喜歡。」丹尼立刻回答說，實際上他從來沒吃過。

「我就知道你喜歡。沒有什麼比在寒冷的夜晚來兩片上好的羊排，旁邊再放一些薄荷凍更美好的了。妳在這裡也有薄荷凍。羊肉能讓肚子舒服，是種不傷腸胃的肉類。」

傑克從他們身後好奇地說：「你怎麼知道我們叫他『博士』呢？」

哈洛倫轉過身來。「對不起，你說什麼？」

「丹尼啊，我們有時候會叫他博士，就跟卡通裡面兔寶寶的口頭禪一樣。」

「他看起來有幾分像博士啊！不是嗎？」他朝丹尼皺皺鼻子，咂咂嘴，接著說：「咦，怎麼啦，博士？」

丹尼咯咯直笑，然後哈洛倫非常清晰地對他說了些話，

（博士，你確定不想去佛羅里達嗎？）

他聽見了每一個字。他直盯著哈洛倫，感到既驚訝又有點害怕。哈洛倫鄭重其事地眨個眼，然後轉過身去面向食物。

溫蒂看看廚師穿著斜紋衣料的寬大背影，再看看她兒子。她有種奇特的感覺，似乎他們兩人之間傳遞了某種訊息，是她不大能意會的。

「妳有十二包香腸，十二包培根，」哈洛倫說：「一隻豬也不過如此。這個抽屜裡有二十磅奶油。」

「真正的奶油嗎？」傑克問。

「最頂級的。」

「我想除了小時候在新罕布夏的柏林之外，我沒吃過真正的奶油。」

「嗯，你在這裡可以把奶油全部吃光光，直到你覺得人造奶油好像美食饗宴一樣。」哈洛倫說完大笑。「再過來的這個櫃子裡有麵包：三十條白的，二十條黑的。我們在全景飯店盡量保持種族平衡，你不知道吧。我知道五十條沒辦法讓你們撐過整個冬天，不過，這裡有很多材料，新鮮的絕對比冷凍的要來得好吧！

「下面這裡有魚。吃魚可以補腦，對吧，博士？」

「是嗎？媽咪？」

「哈洛倫先生說是就是啊，寶貝。」她微笑。

丹尼皺一下鼻子。「我不喜歡魚。」

「這你可大錯特錯了，」哈洛倫說：「你只是從來沒吃過喜歡你的魚。這裡的魚會很喜歡你的。五磅的虹鱒，十磅的鮃鰈魚，十五罐的鮪魚——」

「哇，太棒了，我喜歡鮪魚。」

「還有五磅海裡游過味道最鮮美的鰈魚。孩子，等明年春天回來時，你就會感謝老……」他啪地彈了一下手指，好像忘記什麼事。「咦，我叫什麼名字？一下子突然想不起來。」

「哈洛倫先生，」丹尼咧嘴笑著說：「你的朋友都叫你迪克。」

「對了！你是我的朋友，叫我迪克吧！」

當他帶領他們進入更遠的角落時，傑克和溫蒂交換了困惑的眼神，兩人都在努力回想哈洛倫是否告訴過他們他的名字。

「這邊呢，我加了一點特別的菜色，」哈洛倫說：「希望你們全家好好享用。」

「噢，真是的，你不該那麼客氣的。」溫蒂感動地說。那是隻二十磅重的火雞，以深紅色的寬緞帶包著，最上面還打了個蝴蝶結。

「溫蒂，你們感恩節一定要吃火雞的。」哈洛倫嚴肅地說：「我相信冷凍庫哪個角落還有隻閹雞給你們聖誕節吃。妳肯定會被它絆倒。現在趁還沒染上肺炎之前，我們趕緊離開這裡吧！好嗎，博士？」

「好！」

食品冷藏室裡有更多的驚奇。一百盒的奶粉（哈洛倫鄭重建議她趁路還通的時候，儘可能到塞威買新鮮的牛奶給小男孩喝），五袋十二磅重的砂糖，一壺一加侖的黑糖蜜、玉米片，好幾個玻璃瓶的米、通心粉和義大利麵；分級的水果和水果沙拉罐頭；大量的新鮮蘋果讓整個房間充滿秋天的香氣；葡萄乾、蜜棗乾和杏桃乾（「假如你想要快樂的話，排便就必須正常。」哈洛倫說。一陣響亮的笑聲迴盪在食品冷藏室的天花板，那裡有顆舊式的燈泡垂掛在鐵鍊上）；一個很深的桶子裡裝滿馬鈴薯；還有幾個較小的容器裡裝著蕃茄、洋蔥、白蘿蔔、南瓜和高麗菜。

「我說啊……」溫蒂在走出冷藏室時說。但是經歷過一星期僅三十塊錢的食品雜貨採購預算後，看見那麼多新鮮食材讓她目瞪口呆，無法說出她究竟想說什麼話。

「我有點遲了，」哈洛倫看了一下手錶說：「所以我就讓你們安頓下來後，自己把全部的櫥櫃和冰箱檢查一遍。裡頭還有起司、罐裝牛奶、煉乳、酵母粉、小蘇打粉、一整袋現成的點心派，幾串甚至還不到快要熟的程度的香蕉——」

「停！」她舉起手來大笑著說：「我永遠沒辦法記全。真是棒極了。我答應你會保持這地方乾淨的。」

「那是我唯一的要求。」他轉向傑克。「歐曼先生向你簡單扼要地說明過他異想天開的老鼠嗎？」

傑克咧嘴一笑。「他說可能有些在閣樓，華生先生說或許還有一些在地下室。那底下肯定有兩噸的紙張，不過我沒看到任何老鼠可能拿來做窩的撕碎紙張。」

「那個華生喔，」哈洛倫說著，假裝悲痛地搖搖頭。「他是你遇過講話最愛夾髒字的人吧？」

「他的個性確實獨特。」傑克同意。他自己的父親才是他遇過最愛講髒話的人。

「有點可憐哪！」哈洛倫說，一面帶他們走回向著全景餐廳的寬大旋轉門。「很久以前，他們家族很有錢。蓋這地方的就是華生的祖父還是曾祖父，我不記得是哪一位了。」

「我聽說了。」傑克說。

「發生了什麼事呢？」溫蒂問。

「唉！他們沒辦法讓飯店順利地經營下去，」哈洛倫說：「如果你允許的話，華生會告訴你整個故事——一天兩次。那老先生對這地方異常地執著。我猜啊，他是讓它把自己給拖垮的。他有兩個男孩，其中一個在騎馬意外中當場死亡，那時飯店還在蓋，應該是在一九〇八或〇九年的時候吧！老先生的太太染上流行性感冒過世後，就只剩下老先生和他的小兒子。他們最後受雇在他老人家蓋的這間飯店裡當管理員。」

「真是可憐啊！」溫蒂說。

「那老先生後來呢？出了什麼事？」傑克問道。

「他不小心把手指插進電燈的插座，就這樣死了，」哈洛倫說：「三〇年代初期在經濟大蕭條之前，這地方一度關閉了十年。」

「不管怎樣，傑克，如果你和你太太也留意一下廚房裡的老鼠，我會很感激的。假如你看到的話……用捕鼠器，別用毒藥。」

傑克眨眨眼。「當然啦！誰會想在廚房裡放老鼠藥？」

哈洛倫嘲弄地笑了。「歐曼先生啊，還有誰。那是他去年秋天的聰明點子。我提出自己的看法請他考慮考慮，我說：『歐曼先生，要是我們明年五月全都上山來，我負責端上傳統開幕夜的晚餐，』——菜色剛巧是鮭魚配上非常美味的醬汁——『結果每個人都吐了，醫生過來對你說：歐曼，你到底在這裡做了什麼事？居然讓全美國八十位最有錢的人全都中了老鼠藥的毒！』」

傑克把頭向後一甩縱聲大笑。「歐曼怎麼說？」

哈洛倫把舌頭頂在臉頰內側，彷彿在摸找藏在那裡的一小塊食物。「他說：『哈洛倫，去弄些捕鼠器來。』」

這一回他們全都笑了起來，甚至連丹尼都笑了，雖然他不十分確定笑點是什麼，只知道是和歐曼先生有關，歐曼先生終究不是每件事情都懂。

他們四人經過朝西面向白雪覆蓋的山頂、視野絕佳的餐廳。餐廳內如今空蕩寂靜，每張白色的亞麻桌布上都罩著堅韌透明的塑膠布。由於進入歇業季節而捲起的地毯豎立在角落，宛如站崗的哨兵。

寬廣的餐廳另一側有兩扇雙扉推門，上頭的舊式標示牌以鍍金的字體燙印著：科羅拉多酒吧。

哈洛倫順著傑克的視線，說道：「假如你愛喝酒的話，我希望你有帶自己的補給品來。那地方被掏得乾乾淨淨。你知道，昨天晚上是員工的派對。今天每個工作的女服務生和侍者都帶著頭痛在忙，包括我自己。」

「我不喝酒。」傑克馬上說。他們走回到大廳。

他們待在廚房的半小時內，大廳已清空許多。長長的主廳開始有種沉靜、空寂的模樣，傑克料想他們不久就會熟悉這種感覺了。高背椅如今空著。原先坐在火爐旁的修女走了，爐火本身剩下一層散發出溫暖餘光的煤炭。溫蒂瞥向外頭的停車場，看見除了十二輛車外，其他全消失了。她發現自己暗自希望他們能回到福斯車上，開回波爾德……或其他任何地方。

傑克環顧四周尋找歐曼，但是他不在大廳。

一名年輕的女服務生走過來，她的灰金色頭髮用髮夾固定在頸子上。「迪克，你的行李在大門口外。」

「莎莉，謝謝妳啦！」他匆匆輕吻一下她的前額。「妳也過個愉快的冬天啊！我聽說妳要結婚了。」

莎莉輕快地搖擺臀部漫步離開後，哈洛倫轉向托倫斯一家。「如果我還想趕上飛機的話，就得趕緊走了。祝福你們一切順利。我知道你們會順利的。」

「謝謝，」傑克說：「你人真好。」

「我會好好照顧你的廚房的，」溫蒂再次承諾。「好好享受佛羅里達的生活吧！」

「我一向都很享受。」哈洛倫說。他把雙手擱在膝蓋上，彎下腰對丹尼說：「小傢伙，最後一次機會喔！想要來佛羅里達嗎？」

「我不想。」丹尼微笑著說。

「好吧！那願意幫我把行李提到車上去嗎？」

「如果媽咪說可以的話。」

「可以，」溫蒂說：「不過，你得把外套的釦子扣上。」她傾身向前準備幫丹尼扣釦子，但哈洛倫搶先一步，他的棕色大手指流暢靈巧地移動著。

「我馬上就送他回來。」哈洛倫說。

「好。」溫蒂說，跟他們一起走到門邊。傑克仍在東張西望地尋找歐曼。「全景」的最後一批客人正在櫃檯辦理退房手續。

11. 閃靈

一走出門外就有四箱行李堆成一堆，其中三個是巨大、破舊、表面是黑色仿鱷魚皮的老手提箱，剩下一個是有著褪色格紋表皮的特大號夾鍊袋。

「我想你能應付那一個吧！行嗎？」哈洛倫問丹尼。他一手提起兩個大手提箱，再將另一個拎在腋下。

「當然行。」丹尼說。他用雙手緊抓住那個袋子，跟隨廚師走下大門前的階梯，盡力勇敢地不發出咕噥聲，洩漏出袋子有多沉重。

他把夾鍊袋抱在身前，袋子不斷撞到他的膝蓋。從他們抵達之後就不停颳著的凜冽刺骨的秋風，呼嘯地吹過停車場，逼得丹尼畏縮地將眼睛瞇成一條縫。幾片迷途的白楊葉沙沙作響，滾過如今大多空無人跡的柏油路面，讓丹尼頓時想起上週他從惡夢中驚醒，聽見——或者，至少以為自己聽見——東尼叫他別去的那天晚上。

哈洛倫在米色的普利茅斯復仇女神的後車箱旁將手提箱擱下。「這不是什麼好車，」他對丹尼吐露，「只是租來的。我的貝西在另一邊，她才是真正的車子，一九五〇年份的凱迪拉克。她好開嗎？我可想到處宣揚呢！我把她留在佛羅里達是因為她太老了，沒辦法爬這些山。你需要我幫忙嗎？」

「不需要，先生。」丹尼說。他盡力不發出咕噥聲地抱著袋子走最後十到十二步，然後大大鬆了一口氣地放下袋子。

「好孩子。」哈洛倫說。他從藍色斜紋布料的外套口袋中取出一個大鑰匙圈，打開後車箱，一面把箱子搬進去，一面說：「孩子，你閃著靈光呢！比我這一生中遇過的任何人都要來得明顯。我明年一月就六十歲囉！」

「啊？」

「你有天賦。」哈洛倫轉身面向他說：「我呢，我向來都說這種天賦叫『閃靈』。我祖母也是這樣說的，她也有。我的年紀比你現在還小的時候，我們常常坐在廚房裡聊好久好久，連嘴巴都不用張開。」

「真的嗎？」

哈洛倫看見丹尼張著嘴，一副近乎渴望的表情，於是微微一笑地說：「來吧！跟我一起坐在車上幾分鐘，我想要和你聊聊。」他砰地將後車箱關上。

溫蒂．托倫斯在「全景」的大廳，看見她兒子坐進哈洛倫車上的副駕駛座，而那個大塊頭的黑人主廚坐到方向盤後。一陣莫大的恐懼猛烈地襲來，她張嘴想告訴傑克，哈洛倫說要帶他們的兒子到佛羅里達去不是謊言，他正要綁架丹尼。但他們只是坐在那裡。她勉強能看到兒子頭顱的小小剪影，正聚精會神地靠向哈洛倫的大頭。即使隔了這麼遠的距離，她仍認得出來兒子的小腦袋擺出特殊的姿態——那是兒子看到電視上有特別吸引他的東西時，或者和他父親一起玩抽鬼，或白癡的克里比奇紙牌遊戲時特有的姿勢。傑克仍在四處尋找歐曼的身影，並沒有注意到。溫蒂保持沉默，緊張地盯著哈洛倫的車，好奇他們究竟談什麼內容會讓丹尼那樣偏著頭。

車內，哈洛倫正在說：「覺得你有點寂寞，以為自己是唯一的嗎？」

丹尼有時候會受到驚嚇，同時也感到寂寞，於是他點點頭。「我是你遇到過唯一的嗎？」他問。

哈洛倫大笑著搖搖頭。「不，孩子，並不是。不過，你的閃靈是最明顯的。」

「那，有很多人嗎？」

「沒有，」哈洛倫說：「不過你的確偶爾會碰到。有很多人是有一點點閃靈，甚至連他們自己都不知道，但他們似乎總是在太太經期心情沮喪時帶著花束出現；學校考試就算沒有唸書也考得很好；一走進室內就能清楚地知道裡頭的人的感覺。我遇過五十還是六十個像這樣的人。但是連我奶奶算在內，也許只有十來個曉得他們自己有閃靈。」

「哇！」丹尼說完思索了片刻，然後說：「你認識布蘭特太太嗎？」

「她？」哈洛倫輕蔑地問：「她沒有閃靈，只是每天晚上都把晚餐退回來兩、三次。」

「我知道她沒有。」丹尼認真地說：「可是你認識穿灰色制服開車的那個人嗎？」

「麥可？當然啦，我認識麥可。他怎麼了？」

「哈洛倫先生，她為什麼想要他的褲子呢？」

「孩子，你在說什麼啊？」

「嗯，她盯著他看的時候，心裡在想她很想要鑽進他的褲子裡，我只是不明白為什麼——」

但是他無法再說下去，哈洛倫的頭已經向後一仰，從胸腔發出洪亮而低沉的大笑，笑聲如砲火一般在車內轟隆隆地響著，其力道讓座椅都為之震動。丹尼也笑了，但心裡充滿困惑。終於，哈洛倫的狂笑一陣陣地逐漸平息，他從胸前口袋掏出一條宛如投降白旗的絲質大手帕，擦拭流淚的眼睛。

「孩子，」他開口說，仍舊有點帶著笑意。「你十歲以前就會知道所有該知道的人情世故，我不曉得是不是該羨慕你。」

「可是，布蘭特太太——」

「你根本不用在意她，」他說：「也別去問你媽。那樣只會惹她生氣，你懂我在說什麼嗎？」

「懂，先生。」丹尼說。他完全明白，他以前就曾經那樣惹惱他母親。

「你只需要知道，布蘭特太太只不過是個有慾望的下流老太太就好了。」他帶著疑問地看著丹尼。「博士，你可以多用力地打擊出去？」

「啊？」

「給我一擊吧！想著我。我要知道你的力量是不是跟我想的一樣大。」

「你希望我想什麼？」

「隨便，只要用力地想。」

「好吧！」丹尼說。他考慮了片刻，然後集中注意力朝哈洛倫用力投過去。他以前從沒做過像這樣的事，在最後一刻體內的部分本能甦醒，減弱一些那念頭原始的力道，因為他不希望傷害到哈洛倫先生。但是念頭從腦海中射出的力量是他根本無法相信的，簡直比諾蘭·萊恩的快速球還要再快一些。

（哎呀！希望不會傷到他）

他投出的念頭是：

（！！！嗨，迪克！！！）

哈洛倫畏縮地在座位上往後一退。他的上下牙齒喀的一聲用力合起來，使得下嘴唇滴下一點點鮮血。他的雙手不由自主地從膝上抬到胸口高的位置，之後又落回原處。有一瞬間，他的眼瞼有氣無力地顫動著，完全不受意識的控制。丹尼嚇壞了。

「哈洛倫先生？迪克？你還好嗎？」

「我不知道，」哈洛倫虛弱地笑著說：「老實說我不知道。我的天，小子，你是把手槍啊！」

「對不起，」丹尼更為驚慌地說：「我該不該去找我爸爸過來？我跑過去找他。」

「不用了，我好多了。我沒事的，丹尼，你乖乖坐在那裡就可以了。我只是覺得有點混亂而已。」

「我沒有用盡全力，」丹尼坦承。「我不敢，所以在最後一分鐘縮回了。」

「大概是我運氣好，你縮回去……不然我的腦漿可能會從耳朵漏出來。」他看見丹尼臉上驚慌的神色，微微地笑了。「我沒有受傷。你自己感覺怎麼樣呢？」

「感覺我好像是正在投快速球的諾蘭・萊恩。」他立刻說。

「你喜歡棒球，是嗎？」哈洛倫小心翼翼地揉著太陽穴。

「爸爸和我喜歡天使隊，」丹尼說：「美聯東區是紅襪隊，西區是天使隊。我們看過紅襪在世界大賽中對辛辛那提的那一場比賽，我那時比現在小多了。爸爸他……」丹尼的臉色黯淡下來，顯得有些不安。

「你爸怎麼了，丹？」

「我忘了。」丹尼說。他將大拇指塞入嘴巴吸吮起來，但那是小嬰兒的習慣，因此他又把手放回大腿上。

「丹尼，你能看出爸爸媽媽心裡想的事情嗎？」哈洛倫仔細地觀察他。

「大部分時候，如果我想要的話。不過通常我不會試。」

「為什麼不呢？」

「嗯……」丹尼不安地停頓了半晌。「那感覺就好像偷窺臥室，看他們做製造小寶寶的那件事。你知道那件事嗎？」

「我稍微知道。」哈洛倫嚴肅地說。

「他們不喜歡那樣。他們不喜歡我偷看他們的想法，那樣子很卑鄙。」

「我明白了。」

「可是我曉得他們的感覺，」丹尼說：「我沒有辦法控制。我也知道你的感覺，我很抱歉傷到你。」

「只是頭痛而已，我還有過更嚴重的宿醉呢！那你能讀別人的嗎，丹尼？」

「我還不大會讀，」丹尼說：「只除了少數幾個字。不過，爸爸今年冬天會教我。我爸爸以前在一間大學校裡教閱讀和寫作喔！主要是寫作，不過他也很瞭解閱讀。」

「我的意思是，你能看出其他人在想什麼嗎？」

丹尼仔細想想。

「如果很大聲的話就可以，」他最後開口回答：「就像布蘭特太太和褲子的事。或是像有一次，我和媽媽在一間大商店買我的鞋了，有個大塊頭的孩子盯著收音機，他想要不付錢就拿走一台。接著他想，萬一被抓到怎麼辦？然後又想，我真的很想要；之後又想到會被抓。他把自己搞得很煩，害我也很不舒服。那時媽媽正在跟賣鞋子的先生說話，所以我就走過去說：『嘿，別拿那台收音機，走開。』他真的嚇死了，馬上就跑走。」

哈洛倫的嘴巴咧得開開地笑了。「我敢說他嚇壞了。丹尼，你還能做到別的事嗎？除了讀到想法和感覺，還有其他的嗎？」

丹尼十分小心地問：「你還能辦到別的嗎？」

「有的時候，」哈洛倫說：「不常。偶爾……偶爾會作夢。丹尼，你會作夢嗎？」

「有的時候，」丹尼說：「我會在清醒的時候作夢，自從東尼來了以後。」他的拇指又伸進嘴裡。除了媽咪和爸爸之外，他從來沒告訴任何人東尼的事。他把吸拇指的那隻手放回膝蓋上。

「東尼是誰？」

忽然間丹尼靈光一閃領悟到最令他恐懼的事；那感覺就像是突然瞥見一台可能安全，也可能危險得足以致命的難以理解的機器。他的年紀太小，還不明白是安全還是危險。他太小了沒辦法理解。

「到底有什麼不對勁？」他大聲喊道：「你問我這麼多事情是因為你擔心，對不對？你為什麼擔心我？為什麼擔心我們？」

哈洛倫將深色的大手放在小男孩的肩上。「停，」他說：「大概沒事。不過如果有事的話……嗯，丹尼，你的腦袋裡有相當強大的力量，我想你得長到很大才能配合得了那股力量。你必須勇敢一點。」

「可是我不懂啊！」丹尼衝口說出。「我感覺得到但是我不明白！大家……他們對事物有感覺，我接收到他們的感覺，可是我不明白我感覺到的是什麼！」他難過地低頭看著自己的大腿。「我真希望我能認字。東尼有時候會給我看一些標示牌，我幾乎都看不懂。」

「東尼是誰？」哈洛倫再問一次。

「媽媽和爸爸說他是我的『隱形玩伴』，」丹尼說，他小心地背誦那幾個字。「可是他真的是真的，至少，我覺得他是。有時候，我真的很努力想要理解事情時，他就會來。他說：『丹尼，我想要帶你看個東西。』然後我就好像昏過去。只是……就像你說的，那是夢。」他注視哈洛倫，吞了一口口水。「那些夢以前很好，可是現在……我不記得會嚇到讓你哭的夢叫什麼。」

「惡夢？」哈洛倫問。

「對，就是那個，惡夢。」

「夢到這個地方？夢到全景飯店嗎？」

丹尼再度低頭看著吸拇指的那隻手。「對。」他低聲說。驀地，他抬頭直視哈洛倫的臉，尖聲尖氣地說：「但是我不能告訴我爸爸，你也不行！他一定得要這份工作，因為這是艾爾叔叔唯一能幫他弄到的工作，他得寫完他的劇本，否則他可能又會開始做那件壞事，我知道是什麼壞事，就是喝醉，就是那件事，他以前老是喝得醉醺醺的，那就是不該做的壞事！」他不再繼續說，眼淚幾乎快落下。

「噓……」哈洛倫說，一邊將丹尼拉過來，讓丹尼的臉靠在他外套粗糙的斜紋布料上。他的衣服隱隱有股樟腦丸的味道。「孩子，沒事的。假如拇指喜歡你的嘴，就讓它去它想去的地方吧。」但他的表情很不安。

他說：「孩子，你擁有的天賦，我把它叫做『閃靈』，聖經上說是異象，還有的科學家把這種能力稱為預知。孩子，我閱讀相關的資料，做了研究，它們全都是指預見未來。你懂嗎？」

丹尼靠在哈洛倫的外套上點點頭。

「我記得在那方面我曾有過的最強烈的閃靈……我不是個健忘的人。那發生在一九五五年，我當時還在軍中，被派駐在西德。時間是在晚餐前一個小時，我站在洗碗槽旁邊，正在嚴厲責備一位炊事兵削皮時把太多馬鈴薯一起削掉。我說：『拿來，我來秀給你看該怎麼削。』他遞出馬鈴薯和削皮刀，然後整間廚房就消失了，砰的一聲，就那樣。你說你看見這個叫東尼的傢伙之後……你才開始作夢的？」

丹尼點一下頭。

哈洛倫伸出一隻手臂環住他。「我呢，是聞到柳橙味。那天整個下午我都聞到柳橙的味道，但是完全沒有多想，因為那天晚上的菜單上有柳橙——我們有三十箱瓦倫西亞的柳橙。那天晚上該死的廚房裡的每個人都聞到柳橙味。

「有一瞬間我覺得自己好像剛才昏過去，接著聽見爆炸聲，看到火光，有人在尖叫，警報響了。緊接著我聽見只可能是蒸汽發出來的嘶嘶聲。然後我感覺好像自己離發出嘶嘶聲的東西更靠近一些，我看見一節出軌翻覆的火車車廂，上頭寫著喬治亞及南卡羅萊納州鐵路公司，我像是靈光一閃馬上就知道我弟弟卡爾在那輛火車上，火車脫出軌道，卡爾死了。就這樣子。然後景象消失，站在我前面的是嚇壞了的笨蛋小炊事兵，伸出來的手裡仍然拿著馬鈴薯和削皮刀。他問：『中士，你還好嗎？』我回答，『不好，我弟弟剛剛在喬治亞死掉了。』等我終於打國際電話聯絡上我媽媽後，她告訴我事情的狀況。

「可是小子，你瞧，我早就知道事情的狀況了。」

他緩緩地搖著頭，彷彿要驅散回憶，然後低頭凝視睜大眼睛的男孩。

「不過孩子啊，有件事你得記住：那些事情不見得都會變成眞的。我記得就在四年前，我得到一份工作，擔任緬因州長湖畔一個男孩營隊的廚師。因此我坐在波士頓洛根機場的登機門旁，等著上飛機，然後就突然聞到柳橙味，大概是五年來第一次。所以我對自己說：『天啊，現在到底是要上演什麼瘋狂的秀？』我走到洗手間，坐在馬桶上獨自一個人靜一靜。我從來沒有失去知覺，但是我開始有越來越強烈的感覺，我的飛機將會墜毀。不久感覺消失，柳橙味也沒了，我知道一切結束。我走回達美航空的櫃檯，把我的班機改成三小時後的另一班。結果你知道發生什麼事嗎？」

「什麼？」丹尼低聲問。

「什麼事也沒有！」哈洛倫大笑地說。看見男孩也微微笑了，讓他鬆了一口氣。「連一件事都沒有！那架老飛機準時降落，連一點碰撞或擦傷都沒有。所以你明白了吧……有的時候那些感覺並不會變成真的。」

「喔。」丹尼說。

「或者像你去玩賽馬。我經常去，而且通常手氣都不錯。當馬匹經過起跑閘時，我站在圍欄旁邊，有時候會對這匹馬或那匹馬有點靈光。通常這種感覺真的能幫我賺不少。我常常告訴自己，總有一天我要一次買三張賭馬券，賭三匹得勝希望不大的馬，憑三連勝賺足夠的錢好早點退休。這種機運還沒出現。但是有好多次我從賽馬場走路回家，而不是荷包滿滿地搭計程車。沒有人一直有閃靈，也許除了天上的神之外吧！」

「對啊，先生。」丹尼說，想起將近一年前，東尼曾秀給他看一個新生的寶寶躺在史托文頓家中的嬰兒床上。他非常興奮地一直等待著，因為知道寶寶的到來需要時間，但是新生的寶寶並沒有出現。

「你聽著，」哈洛倫說，將丹尼的雙手握在自己的手中。「我在這裡作過一些惡夢，有些不好的感覺。我在這裡工作了兩季，大概作過十幾次……嗯，惡夢。也許有五、六次覺得自己看到東西。不，我不會說是什麼東西，那不適合講給你這樣的小男孩聽，只不過是些討厭的東西。有一次是跟那些修剪成動物造型的該死樹籬有關。還有一次是有個女服務生，叫德洛莉絲．維克瑞的，她本身有點閃靈，不過我不認為她自己曉得。歐曼先生把她開除了……你知道那是什麼意思嗎，博士？」

「知道，先生，」丹尼直率地說：「我爸爸就被開除，不能再教書了，我猜所以我們才會到科羅拉多。」

「嗯，歐曼開除她是因為她說看見某個房間裡有東西……咳，就是那個發生過壞事的房間，二一七號房。丹尼，我要你答應我絕對不會進去那裡面，整個冬天都不行。靠右邊走繞過去。」

「好吧！」丹尼說：「那個女士——小姐——她有請你去看看嗎？」

「有，她的確有。那裡確實有個壞東西，不過……我不覺得那是會傷害人的壞東西，丹尼，這就是我一直想說的。有閃靈的人有時候能看見將要發生的事情，我想有的時候他們能看見過去發生的事。但是那些景象就像是書裡的圖片而已。丹尼，你曾經看過書裡有讓你害怕的圖片嗎？」

「有。」他說，一邊回想起《藍鬍子》的故事，及藍鬍子的新婚妻子打開門，看見全部的頭顱的圖片。

「可是你知道圖片不會傷害你的，對不對？」

「嗯——對……」丹尼有點不確定地回答。

「喏，這間飯店裡就是類似的情形。我不知道為什麼，但是過去曾經在這裡發生的壞事，似乎仍然在四周留下一些小小的碎片，就像剪下來的指甲，或是某個髒鬼抹在椅子底下的鼻屎。我不曉得為什麼只有在這裡，我想差不多世界上所有的飯店都有壞事發生，而我本身在許多家飯店工作過，從來沒遇到過麻煩，就只有這裡。不過，丹尼，我不覺得那些東西會傷害任何人。」他說每個字的時候，都輕微搖晃一下男孩的肩膀來加重語氣。「所以假如你看到什麼東西，不管是在走廊，或是在房間，或者在外面的樹籬旁邊……只要把頭轉開，等你轉回來看的時候，那東西就會不見了。你懂我的意思嗎？」

「懂。」丹尼說。他覺得好多了，心情安定下來。他跪起來親吻哈洛倫的臉頰，大大用力地擁抱他。哈洛倫也回摟著他。

鬆開男孩時，他問：「你爸媽他們沒有閃靈吧。有嗎？」

「不，我想應該沒有。」

「我試了他們一下，就像我試探你一樣，」哈洛倫說：「你媽媽跳了一點點，非常非常微弱的。我想天下所有的母親都有點閃靈，你知道的，最起碼在她們的孩子長大到可以自己當心之前吧。至於你爸爸……」

哈洛倫停頓了半晌。他試探過男孩的父親，他只是不明白試驗的結果。那感覺不像是遇見具有閃靈能力的人，或者絕對沒有閃靈的人。刺探丹尼的父親感覺就是……怪，彷彿傑克．托倫斯有什麼東西，某樣他隱藏起來的東西，或者是他緊緊守住的東西，深深埋在他心裡，別人難以觸及。

「我認為他一點閃靈也沒有，」哈洛倫最後說：「所以你不需要擔心他。只要照顧好你自己。我不認爲這裡有東西會傷害你。所以冷靜點，好嗎？」

「好。」

「丹尼！嘿，博士！」

丹尼張望四周。「是我媽，她要找我。我得走了。」

「我知道你得走了，」哈洛倫說：「丹尼，祝你在這裡過得愉快。反正，盡量吧！」

「我會的。哈洛倫先生，謝謝，我覺得好多了。」

令他微笑的思緒湧進他的腦海裡：

（我的朋友都叫我迪克）

（是的，迪克，好吧）

他們的眼神交會，迪克．哈洛倫眨一下眼。

丹尼爬到車子座位的另一邊，打開副駕駛座的門。在他下車時，哈洛倫說：「丹尼？」

「什麼？」

「萬一遇到麻煩……你就叫我吧！就像你幾分鐘前那樣響亮地大叫，或許我在佛羅里達那麼南邊都能聽見。如果我聽到的話，我會馬上跑來的。」

「好的。」丹尼微笑著說。

「你保重啊！大孩子。」

「我會的。」

丹尼砰地關上門，跑過停車場往飯店的門廊而去，溫蒂正站在那裡交抱雙肘抵擋寒風。哈洛倫注視著他，臉上大大的笑容慢慢消逝。

我不認為這裡有東西會傷害你。

我不認為。

但是萬一他錯了呢？自從他看見二一七號房浴缸裡的東西後，他就知道這是他待在「全景」的最後一季。那畫面比任何一本書裡的圖片都要來得糟糕，而從這裡看過去，奔向母親的男孩顯得如此矮小……

我不認爲——

他的眼神飄向那些綠雕動物。

驀地他發動車子，打到前進檔開車離開，努力克制著不回頭看。但是當然他還是回頭了，自然門口已無人影。他們已經進去裡面，彷彿全景飯店將他們吞噬進去。

12. 參觀飯店整體

「寶貝，你們在聊些什麼啊？」當他們走進飯店時，溫蒂問丹尼。

「喔，沒什麼啦！」

「沒什麼還聊挺久的嘛。」

他聳了下肩，溫蒂從這個動作中看出丹尼與傑克的血緣關係；傑克本人都未必能做得更好。她無法從丹尼口中問出更多的訊息，因此感到強烈的惱怒混雜著更為強烈的愛：愛是不由自主的，惱怒則是由於感覺她被刻意排除在外。他們兩人在身邊時，她偶爾會覺得自己像個局外人，是個當主要橋段正上演時，意外闖到舞台上的小配角。哼，她那兩個令人惱火的男人，他們今年冬天沒辦法把她排除在外，因為新住所有點太過狹窄了。她忽然意識到自己是在嫉妒丈夫與兒子之間的親密，一時感到羞愧。這太像她自己母親可能有的感受……像得令人不安。

大廳如今空無一人，只剩歐曼和櫃檯職員的主管（他們在收銀機旁結帳），兩名換上暖和長褲和毛衣的女服務生，腳邊圍著一圈行李箱，站在大門口望著外頭。還有那位維修工人華生，他逮到溫蒂正在看他，朝她眨個眼……無疑是挑逗的那種。她慌忙把目光別開。傑克在餐廳外頭的窗邊打量著眼前的景色，他似乎看得入了迷，神情有點恍惚。

收銀機那頭顯然結完帳了，因為歐曼權威地啪一聲將收銀機鎖上，在紙卷上簽下他姓名的首字母，再收進小的拉鍊袋裡。溫蒂為看上去大大鬆一口氣的櫃檯主管無聲地鼓掌。歐曼看起來就是那種可能從櫃檯主管的皮下挖出缺點的人……而且絕不會濺出任何一滴血。溫蒂不大喜歡歐曼，也不喜歡他囉哩叭唆、炫耀自己有多忙亂的態度。他就像她遇過的每個老闆，不管男的女的。對客人總是和顏悅色的親切，私底下對幫手卻是個器量狹小的暴君。但現在放假了，櫃檯主管的愉悅明顯地寫在臉上。總之每個人都放假了，只剩下她、傑克和丹尼。

「托倫斯先生，」歐曼獨斷地喊著：「可以請你過來一下嗎？」

傑克走過去，並朝溫蒂和丹尼點頭示意要他們一起過去。

那名走到後頭的職員，如今穿上外套又走出來。「歐曼先生，祝你過個愉快的冬天。」

「我可不認為，」歐曼冷淡地說：「布拉多克，五月十二日，不早，不晚。」

「知道，先生。」

布拉多克繞過櫃檯，表情沉穩而有威嚴，相當符合他的職位，但當完全背對歐曼的時候，他像個小男生似的咧開嘴笑了。他和門邊仍在等車的兩個女孩簡短地交談了幾句，走出去時後頭緊跟著突然爆發出壓抑的笑聲。

這時溫蒂才開始注意到這地方的寂靜。沉默籠罩住飯店猶如一張厚重的地毯，蒙住所有的聲音，只除了外頭午後的風微弱的脈動。從她所站的位置能看到辦公室裡頭，如今乾淨得近乎貧乏，只留下兩張清空的辦公桌，和兩組灰色的檔案櫃。再過去一眼就能看見哈洛倫一塵不染的廚房，因為橡膠的楔子將有著大圓窗的雙扇門撐得大開。

「我想我應該花額外的幾分鐘，帶你們參觀整間飯店，」歐曼說。溫蒂仔細想想，在歐曼的語調中總能聽見「飯」字加了重音，任何人都應當聽得出來。「托倫斯太太，我確定妳先生將會對全景飯店的裡裡外外都相當熟悉。不過妳和妳兒子大多時間肯定會待在大廳這一層和一樓，就是你們的住處所在的樓層。」

「肯定的。」溫蒂佯作正經地說，傑克偷偷地瞄她一眼。

「這是個美麗的地方，」歐曼興高采烈地說：「我相當喜歡帶人參觀。」

溫蒂心想，我敢說你樂此不疲吧。

「我們先上三樓，再一路逛下來吧！」歐曼說。他聽起來確實充滿熱情。

「如果我們耽誤你——」傑克開口說。

「一點也不，」歐曼說：「飯店已經打烊了。至少，今年這一季的工作全都結束了。我打算在波爾德過一夜，當然是住在波爾德拉多飯店，丹佛這邊唯一體面的飯店……當然囉，除了『全景』之外。這邊請。」

他們一同跨進電梯。電梯以紅銅和黃銅的渦捲花樣裝飾得很華麗，但是它在歐曼把閘門拉上前不久才穩定下來。丹尼有點不安地扭動著，歐曼低頭對他微笑，丹尼試圖回以微笑但並不怎麼成功。

「小男子漢，你別擔心，」歐曼說：「這電梯安全得像家一樣。」

「鐵達尼號也是啊！」傑克說完，抬頭仰望電梯天花板正中央的雕花玻璃燈罩。溫蒂咬住臉頰內側以免笑出來。

歐曼並不覺得好笑。他嘎啦嘎啦然後砰的一聲將裡頭的閘門拉上。「托倫斯先生，鐵達尼號只航行過一次，可這台電梯從一九二六年安裝好以來已經航行過幾千次了。」

「這教人安心多了。」傑克說。他揉一揉丹尼的頭髮。「博士，這架飛機不會撞毀的。」

歐曼扳動操縱桿，半晌電梯毫無動靜，只有腳底忽然震動了一下，並且傳來馬達痛苦的悲鳴。溫蒂在幻想中看到他們四個人受困在樓層之間，如同瓶子裡的蒼蠅，直到隔年春天才被發現……身上有些零星的碎片不見了……就像多納小隊一樣……

（停下來！）

電梯開始上升，起先底下有些顫動並發出乒乒乓乓的聲響，之後就平穩下來。到了三樓，歐曼讓電梯晃動一下停住，拉開閘門，再打開門。電梯車廂離樓面還差六吋。丹尼瞪視著三樓走廊與電梯地板的高度差距，彷彿剛剛才察覺到這世界並不如人家告訴他的那般健全。歐曼清一清喉嚨，讓車廂往上升一點，再猛地一停（依然低於樓面兩吋），他們全部的人爬出了電梯。四人的重量一離開，車廂就往上彈到接近樓面的位置，溫蒂絲毫不覺得這電梯教人安心。無論是否安全得像家一樣，她決定在飯店裡上上下下時都走樓梯。她無論如何都不會允許他們三人同時坐上這台搖搖欲墜的東西。

「博士，你在看什麼？」傑克開玩笑地詢問：「有看到任何污漬嗎？」

「當然不會有，」歐曼著惱地說：「所有的地毯兩天前才剛清洗過。」

溫蒂也低下頭去看走廊的長地毯。漂亮，但假如真有一天她自己家裡有長地毯的話，她絕不會選用這種圖樣。深藍色的呢絨，編織著似乎是超現實的叢林景物，到處是繩索、藤蔓和充滿異國鳥類的樹林。很難分辨出來是哪種鳥，因為所有交織的圖案都是以毫無差別的黑色織成，只顯出剪影。

「你喜歡這地毯嗎？」溫蒂問丹尼。

「喜歡，媽。」他平淡地說。

他們沿著走廊往下走，走廊相當寬敞，極為舒適。壁紙是絲質的，與地毯相襯用較淺的藍色。在高約七呎處，每隔十呎架著一盞電氣的裝飾燭台，造型仿如倫敦的瓦斯燈，燈泡罩在朦朧、奶油色的玻璃後頭，玻璃上纏繞著錯綜交叉的細鐵條。

「我非常喜歡那些燈。」她說。

歐曼滿意地點點頭。「戰後，我是指第二次世界大戰後，德爾文先生將這種燈安裝在整間飯店。事實上，三樓大部分——雖然不是全部——的裝潢計畫都是他的構想。這是三〇〇號，總統套房。」

他把鑰匙插入桃花心木雙扇門的鎖孔中一扭，然後使勁將門推到最開。起居間朝西的寬廣視野令他們全都倒抽一口氣，這或許正是歐曼的目的。他微微一笑。「視野相當棒，對吧？」

「確實很棒。」傑克說。

窗戶的幅面幾乎與起居間等長，從窗戶望出去，太陽正懸在兩座鋸齒狀的山峰之間，金黃色的光芒照射在岩石表面和高山頂巔如糖霜般的白雪上。這風景明信片般的景致後頭及周遭的雲朵都染上了金黃色，一束微暗的日光照亮林木線底下一片黑壓壓的冷杉叢。

傑克和溫蒂過於專注在眼前的風景，因此並沒有低頭查看丹尼。丹尼沒有盯著窗外，而是瞪視著左邊紅白條紋的絲質壁紙，那兒有一扇敞開的門通向裡間的臥房。他的喘息聲雖然與他們的驚嘆聲摻混在一起，卻和美景絲毫無關。

一大片乾涸的血漬，綴著一點一點微小的灰白色組織，凝結在壁紙上，讓丹尼覺得噁心。此景有如以血繪成的瘋狂圖畫，超現實地素描出一名男子因恐懼和痛苦而畏縮的臉，他的嘴大張，半顆頭顱粉碎——

（所以假如你看到什麼東西……只要把頭轉開，等你轉回來看的時候，那東西就會不見了。你懂我的意思嗎？）

他刻意看向窗外，小心不在臉上顯露出任何表情，當媽媽的手握住他的手時，他反握住，但小心翼翼地不用力抓緊，或是傳遞給她任何信號。

經理正在對他爸爸交代事情，要他確實裝上大窗戶的遮板，以免強風吹進來。傑克點著頭。丹尼十分謹慎地回頭看那面牆。那一大片乾掉的血跡不見了，散佈在血跡中的微小灰白斑點也消失了。

歐曼帶領他們走出去。媽媽問他是否覺得那些山很漂亮。丹尼回答說是，雖然不管怎樣，他並不是真的喜歡那些高山。當歐曼正要關上身後的門時，丹尼回頭看了一眼。血跡又回來了，只不過這回是新鮮的，血在流。直視著血流的歐曼，卻繼續不停地評論之前住過這裡的名人。丹尼發現自己用勁地咬住嘴唇，力道大得嘴唇都流血了，他卻連一點感覺也沒有。他們順著走廊繼續走下去時，丹尼稍微落後其他人，用手背擦去唇上的血，想著

（血）

（哈洛倫先生看到血嗎？還是看到更糟的東西？）

（我不認爲那些東西會傷害你。）

有股頑強的尖叫衝動逼近他的唇邊，但他不釋放出來。他的媽媽和爸爸看不到這種東西；他們從來沒看過。他要保持沉默。媽媽和爸爸彼此相愛，那才是真的。其他的東西就像是書中的圖片，有的圖片很可怕，可是並不會傷害你。它們……不會……傷害你。

歐曼先生帶他們參觀三樓其他的房間，帶領他們穿過彎來繞去有如迷宮的走廊。歐曼先生說，這裡全都是「套糖」，雖然丹尼並沒有看到任何糖果。他帶他們去看一位名叫瑪麗蓮·夢露的女士住過的房間，當時她嫁給叫做亞瑟·米勒的男人。（丹尼隱約明白瑪麗蓮和亞瑟住過全景飯店後不久就離婚了。）

「媽咪？」

「寶貝，什麼事？」

「如果他們結了婚，為什麼兩人的姓不一樣呢？妳跟爸爸的姓就一樣啊！」

「對，可是我們不是名人啊！丹尼。」傑克說：「有名的女人即使結了婚，還是保有原本的姓，因為姓名就是她們謀生之道。」

「謀生之道。」丹尼完全不解地重複。

「爸爸的意思是，大家喜歡去電影院看瑪麗蓮．夢露，」溫蒂解釋說：「可是他們可能不喜歡去看瑪麗蓮．米勒。」

「為什麼不呢？她還是同一個人啊！不是每個人都該知道嗎？」

「是沒錯，不過——」她無助地望著傑克。

「楚門．卡波提住過這間房，」歐曼不耐煩地打斷他們。他將門打開。「那是我到這裡工作以後的事。是位非常高尚的人，歐洲人的舉止風度。」

這些房間裡沒什麼特別值得注意的（只除了歐曼先生一直稱這些房間為「套糖」，卻沒有半顆糖果），也沒有令丹尼害怕的東西。事實上，二樓只有另一個東西讓丹尼緊張，而他說不出原因。那是個滅火器，就掛在他們拐過轉角走回電梯前不久的牆壁上。電梯一直敞開等候，有如滿口的金牙。

那是舊式的滅火器，扁平的軟管在滅火器本體上纏繞了十來圈，一頭連在大的紅色閥門上，另一頭的末端是黃銅的噴嘴。盤繞的軟管以紅色鋼條固定在鉸鏈上，萬一火災時，你可以用力一擊把鋼條往上頂，讓鋼條閃開，軟管就歸你使用。丹尼能看懂那麼多；他很擅長看出東西如何使用。兩歲半的時候他就能打開父親裝在史托文頓家中樓梯頂端的安全防護門，他看出門是怎麼鎖的。爸爸說那是結竅，有的人有結竅，有的人沒有。

這個滅火器比他看過的其他滅火器——譬如，幼稚園裡的——要稍微舊一點，不過也沒什麼不尋常。然而，它蜷曲著身子靠在淺藍色壁紙上宛如一條沉睡的蛇，讓他心中充滿隱隱的焦慮，因此當滅火器消失在轉角時他很高興。

「當然，所有的窗戶都必須裝上保護的遮板，」他們走回電梯裡面的時候，歐曼說。電梯再度在他們腳下令人噁心地往下沉。「不過我特別關切總統套房裡的。那扇窗戶最初的花費是四百二十元，而那是三十幾年前的事了，現在要更換得花上八倍的代價。」

「我會裝好遮板的。」傑克說。

他們下到三樓，那裡的房間更多，走廊更是彎來繞去。此刻太陽已落到山後頭，從窗戶照射進來的光線開始稍微轉暗。歐曼先生只帶他們參觀一、兩間房就結束。他走過迪克．哈洛倫警告丹尼的那間二一七號房，沒有讓他們參觀。丹尼不安而入迷地盯著門上平淡無奇的號碼牌。

接著下去一樓。歐曼先生並沒有讓他們進去這層樓的任何一間房參觀，直到他們快要抵達鋪著厚地毯、通往大廳的樓梯。「這裡是你們的住處，」他說：「我想你們會覺得滿意的。」

他們走了進去。丹尼鼓起勇氣準備迎接可能存在那裡的任何東西，但什麼都沒有。

溫蒂．托倫斯猛地鬆了一口氣。冰冷高雅的總統套房讓她覺得自己笨拙而不得體──參觀臥室的匾牌上宣告亞伯拉罕．林肯或富蘭克林．羅斯福曾睡過這裡的改建歷史建築是挺好的，但是想像妳和妳丈夫躺在幾英畝的亞麻織品底下，也許在全世界最偉大的人（總之是最有權勢的人，她修正一下）躺過的床上做愛則完全是另一回事。不過，這個小房間比較簡樸、比較自在，幾乎是令人嚮往的。她認為住在這裡一季應該不會有太大的困難。

「這裡非常舒適。」她對歐曼說，聽見自己的口氣中含著感激。

歐曼點點頭。「簡單但夠用。在飯店營業的時期，這個套房是廚師和他太太，或是廚師和他的學徒住的地方。」

「哈洛倫先生住過這裡？」丹尼插嘴問。

歐曼先生屈尊俯就地把頭傾向丹尼。「對啊，他和『從來沒有先生』。」他轉向傑克和溫蒂。「這邊是起居間。」

起居間內有幾張看起來舒適但不昂貴的椅子；一張曾經價值不菲，如今邊上有一長條不翼而飛的咖啡桌；兩個書櫃（塞滿了《讀者文摘精華版》與一九四〇年代的《偵探圖書俱樂部》三部曲，溫蒂覺得有趣地瞧著）；以及一台毫無特色的飯店電視，看起來不如別的房間內擦得亮晶晶的木頭電視櫃那麼典雅。

「當然啦，沒有廚房，」歐曼說：「不過，有一台送菜的升降機。這間房就在廚房正上方。」他拉開一塊正方形的嵌板，顯露出一個寬大的方形餐盤。他輕輕一推，餐盤就消失了，後頭拖曳著一條纜繩。

「是密道耶！」丹尼興奮地對母親說，暫時忘卻所有的恐懼，心思全都跑到牆後那令人激動不已的升降機井。「就像『兩傻大戰怪獸』❽裡的一樣！」

歐曼先生蹙起眉頭，但溫蒂縱容地微笑著。丹尼跑到送菜升降機旁，仔細觀察底下的升降機井。

「請過來這邊。」

他打開客廳另一頭的門。這道門向著寬敞而通風良好的臥室，裡頭有兩張單人床。溫蒂看丈夫一眼，笑著聳聳肩。

「沒問題，」傑克說：「我們把兩張併在一起就行了。」

歐曼先生回過頭去，直率地表達困惑。「對不起，請再說一遍？」

「那兩張床，」傑克愉快地說：「我們可以把它們併在一起。」

❽「兩傻大戰怪獸」（Abbott and Costello Meet the Monsters）：艾博特（Abbott）與科斯蒂洛（Costello）是美國知名的喜劇活寶二人組，主演過一系列兩傻大戰各類型怪物的電影。

「喔，挺好的。」歐曼說，一時還搞不懂，片刻後露出豁然開朗的表情，一抹紅暈逐漸從他的襯衫衣領往上爬。「隨你們高興。」

他帶領他們回到起居間，打開第二道通向第二間臥室的門，這間臥室準備了雙層床。角落裡有台暖氣機哐噹作響，地板上的地毯醜陋地繡著西部的鼠尾草和仙人掌。溫蒂看得出來，丹尼已經愛上這個房間。這間房的面積較小，牆板是用真正的松木。

「博士，覺得你可以接受嗎？」傑克問。

「當然可以。我要睡上層床鋪，可以嗎？」

「你想要的話。」

「我也喜歡這張地毯。歐曼先生，你為什麼不把所有的地毯都用這種的呢？」

歐曼瞪大眼睛看了半晌，彷彿牙齒緊咬住一顆檸檬。之後他微微一笑，拍拍丹尼的頭。「這些就是你們的區域了，」他說：「只除了浴室沒有看到，浴室是在主臥那邊。雖然不是很大的房間，不過你們的活動範圍當然可以延伸到飯店的其他地方。大廳的壁爐可以正常運作，華生是這麼告訴我的，有興致的話儘管隨意到餐廳用餐。」他用一副施予莫大恩惠的口吻說。

「好的。」傑克說。

「我們可以下去了嗎？」歐曼先生問。

「好啊！」溫蒂說。

他們搭電梯到樓下，如今大廳已完全空了，只剩下華生，他穿著生皮的夾克，嘴裡叼著一根牙籤，倚靠在正門上。

「我以為你早就離開千里遠了。」歐曼先生說，他的語調有點冷漠。

「只是待在這兒想提醒一下托倫斯先生鍋爐的事，」華生說著，直起身來。「夥伴，你好好留意鍋爐，就不會有事的。一天把壓力計往下壓個幾次，它可是會慢慢爬的。」

她會慢慢爬，丹尼想著，這句話迴盪在他心中一條狹長寂靜的走廊上。走廊兩側是整排人們難得端詳的鏡子。

「我會的。」他爸爸說。

「你沒問題的。」華生說著，向傑克伸出手，傑克與他握一握手。華生轉向溫蒂點個頭。「夫人。」他說。

「我很榮幸。」溫蒂說，心想這或許聽來可笑，但一點也不。她從待了一輩子的新英格蘭來到此地，在她看來，這個名叫華生、留著一頭蓬鬆亂髮的男人，似乎在短短幾句話中摘要了西部該有的一切模樣，先前挑逗的眨眼就別介意了。

「托倫斯少爺。」華生一本正經地說，並伸出手來。已經學會所有握手禮節將近一年的丹尼慎重地伸出自己的手，立時覺得小手被整個吞噬掉。「丹，你要好好照顧他們。」

「是的，先生。」

華生鬆開丹尼的手，挺直身子，並望著歐曼。「我想，明年才能見了。」他說著把手伸出去。

歐曼冷酷地輕碰華生的手。他的尾戒反射大廳的電燈，邪惡地閃了一下。

「五月十二日，華生，」他說：「不早也不晚。」

「是的，先生。」華生說。傑克幾乎能讀到華生心中的附註：……你這矮小的死同性戀。

「歐曼先生，祝你有個愉快的冬天。」

「喔，我可不認為。」歐曼冷淡地回應。

華生打開兩扇大門的其中一扇，風呼嘯得更大聲，並且翻起他的夾克衣領。「你們幾位保重啦！」他說。

回應他的是丹尼。「是的，先生，我們會的。」

才不久前祖先還擁有這個地方的華生謙恭地溜過大門。門在他身後闔上，遮去了風聲。他們一同注視他踩著破舊的黑色牛仔靴，噠噠噠地走下門前寬廣的階梯。當他穿越停車場走向那台國際收割機牌的貨卡時，脆弱的黃色白楊葉在他的腳跟四周翻滾。他爬上車發動引擎，藍色煙霧從生鏽的排氣管噴出。他倒車將車開出停車場時，四人靜默了好一段時間。他的貨車消失在山脊，不一會兒又出現在主幹道上，朝西而去，越來越小。

瞬間，丹尼感覺到前所未有的寂寞。

13. 前廊

托倫斯一家站在全景飯店長長的前廊上，彷彿擺好姿勢要拍全家福。丹尼居中，套著去年的秋季夾克把拉鍊拉上，夾克今年已太小，手肘部分開始露出來，溫蒂在他後面，一手放在他的肩膀上，而傑克站在他左邊，一手輕輕擱在兒子的頭上。

歐曼先生的位置比他們低一階，穿著看似昂貴的棕色毛海大衣，釦子全都扣上。太陽此時已完全沉到山後頭，使得山丘邊緣鑲上金色的光芒，讓周遭的陰影顯得修長絢爛。停車場上唯一剩下的三輛車分別是飯店的載貨車、歐曼的林肯大陸轎車，和托倫斯那輛老舊的福斯。

「那麼，你拿到鑰匙了，」歐曼對傑克說：「你完全明白火爐和鍋爐的事了？」

傑克點點頭，真心地同情歐曼。這個營業季的每件事都已完成，線球全都整齊地捲好，等待明年的五月十二日——不早也不晚——而負責一切，每次提及飯店總是明白無誤地用迷戀語氣的歐曼，忍不住想要找尋鬆脫的線頭。

「我想每件事都在掌握中。」傑克說。

「很好，我會再和你聯絡。」但他仍逗留了一會兒，彷彿在等待風插手，或許將他颳到他的車上。他嘆口氣。「好吧！祝你們有個愉快的冬天，托倫斯先生、托倫斯太太，還有你，丹尼。」

「謝謝你，先生，」丹尼說：「我希望你也是。」

「我可不認為。」歐曼再說一遍，他聽起來很悲傷。「要說百分之百實話的話，佛羅里達那間飯店根本是個垃圾場，白忙的工作。全景飯店才是我真正的工作。托倫斯先生，幫我好好照顧它吧！」

「我想明年春天你回來時，它還會在這裡的。」傑克說。丹尼的腦海突然閃過一個念頭——

（但是我們還會在嗎？）

不過，瞬間即逝。

「當然，當然還在。」

歐曼看向遊戲場，那裡的樹籬動物在風中喀喀作響。之後他一副公事公辦的樣子再點一次頭。

「那麼，再見了。」

他迅速地走著，嚴肅拘謹地走向他的車。對如此矮小的人來說，這輛車大得可笑。歐曼把身體縮進車內，林肯轎車的馬達呼嚕呼嚕地發動起來，他把車開出停車格的時候尾燈閃動著。車子開走後，傑克看得到停車格前端的小標記：經理，歐曼先生專用。

「是啊。」傑克輕聲地說。

他們注視著車子消失蹤影，朝東邊的斜坡下去。等車子走後，他們三人沉默，近乎害怕地互相對望了一會兒。他們孤獨無援了。成群毫無目標的白楊樹葉打著轉，飛掠過如今修剪、照料得整整齊齊卻沒有客人觀賞的草坪。沒有人看見秋天的落葉偷偷掠過草坪，除了他們三人之外。這讓傑克有種自己縮小了的古怪感覺，彷彿他的生命力縮減到僅剩一點火花，而飯店和周邊的場地突然間尺寸倍增且變得兇惡，以陰鬱、沉悶的力量將他們變渺小。

半晌，溫蒂說：「看看你，博士，你的鼻子像消防軟管一樣流著鼻水呢！我們進去裡面吧！」

於是他們進去了，將身後的門緊緊關上，擋住永不停歇的風聲。

PART THREE
黃蜂窩

14. 屋頂上

「靠，這該死可惡的狗娘養的！」

傑克．托倫斯驚訝又痛苦地喊出這幾個字，右手往藍色格子的工作襯衫上一拍，驅趕動作緩慢、螫了他的大黃蜂，然後盡速地攀爬上屋頂，一面回頭查看黃蜂的兄弟姊妹是否從剛揭露的蜂窩湧出向他開戰。如果是的話，那就慘了。蜂窩位在他與梯子之間，而通到底下閣樓的活動門由內反鎖著。從屋頂墜落到飯店和草坪間的天井，距離是七十呎。

蜂窩上方純淨的空氣靜止不動，未受到干擾。

傑克咬著牙厭惡地吹了一聲口哨，跨坐在屋脊上，檢視他的右手食指。指頭開始發腫，他想他得試著躡手躡腳地爬過蜂窩到梯子那邊去，才能下去冰敷。

今天是十月二十日。溫蒂和丹尼開著飯店的載貨車（一輛老舊，開起來嘎嘎作響的道奇，但還是比福斯可靠，那輛金龜車如今嚴重地喘著氣，看來快壽終正寢了），去塞威買三加侖的牛奶和採買聖誕節的用品。雖然時間還早，但說不準大雪何時會來了就不走。目前已飄些小雪，從「全景」往山下的道路有部分路段結了冰，很容易打滑。

到目前為止，這裡的秋天美得幾乎不可思議。他們來此三週，金黃的日子一天接著一天。氣溫華氏三十度的凜冽早晨，到了下午溫度變成六十出頭，十分適合爬上「全景」微微傾斜的西側屋頂修補屋瓦。傑克向溫蒂坦承他原本能在四天前就完成工作，但他並不覺得真的有必要加緊作業。從這上頭看出去的景色壯觀，甚至勝過總統套房遠眺的視野。更重要的是，他能從工作本身得到慰藉。在屋頂上，他感覺自己過去三年來苦惱的創傷逐漸痊癒。在屋頂上，他感到安心自在。那三年逐漸像是一場騷亂的惡夢。

屋瓦腐壞得極為嚴重，有的整個被去年的暴風雪吹走。他將所有的屋瓦拆起，從側面扔下去，一邊大聲喊道：「炸彈來囉！」以免萬一丹尼閒晃過來被砸到。剛才黃蜂螫他的時候，他正在掀朽壞的遮雨板。

諷刺的是，每次爬上屋頂時，他總是警告自己要當心蜂窩，還買了殺蟲噴霧罐以防萬一。可是今天早晨是如此的寧靜祥和，使他喪失了警覺心。他又回到正在慢慢創作的劇本世界裡，在腦袋中擬定今晚要撰寫的片段的大綱。劇本發展得非常順利，雖然溫蒂沒說什麼，但他知道她很高興。過去在史托文頓那悲慘的六個月，就是他對酒精的渴望強烈到幾乎無法集中精神在授課，更別提課外的寫作抱負的時候，他在虐待狂校長丹可與年輕英雄蓋瑞．班森之間，至關緊要的那場戲上遇到障礙。

但在最近的十二個夜裡，當他實際坐在安德伍德打字機的前面——那是從樓下大辦公室借來的辦公用打字機——路障奇蹟似的消失在他的手指底下，簡直就像棉花糖融化在唇邊一樣。他幾乎毫不費力便想出如何洞悉丹可的個性，那是他一直以來欠缺的，因此他重寫了大半的第二幕，讓第二幕環繞著新的那場戲。而方才被黃蜂打斷思緒前，腦中一直反覆思量的第三幕，發展也顯得越來越清楚。他認為自己能在兩週內擬完第三幕的大綱，然後在新年前就能完成整個該死的劇本。

他在紐約有個經紀人，一名強悍的紅髮女人，名叫菲麗絲．山德勒，她抽赫伯特．泰瑞登牌的菸，用紙杯喝金賓波本威士忌，認為文學的太陽隨著尚恩．歐凱西[9]升起又西沉。她銷售了三

[9] Sean O'Casey：為愛爾蘭的劇作家，也是社會主義者，是第一位描寫愛爾蘭工人階級的劇作家。

篇傑克的短篇小說，包括《君子》上的那一篇。他寫信告訴過她有關這個劇本的事，劇名取為《小學校》，描述一名有才華的學生淪落為世紀初新英格蘭預備中學裡蠻不講理、嚴苛無情的校長——丹可，及一名他視為年輕時代的自己的學生——蓋瑞．班森。菲麗絲回信表示有興趣，並力勸他下筆前要先讀過歐凱西的作品。今年稍早的時候她又寫信詢問劇本究竟在哪兒？他挖苦地回信說，《小學校》無限期地，或許是永永遠遠地，耽擱在作家的手與劇本的某一頁之間，因為那一頁引人注意地出現了「人人皆稱為『作家的障礙』的才智戈壁沙漠」。如今看來她好像很有可能實際拿到劇本。劇本是否出色，或者是否真能上演是另一回事。他似乎也不十分在意這些事情。他有點覺得劇本本身——這整件事——就是個路障，是他在史托文頓預備中學倒楣的那些年的巨大象徵。那幾年內他像個躲在破舊老爺車方向盤後的瘋狂孩子，差點徹底摧毀掉自己的婚姻；兇暴地攻擊自己的兒子；在停車場與喬治．哈特菲德發生衝突，那次衝突事件，他無法再視為只是另一次具有破壞力的突然脾氣爆發。如今他認為自己的酗酒問題部分是源自他下意識想要脫離史托文頓，擺脫壓抑他的創作驅動力的安全感。雖然他不再喝酒，但想獲得解脫的需要依然強烈，因此才有喬治．哈特菲德的事件。現在那段日子遺留下來的只有他和溫蒂寢室桌上的劇本，一旦劇本完成，送去菲麗絲又小又暗的紐約辦事處後，他就能著手其他的工作。不寫小說，他還沒準備好陷入另一個費時三年的工作泥淖，不過，肯定可寫更多的短篇，或許一本短篇的集結。

他謹慎地移動，四肢並用地快速往回爬下屋頂的斜面，越過新綠的屋瓦與剛清理完的那塊屋頂的分界線，來到他揭開的黃蜂窩左邊的屋簷，萬分小心地爬向蜂窩，準備一看情勢急迫就撒手不管，迅速衝下梯子到地面去。

他朝那塊掀起的遮雨板彎下腰，仔細觀察裡面。

蜂窩在裡頭，塞在舊的遮雨板和最後一層三乘五大小的屋頂之間。該死！是個非常大的蜂窩。淺灰色的紙球在傑克看來，彷彿直徑有將近兩呎。形狀並不完美，因為遮雨板和木板之間的空間太狹窄，但他認為這些小傢伙仍做出了相當可觀的成果。蜂窩表面擠滿笨拙、緩慢移動的蟲子，屬於大型兇狠的種類，不是體型較小、較溫和的小黃蜂，而是喜歡在牆的縫隙中築巢的大黃蜂。牠們由於秋天的氣溫而變得又髒又遲緩，但是從小就對黃蜂瞭若指掌的傑克，覺得自己只被螫了一下真是走運。而且他認為，假如歐曼是在盛夏雇人做這份工作的話，拆起特定那片遮雨板的工人將會得到要命的驚喜。的確錯不了。當十幾隻大黃蜂忽然一起落在你身上，開始叮你的臉、手和手臂，隔著褲子螫你的腿時，你絕對有可能忘記自己置身在七十呎的高處。在你企圖逃離黃蜂群時，或許就這樣衝過屋簷摔下去。

全都是因為這些小東西，最大隻的也不過只有鉛筆頭的一半長。

他在某個地方讀過——星期天的增刊，或是一般大眾感興趣的新聞雜誌的文章裡——所有的汽車死亡事故中，有百分之七原因不明。並非機械故障，也沒有超速，既不是酒後駕車，也不是天候不良；單單只是一輛車撞毀在荒僻的路段，車上一名死者——駕駛，無法解釋發生了什麼事。文章採訪了一名州警，他從理論上說明這些所謂的「無名車禍」有許多是起因於車內的昆蟲：黃蜂、蜜蜂，也可能甚至是蜘蛛或蛾。駕駛人驚慌了，想要用力拍打蟲子，或是搖下車窗讓蟲子出去。很有可能是蟲子螫了他，也或許駕駛就是失去控制。無論如何轟然一聲巨響……一切結束。而那隻昆蟲，通常安然無恙，快活地嗡嗡叫著飛出冒煙失事的車外，找尋更適合的場所。傑克回想起，那名州警贊成讓病理學家在解剖這類罹難者的屍體時，尋找昆蟲的毒液。

此刻，低頭看著蜂窩，在他眼中這蜂窩可實際象徵他所經歷過的（及他拖累妻兒共同經歷過的），並且預示更美好的未來。否則要如何解釋發生在他身上的一切呢？對他而言，他仍然覺得在史托文頓整段不愉快的經驗，都必須視為是在傑克．托倫斯被動的狀態下發生的。他沒有做任何事；是事情發生在他頭上。他在史托文頓的教職員中認識許多人，其中兩位正好在英文系，都酗酒。查克．塔尼習慣在星期六下午買一整桶的啤酒，徹夜在後院的雪堆上猛灌，然後在星期天看足球賽和老電影時，該死的把酒差不多全喝光。然而從週一至週五，查克卻幾乎滴酒不沾——午餐時佐以淡薄的雞尾酒則是特殊場合。

他和艾爾．蕭克利是酒鬼。他們互相尋求安慰，猶如兩個遭社會遺棄的人依然喜歡交際，寧可一同溺死，也不願獨自沉淪，只不過他們沉溺的大海是全麥的而不是含鹽的。俯視著黃蜂，看牠們在冬天降臨、毀滅除了冬眠的女王蜂外的所有黃蜂之前，慢吞吞地忙著本能的使命，他更進一步分析自己：他依舊是個酒鬼，始終都是，或許從高中的高二之夜喝下第一口酒開始就一直都是。這無關意志力、飲酒的道德規範或他本身個性的強弱，而是在他體內某處有個壞掉的開關，或是沒有作用的斷路器，他無可奈何地被推下滑道，起先速度很慢，後來史托文頓對他加壓後就逐漸加速。一座酒醉的大型滑梯，底部是找不到主人的破碎腳踏車，和手臂斷掉的兒子。被動狀態的傑克．托倫斯。而他的脾氣，也是一樣的。窮其一生他都在徒勞地嘗試控制自己的脾氣。他記得七歲的時候，因為玩火柴被鄰居的太太打屁股，他跑到外頭去對經過的汽車扔石頭。他父親看到後，突然襲向小傑克，一邊咆哮著。他打紅了傑克的臀部……還把他的眼睛揍成黑青。當他父親嘟嘟囔囔地進屋去看電視節目時，傑克碰巧看到一隻流浪狗，就把牠踢到排水溝裡。他在小學時打了二十幾次架，到高中甚至更多，因此儘管學業成績優異，仍遭過兩次停學及無數次課後留校的處分。足球曾經提供他局部的安全閥，雖然他記得非常清楚，幾乎每場比賽的每一分鐘他都處於高度惱火的狀態，將對手的每次阻擋和擒抱都看作是針對他個人。他是個優秀的足球選手，大三、大四都獲選為最佳球員，但他十分清楚，這都該感謝……或者說歸咎於自己的壞脾氣。他並不喜歡足球，每一場比賽都是怨恨的競爭。

然而，儘管如此，他並不覺得自己是個混帳東西，也不覺得自己脾氣壞。他總認為自己就是傑克·托倫斯，一個真正正派的好人，只不過總有一大得學會如何克服脾氣以免惹上麻煩。同樣地，他得學著如何對付酗酒的毛病。但他的情緒無疑和身體同樣有酗酒的毛病——兩者肯定在他體內深處緊繫在一起，只是他寧可不去正視這個角落。然而根源是彼此相關或各自分開，是社會學、心理學抑或生理學的問題，對他而言都沒有太大的區別，他同樣都得應付其結果：屁股挨揍，遭他老頭毒打，受到停學處分，想盡辦法解釋制服在遊戲場口角中扯破的原因，之後則是宿醉，慢慢失去凝聚力的婚姻，彎折的輪輻指向天空的單個腳踏車輪，丹尼的斷臂。當然，還有喬治·哈特菲德。

他覺得自己不知不覺中把手伸進了生命的人黃蜂窩裡。拿來做為比喻是糟透了，但當成是現實的生動描寫，他認為這圖像恰如其分。他在盛夏把手伸過朽壞的遮雨板，那隻手和整隻臂膀在神聖、正義的大火中燃燒，摧毀了有意識的思考，讓文明行為的概念顯得陳腐。當手被炙熱的縫針刺穿時，能指望你的舉止像個有思考能力的人嗎？當黑壓壓一片的兇猛陰影從建築構造（你原本認為無害的建築構造）的洞裡蜂擁而出，筆直地朝你而來時，能期望你盡情享受最親近的人的愛嗎？當你在離地七十呎的傾斜屋頂上瘋狂地跑來跑去，不清楚自己的去向，也不記得恐慌、蹣跚的腳步可能導致自己跌跌撞撞地摔過簷溝，跌到七十呎底下的混凝地上死亡的時候，還能要求你為自己的行為負責嗎？傑克不認為有辦法做到。當你不知不覺地把手伸進蜂窩時，你並沒有與魔鬼訂下契約，放棄文明的自己以及自愛、自尊與自重的象徵。事情只是碰巧發生在你身上。你是無權說話、被迫不再當個理智的生物，變成神經末梢的生物；在五秒鐘內，從受過大學教育的人輕而易舉地變成哭嚎的猿猴。

他想到喬治．哈特菲德。

個子高加上一頭濃密金髮的喬治，是個英俊得近乎目空一切的男孩。當他穿著緊身的褪色牛仔褲和史托文頓的長袖運動衫，不經意地將袖子推到手肘上，露出曬成褐色的前臂時，總讓傑克想到年輕的勞勃．瑞福，而且他懷疑喬治不需太費力就能得分，與十年前年輕時的足球魔鬼傑克．托倫斯不相上下。他敢說自己實在沒有嫉妒喬治，或是羨慕他姣好的外表；事實上，他幾乎是無意識地開始將喬治想成是他劇本裡的英雄「蓋瑞．班森」的肉體化身——完美地襯托著陰沉、委靡、衰老，變得異常憎恨蓋瑞的丹可。但是他，傑克．托倫斯，從來沒有嫉恨過喬治。如果有的話，他應該會曉得。他相當確定。

喬治在史托文頓的課程全都低空飛過。一名足球和棒球明星，他的學業要求並不高，而他也滿足於拿C，偶爾歷史或植物學拿B的成績。他在球場上是兇猛的參賽者，但在課堂上卻是個無精打采又逗趣的學生。傑克很瞭解這類型的學生，大多是由於他自己在高中和大學時代的親身體驗，而非間接的教學經驗。喬治．哈特菲德是名運動員。他在教室裡可能是個平靜、無所要求的人物，可是一旦受到適當的競爭刺激（好比科學怪人太陽穴上的電極，傑克諷刺地想），他就會變成具有毀滅力量的怪物。

一月的時候，喬治與其他二十四名學生一同參加辯論隊的甄選。他相當坦白地告訴傑克，他父親是一家公司的律師，希望兒子能繼承衣缽。而喬治沒有想做其他事的強烈欲望，因此樂意追隨父親的腳步。他的成績並非頂尖，不過，這畢竟只是預備中學，而且仍在初步階段。倘若必要的話，他父親可動用一些關係；此外，喬治本身的運動能力會為他開啟別的管道。但是布萊恩．哈特菲德認為他兒子應該加入辯論隊，認為這是很好的練習，是法學院招生委員會向來期望看到的東西，因此喬治參加辯論隊選拔，到三月底傑克將他自辯論隊剔除。

晚冬的隊內辯論激起喬治・哈特菲德競爭的熱情。他成為堅決得令人害怕的辯手，拚命準備好正方或反方的論點。無論辯論題目是大麻的合法化、恢復死刑或是石油耗損折讓，喬治都變得精通，而且他又夠好戰，完全不在乎自己站在哪個立場；傑克明白，這就算在高階的辯手中亦是罕見而珍貴的特質。真正的投機客與真正的辯手，彼此的靈魂相隔並不太遠，兩者都熱中於有利的機會。到目前為止，一切都很好。

然而，喬治・哈特菲德有口吃的習慣。

這是在課堂上不曾暴露出來的缺陷，在教室裡，喬治總是冷靜沉著（無論他做了家庭作業與否）；當然更不會出現在史托文頓的運動場上，在球場上口才不是長處，他們有時候甚至會因為說得太多而把你踢出比賽。

當喬治在辯論中情緒過於激動時，口吃的毛病就會出現。他越是急切，口吃就越嚴重。而當他覺得有機會擊倒對方的時候，語言中樞與嘴巴似乎會見獵心喜，然後整個人就僵在當場眼看著時間到，那情況真是慘不忍睹。

「所－所－所以我認－認－認為我們必須說在賓－賓－賓－賓斯基先生一案中的事實是，都市由於最－最近宣判的判－判－判決書而變得落後，在－在－在……」

蜂鳴器乍然響起，喬治迅速轉過身，憤怒地瞪著坐在蜂鳴器旁的傑克。在這種時刻喬治的臉必定脹紅，一手抽搐地揉捏他的筆記。

在喬治顯然割了大多數漏氣的輪胎後好長一段時間，傑克依然堅持留著他，他希望喬治能夠克服口吃的毛病。他記得在他不得不痛下決定開除喬治前一個禮拜左右，有天下午接近黃昏時，喬治待到其他人都魚貫走出後，憤怒地質問傑克。

「你把－把計時器調快了。」

傑克從正要收進公事包的文件上抬起頭來。

「喬治，你在說什麼？」

「我沒—沒有講完完整的五分—分鐘，你把時間調快了。我一直在注—注意時鐘。」

「喬治，時鐘和計時器的時間可能稍微有差，但是我絕對沒有碰那該死東西的控制鈕。我以童子軍的榮譽發誓。」

「你—你—你的確有！」

喬治直瞪著他，那種好戰、捍衛自己權利的眼神觸發了傑克的怒氣。他戒酒兩個月了，漫長的兩個月，他已經筋疲力盡。他最後一次努力克制自己。「喬治，我向你保證我沒有。問題出在你口吃。你知道造成口吃的原因嗎？你在課堂上不會口吃啊！」

「我才沒—沒—沒有口—口—口—口吃！」

「小聲一點。」

「你想—想要把我封—封殺出局！你不—不希—希望我在你那該—該—該死的隊裡面！」

「我叫你小聲點。我們理性地談一談吧！」

「去—去—去你—你的！」

「喬治，如果你能控制你的口吃，我很高興有你在隊上。你每場練習都準備得很充分，而且擅長收集背景資料，那表示對方很難讓你措手不及。但是這些都沒有太大的意義，假如你不能控制——」

「我從—從—從來沒有口吃！」他大喊：「都是你—你！如—如—如果別—別人有組辯—辯—辯—辯論隊—隊，我就——」

傑克的怒氣又悄悄升高了一點。

「喬治，如果你沒辦法控制的話，你永遠不可能當上律師，不管是公司的或其他的。律師業不像足球，每天晚上兩個鐘頭的練習是不會贏的。你打算怎麼做？站在董事會前面說：『現─現─現在，各─各位，關於這件侵─侵─侵權行為？』」

他的臉突然發紅，不是因為生氣，而是因為對自己的殘忍感到羞愧。站在他前面的不是個男人，而是個面臨生平首次重大挫折的十七歲男孩，也許正在用他唯一會的方式請求傑克幫助他找到方法克服。

喬治憤怒地朝他瞄了最後一眼，他的嘴唇扭曲抽動著，彷彿字句擠在嘴唇後拚命地想掙脫出來。

「你─你─你把─把計時器調─調─調快了。你討─討厭我因─因為你知─知─知─知道……你知道……知─知──」

他口齒不清地大喊一聲後衝出教室，使勁地甩上門，力道大得讓門框上以鋼絲強化的玻璃嘎啦嘎啦作響。傑克站在那裡，感覺到，而不是聽到，喬治的愛迪達球鞋在空蕩蕩的走廊上迴響。他仍在氣頭上，仍對自己嘲笑喬治的口吃感到羞愧，但他的第一個念頭卻是有點病態的狂喜：這是喬治．哈特菲德生來第一次無法得到他想要的東西。第一次遇到就算用盡爸爸所有的錢也沒辦法修理的問題。你沒辦法賄賂語言中樞。你無法告訴舌頭，假如它同意不再像唱片跳針一般地抖動不止，就一星期多給它五十塊錢外加聖誕節獎金。半响後，狂喜完完全全遭慚愧掩埋，與上回折斷丹尼手臂後的感受相同。

上天啊，求求祢，我不是個混帳東西。

因為喬治撤退而殘酷地感到高興的是劇本中丹可的特點，而不是劇作家傑克．托倫斯的。

你討厭我因爲你知道……

因為他知道什麼？

他究竟可能知道喬治．哈特菲德的什麼事會讓他討厭他？知道他有大好的前程嗎？還是他長得有一點點像勞勃．瑞福，每當他從游泳池的跳水板躍下，反身翻滾兩圈入水時，所有女孩都會瞬間停止談話嗎？再不然是他踢足球、打棒球時有著與生俱來無師自通的優雅嗎？

真是可笑，荒謬至極。他一點也不嫉妒喬治．哈特菲德。說實話，他比喬治本人更為喬治不幸口吃的事感到難過，因為喬治真的有機會成為優秀的辯論家。假使傑克調快了計時器——當然他並沒有如此做——那絕對是因為喬治拚命掙扎的模樣令他和其他的隊上成員感到尷尬而且痛苦，如同你看到班級表演之夜上講者忘詞那般的痛苦。假如他撥快了計時器，那也只是……為了幫喬治擺脫他的困境。

但是他並沒有將計時器調快，他相當確定。一星期後他開除他，那一次他控制住自己的脾氣，全都只聽到喬治在咆哮和威脅。一個禮拜後，他在練習途中走去停車場拿遺忘在福斯後車箱的一疊原始資料，而喬治就在那裡，單膝跪著，金色的長髮在面前擺動，一隻手裡拿著獵刀。他正鋸開福斯的右前輪。後輪則已破碎不堪，金龜車趴在扁平的輪胎上宛如一條疲憊的小狗。

傑克勃然大怒，不大記得接下來的衝突。他記得一聲低沉的怒吼，似乎發自他自己的喉嚨：「好啊，喬治。如果這是你想要的，那就過來吃你的藥吧！」

他記得喬治既驚慌又害怕地抬頭看，說：「托倫斯先生——」彷彿在解釋這一切都只是誤會，他到這裡時輪胎就已經漏氣了，他只是想用手邊剛好帶著的獵刀刀尖清除前輪胎面上的泥土——

傑克跨步向前，雙拳舉到面前，他似乎咧開嘴笑著。但他並不確定。

他記得的最後一件事情是，喬治把刀舉高，說著：「你最好不要再靠過來——」

接下來就是法文老師史特朗小姐抓住傑克的手臂，高聲尖叫著大喊：「不要打了，傑克！不要打了！你會打死他的！」

他呆滯地眨眨眼睛看著四周。四碼外，那把獵刀在停車場的柏油路面上無害地閃耀著。還有他的福斯，那可憐的老舊金龜車，多次載他放蕩地在午夜買醉的老兵，蹲踞在三個漏氣的輪胎上。接著他看見，右前方擋泥板上有個新的凹痕，凹痕正中間有個不是紅漆就是血的東西。一瞬間他的神智迷亂，他想到

（天啊，艾爾，我們終究還是撞到他了）

另一個夜晚。然後他的視線轉向喬治，喬治頭暈眼花地眨著眼睛躺在柏油路面上。他的辯論小組全都跑出來，在門邊擠成一團，目不轉睛地看著喬治。他的臉上有血從頭皮上的裂傷流下來，那傷口看來不嚴重，但同時喬治的單邊耳朵正汩汩流出鮮血，那大概意味著腦震盪。喬治試著起身時，傑克甩開史特朗小姐走向他，喬治退縮了一下。

傑克把雙手放在喬治的胸口，將他推回去躺下。「躺著別動，」他說：「別移動。」他轉向史特朗小姐，她正驚恐地瞪視他們兩人。

「史特朗小姐，麻煩去叫校醫。」他吩咐她，於是她轉身飛奔向辦公室。傑克這才看向他的辯論隊，直視他們的眼睛，因為他重新掌控一切，完全恢復自我，當他恢復自我時，全佛蒙特州沒人比他更和善。他們想必很清楚。

「你們現在可以回家了，」他平靜地告訴他們。「我們明天見。」

但是那週結束前，他的辯手有六名退出，其中兩位是表現非常出色的，但是當然這並沒有太大的關係，因為那時候他已得知自己也將要退出。

然而不知怎地他並沒有沾酒，他想那也算是種成就吧。

而且他並不討厭喬治．哈特菲德，這點他很確定。他沒有行動，而是受到別人行動的影響。

你討厭我因為你知道……

但是他什麼都不知道。一無所知。他可以在萬能上帝的寶座前發誓，就如他可以發誓他把計時器調快不到一分鐘。而且不是出於厭惡，而是出於憐憫。

屋頂上，兩隻黃蜂在遮雨板的洞旁邊慢吞吞地爬來爬去。

他觀察牠們，直到牠們展開依靠空氣動力、無聲但效率奇高的翅膀，吃力地緩緩飛到十月的陽光下，或許再叮別的人。上帝既然決定賦予牠們螫針，傑克料想牠們會將其用在某個人身上。

他坐在這兒，凝視那個洞及洞裡討人厭的驚奇，一面翻起不愉快的往事，到底多久了呢？他看一下錶，將近半個小時。

他往下爬到屋頂邊緣，先跨出一條腿東摸西找，直到腳觸碰到就在屋簷下方的梯子最上層的橫檔。下去後他要到設備倉庫，他在那兒儲放了一罐殺蟲噴霧罐，擱在丹尼搆不著的高架子上。他要去拿殺蟲劑，再爬上來，到時就換牠們大吃一驚了。你可以被螫，但你也可以反螫回去，他由衷地相信這點。兩個鐘頭後，那蜂窩就純粹是堆嚼碎的紙，丹尼喜歡的話可以拿到房間裡。傑克還小的時候，他的房裡就有一個，聞起來總是隱約帶著煙燻和汽油的味道。丹尼可以把蜂窩就放在床頭邊，它不會傷害他的。

「我會過得越來越好的。」

他自己的聲音，在寂靜的午後顯得充滿自信，縱使他並不是故意要大聲說出，卻讓他恢復信心。他確實變得越來越好，有可能從被動化為主動，把曾經將他逼近瘋狂的東西，當成不過是一時學術興趣的普通獎賞。倘若有什麼地方能讓他達成這件事的話，毫無疑問地就是這裡。

他爬下梯子去拿殺蟲噴霧罐。牠們將會付出代價，將會為螫了他付出代價！

15. 前院

兩個禮拜前，傑克在設備倉庫後頭找到一張上了白漆的籐編大椅子，儘管溫蒂抗議說那真是她這輩子見過最醜的東西，他還是把椅子拖到門廊上。他現在就坐在上頭，快意地閱讀達克多羅的《歡迎來到艱難時世鎮》，此時他的太太和兒子坐在飯店載貨車裡嘎啦嘎啦地開上車道。

溫蒂把車子停在迴車道上，豪爽地讓引擎空轉一會兒再關掉，載貨車唯一的尾燈熄滅，引擎由於後燃而暴躁地隆隆作響，最後終於停止。傑克從椅子上起身，緩步走下去迎接他們。

「嗨，爸！」丹尼喊著，跑上斜坡。他的手中拿著一個盒子。「看看媽咪買給我什麼！」

傑克抱起兒子，將他來回擺盪兩次，然後衷心地親他的嘴。

「傑克．托倫斯，這個世代的尤金．歐尼爾❿，美國的莎士比亞！」溫蒂微笑著說：「真想不到會在這麼偏遠的山上遇到你。」

「高貴的女士，我受不了太多的人群。」他說，伸出雙臂環住她。他們親吻了一下。「妳這趟旅途如何啊？」

「非常順利。丹尼抱怨我害他顛來顛去，可是我沒有熄火過半次喔……噢，傑克，你完工啦！」

她盯著屋頂看，丹尼跟隨母親的視線，當他看到「全景」西側頂上一大片全新的綠色屋瓦，

❿ Eugene O'Neill：美國重要劇作家，被譽為現代美國戲劇的先驅，一九三六年獲頒諾貝爾文學獎。

顏色比其餘的屋頂要來得淺時，微微皺了一下眉頭。然後他低頭看著手中的盒子，表情又開朗了起來。夜裡，東尼秀給他看的影像會以源源本本的清晰度回來糾纏他，但在白天燦爛的陽光下，比較容易忽視它們。

「爸比，你看，你看！」

傑克從兒子手中接過盒子——是模型汽車，羅斯老爹諷刺漫畫中曾讓丹尼流露出讚嘆的那一輛。這是台亮紫的福斯車，盒子上顯示的圖片是：一輛碩大的紫色福斯，配備著五九年份凱迪拉克德維爾雙門轎車的長尾燈，疾駛過一條泥土路。這輛福斯有遮陽篷，而從遮陽篷探出頭來，一雙有爪子的手放在底下方向盤上的是：身上長滿疣、如巨人般的怪物，牠瞪大充血的眼睛，齜牙咧嘴地狂笑著，頭上巨大英國賽車帽的帽簷轉向後方。

溫蒂對他微笑，傑克朝她眨個眼。

「博士，這就是我喜歡你的地方，」傑克說著把盒子遞還給丹尼。「你的品味真是夠低調、樸素又內斂，你果然是我的孩子。」

「媽咪說只要我能把第一本《迪克和珍》兒童讀物全部讀完，你就會馬上幫我組裝。」

「那應該會在這週末之前吧！」傑克說：「夫人，妳那台漂亮的載貨車上還有什麼東西啊？」

「呃——哼。」她抓住他的手臂往後拉。「不許偷看。有些是給你的，丹尼和我會拿進去。你可以拿牛奶，就在駕駛室的地板上。」

「我在妳心目中就只有這點價值而已啊！」傑克大聲嚷著，手往前額一拍。「只不過是一匹運貨的馬，田地裡低劣的家畜，搬到這裡、運到那裡，搬到各個地方。」

「先生，只要把牛奶馬上搬進廚房去！」

「太過分了！」他叫嚷著，隨後撲倒在地上，丹尼站在旁邊俯視父親，咯咯地笑著。

「起來，你這隻公牛。」溫蒂說，一邊用運動鞋的鞋尖戳他。

「聽到沒？」他對丹尼說：「她叫我公牛喔！你可是證人。」

「證人，證人！」丹尼興高采烈地附和，跳過俯臥的父親。

傑克坐起來。「這倒提醒我了，小密友，我也有東西要給你喔！放在前廊，我的菸灰缸旁邊。」

「是什麼？」

「忘了。去看看吧！」

傑克起身，夫妻兩人站在一塊兒，注視丹尼衝上草坪，接著一次跨兩階地跑上通往前廊的階梯。傑克一手摟住溫蒂的腰。

「妳高興嗎，寶貝？」

溫蒂仰頭鄭重地看著他。「這是從我們結婚以來，我最快樂的時光。」

「這是真心話嗎？」

「我敢發誓。」

他緊緊地抱著她。「我愛妳。」

她也深受感動地緊抱住他。傑克絕不會輕易說出這幾個字；他對她說這句話的次數，包括婚前婚後，她可以用兩隻手數得出來。

「我也愛你。」

「媽咪！媽咪！」丹尼此時站在門廊，興奮地尖叫著：「快過來看啊！哇！這真是太棒了！」

「是什麼啊？」兩人手牽手從停車場往上走時，溫蒂問他。

「忘了。」傑克說。

「噢，你會有報應的，」她說著，用手肘推他一把。「等著看你有沒有。」

「我希望今晚就能得到，」他評論說，她大笑。片刻後，他問：「妳覺得丹尼快樂嗎？」

「你應該知道的啊，每天晚上睡覺前和他聊很久的人是你啊！」

「通常都是聊他將來長大後想做什麼，或者聖誕老公公到底是不是真的，那對他來說開始變成一件大事。我想他的老朋友史考特讓他終於明白了那件事。他沒有跟我聊太多『全景』的事。」

「也沒有跟我說。」她說。他們正爬上門前的階梯。「不過，他大多時間都非常安靜。而且傑克，我覺得他瘦了，我真的這麼覺得。」

「他只是抽高了啦！」

丹尼背對著他們。他正在檢視傑克椅子旁邊桌上的某樣東西，但溫蒂看不到是什麼。

「而且他也沒什麼吃。他以前活像個蒸汽挖土機啊！還記得去年嗎？」

「胃口會逐漸變小，」他含糊地說：「我記得我在小兒科醫生史巴克博士的書中讀到過。他到七歲的時候就會再用兩根叉子了。」

他們在階梯頂端停下腳步。

「還有他非常拚命地在看那些讀本，」她說：「我曉得他想要學著怎麼讓我們高興……讓你高興。」她勉強補上一句。

「最主要的是讓他自己高興，」傑克說：「我一點也沒有逼他去讀。事實上，我還希望他不要那麼拚命。」

「如果我幫他預約去做健康檢查的話，你會覺得我很蠢嗎？塞威有個家庭醫生，超市裡那個收錢的年輕人說——」

「妳有點擔心下雪的事，是嗎？」

她聳聳肩。「我想是吧！如果你覺得這很愚蠢的話——」

「我並不覺得。事實上，你可以幫我們三個全都預約。我們去拿張健康證明，晚上就能安心睡覺了。」

「我今天下午就去預約。」她說。

「媽！妳看，媽咪！」

他兩手捧著一個大大的灰色東西向她跑過來，有一瞬間溫蒂既可笑又恐怖地把那東西想成是大腦。當她看清楚東西的真面目後，本能地向後退縮。

傑克伸手摟住她。「沒問題的。沒飛走的居民我都抖掉了，我用了殺蟲噴霧罐。」

她注視兒子拿著的大蜂窩，但不願意去碰。「你確定這安全嗎？」

「確定。我小時候房間裡就有一個，我爸爸給我的。丹尼，你想要把它擺在你房間嗎？」

「要！馬上就要！」

丹尼轉身飛奔過雙扇門，他們能聽見他在主樓梯上奔跑的沉悶腳步聲。

「那上面有黃蜂，」她說：「你有被叮到嗎？」

「我的紫心勳章在哪裡？」他問道，然後展示那根手指。腫脹已開始消退，不過她為了滿足他依然心疼地哎叫了一下，並輕輕地啄吻他的手指。

「你把螫針拔出來了嗎？」

「黃蜂不會把針留在裡面，蜜蜂才會，蜜蜂的螫針有倒鉤。黃蜂的針是平滑的，那就是牠們為什麼會這麼危險的原因，牠們可以一再一再地螫人。」

「傑克，你確定他拿著蜂窩安全嗎？」

「我按照殺蟲罐上的用法說明做。那東西保證能在兩小時內殺光每一隻蟲子，然後就消散不會有殘留。」

「我討厭它們。」她說。

「什麼東西……黃蜂嗎？」

「任何會螫人的東西。」她說著，舉起手臂在胸前交握，兩手托著手肘。

「我也是。」他說完，擁抱她一下。

16. 丹尼

走道盡頭，寢室裡，溫蒂聽得見傑克從樓下搬上來的打字機突然活躍了三十秒，再沉寂一、兩分鐘，接著又短暫地喀嚓作響，感覺就像是在孤立的碉堡中聆聽機關槍的射擊。對她來說那聲音宛如樂曲；傑克從他們結婚第二年寫了那篇《君子》雜誌採用的小說後，就不曾如此連續地寫作。他說他認為年底前可以完成這個劇本，無論結果如何，他都要著手發展新的作品。他說他不在乎菲麗絲四處展示《小學校》後是否會引起騷動，也不在乎它是否就此石沉大海，溫蒂也相信他。他實際動手寫作的行為帶給她無限的希望，並非因為她預期這個劇本有多大成就，而是因為她丈夫似乎慢慢關上了巨大的門扉，將滿屋子的怪物拒於門外。他長久以來始終用肩膀頂著那扇門，而門現在終於要關上了。

每打一個鍵就將門再關小一點。

「你看，迪克，你看。」

丹尼拱著背俯視五本破舊的初級讀本的第一冊，那是傑克從波爾德無數間二手書店中毫不留情地精挑細選出來的。這些書能教導丹尼到二年級的閱讀程度，她告訴過傑克，她認為這課程計畫野心太大。他們的兒子非常聰明，他們很清楚，但是不該把他推得太遠逼得太快。傑克同意，他不會逼迫丹尼，不過假使孩子學得很快，他們將做好準備。現在她懷疑傑克是否連這點也錯了。

他們準備了四年份的《芝麻街》和三年份的《電力公司》，丹尼似乎以近乎可怕的速度在學，這讓她有點操心。丹尼彎身讀著乏味的小書，他的電晶體收音機和輕木滑翔機擱在上方的架子上，彷彿他的生命全仰仗他學習閱讀。他們在丹尼房間放了一盞鵝頸檯燈，他的小臉在檯燈貼近、溫暖的光線下顯得緊繃而蒼白，她不喜歡。他非常認真地對待讀本，及他父親每天下午為他準備的一頁一頁的練習本——有蘋果和桃子的圖片，底下傑克用大而工整的印刷字體寫著蘋果。選出符合字的圖案，把對的圖案圈起來。他們的兒子會交互凝視著字和圖案，嘴唇蠕動著，唸出聲音，事實上是直冒出汗。用蜷縮在圓圓胖胖的右拳中雙倍大小的紅色鉛筆，他現在可以自己寫出大約三十六個字。

他的手指在讀本的字底下慢慢移動。字上頭的圖片，溫蒂依稀記得自己小學時代曾經看過，那是在十九年前：一個笑咪咪的棕色鬈髮男孩，一個穿著短洋裝的女孩——她的頭髮是金色的小鬈髮，一手拿著跳繩，還有一隻雀躍的小狗追著一顆紅色的大皮球。一年級的三人組：迪克、珍和吉普。

「看吉普跑，」丹尼緩慢地唸著。「跑，吉普，跑。跑，跑，跑。」他停頓，手指移到下一行。「看那……」他把身體彎得更近一些，鼻子都快要碰到書了。「看那……」

「博士，不要那麼靠近，」溫蒂輕聲說：「你會傷了眼睛。那個字是——」

「別告訴我！」他說，猛地坐起身來。他的語調驚慌。「別跟我說，媽咪，我會唸的！」

「好啦，寶貝，」她說：「不過這不是什麼了不起的事，真的沒什麼大不了的。」

丹尼不理會，再度俯身向前。他臉上的表情可能在某大學體育館舉辦的研究生入學考試中比較常見。她越來越不喜歡。

「看那顆……ㄆㄧˊㄑㄧㄡˊ。看那顆ㄆㄧˊㄑㄧㄡˊ？看那顆皮球。皮球！」忽然間歡欣鼓舞的——激動。他口氣的激動讓她害怕。「看那顆皮球！」

「沒錯，」她說：「寶貝，我覺得今晚夠了。」

「媽咪，再多唸幾頁好嗎？拜託？」

「不行，博士。」她堅定地闔上裝訂的紅色書本。「睡覺時間到了。」

「拜託嘛！」

「丹尼，別跟我耍賴。媽咪累了。」

「好吧！」但他仍渴望地盯著初級讀本。

「去親親你爸爸，再洗手洗臉。別忘了刷牙喔！」

「好啦！」

他沒精打采地走出去。小男孩身穿連腳睡褲和寬大的法蘭絨上衣，衣服前面有顆足球，背後寫著新英格蘭愛國者。

傑克的打字機停下來，她聽見丹尼熱情的咂嘴聲。「爸比，晚安。」

「晚安，博士。你唸得怎麼樣啊？」

「還好吧，我想。媽咪叫我停的。」

「媽咪是對的，已經過八點半了。要去洗手間嗎？」

「對。」

「很好。你的耳朵長出馬鈴薯來囉！還有洋蔥、紅蘿蔔、細香蔥——」

丹尼咯咯的笑聲逐漸減弱，然後被浴室門果斷的喀一聲給切斷。他很重視自己在浴室活動的隱私，而她和傑克兩人幾乎都是隨隨便便的。這是他是獨立的個人——既不是他們其中一位的複本，也不是兩人的混合體——的另一個標記，而這種標記一直在增加。這讓她有點傷感。有一天她的孩子會變成她不認識的陌生人，而他也會變得不認識她……不過不會像她的親生母親對她一樣變得如此陌生。天啊，請不要讓他們之間的關係變成那樣。讓他長大成人後仍然愛他母親吧！

傑克的打字機又開始不規律地突響。

她依然坐在丹尼讀書桌旁邊的椅子上，任視線在兒子的房內漫無目的地移動。滑翔機的機翼已修補完善。桌面上堆著高高的一疊圖畫書、著色本、封面撕掉一半的舊蜘蛛人漫畫書、可優蠟蠟筆，和一堆亂七八糟的林肯積木。福斯的模型車端正地擺放在這些次要東西的上方，收縮膜的包裝仍舊原封不動。倘若丹尼照這種速度繼續下去，他和他父親應該明天晚上或後天晚上就能組裝，不用等到週末了。他的小熊維尼、咿唷和克里斯多夫．羅賓的圖片整齊地用圖釘釘在牆上，不久就會被吸食毒品的搖滾歌手的性感海報和照片所取代吧，她想。從純真到老練。人性啊！寶貝。坐好吞下去吧！然而這依然令她感傷。明年丹尼就上學了，他的朋友會佔去一半的他，也許更多。在史托文頓情況似乎好轉時，她和傑克有一陣子曾嘗試再懷一胎，但她現在又開始服用避孕藥。一切太難以捉摸了，天知道他們九個月後會在何處。

她的目光落在蜂窩上。

它在丹尼房內佔了最高的地位，安置在床邊一個大塑膠盤上。即使裡頭是空的，她還是不喜歡。她隱隱懷疑蜂窩是否可能有細菌，想要問傑克，之後認定他會嘲笑她。但是明天如果她能趁傑克不在診間時抓住醫生的話，她會問問看醫生。一想到那東西是用那麼多異種生物的唾液和咀嚼物所構築的，如今卻放在離她熟睡的兒子頭部不到一呎的地方，她就不喜歡。

浴室的水仍在流，她站起來走進大間的臥室去確認一切是否正常。傑克沒有抬起頭來，他緊盯著打字機，齒間叼著一根濾嘴香菸，迷失在自己創作的世界裡。

她輕敲關閉著的浴室門。「博士，你還好嗎？你沒睡著吧？」

無回應。

「丹尼？」

還是沒回答。她試了一下，門是鎖著的。

「丹尼？」她開始擔心了，在連綿不斷的流水聲下沒有別的聲音令她不安。「丹尼？寶貝，把門打開。」

沒有回音。

「丹尼！」

「拜託，溫蒂，我沒想到妳打算敲門敲一整晚。」

「丹尼把自己反鎖在浴室裡，而且沒有回我話！」

傑克臉色不悅地繞過書桌，在門上重重敲了一記。「打開，丹尼，別玩遊戲了。」

沒有回應。

傑克再敲用力一點。「博士，別再鬧了，該睡覺的時間就該睡覺。你不開門的話，我要打屁股囉！」

他的情緒快要失控了，她想著，心裡更加害怕。自從兩年前的那天晚上後，他就不曾在生氣時碰過丹尼，但是這當下他聽起來可能會氣得動手。

「丹尼，寶貝——」她開口。

仍無回聲，只有流個不止的水。

「丹尼，如果你逼我弄壞這門鎖，我敢保證你今晚得趴著睡覺。」傑克警告。

毫無聲響。

「拆了它吧！」她說，忽然間覺得難以說話。「快點。」

他抬起腳，用力往下踹在門把右邊的門上。那鎖的材質差，立刻斷裂，門猛然震開，撞到鋪著瓷磚的浴室牆面後又反彈回來一半。

「丹尼！」她尖叫。

洗臉盆的水竭力在流，旁邊有一管蓋子旋開的佳潔士牙膏。丹尼坐在浴室另一頭的浴缸邊緣，左手無力地握著牙刷，嘴巴四周一圈薄薄的牙膏泡沫。他精神恍惚，凝視著洗臉盆上方的藥櫃前面的鏡子，臉上的表情像是吸了毒般地震顫不已。她的第一個想法是，他癲癇發作了，有可能把舌頭吞下去了。

「丹尼！」

丹尼沒有回應，喉嚨發出粗嘎的聲音。

接著她被用力推到一旁，撞到毛巾架，傑克跪在男孩面前。

「丹尼，」他叫：「丹尼，丹尼！」他在丹尼茫然的眼睛前面啪啪地彈動手指。

「啊──當然，」丹尼說：「錦標賽。擊球。不不不不……」

「丹尼──」

「短柄槌球！」丹尼說，他的聲音陡然一低，幾乎像男人似的。「槌球。擊球。槌球桿……有兩頭。給給給給──」

「噢，傑克，我的天啊，他到底怎麼了？」

傑克抓住男孩的手肘，使勁地搖晃他。丹尼的頭無力地向後擺，又猛然晃到前面猶如木棍上的氣球。

「槌球。擊球。Redrum。」

傑克再搖他一下，丹尼的眼睛突然清亮起來。他的牙刷從手裡掉落，在瓷磚的地板上發出輕輕的喀一聲。

「怎麼了？」他環顧四周問道，看見父親跪在面前，母親站在牆邊。「怎麼了？」丹尼再問一次，越來越焦慮不安。「怎—怎—怎—怎麼—了—了——」

「不要口吃！」傑克忽然對著他的臉大叫。丹尼嚇著了放聲尖叫，他的身體緊繃起來，試著擺脫父親，然後崩潰大哭。大受打擊的傑克將他拉近身邊。「喔，寶貝，對不起。博士，對不起。拜託，別哭。我很抱歉。沒事的。」

洗臉盆的水仍不停地流，溫蒂覺得自己忽然踏入某個折磨人的惡夢中，在夢裡時間往回倒，倒回到她酒醉的丈夫折斷兒子的手臂，然後對著兒子低泣幾乎一模一樣的句子那一刻。

「喔，寶貝，對不起。博士，對不起。拜託。我真的很抱歉。」

她跑向他們兩人，想辦法從傑克手中用勁奪過丹尼（她看見他臉上憤怒責備的表情，但決定留待以後再考慮），將他抱起來。她抱著他走回小間的臥室，丹尼的手緊緊摟住她脖子，傑克則尾隨在後面。

她在丹尼的床上坐下，來來回回地搖著他，一再一再地重複毫無意義的話語來安撫他。她抬頭看傑克，他的眼裡如今只剩下擔憂。傑克朝她詢問地揚起眉毛，她輕輕搖搖頭。

「丹尼，」她說：「丹尼，丹尼，丹尼。沒事的，博士，一切都很好。」

最後丹尼終於安靜下來，只在她懷中微微地顫抖。然而他最先開口說話的對象卻是傑克，傑克正坐在他們旁邊的床上，她感到一陣出於嫉妒的

（又是先找他，總是先找他）

熟悉的微弱刺痛。傑克對他大吼，她安慰他，然而丹尼卻對他父親說：

「如果是我不乖的話，對不起。」

「博士，沒什麼好對不起的。」傑克揉揉他的頭髮。「你在裡頭究竟發生了什麼事？」

丹尼茫茫然地緩緩搖頭。「我……我不知道。爸爸，你為什麼叫我別再口吃？我沒有口吃啊！」

「你當然沒有。」傑克由衷地說，但溫蒂感到一隻冰冷的手指觸摸她的心臟。傑克突然露出恐懼的表情，彷彿他看見也許是鬼魂的東西。

「計時器怎麼樣的……」丹尼悄聲說。

「你說什麼？」傑克傾身向前，丹尼縮進溫蒂懷中。

「傑克，你嚇壞他了！」她說，她的聲調高亢，語氣充滿指責。她驀地意識到他們全都在害怕，但是懼怕什麼呢？

「我不知道，我不知道，」丹尼對父親說：「什麼……我剛才說了什麼，爸爸？」

「沒什麼。」傑克低聲說著，從後面口袋掏出手帕來擦嘴。剎那間溫蒂又有那種令人厭惡的時光倒回的感覺，她記得很清楚那是他酗酒時期的習慣動作。

「丹尼，你為什麼把門鎖上呢？」她溫和地問：「你為什麼那麼做？」

「東尼，」他說：「是東尼叫我鎖的。」

他們在他頭頂上方互望了一眼。

「兒子，東尼有說為什麼嗎？」傑克輕聲地問。

「我正在刷牙，想著我的讀本，」丹尼說：「想得非常認真。然後……然後就看見東尼出現在鏡子裡面，他說他得再帶我去看一次。」

「你的意思是，他在你後面？」溫蒂問。

「不，他是在鏡子裡面。」丹尼特別強調那一點。「在裡頭很深的地方。然後我就穿過鏡子。接下來我只記得爸爸在搖我，我以為我又不乖了。」

傑克彷彿受到打擊似的往後一縮。

「博士，你沒有不乖。」他輕聲說。

「東尼叫你把門鎖上？」溫蒂梳著他的頭髮問道。

「對。」

「他想要帶你去看什麼？」

丹尼在她懷抱中緊繃起來，彷彿他身上的肌肉變成宛如鋼琴弦的東西。「我不記得了，」他煩亂地說：「我不記得了。不要問我。我……我什麼都不記得了！」

「噓，」溫蒂驚慌地說，再度開始搖晃他。「寶貝，你不記得的話沒有關係的，當然沒關係的。」

終於丹尼又放鬆下來。

「你要我再待一下下嗎？講個故事給你聽？」

「不用了，只要點夜燈就可以了。」他害羞地看著父親。「爸比，你可以留下來嗎？待一下子？」

「沒問題，博士。」

溫蒂嘆了一口氣。「傑克，我會在客廳。」

「好。」

她起身，看著丹尼滑到被子底下，看起來顯得非常瘦小。

「丹尼，你確定沒事嗎？」

「我沒事的。媽，只要幫我插上史努比。」

「沒問題。」

她插上夜燈，燈上顯示出躺在狗屋頂上沉沉熟睡的史努比。在他們搬進「全景」前，他從來不需要夜燈，而現在他明確地懇求她點上夜燈。她關上檯燈和天花板的燈，回頭注視他們，丹尼的一圈臉蛋又小又白，傑克的臉則在他上方。她遲疑了片刻

（然後我就穿過鏡子）

然後悄然無聲地離開他們。

「你想睡了嗎？」傑克問道，順手撥開丹尼前額的頭髮。

「嗯。」

「想要喝杯水嗎？」

「不……」

兩人靜默了五分鐘左右，傑克的手依然摸著丹尼。他以為男孩已睡著，正準備起身輕聲離開時，丹尼在入睡之際開口說：

「槌球。」

傑克轉身，全身骨頭冷到零度。

「丹尼——？」

「爸爸，你絕對不會傷害媽咪的，會嗎？」

「不會。」

「或是我？」

「也不會。」

沉默再次降臨，拖長。

「爸爸？」

「怎麼樣？」

「東尼來告訴我槌球的事。」

「是嗎，博士？他說什麼？」

「我不大記得了。只記得他說槌球是一局一局打的，像棒球一樣。是不是很好玩呢？」

「是。」傑克的心臟在胸膛沉沉地鼓動著。男孩怎麼可能會知道這種事呢？槌球是一局一局打的，不像棒球，比較像板球。

「爸爸……？」他差不多快睡著了。

「怎麼樣？」

「Redrum是什麼？」

「紅色的鼓（red drum）？聽起來像是印第安人上戰場時可能帶的東西。」

靜默。

「嘿，博士？」

然而丹尼睡著了，深長、緩慢地呼吸著。傑克坐著低頭凝視他半晌，突然一股如潮水般的愛衝擊著全身。他為何對這樣的小男孩大聲吼叫呢？他有一點點口吃是完全正常的。他剛從茫然或者某種詭異的恍神狀態下清醒過來，在這種情況下口吃是完全正常的，完完全全。而且他絲毫沒有提到計時器。應該是別的東西，毫無意義的胡言亂語罷了。

他怎麼會曉得槌球是一局一局打的呢？有人告訴過他嗎？歐曼？哈洛倫？

他低頭看著自己的雙手，緊張得緊緊握成拳頭

（天啊，我多麼需要來一杯）

而指甲深深掐入手掌有如微小的烙鐵。緩緩地，他勉強把拳頭張開。

「丹尼，我愛你，」他喃喃低語：「天曉得我真的愛你。」

他離開房間。他的情緒又失控了，雖然只有一點點，但足以使他感到厭惡和害怕。喝酒可以麻痺那種感覺，噢沒錯，酒能麻痺感覺

（計時器怎麼樣的）

和其他的一切。他絲毫沒聽錯那幾個字，一個也沒有。每個字都如鐘聲般清楚地發出。他在走道上停下腳步，回過頭看，不自覺地用手帕擦拭嘴唇。

他們的形體在夜燈的光線下只是暗色的剪影。僅穿著短襯褲的溫蒂走到丹尼床邊，再度幫他把被子蓋好，他剛把被子踢開。傑克站在門口，看著她用手腕內側貼在他的前額上。

「他有發燒嗎？」

「沒有。」她親吻丹尼的臉頰。

「謝天謝地，妳預約了醫生。」她走回到門口時，傑克說：「妳覺得那傢伙很內行嗎？」

「收銀員說他非常厲害，我只知道那麼多。」

「溫蒂，如果有什麼不對勁的話，我就要把妳和丹尼送去妳母親那裡。」

「不要。」

「我明白，」他說著，一手環抱住她。「我明白妳的感受。」

「你一點也不知道我對她的感覺。」

「溫蒂，我沒有別的地方可以送妳去啊！妳知道的。」

「如果你來——」

「沒有這份工作，我們就完了，」他坦白地說：「妳很清楚。」

她的剪影緩緩地點頭。她非常清楚。

「我和歐曼面試的時候，還以為他只是誇大其詞，但現在我沒那麼肯定了。也許我真的不該帶著你們兩個一起嘗試這份工作，方圓四十哩內毫無人煙。」

「我愛你，」她說：「如果有可能的話，丹尼甚至比我更愛你。傑克，他會很傷心的。如果你把我們送走的話，他一定會的。」

「別把事情說成那樣。」

「假如醫生說有什麼問題的話，我會在塞威找份工作，」她說：「要是在塞威找不到工作的話，丹尼和我會去波爾德。我不能去找我母親，傑克，絕不能在這種情況下。別要求我，我……我就是辦不到。」

「我想我明白。別灰心，也許什麼事也沒有。」

「也許吧！」

「預約時間是兩點？」

「對。」

「我們把寢室的門開著吧，溫蒂。」

「我想開著，但是我想他現在會一覺到天亮吧！」

可是他並沒有。

轟……轟……轟轟轟轟——

他在左彎右拐，宛如迷宮一般的走廊上奔跑，逃離轟隆隆迴盪在四周的沉重巨響，赤裸的雙腳沙沙地走在藍與黑交織的長呢絨叢林上。每次他聽見槌球桿猛撞到身後的某處牆壁上時，就想要大聲尖叫。但是他不行。他不能。尖叫聲會洩漏他的位置，而且

（而且那個REDRUM）

（出來吃藥，你這可惡的愛哭鬼！）

噢，他能聽見聲音的主人正走過來，過來找他，在走廊上橫衝直撞，有如在藍與黑的異國叢

林中的一頭老虎，吃人的老虎。

（出來，你這小王八蛋！）

倘若他有辦法走到往下的樓梯那裡，假使他能夠離開三樓，他就可能沒事；就算是搭電梯——假如他想得起來他遺忘了什麼的話。可是四周一片黑，他害怕得失去了方向感。他轉入一條走廊，又到另一條，嚇得心都跳到嘴裡宛如一團火熱的冰，他害怕每一次轉彎都可能引他與走廊上那頭人類老虎面對面。

現在轟隆隆的聲響就在他後頭，那嘶啞駭人的怒吼。

球桿的槌頭咻咻地劃過空氣

（槌球……擊球……槌球……擊球……REDRUM）

再撞擊到牆壁上。腳在叢林地毯上發出輕柔的沙沙聲。驚慌在他口中噴發宛如苦澀的果汁。

（你會記起遺忘的事物……但是他會嗎？遺忘的東西是什麼？）

他奔逃著繞過另一個轉角，毛骨悚然又萬分驚恐地發現自己跑進死路。三邊上鎖的門低頭朝他皺眉。西側，他位在西側，能聽見外頭暴風雪在呼嘯狂吼，似乎快要因為它自己深暗的喉嚨裡塞滿了雪而窒息。

他後退往牆上靠，害怕得直掉淚，心臟如掉到陷阱中的兔子的心一般急速地跳動。當背部貼到有浮雕波紋圖樣的淺藍色絲質壁紙上時，他兩腿一軟倒在地毯上，雙手攤開在藤蔓和攀緣植物編織的叢林上，呼吸時喉嚨發出咻咻的哮喘聲。

越來越大聲，越來越響亮。

走廊上有頭老虎，如今老虎就在轉彎處，仍然因強烈、急躁、瘋狂的怒氣而大聲咆哮著，槌球桿砰砰地猛撞，因為這頭老虎是用兩條腿走路，牠是——

他突然倒吸一口氣驚醒過來，直挺挺地坐在床上，張大眼睛瞪視著黑暗，兩手在面前交叉。一隻手上有東西，蠕動著。

黃蜂，三隻。

接著牠們螫了他，似乎是三隻一起用針刺，就在此時所有的影像粉碎，如暗潮般地掉落到他身上，他開始對著黑暗尖聲喊叫，黃蜂纏住他的左手，一遍又一遍地螫他。

燈開了，爸爸穿著短褲站在那兒，瞪大了雙眼。媽咪在他背後，一副睡眼惺忪受到驚嚇的樣子。

「把牠們趕走！」丹尼尖叫著。

「噢，我的天啊！」傑克說，他看見了。

「傑克，他怎麼搞的？到底怎麼了？」

傑克沒有回答妻子，跑到床邊撈起丹尼的枕頭，拍打丹尼猛烈揮動的左手，一下，又一下。溫蒂看見緩緩移動、像昆蟲的影子上升到空中，發出嗡嗡的聲音。

「去拿本雜誌！」他轉過頭去嚷著：「把牠們打死！」

「黃蜂？」她說，一瞬間她封閉在自己的內心裡，幾乎與她理解的事實脫節。她的腦子一片混亂，而認知與情緒相連。「黃蜂，噢老天，傑克，你說——」

「他媽的給我閉嘴，打死牠們！」他怒吼：「妳就照我說的做！」

其中一隻黃蜂停在丹尼的讀書桌上。她從工作台拿起一本著色本，砰的一聲打在黃蜂上，留下一團黏稠的褐色污漬。

「窗簾上還有另一隻。」他說完，懷裡抱著丹尼經過她身邊往外跑。

他把男孩抱入他們的臥室，將他放在湊合起來的雙人床上靠溫蒂的那一側。「丹尼，乖乖地躺在這兒，等我叫你才可以回來。明白嗎？」

丹尼的臉蛋腫腫的，掛著兩行淚水。他點點頭。

「這才是我勇敢的孩子。」

傑克跑到走廊盡頭的樓梯。他聽見身後著色本拍打了兩次，然後他的妻子痛得叫出聲。他並沒有減緩速度，反而一次跨兩階地下樓到昏黑的大廳。穿過歐曼的辦公室進入廚房時，大腿最笨重的部位撞到歐曼的橡木辦公桌桌角，幾乎毫無所覺。他啪地一下打開廚房天花板的燈，走到水槽邊。晚餐後洗好的碗盤仍堆積在瀝水籃裡，溫蒂把碗盤留在那裡瀝乾，他從最上層迅速拿起一個大的百麗缽。一個盤子掉落地面破了，他不予理會，轉身穿過辦公室跑上樓。

溫蒂站在丹尼的門外，粗重地喘著氣。她的臉色有如餐桌的亞麻布，眼神閃爍呆滯，濕濕的秀髮垂下來黏貼在頸子上。「我把牠們全都打死了，」她神思恍惚地說：「可是有一隻叮了我。傑克，你說牠們全都死了。」她開始哭泣。

他沒有回答，匆匆地走過她身邊，拿著百麗缽走到丹尼床邊的蜂窩旁。蜂窩毫無動靜，空無一物；好歹，外頭沒有。他猛然將缽倒扣罩住蜂窩。

「好了，」他說：「來吧。」

他們回到寢室。

「牠叮了妳哪裡？」他問溫蒂。

「我的……我的手腕。」

「讓我看看。」

溫蒂把手伸出來給他看，就在手腕與手掌間的腕紋上方有個小圓洞，小洞周圍的肌肉腫了起來。

「妳對黃蜂的螫針會過敏嗎？」他問：「認真想！如果妳會的話，丹尼可能也會。那該死的小雜種螫了他五、六下。」

「不，」她說，比較平靜了。「我……我只是討厭牠們，就這樣而已，討厭牠們。」

丹尼坐在床尾，抓著自己的左手仔細端詳，眼睛外圈嚇得蒼白。他指責地盯著父親。

「爸爸，你說你把牠們全殺光了。我的手……真的好痛喔！」

「博士，讓我看看……不，我不會碰的，那會讓傷口更痛。只要把手伸出來就好了。」

他照爸爸說的做。溫蒂嗚咽地說：「噢丹尼……噢，你可憐的手手！」

之後醫生會分別數出十一個螫傷。現在他們看到的只有一點一點的小洞，彷彿他的手掌和手指上撒了紅色的胡椒粒，此外還腫脹得非常嚴重。他的手看起來像是卡通裡，兔寶寶或達飛鴨剛用榔頭猛敲自己一記之後的樣子。

「溫蒂，去拿浴室裡的噴霧劑。」傑克說。

她去拿的時候，傑克在丹尼旁邊坐下來，一手輕輕環住他的肩膀。

「博士，等我們噴過你的手之後，我想要拍幾張拍立得。然後你今晚跟我們一起睡，好嗎？」

「好啊！」丹尼說：「不過，為什麼要拍照呢？」

「這樣我們或許可以告倒一些人。」

溫蒂拿著形狀如化學滅火器的噴霧罐回來。

「寶貝，這不會痛的。」她說著，取下蓋子。

丹尼伸出手，她在兩面都噴上噴霧直到手微微發光。丹尼顫抖著長吁一口氣。

「會刺痛嗎？」她問。

「不會，感覺有好一點。」

「那還有這些，把這些嘎吱嘎吱地嚼一嚼。」她拿出五顆柳橙口味的幼兒阿斯匹靈。丹尼拿來一顆一顆丟進嘴巴。

「阿斯匹靈是不是太多了點？」傑克問。

「螫傷的地方很多啊！」她氣憤地回答他。「你去把蜂窩處理掉，約翰．托倫斯，現在馬上！」

「只要再給我一分鐘。」

他走到梳妝台，從最上層的抽屜取出拍立得相機。他再往更深處翻找，找到幾個方形閃光燈。

「傑克，你在幹嘛？」她有點歇斯底里地問道。

「爸爸要幫我的手拍幾張照片，」丹尼一本正經地說：「然後我們要告倒一些人。對吧，爸爸？」

「對。」傑克陰沉地說。他找到閃燈的配件，插入相機中。「兒子，把手伸出來。我估計一個傷口大概五千塊。」

「你在說什麼鬼？」溫蒂差點尖叫。

「妳聽我說，」他說：「我照著那可惡的殺蟲噴霧罐上的說明去做。我們要告他們。那個該死的東西有瑕疵，一定是這樣。不然妳能怎麼解釋？」

「喔。」她小小聲地說。

他拍了四張照片，將每張覆蓋著的相片拉出來，讓溫蒂以她戴在脖子上的小墜錶計時。丹尼對自己螫傷的手可能價值好幾千元的想法深深著迷，逐漸不再驚懼，表現出濃厚的興趣。他的手隱隱抽痛，頭也有點痛。

當傑克把相機擺到一旁，將相片攤開在梳妝台上晾乾時，溫蒂說：「我們應該今晚就帶他去看醫生嗎？」

「除非他真的很痛，」傑克說：「假如是對黃蜂的毒液強烈過敏的人，那在三十秒之內就會發作了。」

「發作？你是指——」

「昏迷，或是痙攣。」

「噢，噢我的天啊。」她緊抱住自己，看起來蒼白而毫無血色。

「兒子，你覺得怎麼樣？你想你睡得著嗎？」

丹尼向他們眨眨眼。惡夢在他心中已褪色成黯淡、毫無特色的背景，但他依然害怕。

「如果我能跟你們一起睡的話。」

「當然囉，」溫蒂說：「噢寶貝，真的對不起。」

「沒關係的啦，媽咪。」

她又哭了起來，傑克將兩手放在她肩上。「溫蒂，我向妳發誓，我有遵照說明書的用法。」

「你明天早上可以把它處理掉嗎？拜託？」

「我當然會啊！」

他們三人一起上床，傑克正要關掉床上的燈時，突然停住，反而將被子推開。「也要照張蜂窩的相片。」

「馬上回來啊！」

「我會的。」

他走到梳妝台，拿起相機和最後一個方形閃光燈，把拇指和食指圍成封閉的圈，對丹尼比了一個沒問題的手勢。丹尼笑了，也用沒事的那隻手比了相同的手勢。

眞是個了不起的孩子，他走到丹尼的房間時心裡想著。而且還遠不止於此。

天花板的燈依舊亮著。傑克走到另一邊雙層床的位置，當他瞥向床邊的桌面時，皮膚立刻起了雞皮疙瘩，頸上的寒毛豎起，並且努力豎直。

他幾乎看不見透明百麗缽裡的蜂窩。玻璃內爬滿了黃蜂，很難判斷有多少隻，至少五十隻，也許一百隻。

他的心臟在胸口緩緩地鼓動，他拍了照後把相機擱下，等待照片顯影。他用手掌擦擦嘴唇，腦海中不斷重複地播放一個念頭，並迴響著

（你的情緒失控了。你的情緒失控了。你的情緒失控了。）

近乎迷信的恐懼。牠們回來了。他殺死黃蜂，但牠們回來了。

在腦海中，他聽見自己對著驚嚇到哭泣的兒子大喊：不要口吃！

他再擦一次嘴唇。

他走到丹尼的工作台，在抽屜裡翻找，取出一個有著纖維背板的大拼圖。他把拼圖拿到床頭櫃，小心翼翼地將缽和蜂窩滑到拼圖板上。黃蜂在牠們的監牢內憤怒地嗡嗡鳴叫。接著，他把手牢牢蓋在缽頂上，讓缽無法滑動，走到外面的走廊。

「傑克，要回來床上嗎？」溫蒂問。

「爸比，要回來床上嗎？」

「得到樓下去一會兒，」他說，試著讓口氣輕快些。

這種事怎麼會發生？究竟是怎麼回事？

那殺蟲噴霧罐肯定不是假的。他拉了扣環後看見濃濃的白煙從裡頭噴出；兩個小時後再上去時，他從頂上的洞搖出一大群死掉的小屍體。

那怎麼會這樣？自然再生嗎？

太荒唐可笑了，十七世紀的胡言亂語。昆蟲不會再生，而且就算黃蜂的卵能在十二個鐘頭之內孵化成成蟲，這時也不是女王蜂產卵的季節，產卵通常是在四月或五月。秋天是牠們瀕死的季節。

活生生的矛盾，黃蜂在缽底下精力充沛地嗡嗡飛著。

他把牠們搬到樓下穿過廚房。後面有扇門通到外頭。寒冷的夜風吹在他幾近赤裸的身軀上，他的腳幾乎一站在平台冰冷的水泥地上就立刻凍到麻木。這個平台在飯店營運的季節是牛奶交貨的地點。他謹慎地放下拼圖和缽，站起來時看了一下釘在門外面的溫度計。上頭寫著，暢飲七喜，無限清新，而水銀柱正好停在華氏二十五度。這種冷度到早晨前就會把牠們凍死。他進了屋將門牢牢地關上，考慮了半晌後，連鎖也門上。

他再度穿越廚房，關掉電燈後，站在黑暗中好一會兒，思索著，想要喝一杯。忽然間飯店似乎充滿了成千鬼鬼祟祟的聲音：嘎吱聲、呻吟聲，還有風在屋簷底下發出的詭密嗤鼻聲，屋簷下或許懸垂著更多的黃蜂窩有如致命的果實。

牠們回來了。

驀地他發現自己不再那麼喜歡「全景」，彷彿螫他兒子的不是黃蜂——那些在殺蟲噴霧罐的攻擊後奇蹟倖存的黃蜂，而是飯店本身。

上樓回到妻兒身邊之前，他的最後一個念頭（從現在起你要控制脾氣，無論發生什麼事。）是堅決、確實、肯定的。

當他走回走廊盡頭妻兒的身邊時，用手背擦了擦嘴唇。

17. 醫生辦公室

脫得剩下內褲、躺在診察台上的丹尼．托倫斯，顯得非常瘦小。他仰望著艾德蒙斯（「叫我比爾就可以了」）醫生。醫生正推著一台黑色的大型機器到他旁邊，丹尼動動眼睛想看清楚一點。

「小朋友，別讓這台機器把你給嚇壞了，」比爾．艾德蒙斯說：「這是腦電波儀，不會弄痛你的。」

「腦——」

「我們把它簡稱為ＥＥＧ。我要把很多條導線勾到你的頭上——不，不是刺進去，只是用膠帶黏著——機器這頭的筆會記錄下你的腦波。」

「像『無敵金剛００９』⓫那樣子嗎？」

「差不多。你長大後想要變得像岳史迪上校那樣嗎？」

「才不要呢！」丹尼說。這時護士開始將導線貼在他頭皮上幾個剃乾淨的小點上。「我爸爸說，總有一天他會短路，然後就會……就會在過河時遇到困難。」

「我很熟悉那條河喔！」艾德蒙斯醫生和藹地說：「我自己也遇過幾次，沒有帶到槳。丹尼，ＥＥＧ能告訴我們很多很多事喔！」

「像什麼？」

「比方說你是不是有癲癇症。那是個小毛病出在——」

「嗯，我知道癲癇症是什麼。」

「真的嗎？」

「真的。以前在佛蒙特我唸的幼稚園裡有個小孩——在我還是小小孩的時候我上過幼稚園——他就有癲癇症。他不該用閃燈板。」

「那是什麼，丹？」他啟動了機器，細微的線條開始將軌跡描繪在方格紙上。

「就是有很多很多燈，全都不同的顏色。你把它打開時，有的顏色會閃，可是不是全部。然後你得算顏色，如果你按對的按鈕，就能把它關掉。布朗特不能用那個。」

「那是因為發亮閃爍的燈光有時候會引起癲癇症發作。」

「你的意思是用閃燈板可能使布朗特發癲？」

艾德蒙斯與護士覺得好笑地迅速對看了一眼。

「用詞粗野，不過很精確，丹尼。」

「什麼？」

「我說，你講得沒錯，只不過你應該說『發作』而不是『發癲』，那樣說不好聽……好吧，現在像隻老鼠一樣躺著不要動。」

「好的。」

「丹尼，當你有那些……不管是什麼啦，你記得之前看過發亮閃爍的燈光嗎？」

「沒有。」

⑪「無敵金剛009」（The Six Million Dollar Man）：一九七〇年代大受歡迎的美國科幻影集，劇中將重傷的主角岳史迪上校（Steve Austin）成功地改造成人機合體，體能超越常人的人物。

「奇怪的雜音呢？叮叮噹噹的鈴聲？或是像門鈴那種鳴響？」

「沒耶！」

「那奇怪的味道呢？或許像柳橙或是鋸木屑的味道？或是像東西腐爛的味道？」

「沒有，先生。」

「在你昏倒前有時候會想哭嗎？即使你不覺得難過？」

「才沒有呢！」

「那很好。」

「比爾醫生，我有癲癇症嗎？」

「丹尼，我認為沒有。你躺好別動，快要好了。」

機器發出嘈雜的聲音，再沙沙地寫了五分鐘後，艾德蒙斯醫生把它關掉。

「好了，小朋友，」艾德蒙斯輕快地說：「讓莎莉把你身上的電極拿下來，然後就進隔壁房間去，我想要跟你稍微聊一下。好嗎？」

「當然好。」

「莎莉，妳動手吧！在他進來前給他做個結核病檢測。」

「好。」

艾德蒙斯撕下機器吐出的一長條捲紙，邊看邊走進隔壁房間。

「我要戳你的手臂，只要一下下就好，」等丹尼拉上褲子後，護士說：「這是為了要確定你沒有結核病。」

「學校去年才幫我做過。」丹尼不抱太大的希望說。

「但那是很久以前的事了，你現在是個大男孩了，對嗎？」

「我想是吧！」丹尼輕嘆口氣，獻上手臂當作犧牲。

他穿好襯衫和鞋子後，穿過那道拉門進入艾德蒙斯醫生的辦公室。艾德蒙斯坐在辦公桌邊緣，若有所思地晃動著雙腿。

「嗨，丹尼。」

「嗨。」

「那隻手現在怎麼樣了？」他指著丹尼用繃帶稍微包紮起來的左手。

「非常好。」

「很好。我看過你的EEG，看起來似乎沒問題。不過我會把它送去我在丹佛的朋友那裡，他是靠判讀這些東西過活的人。我只是想要確認一下。」

「好的，先生。」

「丹，跟我談談東尼吧！」

丹尼的兩腳動來動去。「他只是個隱形的朋友，」他說：「是我編出來，跟我做伴的。」

艾德蒙斯大笑，將兩手放在丹尼的肩膀上。「那是你媽媽和爸爸說的。不過，這件事只有你跟我知道，小朋友。我是你的醫生。跟我說實話，我保證不會告訴他們，除非你告訴我可以說。」

丹尼思考了一會兒。他凝視著艾德蒙斯，然後稍稍努力地集中精神，試著捕捉艾德蒙斯的想法，或者至少他情緒的顏色。忽然間他的腦袋裡抓到一個令人安慰的奇特影像：檔案櫃，櫃子門一個接一個地關上，喀的一聲鎖上。每扇門中央的小標籤上寫著：A—C，秘密；D—G，秘密；以此類推。這讓丹尼覺得安心一點。

他謹慎地說：「我不曉得東尼是誰。」

「他跟你一樣大嗎？」

「不。他起碼十一歲了，我想他可能甚至更大。我從來沒有很靠近地看過他。他說不定大得可以開車了。」

「你只有遠遠地看他，是嗎？」

「是的，先生。」

「他總是在你快昏倒前出現嗎？」

「嗯，我沒有昏倒。那感覺像是我跟他一起走，他秀給我看一些東西。」

「什麼樣的東西呢？」

「嗯……」丹尼考慮了片刻，然後告訴艾德蒙斯那個裝著爸爸所有作品的旅行箱的事，還有搬家工人根本沒有把旅行箱掉在佛蒙特和科羅拉多之間，箱子一直都在樓梯底下的事。

「你爸爸是在東尼說的地方找到行李的嗎？」

「喔是啊，先生。只不過東尼並沒有告訴我，他是秀給我看。」

「我明白了。丹尼，東尼昨天晚上帶你看了什麼？在你把自己鎖在浴室的那段時間裡？」

「我不記得。」丹尼迅速地說。

「你確定嗎？」

「是的，先生。」

「剛才我說你鎖了浴室的門。不過我說錯了，對吧？是東尼把門鎖上的。」

「不，先生。東尼沒辦法鎖門，因為他不是真的。他要我鎖門，我就照著做了。是我鎖上的。」

「東尼總是帶你去看掉了的東西在哪裡嗎？」

「不，先生。有的時候他會秀給我看將要發生的事。」

「真的嗎？」

「真的。像有一次東尼秀給我看大巴靈頓的野生動物樂園，東尼說爸爸在我生日時會帶我去那裡。他真的帶我去了。」

「他還帶你看過別的什麼東西？」

丹尼蹙起眉頭。「標示牌。他老是給我看無聊的老標示牌，我都看不懂，幾乎從沒看懂過。」

「丹尼，你認為東尼為什麼要那麼做呢？」

「我不知道。」丹尼活潑了起來。「不過，爸爸和媽媽正在教我認字，我非常認真努力地學喔！」

「這樣你才能看懂東尼的標示牌。」

「嗯，我是真心想要學啊！不過，沒錯啦，那也是原因。」

「丹尼，你喜歡東尼嗎？」

丹尼注視著瓷磚地板，不發一語。

「丹尼？」

「這很難說耶，」丹尼說：「我以前很喜歡他。以前我希望他每天都來，因為他總是會給我看好東西，尤其是自從媽媽和爸爸再也不去想離婚的事之後。」艾德蒙斯醫生的目光變銳利，不過丹尼沒有注意到。他緊盯著地板，全神貫注在表達自己的想法。「可是，現在他每次來都會帶我去看壞東西，恐怖的東西。就像昨晚在浴室裡，他秀給我看的東西，它們螫得我好痛就像那些黃蜂叮我一樣。只不過東尼的東西是叮我這裡。」他豎起一根指頭嚴肅地指著太陽穴，小男孩無意識地模仿自殺。

「什麼東西呢？丹尼？」

「我記不起來！」丹尼極度痛苦地大聲叫嚷著：「我要是記得起來就會告訴你了！那感覺好像我記不起來是因為太不愉快了，所以我不願意去記。我醒來後唯一記得的是REDRUM。」

「是紅色的鼓（red drum），還是紅色的蘭姆（red rum）？」

「蘭姆。」

「那是什麼，丹尼？」

「我不曉得。」

「丹尼？」

「是的，先生？」

「你現在能叫東尼來嗎？」

「我不知道。他不是每次都會出現，我甚至不知道自己是不是還希望他再出現。」

「試試看吧！丹尼。我會在這裡的。」

丹尼不確定地望著艾德蒙斯。艾德蒙斯點頭鼓勵他。

丹尼長長地嘆了一口氣，點點頭。「可是我不知道會不會成功，我從來沒有在別人面前做過。而且不管怎麼說，東尼不是每次都會出現。」

「假如他沒來，就沒來吧！」艾德蒙斯說：「我只是希望你試試看而已。」

「好吧！」

他把目光落在艾德蒙斯緩慢擺動的懶人鞋上，然後將思緒轉向外頭的媽媽和爸爸。他們在這裡的某個角落……事實上，就在掛著相片的那面牆外，在他們剛進來的候診室裡，並肩坐著但沒有交談，翻閱著雜誌，擔心著他。

他更努力集中精神，眉頭皺了起來，試著去感受他媽媽的想法。當他們沒有和他在同一個房間時，總是比較困難。接著他開始感應到了，媽媽正在想一個姊妹，她的妹妹。那個妹妹死了。他媽媽在想那是她母親變成這樣一個

（婊子？）

變成這樣一個嘮叨老女人的主要原因。因為她妹妹死了，還是個小女孩

（就被車撞了。噢天啊，我再也沒辦法承受像艾琳那樣的事情了，可是萬一他生病了，眞的病了，得了癌症、脳脊髓膜炎、白血病，或是和約翰・根室⑫的兒子一樣的腦瘤，或者肌肉萎縮症。噢天，像他這樣年紀的孩子老是有人患白血病。放射線治療、化學治療，我們負擔不起任何一種，但是當然他們不會就這樣把你攆出去，讓你死在街頭的，會嗎？不管怎樣，他沒事的，沒事的，沒事的。妳眞的不該讓自己想下去）

（丹尼）

（關於艾琳和）

（丹——）

（那輛車）

（丹——）

但是東尼不在場，只出現他的聲音。當聲音逐漸減弱時，丹尼跟著聲音往下走入黑暗，跌落到比爾醫生搖擺的懶人鞋之間的魔洞裡，經過響亮的敲擊聲，再往下，一個浴缸在黑暗中無聲地

⑫ John Gunther：美國知名的新聞記者及作者，最廣為人知的作品是為紀念他死於腦瘤的十幾歲兒子所寫的回憶錄。

巡航，裡頭有個令人毛骨悚然的東西懶洋洋地躺著，接著越過有如悅耳的教堂鐘聲一般的聲音，再經過玻璃圓罩下的時鐘。

最後一盞結著蜘蛛網的燈無力地穿透黑暗，微弱的光芒揭露出看起來潮濕、令人不快的石頭地板。不甚遙遠的某處傳來規律的機器轟鳴聲，但是聲音微小，並不駭人，宛如催眠曲。那是將會被遺忘的東西，丹尼如在夢幻中驚訝地想著。

當他的眼睛適應了幽暗後，他可以看見東尼就在他前方，只看得到輪廓。東尼正在看一個東西，丹尼睜大眼睛看那是什麼。

（你爸爸。看見你爸爸了嗎？）

他當然看到了。即使地下室的燈光再昏暗，他也不可能沒留意到他。爸爸跪在地板上，將手電筒的光束照在老舊的紙箱和木箱上。紙箱已陳舊軟化，有的裂開，撒落一地的紙張：報紙、書籍，以及一張張看來像是帳單的印刷品。他爸爸津津有味地檢視這些紙張。接著爸爸抬起頭來，將手電筒往另一個方向照。光線釘在另一本書上，一大本白色以金線裝訂的書，封面看來像是白色的皮革。這是本剪貼簿。丹尼突然想要對他爸爸大喊，叫他別去管那本書，有的書是不該打開的。可是他爸爸已爬向那本書。

機器的轟鳴聲——此時他認出那是發自全景飯店裡爸爸每天檢查三、四次的鍋爐——發展成有節奏的不祥連音，聽起來開始像……像重擊聲。而發霉、潮濕、逐漸腐朽的紙張味道轉變成別的——像壞東西那種強烈、杜松子的味道。那味道如霧靄般瀰漫在爸爸四周，而他正把手伸向那本書……緊緊抓住。

東尼在黑暗中某處

（這個非人的地方把人變成怪物。這個非人的地方）

一遍又一遍地複述著難以理解的同一句話。

（把人變成怪物。）

再度跌落黑暗中，這回伴隨著沉重、連續猛擊的砰然聲響，這聲音不再發自鍋爐，而是咻咻揮動的球桿撞擊在貼著絲質壁紙的牆面上，敲下些許灰泥粉塵時所產生的。他無助地蹲伏在藍黑交織的叢林地毯上。

（出來）

（這個非人的地方）

（吃你的藥！）

（把人變成怪物。）

腦袋中重複著氣喘吁吁的話語，他猛地一扯將自己拉出幽暗的世界。兩隻手擱在他的肩上，一開始他向後退縮，以為東尼世界的全景飯店中的兇惡東西，不知怎地，尾隨他回到真實的世界，接著聽到艾德蒙斯醫生說：「你沒事的，丹尼。你沒事的。一切都很好。」

丹尼先認出醫生，再看清辦公室周圍的景物。他開始無助地顫抖，艾德蒙斯抱住他。

等反應逐漸平息下來後，艾德蒙斯問：「丹尼，你說了些有關怪物的話，那是什麼？」

「這個非人的地方，」他聲音粗嘎地說：「東尼告訴我……這個非人的地方……把……把……」他搖搖頭。「記不得了。」

「想想看！」

「我沒辦法。」

「東尼有來嗎？」

「有。」

「他帶你看了什麼？」

「黑暗。連續敲擊聲。我不記得了。」

「你到哪裡去了？」

「別煩我！我不記得了！不要煩我了！」恐懼和挫折感使他無助地啜泣起來。記憶全都消失了，漸漸化成一團黏糊如潮濕的紙捆般的東西，難以辨識。

艾德蒙斯走去飲水機，裝了一紙杯的水給他。丹尼喝完後，艾德蒙斯再給他一杯。

「好一點了嗎？」

「嗯。」

「丹尼，我並不想纏著你……我是指，硬要你去回想。不過，你記得東尼出現之前的事嗎？」

「我媽媽，」丹尼緩緩地說：「她在擔心我。」

「母親總是這樣子的，小朋友。」

「不……她有個妹妹在她很小的時候死掉了，叫艾琳。她在想艾琳怎樣被車撞到的事，所以她很擔心我。我不記得別的了。」

艾德蒙斯目光銳利地看著他。「她剛剛正在想嗎？在外面的候診室裡？」

「是的，先生。」

「丹尼，你怎麼會知道的？」

「我不曉得，」丹尼虛弱地說：「我猜，是閃靈吧！」

「什麼？」

丹尼非常緩慢地搖著頭。「我累死了。我不能去找媽媽和爸爸嗎？我不想再回答任何問題了。我累了，我的肚子不舒服。」

「你想吐嗎？」

「不，先生。我只想要去找我媽媽和爸爸。」

「好吧，丹。」艾德蒙斯起身。「你去外頭找他們，過一會兒後請他們進來，我好跟他們談談。好嗎？」

「好的，先生。」

「外面有些書可以看。你喜歡書，是不是？」

「是的，先生。」丹尼順從地說。

「你是個好孩子，丹尼。」

丹尼對他無力地微微一笑。

「我找不出他有什麼問題，」艾德蒙斯醫生對托倫斯夫婦說：「身體上沒有。精神上，他很活潑，太有想像力了一點，這是常有的事。兒童必須成長才能逐漸適應他們的想像力，就像穿一雙過大的鞋子，而丹尼的想像力對他來說仍然太大了。他有做過智力測驗嗎？」

「我不相信那些測驗，」傑克說：「測驗束縛了家長和老師的期待。」

艾德蒙斯點點頭。「是有可能。不過如果你們真的讓他做測驗的話，我想你們會發現他超出他這年齡層的程度。對一個五歲快要六歲的男孩來說，他的語言能力是很驚人的。」

「我們沒有用對小孩子的方式跟他說話。」傑克帶著一絲驕傲地說。

「我想你們根本就不需要用這種方式讓他明白你們的意思。」艾德蒙斯停頓下來，用手轉動著筆。「他跟我在一起的時候，進入恍神狀態，是照我的要求。跟你們形容他昨晚在浴室的情況一模一樣。全身的肌肉放鬆，垂頭彎腰的，眼球向外翻，典型的自我催眠。我非常驚訝，到現在還是。」

托倫斯夫婦往前坐。「發生了什麼事？」溫蒂緊張地問。艾德蒙斯詳細地描述丹尼恍神的狀態，及他喃喃自語的句子，從中艾德蒙斯只能捕捉到「怪物」、「黑暗」和「連續重擊」幾個詞。此外還有事後流淚、接近歇斯底里，和緊張的腹痛等症狀。

「又是東尼。」傑克說。

「這代表什麼意思？」溫蒂問：「你知道嗎？」

「一點點。你們可能不會想聽。」

「不管怎麼樣，你就說吧！」傑克要求他。

「根據丹尼告訴我的，他的『隱形朋友』在你們從新英格蘭搬到這裡之前是真正的朋友。東尼是從搬家之後才變成危險人物。原本愉快的小插曲變成惡夢，讓你們兒子更害怕的是因為他不完全記得惡夢的內容。那是很常見的。相較於可怕的夢，我們全都對愉快的夢記得比較清楚。在意識和潛意識之間似乎有個緩衝地帶，裡頭住著非常嚴謹的人。這個審查員只放行少量的訊息，能通過的經常只是象徵性的符號。這是過度簡化的佛洛伊德，不過差不多把我們所知道的心靈與它本身的互動都描述出來了。」

「你認為搬家讓丹尼那麼煩惱嗎？」溫蒂問。

「有可能，假如是在不太愉快的情況下搬家的話，」艾德蒙斯說：「是嗎？」

溫蒂和傑克交換了一眼。

「我之前在預備中學教書，」傑克緩緩地說：「我丟了工作。」

「我明白了，」艾德蒙斯說。他斷然將手上一直把玩的筆放回筆筒。「恐怕還有更多的因素，對你們來說或許很痛苦。你們的兒子似乎認為兩位認真考慮過要離婚。他是隨口提到，不過那只是因為他相信你們不再考慮這件事了。」

傑克的嘴不自覺地張開，溫蒂則彷彿挨了一巴掌似的退縮，臉上的血色盡失。

「我們甚至從來沒有討論過！」她說：「沒在他面前，甚至沒在彼此面前提過！我們——」

「醫生，我想最好讓你瞭解每件事，」傑克說：「在丹尼出生後不久，我就變成個酒鬼。我在大學四年一直都有酗酒的毛病，遇到溫蒂之後有稍微好一點，但是丹尼出生後，加上我認為是我真正職業的寫作並不順利，結果酗酒的毛病突然比以前更加嚴重。丹尼三歲半時，他灑了一些啤酒在我正在寫稿的幾張紙上……是我隨手擱著的紙，總之……我……嗯……噢可惡。」他的聲音破碎，但是並沒有流淚，眼神依然堅定。「大聲說出口聽起來該死的非常殘忍。我把他的身子轉過來打屁股時弄斷他的手。三個月後我戒了酒，從此再也沒碰過。」

「我明白了，」艾德蒙斯平淡地說：「當然，我知道他的手臂斷過，骨頭接得很好。」他從辦公桌往後退一點，將兩腿交叉。「或許我坦白說，很明顯地，他從那之後一點也沒有受到虐待。除了螫傷之外，他身上只有任何孩子都很多的普通瘀傷和結痂。」

「當然沒有，」溫蒂激動地說：「傑克不是故意——」

「不，溫蒂，」傑克說：「我是故意的。我想在我心裡某個角落真的是故意對他做那件事，或者甚至更嚴重的事。」他再度看向艾德蒙斯。「醫生，你知道嗎？這是我們兩人第一次提到離婚這個詞，還有酗酒，跟毆打孩子。五分鐘內有三個第一次。」

「那或許是問題的根本，」艾德蒙斯說：「我不是精神科醫師。如果你們想要讓丹尼去看兒童精神科醫師的話，我可以推薦一位在波爾德使命嶺醫學中心工作的好醫生。不過我對自己的診斷相當有把握。丹尼是個聰明、想像力豐富和感覺敏銳的孩子。我不覺得他會像你們所認為的那樣煩惱你們的婚姻問題。小孩子對事情的接受力很高。他們不懂羞愧，也不覺得有必要隱瞞事情。」

傑克端詳自己的手，溫蒂牽起他的手緊緊握住。

「不過，他感覺到事情不對勁。從他的角度看來，重要的不是手臂斷裂，而是你們兩人的關係破裂，或者說逐漸破裂。他向我提到離婚，卻沒講手臂折斷的事。護士向他提起骨頭癒合的事情時，他只是聳聳肩。那不是急迫的事。我想他是說『那是很久以前發生的』。」

「那個孩子，」傑克低聲說。他的嘴緊緊閉著，臉頰的肌肉鼓起。「我們不配擁有他。」

「儘管如此，他還是你們的孩子，」艾德蒙斯冷淡地說：「無論如何，他偶爾會退縮到幻想的世界。這沒什麼不尋常的，很多孩子都這樣。就我記得的，我在丹尼那個年紀時也有自己的隱形朋友，一隻會說話、名叫查查的公雞。當然啦，除了我以外沒有人看得見查查。我有兩個哥哥常常把我拋在後頭，在這種時候查查就相當能派上用場。想必你們應該知道丹尼的隱形朋友為什麼叫東尼，而不是麥克、哈爾或道奇。」

「對。」溫蒂說。

「你們曾經向他指出這一點嗎？」

「沒有，」傑克說：「應該要嗎？」

「何必麻煩呢？讓他時候到了用他自己的邏輯去想通。聽我說，丹尼的幻想比一般成長期有隱形朋友症狀的孩子要來得嚴重多了，但他覺得他就是那麼需要東尼。東尼出現，帶他看開心的事，有的時候是驚人的事，總是好的事情。有一次東尼秀給他看爸爸不見的旅行箱……是在樓梯底下。還有一回東尼告訴他，媽媽和爸爸在他生日時要帶他去遊樂園——」

「在大巴靈頓！」溫蒂大叫：「可是他怎麼會知道這些事的？有時候他講的事情真是詭異，

幾乎像是——」

「他有第三隻眼？」艾德蒙斯微笑著問。

「他出生的時候有羊膜罩著。」溫蒂怯弱地說。

艾德蒙斯的微笑轉為開心的大笑。傑克和溫蒂交換了一個眼神，接著也笑了，兩人對於能夠如此輕易說出都感到驚訝。丹尼偶爾「僥倖猜中」是另一件他們很少討論的事。

「接下來你們會告訴我他能夠飄浮在空中吧！」艾德蒙斯說，臉上仍掛著笑容。「不，不，不，恐怕不是。這不是特異功能，而是非常優異的人類知覺，以丹尼來說，他的人類知覺是出奇的敏銳。托倫斯先生，他知道你的旅行箱在樓梯下，是因為你已經找過其他每個角落。消去法，不是嗎？簡單到推理之王艾勒里．昆恩會置之一笑。你自己遲早也會想到。」

「去大巴靈頓的遊樂園，起先是誰的主意？你們的還是他的？」

「當然是他的啦，」溫蒂說：「他們在所有晨間兒童節目裡頭打廣告。他瘋狂地想去。可是問題是，醫生，我們沒有能力帶他去，而且我們已經這樣告訴他了。」

「然後有家男性雜誌突然寄來一張五十元的支票，我在一九七一年曾經把短篇小說賣給他們，」傑克說：「他們要在年刊還是什麼的重印那篇小說。所以我們決定把那筆錢用在丹尼身上。」

艾德蒙斯聳一聳肩。「願望實現加上僥倖的巧合。」

「該死，我敢說就是這樣沒錯。」傑克說。

艾德蒙斯微微一笑。「丹尼自己還告訴我說，東尼經常秀給他看從來沒發生過的事，那只不過是根據錯誤的觀察產生的想像。丹尼無意識間做了那些所謂的神秘主義者、讀心術者經常嘲諷並有意識去做的事。我很佩服他這一點。假如人生沒有讓他縮回他的觸角，我想他會是個了不起的人物。」

溫蒂點頭——她當然認為丹尼將來會有出息——不過醫生的解釋在她聽來像是油嘴滑舌。嚐起來比較像是人造奶油，而不是真正的奶油。艾德蒙斯沒和他們住在一起。當丹尼找到不見的鈕釦，告訴她《電視週刊》也許在床下，或是儘管外面出太陽，他還是覺得最好穿雨鞋去幼稚園……結果那天稍晚他們就在傾盆大雨中撐著她的傘走路回家，這些時候，艾德蒙斯都不在場。艾德蒙斯不會知道丹尼奇怪地能事先猜出他們兩人的想法。當她難得決定要在晚上喝杯茶時，走去廚房，卻發現她的杯子已拿出來，並且裡頭有茶包。當她想起圖書館的書到期時，就發現書全都整整齊齊地疊放在玄關桌上，最上面擺著她的圖書證。或者是傑克突然決定要替福斯車打蠟，就發現丹尼已經在外面，一邊聽著來自電晶體收音機品質不良的排行榜音樂，一邊坐在路緣上觀看。

她出聲問：「那為什麼現在會作惡夢呢？為什麼東尼叫他把浴室門鎖起來呢？」

「我認為那是因為東尼已經沒有用處了，」艾德蒙斯說：「他出生在——我說的是東尼，不是丹尼——妳和妳丈夫正努力維繫婚姻關係的時期：妳丈夫酗酒過度，手臂折斷的事件，還有你們之間不祥的沉默。」

不祥的沉默，是的，無論如何，這個措辭很實在。侷促、緊繃的用餐時間，其間唯一的對話是：「請把奶油遞過來。」或是：「丹尼，把剩下的紅蘿蔔吃完。」或者：「拜託，我可以先離開了吧。」一夜晚傑克不在時，她總是無淚地躺在長沙發上，丹尼則在一旁看電視。早晨她與傑克在彼此身邊高視闊步地走來走去，像兩隻憤怒的貓，中間夾著一隻顫抖、嚇壞的小老鼠。這一切聽起來都很真實；

（老天爺啊，舊傷疤究竟何時才會停止作痛呢？）

極度、極度的真實。

艾德蒙斯繼續說：「但是情況變了。你們知道的，精神分裂的行為在孩童身上是相當常見的。這是大家都接受的事，因為我們所有成年人都有個沒有明說的共識：小孩子都是瘋子。他們有隱形的朋友。沮喪的時候會躲進衣櫥坐著，與世界脫離。他們把特別的毯子，或是熊寶寶，或者絨毛的老虎當作護身符般地重視。他們吸吮大拇指。成年人看見不存在的東西時，我們認為他準備進精神病房；但小孩子說他看見臥室裡有侏儒或是窗外有吸血鬼時，我們只會寵溺地笑一笑。我們用一句話解釋小孩子的所有這種現象——」

「他長大後就不會了。」傑克說。

艾德蒙斯眨眨眼。「正是，」他說：「沒錯。現在我推測丹尼的心理狀態相當可能發展成徹底的精神分裂。不愉快的家庭生活，豐富的想像力，一位對他來說非常真實的隱形朋友，差點讓你們也覺得他是真實的了。他不但沒有因為長大而脫離孩童的精神分裂症，反而很可能變成真正的精神分裂症。」

「然後變成自閉症？」溫蒂問。她讀過自閉症的報導。這個詞本身讓她感到驚恐，聽來就像是恐懼和白色沉默。

「可能，但是不一定。他或許只是有一天進入東尼的世界，再也沒回來他所說的『真實世界』。」

「天啊！」傑克說。

「不過，現在基本狀況徹底地改變了。托倫斯先生不再喝酒。你們搬到新的地方，在這裡，環境迫使你們三位變成關係比以前更為緊密的家庭。肯定比我自己的要來得親密，我的太太和孩子一天可能只有見到我兩、三個鐘頭。在我看來，他現在處在最適合治療的狀態。而且我認為他能夠這樣犀利地區別東尼的世界和『真實世界』的這個事實，正表示他的心理狀態基本上是健康的。他說你們兩位不再考慮離婚。他和我所認為的一樣是對的嗎？」

「是的。」溫蒂說，傑克緊緊地握住她的手，幾乎要捏痛她。她用力地回握。

艾德蒙斯點點頭。「他真的不再需要東尼了。他正要把東尼排出體外。東尼不再帶給他愉快的景象，而是懷有敵意的惡夢，夢的內容令他害怕到只記得零星片段。他在生活困難，或者說危急的情況下，把東尼接進心裡，如今東尼不肯輕易離開。不過，他要離開了。你們的兒子有點像是吸毒的人要戒掉毒癮一樣。」

他站起來，托倫斯夫婦跟著起身。

「我剛才說了，我不是精神科醫生。假如你在『全景』的工作明年春天結束時，他的惡夢還持續的話，托倫斯先生，我強烈地勸你帶他去看波爾德的那位醫生。」

「我會的。」

「好吧，我們出去告訴他可以回家了吧！」艾德蒙斯說。

「我想要說聲謝謝，」傑克費力地說：「我已經很久很久沒有感覺那麼舒坦了。」

「我也是。」溫蒂說。

到門口，艾德蒙斯停頓下來注視溫蒂。「托倫斯太太，妳有，或者是以前有妹妹嗎？叫艾琳的？」

溫蒂訝異地看著他。「沒錯，我以前有。她在我們新罕布夏州薩默斯沃思的家門外頭被撞死了，當時她六歲，我十歲。她追著球跑到街上，被一輛送貨車給撞了。」

「丹尼知道這件事嗎？」

「我不曉得。我認為應該不知道吧！」

「他說妳在候診室想著她的事。」

「我的確是，」溫蒂緩緩地說：「是這麼久……嗯，我不知道多久以來的第一次。」

「你們有誰知道『redrum』這個字眼嗎？」

溫蒂搖頭，但傑克說：「他昨晚在睡覺之前有提到這個詞，紅色的鼓。」

「不，是蘭姆，」艾德蒙斯更正他。「他相當強調這點，蘭姆。就像飲料裡頭的，酒類飲料。」

「喔，」傑克說：「這樣就說得通了，是吧？」他從後面口袋掏出手帕擦拭嘴唇。

「那你們聽過『閃靈』這個說法嗎？」

這回兩人都搖搖頭。

「我想，無所謂吧！」艾德蒙斯說。他打開門進入候診室。「這裡有位叫丹尼．托倫斯的人想回家嗎？」

「嗨，爸比！嗨，媽咪！」丹尼立刻站起來。他正在小桌子旁慢慢翻閱一本《野獸國》，並且喃喃地唸出他認識的字。

他跑向傑克，傑克將他一把抱起。溫蒂揉揉他的頭髮。

艾德蒙斯盯著他看。「如果你不愛媽媽和爸爸的話，可以留下來陪好心的老比爾。」

「才不要呢，先生！」丹尼加重語氣說。他一隻手臂勾住傑克的頸子，一隻環住溫蒂的，高興得笑逐顏開。

「好吧！」艾德蒙斯微笑著說，並看著溫蒂。「如果有任何問題的話，打電話過來。」

「好的。」

「我不認為你們會有問題的。」艾德蒙斯依舊笑著說。

18. 剪貼簿

傑克在十一月一日發現了剪貼簿，此時他的妻兒正步行在轍跡累累的舊路上，這條路從槌球場後頭一路向上攀升，最後到達兩哩外的荒廢鋸木廠。晴朗的天候依舊持續，他們三人極為難得地在秋天曬黑。

他到地下室將鍋爐的壓力計往下扳，然後一時衝動，從擺著水管線路圖的架子上把手電筒拿下來，決定去瞧瞧那些舊文件，同時尋找設陷阱的適當場所，雖然他打算再過一個月才來放陷阱——他告訴溫蒂，我要等牠們全都度假回窩。

他以手電筒照射前方的路，越過電梯井（由於溫蒂堅持，他們搬進來後從未使用過電梯），再穿過石造的小拱門。聞到腐朽紙張的味道時他的鼻子皺了起來。身後的鍋爐發出如雷鳴般轟的一聲開始運轉，把他嚇得跳起來。

他擺動著燈光四處照射，嘴裡吹著不成調的口哨。這兒簡直像是安地斯山脈的縮小模型：無數個塞滿紙張的箱子和木箱，大多因為年代和潮濕而泛白走樣。剩下的則是裂開，將變黃的一捆捆紙張撒落在石頭地板上。其中有大量以草繩捆綁起來的報紙。有的箱子裡裝著像是旅館登記簿的東西，有的則裝著以橡皮筋束起的發票。傑克抽出一份，將手電筒的光束照在上頭。

落磯山快遞公司

收件人：全景飯店

寄件人：西迪批發，科羅拉多州丹佛市，十六街一二一〇號。
經由：加拿大太平洋鐵路
內容：四百箱德爾西衛生紙，每箱十二打

送貨費簽收
日期：一九五四年八月二十四日

傑克微笑著將單據扔回箱子裡。

他將燈光照向上方，光線直射向一盞幾乎掩埋在蜘蛛網中的懸吊燈泡，燈上沒有可拉的鍊子。他踮起腳尖，努力把燈泡旋進去，燈微弱地亮了。他又撿起那張衛生紙的發票用來擦去一些蜘蛛網，但光線並沒有變亮太多。

他依舊靠著手電筒，在紙箱和一捆一捆的文件間穿梭，尋找老鼠的腳印。老鼠曾經聚集在這裡，但並沒有待很久……也許有幾年的時間。他找到一些年代久遠碎成粉末的糞便，還有幾個以整齊撕碎的紙張築成的老舊、棄置不用的窩。

傑克從一捆報紙中抽出一張，低頭瞄了一眼標題。

詹森總統承諾將循序接任
未來一年將持續進行由甘乃迪總統起頭的工作

這份是《落磯山新聞報》，日期是一九六三年十一月十九日。他將報紙放回原本的紙堆。

他覺得自己深深著迷於這種尋常的歷史意識，那是任何人在瀏覽十年或二十年前的最新消息時都會感受到的。他發現成堆的報紙和紀錄中有幾段空白：一九三七年到一九四五年，一九五七年到一九六〇年，以及一九六二年到一九六三年都沒有資料。他猜想那是飯店倒閉的時期，是在冤大頭抓住發財機會之間的空窗期。

他仍然覺得歐曼對「全景」浮沉生涯的解釋聽起來不十分真實。表面上看來光是「全景」引人入勝的地點，就應該能保證它連續不斷的成功。早在發明噴射機之前，美國就一直有經常遊歷各地的噴射機階層，傑克覺得「全景」應該是這些有錢人四處遷徙時停靠的據點之一。這種說法聽起來甚至更有道理。五月在華爾道夫，六、七月在巴爾港飯店，八月到九月初在前往百慕達、哈瓦那、里約之前，先到全景飯店。他找到一疊舊的旅館登記簿，證實他的想法是對的。一九五〇年納爾遜・洛克斐勒，一九二七年亨利・福特及其家人，一九三〇年電影明星珍・哈露；克拉克・蓋博和卡洛林白。一九五六年，整個頂層讓導演戴洛・薩奴克和同伴包下一個禮拜。金錢想必源源不絕地滾過長廊進入收銀機，有如二十世紀的康斯塔克銀礦。飯店的管理鐵定出了非常嚴重的問題。

無疑地，這裡擁有歷史，而且不僅在新聞標題，而是埋藏在旅館登記簿、帳冊和客房服務單據的紀錄當中，你沒辦法一目了然。一九二二年，沃倫・哈丁總統在晚上十點點了一整條的鮭魚和一箱酷爾斯啤酒。但與他一同進餐的對象是誰？是在玩撲克牌遊戲嗎？還是開政策會議？討論什麼？

傑克瞄了一下手錶，驚訝地發現他下來這裡之後，不知不覺已過了四十五分鐘。他的手和手臂滿是髒污，身上大概氣味難聞。他決定上樓去，趁溫蒂和丹尼回來前先沖個澡。

他緩緩走在堆積如山的文件間，腦筋靈活、迅速地思考著令他精神振奮的幾個可能性。他已好多年沒有這種感覺。忽然間他曾半開玩笑地允諾自己的書似乎真的很有可能產生，甚至可能就在此地，埋藏在這些雜亂無章的紙堆裡。有可能是小說，或者歷史，或者歷史小說——一本從這中心地點向四面八方發展的長篇作品。

他站在蜘蛛網籠罩的燈底下，不假思索地從身後口袋掏出手帕，用力擦拭嘴唇。就在這時，他看見那本剪貼簿。

五個紙箱堆成一疊立在他的左邊，有如搖搖欲墜的比薩斜塔，頂端那個塞滿了更多的發票和旅館登記簿。平穩地擱在最上頭，不知保持了靜止多少年的是一本厚厚的剪貼簿，封面是白色皮革，內頁以兩束金線裝訂，沿邊還綁著華麗俗氣的蝴蝶結。

好奇心起，他走過去將剪貼簿拿下來。封皮表面蒙上厚厚的一層灰。他把剪貼簿平舉到嘴唇的高度，吹走一大片灰塵，再將本子打開。翻開時，一張卡片飄了出來，他在卡片落到石頭地板之前在半空中截住。卡片相當地華麗細緻，最顯著的特色是「全景」的凸起雕版畫，飯店的每扇窗戶都閃閃發亮，草坪及兒童遊戲場上則點綴著發光的日式燈籠。看起來幾乎像是你能跨入其中，走進三十年前存在著的全景飯店。

霍瑞斯·德爾文懇切地邀請您
撥冗參加化妝舞會
一同慶祝**全景飯店**的盛大開幕
晚上八點開始供應晚餐
午夜時分摘下面具跳舞

一九四五年八月二十九日　敬請回覆

八點晚餐！午夜摘下面具！

他幾乎能看見他們在餐廳裡，全美最富有的男人及他們的女伴。半正式的晚宴服和微微閃光的漿挺襯衫；晚禮服；伴奏的樂團；閃耀的高跟舞鞋。玻璃杯交錯的叮噹聲，香檳軟木塞的歡快開瓶聲。戰爭結束，或者即將結束，嶄新輝煌的未來就在前方。美國是世界大國，她終於明白承認了。

稍後，午夜時分，德爾文親自呼喊：「摘下面具！摘下面具吧！」面具卸下後……

（紅死病統馭了一切！）

他蹙眉。這句話怎會莫名其妙地冒出來？那是出自愛倫．坡，偉大的美國窮作家。無疑地，這家全景飯店——他手中握著的邀請卡上燦爛、奪目的全景飯店——遠非愛倫．坡所能想像的。

他將邀請卡夾回去，翻到下一頁。一張丹佛報紙的剪貼，底下潦草地寫著日期：一九四七年五月十五日。

豪華的山間度假飯店重新開幕

一流貴賓入住

德爾文宣稱全景飯店將會成為世界級名勝

專題編輯／大衛．費頓撰稿

在全景飯店三十八年的歷史中，不斷地開張又重新開張，但是像霍瑞斯．德爾文所承諾的高雅和氣勢卻極爲罕見。這位神秘的加州富豪是這間旅館最新一任的主人。

德爾文並不諱言在最新的事業上頭已砸下超過一百萬元——有人說實際數字接近三百萬——他宣稱：「新的全景飯店將會成爲世界級名勝，是你在二十年後仍會記得曾在此過夜的旅館。」

當傳聞在拉斯維加斯擁有大量資產的德爾文被問及，買下並重新翻修全景飯店，是否代表他在科羅拉多州賭場型博奕合法化的戰場上所開的第一槍，這位航空、電影、軍火及船運的鉅子含笑否認。「博奕會降低全景飯店的格調，」他說：「別以爲我是在打擊拉斯維加斯！我在那邊有太多的事蹟值得紀念了，才不會做那種事！我沒興趣遊說議員促成博奕在科羅拉多州合法化，那只會白忙一場。」

全景飯店正式開幕時（不久前在實際完工時，他們已舉辦了一場極爲成功的盛大宴會），這些全新粉刷、上壁紙和裝潢的房間將會住滿一流的貴賓，其名單從時尚設計師柯巴特．史坦尼到……

傑克困惑地笑一笑，翻過那一頁。接著看到的是一張登在紐約星期天《時報》旅遊版的全版廣告。廣告頁後面是介紹德爾文本身的報導，一名髮線漸禿的男人，眼神銳利得即使從陳舊的報紙相片依然能夠看穿你。他戴著無框眼鏡，蓄著四○年代風格的極細小鬍子，那絲毫也沒有讓他的外表變得像男明星埃洛佛林。他的長相像會計師，只有眼神讓他看來像個大人物或是與眾不同的人。

傑克快速地瀏覽文章，從一年前《新聞週刊》關於德爾文的報導中讀了大多數的資訊。他出生在聖保羅的貧窮家庭，高中沒唸完，就加入海軍。在軍中迅速竄升，但在激烈爭取他所設計的新型推進器的專利後離開。在海軍與無名小子霍瑞斯．德爾文的激烈爭奪中，山姆大叔如預期地成為勝利者，但是山姆大叔再也沒有取得別的專利，他可擁有許許多多的專利。

二十五歲以後到三十出頭，德爾文轉向航空業。他買下一家破產的噴灑農藥公司，把它轉變為提供航空郵寄服務的公司，成功了。接著有更多的專利：新的單翼飛機機翼設計，使用在轟炸漢堡、德勒斯登和柏林的空中堡壘轟炸機上的炸彈掛架，以酒精冷卻的機關槍，以及日後用在美國噴射機上的彈射座椅原型。

這段期間內，這位骨子裡同時是發明家的會計師持續累積投資。在紐約和紐澤西州的一連串小型軍火工廠，五間新英格蘭的紡織廠，在破產哀號的南方投資化學工廠。經濟大蕭條末期，他的財產僅剩下滿手的控股權，以盪到谷底的低價買進，只能以更低的價格賣出。有段時間德爾文自誇，他能以一輛三年雪佛蘭的價格全部清算賣出。

傑克想起，曾有傳言說，德爾文用以避免破產的手段並不怎麼光彩：涉及販售私酒，在中西部經營賣淫，在他的肥料工廠所在的南部沿海一帶走私。最後，是與發展中的西部賭博業聯手。

德爾文最出名的投資大概是購買失敗的頂尖製片廠，他們自從童星小瑪潔莉·莫里斯在一九三四年死於吸食過量海洛因之後，就沒有成功的作品。小瑪潔莉才十四歲，以前專門飾演可愛的七歲孩童，拯救婚姻及被冤枉咬死雞的狗兒。頂尖製片廠為她舉行好萊塢史上最盛大的葬禮——官方說法是小瑪潔莉在紐約的孤兒院表演時，患了「消耗病」——有些愛挖苦的人暗示製片廠之所以花那麼大筆錢為她辦喪事，是因為知道他們是在埋葬自己。

德爾文雇用一位名叫亨利·芬克爾的精明生意人及狂暴的色情狂來經營頂尖製片廠，在珍珠港事變前兩年內，製片廠例行公事般地完成六十部電影，其中五十五部都是與負責電檢的海斯辦公室正面對抗，在他們嚴謹的規則上吐痰。另外五部是政府教育的影片。劇情片大為成功。其中一部裡，一位不知名的服裝設計師臨時幫女主角準備了無肩帶胸罩，讓她在盛大舞會的場景中亮相，在那場戲裡，她可能除了股溝下方一點點的胎記外全都露了。這項發明也被歸功於德爾文，他的名聲——或者惡名——更加遠播。

戰爭讓他富有，而他至今依然有錢。住在芝加哥，除了他以鐵腕指揮的德爾文企業的董事會之外鮮少露面，謠傳他擁有聯合航空、拉斯維加斯（眾所周知他在那裡擁有四家賭場飯店的控股權，並涉入至少另外六家的經營）、洛杉磯，和美國本身。公認是皇室、總統及黑社會首腦的朋友，許多人認為他是世界上最富有的人。

但他還是沒能讓全景飯店成功，傑克心想。他放下剪貼簿片刻，從胸前口袋拿出總是隨身攜帶的小筆記本和自動鉛筆，草草記下「深入調查H．德爾文，塞威圖書館？」收起筆記本後，再度拿起剪貼簿。他的表情專注，眼睛出神，翻頁時頻頻用手擦拭嘴巴。

他略讀過接下來的資料，在心裡頭記下以後要更仔細地閱讀。許多頁上貼著新聞稿。下星期某某人預計會到全景飯店，某某人會在酒吧表演（在德爾文的年代稱為「紅眼酒吧」）。許多表演者都是拉斯維加斯的名人，許多貴賓都是頂尖製片廠的執行製作人及明星。

之後，在一張標明一九五二年二月一日的剪報上：

富豪執行長售出科羅拉多的投資

德爾文表示：與加州投資人達成交易

售出全景飯店及其他投資

財經編輯／羅尼．康克林撰稿

昨天龐大的德爾文企業於其芝加哥辦公室發表了一份扼要的公報，上頭表示百萬富翁（也許是億萬富翁）霍瑞斯．德爾文在驚人的財力競賽中，將科羅拉多的投資全數賣出，整個交易將在一九五四年十月一日完成。德爾文的投資包括天然氣、煤、水力發電，及一家叫做科羅拉多陽光的土地開發公司，此公司擁有或持有超過五十萬英畝的科羅拉多土地的選擇權。

德爾文在昨天一場難得的採訪中表示，其在科羅拉多最著名的資產全景飯店已經售出，買家是由查爾斯．格羅丁率領的加州投資集團。查爾斯．格羅丁爲加州土地開發公司的前負責人。儘管德爾文拒絕談論售價，但據消息來源……

他將一切統統賣掉，不僅僅是全景飯店。但是不知怎地……總覺得……

傑克又用手擦抹嘴唇，但願自己能喝上一杯。如果有杯酒就好了。他再翻閱更多頁。

加州集團經營飯店兩季之後，賣給名為山景度假村的科羅拉多集團。山景在一九五七年被指控賄賂、中飽私囊及欺騙股東，因而破產。該公司的負責人在接到傳喚要他在大陪審團前出庭兩天後開槍自殺。

接下來飯店一直關閉到一九六〇年。只有一則星期天的專題報導有提到，標題是**昔日的豪華飯店沒落腐朽**。所附的照片緊揪住傑克的心：前廊的油漆剝落，草坪是一片光禿禿、凹凸不平的泥濘，窗戶遭暴風雨和石頭擊破。這也會寫入書中，假如他真要寫的話——鳳凰墜落灰燼之中等待重生。他向自己保證要照料這個地方，非常細心地照顧。感覺上似乎在今天以前，他從未真正明瞭自己對「全景」的責任範圍。幾乎像是在對歷史負責。

一九六一年四位作家，其中兩位是普立茲獎的得主，租下「全景」做為寫作學校重新開放。這維持了一年。其中一名學生在三樓自己的房間喝醉酒，不知怎麼地衝出窗外，摔死在底下的水泥陽台上。報紙暗示有可能是自殺。

任何大飯店都有醜聞，華生說過，就好像每間大飯店都有鬼魂。爲什麼？哎呀，人們來來去去啊……

忽然間，他似乎能感覺到「全景」的重量由上往下壓在他身上，那一百一十間客房、儲藏室、廚房、食物儲藏室、冷藏庫、酒吧、宴會廳、餐廳……

（房間內女人來來去去）

（……然後紅死病統馭了一切。）

他抹一把嘴唇，接著翻到剪貼簿的下一頁。現在他來到最後三分之一，首次好奇地想知道這是誰的簿子，遺留在地下室疊得最高的檔案堆頂端。

一個新的標題，日期是一九六三年四月十日。

拉斯維加斯集團買下知名的科羅拉多飯店
風景優美的「全景」變成私人俱樂部

以「高地投資」爲名的投資人集團發言人羅伯·雷芬，今日在拉斯維加斯宣佈，「高地」已談妥交易，買下著名的「全景」——這間高居落磯山脈的度假飯店。雷芬拒絕透露特定投資人的名字，但是他說飯店將會轉型爲高級的「私人俱樂部」。他說他所代表的集團希望將會員資格銷售給美國及海外公司的高階主管。

「高地」同時擁有蒙大拿、懷俄明和猶他州的飯店。

「全景」在一九四六年到一九五二年間成爲世界聞名的飯店，當時的所有人是難以捉摸的超級富豪霍瑞斯·德爾文……

下一頁的剪報只是簡短的廣告，日期是四個月後。全景飯店在新的經營者接手後開幕。顯然報社沒有辦法找出，或者不感興趣關鍵的金主是誰，因為除了「高地投資」外，並沒有提到別的名字——這是除了新英格蘭西部一家名為「商店公司」的腳踏車和配備連鎖店之外，傑克所聽過聽起來最沒有特色的公司名稱。

他再翻頁，驚愕地低頭看著貼在那兒的剪報。

走後門？
富豪德爾文重回科羅拉多
「高地」的董事被揭露居然是查爾斯·格羅丁

財經編輯／羅尼·康克林撰稿

全景飯店，位在科羅拉多高山地區景色宜人的娛樂殿堂，一度爲富豪霍瑞斯·德爾文的私人玩物，如今處於現今才漸爲人知的財務糾紛的中心。

去年四月十日，此間飯店由拉斯維加斯的公司「高地投資」購入，做爲海外及國內富有高階主管的私人俱樂部。如今消息來源指出「高地」的首腦是查爾斯·格羅丁，現年五十三歲，曾經擔任加州土地開發公司的董座，直到一九五九年辭職，接下德爾文企業芝加哥總部的執行副總職位。

由此不禁令人揣測，「高地投資」可能是由德爾文所控制。無疑地，他在非常特殊的情況下，第二次取得「全景」。

格羅丁在一九六〇年被控逃漏稅，但獲得無罪的判決，目前無法聯絡到他聽取他的解釋。而小心維護自己隱私的霍瑞斯·德爾文在電話訪談中拒絕評論。高登市的州議會議員迪克·鮑斯呼籲要徹底調查……

這篇剪報日期是一九六四年七月二十七日。下一篇來自那年九月星期天報紙中的專欄，署名的是喬許．布朗尼格，是與傑克．安德森一樣專門揭發名人醜聞的調查報導記者。傑克依稀記得布朗尼格已在一九六八或六九年去世。

科羅拉多黑幫自由進出？

喬許．布朗尼格撰文

目前看來美國境內黑幫巨頭的最新休閒娛樂地點，極有可能是隱身於落磯山脈中央的荒僻旅館「全景」。這間貴而無當的飯店從一九一〇年首度開幕後，不幸地有將近十二個不同的集團和個人經營過，如今以加了安全防護罩的「私人俱樂部」形式來經營，表面上是爲了讓生意人放鬆心情而設。問題是，「全景」的主要金主眞正做的是什麼生意？

八月十六日到二十三日這一週出席的會員或許能讓我們瞭解情況。下列名單是由「高地投資」的前員工所提供，這家公司起初被認爲是德爾文企業所屬的虛設公司。而今看來比較可能的是，德爾文在「高地」佔的股份（如果有的話）遠遠小於幾位拉斯維加斯賭場大亨所持有的。而上述的這些賭場老闆過去都疑似與既決的黑社會首腦有關聯。

八月晴朗的那週出現在「全景」的有：

查爾斯．格羅丁，「高地投資」的董事長。今年七月當大家知道是他在運作「高地」時，宣佈——事實發生相當久以後——他辭去先前在德爾文企業的職位。一頭銀髮的格羅丁拒絕接受本專欄的訪談，他曾因爲逃漏稅的指控遭到審訊，最後無罪開釋（一九六〇年）。

查爾斯·「小查理」·巴塔格利亞，六十歲的拉斯維加斯經理人（持有賭場街上「美鈔」和「幸運骨」的控股權）。巴塔格利亞是格羅丁私人的密友。他的逮捕紀錄可回溯到一九三二年，當時他被控以黑幫手法謀殺了傑克·「荷蘭人」·摩根而接受審訊但獲判無罪。聯邦當局懷疑他涉嫌毒品買賣、賣淫及雇傭殺人，但是「小查理」僅在一九五五年到五六年因逃漏所得稅而入獄過一次。

理查·史卡奈，歡樂時光自動機械公司的主要股東。歡樂時光為內華達州的民眾製造吃角子老虎機器，另外為其他州生產彈珠台和自動點唱機（「旋律—硬幣」）。他曾服刑過三次，分別是因持致命兇器侵犯人身（一九四〇年）、攜帶隱藏的兇器（一九四八年）及密謀犯下稅務詐欺罪（一九六一年）。

彼得·蔡司，以邁阿密為據點的進口商，現年近七十。在過去五年當中，蔡司一直抗爭拒絕被當作不良分子驅逐出境。他被控收購並窩藏贓物（一九五八年），及密謀犯下稅務詐欺罪（一九五四年），兩項都被宣判有罪。迷人、出眾而優雅的彼得·蔡司，密友都稱他「大爺」，他還因為謀殺及教唆謀殺罪遭到審問。他不僅是史卡奈的歡樂時光公司的大股東，據悉也持有四家拉斯維加斯賭場的股份。

維多里歐·吉奈力，同時也以「維多砍人魔」聞名，他因為用黑幫手法殺人接受過兩次審判，其中一次是以斧頭砍殺波士頓的賣淫老大法蘭克·史考菲。吉奈力被起訴過二十三次，審判十四次，只有一九四〇年商店行竊那次獲判有罪。據說近年來吉奈力成為該組織西部企業（以拉斯維加斯為中心）裡的一股勢力。

卡爾·「吉米—瑞克斯」·普拉什金，舊金山的投資人，一般認為是吉奈力目前掌握的勢力的法定繼承人。普拉什金擁有德爾文企業、高地投資、歡樂時光自動機械公司及三家拉斯維加斯賭場的大量股票。普拉什金在美國並無案底，但是在墨西哥因詐欺的指控而遭到起訴，不過在提出訴訟三星期後迅速撤銷。有人暗示普拉什金可能負責洗拉斯維加斯賭場營運瞞報的收入，再將大筆的金錢匯回該組織合法的西部企業。這些企業如今很可能包括科羅拉多的全景飯店。

當季的其他訪客還有……

下面還有更多，但傑克只是稍微瀏覽，不停地用手擦抹嘴唇。一名有拉斯維加斯客戶的銀行家，幾名顯然在紐約時裝區搶劫多過做衣服的紐約人。還有幾個被認為涉及毒品、賣淫、搶劫和謀殺的男人。

天啊，真是精采的故事！他們全都曾在這裡，就在他上頭，那些空房間裡。也許，在三樓和索價昂貴的妓女性交；暢飲大瓶的香檳；做營業額高達數百萬元的交易，或許就在總統住過的套房裡。好極了，這值得寫成小說，非常棒的小說。他有點狂熱地拿出筆記本，匆忙再記一張備忘錄，等旅館管理員的工作結束後，要去丹佛的圖書館查明所有的人。每間大飯店都有鬼魂？全景飯店有一整群的鬼。先是自殺，接著是黑幫，再來呢？

下一張剪報是查爾斯．格羅丁憤怒地否認布朗尼格的指控。傑克不屑地一笑。

接下來那頁的剪報大到得摺起來。傑克把剪報攤開，深深地倒抽一口氣。報上的照片彷彿躍入他眼中：壁紙從一九六六年的六月就更換了，但是他十分清楚那扇窗戶和展望的景致，那是總統套房向西的方位。再來是兇殺。起居室通往寢室門邊的牆壁上飛濺著血液與只可能是腦漿的白色斑點。面無表情的警察站在掩蓋在毯子底下的屍體旁。傑克震懾地瞪視著，半晌才將視線移到標題上。

科羅拉多飯店發生黑幫槍擊案

著名黑道大哥於高山私人俱樂部遭槍擊，另兩人死亡

【科羅拉多，塞威／合眾國際社】距這個寂靜的科羅拉多小鎮四十哩處，有樁黑幫手法的槍決發生在落磯山脈的中心。三年前由拉斯維加斯的公司買下做爲高級私人俱樂部的全景飯店，成爲三起獵槍殺戮的地點。其中兩位是維多里歐·吉奈力的同伴或保鏢，吉奈力據說在二十年前涉及一樁波士頓的殺戮，因而又被稱爲「砍人魔」。

報警的是羅伯·諾曼，全景飯店的經理，他說他聽見槍聲，另外有幾位客人說，有兩個臉上套著絲襪、攜帶槍枝的男人從防火梯逃走，開著黃褐色的新款敞篷車離去。

州警班傑明·摩爾在兩任美國總統住過的總統套房門外發現兩名死者，稍後驗明身分是維克多·布爾曼和羅傑·馬卡錫，兩人都是拉斯維加斯人。另外在房內，摩爾發現了四肢攤開倒臥在地板上的吉奈力。顯然吉奈力遭殺害時，正要逃離襲擊他的人。摩爾說，吉奈力是在近距離遭到大口徑的獵槍射殺。

目前無法與全景飯店業主的代表查爾斯·格羅丁取得聯繫……

剪報底下，有人以原子筆用力地寫著：他們帶走了他的睪丸。傑克目不轉睛地盯著那行字看了好久，感覺一股寒意。這究竟是誰的簿子？

最後他終於翻頁，嚥下喉嚨裡的吸氣聲。另一篇喬許·布朗尼格寫的專欄，這篇的日期是一九六七年初。他只看了標題：惡名昭彰的飯店在黑道名人遭謀殺後售出。

這張剪報之後的紙張全都空白。

（他們帶走了他的睪丸。）

他迅速翻回開頭，尋找姓名或地址，甚至房間號碼，因為他覺得相當確定，保留這一小本回憶剪貼簿的人應當住過這間飯店。但他一無所獲。

正當他準備將所有的剪報重新看過一遍，這回更加仔細的時候，樓梯上傳來呼喚聲：「傑克？親愛的？」

是溫蒂。

他嚇了一跳，幾乎感到愧疚，彷彿他在偷偷喝酒，而她會聞到他身上的酒味。荒謬。他用手猛擦一把嘴唇，回應：「嗨，寶貝。正在找老鼠。」

她下樓來。他聽見她在樓梯上，接著穿過鍋爐室。他火速地把剪貼簿塞在一疊單據和發票底下，完全沒有思考自己為何如此做。當她走過拱門時，他站了起來。

「你到底在這下面幹什麼啊？快要三點了耶！」

他微微一笑。「這麼晚了啊？我在這堆東西裡面翻來翻去，想要找出屍體埋葬的地方吧，我猜。」

這句話邪惡地在他心裡鏗鏘作響。

她再靠近一點，端詳他，他不覺向後退了一步，完全無法控制自己。他知道她在做什麼。她想要聞他身上的酒味。也許她自己都沒有察覺到，但他很清楚，這讓他感到既內疚又惱火。

「你的嘴巴在流血。」她用平板得古怪的聲調說。

「啊？」他用手輕觸一下嘴唇，輕微的刺痛讓他本能地畏縮。離開唇邊的食指沾了血。他的罪惡感更深。

「你又在擦嘴巴了。」她說。

他低頭聳了一下肩膀。「嗯，我想有吧。」

「這對你來說很痛苦，是不是？」

「不，沒有那麼糟。」

「現在有輕鬆一點嗎？」

他抬頭看她，強迫自己的雙腳開始移動。一旦腳實際在動就容易多了。他走過去妻子身邊，伸出一手環住她的腰，撥開她的一束金髮，親吻她的頸部。「有。」他說：「丹尼在哪？」

「喔，他就在附近吧！外面天空變陰了。肚子餓嗎？」

他佯裝好色地伸手覆蓋住她穿著牛仔褲的緊實臀部。「夫人，我餓得像匹狼。」

「小心點，猛男，別挑起你沒辦法完成的事。」

「夫人，一點點就好？」他問，仍在磨蹭。「黃色圖片？變態的姿勢？」當他們經過拱門時，他回頭瞄一眼紙箱，那本剪貼簿

（誰的？）

隱藏的地方。燈熄了之後紙箱僅剩一團陰影。他把溫蒂帶開，心中鬆了一口氣。當他們接近樓梯時，他的慾望漸漸不再是裝的，而是出於本性。

「也許，」她說：「等我們給你吃了三明治後——哎呀！」她扭動著身子離開他，一邊咯咯笑著。「很癢耶！」

「夫人，這和決克．托倫斯想要搔妳癢的程度比起來根本不算啥麼哪！」

「停啦，決克。第一道菜……來個火腿起司怎麼樣？」

他們一同走上樓，傑克沒再回頭望，但他想起華生的話：

每間大飯店都有鬼魂。爲什麼？哎呀，人們來來去去啊……

然後溫蒂鎖上地下室的門，將其關入黑暗中。

19. 二一七號房外

丹尼回想著營業季時，在「全景」工作的其他人的傳聞：

她說看見某個房間裡有東西……咳，就是那個發生過壞事的房間，二一七號房。丹尼，我要你答應我絕對不會進去那裡面……靠右邊走繞過去……

這是扇十分普通的門，與飯店內一、二樓其他任何一扇門都毫無差異。深灰色，位在和二樓主走道直角相交的走廊中間。門上的號碼看起來與他們之前住的波爾德公寓的門牌號碼並無不同：一個二，一個一，一個七，沒什麼了不起的。號碼下方有個玻璃的小圓圈，窺視孔。丹尼試過好幾個，從裡面你能看到廣角、魚眼的走廊景象，從外面你拚命把眼睛擠成一團還是看不到任何東西。狡猾的騙子。

（你爲什麼在這裡？）

在「全景」後頭散步過後，他和媽媽回到飯店，她幫他做了他最愛的午餐：火著起司和義式臘腸的三明治，配上湯廚的豆子湯。他們在迪克的廚房進餐聊天。收音機開著，從埃絲蒂斯公園電台接收微弱、沙啞的音樂。廚房是他在飯店裡最喜歡的場所，他猜測媽媽和爸爸肯定有同感，因為他們試著在餐廳吃了三天左右之後，就一致同意在廚房用餐，將椅子排在迪克．哈洛倫的砧板四周，反正他的砧板幾乎和他們以前在史托文頓的餐桌一樣大。飯店的餐廳太過沉悶了，即使打開燈，並且用辦公室的錄音帶設備播放音樂也一樣。你仍然只是坐在座位上的三個人之一，周圍環繞著十數張桌子，全都是空的，全部罩著透明的塑膠防塵布。媽媽說那感覺好像在荷瑞斯．

沃波爾的小說當中吃晚餐，爸爸大笑著贊同。丹尼不知道荷瑞斯·沃波爾是誰，但是他確實知道自從他們開始在廚房用餐後，媽媽的料理變得美味多了。他在此一點一滴地發現迪克·哈洛倫的性格展現在各處，有如溫暖的撫觸消除了他的恐懼和不安。

媽媽吃了半個三明治，沒喝湯。她說爸爸一定是自己出去散步了，因為福斯和飯店的載貨車都在停車場。她說她累了，如果他認為他可以自己玩，不惹麻煩的話，她可能要去休息一小時左右。丹尼含著滿嘴的起司和義式臘腸告訴她說，他認為自己辦得到。

「你為什麼不去外面的兒童遊戲場呢？」她問他。「我以為你喜歡那個地方，那裡有沙坑可以玩你的卡車和所有玩具。」

他吞嚥下去，一團又乾又硬的食物通過他的喉嚨。「我可能會吧！」他說罷，轉向收音機不停撥弄著。

「還有那些漂亮的樹籬動物，」她說著，收走他的空盤。「你爸爸過不久就得出去修剪它們了。」

「喔。」他說。

（只不過是些討厭的東西……有一次是跟那些修剪成動物造型的該死樹籬有關……）

「如果你比我先看到你爸爸的話，告訴他我正在休息。」

「沒問題的，媽。」

她將髒盤子放入洗碗槽，再回到他身邊。「丹尼，你在這裡快樂嗎？」

他直率地看著她，唇上沾了一排牛奶鬍子。「嗯啊。」

「沒再作惡夢了嗎？」

「沒有。」東尼來找過他一次，有天晚上他正躺在床上，東尼從遠處輕聲地呼喚他。丹尼將眼睛緊緊閉上直到東尼離去。

「你確定嗎？」

「是的，媽。」

她似乎滿意了。「你的手怎麼樣了？」

他為了她屈曲一下手。「好多了。」

她點點頭。傑克將百麗缽底下的蜂窩，連帶裡頭滿滿的凍死黃蜂，拿到設備倉庫後頭的焚化爐燒掉。從那之後他們沒再看到黃蜂。他寫信給波爾德的律師，並附上丹尼的手的快照，兩天前律師回了一通電話，那讓傑克一整個下午脾氣糟透了。律師懷疑是否能成功地控告製造殺蟲噴霧罐的公司，因為只有傑克證明他遵照了印在包裝上的用法說明。傑克詢問律師，他們難道不能購買別的殺蟲噴霧罐，測試是否有相同的毛病。律師回說，可以，但即使所有測試的殺蟲噴霧罐都故障，結果依然令人高度存疑。他告訴傑克一個伸縮梯公司和跌斷背部的男子的案例。溫蒂同情傑克，但私底下她同樣高興丹尼如此輕易地脫身。最好讓懂法律的人去搞訴訟，那可不包括他們托倫斯一家。而且他們從此再也沒看過黃蜂。

「去玩吧，博士。玩得開心點。」

然而丹尼並沒有開心地玩。他漫無目標地在飯店內逛來逛去，探看女服務生的衣櫥和清潔工的房間，尋找有趣的東西，但沒有找著。小男孩放輕腳步地走在編織著扭曲黑線的深藍色地毯上。偶爾他會試一下房門，但是當然全部都上了鎖。總鑰匙掛在樓下辦公室裡，他知道位置，但是爸爸吩咐他不許去碰，而且他也不想。真的嗎？

（你爲什麼在這裡？）

畢竟他並不是真的漫無目標地閒晃，一種病態的好奇心慫恿他來到二一七號房。他記得爸爸酒醉時曾唸過一個故事給他聽。那是很久以前的事了，但故事仍舊和當初爸爸唸給他聽時一樣的鮮明。媽媽責罵爸爸，質問他幹嘛唸這麼恐怖的東西給三歲小娃娃聽。故事的名稱是《藍鬍子》。那在他腦袋中也很清晰，因為一開始他以為爸爸說的是藍色鳥，但故事中並沒有藍色鳥，也沒有任何一種鳥。事實上，故事是講述藍鬍子的妻子，一位和媽媽一樣髮色是玉米黃的漂亮女士。藍鬍子娶了她之後，兩人住在與「全景」相似的巨大、不祥的城堡中。每天藍鬍子都出去工作，每天他都會吩咐漂亮的小妻子別去窺探某個房間，縱使鑰匙就掛在掛鉤上，正如總鑰匙掛在樓下辦公室的牆上一般。藍鬍子的妻子對上鎖的房間越來越好奇。她試著從鑰匙孔偷窺，就像丹尼努力從二一七號房的窺視孔往內瞧一樣徒勞無功。書上甚至有張她跪著企圖從門底下窺視的圖片，只是門縫不夠寬。突然門打開了，然後……

舊的童話故事書將她的發現恐怖、翔實地描繪出來，那影像烙印在丹尼的腦海中。房間裡是藍鬍子七個前妻慘遭割下的頭顱，每個都有專屬的基座，她們的眼睛向上翻白，嘴巴沒有閉合，張得開開地無聲尖叫。頸部斷裂處因腰刀砍頭時的擺動而參差不齊，她們不知用何種方式以頸部保持平衡，基座上還有血流淌下來。

受到驚嚇的她轉身逃離那間房及城堡，卻發現藍鬍子站在門口，恐怖的雙眼冒出火來。「我吩咐過妳別進那房間，」藍鬍子說著，拔出劍來。「可惜啊，妳的好奇心就像其他七個人，雖然我最愛妳，不過妳的下場得跟她們的一樣。可憐的女人，準備受死吧！」

丹尼隱約記得故事似乎有個快樂的結局，但是與兩個突出的印象相比，結局顯得黯然失色：那扇背後藏著大秘密、不斷嘲笑人、使人瘋狂的上鎖房門，以及令人不寒而慄、重複了六次以上的秘密本身。上鎖的門和門後的頭顱——被割下的頭。

他的手伸出去輕觸一下房間的門把，幾乎是偷偷摸摸地。他不知道自己在那兒多久了，精神恍惚地站在鎖著的平凡灰色門前。

（也許有三次我覺得自己看到東西……討厭的東西……）

但是哈洛倫先生——迪克——也說過他不認為這些東西會傷害你。它們就像是書裡的恐怖圖片，如此而已。而且也許他不會看見任何東西。另一方面……

他將左手伸進口袋，拿出總鑰匙。當然，那把鑰匙始終都在那裡。

他握著鑰匙末端的方形金屬標牌，上頭以奇異筆寫著辦公室。他轉動鍊子上的鑰匙，看著鑰匙不停地轉啊轉的。幾分鐘後，他停下來將總鑰匙插進鎖孔。鑰匙順利地滑進去，毫無障礙，彷彿它一直想要進去。

（我覺得自己看到東西……討厭的東西……答應我你絕對不會進去那裡面。）

（我答應你。）

承諾，當然，是非常重要的。然而，好奇心讓他搔癢難耐得快要發狂，就像毒長春藤疹長在不該抓的地方一樣。但那是種糟糕透頂的好奇心，就是會使你在恐怖電影最可怕的片段，從手指縫偷窺的那種。可是在那扇門後的絕不是電影。

（我不認爲這些東西會傷害你……就像是書裡的恐怖圖片……）

突然間他伸出左手，不確定手打算怎麼做，直到手將總鑰匙拔出塞回口袋。他再瞪著門半晌，藍灰色的眼睛睜得大大的，然後飛快地轉身，往回朝著與這條走廊直角相交的主走道走。

某樣東西使他停下腳步，有一瞬間他不確定是什麼東西。緊接著他想起來就在這個轉角，要回樓梯的路上，有個舊式的滅火器捲起來掛在牆上，蜷曲在那兒宛如一條假寐的蛇。

爸爸說，這些全都不是化學滅火器，雖然廚房裡也擺了幾個。這些是現代自動灑水滅火系統的先驅。長長的帆布軟管直接連到「全景」的水管系統，只要轉開一個閥門，你就能成為一人的消防隊。爸爸說，那種噴灑泡沫或二氧化碳的化學滅火器要好多了。化學成分會奪走燃燒需要的氧氣將火悶熄，而高壓的噴水可能只會讓火焰四散。爸爸說歐曼先生應該將舊式的軟管連同舊式的鍋爐一起更新，不過，歐曼先生大概什麼也不會換，因為他是個**摳門的討厭鬼**。丹尼曉得這是父親能罵出口最侮辱人的話。用在某些醫生、牙醫、家電修理工人，也用於他在史托文頓的英文系系主任，他駁回爸爸的某些購書單，因為他說這些書會讓他們超出預算。「見鬼了，超出預算，」他對溫蒂發怒——原本該睡覺的丹尼一直在他臥室偷聽。「他只不過是要把最後的五百塊留給他自己，這個**摳門的討厭鬼**。」

丹尼望著轉角。

滅火器在那兒，扁平的軟管在本體上纏繞了十幾圈，紅色的桶子固定在牆上。滅火器上方有把斧頭裝在玻璃罩裡有如博物館的展示品，紅色背景上印著白色的字樣：**遇到緊急情況時，擊破玻璃罩**。丹尼認得**緊急情況**這個詞，這也是他最喜歡的電視節目的名稱，但是不確定其餘的字。可是他不喜歡這個詞和長長的軟管連在一起用。**緊急情況**代表的是火災、爆炸、車禍、醫院，有的時候是死亡。而且他不喜歡那條軟管如此無精打采地掛在牆上。他獨自一人的時候，總是盡速地溜過滅火器旁。沒有特別的理由，就是覺得快速通過比較好，感覺比較安全。

此刻，胸口的心臟大聲地怦怦作響，他繞到轉角，視線順著走廊往下，通過滅火器最後到達樓梯。媽媽在樓下睡覺。假如爸爸散步回來，他大概會坐在廚房，吃三明治看書。他可以就這樣經過老滅火器到樓下去。

他開始朝滅火器前進，往遠端的牆靠過去，直到右手臂拂過昂貴的絲質壁紙。距離二十步遠，十五步，十二。

當他離滅火器十步遠時，本來平放

（熟睡？）

在厚重軟管圈上的黃銅噴嘴突然滾落，發出沉悶的重擊聲跌到走廊地毯上，然後就倒在那兒，噴嘴口深色的孔正對著丹尼。他立刻停步，肩膀因為忽然受到驚嚇而猛然向前一抽。血液在耳朵和太陽穴重濁地鼓動著，嘴巴變得又乾又酸，雙手蜷曲成拳。然而軟管的噴嘴只是倒在那裡，黃銅的套管發出圓潤的光澤，一圈扁平的帆布連回到拴在牆壁上漆成紅色的架子。

所以它掉下來了，那又怎樣？只不過是個滅火器嘛，沒別的。覺得它看起來像是從「遼闊的動物世界」來的毒蛇，因為聽見他的聲音而醒來是很愚蠢的。雖然針線縫合的帆布的確看起來有一點點像鱗片。他可以就這樣跨過去，走到走廊那頭的樓梯，也許稍微走快一點，以確保它不會突然敏捷地跟在後頭，纏住他的腳……

他用左手擦一下嘴唇，無意識地模仿父親，然後向前跨一步，軟管沒有動作；再一步，毫無動靜。你瞧，看看你有多傻？你一心想著那愚蠢的房間和白癡的《藍鬍子》故事所以太激動了，那條軟管很可能過去五年來就準備好要落下。如此而已。

丹尼直盯著地板上的軟管，想起了黃蜂。

還差八步，軟管的噴嘴在地毯上平和地朝他閃著光，彷彿在說：別擔心。我只是條軟管，就這樣而已。就算不只如此，我對你做的事也不會比蜜蜂螫還要更嚴重，或是黃蜂螫。我對像你這樣乖的小男孩會做什麼事呢……除了咬……咬……咬？

丹尼再走一步，再一步，喉嚨裡的呼吸乾燥而難受。他已瀕臨恐慌，開始希望軟管能夠移動，如此一來最起碼他可以知道，可以確定。他再踏一步，如今他已在攻擊距離內。但是它不會攻擊你的，他歇斯底里地想。它只不過是條軟管，怎麼可能攻擊你，咬你呢？

也許管子裡充滿了黃蜂。

他體內的溫度驟降到零下十度。他目不轉睛地盯著噴嘴中央的黑洞，簡直像是被催眠了似的。也許裡頭爬滿了黃蜂，隱藏的黃蜂，牠們褐色的身體鼓鼓的全是蜂毒，滿滿的秋天蜂毒是清澈的液體，從螫針一點一點地滴落。

突然間他意識到自己驚懼得快要僵住；假使他現在不逼迫雙腳移動的話，他的腳會固定在地毯上，他就得待在這裡，瞪視黃銅噴嘴中央的黑洞，宛如小鳥盯著大蛇，他得待在這裡直到爸爸發現他，然後會發生什麼事呢？

高聲呻吟後，他強迫自己奔跑。當他接近軟管時，光線的把戲使得軟管看來好像在移動，彷彿要攻擊般地旋轉，他高高跳到半空中跨過它；在驚慌的狀態下，他感覺雙腿似乎將他一路推向天花板，幾乎能感覺到後面豎直的亂髮觸碰到走道的灰泥天花板，雖然事後他明白那是不可能的。

跳下時，他落在軟管的另一側，開始奔跑，突然間他聽見軟管在他後頭，追著他，銅蛇有如響尾蛇敏捷地穿過乾草原一般，在地毯上快速地爬行，頭部發出冷冰冰的輕微嘶嘶聲。它衝著他來，樓梯突然顯得非常遙遠；感覺似乎他每朝樓梯跑一步，樓梯就向遠方後退一步。

爸爸！他想要放聲大喊，但緊閉的喉嚨不允許任何一個字通過。他只能靠自己的力量。身後的聲音越來越大，那蛇在地毯乾枯的呢絨上迅速爬動時，所發出的冰冷滑行聲。現在它的黃銅嘴滴下清澈的毒液，也許快淹到他的腳後跟了。

丹尼抵達樓梯，他得瘋狂地擺動雙手才能保持平衡。有一瞬間他覺得自己鐵定會側身翻過去，頭下腳上地跌到底。

他往後看了一眼。

軟管並沒有移動，仍躺在原本倒臥的地方，從架子上鬆脫了一圈，黃銅噴嘴在走廊地板上，噴嘴口漠然地朝著另一個方向。你看，愚蠢吧？他斥責自己。你這膽小鬼，自己編造了一切。這全是你的想像而已，膽小鬼，膽小鬼。

他緊抓著樓梯欄杆，雙腿反射地發抖。

（它從來沒有追過你）

他的腦袋如此告訴自己，他急切地攫住這個想法，重新播放。

（從來沒有追過你，從來沒有追過你，從來沒有，從來沒有）

沒什麼好怕的。何必怕？如果他想的話，他大可走回去把軟管放回架子上。他可以，但是他不認為自己會那麼做。因為萬一它其實追過他，只是當發現無法……嗯……抓到他時才回去呢？

軟管倒在地毯上，幾乎像是在問他是否要回去再試一次。

丹尼喘著氣，飛奔下樓。

20. 與歐曼先生的談話

塞威公共圖書館是個隱僻的小樓房，距離小鎮的商業區一條街遠。這是棟爬滿藤蔓的樸實建築，通往大門的寬敞混凝土步道兩邊淨是夏天花朵的殘骸。草坪上豎立著某位內戰將軍的巨大銅像，縱然傑克青少年時期可說是個內戰通，但從未聽說過。

報紙的檔案收藏在樓下，裡頭包括一九六三年破產的塞威《時事報》、《埃絲蒂斯公園日報》及波爾德的《開麥拉日報》。完全沒有丹佛的報紙。

傑克嘆了口氣，只能勉強接受《開麥拉日報》。

檔案到一九六五年後，一捲一捲的微縮膠片取代了實體的報紙。(「聯邦政府撥款的，」圖書館員爽朗地告訴他。「等接獲下一筆支票時，我們希望能把一九五八年到六四年的報紙改成微縮膠片，不過政府動作很慢啊，是不是？你會小心使用，對吧？我就知道你會。需要的話叫我一聲。」)唯一的閱讀機器上頭的鏡片有點變形，從實體報紙切換到微縮膠片大約四十五分鐘後，溫蒂把手放在他的肩膀上時，他的頭已經如遭重擊似的作痛得厲害。

「丹尼在公園裡，」她說：「可是我不希望他在外面待太久。你覺得你還需要多久？」

「十分鐘。」他說。事實上他已查到「全景」精采萬分的歷史的最後一段——從黑幫的槍擊事件到司圖爾特．歐曼接手的那幾年。但他仍不想輕易地透露給溫蒂。

「不過，你究竟在忙什麼啊？」她問，邊說話邊弄亂他的頭髮，但語氣只是半開玩笑。

「查一下老『全景』的歷史。」他說。

「有什麼特別的理由嗎？」

「沒有，

（那你到底爲什麼這麼感興趣呢？）

只是好奇而已。」

「有找到什麼有趣的嗎？」

「不太多。」他說，必須努力保持愉快的聲調。她在刺探，一如他們在史托文頓，丹尼還是搖籃裡的小寶寶時，她總是不斷地詢問他刺探他。傑克，你要去哪裡？你什麼時候回來？你身上帶了多少錢？你要開車去嗎？艾爾跟你一起嗎？你們會有一人保持清醒嗎？沒完沒了地。怨他直言，是她逼得他去喝酒的。或許那不是唯一的原因，但是對著上帝，我們老實地承認這是原因之一吧！嘮嘮叨叨、嘮嘮叨叨的，直到你想要猛摑她，記讓她閉嘴，停止那

（哪裡？什麼時候？如何？你是不是？你會不會？）

滔滔不絕的詢問。那會讓你真的

（頭痛？宿醉？）

頭痛。閱讀機。該死的閱讀機和扭曲的印刷字體，所以他才會有這麼令人討厭的頭痛。

「傑克，你還好嗎？你的臉色看起來很蒼白——」

他猛地將頭一偏避開她的手指。「我很好！」

她在他暴怒的視線下退縮，努力擠出微乎其微的笑容。「嗯……如果你沒……我這就離開，和丹尼一起在公園等……」她逐漸遠離，笑容化成不知所措、受傷的表情。

他呼喚她。「溫蒂？」

她從樓梯底回頭望。「傑克，什麼事？」

他起身走到她那邊。「寶貝，我很抱歉。我想我真的不舒服，那個機器……鏡片變形了。我的頭真的非常痛。妳有阿斯匹靈嗎？」

「有啊。」她在手提包裡笨拙地摸找著，掏出一罐安納辛。「你留著吧！」

他接過罐子。「沒有益斯得寧嗎？」他看見她的表情微微畏縮，頓時明白了。這一開始是他們之間譏諷的笑話，那時酗酒問題還沒嚴重到開不起玩笑。他主張益斯得寧是目前為止所發明的非處方藥中，唯一能立即解除宿醉的。絕對是唯一的一種。他開始認為每回喝完六十九桶蘇格蘭威士忌，事後的劇烈頭痛唯有益斯得寧能解。

「沒有益斯得寧，」她說：「抱歉。」

「沒關係，」他說：「這些就可以了。」不過這些當然不行，她也應該很清楚。有些時候她可能是最愚蠢的婆娘……

「要喝點水嗎？」她爽朗地問。

（不，我只要妳滾開！）

「我上去的時候會喝一點自動飲水機的水。謝謝。」

「好吧！」她開始上樓，一雙美腿在黃褐色的羊毛短裙下優雅地擺動著。「我們會在公園裡。」

「好。」他心不在焉地將那罐安納辛塞進口袋，再走回閱讀機旁，把機器關掉，等確定她走了之後，再自己上樓去。天啊，這頭痛真是難受極了。假如要像被老虎鉗夾住般地頭痛，那起碼應該獲准痛快喝幾杯來平衡一下。

他努力將這念頭從腦袋中甩開，心情更加惡劣。他撫摸封面上抄著電話號碼的紙板火柴盒，走到主要服務台。

「女士，你們有公用電話嗎？」

「沒有，先生，不過如果是本地的話，你可以用我的。」

「抱歉，是長途電話。」

「那麼，我想藥房會是你最好的選擇。他們有個電話亭。」

「謝謝。」

他走到外面順著步道，經過不知名的內戰將軍，接著朝商業區走，兩手插在口袋裡，頭轟轟作響有如鉛製的鐘一樣。天空也是鉛灰色的。今天是十一月七日，從這個新的月份開始天氣逐漸變差，飄了幾場小雪。十月份時也有下雪，不過都融化了。新近的小雪沒有融，薄薄的糖霜覆蓋住每樣東西——在陽光底下宛如顆粒細微的水晶閃耀著光芒。然而今天並沒有陽光，甚至在他抵達藥房時，又開始下雪了。

電話亭位在建築後方，他把口袋中的零錢撥弄得叮噹作響，一邊往後走，途經成藥的通道時，目光落在綠色字體的白色盒子上。他拿起一盒到收銀台，付了帳，再回到電話亭。他將門拉上，把零錢和火柴盒封面放在檯子上，然後撥〇。

「請問您要打到哪裡？」

「接線生，我要打到佛羅里達的羅得代堡。」他給了她那邊的電話號碼以及電話亭裡的號碼。她告知他最初三分鐘要一塊九毛錢，他將八個兩角五分的硬幣放入投幣口，每次鈴聲在他耳邊噹地作響時就縮一下。

接著，一段空白，只有連線時遠方響個不停的咔嚓聲，他從盒子裡取出益斯得寧的綠色瓶子，撬開白色的蓋子，將一團棉絮扔到電話亭的地板上，再把話筒夾在耳朵和肩膀之間，抖出三顆白色藥錠，排放在檯子上剩餘的零錢旁，接著重新蓋上瓶蓋，放入口袋。

另一頭，電話響第一聲就有人接起。

「衝浪沙度假飯店，我們能為您效勞嗎？」朝氣蓬勃的女聲說。

「我想要和經理說話，麻煩妳了。」

「你是指特倫特先生，還是——」

「我指的是歐曼先生。」

「我想歐曼先生正在忙，但是如果你希望我查看——」

「我希望。告訴他是科羅拉多的傑克．托倫斯打來的。」

「請稍等。」她按下保留讓他等候。

傑克對小氣、自大的麻煩矮子歐曼的厭惡湧上心頭。他從檯子上拿起一顆益斯得寧，凝視片刻，再放入口中，開始緩緩而津津有味地咀嚼。這味道如回憶一般地湧現，混合著滿足與痛苦的滋味刺激他的唾液分泌——一種不甜、苦澀，但令人無法抗拒的味道。他一臉痛苦地吞嚥下去。嚼阿斯匹靈是他酗酒時期的習慣，其後他一次也沒吃。可是當你的頭疼得厲害，無論是宿醉的頭痛或是像現在這種，咀嚼阿斯匹靈似乎能讓藥效快速一點。他在哪裡讀過嚼食阿斯匹靈可能會成癮。不過，他究竟在哪裡讀過呢？他皺著眉，努力地想。不久，歐曼來接電話。

「托倫斯？有什麼問題？」

「沒有問題，」他說：「鍋爐沒事，我甚至還沒抽空謀殺我太太。我要把那件事留到假期過後，等一切變得枯燥乏味的時候。」

「非常好笑。你幹嘛打電話來？我是個忙——」

「忙碌的人，是的，這點我很清楚。我打來是想談談你在介紹『全景』過去偉大光榮的歷史時，沒告訴我的事。譬如說霍瑞斯．德爾文如何把飯店賣給一票拉斯維加斯的騙子，他們透過很多掛名的公司來經營『全景』，搞到連國稅局都不知道誰是真正的業主。還有他們如何等到時機成熟，再把『全景』變成黑幫老大的遊戲場。以及它如何在一九六六年因為一名老大死掉而不得不停業。陪葬的還有站在總統套房門外的保鏢，全景飯店的總統套房，真是偉大的地方啊！威爾森、哈丁、羅斯福、尼克森，以及維多砍人魔，對吧？」

電話另一端驚訝地沉默了半晌，然後歐曼平靜地說：「托倫斯先生，我看不出來這對你的工作會有什麼影響。那——」

「不過，最棒的事情是發生在吉奈力遭槍殺之後，你不覺得嗎？快速地再洗兩次牌，你一下子看到，一下子看不到，之後『全景』突然由一位神秘的市民買下，一個名叫希薇亞．韓特的女人……她在一九四二年到一九四八年恰巧叫做希薇亞．韓特．德爾文。」

「您的三分鐘已經到了，」接線生說：「通話完畢時將以信號告知。」

「熱心的托倫斯先生，這些全是公開的資訊……而且是古老的歷史。」

「卻不在我知道的範圍內，」傑克說：「我懷疑也沒有太多人知道，並不知道全部的事。他們或許記得吉奈力的槍擊案，不過我懷疑是否有人將一九四五年後『全景』種種驚人、異常的洗牌拼湊在一起，而且看來好像最後總是德爾文或德爾文的夥伴中獎。歐曼先生，一九六七和六八年，希薇亞．韓特在那裡經營什麼？經營妓院，對不對？」

「托倫斯！」歐曼的激憤一五一十地遠渡兩千哩的電話纜線爆發開來。

傑克微微笑著，再拋一顆益斯得寧入口咀嚼。

「她在一位相當出名的美國參議員在那裡死於心臟病發後出售。謠傳說他被發現全裸，身上只有黑色尼龍絲襪、吊襪鬆緊帶和一雙高跟鞋，事實上，是漆皮的包鞋。」

「這是該死的惡毒謊話！」歐曼大嚷。

「是嗎？」傑克問。他漸漸覺得舒服多了，頭痛慢慢排除。他拿起最後一顆益斯得寧，充分咀嚼，享受藥錠在嘴裡碎裂時苦澀的粉末滋味。

「那是非常不幸的事件。」歐曼說：「好了，托倫斯，重點是什麼？要是你打算寫些惡劣毀謗的文章……如果這是打錯算盤、愚蠢的勒索點子的話……」

「不是那一類的，」傑克說：「我打來是因為我認為你對我不夠公正。而且因為——」

「不夠公正？」歐曼高聲叫著說：「我的天啊，你以為我會跟飯店管理員分享一大堆不可告人的秘密嗎？你以為你算老幾啊？況且那些舊聞怎麼可能影響到你？還是你認為西側走道上有鬼魂列隊走來走去，披著床單大喊『哇！』？」

「不，我不認為有鬼。可是你在給我這份工作前，翻起一堆我個人的舊帳。你把我傳喚到辦公室，質疑我照料飯店的能力，就好像小男孩因為在衣帽間撒尿被叫到老師辦公桌前一樣。你讓我難堪。」

「我簡直不敢相信你如此地放肆無禮，如此該死可恨地魯莽，」歐曼說。他聽起來彷彿快要氣得說不出話來。「我想開除你，說不定我會這麼辦。」

「我想艾爾．蕭克利可能會反對，強烈地反對。」

「托倫斯先生，我認為你可能徹底高估了蕭克利先生對你的忠誠度。」

剎那間傑克的頭又得意揚揚地轟轟作痛起來，他閉上雙眼抵抗疼痛，彷彿從遠處聽見自己在問：「『全景』目前是誰的？仍然是德爾文企業嗎？還是你太無足輕重所以不配知道？」

「托倫斯先生，我想夠了。你是飯店的員工，和餐館的雜役或者廚房的洗碗工沒什麼不同，我不打算——」

「好吧，我會寫信給艾爾，」傑克說：「他應該知道的，畢竟他在董事會裡。而且，我可能在信裡加個小小的附註，大意是——」

「『全景』並不歸德爾文所有。」

「什麼？我聽不大清楚。」

「我說，『全景』並不歸德爾文所有。股東全是東岸的人。你的朋友蕭克利先生本身擁有最大的股份，超過百分之三十五。你應該比我清楚他是否和德爾文有任何關係。」

「另外還有誰？」

「托倫斯先生，我不打算透露其他股東的名字給你。我打算把這整件事提報上去——」

「再一個問題。」

「我沒有義務回答你。」

「大多數『全景』的歷史——體面和不體面的都一樣——我都是在地下室的剪貼簿裡發現的，一大本白色皮革封面的，裝訂是用金線。你知道那本有可能是誰的剪貼簿嗎？」

「一點概念也沒有。」

「有沒有可能是葛拉迪的？那個自殺的管理員。」

「托倫斯先生，」歐曼以極為冰冷的口氣說：「我一點也不確定葛拉迪先生能否識字，更別說要挖出你浪費我時間的那些臭聞了。」

「我正考慮要寫一本關於全景飯店的書。我想假如我真的完成，那本剪貼簿的主人應該會希望我在前面致謝。」

「我認為寫本『全景』的書是非常不明智的，」歐曼說：「尤其這本書是從你的……呃，觀點來寫。」

「你的意見我並不意外。」此刻他的頭痛全都消失了。疼痛一閃而過；他感覺自己頭腦清晰準確，準度可以達到公釐。他通常只有在寫作進行得極為順利，或是喝了三杯醉茫茫的時候才會有這種感覺。那是他忘記益斯得寧的另一件事；他不曉得對別人是否同樣有效，但他嘎吱嘎吱地嚼了三顆後就會立刻茫。

此時他說：「你所想要的是某種委託人製作的旅行指南，讓你可以在客人辦理住房手續時免費發放。那種有很多光彩奪目的日出日落的山景照片，旁邊搭配如檸檬蛋白派一般酸甜可口的文字。同時有一章專門介紹住過那裡的有趣人物，當然不包括真正有趣的人物，比方說吉奈力和他的朋友。」

「如果我覺得把你解雇還能百分之百地確保自己的工作，而不是只有百分之九十五的話，」歐曼以急促、壓抑的語調說：「我會現在馬上開除你，就在電話中。可是既然我覺得有百分之五的不確定，那我打算你一掛斷電話就馬上打給蕭克利先生……我衷心地希望，你很快就會掛上電話。」

傑克說：「書中不會有任何不實的事情，你知道的。沒有必要粉飾。」

（你幹嘛故意激怒他？你想要被解雇嗎？）

「我不在乎第五章是不是寫羅馬教宗在操聖母瑪利亞的亡魂，」歐曼說，他的音量逐漸提高。「我要你滾出我的飯店！」

「那不是你的飯店！」傑克高聲叫嚷著，使勁將話筒甩回聽筒架上。

他坐在凳子上費力地喘著氣，現在有點害怕了，

（有點？見鬼的，是非常）

不知道自己一開始究竟為何要打電話給歐曼。

（傑克，你的情緒又失控了。）

是的。沒錯，他失控了，努力否認並沒有意義。更慘的是，他不知道那小氣的麻煩矮了對艾爾有多少影響力，他也不清楚艾爾看在舊日的情分上會相信他多少的胡說八道。假使歐曼如他聲稱的那麼能幹，倘若他對艾爾下「他不走我走」的最後通牒，艾爾可不可能被迫接受？他闔上眼，試著想像告訴溫蒂這件事。寶貝，猜猜看什麼事？我又丟了工作。這一次我得透過兩千哩的電話纜線才能找到要揍的人，不過我設法辦到了。

他睜開眼，用手帕擦拭嘴巴。他想要喝一杯。可惡，他需要來一杯。就在這條街下去有一間小餐廳，他肯定有時間在去公園的途中迅速喝杯啤酒，只要一杯以平息心中的騷動不安……

他無助地緊緊交握雙手。

問題重新浮現：一開始他為何要打電話給歐曼？羅得岱堡衝浪沙的號碼記在辦公室電話和無線電對講機旁的小記事本裡，此外還有水管工人的電話號碼、木工、玻璃工人、電工等等。傑克起床後沒多久便將號碼抄到火柴盒的封面，打電話給歐曼的念頭在他的腦海中興奮地成形。但是為了什麼目的？在他酗酒的階段，有一回，溫蒂指責他白求毀滅，卻又不具備必要的精神力量來支持完全成熟的死亡意願，因此他創造出方法讓別人能幫他辦到，一次一點點地削減他自己和他們的家庭。這可能是真的嗎？在他內心深處，是否害怕「全景」也許正是他完成劇本、將他寫的胡言亂語全都收集、統合所需要的道具呢？？他正在揭發他自己的罪行嗎？拜託上天千萬不要，別讓事情變成那樣。拜託。

他閉起眼睛，一幅影像迅即躍上眼瞼內側黑暗的屏幕：他的手伸進屋瓦的洞裡拔出腐朽的遮雨板，突然被針螫了一下，寧靜、無人理睬的空氣中只有他自己痛苦、驚訝的叫喊聲：靠，這該死可惡的狗娘養的……

接著換上兩年前的影像，他自己凌晨三點跌跌撞撞地進家門，喝得醉醺醺的，被桌子絆倒後四肢完全攤開地躺在地板上，一面咒罵著，將長沙發上的溫蒂吵醒。溫蒂打開燈，看見他的衣服破損髒污，那是幾個鐘頭前，他在剛過新罕布夏邊界一間印象模糊的低級小酒館，與人在陰暗停車場扭打的結果。他的鼻子底下有結痂的血跡，此時仰望著妻子，在光線照射下傻傻地眨動眼睛，宛如鼴鼠照到陽光一般。溫蒂鬱悶地說：你這死傢伙，把丹尼吵醒了。如果你不在乎你自己，能不能好歹在乎我們一點點？噢，我幹嘛還要費事跟你說話啊？

電話鈴響，害他驚跳起來。他一把抓起聽筒架上的電話，不合邏輯地認為鐵定是歐曼，或艾爾．蕭克利。「怎麼樣？」他咆哮道。

「先生，你超過時間了，一共三塊五。」

「我得再去換點零錢，」他說：「等我一下。」

他把電話擱在架上，投入最後六個兩角五分的硬幣，然後去收銀台再換一些。他無意識地進行交易，腦袋繞著單一封閉的迴圈打轉，有如松鼠在跑健身輪一般。

他為何打電話給歐曼？

因為歐曼曾讓他難堪？以前確曾有其他雇主令他難堪，而始作俑者，無疑是他自己。純粹是想對那個人誇口，揭露他的虛偽嗎？傑克不認為自己的器量如此狹小。他的腦子急於拿剪貼簿做為正當的理由，可那也站不住腳。歐曼知道剪貼簿主人是誰的機率不超過千分之二。面試時，歐曼把地下室看作另一個國度，而且是個骯髒未開發的地區。倘若傑克真心想知道，應該打給華生，他的冬季聯絡號碼同樣在辦公室的記事本上。就算問華生不見得百分之百能得到答案，但總比問歐曼來得可靠。

另外告訴歐曼寫書的點子，是另一件愚蠢的事，教人不敢置信的蠢。除了危及工作外，萬一歐曼四處打電話，叫人提防對全景飯店抱著疑問的新英格蘭人，還可能阻斷傑克的各種訊息管道。他本來可以秘密地調查，寄出客氣有禮的信件，或許甚至在春天安排幾次訪談……然後等書出版他安全離開後，再暗中嘲笑歐曼的怒氣——蒙面作者再度出擊。然而他卻打了這通該死又毫無意義的電話，發了脾氣，與歐曼為敵，引出飯店經理都有的小霸王脾性。為什麼？倘若這不是努力害自己丟掉艾爾為他爭取的工作，那是什麼？

他把剩餘的錢全放進投幣口，掛上電話。這真的是他酒醉時很可能會做的傻事。但他剛才是清醒的，完完全全地清醒。

走出藥房，他嘎吱嘎吱地嚼著另一顆益斯得寧，一臉痛苦卻又同時享受著苦澀的滋味。在外面的人行道上，他遇見溫蒂和丹尼。

「嘿，我們正要去找你，」溫蒂說：「下雪了，你不知道嗎？」

傑克眨著眼抬起頭來。「下了啊。」雪下得很大，塞威的主街已鋪上厚厚的細雪，道路的中線都模糊不清了。丹尼歪著頭仰望白色的天空，張開小嘴伸出舌頭，捕捉飄落下來的大量雪花。

「你想就是這場雪嗎？」溫蒂問。

傑克聳聳肩。「我不知道。我希望還有一、兩個禮拜的寬限期，我們還是有可能獲得寬限。」

寬限，正是這個。

（艾爾，對不起。你很仁慈，請給我一些寬限。我懇求你大發慈悲，再給我一次機會。我衷心地感到抱歉——）

在幾年內，有多少次，他——一個成年人——請求別人再恩賜一次機會呢？他突然對自己感到厭煩，萬分地厭惡，幾乎要大聲地抱怨。

「你的頭痛還好吧？」她問，仔細地檢視他。

他一手摟住她，緊緊地擁抱她。「好多了。來吧，你們兩個，我們要趁還有辦法的時候回家囉！」

他們走回飯店載貨車斜斜停放的路緣，傑克在中間，左手環著溫蒂的肩膀，右手牽著丹尼的手。無論是好是壞，這是他首次稱「全景」為家。

當他到達載貨車的輪胎後方時，忽然想到儘管「全景」強烈地吸引他，但他並不十分喜歡它。他不確定它是否適合他的妻子、兒子，或者他自己。也許那就是他打給歐曼的原因。趁還有時間讓歐曼解雇他。

他將載貨車倒出停車位，載著一家人離開小鎮，往上朝高山前進。

21. 夜晚的思緒

晚上十點。他們的住處充斥著虛假的熟睡聲。

傑克面對著牆壁側躺，眼睛睜開，傾聽溫蒂緩慢規律的呼吸聲。融化的阿斯匹靈味道仍留在舌頭上，感覺不大舒服，有點麻麻的。艾爾．蕭克利在六點十五分，東岸時間八點十五分打來。溫蒂在樓下陪丹尼，坐在大廳壁爐前面讀書。

「指明受話人的長途電話，」接線生說：「找傑克．托倫斯先生。」

「我是。」他將電話迅速換到右手，用左手從後面口袋掏出手帕，輕輕擦拭一觸即痛的嘴唇，接著點一根菸。

之後耳際傳來艾爾響亮的聲音。「傑克小子，你到底在幹什麼？」

「嗨，艾爾。」他吸一口菸，同時摸找著益斯得寧的瓶子。

「傑克，怎麼回事？我今天下午接到司圖爾特．歐曼打來的奇怪電話。而司圖．歐曼從自己的口袋掏錢打長途電話的時候，你就知道麻煩大了。」

「歐曼沒什麼好擔心的，艾爾。你也一樣。」

「我們不需要擔心的到底是什麼？司圖講得簡直像是結合了勒索和八卦雜誌《國家詢問報》上的『全景』特輯。小子，跟我說說吧！」

「我只是想要戲弄他一下，」傑克說：「我上來這裡面試的時候，他把我所有不可告人的事全都拖出來：酗酒的問題；因為折磨學生丟掉上一份工作；懷疑我是否能勝任這份工作，等等。

我受不了的是，他把這些全搬出來只因為他太愛這家該死的飯店。美麗的『全景』，傳統的『全景』，非常神聖的『全景』。咳，我在地下室發現一本剪貼簿，有人把歐曼的大教堂所有不那麼光彩的一面整理起來，在我看來像是下班後舉行的小小黑彌撒。」

「傑克，我希望那是隱喻。」艾爾的聲音聽起來冷酷得可怕。

「是比喻沒錯。不過，我確實發現——」

「我很清楚這家飯店的歷史。」

傑克一手摸過頭髮。「所以我打電話給他，用這件事來戲弄他。我承認這不是非常明智的舉動，我保證不會再犯。就這樣子。」

「司圖說你打算自己抖出一點醜聞。」

「司圖是個混蛋！」他對著電話咆哮：「我告訴他，我有寫全景飯店的打算，沒錯，我的確有。我認為這個地方是二次世界大戰後整個美國特色的象徵。聽起來好像是言過其實的主張，說得太過直截了當……我知道確實如此……不過故事全在這兒啊，艾爾！我的天啊，這可能是本偉大的著作。不過，還在遙不可及的未來，我可以向你保證，現在我盤子上的東西多得我沒法消化，而且——」

「傑克，這樣還不夠。」

他發現自己吃驚地瞪著電話的黑色聽筒，不敢相信自己確實聽到的。「什麼？艾爾，你剛剛說——？」

「我說了剛才說的話。傑克，多久才算遙不可及的未來呢？對你來說也許是兩年，也許五年。對我來說是三十或四十，因為我預期會和『全景』往來很長一段時間。一想到你根據我的飯店正在寫某種卑劣的作品，並且冒充是本偉大的美國著作，我就不高興。」

傑克啞口無言。

「傑克小子，我想辦法幫你。我們一起熬過那場戰爭，我認為我應該協助你。你記得那場戰爭嗎？」

「我記得。」他喃喃地說，但是憤恨的煤塊開始在他的心頭燃燒。先是歐曼，接著是溫蒂，現在是艾爾。這算什麼？全國性的「讓我們撕碎傑克．托倫斯週」嗎？他更加緊閉雙唇，伸手去拿香菸，將菸碰落地板上。他喜歡這個小氣的討厭鬼從他在佛蒙特鑲飾著桃花心木的書房打來和他說話嗎？真的嗎？

「在你揍哈特菲德那小子之前，」艾爾說：「我已經勸董事會放你一馬，甚至讓他們改變心意考慮長期聘用你。你自己把機會搞砸了。我幫你找到這份飯店的工作，一個漂亮安靜的場所，好讓你振作起來，完成劇本，等待哈利．艾芬格和我可以說服其他人他們犯了大錯。現在看來你好像想要在撈更大筆之前，把我的手臂咬斷。這是你對朋友道謝的方式嗎？傑克？」

「不。」他輕聲說。

他不敢再多說。辛辣、酸腐的話語想要衝口而出，令他的頭陣陣抽痛。他死命地努力想著仰賴他的丹尼和溫蒂，他們平靜地坐在樓下的火爐前，認真讀著二級讀本的第一冊，以為一切都非常完美。假如他丟了這份工作，接下去會怎樣？開著那台汽油幫浦快要四分五裂的破舊老福斯到加州去，宛如因沙塵暴災害被迫離鄉背井的逃難家庭嗎？他告訴自己在事情發展成那樣之前，他會跪下懇求艾爾，然而滿腹的話語卻掙扎欲出，而緊抓著控制怒火的熱線的那隻手，感覺好像上了潤滑油。

「怎麼樣？」艾爾嚴厲地說。

「不，」他說：「那不是我對待朋友的方式。你知道的。」

「我怎麼會知道？最糟的情況是，你打算挖出好多年前體面下葬的屍體來污衊我的飯店。最好的情況是，你打電話給我那易怒但非常能幹的飯店經理，把他激得大發雷霆，當成某種……某種愚蠢的小孩子遊戲。」

「這不只是個遊戲，艾爾。對你而言非常輕而易舉。你沒必要接受某個有錢朋友的施捨。你不需要有勢力的朋友，因為你自己就是一股勢力。你差點變成隨身自備烈酒的醉鬼的事實就幾乎沒人提，不是嗎？」

「我想是沒錯。」艾爾說。他的聲音壓低一些，聽來似乎厭倦了整件事。「不過傑克啊，傑克……我無能為力。我無法改變事實。」

「我懂，」傑克空洞地說：「我被解雇了嗎？是的話，我想你最好直說。」

「除非你為我做兩件事。」

「沒問題。」

「你接受之前不該先聽聽條件嗎？」

「不用了。把你的條件開出來，我都會接受。我還得考慮到溫蒂和丹尼。就算你想要我的卵蛋，我也會用航空郵件寄過去的。」

「傑克，你確定自怨自艾是你負擔得起的奢侈品嗎？」

他閉上眼睛，把一顆益斯得寧塞進乾涸的雙唇間。「到這時候我覺得那是我唯一負擔得起的。開始說吧……我可沒有別的意思。」

艾爾沉默了片刻，然後開口說：「首先，別再打給歐曼，就算這地方燒毀也不行。假如起火的話，打電話給維修工人，那個老是咒罵不斷的，你知道我指的是誰……」

「華生。」

「對。」
「很好，就這樣。」
「第二點，傑克，你要答應我，以人格擔保，絕對不出書撰寫著名科羅拉多山間飯店的來歷。」
有一瞬間他的怒氣高漲到簡直說不出話，血液在耳膜響亮地鼓動。彷彿接獲某位二十世紀義大利麥第奇家族王子的來電……請別畫顯露我家人缺點的家族肖像，否則你就回到下層社會去。我只資助美麗的畫像。當你畫我的好朋友和事業夥伴的女兒時，請省略掉胎記，否則就回去下層社會。當然我們是朋友……我們兩人都是文明人，不是嗎？我們共享食、宿和酒。我們永遠都是朋友，雙方同意永遠忽視我掛在你脖子上的狗項圈，我會慈悲為懷地好好照顧你。我唯一要求的回報是你的靈魂，微不足道的東西。我們甚至可以忽略掉你早把靈魂繳交出來的事實，一如我們忽略掉狗項圈。記住，我的天才朋友，羅馬的街頭到處都有米開朗基羅在乞討呢……
「傑克？你還在嗎？」
他本想要說在，卻只發出悶哼的一聲。
艾爾的聲音非常堅定又有自信。「傑克，我真的不認為我要求得太過分。而且總會有別的書的。你總不能期望我資助你，而你卻……」
「好吧，我同意。」
「我不希望你認為我想要控制你的藝術生命，傑克。你知道我不是那樣子的人。只不過——」
「艾爾？」
「什麼事？」
「德爾文仍然和『全景』有密切的關聯嗎？用某種方法？」

「傑克，我看不出來這和你怎麼可能有利害關係？」

「不，」他冷淡地說：「我想是無關。聽著，艾爾，我覺得好像聽見溫蒂在叫我幹嘛。我再回電話給你。」

「沒問題，傑克小子，我們再好好聊。最近怎麼樣？沒喝酒吧？」

（你已經過分地要求這個那個，把一切都拿走了。現在能不能別再煩我？）

「一滴也沒沾。」

「我也沒有。我真的開始享受戒酒的樂趣，如果——」

「艾爾，我會再打給你。溫蒂——」

「沒問題。好吧。」

於是他掛斷電話，此時痙攣驟然發作，有如閃電般地擊中他，讓他蜷縮在電話前面彷彿在懺悔，兩手摀著腹部，頭宛如巨大氣囊般地陣陣抽痛。

行動中的黃蜂，配備螫針，繼續向前……

溫蒂上樓來問他和誰講電話時，痙攣已略微消退。

「艾爾，」他說：「他打來問近況怎麼樣，我說一切順利。」

「傑克，你的臉色很糟。你不舒服嗎？」

「我的頭又痛了，我要早點上床。再努力寫也沒有意義了。」

「我幫你倒杯溫牛奶好嗎？」

他虛弱地微微一笑。「那太好了。」

此刻他躺在她身旁，感覺到她溫暖沉睡的大腿貼著他自己的。想起他與艾爾的對話，他如何地卑躬屈膝，仍令他忽冷忽熱。遲早有一天他會和他們清算的。總有一天他會出書，而且不是起初構思的那種輕鬆、親切的內容，而是證據確鑿的調查報告，包括照片及所有的東西，他將拆穿整個「全景」的歷史，那些齷齪、近親交互持有的協議等等。他會為讀者把一切全都攤開，如解剖過的螯蝦。倘若艾爾．蕭克利與德爾文帝國有關聯的話，就只能求上帝保佑他了。

他全身緊繃得有如琴弦，躺在床上凝視著黑暗，心知可能還要好幾個鐘頭才能入睡。

溫蒂．托倫斯平躺著，眼睛閉著，傾聽她丈夫熟睡的聲音——長長的吸氣，短暫的屏息，略帶喉音的呼氣。她想，睡著時他神遊到哪裡去呢？去夢幻的遊樂園，人巴靈頓，在那裡所有的遊樂設施都免錢，沒有像老媽子的太太跟在一旁，提醒他們熱狗已吃得夠多，或是假如要在天黑前回家就該走了嗎？或者是到深不可測的酒吧，在那兒雙扉推門總是敞開著，日日夜夜都能狂飲，所有的老夥伴全都一手持著酒杯，聚集在電動曲棍球遊戲台旁，之中艾爾．蕭克利最為突出，他的領帶鬆開，襯衫最上面的鈕釦沒扣嗎？還是去到一個她和丹尼都不得入內，搖滾舞曲連續不間斷播放的地方呢？

溫蒂很擔心他，像過去那種無助的擔憂，她原本希望能永遠拋在佛蒙特，彷彿擔憂莫名地無法越過州界一般。她不喜歡「全景」似乎對傑克和丹尼造成的影響。

最可怕的事情，若隱若現而無人提及，或許不宜說出口的是，傑克的酗酒症狀全都回來了，一個接一個地……只除了喝酒本身。不斷用手或手帕擦拭嘴唇，彷彿要除去過多水分的習慣。打字時長時間的停頓，字紙簍中越來越多的紙團。今晚艾爾打給他之後，電話桌上有一瓶益斯得寧，卻沒有水杯；他又開始嚼食阿斯匹靈。為一點點小事動不動就動怒。周遭太安靜時，會不知不覺地開始以一種神經質的節奏彈手指。越來越常罵髒話。另外，她也開始擔心他的脾氣。假如他情緒失控，大發脾氣，就像他每天醒來及睡前到地下室釋放鍋爐的壓力一樣，反倒讓人鬆一口氣。不論是看見他咒罵，或把椅子踢到房間另一頭，或是用力甩門都好。但向來是他性格不可或缺的一部分的這些動作，卻幾乎完全停擺。然而，她感覺到傑克越來越常對她或丹尼惱火，只不過不願宣洩出來。鍋爐有壓力閥門，儘管老舊、破損又凝滿油污，但仍然可以使用。傑克卻沒有。她從來沒有辦法看透他的心思。丹尼可以，但是丹尼不肯說。

還有那通艾爾打來的電話。差不多電話一響，丹尼就不再對他們正在讀的故事感興趣。他留她獨自坐在火爐邊，走到主桌旁，桌上有傑克為他的火柴盒小汽車及卡車所架構的車道。亮紫的福斯車在那邊，丹尼開始飛快地將車子推過來推過去。她假裝看自己的書，實際上卻從書上方觀察著丹尼，她看見她和傑克表達焦慮的方式奇特地混合在一起：擦抹嘴唇；兩手神經質地梳理頭髮，正是她等待傑克巡完酒吧回家時常做的動作。她無法相信艾爾打來純粹是為了「詢問近況如何」。假如你想要閒聊，可以打給艾爾。但是當艾爾打電話給你，絕對是公事。

後來，她回到樓下，發現丹尼又蜷縮在火爐旁，全神貫注地讀著二級讀本上喬、瑞秋與他們的爸爸在馬戲團的奇遇記，煩躁的分心徹底消失無蹤。注視著丹尼，她再度詭異地確信，丹尼所知道的和瞭解的非常多，艾德蒙斯（「叫我比爾就可以了」）醫生的理論不可能成立。

「嘿，博士，該睡覺囉！」她說。

「喔，好。」他在讀到半途的地方做上記號，站了起來。

「去刷牙洗臉。」

「好。」

「別忘了用牙線。」

「不會啦。」

他們並排站了一會兒，看著火爐的煤炭時盛時衰。大廳的大多數角落有風灌入而寒冷，唯有環繞著壁爐的這塊區域不可思議地溫暖，教人捨不得離開。

「是艾爾叔叔打電話來。」她若無其事地說。

「喔，是嗎？」毫不驚訝的回答。

「我在想艾爾叔叔是不是在生你爸爸的氣。」她說，依舊裝作若無其事。

「嗯，他肯定是，」丹尼說，依然望著火爐。「他不希望爸爸寫那本書。」

「哪本書啊，丹尼？」

「關於飯店的書。」

湧到唇邊的是她和傑克問過丹尼無數次的問題：你怎麼會知道？但她沒有問他。她不希望在丹尼上床前惹惱他，或者讓他察覺到他們若無其事討論的事情，照理說應該是他無從得知的，然而他卻知道。而且她深信，他確實知道。艾德蒙斯醫生所大談的歸納推理和潛意識邏輯只不過是行話。她的妹妹……那天丹尼怎麼會知道她在候診室想著艾琳？還有

（我夢見爸爸出車禍。）

她搖搖頭，彷彿要掃除那件事。「去洗臉吧！博士。」

「好。」他跑上樓梯朝他們的住處去。而她皺著眉走進廚房，用燉鍋溫熱傑克的牛奶。

此時，清醒地躺在床上，聆聽丈夫的呼吸聲及外頭的風聲（奇蹟似的，那天下午只是又飄了一場小雪，依舊沒有大雪），她讓心思完全轉移到令人苦惱的可愛兒子身上，出生時臉上罩著羊膜，醫生大約每七百個嬰兒誕生會看見一次的薄膜組織，根據迷信，這層組織代表預知能力。

她決定該是與丹尼談論「全景」的時候……也該試著讓丹尼與她談談。明天，一定。他們兩人將會去山下塞威的公共圖書館，詢問看看是否能幫他借一些二級程度的書，將借出時間延長到整個冬天，到時她會和他談談，開誠佈公地。打定主意後她感覺安心一點，終於開始沉沉入睡。

*

丹尼清醒地躺在臥室裡，眼睛睜開，左手抱著陳舊、有點損壞的小熊維尼（維尼的一隻釦子眼睛掉了，填充物不斷從六個綻開的縫隙中冒出），聽著他爸媽在隔壁房間睡覺的聲音。他感覺彷彿自己心不甘情不願地站著守護他們。夜晚是最惡劣的。他討厭晚上，討厭繞著飯店西側不停呼嘯的風聲。

他的滑翔機由一根細繩垂掛下來，在頭頂上飄浮著。從樓下的車道擺設拿上來的福斯模型車擺在寫字桌上，隱隱地發出紫色的螢光。他的書擱在書架上，著色本在書桌上。媽媽說，井井有條才能各得其所，然後想要的時候才知道放在哪裡。但是現在東西的位置放錯。有東西不見了。更糟的是，還有添加的東西，那些東西你看不大出來，像是在那種寫著「你能看見印第安人嗎？」的圖片中，如果你盡全力瞇著眼睛看，才能看出一些——你第一眼以為是仙人掌的東西，其實是牙齒間緊咬著一把刀的勇士，還有其他人躲藏在岩石裡，你甚至能看見一張邪惡、殘忍的臉從隱蔽的馬車車輪的輻條間露出來。然而你絕對看不見他們所有的人，就是這點讓你感到不安。因為正是你看不見的那些人會鬼鬼祟祟地接近你，一手握著戰斧，另一手拿著剝頭皮的刀……

他不安地在床上動來動去，眼睛搜尋著夜燈予人安慰的光芒。這裡的情況變得更糟了。他非常確定。起先還沒那麼糟，但漸漸地……他爸爸比以前更想喝酒。有時候他會對媽媽生氣，但不知道原因。他一邊用手帕擦著嘴唇一邊四處走動，眼神恍惚困惑。媽媽擔心他，也擔心丹尼。他不需要利用閃靈的能力看透她也能明白，看她在消防軟管彷彿化成蛇的那天，焦急地詢問他就知道了。哈洛倫先生說，他認為全天下的母親都能稍微閃靈，她那天知道有事情發生，但不知是什麼事。

他差點要告訴她，但有幾件事阻止了他。他曉得寒威的醫生把東尼及東尼秀給他看的東西當成是完全

（嗯幾乎啦）

正常的而不予考慮。倘若他告訴母親軟管的事，她大概不會相信他。更糟的是，她可能往壞的一面去想，說不定會認為他發瘋了。他明白一點點發瘋是什麼意思，雖然不像對生孩子那麼瞭解——那個媽媽一年前曾經非常詳盡地解釋給他聽——不過足夠了。

有一次在幼稚園，他的朋友史考特指給他看一個名叫羅賓．史坦格的男孩，他正沒精打采地在鞦韆附近閒晃，一張臉拉得老長。羅賓的父親在爸爸的學校教算術，史考特的爸爸在那裡教歷史。幼稚園裡絕大多數的孩子都與史托文頓預備中學，或是鎮外ＩＢＭ的小工廠有關係。預備中學的小孩結成一夥，ＩＢＭ的小孩則在另一國。當然，兩個團體之間也有交情，不過自然而然地彼此的父親認識的孩子多多少少會比較黏在一塊兒。當某一群中有大人的醜聞時，幾乎總是以各種激烈突變的形式傳到底下孩子的耳中，但很少會傳到另一群中。

他和史考特坐在玩具火箭飛船上時，史考特突然用大拇指朝羅賓一比，然後說：「你認識那傢伙嗎？」

「認識啊！」丹尼說。

史考特傾身向前。「他爸爸昨天晚上掉了彈珠。他們把他帶走了。」

「什麼？就只為了弄丟幾顆彈珠嗎？」

史考特一臉厭煩。「他瘋了啦！你知道的。」史考特裝出鬥雞眼，把舌頭吐出來，兩根食指在耳朵邊畫著大大的橢圓形軌道。「他們把他帶去瘋人院。」

「哇，」丹尼說：「那他們什麼時候會放他回來？」

「永遠——永遠——永遠不會。」史考特陰沉地說。

那天以及隔天，丹尼聽到：

一、史坦格先生曾經想用他的二次世界大戰紀念手槍殺他全家人，包含羅賓在內。

二、史坦格先生喝酒時把房子拆得粉碎。

三、有人發現史坦格先生在吃一碗死掉的蟲子和草，好像那是玉米片和牛奶，而且邊吃還邊哭。

四、史坦格先生在紅襪隊輸掉一場重要球賽時，曾試圖用絲襪勒死他太太。

最後，他煩惱到沒辦法把事情悶在心裡，於是問爸爸有關史坦格先生的事。爸爸將他抱到膝上，向他解釋說史坦格先生承受著極大的壓力，有些關係到他的家庭，有些關係到他的工作，有些是關於只有醫生才能理解的事。他時常會突然哭泣，三天前的晚上他又開始哭泣而且無法止住，打壞了史坦格家中一大堆東西。這不是**發瘋**，爸爸說，是**崩潰**，另外史坦格先生不是在**瘋人院**，而是在**療養院**。但儘管爸爸慎重地解釋，丹尼仍然害怕。聽來發瘋和崩潰似乎毫無差別，而且無論你稱呼為瘋人院或是療養院，同樣都是窗戶上有鐵欄杆，就算你想走他們也不會讓你出去。再加上他父親，相當無辜地，隻字未改地確認了史考特的另一個措辭，讓丹尼心中充滿模糊尚未成形的恐懼。在史坦格先生目前住的地方，有**穿白袍的人**，他們會來把你抓進車體顏色如墓石般灰，而且沒有窗戶的貨車裡。車子開到你家前面的路緣，然後**穿白袍的人**下車把你從家人身邊帶走，讓你住在牆壁鋪著軟墊的房間裡。假如你想要寫信回家的話，得用可優蠟蠟筆來寫。

「他們什麼時候會讓他回來？」丹尼問父親。

「博士，只要他的狀況好轉就馬上可以。」

「可是那是什麼時候呢？」丹尼非常堅持。

「丹，」傑克說：「**沒有人知道**。」

這是最嚴重的。這是永遠——永遠——永遠不會的另一個說法。一個月後，羅賓的母親帶他離開幼稚園，他們搬離史托文頓，而史坦格先生沒有同行。

這事發生在一年多以前，在爸爸不再喝那個**壞東西**之後，不過是在他丟掉工作之前。丹尼依然時常想起。偶爾當他跌倒、撞到頭或者肚子痛的時候，他一想要哭，腦海中就閃過這段記憶，伴隨著恐懼，害怕他將無法停止哭泣，他會就這樣子不斷不斷地流淚啼哭，直到他爸爸去打電話，說：「喂？這裡是楓線路一四九號的傑克．托倫斯。我兒子哭鬧不止，請派**穿白袍的人**把他帶去**療養院**。沒錯，他**發瘋了**。謝謝。」接著沒有窗戶的灰色貨車就會出現在他家門口，他們會將依舊歇斯底里地哭泣的他搬上車，把他帶走。他何時還能再見到媽媽和爸爸呢？**沒有人知道**。

就是這種恐懼讓他保持緘默。年紀增長了一歲，他非常確定爸爸和媽媽不會因為他把消防軟管看成蛇就叫人把他帶走，他理智的腦袋確信這一點，然而，每當想要告訴他們的時候，過去的記憶就湧上，如同石頭般地塞滿他的嘴巴，阻攔他想說的話。這並不像東尼；東尼總顯得十分正常（當然，是在惡夢出現之前），他爸媽也幾乎把東尼視為自然現象。出現像東尼之類的東西是由於**聰明**，他們兩人都想當然耳地認為他很聰明（一如他們同樣認為自己很**聰明**），可是消防軟管變成蛇，或者在無人能看到的情況下，看見總統「套糖」牆壁上的血跡和腦漿，這些都是不正常的。他們已經帶他去看普通的醫生了。那麼，假設接下來**穿白袍的人**有可能出現不是很合理的嗎？

然而，若非他確定他們會想要將他帶離飯店的話，他遲早可能還是會告訴他們。他非常渴望脫離「全景」。可是他也明白這是他爸爸最後的機會，他在「全景」的工作不光是照料飯店而已，他還要在這裡寫文章，要從失業中恢復過來，要愛媽媽溫蒂。況且一直到不久前，這一切似乎都順利地進行。只是最近爸爸開始有了麻煩，自從他發現那些文件之後。

（這個非人的地方把人變成怪物。）

這句話是什麼意思？他向上帝祈禱過，但上帝沒有回答他。萬一爸爸不在這兒工作的話，他要做什麼呢？他試圖從爸爸的心中找出答案，但越來越確信爸爸自己也不知道。今天晚上稍早的時候，最強有力的證據出現了。當時艾爾叔叔打電話給爸爸，說了一些自私的話，但爸爸不敢回嘴，因為艾爾叔叔可以讓他失去這份工作，正如史托文頓的校長庫爾莫特先生及董事會解雇他的教職一般。為了他、媽媽以及爸爸自己，爸爸非常害怕遭到解雇。

因此他什麼也不敢說。只能無助地觀察著，希望實際上根本沒有印第安人，或者就算是有，他們也願意等候更大的獵物，讓這列三節車廂的小火車平安無事地通過。

但是無論多麼努力嘗試，他都沒辦法相信。

現在「全景」的情況越來越糟。

大雪即將來臨，一旦下起大雪，他將失去原本已所剩無幾的選項。而且下了大雪之後呢？等到大雪將他們封鎖在裡面，只能任由之前或許只是在戲弄他們的東西擺佈的時候，該怎麼辦？

（出來吃你的藥！）

接下來該怎麼辦呢？REDRUM。

他在床上顫抖著再次翻身。他現在可以認更多字了。明天或許他會試著召喚東尼，試著叫東尼帶他去看REDRUM到底是什麼，以及看看是否有任何方法能夠預防。他要冒著作惡夢的風險。他非知道不可。

爸媽假睡成真許久之後，丹尼仍醒著，在床上輾轉反側，搓著被子，設法解決遠超出他的年紀所能負荷的大問題。他在夜裡醒著，宛如獨自站哨的衛兵。過了午夜之後不知多久，他也睡著了，只剩下風仍清醒，在星辰明亮銳利的月光下，不斷地窺探飯店，呼呼地吹進山形牆。

22. 載貨車內

我看見惡月升起。
我看見麻煩上路。
我看見地震和閃電。
我看見當今敗壞的年代。
今晚別到處遛達，
否則一定會要了你的命，
因爲邪惡的月亮正往上升。⑬

有人在飯店載貨車的儀表板底下加裝了非常古舊的別克汽車收音機，此時，喇叭傳來約翰·佛格提的清水合唱團獨特的歌聲，聲音尖細，並且由於靜電的影響不大順暢。溫蒂和丹尼正在前往塞威的途中。今天天氣晴朗，陽光燦爛。丹尼再三翻弄著手中傑克的橘色圖書證，似乎非常開心，但溫蒂認為他看起來疲憊而憔悴，彷彿沒有睡飽，單靠緊張的能量支撐下去。

歌曲結束後，廣播節目主持人登場。「是的，剛才播放的是清水合唱團的歌。談到惡月，看起來惡月很可能再過不久就會在收聽得到ＫＭＴＸ電台的區域升起，氣候將會變冷，冷到難以相信過去兩、三天我們曾經享有如此美好，宛如春天的天氣。ＫＭＴＸ預報員大膽地預測說：今天下午一點以前，高氣壓將會撤退，由分佈廣泛的低氣壓區所取代，這塊低氣壓會逐漸停留在ＫＭ

TX的區域，在空氣稀薄的高山地區。氣溫將會驟降，降雪應該在大約黃昏時候開始。海拔七千呎以下的區域，包括丹佛都會區，預期會下冰雹夾帶著雪花，或許有些路段會結冰，因為此地除了雪之外什麼都沒有。海拔七千呎以下的地區，我們預期將會降一到三吋的雪，而科羅拉多中部和高山地區積雪可能高達六到七吋。公路路況諮詢委員會說，假如你今天下午或晚上打算開車在山區旅行的話，請務必記得雪鍊管制將開始執行。另外除非必要，盡量不要外出。切記，」播報員戲謔地補充說：「多納一行人就是這樣陷入困境的。他們可沒自己想的那麼靠近最接近的便利商店。」

接著播出的是可麗柔的廣告，溫蒂伸手關掉收音機。「你介意嗎？」

「啊，不，沒關係。」他望著窗外蔚藍的天空。「我想爸爸選對日子修剪那些樹籬動物了，是不是？」

「我想是吧！」溫蒂說。

「雖然，看起來不大像會下雪的樣子。」丹尼抱著希望地補一句。

「你害怕了嗎？」溫蒂問。她仍想著廣播節目主持人拿多納小隊開的玩笑。

「不，我不覺得。」

好吧，她心想，時機到了。如果要提出來的話，要不就現在，要不就永遠閉口不提。

「丹尼，」她儘可能讓聲音聽起來像是不經意地提起，「要是我們離開『全景』，你會開心一點嗎？如果我們不待整個冬天的話？」

⑬〈惡月升起〉（Bad Moon Rising）：一九六九年清水合唱團（Creedence Clearwater Revival）的暢銷金曲，由約翰．佛格提作詞、作曲。

丹尼低頭凝視雙手。「我想會吧，」他說：「會啊。不過這是爸爸的工作。」

「有時候，」溫蒂若無其事地說：「我覺得爸爸離開『全景』的話，可能也會比較快樂。」

他們經過一塊標示著塞威十八哩的路標，接著她小心翼翼地開過髮夾彎，將排檔換到二檔。她開下坡時絕不冒險，這些下坡把她給嚇壞了。

「妳真的這麼認為嗎？」丹尼問。他感興趣地注視母親片刻，然後搖搖頭。「不，我不這麼認為。」

「為什麼不呢？」

「因為他擔心我們。」丹尼說，慎重地選擇用詞。這很難解釋，他本身也不甚瞭解。他不自覺地回想起告訴過哈洛倫先生的小事，那個大塊頭孩子盯著百貨公司的收音機，想要偷一台的事。那件事雖然令人苦惱，但起碼很清楚是怎麼一回事，就算對當時只比嬰兒大一點點的丹尼來說也一樣。然而成人的想法總是一團混亂，每個可能採取的行動都因為考慮到後果，因為缺乏自信，因為對自己的看法，因為感覺到愛與責任而變得不明確。每個可能的選擇似乎都有缺點，有的時候他不明白缺點之所以是缺點的原因。這非常難回答。

「他認為……」丹尼又開口說，馬上看向母親。她正在專心看路，沒看著他，於是他覺得自己可以繼續說下去。

「他認為我們也許會孤單。然後他覺得他喜歡這裡，這是個適合我們的地方。他愛我們，不希望我們孤單……或者難過……但是他認為就算我們現在孤單，長期來說也許沒問題。妳懂什麼是長期嗎？」

她點點頭。「嗯，親愛的。我懂。」

「他擔心如果我們離開了，他會沒辦法找到另一份工作，那我們就只得乞討，或什麼的。」

「就這樣而已嗎？」

「不是，可是其他的全都混在一起，因為他現在不一樣了。」

「對。」她幾乎嘆著氣地說。坡度稍微減緩，她小心地打回到三檔。

「媽咪，這些不是我自己編的。我敢發誓。」

「我知道，」她說著，微微一笑。「東尼告訴你的嗎？」

「不是，」他說：「我就是知道。那個醫生不相信東尼，對吧？」

「別管那個醫生，」她說：「我相信東尼。我不知道他是什麼東西或是什麼人，也不知道他是不是屬於你特別的一部分，或是來自……外頭別的地方，但是丹尼，我真的相信他的存在。如果你……他……認為我們應該走，我們就走。我們兩個人離開，等到春天再跟爸爸會合。」

他抱著強烈的希望看著她。「去哪？汽車旅館嗎？」

「寶貝，我們住不起汽車旅館。我們得去住我母親那兒。」

丹尼臉上的希望消失。「我知道——」他說到一半打住。

「什麼？」

「沒事。」他喃喃地說。

當坡度又變陡時，她轉回到二檔。「喔不，博士，別那麼說。我認為，這次談話是我們早在幾個禮拜前就該談的。所以拜託，你知道什麼事？我不會生氣的。我不可能生氣，因為這件事太重要了。跟我直說吧！」

「我知道妳對她的感覺。」丹尼說完嘆口氣。

「我的感覺怎樣？」

「不愉快，」丹尼說，接著以押韻、平板的聲調，把她嚇了一跳。「不快、悲哀、憤慨，好像她根本不是妳母親，好像她想要吃掉妳。」他害怕地望著她。「我也不喜歡那裡。她老是想著自己如何比妳更適合我，想著怎樣才能讓我離開妳。媽咪，我不想去那裡。我寧願待在『全景』，也不要去那裡。」

溫蒂大為震撼。她和母親之間有那麼糟糕嗎？天啊，假如是的話，那孩子有多麼痛苦，況且他真的能看穿她們對彼此的看法。驀地她覺得自己比光著身子還要赤裸裸的，彷彿被當場逮到她正在做猥褻的動作。

「好啦，」她說：「丹尼，好吧！」

「妳在生我的氣。」他以快要哭出來的聲音小小聲地說。

「不，我沒有。我真的沒有，只是有點驚訝而已。」他們通過塞威十五哩的路標，溫蒂稍微放輕鬆，從這裡之後的路況比較好。

「丹尼，我想再問你一個問題，希望你盡量誠實回答。你願意嗎？」

「願意，媽咪。」他說，幾乎像在耳語。

「你爸爸又喝酒了嗎？」

「沒有。」他說，強忍住緊跟在簡單的否定後頭湧到唇邊的兩個字：還沒。

溫蒂再放鬆一些。她將一手放在丹尼穿著牛仔褲的腿上，輕輕捏一下。「你爸爸非常地努力，」她輕柔地說：「因為他愛我們。而我們也愛他，對不對？」

他嚴肅地點點頭。

她幾乎像在自言自語地繼續說：「他不是個完美的男人，但他很努力……丹尼，他非常地努力！當他……停止……他經歷過非常痛苦的事，到現在依然承受著痛苦。我想要不是為了我們，他早就放棄了。我想要做對的事，但我不知道。我們應該走嗎？還是留下來？簡直像在選擇下油鍋還是跳火坑。」

「我懂。」

「博士，你可以幫我做一件事嗎？」

「什麼事？」

「試著叫東尼出現，現在馬上。問他我們待在『全景』安不安全。」

「我已經試過了，」丹尼緩緩地說：「今天早上。」

「怎麼樣？」溫蒂問：「他說了什麼？」

「他沒有出現，」丹尼說：「東尼沒有來。」他忽然大哭起來。

「丹尼，」她擔心地說：「寶貝，別哭。拜託——」車子突然越過雙黃線，她嚇了一跳，趕緊把車回正。

「別把我帶去外婆家，」丹尼流著眼淚說：「媽咪，拜託，我不想去那裡，我想要和爸爸在一起——」

「好啦，」她溫柔地說：「好啦，我們就這麼辦。」她從西部風襯衫的口袋掏出面紙遞給兒子。「我們留下來吧！一切都會很好，很順利的。」

23. 遊戲場

傑克來到外頭門廊上，把拉鍊頭一路拉到下巴底下，瞇著眼看向晴朗的天空。他的左手拿著靠電池供電的修籬機，用右手從身後口袋拉出乾淨的手帕猛擦嘴唇，再收起來。收音機說會下雪，縱使他可以看到遠方地平線上雲朵逐漸積聚，還是難以相信。

他邁步走向通往綠雕的小徑，將修籬機換到另一隻手。他想，這工作不會花太長的時間，略微修整就可以了。冷冽的夜晚無疑地阻礙了樹木的生長。兔耳朵看起來有點毛茸茸的，狗的兩條腿長出毛毛的綠色骨刺，但獅子和野牛看起來不錯。只要稍微理一下髮就夠了，接著就等下雪吧！

混凝土小徑有如跳水板一般突兀地終止，他離開小徑，經過枯竭的游泳池走向碎石子路，這條小路蜿蜒穿梭在綠雕之間，最後進入遊戲場。他走到兔子旁邊，按下修籬機把手上的按鈕，機器嗡嗡地開始平穩運轉。

「嗨，兔子老弟，」傑克說：「你今天打算怎樣啊？頭頂修一點，再把耳朵上多餘的剪掉嗎？好的。嘿，你有沒有聽說那個旅行推銷員和帶著寵物貴賓犬的老太太的事啊？」

在他聽來自己的聲音矯揉造作又愚不可及，於是就此打住。他突然想到他不是那麼喜歡這些樹籬動物。他向來覺得把普通的老樹籬修剪折磨成另一種東西，似乎有點反常。沿著佛蒙特的某條公路旁，有個樹籬的廣告看板立在陡坡上俯瞰著道路，是某家冰淇淋的廣告。讓大自然來叫賣冰淇淋，根本就是錯的，非常荒唐。

（托倫斯，你不是受聘來研究哲理的。）

啊，這是真的，千真萬確。他順著兔耳修剪，將一小撮枝條和細枝撥到草地上。修籬機發出低沉、相當令人討厭的金屬嗡嗡聲，似乎所有由電池供電的裝置都會發出這種聲音。陽光燦爛但並不溫暖，現在倒不難令人相信就要下雪了。

傑克快速地工作著，他知道當你幹這種活兒的時候，停下來思考經常會出錯。他修整兔子的「臉」（靠得如此近時，看起來一點也不像臉，但他曉得隔個二十步左右的距離，光線和陰影似乎會令人聯想到臉；除此之外，還需要觀賞者的想像力），接著再順著兔子的腹部迅速地移動修籬機。

修完後，他關掉修籬機，往遊戲場走去，然後猛然轉身以便一眼看見整隻兔子。很好，看起來還算滿意。嗯，接下來要修剪那隻狗。

「不過，如果這是我的飯店，」他說：「我會把你們一整群該死的全部砍光。」他也想這麼做，直接將樹籬動物全部砍掉，然後在它們原本的位置重新鋪上草皮，再放上半打撐著色彩華麗的陽傘的小金屬桌。人們可以在夏日陽光下，到「全景」的草坪上喝雞尾酒：野莓琴菲士、瑪格麗特、粉紅佳人，和所有這一類遊客喜歡的甜酒。也許，再加上蘭姆湯尼。傑克從背後口袋取出手帕，緩緩地擦抹嘴唇。

「振作點，振作點。」他輕聲說。沒什麼好想的。

他正準備回去時，突然一股衝動使他改變主意，反而走向遊戲場。他心想，真是有趣，你永遠不懂小孩子的心。他和溫蒂都預期丹尼會喜歡遊戲場，裡頭擁有孩童可能想要的一切。但是丹尼就算有來，傑克也不認為那孩子有來過多少次。他想如果有別的孩子一起玩的話，情況應該會有所不同。

他逕自進去時，柵門微微吱了一聲，接著粉碎的石子在他腳下嘎扎嘎扎作響。他先到娃娃屋，這是「全景」本身完美的縮尺模型，高度到他的大腿下半部，大約是丹尼站起來的高度。傑克蹲下來望進三樓的窗戶。

「巨人過來把睡在床上的你們全都吃掉囉！」他虛假地說：「跟你們的最佳信用等級吻別吧！」但這也不好笑。你想要打開娃娃屋的話，只要把它拉開就行了——有個隱藏的鉸鏈能打開。可是內部卻令人失望。雖然牆壁上了漆，但整個地方大多空蕩蕩的。不過當然本該如此，他告訴自己，要不然小孩怎麼進得來呢？這地方夏天配備的玩具家具不在了，大概被打包起來放進設備倉庫。他把房子闔上，聽見門閂扣上去輕輕喀嚓了一聲。

他走過去溜滑梯那邊，擱下修籬機，回頭望一眼車道，確認溫蒂和丹尼尚未回來後，爬到溜滑梯頂端坐下。這是大孩子的溜滑梯，但是寬度對他成人的臀部而言仍是緊得不舒服。他最後一次坐溜滑梯到現在過了多久？二十年？似乎不可能有那麼久，感覺沒有那麼久，但是應該有二十年，或者更久。他記得在柏林時，他大約是丹尼這個年紀，老爸帶他去公園，他每一樣遊樂設施——溜滑梯、鞦韆、翹翹板，全都玩遍。過後他和老爸會吃熱狗午餐，並向推推車的人買花生。他們坐在長椅上啃花生，黑壓壓一片的鴿子會群集在他們腳邊。

「討厭的清道夫鳥，」他爸爸說：「小傑，你別餵牠們。」但是他們兩人最後還是餵了鴿子，咯咯笑著鴿子追逐花生的樣子，追逐花生的那副貪婪模樣。傑克不認為老爸曾帶他的哥哥到公園過。傑克是老爸最疼愛的，但即使如此，當老爸喝醉酒——那是常有的事——傑克還是得到該有的懲罰。不過傑克依然儘可能地愛他，即使在家中其他人都只憎恨他、懼怕他之後很久，都還敬愛著他。

他用雙手撐離，滑到底部，但這趟滑得並不過癮。久未使用的溜滑梯摩擦力太大，無法加速成令人十分暢快的速度。另外他的屁股實在過大。成年人的大腳砰的一聲陷入底部的小坑，在他之前曾有無數孩童的腳同樣在此著地。他站起來，拍拍褲子的後襠，看著修籬機。但是他沒有走向修籬機，反而走去鞦韆架，鞦韆的狀況同樣令人失望。從營業季結束後，鍊條就開始慢慢生鏽，一動就發出尖銳的叫聲彷彿極為痛苦。傑克決心春天來時他一定要為鞦韆上油。

他勸告自己，你最好停住。你不再是個小孩，不需要用這個地方來證明。

可是他繼續走向水泥環，這隧道對他而言實在太小了，所以他放棄，直接走向標示著庭園邊界的安全圍籬。他用手指勾住鐵絲網，透過網眼看出去，陽光在他臉上畫出交叉的陰影線，有如關在獄中的囚犯。他自己看出相似處，用力搖晃鐵絲網，臉上裝出慘遭折磨的表情，低聲喊道：「放我出去！放我出去！」這麼玩了三次，不好玩了。該回去工作了。

就在這時，他聽見背後有聲響。

他迅速轉身，邊皺起眉頭，覺得很尷尬，亟欲知道是否有人看見他在孩童的世界閒蕩。他的視線一一點過溜滑梯、對角線的翹翹板，以及只有風在盪的鞦韆。再望過去是大門及低矮的圍籬，區分遊戲場與草坪、綠雕：防衛性地聚集在小徑周圍的獅子，彎下腰彷彿在啃草的兔子，一副準備衝刺的野牛，蹲伏著的狗。樹籬動物再過去是果嶺和飯店本體。從這兒甚至能看到「全景」西邊的短柄槌球場隆起的邊緣。

所有的東西都跟之前一模一樣。那麼為何他的臉部肌肉和手卻開始顫抖，為何頸後的毛髮開始豎直，彷彿背後的肌肉突然繃緊呢？

他再度瞇起眼睛望著飯店，但是沒有答案。飯店僅是矗立在那兒，窗戶一片黑，一縷微細的煙從煙囪冉冉上升，應當是來自大廳悶燒的爐火。

（老兄，你最好開始工作了，不然到時他們回來，會懷疑你這段時間到底有沒有在做事。）

當然，得趕緊動工。因為快要下雪了，他得趕快修剪該死的樹籬，那含在契約內。此外，他們應該不敢——

（誰不敢？什麼不敢？敢做什麼事？）

他開始回頭走向擱在大孩子溜滑梯底部的修籬機，兩腳嘎扎嘎扎地走在碎石子上的聲音似乎異常響亮。如今連他睪丸的肌肉都開始戰慄，臀部感覺又硬又重，宛如石頭。

（天啊，這是怎麼回事？）

他在修籬機旁停住，但是沒有進一步向前拿起。沒錯，的確有什麼不一樣了，在綠雕園裡。如此簡單，如此顯而易見，他就是沒法拿起修籬機。振作點，他斥責自己，你只要修剪那可惡的兔子，有什麼

（就是這點）

他的氣息哽塞在喉嚨。

兔子四肢趴下，正在啃草。它的腹部貼著地面。但是不到十分鐘前，它還用後腿站立，他非常確定它原本的姿勢，因為他才剛修過兔子的耳朵……和腹部。

他的視線立刻投向狗。剛才他走到小徑上時，狗是坐直著身子，彷彿正在乞討糖果。而今蹲伏著，頭歪向一邊，修剪出的嘴型似乎在無聲地齜牙咆哮。而獅子呢——

（噢不，寶貝，噢不，啊，不可能吧）

獅子更接近小徑了。他右邊的兩隻微微變換了位置，彼此更加靠近。左邊那隻的尾巴現在幾乎突出到小徑上。當他經過獅群穿過大門時，那隻獅子就在右邊，他相當確定當時它的尾巴是捲起來的。

它們不再是保護小徑，而是在封鎖小徑。

傑克猛然用手遮住眼睛，再拿開，眼前的畫面並沒有改變。一聲低微到不能算是呻吟的輕嘆從他口中逸出。在他酗酒的時期，經常擔心會發生這樣的事。然而當你是個酒鬼，你稱這種現象為震顫性譫妄，就像過去優秀的雷．米蘭在「醉鄉遺恨」一片中，看見蟲子不斷從牆壁鑽出那般。

那麼當你完全清醒時，這種現象稱為什麼呢？

這問題只不過是說說而已，但儘管如此，他的心中浮現了

（稱為精神錯亂）

答案。

他目不轉睛地盯著樹籬動物，意識到在自己以手遮眼的時候，有東西改變了。狗移得更靠近，並且不再蹲伏，姿態看來像是在奔跑，腰及腿部彎曲，一隻前腿向前，另一隻在後。樹籬嘴巴張得更開，修剪過的枝條看起來尖銳具有殺傷力。此時他幻想自己在綠葉間也看得到隱約的眼窩，正注視著他。

它們何必需要修剪呢？他歇斯底里地想。它們根本完美無缺啊！

又一聲低微的聲響。他往獅子那兒看去時，不由自主地向後退一步。右邊的其中一隻似乎稍微超前另外一隻。它的頭低下，一隻腳掌悄悄地幾乎完全伸到低矮的圍籬上。老天啊，接下來呢？

（接下來，它會跳過來狼吞虎嚥地把你吃掉，就像邪惡的幼兒寓言故事裡的情節）

這好像他們孩提時代玩的遊戲：一二三木頭人。由一人當「鬼」，背過身去數到十，其他玩伴則躡手躡腳地前進。當「鬼」數到十的時候，他會迅速轉身，假如他逮到有任何人在動的話，那些人就淘汰。剩下的人則一動也不動地保持雕像的姿勢，直到「鬼」轉身重新數數。他們會越

來越近，越來越近，最後在數到五和十之間，你會感覺到有隻手在你背上……

碎石子在小徑上嘎嘎作響。

他猛地轉頭看那隻狗，它已走到小路的中間，就在獅子後頭，嘴巴張大打著呵欠。之前，它不過是剪成一般狗的形狀的樹籬，一旦你走近看就會失去所有的輪廓。但是現在傑克能看出它的外型修剪得像德國狼犬，而狼犬可是很兇狠的，你甚至能訓練狼犬殺人。

一陣輕微的窸窣聲響。

左邊的獅子已經一路前進到圍籬旁，口鼻觸碰到木板，看起來像是在對他齜牙咧嘴。傑克再向後退兩步。他的頭瘋狂地砰砰敲著，還能感覺到乾燥的呼吸在喉嚨裡摩擦。此時野牛移動，繞到右邊，到兔子的後面去。它的頭低低的，綠色的樹籬角直指著他。問題是，你無法注意所有的動物。沒法一次全看清楚。

他開始發出哀鳴，但由於全副精神鎖定在樹籬動物上，以至於絲毫沒意識到自己正在出聲。他的視線從一隻樹籬動物迅速轉向下一隻，試圖看見它們在移動。風猛烈地吹著，使得緊密糾纏的樹枝傳出飢渴的嘎嘎聲。倘若它們抓到他的話，又會是哪種聲音呢？但是當然他心知肚明，將會是咬斷、撕裂和扳碎的聲音。應該是——

（不不不不，我絕不相信，一點也不信！）

他啪地一下將雙手放到眼睛上，緊揪住頭髮、前額和陣陣抽痛的太陽穴。就這樣站了好長一段時間，恐懼逐漸高漲，直到他再也承受不住，大吼一聲將雙手移開。

果嶺旁邊的狗坐直了身子，彷彿在乞討食物碎屑。野牛興致缺缺地回頭看向槌球場，一如傑克拿著修籬機走下來時的模樣。兔子靠後腿站著，耳朵豎起來捕捉最細微的聲響，剛修剪過的腹部露了出來。獅子群原地不動，站在小徑旁。

他呆愣地站了好久，喉嚨裡刺耳的呼吸終於和緩下來。他伸手去拿香菸，抖出四根掉到碎石子上。他彎下腰去撿，用手摸找著，視線絲毫不敢離開綠雕，擔心動物又會開始移動。他撿起來後，漫不經心地將三根塞回香菸包，點燃第四根，深深抽兩口之後丟掉，把菸踩熄，然後走向修籬機，將機器拿起來。

「我太累了，」他說，現在似乎可以大聲說出來，似乎一點也不荒唐。「承受太多的壓力。黃蜂……劇本……艾爾又那樣子打電話給我。不過沒事的。」

他疲憊地邁步走回飯店，心裡還有個角落焦躁不安地猛拉著他，想要叫他繞過樹籬動物，但是他逕直走上碎石子路，穿過綠雕。一陣微風嘎嘎作響地吹過綠雕，如此而已。整件事都是他自己想像出來的。他嚇得半死，不過現在一切都結束了。

在「全景」的廚房裡，他停下來吃兩顆益斯得寧，然後下樓去看文件，直到聽見飯店載貨車嘎扎嘎扎地開在車道上的細微聲響。他上去迎接他們。感覺很好，看不出有必要提及他的幻覺。他嚇得半死，不過現在一切都結束了。

24. 雪

黃昏。

他們在漸漸微弱的光線下站在門廊，傑克站中間，左手環著丹尼的肩膀，右手摟著溫蒂的腰。他們一同注視著大雪奪走他們手中的決定權。

天空在兩點半之前已佈滿雲層，一小時後開始下雪，這回你不需要氣象預報員來告訴你這場雪非同小可，傍晚風開始呼嘯後，不再有將會融化或吹散的雪花。起先雪以完美的直線落下，逐漸堆起的雪均勻地覆蓋住一切，然而現在，開始下雪後一個鐘頭，風從西北方颼過來，於是雪飄向門廊和「全景」車道的側面。庭園外的公路消失在勻整的白毯之下。樹籬動物也不見了，但是溫蒂和丹尼回到家時，她稱讚他做得很出色。妳這麼覺得嗎？他問，但沒多說什麼。如今樹籬全埋藏在形狀不一的白色斗篷下。

說也奇怪，儘管他們每個人都思考著不同的想法，但都感受到相同的情緒：輕鬆。他們再也無法回頭了。

「春天什麼時候會來呢？」溫蒂喃喃地說。

傑克將她摟得更緊。「很快的。我們進去吃晚餐好不好？外面好冷。」

她微微一笑。整個下午傑克似乎都心不在焉，而且……嗯，怪怪的。現在聽起來比較像平常的他。「我無所謂。丹尼，你呢？」

「好啊！」

於是他們一同進去，留下風低沉的呼嘯聲持續整晚，這聲音他們將會非常熟悉。片片雪花旋舞過門廊。將近四分之三個世紀以來，「全景」一直都是如此正面迎接大雪，昏暗的窗戶勇敢地對抗雪花，對飯店如今與世隔絕的事實完全無動於衷。或者也許它樂見這樣的前景。他們三人在它的外殼裡頭忙著傍晚的例行事務，猶如受困在怪獸小腸裡的微生物。

25. 二一七號房內

一週半之後，兩呎深的積雪潔白、均勻地鋪在全景飯店的庭園裡。樹籬小動物園的雪深及動物的腰腿；兔子，凍結在靠後腿站立的姿勢，看起來好像從白色的泳池浮起。有的雪堆超過五呎深。風不停地改變雪堆，將其雕塑成波狀起伏、如沙丘般的模樣。傑克兩度穿著雪鞋笨拙地走到設備倉庫去拿鏟子清理門廊，第三次他聳聳肩，只簡單從門前堆積成塔的雪堆中清出一條小路，讓丹尼在小路左右來回滑雪橇自娛。真正壯觀的雪堆貼靠在「全景」的西側；有的高達二十呎，而再過去的地面被持續不斷的強風吹颳得連草地都裸露出來。一樓的窗戶蓋滿了雪，從餐廳望出去的景色在休館日曾讓傑克讚嘆不已，如今卻與空白的電影銀幕相差無幾。他們的電話斷訊了八天，歐曼辦公室裡的無線電對講機如今是他們與外界溝通的唯一管道。

現在每天都下雪，有時候只是短暫地飄雪，撒在積雪閃閃發亮的薄硬表面上，有時候則是來真的，風低沉的呼嘯聲拔高成為女人般的尖叫，讓即使深埋在白雪搖籃中的老飯店也令人擔憂地震動呻吟。夜晚的氣溫不超過華氏十度，雖然廚房員工出入口旁的溫度計在下午一、兩點偶爾會到華氏二十五度，但是持續颳著的風堅如刀刃，不戴滑雪面罩外出的話會十分難受。不過陽光照耀的日子，他們一家仍然出門，通常都穿兩套衣服，並在手套外面再戴上連指手套。外出幾乎是種癮頭，丹尼的靈活飛行家雪橇的層疊軌跡環繞在飯店外圍。排列組合幾乎無窮無盡：爸媽拉雪橇，丹尼乘坐；溫蒂和丹尼努力拉，爸爸邊乘邊笑（他們只有在結冰的表面上才可能拉得動他，當細雪覆蓋在表面上時則絕對不可能）；丹尼和媽媽一起乘坐，溫蒂獨自一人乘坐，由她的兩個男人負責拉，噴出白色的氣息有如拉貨車的馬匹，假裝她比實際體重來得重。他們乘雪撬繞著屋子巡行時經常歡笑，然而風沒有人性的呼嘯聲卻是如此巨大且虛假，使他們的笑聲顯得渺小而勉強。

他們在雪地上發現了馴鹿的足跡，有一回還看見馴鹿，一群五隻動也不動地站在安全圍籬下方。他們輪流用傑克的蔡司─依康雙筒望遠鏡仔細觀察，注視著牠們讓溫蒂有種古怪、不真實的感覺──牠們站在覆蓋住公路、深及腿部的雪中，她突然想到從現在到春天雪融之前，道路是屬於馴鹿的而不是他們的。此時人類在這兒建構的東西已失效。她相信馴鹿明白這點。她放下雙筒望遠鏡，說些要準備午餐之類的話，然後到廚房哭了一下，試著擺脫心中極為壓抑的感覺，那感覺有時候突然襲來，彷彿一隻巨大的手緊緊壓迫著她的心臟。她想到馴鹿。想起傑克將百麗缽底下的黃蜂，放在員工出入口外面的平台上凍死。

設備倉庫的釘子上掛著許多雙雪鞋，傑克為每個人找到一雙合適的，雖然丹尼的那雙人相當多。傑克用雪鞋走得很順，儘管他只有少年時期在新罕布夏的柏林穿過雪鞋，但他很快又重新學會了。溫蒂不太喜歡雪鞋，光是踩著那雙特大號繫鞋帶的扁平板子，笨重地走動十五分鐘，她的腿和腳踝就劇烈疼痛。不過，丹尼十分感興趣，他認真練習好抓到竅門。他仍時常跌倒，但傑克很滿意他的進步，還說到二月之前，丹尼就能在他們身邊飛快地繞圈圈了。

這天陰沉沉的，不到中午，天空就開始降雪。收音機預報將會再下八到十二吋，並頌讚降雪量──這位科羅拉多滑雪者的大神。溫蒂坐在臥房編織圍巾，自顧自地想著，她完全曉得滑雪者如何能處置那麼多雪。她知道他們到底能把雪放在何處。

傑克在地下室，他下去檢查火爐和鍋爐。自從大雪將他們關閉在屋內後，這種檢查已變成他的例行儀式。確信一切正常之後，他閒蕩過拱門，將燈泡旋上，然後在他找到的老舊、佈滿蜘蛛網的露營椅上坐下，翻閱舊的紀錄和文件，和之前一樣不停地用手帕擦抹嘴唇。長期禁閉使他秋天曬黑的皮膚又白回來，當他拱肩坐著俯視泛黃、帶有裂紋的紙張時，他那紅金色的頭髮凌亂地貼在前額上，看起來有點瘋狂。他發現幾個奇怪的東西塞在發票、提單和收據之間，令人不安的東西：一長條沾有血污的床單；一個看來像是遭到肢解，被砍得支離破碎的玩具熊。還有一張弄縐的紫色女用信紙，在有年代的麝香味底下仍殘留一抹香水味，紙上以褪色的藍墨水寫了一則短箋，但並未完成：「親愛的湯米，我在這上頭沒有辦法如我期望地好好思考，我是指思考我們的事，當然囉，不然還有誰呢？哈哈。一直有事情妨礙我。我作了奇怪的夢，夢到東西在夜裡橫衝直撞，你能相信嗎？還有」就這樣而已。短箋註明的日期是一九三四年六月二十七日。他找到一個看來似乎是女巫或巫師的手偶……總而言之，是留著長牙頭、戴尖頂帽的玩偶，突兀地塞在一疊天然瓦斯的收據及一捆維奇礦泉水的發票中。另外還有看起來像是詩的東西，以深色鉛筆潦草地寫在菜單背面：「梅鐸克／你在嗎？／親愛的，我又夢遊了。／植物在地毯底下移動。」菜單上沒有日期，詩上頭也沒署名，假如這算詩的話。難以理解，卻極為吸引人。對他來說，這些東西宛如拼圖裡的拼圖片，倘若他能找出對的連結拼圖片，所有的東西最後就能組合在一起。因此他繼續尋找，每當身後的火爐轟鳴一聲開始運轉時，就嚇得跳起來並擦拭嘴唇。

丹尼又站在二一七號房門外。

總鑰匙在他的口袋裡。他彷彿吃了興奮劑般渴望地盯著那扇門，穿著法蘭絨襯衫的上半身似乎在抽搐抖動。他不成調地輕輕哼唱著。

他並不想來這裡，尤其是在消防軟管的事情之後。他害怕來這裡。害怕自己又會去拿總鑰匙，違背父親的交代。

他想要來這裡。好奇心

（會害死貓；滿足感會把他帶回來）

無時無刻像根魚鉤在他的腦子裡，又像糾纏不清的誘惑之歌始終無法平息。況且哈洛倫先生不是說過「我不認為這裡有東西會傷害你」？

（你答應過了。）

（承諾注定是要被打破的。）

他嚇了一跳，彷彿這念頭來自外面，好似昆蟲，發出嗡嗡的聲音，輕柔地誘哄他。

（承諾注定會被打破。我親愛的redrum，被打破。爆裂。粉碎。敲得四分五裂。當心前面！）

他焦躁的哼唱突然轉成低沉、無調的歌曲：「甜心，甜心，奔向我的甜心，奔向我的甜心，我親愛的……」

哈洛倫先生不是對的嗎？這不就是他始終保持沉默，容許這場雪將他們包圍的原因嗎？只要閉上眼睛，它就會不見。

他在總統「套糖」看到的東西就消失了。還有那條蛇其實只是掉落地毯上的消防軟管。沒錯，就連總統「套糖」的血跡都是無害的，是以前的，是早在他出生或者有記憶前就發生的事，是已經結束的事。就好像是只有他才看得見的電影。這間飯店內沒有東西，真的沒有任何東西能傷害他，假如他走進這間房能向自己證明這一點的話，難道不應該去做嗎？

「甜心，甜心，奔向我的甜心……」

（好奇心會害死貓，我親愛的redrum，redrum我親愛的，滿足感會把他安全無恙地帶回來，從腳趾到頭頂；從頭到尾他都會平安無事。他知道這些景象）

（就像恐怖的圖片，並不會傷害你。可是，噢，我的天啊）

（外婆，妳的牙齒好大啊，那是穿著藍鬍子衣服的狼，還是藍鬍子披著狼的外衣？我眞）

（高興你問了，因爲好奇心會害死貓，而滿足的希望會帶著他）

走到走廊，輕輕踩在叢林纏繞的藍色地毯上。他在滅火器旁停下腳步，將黃銅噴嘴擺回架上，接著用手指頭反覆戳著滅火器，心臟怦怦跳著，一邊喃喃地說：「來吧，傷害我啊！來吧，傷害我啊！你這摳門的討厭鬼。不敢做吧，你敢嗎？哼？你只不過是個廉價的消防軟管，什麼都不會只會躺在那裡。來啊，來啊！」他覺得自己虛張聲勢得十分愚蠢。什麼事情也沒發生。那畢竟只是條軟管，僅僅是帆布和黃銅，你可以將它劈成碎片它也絕不會抱怨，不會扭動抽搐，不會流出綠色的黏液，滴得藍色地毯上到處都是，因為它只是管子，既不是鼻子也不是梅子，不是玻璃釦或絲緞帶子，更不是昏睡中的蛇……而他匆匆忙忙，匆匆忙忙的，因為他是

（「遲到了，我遲到了。」白兔說。）

那隻白兔。對了。現在外頭遊戲場邊有隻白兔，原本是綠的，但現在變成白色，彷彿有東西在下雪、颳風的夜晚一再地嚇唬它，把它變老……

丹尼從口袋掏出總鑰匙，插入鎖孔。

「甜心，甜心……」

（白兔正要前往槌球派對，紅皇后的槌球派對上用鸛鳥當球桿，以刺蝟當球。）

他觸摸鑰匙，任手指在鑰匙上徘徊。他的頭感覺疲乏不舒服。他轉動鑰匙，鎖簧平順地彈回。

（砍掉他的頭！砍掉他的頭！砍掉他的頭！）

（儘管球桿很短，但這場比賽不是槌球，這場比賽是）

（敲啊——砰！直接通過三柱門。）

「砍掉他的頭頭頭頭頭——」

丹尼把門推開。門滑順地擺盪開來，沒有嘎吱作響。他就站在一大間寢室客廳兩用的組合房間外，雖然雪還沒有積到那麼高——最高的雪堆尚在二樓窗戶底下一呎處——這間房仍昏昏暗暗的，因為爸爸兩個禮拜前將面西的窗戶遮板全關上了。

他站在門口，摸索著右手邊，找到開關面板。頭頂上雕花玻璃燈具裡的兩個燈泡亮了起來。丹尼再往裡跨一步，環顧四周。地毯又厚又軟，是素雅的玫瑰色，令人感到平靜。雙人床上鋪著白色的床罩。一張寫字桌

（請告訴我：為何烏鴉會像寫字桌？）

靠著遮板封起的大窗戶。在飯店的營業季中持續不倦的作家

（享受愉快的時光，希望你害怕）

應該有見識到美麗的山景，可描述給家鄉的親朋好友看。

他再往裡走一些。這裡一無所有，什麼都沒有，只有空蕩蕩的房間，而且寒冷，因為爸爸今天開東側的暖氣。一張書桌；一個衣櫃，門敞開，露出一批飯店的衣架，你無法偷走的那種；一本基甸聖經擱在茶几上。左手邊是浴室的門，一面全身鏡映照著他自己臉色蒼白的影像。那扇門半開著，而且——

他看著自己的替身，緩緩地點頭。

沒錯，無論是什麼東西，它就在此，在那裡面，浴室裡。他的替身往前走，彷彿想要逃離鏡子。替身伸出手來，緊貼住他自己的手。倏地浴室門開了，替身的手因此斜斜地滑開。他往裡瞧。

一個長形而古典的房間，宛如豪華的普爾曼臥車。地板上鋪著細小的白色六角形瓷磚。浴室另一頭有個蓋子打開的馬桶座。右手邊是洗臉台，上方有另一面鏡子，背後藏著藥櫃的那種。左手邊是巨大的白色四爪古典浴缸，浴簾是拉上的。丹尼恍如作夢似的踏入浴室，走向浴缸，彷彿身外有東西推著他向前，彷彿這整件事是東尼帶他去看的夢境之一，當他將浴簾拉開時，或許能看見美妙的東西，也許是爸爸遺忘或是媽媽弄丟的東西，某樣會讓他們兩人感到快樂的東西——

於是他將浴簾唰地一下拉開。

浴缸裡的女人死去很久了。她渾身腫脹青紫，脹氣的腹部浮在寒冷、邊緣結冰的水面上，宛如一座肥肉的小島。她的眼睛凝視著丹尼，又大又呆滯，宛如彈珠。她咧嘴笑著，青紫的嘴角輕蔑地向後拉。她的胸部下垂，陰毛漂浮著。凍僵的雙手有如螃蟹爪，擱在陶瓷浴缸滾著花邊的兩側。

丹尼尖叫，但聲音並沒有從嘴唇逸出，而是不斷地向內再向內，跌落他內心的幽暗處，彷彿石頭掉進井裡。他踉踉蹌蹌地往後退一步，聽見自己腳跟在白色的六角形瓷磚上發出尖銳的聲響，就在這時他失禁了，尿液毫不費勁地溢出。

浴缸裡的女人坐起身。

她仍然咧著嘴笑，大如彈珠的眼睛緊盯著他，一面坐起來，失去彈性的手掌在陶瓷上製造出斷斷續續的雜音，胸部晃盪著宛如年代已久的破損沙袋。她周邊的碎冰破裂時，傳出細微的聲響。她沒有呼吸。她是具屍體，而且已死去多年。

丹尼轉身飛奔，衝過浴室門，他的眼睛嚇得凸出來，毛髮豎直有如即將成為犧牲「球」（槌球？或短柄槌球？）的刺蝟的毛，嘴巴大張卻發不出任何聲音。他全速奔向二一七號房的外門，如今那扇門已闔上。他奮力地搥門，完全沒注意到門並沒有上鎖，只需要轉動門把就能出去。突然間從他的口中發出震耳欲聾、遠超過人類聽覺範圍的尖叫聲。他只能搥打著門，聽著死去的女人朝他走來，腫脹的腹部、乾枯的頭髮、伸長的雙手——浴缸裡遭殺害也許經年的屍體，奇蹟似的好好保存在那裡。

門打不開，打不開，打不開，打不開。

驀地他想起迪克．哈洛倫的聲音，如此突如其來、完全出乎意料之外，如此地平靜，於是他閉鎖的聲帶暢通了，開始軟弱地哭泣——不是由於恐懼，而是因為緊張的情緒鬆懈後太過高興。

（我不認爲它們會傷害你……它們就像書中的圖片……閉上眼睛，它們就會不見。）

他垂下眼，雙手捲成球狀，肩膀拱起，努力地集中精神：

（那裡沒有東西，那裡沒有東西，那裡沒有東西，那裡什麼東西也沒有，什麼東西也沒有！）

時間一分一秒過去。他正開始放鬆，正開始注意到門一定沒鎖，他可以出去的時候，那雙經年潮濕、腫脹而有魚腥味的手輕輕地扣住他的喉嚨，執拗地將他轉過身來，直視那張死氣沉沉的青紫色臉龐。

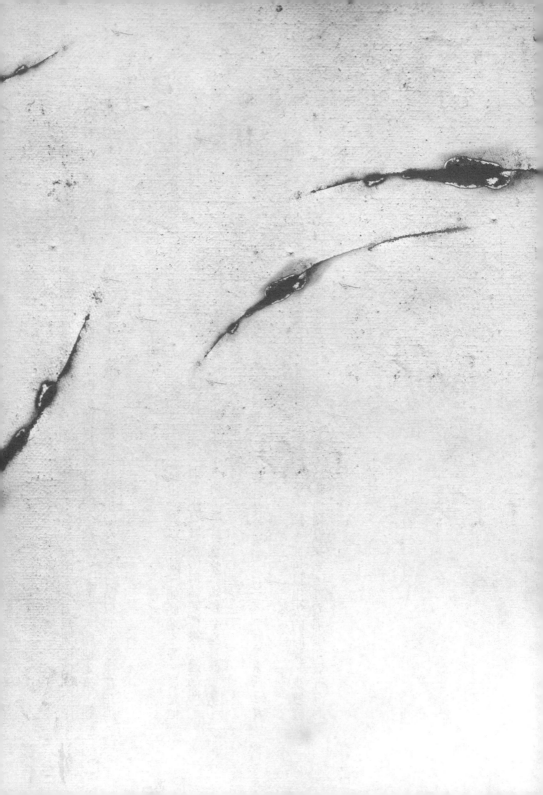

PART FOUR
受困雪中

26. 夢境

編織使她昏昏欲睡。今天就連巴爾托克的音樂都會令她困倦，況且小小留聲機放的不是巴爾托克，而是巴哈。兩手的動作越來越慢，越來越遲緩，等到她兒子結識二一七號房的長期住客時，溫蒂已經睡著了，編織品放在大腿上。毛線和編針隨著她呼吸的節拍緩緩地起伏。她睡得很沉，完全沒有作夢。

傑克．托倫斯也睡著了，但他睡得淺而不安，頻頻作著逼真得簡直不像純粹是夢的夢境——這些夢無疑比他以前作過的任何夢都來得生動。

他剛才在翻閱一捆捆的牛奶帳單時，眼睛逐漸沉重起來。每一捆有一百張，加總起來似乎有成千上萬張，然而他依舊每張粗略地過目一下，擔心倘若不夠徹底，可能會恰好錯過「全景」選集中他需要用來串起難解之謎的那一張，他非常確信那張肯定是在這裡的某個角落。他感覺自己好像一手拿著電源線，在黑暗陌生的房間裡摸找著插座。假如他能找著，就能獲得奇景做為獎賞。

他開始奮力對抗艾爾．蕭克利的電話和要求；在遊戲場的奇特經驗助了他一臂之力。那個經驗該死地太近乎崩潰，因此他確信自己內心在反抗艾爾逼他拋棄寫書計畫的可惡高壓要求。這也許是暗示他的自尊只能被逼到這個地步，再來就會徹底瓦解。他要寫那本書。倘若這代表他與艾爾．蕭克利的友好關係結束，那就如此吧！他要寫本飯店的傳記，直言不諱地寫，引言就是他看見綠雕動物移動的幻覺。標題可能枯燥無味，但確實可行：奇特的度假勝地，全景飯店的傳說。沒錯，直言不諱，但他不會滿懷惡意地寫，不會試圖報復艾爾，或司圖爾特．歐曼，或是喬治．哈特菲德，或他父親（那個可憐、惡霸的酒鬼）或者其他任何人。他想寫是因為「全景」蠱惑了他——還有比這個更簡單或真實的解釋嗎？他想寫的理由和他認為所有偉大的文學作品，無論是小說或非小說，所撰寫的理由相同：真相自會浮現，到最後真相總是會大白。他想寫因為他覺得自己非寫不可。

五百加侖的全脂牛奶，一百加侖的脫脂牛奶，已付清，記入帳上。三百品脫的柳橙汁，已付清。

他的身體往下滑更陷入椅子裡，手中仍抓著一把收據，但眼睛已不再注視紙上印刷的內容，目光開始渙散，眼皮遲鈍而沉重，心思從「全景」轉移到他父親，他父親曾經在柏林社區醫院擔任男護士，是個身材碩大而肥胖的男人，高達六呎二吋，甚至比傑克完全發育後的六呎整還要來得高，倒不是說那時老頭仍在世。「我們家最矮的小子。」他如此說著，然後疼愛地輕拍傑克大笑。傑克還有兩個哥哥，兩人都比父親高，而身高五呎十吋只比傑克矮兩吋的貝琪，在他們孩童時期大多比他高。

他與父親的關係就像是展開某種花朵的美麗潛質，　旦完全綻放，裡頭早已枯萎。一直到他七歲前，始終都不假思索地深愛這位腰圍寬廣的高大男人，儘管屁股挨揍、身上瘀青，偶爾還有黑眼圈。

他記得寧靜的夏日夜晚，屋子一片寂靜，最大的哥哥布雷特和女友外出，中間的哥哥麥可在讀書，貝琪和母親在客廳，收看不聽使喚的老電視播放的節目；而他僅著件汗衫坐在走廊上，表面上是在玩玩具卡車，實際上是在等待門砰的一聲巨響撞開，打破沉寂的那一刻，父親看見小傑等候時歡迎的吼叫聲，以及看到這大塊頭男人沿著走廊走來，平頭底下粉紅色的頭皮在走廊燈光下閃耀時，自己高興得尖叫的回應聲。在燈光照射下，穿著醫院白制服的他總看起來好像柔軟飄動的特大號鬼魂，他的襯衫永遠沒塞好（有的時候還沾了血），褲管鬆垮垮地蓋在黑色皮鞋上。

父親一把將他抱進臂彎，興奮地將他往上舉，速度快到他彷彿能感覺到空氣的壓力緊貼住頭，宛如一頂鉛製的帽子，他不斷地向上再向上，兩人一起高聲叫著：「電梯！電梯！」有些夜晚父親喝得爛醉，來不及阻止肌肉厚實的臂膀向上抬，小傑就會直接飛過父親平坦的頭頂，宛如人肉飛彈一般緊急著陸在父親身後的走廊地板上。但是在其他時候，父親只會擺動得讓他狂喜地咯咯直笑，穿過啤酒有如一層雨霧瀰漫在父親臉上的空氣區，讓他翻滾搖晃彷彿不斷發笑的破布娃娃，最後將他放下來站穩時，他還因為生理反應不停地打嗝。

收據從傑克放鬆的手上滑開，在空中來回擺盪，慢吞吞地落到地板上；逐漸闔上的眼瞼背後烙印著父親的身影，宛如立體投射的影像，他將眼瞼稍稍撐開，隨即又閉上。他抽動了一下。意識，如收據，如秋天的白楊葉，慵懶地前後擺盪著落下。

那是他與父親關係的第一階段，直到這階段接近尾聲，他才察覺貝琪和他哥哥，他們所有較年長的，都憎恨父親；而他們的母親，這位說話音量甚少超過低喃、毫無明顯特徵的女人，忍受著丈夫只不過是因為出身天主教的教養讓她不得不如此。在那段日子中，傑克絲毫不覺得父親與孩子爭執時，總是利用拳頭獲勝有何奇怪，他也不覺得自己的愛需要和恐懼手牽手並行有何異常——恐懼電梯遊戲在特定的夜晚可能會以摔得粉碎收場；害怕父親休假時像熊一樣魯莽的好心情，可能突然轉變為野豬似的咆哮，並且以「健全的右手」奮力掌摑；他記得，有些時候，他甚至擔心玩耍時，父親的陰影可能籠罩在他身上。直到這個階段快結束時，他才留意到布雷特從來不曾將約會的對象帶回家，或者麥可和貝琪也不曾帶好友回來。

愛在九歲時，當父親用枴杖將母親送進醫院後，開始變質。他在一年前因為車禍而跛腳，之後就拄著枴杖，從此到哪都帶著，又粗又長，杖頭為金色的黑枴杖。此刻傑克打著瞌睡，想起枴杖劃過空中產生的聲音，身體不由得畏縮地一抽，那要命的颼颼聲，以及枴杖沉重地敲在牆上……或是打在肌肉上的爆裂聲。父親毫無來由地痛毆母親，往往是突如其來、毫無預警的。他們坐在餐桌上，枴杖就豎放在他的椅子旁。當時是星期天晚上，爸爸三天連假的末尾，這個週末假期，他依照平常旁人模仿不來的作風痛飲度過。烤雞，豌豆，馬鈴薯泥。爸爸坐在餐桌的主位，餐盤上堆得高高的，他正在打瞌睡，或是快要打瞌睡了。母親傳遞著餐盤。突然間爸爸完全清醒過來，兩眼深深嵌入肥腫的眼眶，因其愚蠢、惡毒的壞脾氣而閃爍不定。他的視線從家中的一個成員晃到下一個，前額中央的血管明顯地突起，這向來是不好的兆頭。他那長滿雀斑的大手落在枴杖的金色握把上，輕輕地撫弄著。他說了幾句有關咖啡的話——直到今日傑克才確定他父親說的是「咖啡」。媽媽張口回答，但緊接著枴杖咻咻地劃破空氣，猛撞在她臉上，鮮血從她的鼻子噴出。貝琪尖叫出聲。媽媽的眼鏡掉進她的肉汁裡。枴杖收回，又再度落下，這次落在她的頭頂，打破了頭皮。媽媽倒在地板上。他離開座位，繞過來到她茫然躺在地毯上的位置，繼續揮舞枴杖，以不符合胖子的速度和靈活度行動，小眼睛閃爍著，雙下巴在說話時抖動著，他同她說話就如每次像這樣脾氣爆發時，對他孩子說話一樣。「好啦！現在老天為證，我想妳現在會乖乖吃藥了吧！討厭的小狗。小狗崽子。過來吃藥！」枴杖在她身上起落了七次以上，直到布雷特和麥可抓住他，把他拖走，並奮力從他手中奪走枴杖。傑克

（小小傑，此時他變成小小傑，坐在蛛網密佈的露營椅上打盹並喃喃自語，火爐在他背後轟隆震響地開始熊熊燃燒）

知道父親究竟痛擊了多少下，因為打在母親軀體上每一下低悶的撞擊聲都刻印在他的記憶

中，宛如鑿子失去理性地重擊在石頭上。七次撞擊聲。不多，不少。他和貝琪流著淚，不敢置信地看著母親的眼鏡掉在馬鈴薯泥中，單邊破裂的鏡片上沾著肉汁。布雷特從後面走廊對著爸爸大吼，告訴爸爸，要是他再動的話，他就會殺了他。爸爸則一遍又一遍地說：「可惡的小狗。討厭的小狗崽子。給我枴杖，你這該死的小狗。把枴杖給我。」布雷特歇斯底里地揮舞枴杖說，好，好，我會給你，只要你敢動一下下，我就會把你要的全給你，另外再多給你兩下。我會給你很多很多下。媽媽頭暈眼花地慢慢站起來，她的臉已經腫起，鼓得像個充了太多氣的舊輪胎，並且有四、五個不同的地方在流血，她說出令人震驚的話，這也許是媽媽說過的話中，唯一傑克能清楚記得每一字每一句的：「誰拿了報紙啊？你爸爸要看連環漫畫。下雨了嗎？」說完她又跪倒在地，頭髮貼在腫脹流血的臉上。麥可打電話叫醫生，含糊不清地講著電話。他能馬上來嗎？是母親受傷了。不，他不能說是什麼問題，不能在電話裡說，他不能在共用的電話線路上說。請來就是了。醫生來了，將媽媽送去爸爸成年後工作了一輩子的醫院。爸爸稍微清醒過來（或者也許只是動物被逼到牆角時，愚蠢地耍詐），告訴醫生她跌下樓。桌布上有血跡是因為他試圖用桌布擦她寶貝的臉。她的眼鏡一路飛越客廳，跑進餐廳，再掉入馬鈴薯泥和肉汁裡嗎？醫生令人毛骨悚然地咧開嘴笑，並挖苦地問。馬克，事情發生的經過是這樣子的嗎？我聽過有人能憑著金牙的填料找到廣播電台，也見過有人眉心中槍後還能活著說這段故事，但是遇到這種事我還是頭一遭呢！爸爸只是搖搖頭說他不曉得，眼鏡一定是在他把她搬到餐廳時，從她臉上掉落的。父親平靜地說出如此驚人的謊言令四個孩子呆愣得默不作聲。四天後，布雷特辭掉工廠的工作從軍去。傑克總覺得原因不光是因為父親在餐桌上突如其來毫無理性地毆打，還因為在醫院裡，母親握著教區神父的手，證實了父親的說詞。深感厭惡的布雷特離開他們，迎向未卜的一切。他在一九六五年死於越南東湖，那一年傑克．托倫斯尚在大學就讀，參與了校內積極鼓動結束戰爭的活動。他在越來越多人參加的集會上揮動哥哥的血衣，但是當他說話時，浮現在眼前的不是布雷特的臉，而是母親那張茫然、不解的臉，母親問說：「誰拿了報紙啊？」

三年後，傑克十二歲時，麥可擺脫了——他憑著為數可觀的優秀獎學金去唸新罕布夏大學。一年後，父親在幫病人進行手術前的準備工作時，突然嚴重中風而過世。他身穿從沒塞好、飄動的醫院白制服倒下，甚至還未撞到黑紅相間的工業用醫院瓷磚前大概就已死去；三天後，這個主宰小傑一生的男人，毫無理性的白色鬼—神，就長埋地底。

墓碑上刻著馬克．安東尼．托倫斯，慈愛的父親。在這下面傑克想要加一行字：他很懂得如何玩電梯遊戲。

他們拿到大筆的保險金。這世界上有人難以控制地收集保險，就像有些人收藏硬幣和郵票一般，而馬克．托倫斯就是這類型的人。保險金到來的同時，每月的保費和烈酒的帳單也停了。他們過了五年富裕的生活，幾近富有……

在不安的淺眠中，他的臉浮現在他面前猶如在鏡中，是他的臉卻又並非他的臉，小男孩睜大的雙眼以及彎成弓形的無辜嘴巴，拿著小卡車坐在走廊上，等待爸爸，等候白色的鬼—神，等著電梯以令人暈眩、興奮的速度升起，穿過爸爸所吐出混合著鹽與鋸木屑味道的酒氣，或許還等著砰的一聲摔下，讓老舊的線圈從他耳朵甩出來，而爸爸在一旁狂笑不已，那張臉

（轉變成丹尼的臉，與他自己從前的臉如此相像，他的眼睛是淺藍色的，丹尼的則是朦朧的灰，但是嘴唇同樣彎成弓形，膚色一樣白；丹尼在他書房，穿著如廁學習褲，他所有的稿紙都濕透，隱約飄著微微的啤酒味……可怕的毆打正在醞釀發酵，乘著酵母的翅膀上升，小酒館的氣味……骨頭斷裂的聲音……他自己的聲音，醉醺醺地低聲尖喊著丹尼，你沒事吧，博士？……噢天啊！噢天啊！你可憐可愛的小手臂……然後那張臉轉變成）

（媽媽茫然的臉從桌子底下抬起，那張遭到毆打、淌著血的臉，媽媽說）

（——來自你父親。我重複一次，有個非常重要的宣佈來自你父親。請繼續收聽，或是立刻轉到歡樂傑克頻道。重複一次，立刻轉到歡樂時光頻道。我重複——）

聲音慢慢淡出。脫離實體的聲音彷彿沿著無止盡的晦暗長廊迴響到他耳際。

（一直有事情妨礙我，親愛的，親愛的湯米……）

（梅鐸克，你在嗎？親愛的，我又夢遊了。我害怕的是非人的怪物……）

（「抱歉，歐曼先生，不過，這不是……」）

……辦公室，有檔案櫃，歐曼的大辦公桌，明年度用的空白預約登記簿已就緒——那個歐曼，絕對沒有任何疏漏——全部鑰匙都整齊地掛在鉤子上

（只除了一把，哪一把？哪支鑰匙？總鑰匙，對了，是總鑰匙，總鑰匙，誰拿了總鑰匙呢？如果我們上樓去，也許就能看到）

還有擺在架子上的那台大的雙向無線電對講機。

他啪地將無線電對講機打開，民用頻段的訊號以短促、噼啪的爆裂聲傳送過來。他變換頻帶，調過一連串的音樂、新聞，一名傳教士對著輕聲低吟的教堂會眾高談闊論的演說，氣象報告。還聽到另一個聲音，他立即調回去，那是他父親的聲音。

「——殺了他。你必須殺了他，小傑，還有她。因為真正的藝術家必須受苦。因為每個人都要殺掉自己所愛的。因為他們總是密謀反抗你，想要阻礙你，拖垮你。就在這一刻，你兒子就處在他不該去的地方。擅自侵入，那就是他正在做的事。他是個討厭的小狗崽子。用棍子揍他吧！小傑，用棍子把他打到半死。喝一杯吧！小傑，我的乖兒子，我們再來玩電梯遊戲。等你給他吃藥的時候，我會跟你一起去。我知道你辦得到的，你當然可以。你必須殺了他。你得殺了他，小

傑，還有她。因為真正的藝術家必須受苦。因為每個人——」

他父親的聲音越來越高越來越高，變成使人抓狂的音調，一點也不像人，像是某種長而尖銳、暴躁、狂亂的聲調，那鬼—神、豬玀—神的聲音從無線電對講機裡傳出，正對著他來而且——

「不！」他高聲吼回去。「你已經死了，躺在你的墳墓裡，你完全不在我心裡！」因為他已經將父親從心中完全割除，他不該再回來的，不該從兩千哩外他父親生活並且埋葬的新英格蘭小鎮，匍匐到這間飯店來。

他高舉起無線電對講機，一把摔下，對講機在地板上摔得粉碎，露出裡頭的老舊線圈和真空管，好像某次瘋狂的電梯遊戲走樣後的結果，讓他父親的聲音消失，只留下他的聲音——傑克的聲音，小傑的聲音，在辦公室冰冷的現實中不斷反覆地唸著：

「——死了，你已經死了，你已經死了！」

另外還有溫蒂的腳撞到他頭上方的地板時，所發出令人嚇一大跳的聲音，及溫蒂受到驚嚇、害怕的聲音：「傑克？傑克！」

他站起來，瞇著眼睛看著底下砸碎的無線電對講機。現在只剩下設備倉庫裡的雪上摩托車可以將他們與外面的世界連結。

他把雙手放到眼睛上，緊緊按著太陽穴。他的頭又痛了。

27. 緊張僵直

溫蒂腳上穿著長襪跑到走廊盡頭，然後一次跨兩階地跑下主樓梯到大廳去。她沒有抬頭看一眼通往二樓鋪著地毯的階梯，要是看了的話，她會看到丹尼靜止而沉默地站在階梯頂端，一雙沒有聚焦的眼睛直直地望著毫無異樣的空間，大拇指塞在嘴裡，襯衫的領子和肩部都濕透。就在下顎底下的脖子上，有腫脹的瘀傷。

傑克的喊叫聲停止，但並沒有解除她的恐懼。他的聲音，那如同過去令她記憶深刻的拔高、威嚇的音調，驚醒了睡夢中的溫蒂，她以為自己仍在夢中，但心裡的另一個角落明白她是清醒的，這點令她更為害怕。她有點預期衝進辦公室後會發現他，酒醉、意識不清楚地，站在丹尼四肢攤開的軀體旁。

她推開門，傑克就站在那兒，用手指揉著太陽穴，臉色死白。那台雙向的無線電對講機只剩零星的碎玻璃散落在他腳邊。

「溫蒂？」他不確定地問：「溫蒂——？」

他的迷亂似乎加深，有一瞬間她看見他真實的臉孔，平常他隱藏得非常好的面容，那是張絕望痛苦的臉，露出動物受困在陷阱中無力破解、無法讓自己不受傷害時的表情。然後他的肌肉開始動作，在皮膚底下掙扎，嘴巴無力地顫抖起來，喉結也開始上下起伏。

她自己的迷亂和驚訝為震驚所遮蓋——他快要哭了。她以前看過他流淚，但是自從他戒酒後就再也沒見過了……就算是在那段時期也從沒看過，除非是他喝得酩酊大醉，十分感傷懊悔的時候。他是個情緒緊繃的男人，繃得跟鼓一樣，他的失控再度把她嚇壞。

他朝她走來，此時淚水已溢出眼睛，頭不由自主地搖著，彷彿徒勞地想要抵擋情緒的風暴，而他的胸膛拚命地喘著氣，最後爆發出激烈、痛苦的啜泣。他的腳被無線電對講機的殘骸給絆倒，使他幾乎跌進她的臂彎，害她的身子承受他的重量往後一晃。他的氣息吹到她臉上，絲毫沒有酒精的味道。當然沒有，這山上並沒有烈酒。

「怎麼回事？」她盡量撐住他。「傑克，到底怎麼了？」

但是起初他只是一個勁兒地哭泣，緊緊抱住她，幾乎要把她肺部的空氣給壓出來，他的頭在她肩膀上無助地發抖，像是在抵抗似的轉來轉去，哭聲響亮而猛烈。他渾身都在顫抖，格子襯衫和牛仔褲底下的肌肉猛然抽搐。

「傑克？怎麼了？告訴我究竟是怎麼一回事！」

終於，啜泣逐漸轉為言語，起先大多語無倫次，但是當他哭得筋疲力盡後，語句就越來越清楚。

「……夢，我猜是夢，可是感覺很真實，我……我母親說爸爸要上廣播，而我……他……他吩咐我去……我不知道，他對著我吼叫……所以我就砸了無線電……把他關掉。為了把他關掉。他已經死了，我甚至不想夢到他。他死了。我的天，溫蒂，我的天啊！我從來沒作過像這樣的惡夢。我絕對不想再作一次。老天！真是可怕極了。」

「你只是在辦公室睡著了？」

「不……不是在這裡。在樓下。」他現在稍微振作起來，重量不再壓在她身上，持續來回轉頭的動作先是減慢然後停止。

「我在翻那些舊文件，坐在我擺在那兒的椅子上。牛奶的收據，一些枯燥乏味的單據。我想我就這樣打起瞌睡，於是開始作夢。我一定是夢遊走上這裡。」他貼著她的頸子，努力擠出一點不安的微笑。「另一個第一次。」

「傑克，丹尼在哪？」

「我不曉得。他不是跟妳在一起嗎？」

「他沒有……跟你一起在樓下嗎？」

他轉頭一看，當他看見她的表情，頓時臉部繃緊。

「妳永遠不打算讓我忘記那件事，是吧？溫蒂？」

「傑克——」

「在我臨終前，妳還會彎下身子對我說：『這是你罪有應得，還記得那次你折斷丹尼的手臂嗎？』」

「傑克！」

「叫什麼叫？」他一躍而起，大發雷霆地問：「妳敢否認我說中妳的想法嗎？妳在想說我傷害他？想說我以前傷害過他一次，我就可能再一次傷害他？」

「我只是想知道他在哪裡罷了！」

「妳叫啊，儘管大聲吼啊！吼一吼一切都沒事嘛，是不是？」

她轉身走出門外。

看著她離去，傑克僵愣了半晌，一手拿著蓋滿玻璃碎片的記事本。一會兒後他將記事本扔進字紙簍，追著她出去，在大廳櫃檯旁追上她。他把雙手放在溫蒂肩膀上，把她轉過來。她的表情警惕僵硬。

「溫蒂，我很抱歉。都是那個夢害的，我心裡很煩。原諒我嗎？」

「當然。」她回答，但臉上表情並沒有改變。她僵硬的肩膀從他手中滑開，走到大廳中央喊著：「嘿，博士！你在哪裡？」

大廳恢復沉寂。她走向雙扇的大廳門，打開其中一扇，走到外頭傑克鏟過的小徑上。這比較像是條壕溝，從堆積的雪中挖過，雪堆高達她的肩。她再次呼喚丹尼，吐出的氣息變成一抹白煙。當她回到屋內，神情開始驚慌。

他壓抑住對她的憤怒，理性地說：「妳確定他沒在自己房間睡覺嗎？」

「我告訴過你，我編織的時候，他在別的地方玩。我可以聽見他在樓下的聲音。」

「妳有睡著嗎？」

「那跟這有什麼關係？有。丹尼？」

「妳剛才下樓時有看一下他的房間嗎？」

「我——」她打住。

他點點頭。「我想應該沒有。」

他沒等她就逕自邁步上樓。她小跑步地跟在他後面，但是他一次跨兩階。他在一樓樓梯平台突然停下腳步時，她險些撞到他的背。他的腳像生根似的釘在那兒，眼睛睜得大大地，仰頭看。

「怎麼——？」她開口，隨即順著他的視線望過去。

丹尼仍站在原處，眼神茫然，吸吮著大拇指。喉嚨上的印記在走廊電氣燭台的光線下異常明顯。

「丹尼！」她放聲尖叫。

尖叫聲使得傑克脫離木僵狀態，他們一同衝上樓梯到丹尼站的位置。溫蒂在他身旁跪下，將男孩一把抱進懷裡。丹尼順從地任她抱，卻沒有回抱她，感覺像是擁抱一根塞了襯墊的木棍，新鮮的驚恐滋味充塞著她的嘴。而他只是吸吮著拇指，冷淡茫然地瞪視著他們兩人身後的樓梯間。

「丹尼，發生什麼事了？」傑克問。他伸手觸摸丹尼腫脹的頸側。「誰對你做這種——」

「你別碰他！」溫蒂大聲地斥責。她將丹尼緊摟在懷中，把他抱起，在傑克困惑著起身，還來不及進一步反應前，後退到樓梯中間。

「怎麼了？溫蒂，妳到底在——」

「你別碰他！假如你再傷害他，我就會殺了你！」

「溫蒂——」

「你這個混帳！」

她轉身跑下樓梯到一樓去。跑動的時候，丹尼的頭輕微地上下震動。他的拇指穩穩地塞在嘴裡，眼睛如抹了肥皂的窗戶一般看不透。她到了樓梯底部向右轉，傑克聽見她的腳步聲撤退到盡頭，接著他們房間門碰的一聲關上，插銷門上，門鎖轉動。短暫的寂靜，然後是安撫人的輕柔、低喃的聲音。

他站了不知多久的時間，短短時間內發生那麼多的事，使他呆愣在原地無法動彈。他的夢依然跟隨著他，讓每樣事物都抹上些微不真實的色彩，彷彿他服了一劑非常微量的梅斯卡靈迷幻藥。或許他真如溫蒂想的一樣傷害了丹尼？想要依照死去父親的要求勒死他的兒子嗎？不，他絕對不會傷害丹尼的。

（醫生，他從樓梯上摔下來。）

他現在絕對不會傷害丹尼。

（我怎麼會知道那個殺蟲噴霧罐是有問題的呢？）

他這一生清醒的時候，從來不曾蓄意危害別人。

（除了你差點殺了喬治・哈特菲德那次之外。）

「不！」他對著幽暗吶喊，用兩隻拳頭搥打自己的大腿，一遍又一遍又一遍。

溫蒂坐在窗邊加了厚軟墊的椅子上，將丹尼抱在膝上，輕哼著古老無意義的語言，那種你事後無論結果如何絕對不會記得的話語。他既沒抗議也沒喜悅之情地趴在母親膝上，宛如是他自身的剪紙圖樣，就連傑克在走廊某處大喊「不！」的時候，他的視線也沒轉向門。

她腦袋的混亂稍微消退一點，但是立刻發現比混亂更可怕的事：驚慌。

這是傑克做的，她毫不懷疑。他的否認對她而言不具任何意義。她認為極有可能是傑克睡著時試圖勒死丹尼，就像他在打瞌睡時砸毀無線電對講機一樣。他逐漸崩潰了。可是她能怎麼辦呢？她不能永遠鎖在房間裡面。他們得吃東西。

實際上只有一個疑問，以全然冷靜、務實的語調在心裡問；她那母性的聲音，一旦脫離母子封閉的圈子朝向外頭的傑克時，就變成冰冷、不帶絲毫熱情的聲調。那聲音在保護兒子之後才會提到保護自己，而那聲音提出的問題是：

（他究竟有多危險？）

他否認是他做的。他看到瘀傷，見到丹尼虛弱、難以安撫，與環境脫節的狀態時，也大為驚駭。假使真是他做的，那麼該負責任的是他的分身。他是在睡夢中以一種可怕、反常的方式做的，這個事實令人鼓舞。是不是有可能可以仰賴他把他們帶離飯店？將他們帶下山遠離這兒。在那之後……

然而，她無法預見自己和丹尼安全抵達塞威的艾德蒙斯醫生辦公室之後的情景。她也沒有特別需要看見更進一步的事。光是應付眼前的危機就忙不過來了。

她對丹尼輕輕哼唱，將他抱在胸前搖動。放在他肩上的手指留意到他的T恤是濕的，卻只是草率地將這訊息傳達給大腦。假使這訊息有確實傳達的話，她或許會想起傑克的手，當他在辦公室抱著她，貼著她的頸部啜泣時，手是乾的。這或許會讓她猶豫一下。但是她的心思仍在別的事情上頭，她得作出決定——該不該接近傑克？

事實上，這稱不上是決定。她單獨一人無法達成任何事，甚至無法帶著丹尼到樓下辦公室，靠無線電對講機呼救。丹尼受到極大的刺激，應該要在造成永久的傷害之前，趕緊帶他出去。她拒絕讓自己相信永久的傷害也許早就形成了。

但她依然苦苦思索，找尋別的選項。她不想讓丹尼回到傑克觸手可及的地方。如今她意識到作了錯誤的決定，她不該違背自己（以及丹尼）的感覺，任由大雪將他們封閉在此……就為了傑克。另一個錯誤的決定是，不該暫時擱置離婚的念頭。現在她一想到自己可能犯下另一個錯，一個她今後人生的每一天每一分鐘都會懊悔的錯誤，就快要癱軟。

飯店裡沒有槍。廚房裡的磁性滑軌上掛著好幾把刀，但是傑克處在她和刀之間。

當她竭力作出對的決定，找出替代方案時，並沒有想到自己的想法是多麼尖刻的諷刺：一小時前她睡著時，還堅定地確信一切都很順利，不久甚至會變得更好。如今卻在思考萬一她丈夫想要妨礙她和兒子的話，利用屠刀對付他的可能性。

最後她抱著丹尼站起來，兩腿發抖。別無他法。她必須假設傑克清醒時神智是正常的，會幫助她把丹尼帶去塞威找艾德蒙斯醫生。倘若傑克不願幫忙卻打別的主意，那就祈求上帝幫助他吧！

她走到門邊開了鎖，將丹尼抱到肩上，然後打開門走到外頭走廊上。

「傑克？」她緊張地叫喚，但沒得到回應。

她感到越來越不安，往下走到樓梯間，但傑克不在那兒。當她站在樓梯平台，想著下一步該怎麼做時，底下傳來歌聲，嘹喨、憤怒、非常嘲諷的：

「將我翻過身

在三葉草間

將我翻過身，把我放下再做一次。」

他的聲音比默不作聲更令她害怕，但依然別無選擇。她提腳走下樓梯。

28. 「是她！」

傑克站在樓梯上，豎耳傾聽安撫的哼唱聲透過上鎖的門隱隱約約地傳出來，他的迷亂漸漸地為憤怒所取代。情況從來不曾真正改變；對溫蒂來說從來沒有。他可以戒酒二十年，但是每晚回到家，她在門口擁抱他時，他還是能看見／感覺到她的鼻孔微微張大，試圖探測他呼出的一長列氣息中，是否夾帶著蘇格蘭威士忌或琴酒的氣味。她總是假設最糟的情況，假使他和丹尼發生車禍，對方是個喝醉酒的盲人，在撞車前剛巧中風發作，她也會默默地將丹尼的傷責怪到他身上，轉過頭去。

她奪走丹尼時的臉浮現在他面前，他忽然想要用拳頭徹底消滅那張臉上的怒火。

她沒有該死的權利！

沒錯，或許一開始有。他曾經是個酒鬼，做了很多很糟的事，折斷丹尼的手臂就是件糟糕的事。但是倘若一個人改過自新，他的悔改不是遲早應該得到讚揚嗎？假如沒得到應有的讚許，難道他不應做些名副其實的事嗎？如果一位父親老是譴責童貞的女兒和中學裡的每個男生都有性關係，她最後難道不會厭煩（受夠）了指責，而索性做出飽受父親責備的行為嗎？要是妻子背地裡——不完全是私底下——一直相信完全戒酒的丈夫是個酒鬼的話……

他起身，緩步走到一樓的樓梯平台，在那兒站了半晌，從身後口袋拿出手帕，擦抹嘴唇，考慮走下去猛敲臥室的門，要求她讓他進去好看他的兒子。她沒有權利如此地專橫。

哼，遲早她得出來，除非她打算兩人都徹底節食。一想到這，他的嘴角就揚起相當陰險的笑容。讓她來找他吧！她遲早會來的。

他順樓梯而下到底層，在大廳櫃檯漫無目的地站了一會兒，然後轉向右。走進餐廳，站在一進門的地方。空蕩的桌子，透明塑膠布底下清洗乾淨並熨燙平整的白色亞麻桌布，朝他微微地閃光。整間餐廳空無一人，唯有

（晚上八點開始供應晚餐
午夜時分摘下面具跳舞）

傑克漫步在桌子間，暫時忘卻樓上的妻兒，忘記那場夢、砸毀的無線電和瘀傷。他的手指劃過光滑的塑膠防塵布面，試著想像一九四五年八月那個炎熱夜晚的情景，戰爭勝利，延展在前方的未來是如此嶄新而又多彩多姿，有如夢想的國度。明亮而色彩繽紛的日式燈籠掛滿整條環形車道，金黃色的光線從如今堆滿雪的高窗照射出去。男男女女都變裝赴會，這邊一位光彩奪目的公主，那邊一位穿著長筒靴的騎士，到處都是閃亮的珠寶和靈機一動的風趣，跳舞，免費烈酒不斷地供應，第一杯紅酒，接著是雞尾酒，再來也許是啤酒加威士忌的焊接工人，談話的興致越來越高越來越高，直到樂團指揮的指揮台傳來興高采烈的呼聲，高喊著：「摘下面具！摘下面具！」

（接著紅死病統馭……）

他發現自己站在餐廳的另一頭，正好就在科羅拉多酒吧那扇傳統風格的雙扉推門外，這裡在一九四五年的那天晚上，所有的酒應該都是無限暢飲的。

（到吧台來喝一杯吧！朋友，今晚酒全部免費。）

他跨過雙扉推門，進入酒吧深長、層疊的陰影中。奇怪的事情發生了。他之前來過這裡一

次，檢查歐曼留下的存貨清單，他知道這地方搬得一乾二淨，架子上空無一物。但是現在，僅靠著餐廳滲透過來的光線黯淡的照明（由於雪遮住了窗戶，餐廳本身光線也很昏暗），他覺得自己看見吧台後面有一排又一排微微閃耀的酒瓶，以及蘇打水瓶，甚至還有啤酒從三個磨得十分光亮的龍頭流淌下來。沒錯，他甚至能嗅到啤酒的味道，那濕潤、發酵和酵母的氣味，與他父親每晚下班回家時，臉上微微飄散的味道一模一樣。

他張大眼睛，摸找著牆上的開關，昏暗、溫馨的酒吧燈亮起，一圈圈二十瓦的燈泡嵌在頭頂上三個車輪形狀的吊燈頂端。

架子全都是空的，甚至還未徹底蒙上一層灰。啤酒龍頭是乾的，底下鍍鉻的排水管也是如此。在他左右兩邊，鋪了天鵝絨軟墊的雅座有如高背的男人一般地直立著，每個設計都是為了提供裡頭的情侶最佳的隱私。正前方，鋪著紅毯地板的另一端，四十張高腳凳置放在馬蹄形的吧台四周，每張凳子的椅面都是皮革製的，並且飾以牲口的烙印浮雕——圓圈中的H，上下兩橫中間夾一個D（這很恰當），四分之一弧形上的W，橫躺的B。

他走近吧台，邊走邊困惑地微微搖頭。這感覺就像那天在遊戲場……但是沒有道理回想起那件事。然而他可以發誓自己看見那些瓶子，雖然模糊不清，卻是真的，就像你在窗簾拉上的房間裡看到家具的模糊輪廓一樣。玻璃上隱約的閃光。唯一殘留的是啤酒的味道，傑克知道那是世上每間酒吧在過一段時間後，逐漸滲入木製裝潢的氣味，沒有任何發明的清潔劑能徹底根除。然而這裡的氣味似乎很強烈……幾乎像是新鮮的。

他在高腳凳上坐下，將手肘撐在吧台包覆著皮革軟墊的邊緣。左手邊是裝花生的碗，當然，現在是空的。這是他十九個月來走進的第一間酒吧，但這可惡的地方居然沒酒——運氣真背。儘管如此，一波極為強烈的懷舊情感仍席捲了他，而身體對酒的渴望似乎一路從腹部到喉嚨，再爬升到嘴巴和鼻子，上升時讓周圍的組織枯萎、皺縮，讓它們迫切需要大量濕潤、冰涼的東西。

他再次抱著盲目而毫無理性的希望瞥向酒架，但架子依然如之前一樣空蕩蕩的。他痛苦沮喪地咧嘴一笑。拳頭，緩緩地收緊，在吧台皮革包覆的邊緣留下細微的抓痕。

「嗨，洛伊，」他說：「今晚有點冷清，是吧？」

洛伊說是啊。接著洛伊問他要點什麼。

「啊，我真高興你開口問我，」傑克說：「真的很高興。因為我錢包裡剛好有兩張二十塊和兩張十塊，我擔心鈔票會一直擱在那兒到明年四月不知什麼時候呢！這附近連個便利商店都沒有，你相信嗎？我還以為連他媽的月球上都有便利商店呢！」

洛伊表示同情。

「所以就這樣子吧，」傑克說：「你幫我準備二十杯相同的馬丁尼。相同的二十杯，就像那樣，噹啷。為了我戒酒的每一個月，另外是為了讓我慢慢適應。你做得來吧，可以嗎？會不會太忙了？」

洛伊說他一點也不忙。

「你人真好。你把那些火星人直接沿著吧台排列好，我要一杯一杯地喝下去。白種人的負擔啊！洛伊我的朋友。」

洛伊轉身去工作。傑克伸進口袋去掏鈔票夾，卻拿出一瓶益斯得寧。他的鈔票夾放在臥室的五斗櫃裡，而無疑地他那小腿瘦得皮包骨的妻子將他鎖在臥室外頭。幹得好啊，溫蒂。妳這討厭的婊子。

「我好像一時沒帶到錢，」傑克說：「不管怎樣，我在這間酒吧的信用怎麼樣？」

洛伊說他的信用良好。

「好極了。洛伊，我喜歡你。你總是最棒的一位，是巴赫和緬因的波特蘭之間最棒的酒吧老闆，還有奧勒岡的波特蘭。」

洛伊謝謝他的稱讚。

傑克砰地將益斯得寧的瓶蓋打開，搖出兩粒藥錠，輕拋進嘴巴，引起胃酸的熟悉味道頓時湧入。

他忽然感覺到大家在盯著他看，好奇又帶點輕視的。身後的雅座坐滿了人——頭髮逐漸灰白的傑出男人和美貌的年輕女孩，全都變裝打扮，興味盎然地注視著這不成樣的戲劇排演。

傑克在凳子上旋身。

雅座全都是空的，從酒吧門向左右兩邊延伸，他左邊那排在吧台馬蹄形的彎角處轉到吧台側邊，一直排到房間短邊的盡頭，是塞有襯墊的皮椅和靠背。閃亮的深色美耐板桌面，每張上頭都有一個菸灰缸，每個菸灰缸裡都有一盒火柴，科羅拉多酒吧的字樣以金箔燙印在每個紙板火柴盒的雙扉推門商標上方。

他轉回來，表情痛苦地吞下未完全溶解的益斯得寧。

「洛伊，你真是神奇啊！」他說：「竟然已經準備好了。你的速度只有你那雙那不勒斯眼睛的深情美麗才能超越。乾杯。」

傑克凝視著二十杯虛構的飲料，馬丁尼的酒杯使凝結的水珠呈現紅色，每一杯都有根攪拌棒插過一顆圓胖的綠橄欖。他幾乎能聞到空氣中琴酒的香氣。

「戒酒貨車，」他說：「你有認識跳上戒酒貨車的紳士嗎？」

洛伊承認自己偶爾會認識這樣的人。

「那你曾經在這種人跳脫戒酒貨車之後，重新認識他嗎？」

洛伊誠實說，他想不起來。

「那麼，就是從來沒有過了。」傑克說。他的手握住第一杯飲料，將拳頭舉到張開的嘴邊，然後把拳頭往上一翻。他一口吞下，再將虛構的酒杯往肩膀後頭一扔。人群又回來了，剛從化妝舞會回來，他們審視他，手掩著嘴偷笑。他可以感覺到他們的存在。倘若吧台背後的酒架是一面鏡子，而不是可惡討厭的空架子的話，他就能看見他們了。讓他們瞪著看吧！去他們的。讓想看的人盡量看吧！

「不，你從來沒有，」他告訴洛伊。「很少人從傳說中的戒酒貨車回來，但那些回來的人都有可怕的故事可以說。當你跳上去的時候，它看來就像是你所見過最明亮、最乾淨的貨車，十呎高的車輪讓車子的底部高出排水溝，所有醉鬼都帶著自備的酒、雷鳥⑭，和老祖父的私釀波本威士忌橫七豎八地躺在溝裡。你遠離所有對你投以厭惡的眼光，叫你自我檢點，或是滾到別的鎮去裝模作樣的人。洛伊我的夥伴，從排水溝看過去，那是你見過外觀最精緻的貨車。全車懸掛著彩帶，前頭有銅管樂隊，每邊各有三名女指揮，快速轉動著她們的指揮棒，並朝你閃露她們的小短褲。噢老兄，你得搭上那輛貨車，遠離這群將劣質烈酒一滴不漏地喝光的醉鬼，他們聞著自己的嘔吐物好再茫一次，並且沿著排水溝搜找濾酒器底下還剩半吋的酒桶。」

他再喝乾兩杯想像中的酒，將酒杯扔到背後去，幾乎能聽見杯子砸碎在地板上的聲音。該死，他開始覺得茫了，應該是益斯得寧。

「所以你爬上去，」他告訴洛伊，「你真高興上去那裡。我的天，是啊！那是肯定的。那輛貨車是整個遊行隊伍中最大、最棒的花車，每個人都排在街道兩邊，鼓掌歡呼揮手，全都是為

⑭雷鳥（Thunderbird）：專門銷售給低收入者的廉價加烈葡萄酒。

了你。除了排水溝裡喝得爛醉的酒鬼之外。那些傢伙曾經是你的朋友，但現在全都被拋在你後頭。」

他將空無一物的拳頭抬到嘴邊，再灌下一杯——乾掉四杯，還有十六杯，進展絕佳。他在高腳凳上微微搖擺。讓他們盯著看吧！如果他們這樣很爽的話。照張相片啊！各位，這樣可以持久一點。

「洛伊弟——我的——夥伴，之後你就開始看清真相，一些你從排水溝看不見的東西。比方說貨車的地板只不過是單純的松木板，新鮮得還淌著樹液，假如你把鞋子脫掉，肯定會扎到刺。好比說貨車上唯一的家具是沒有軟墊可坐的高背長椅，事實上這些只不過是教會的長凳，每隔五呎左右就有一本歌本。比如說貨車上所有坐在教會長凳上的人都是平胸女士，她們身穿領口周圍有一點蕾絲的長洋裝，頭髮梳到後面挽成髻，綁得緊到你幾乎能聽見頭髮在尖叫。每張臉孔都呆板、蒼白、有光澤，她們全都唱著『我們聚集生命河邊，在極美麗、極美麗的，河邊。』最前面有個金髮的臭婆娘在彈風琴，要求她們唱大聲點，再唱大聲點。然後有人用力塞了一本歌本到你手中，說：『唱出來吧！兄弟。如果你希望待在這輛貨車上，你就得早上唱、中午唱、晚上唱，尤其是晚上。』洛伊，你這時才領悟到這輛貨車的真面目。這是窗戶上裝有鐵欄杆的教堂，是女人的教堂，你的囚牢。」

他頓住。洛伊不見了。更糟的是，他從來不曾存在過。那些酒也從來不曾存在。唯有坐在雅座裡的人，那些從化妝舞會來的人，他幾乎能聽見他們掩著嘴發出的壓抑笑聲，並且感覺到他們的眼睛閃爍著犀利、殘忍的光點。

他再度旋身。「別再——」

（煩我？）

所有的雅座全都空無一人。笑聲如秋天落葉的騷動完全止息。傑克目不轉睛地瞪著空蕩蕩的酒吧半晌，眼睛圓睜，眼神深沉。他的前額中央明顯地感覺到血管跳動。在他心中最核心的深處，一個令人發冷的事實慢慢成形，確定他的精神逐漸錯亂。他感到一股衝動，想要舉起旁邊的吧台高腳凳，翻轉過來，如一陣復仇的旋風般橫掃過整間酒吧。然而他僅是轉回來面向吧台，開始咆哮：

「將我翻過身
在三葉草間
將我翻過身，把我放下再做一次。」

丹尼的臉龐浮現在他眼前，不是丹尼平常那張活潑又靈動，眼睛閃閃發光、毫不保留的臉，而是緊張兮兮、如行屍走肉般的陌生臉龐，眼神呆滯晦暗，嘴巴稚氣地噘著，還含著大拇指。他到底在幹嘛？當他兒子在樓上某個角落，表現得像是該進精神病房的人，和威利．賀立斯轉述的維克．史坦格被白袍男人帶走之前的舉止一模一樣時，他居然坐在這兒對著自己說話，活像個生悶氣的青少年。

（可是我絕對沒有對他動手！可惡，我並沒有！）

「傑克？」聲音膽怯而遲疑。

他嚇了一大跳，在把高腳凳轉過去時險些從凳子上跌下來。溫蒂站在雙扉推門的入口處，臂彎裡抱著的丹尼宛如恐怖展覽中的蠟像。傑克非常強烈地感覺到他們三人構成戲劇性的場景：那是在昔日禁酒戲碼的第二幕帷幕即將拉開之前，這場戲準備得不善，負責道具的人忘記裝填萬惡淵藪的酒架。

「我絕對沒有碰他，」傑克聲音重濁地說：「從那天晚上折斷他的手臂後就再也沒有碰過了，就連打他屁股都沒有。」

「傑克，現在這都不重要。重要的是——」

「這很重要！」他大聲吼叫，一拳搥到吧台上，力道大得讓空的花生盤跳了起來。「很重要，該死的，這件事非常重要！」

「傑克，我們得把他帶下山。他——」

丹尼在她懷中動了起來，臉上呆滯、空洞的表情宛如覆在遭掩埋的表面上的厚冰層，漸漸瓦解。他的嘴唇扭曲，彷彿嚐到什麼怪異的滋味。眼睛睜得大大的，兩手舉起好似要遮住雙眼卻又放下。

他的身子陡地在她臂彎中一僵，背拱成弓狀，使得溫蒂腳步踉蹌了一下。之後他突然放聲尖叫，失控的聲音從緊縮的喉嚨猝然衝出，狂亂地一遍又一遍地迴響著。那聲音似乎填滿了空空蕩蕩的樓下，再回到他們身邊，有如報噩耗的女妖，簡直像是有一百個丹尼同時尖叫一般。

「傑克！」她驚懼地大叫：「噢天啊！傑克，他到底怎麼了？」

他離開高腳凳，腰部以下麻痺，他這輩子不曾如此害怕過。他兒子究竟戳進什麼洞、挖到了什麼黑暗的巢穴？裡頭有什麼螫了他？

「丹尼！」他大聲喊著：「丹尼！」

丹尼看見傑克，突然以強勁的力道掙脫出母親的掌握，讓她沒法抓住他。她腳下一絆往後靠在雅座上，差點跌坐到裡頭。

「爸爸！」他大叫著，向傑克跑去，眼睛驚嚇得睜大。「噢爸爸，爸爸，是她！是她！是她！噢爸爸爸爸——」

他猶如一支鈍箭撞進傑克的懷中，害傑克的腳步搖晃了一下。丹尼猛然攫住他，起先像個拳擊手般地用拳頭連續打他，接著抓住他的皮帶，靠在他的襯衫上啜泣。傑克能感覺到兒子滾燙的臉貼著他的腹部抽動。

爸爸，是她。

傑克緩緩抬頭望著溫蒂的臉，他的雙眼有如兩枚小小的銀幣。

「溫蒂？」聲音輕柔，近乎低哼。「溫蒂，妳對他做了什麼？」

溫蒂呆愣著，不敢置信地瞪著丈夫，臉色變得蒼白。她搖搖頭。

「噢傑克，你應該知道——」

外頭又下起雪來了。

29. 廚房談話

傑克將丹尼抱進廚房。男孩仍激烈地哭泣，拒絕從傑克的胸口抬起頭來。在廚房裡，他把丹尼交還給溫蒂，她似乎仍然震驚得不敢相信。

「傑克，我不知道他在說什麼。拜託，你一定要相信。」

「我相信。」他說，雖然他必須對自己坦承，看見彼此的立場以如此意外、令人目眩的速度對調，令他相當愉快。但是他對溫蒂的憤怒只是一時本能的反應抽動。在他心中，很清楚溫蒂寧願澆一罐汽油在自己身上然後點燃火柴，也不願傷害到丹尼。

後面瓦斯爐口上有個大茶壺，以文火熱著。傑克把一個茶包扔進自己的大陶杯裡，倒進一半的熱水。

「妳有料理用的雪利酒嗎，有吧？」他問溫蒂。

「什麼？……喔，當然，有兩、三瓶吧！」

「在哪個碗櫥？」

她指向櫥櫃，傑克拿了一瓶下來。他倒了好些入茶杯，再將雪利酒擺回去，然後用牛奶倒滿杯子的最後四分之一，再加入三湯匙的糖攪拌過後拿給丹尼。丹尼的啜泣聲越來越小，只剩下鼻子吸氣和抽噎的聲音，可是他渾身發抖，眼睛目不轉睛地瞪得大大的。

「博士，我要你喝下這個，」傑克說：「味道雖然糟糕得要命，不過會讓你感覺好一點。你能為爸爸把它喝下去嗎？」

丹尼點頭表示可以，接過茶杯。他喝了一小口，臉都皺起來，懷疑地望著傑克。傑克點個頭，丹尼又再喝。溫蒂感到自己心裡某處因為熟悉的嫉妒而扭曲，她知道兒子絕不會為她喝下那杯飲料。

緊接著她突然想到一個令她不安，甚至震驚的想法：她一心想要將事情怪罪到傑克頭上嗎？她那麼嫉妒傑克嗎？這是她母親會有的想法，是非常恐怖的念頭。她還記得有個星期天，她爸帶她去公園，而她從攀爬架的第二層摔下來，割傷了兩邊膝蓋。當父親帶她回家時，母親對他大聲尖叫：你幹了什麼好事？你爲什麼沒看著她？你是什麼樣的父親啊？

（她一直糾纏他到他死去；等到他與她離婚時業已太遲。）

她甚至從來沒有假定傑克是無辜的，絲毫沒有。溫蒂感覺自己的臉發燙，然而無可奈何地確信，倘若整件事重來一次，她仍會有同樣的想法並採取同樣的行為。她永遠承繼母親的部分特質，無論是好是壞。

「傑克——」她開口，但不確定自己是打算道歉，還是想要辯解。不論是前者或後者，她心裡明白，都是無用的。

「現在別提。」他說。

丹尼花了十五分鐘喝下那一大杯飲料的一半，到這時他顯然平靜下來，幾乎不再發抖。

傑克嚴肅地把手放在兒子的肩上。「丹尼，你想你能告訴我們究竟發生了什麼事嗎？這非常重要。」

丹尼的目光從傑克移到溫蒂，又轉回到傑克身上。在短暫的沉默中，他們更瞭解自己的處境和形勢：外頭呼嘯而過的風，將新鮮的雪從西北方颳過來；老飯店吱吱嘎嘎地呻吟著迎向另一場暴風雪。如她偶爾會想起的，他們與外界失聯的事實以料想不到的力道擊向她，宛如一拳猛然打到心臟底下。

「我想要……告訴你們每件事，」丹尼說：「我但願自己之前早說出來。」他拿起杯子握著，彷彿杯子的溫暖讓他得到安慰。

「兒子，那你為什麼不說呢？」傑克輕輕將丹尼額頭上汗濕、紊亂的頭髮往後撥。

「因為艾爾叔叔幫你弄到了這份工作。我搞不懂為什麼在這裡對你同時有好處又有害處，那叫做……」他注視著父母尋求協助。他找不到合適的字眼。

「左右為難的困境？」溫蒂輕聲問：「當任何一種選擇似乎都不好的時候？」

「對，就是那個。」他寬心地點點頭。

溫蒂說：「你修剪樹籬的那天，丹尼和我在車上談過，就是第一次下大雪的那天，記得嗎？」

傑克點頭。修剪樹籬的那天在他腦海中的印象非常鮮明。

溫蒂嘆口氣。「我猜我們談得不夠多。是嗎，博士？」

丹尼一副苦惱的樣子搖搖頭。

「你們究竟談了些什麼？」傑克問：「我不確定我有多喜歡我的老婆和兒子——」

「——談論他們有多愛你嗎？」

「不管怎樣，我不懂。我覺得自己好像是在中場休息過後才進電影院。」

「我們是在談論你，」溫蒂輕聲說：「或許我們沒有全部說出口，但我們兩人都明白。我是因為我是你老婆，而丹尼是因為他……就是知道一些事。」

傑克不發一語。

「丹尼說得沒錯。這地方似乎對你有好處。你遠離史托文頓那些讓你非常不快樂的壓力。你是你自己的上司，靠雙手工作，這樣你就可以將腦筋——所有的心思——都用在晚上的寫作。但是……我不知道確切的時間……這地方似乎開始對你有害。你花很多時間在地下室，仔細翻閱那些舊文件，那些古老的歷史。在睡夢中說話——」

「在我睡夢中？」傑克問。他的臉上露出謹慎、訝異的表情。「我在睡夢中說話？」

「多半都含糊不清。有一次我起來上洗手間，聽到你說：『管他去死，起碼把吃角子老虎引進來，沒有人會知道，絕對不會有人知道的。』還有一次你把我吵醒，幾乎在大喊：『摘下面具，摘下面具，摘下面具。』」

「天啊！」他說，一手揉搓著臉，臉色看起來很不好。

「還有你以前喝酒的所有習慣：嚼益斯得寧，一直擦嘴巴，早上脾氣暴躁。另外你的劇本還沒辦法完成，是嗎？」

「不，還沒。不過那只是時間的問題，我正在構思別的東西……一個新的計畫——」

「這間飯店。艾爾．蕭克利就是為了這計畫打電話給你，他希望你放棄。」

「妳怎麼會知道？」傑克厲聲質問：「妳是不是在偷聽？妳——」

「不，」她說：「就算我想要也沒辦法偷聽，如果你的腦袋清楚有條理的話，就知道我說得沒錯。那天晚上丹尼和我在樓下。電話總機關了，我們樓上的電話是飯店裡唯一可以用的，因為它直接連到外線。這是你自己告訴過我的。」

「那妳怎麼會知道艾爾跟我說的話呢？」

「丹尼告訴我的。丹尼知道。就像他有時候會知道遺忘的東西放在哪裡，或是人心裡想著離婚的事。」

「醫生說——」

她不耐煩地搖搖頭。「那醫生完全是胡說八道，我們兩個都很清楚。我們一直都知道。記得丹尼說他想要看消防車的那次嗎？那不是直覺。他當時只是個嬰兒。他知道事情。現在我擔心……」她注視丹尼頸部的瘀傷。

「丹尼，你真的知道艾爾叔叔打電話給我嗎？」

丹尼點頭。「爸爸，他真的很生氣。因為你打給歐曼先生，歐曼先生打給他。艾爾叔叔不希望你寫關於飯店的任何事。」

「天啊！」傑克再說一次。「那些瘀傷，丹尼。是誰想要勒死你的？」

丹尼的臉色一暗。「她，」他說：「那間房裡的女人，二一七號房。那個死掉的女士。」他的嘴唇又開始顫抖，於是緊抓住茶杯再喝一口。

傑克和溫蒂在丹尼低垂的頭頂上交換了害怕的眼神。

「妳知道這件事嗎？」他問她。

她搖頭。「不，這件事我不知道。」

「丹尼？」他抬起小男孩驚恐的臉蛋。「兒子，試試看。我們都在這兒。」

「我知道這裡不好，」丹尼低聲說：「從我們在波爾德的時候就知道了，因為東尼讓我夢到過。」

「什麼夢？」

「我記不得每件事。他帶我看晚上的『全景』，前頭有骷顱頭和交叉的腿骨。然後有敲擊的聲音。有東西……我不記得是什麼……追著我。一個怪物。東尼帶我看redrum。」

「那是什麼，博士？」溫蒂問。

丹尼搖搖頭。「我不知道。」

「是像《金銀島》裡頭的『呦呵呵還有一瓶蘭姆酒』的蘭姆嗎？」

丹尼再度搖頭。「我不知道。之後我們到達這裡，哈洛倫先生在他車上和我聊天，因為他也有閃靈。」

「閃靈？」

「那是……」丹尼用雙手比出概括、無所不包的手勢。「能夠理解事情，知道事情，有的時候也能看見東西，就像我知道艾爾叔叔打電話來，哈洛倫先生知道你們叫我博士。哈洛倫先生，他在軍中削馬鈴薯皮的時候，知道他弟弟在一場火車車禍中死掉，他打電話回家時確認是真的。」

「噢我的老天啊！」傑克低聲說：「這不是你編出來的吧，是嗎？丹？」

丹尼猛烈地搖頭。「不是，我可以對上帝發誓。」隨後，他帶點驕傲地又說：「哈洛倫先生說，我是他遇過閃靈得最厲害的。我們幾乎不用張口就可以彼此對話了。」

他的父母再次相互對看，坦白說震懾住了。

「哈洛倫先生單獨找我，因為他非常擔心，」丹尼繼續說：「他說這地方對有閃靈的人來說很不好。他說他看見過東西。我也有看到東西，就在我跟他聊過以後，當歐曼先生帶我們到處參觀的時候。」

「你看到什麼？」傑克問。

「在總統『套糖』裡。在進入臥室的門邊牆壁上，有一大片血跡和其他的東西，噴出來的東西。我想……那些噴出來的東西一定是腦袋。」

「噢，我的天。」傑克說。

溫蒂此刻臉色非常蒼白，嘴唇幾乎發白。

「這個地方，」傑克說：「以前曾經有相當壞的傢伙擁有這地方一陣子，從拉斯維加斯來的集團。」

「惡棍嗎？」丹尼問。

「對，就是惡棍。」他看著溫蒂。「一九六六年有個叫做維多．吉奈力的頭號流氓在那上面被殺害，他的兩名保鏢也跟著一起。報紙上有登張照片，丹尼剛剛描述的正是那張照片。」

「哈洛倫先生說，他看見別的東西，」丹尼告訴他們，「有一次是在遊戲場，有一次是在那間二一七號房看見不好的東西。一個女服務生看見了，到處說，結果丟了工作。所以哈洛倫先生上去，他也看到了。但他沒有說，因為他不想要丟掉工作。他只告訴我，絕對不要進去那裡面。但是我進去了，因為我相信他說，你在這兒看到的東西並不會傷害你。」最後這句話幾乎是用微弱、沙啞的聲音說出來的，丹尼撫摸頸子上腫起的一圈瘀傷。

「遊戲場怎麼了？」傑克用奇怪、漫不經心的口吻問道。

「我不知道。他說，那個遊戲場，還有樹籬動物。」

傑克微微驚訝，溫蒂好奇地盯著他。

「傑克，你在那兒看到了什麼東西嗎？」

「沒，」他說：「什麼都沒看到。」

丹尼凝視著他。

「什麼都沒有。」他再說一次，這回比較鎮定。他說的是真話，他是被幻覺所欺騙，如此而已。

「丹尼，我們得聽聽那個女人的事。」溫蒂輕柔地說。

於是丹尼跟他們說，但他的話每隔一段週期就會突然變得支離破碎，因為他急於吐露、擺脫，所以有時候會變成近乎無法理解的含糊話語。他述說的時候越來越緊貼住母親的胸脯。

「我走進去，」他說：「我偷了總鑰匙溜進去，感覺好像我沒辦法控制自己，我非知道不可。而她……那位女士……在浴缸裡。她已經死了，整個膨脹起來。她……裸——裸……沒穿衣服。」他可憐兮兮地望著母親。「然後她開始站起來，她想要我。我知道她想要，因為我感覺得到。她甚至沒有在思考，不像妳和爸爸那樣子思考。她的想法充滿惡意……傷害……就像……像那晚在我房間裡的黃蜂！只想要傷害。就像黃蜂一樣。」

他吞嚥一口口水，沉默了一會兒，當黃蜂的影像浮現在他們腦子裡時，全都靜默不語。

「所以我拔腿就跑，」丹尼說：「我跑，但是門關上了。我之前把門開著，但現在它關上了。我沒想到只要再把門打開跑出去就可以了。我嚇壞了。所以我就……我靠在門上，閉上眼睛，想著哈洛倫先生說的，這裡的東西就好像書裡的圖片，如果我……不停地對自己說……妳不存在，走開，妳不存在……她就會走開。但是這不管用。」

他的聲音開始歇斯底里地拔高。

「她抓住我……把我轉過來……我可以看見她的眼睛……她的眼睛多麼……然後她開始掐我脖子……我可以聞到她的……我可以聞到她身上死亡的味道……」

「別再說了，噓，」溫蒂擔憂地說：「別再說了，丹尼。沒事了，沒——」

她準備好再度開口輕聲哼唱，溫蒂．托倫斯萬用的哼唱、輕拍、等候。

「讓他說完。」傑克粗魯地說。

「後面沒有了，」丹尼說：「我昏了過去。可能是因為她讓我沒辦法呼吸，或者只是因為我太害怕了。等到我恢復意識，夢見你和媽媽因為我而吵架，爸爸，你又想做那件壞事。然後我明白那根本不是夢……然後我就醒過來……然後……我尿了褲子。我像個小嬰兒一樣尿褲子了。」

他的頭倒回去靠在溫蒂的毛衣上，十分軟弱無助地哭了起來，雙手鬆軟無力地垂放在膝蓋上。

傑克站起身。「妳好好照顧他。」

「你打算做什麼？」她的臉上寫滿恐懼。

「我要到樓上那個房間去，不然妳以為我打算做什麼？喝杯咖啡嗎？」

「噢不！傑克，別去，拜託你別去！」

「溫蒂，如果飯店裡有別人在的話，我們得搞清楚。」

「你敢把我們單獨留在這裡！」她對他尖聲大喊。唾沫隨著她喊叫的力量從嘴唇飛濺出來。

傑克說：「溫蒂，妳模仿妳媽還真像啊！」

她猝然哭了起來，但她無法捂住臉，因為丹尼在她大腿上。

「對不起，」傑克說：「但是妳知道的，我不得不去啊！我是該死的管理員，那是人家付錢請我來做的事。」

她僅是哭得更大聲，傑克任由她哭泣，走出廚房，當門在身後關上時，他拿手帕擦抹一下嘴巴。

「媽咪，別擔心，」丹尼說：「爸爸不會有事的。他沒有閃靈，這裡沒有東西會傷害他。」

她含著淚說：「不，我不相信。」

30. 再訪二一七號房

他搭電梯上樓，這很奇怪，因為他們搬進來後沒人用過這台電梯。他扳動黃銅操縱桿，電梯發出喘息聲顫動著爬上電梯井，黃銅格柵激烈地嘎嘎作響。他知道，溫蒂對這電梯有真正的幽閉恐懼症。她想像他們三人在電梯裡，受困在樓層之間，而冬季的暴風雪在外頭肆虐，她能看見他們越來越瘦，越來越虛弱，活活餓死。或者也許大啖彼此，如同那些橄欖球選手一般。⑮他記得在波爾德看過一張保險桿貼紙：**橄欖球選手吃他們自己的死屍**。他還能想到其他的。人如其食。或是菜單的項目：歡迎來到全景餐廳，落磯山脈的驕傲。在世界屋脊的壯麗景色環繞下用餐。本店招牌菜：火柴烤人的腰腿肉。輕蔑的笑容再度閃過他的面容。當二號出現在電梯井的牆上時，他將黃銅操縱桿扳回原本的位置，電梯嘎吱了一聲停住。他從口袋取出益斯得寧，甩出三顆到手上，然後打開電梯門。「全景」裡頭沒有東西能嚇到他。他覺得自己和「全景」的性情相容。

他走上走道，將益斯得寧一顆一顆拋進嘴裡咀嚼，在轉角轉彎從主走道進入短廊。二一七號的房門半開，總鑰匙的白色標牌從門鎖上垂下來。

他蹙起眉頭，感覺一陣氣惱甚至真正的憤怒。不論結果如何，那小子竟然擅自闖入。他告訴

⑮烏拉圭空軍五七一號班機空難：一架載著烏拉圭橄欖球隊隊員的班機在飛往智利途中，於安地斯山脈發生空難，大多數隊員生還，但由於地處偏僻，救援不及，到最後生還的隊員只好以死者的屍體充飢。

過他，直截了當地告訴他，飯店裡有些特定區域是禁止進入的：設備倉庫、地下室，以及所有的客房。一等丹尼那小子克制住驚恐後，他會跟他談談。他會理性但嚴厲地跟兒子說。有許多父親不光是用說的，他們會狠狠揍一頓，或許這正是丹尼所需要的。雖然那小子已經嚇到了，不過那不是他起碼應得的懲罰嗎？

他走到門邊，拿下總鑰匙，放入口袋，然後走進去。頭頂的燈亮著。他瞄了床一眼，發現床單沒有弄縐，接著直接走到另一邊的浴室門。他心中忽然萌生奇妙的確信。雖然華生沒提及名字或房間號碼，但傑克很肯定這就是律師妻子和她的種馬一起住的房間，而這間浴室就是她陳屍的所在，充斥著巴比妥鹽⑯和科羅拉多酒吧的烈酒氣味。

他推開背後裝著鏡子的浴室門，跨了進去。裡頭的燈沒亮。他打開燈，觀察這間有如普爾曼臥車的長形浴室，裝潢是獨特的十九世紀初期建造、二十世紀改建的風格，似乎所有「全景」客房的浴室都相同，只除了三樓那幾間是純正的拜占庭風，適合皇室、政客、電影明星，和經年待在那裡的黑幫老大。

無光澤的淡粉色浴簾拉起，防護地圍著古典的四爪長浴缸。

（儘管如此，它們確實動了）

他首次覺得剛剛丹尼跑向他，口中嚷著是她！是她！時，在他心中湧起的新自信（近乎驕傲自大）捨棄了他。一根冰涼的手指輕輕抵住他的脊椎底部，讓他心涼了十度。其他的手指加入，有如彈奏叢林樂器般地撥弄他的脊椎，冰冷的感覺忽然間一路擴散到整個背，一直到延髓。

他對丹尼的怒氣不復存在，當他往前跨一步，拉開浴簾時，他的嘴巴乾渴，只覺得同情兒子，並且為自己感到驚駭。

浴缸裡沒水且空無一物。

一聲「哼！」如極小的火藥般從緊閉的嘴唇突然衝出，寬慰和惱怒隨之宣洩出來。浴缸在營業季末已洗刷得乾乾淨淨，只除了閃亮的雙水龍頭底下的鏽漬。空氣中有股隱約但可確定是清潔劑的味道，是那種使用過後會自以為是地刺激你的鼻子好幾個禮拜，甚至好幾個月的味道。

他彎下腰，用指尖沿著浴缸底部摸一圈。完全乾燥，連一絲絲水氣都沒有。那小子要不是產生幻覺，就是徹底在撒謊。他的怒火再度上升。就在這時，地板的浴室腳踏墊吸引了他的注意力。他低頭看著腳踏墊，皺起眉頭。腳踏墊為何會出現在這裡？它應該和其餘的床單、毛巾、枕頭套等一起收在這一側盡頭的亞麻布織品儲藏櫃中。所有的亞麻布織品都應該在那裡。甚至連這些客房的床鋪都徹底收拾好了，床墊封在透明的塑膠套裡，再蓋上床罩。他想丹尼可能是到樓下去拿的——總鑰匙應該能開亞麻布織品儲藏櫃——可是為什麼呢？他用指尖來回抹一下，腳踏墊是完全乾的。

他走回到浴室門口，站在那兒。一切都很好。那孩子在作夢。這裡沒有任何東西脫序。的確，那個腳踏墊是有點令人費解，不過合理的解釋是某個打掃客房的女服務生，在營業季的最後一天忙到錯亂，忘了把它收起來。除了這點之外，一切都——

他的鼻孔微微張大。消毒劑，那自以為是、自認乾淨的味道。還有——

肥皂？

肯定不是。不過一旦辨識出那個味道，就明顯得無法驅散。是肥皂，並且不是飯店和汽車旅館提供的那種明信片大小的象牙香皂。淡淡的香味，是女性用的香皂，有種石竹的香氣，可能是佳美或洛薇拉，以前溫蒂在史托文頓時常用的品牌。

⑯Barbiturate：具麻醉作用，經常被人當作毒品濫用。

（這沒什麼，只是你的想像而已。）

（對，就像那些樹籬，不過它們的確動了）

（它們並沒有動！）

他迅速地走到向著走廊的那扇門，感覺太陽穴又開始不規律地抽痛。今天發生太多事，顯然過多了。他不會打那小子屁股，或者揮拳相向，只要跟他談談，但是老天為憑，他不會將二一七號房列入他的問題。不會單憑一張乾的腳踏墊，和隱隱的洛薇拉香皂味。他——

忽然間背後傳來咔嗒咔嗒的金屬聲響。聲音是在他的手正握住球形門把時出現，旁觀者可能會以為是門把表面的細紋不鏽鋼帶電。他的身體痙攣地猛然一抽，眼睛圓睜，其餘的五官則皺縮起來，臉部扭曲。

然後他控制住自己——儘管只是稍微而已，他放開門把，小心謹慎地轉過身，關節嘎吱作響。他往浴室門的方向走回去，邁著一步又一步沉重的步伐。

他拉開來察看浴缸的浴簾，現在拉上了。在他耳裡聽來像是墓穴中骨頭騷動的金屬咔嗒咔嗒聲，原來是浴簾環在頭頂上的桿子所發出的。傑克瞪視著浴簾，感覺自己的臉彷彿上了厚厚的蠟，外面是死透的皮膚，裡頭是鮮活、滾燙的恐懼之流。和他在遊戲場的感覺一樣。

粉紅色的塑膠浴簾後頭有東西。浴缸內有東西。

透過塑膠布，他可以看見輪廓不十分清楚、朦朦朧朧的，近乎模糊的形影。那有可能是任何東西。燈光的戲法。淋浴設備的陰影。死去多時的女人躺臥在浴缸裡，僵硬的手上握著一塊洛薇拉香皂，耐心地等候可能出現的任何一位情人。

傑克叫自己大膽地走向前，將浴簾一把拉開，揭露出可能在裡面的東西。然而他以急促、如木偶般的步伐大踏步地轉身，心臟在胸口急遽地撞擊著，走回到臥室／起居間。

通往走廊的門關上了。

他動也不動地瞪著門好半晌。此時他能嘗到驚駭的滋味，在他喉嚨深處宛如過熟櫻桃的味道。

他以同樣急促的步伐走到門邊，強迫手指握住門把。

（打不開的。）

但是門打開了。

他緊張地摸索著把燈關掉，走到外面走廊上，完全沒回頭看就把門拉上。從裡頭，他似乎聽見夾雜著水聲的古怪重擊聲，遠遠的，微弱的，好像有東西正趕忙爬出浴缸，似乎要迎接訪客，彷彿知道訪客在她盡社交禮節之前就要離去，因此現在匆匆忙忙地趕去門口，一身青紫，滿面笑容，準備邀請訪客再次進去。也許永遠。

腳步聲接近門邊，抑或只是他自己耳邊的心跳聲。

他笨拙地摸弄著總鑰匙，但鎖孔中的鑰匙好似沾滿淤泥，不願意轉動。他猛敲總鑰匙一下，鎖簧突然彈動，他往後退靠在走廊另一邊的牆上，放鬆地發出小聲的呻吟。閉上眼睛，所有熟悉的詞句開始在他腦袋中遊行，感覺好像應該有好幾百個，

（神經衰弱、神智不清、精神失常、那傢伙完全瘋了、他精神崩潰、情緒失控、發狂、發瘋、精神不正常）

全部都表示同一個意思：精神錯亂。

「不，」他低聲哀號，幾乎沒察覺到自己陷入這種狀態，像個孩子似的閉著眼睛嗚咽。「噢不，天啊！拜託，天啊！不要。」

然而在一片混亂的思緒底下，在心臟連續不斷的重搥之下，他能聽見門把轉來轉去所發出的

微弱、細碎聲響，好像鎖在裡頭的東西徒勞地企圖出來，那東西想要見他，希望當暴風雪在他們四周怒號，明亮的白晝變成黑暗的夜晚時，他能將其引介給他的家人。倘若他睜開眼，看見門把在轉動，他一定會發瘋。因此他繼續緊閉雙眼，過了不知多久，一切歸於寂靜。

傑克強逼自己張開眼，多少有點相信一旦他睜開眼睛，她會站在他的面前。不過走廊空無一人。

但他仍然覺得自己受人監視。

他注視門中央的窺視孔，懷疑如果他走近，從窺視孔望進去會發生什麼事。他會與什麼互相瞪眼呢？

在他意識到之前，雙腳已在移動了。

（現在可千萬別腳軟啊）

他轉而遠離那扇門，走向盡頭的主走道，他的腳在藍黑色的叢林地毯上沙沙作響。在前往樓梯的途中，他停下腳步，凝視著滅火器。他覺得那一圈圈的帆布軟管擺放的方式有些許不同。他相當確定剛才上來時那黃銅噴嘴是朝著電梯，然而此時噴嘴卻是朝另一個方向。

「我什麼也沒看到。」傑克．托倫斯非常明確地說。他的臉色蒼白憔悴，嘴角不斷試著扯出笑容。

不過，他並沒有搭電梯下去。電梯太像張大的嘴巴，實在太像了，於是他改走樓梯。

31. 裁決

他踏進廚房看著他們，將左手的總鑰匙拋離幾吋高，弄得白色金屬標牌上的鑰匙鍊叮噹作響，然後再接住。丹尼看起來疲憊、毫無生氣。他知道，溫蒂一直在哭，她的眼睛紅紅的，還有黑眼圈。他突然感到一股喜悅。他不是唯一受苦的人，這是千真萬確的。

他們一聲不吭地望著他。

「那裡什麼都沒有。」他說，真誠的語調使自己嚇了一跳。

他讓總鑰匙彈上落下，彈上落下，對著他們微笑好讓他們安心，看著他們臉上逐漸展現放鬆的表情，他覺得自己這輩子從沒像此刻這麼強烈地想喝酒。

32. 寢室

那天下午稍晚，傑克從一樓儲藏室找到一張輕便小床，將床放在他們寢室的角落裡。溫蒂預期兒子會到半夜才去睡，但是丹尼在「沃頓一家」播到一半之前就在打盹，他們送他上床睡覺十五分鐘後就陷入沉睡，動也不動的，一手塞在臉頰底下。溫蒂坐著注視他，一根手指夾在厚厚的《卡席瑪拉》平裝本上標明看到的書頁。傑克坐在書桌前，盯著他的劇本。

「噢可惡。」傑克說。

溫蒂停止凝視丹尼，抬起頭來。「怎麼了？」

「沒事。」

他生著悶氣低頭看劇本。他怎麼會覺得劇本寫得很好呢？這劇本非常不成熟。已經修改無數次了。更糟的是，他不知道該如何收場。結尾一度顯得十分簡單。丹可在一時盛怒之下，從壁爐旁邊抓起火鉗，將聖潔善良的蓋瑞毆打至死。然後，兩腿張開站在屍體旁，一手拿著血淋淋的火鉗，對觀眾大喊：「證據就在這裡某個角落，我一定會找出來的！」接著燈光漸暗，帷幕緩緩降下，觀眾看見蓋瑞的屍體面朝下地趴在舞台布幕前，而丹可跨大步走到舞台後方的書架，瘋狂地抽出架子上的書，瀏覽一下再扔到一邊。他以為這題材老得足以當新，單單劇本的創新或許就足以成功地登上百老匯的舞台——一齣五幕的悲劇。

但是，除了他的興致突然轉向「全景」的歷史外，還發生了別的事。他對自己筆下的角色產生相反的感覺。這是相當新鮮的。通常他喜歡自己塑造的所有角色，無論好的或壞的。他很高興自己如此，這樣一來讓他能試著全方面地瞭解筆下的人物，更加明白他們的動機。他最喜歡的故事售予南緬因州一本名叫《違禁品》的小雜誌當稿件，就是名為〈猴子在此，保羅．德隆〉的作品。內容講述一名猥褻兒童犯打算在自己家具齊備的房間內自殺。這名猥褻兒童犯的名字是保羅．德隆，朋友都叫他猴子。傑克非常喜歡猴子。他同情猴子異於常人的需求，知道猴子不是他過去犯下的三起強暴殺人案的唯一罪人。還有不良的雙親：猴子的父親如同傑克本身的父親一樣在家施暴，母親則和他母親一樣是個膽小、寡言的軟骨頭；小學時代的同性戀經驗；當眾羞辱；高中、大學更糟的經驗。他在對兩個下校車的小女孩暴露後，遭到逮捕送去收容所。最糟糕的是，收容所將他驅逐，讓他重新回到街上，因為負責人判定他精神正常。那人的名字叫格林。格林明知猴子德隆顯露出異常的症狀，但他還是寫了良好、充滿希望的報告放他走。傑克也喜歡並且支持格林。格林必須管理人手不足、資金不夠的收容所，得設法用臨時湊合的物品和州立法機關的撥款來維持整個機構，而州立法機關必須回去面對選民，因此對撥出的款項錙銖必較。格林知道猴子可以和其他人交流，他不會弄髒褲子，或是企圖用剪刀刺殺同病房的室友。他不認為自己是拿破崙。院內負責猴子案例的精神科醫師認為，猴子有超過百分之五十的機會能在街上生存，而且他們兩人很清楚一個人在收容所內待得越久，會變得越需要這封閉的環境，就如毒蟲需要海洛因一般。在此同時，人們不斷擠進收容所的門：偏執狂、精神分裂症患者、循環性情感症患者、半緊張症患者、宣稱曾搭飛碟上天堂的男人、用比克拋棄式打火機灼燒孩子性器官的女人、酒精成癮者、縱火狂、竊盜狂、躁鬱症患者、有自殺傾向的人。艱苦的舊世界啊！寶貝。倘若你沒有拴緊，那麼在你邁入三十歲之前，就會開始搖晃、滾動，發出嘎嘎的聲響。傑克能夠同情格林的問題，能同情那些謀殺案受害人的雙親，當然，還有慘遭謀殺的孩童本身，也同情猴子德隆。任由讀者責怪吧！當時他並不想要評斷。道德主義者的披風相當不合他的肩。

他以同樣樂觀的心情著手《小學校》。但是近來他開始挑選隊員分組，更糟的是，他開始厭惡他的男主角蓋瑞．班森。起初他構思成一個聰明伶俐的男孩，深受金錢之害勝過蒙受金錢之利，他一心只想要編輯一份優異的履歷，好讓他憑自己的能力獲得好大學的入學許可，而不是憑藉他父親在暗中運用關係，他在傑克心目中變成面帶傻笑的偽善者，是知識聖壇前的神職志願者，而不是忠誠的輔祭，表面上是童子軍美德的典範，內心卻憤世嫉俗，並沒有洋溢著真正的才華（如他最初構思的），只有狡猾的動物詭詐。劇本從頭到尾他始終稱呼丹可為「先生」，就像傑克教導自己的兒子稱呼那些年長和有權勢的人為「先生」一樣。他認為丹尼使用這個詞的時候相當真誠，蓋瑞．班森原先也是如此設定的，但是當開始寫第五幕時，他越來越堅定地相信蓋瑞用這個詞時是帶著嘲諷，表面上一本正經，但蓋瑞．班森的內心在對丹可扮鬼臉，睨視他。而丹可，從來沒有蓋瑞所擁有的一切。丹可必須窮其一生地工作才成為一間小學校的校長。如今他面臨這個英俊、看似無辜的富家男孩所帶來的毀滅，男孩在期終作品上作弊，並且狡黠地隱瞞證據。傑克認為老師丹可差不多就像南美香蕉王國裡趾高氣揚的小霸王，貼靠在就近的壁球或手球場牆上的長期異議分子，在小規模亂局中的超級狂熱信徒，每次突發奇想都會成為改革運動的男人。一開始，他想要利用自己的劇本當作縮影，傳達權力濫用的故事。如今他越來越傾向於將丹可塑造成「萬世師表」中的齊普斯先生，悲劇不在於蓋瑞．班森的江郎才盡，而在於慈藹的老教師、校長無法看穿喬裝成男孩的怪物憤世嫉俗的詭計。

他一直沒辦法完成這個劇本。

現在他坐著低頭看劇本，生氣地皺著眉，想著是否有方法能搶救這個困境。他實在不認為有任何方法。他著手寫一個劇本，然而不知怎地卻轉變成另一個，變化迅速。算了，管他的。無論如何這以前就做過。不管怎樣都是一堆廢話。反正他今晚何必為了這個劇本把自己逼瘋？經歷剛過去的這一天之後，難怪他沒辦法頭腦清醒地思考。

「──帶他下山？」

他抬起頭來，努力眨眼想要拋開紊亂的思緒。「啊？」

「我是說，我們要怎麼帶他下山？傑克，我們得帶他離開這裡。」

有一瞬間他的思緒太過紛亂，甚至不確定溫蒂在講什麼。隨後他恍然大悟，發出短促、洪亮的笑聲。

「妳把這件事說得好像很容易。」

「我沒這個意思──」

「沒問題，溫蒂。我只要在樓下大廳的電話亭裡換件衣服，就能背著他飛到丹佛去。超人傑克．托倫斯，我年輕不懂事的時候，他們都這樣叫我。」

她的臉上露出些微受傷的表情。

「傑克，我瞭解這是難題。無線電對講機壞了，雪又……可是你得明白丹尼的問題。我的天啊！你難道不知道嗎？他幾乎緊張到僵直了啊，傑克！萬一他一直沒有脫離那種狀態怎麼辦？」

「可是他好啦！」傑克有點不耐煩地說。他也被丹尼眼神空洞、表情呆滯的狀態嚇了一跳，不用說他的確嚇到了。一開始是。但是他越仔細想，越懷疑這是否是為了逃避懲罰才裝出來的。畢竟，丹尼違背他的話擅自闖入。

「但是，」溫蒂說。她走向傑克，坐在他書桌旁邊的床尾上，表情既震驚又擔憂。「傑克，他脖子上有瘀傷啊！有東西接近他！我要他遠離那個東西！」

「別大吼大叫的，」他說：「我的頭很痛，溫蒂。我跟妳一樣擔心這點，所以拜託……不要……大聲嚷嚷。」

「好啦，」她說著，降低音量。「我不大聲說話。可是，傑克，我不懂你。這裡除了我們之外還有別人，而且不是非常友善的人。我們必須下山到塞威，不光是丹尼，而是我們所有的人，得快一點！可是你……你卻坐在這裡看你的劇本！」

「『我們必須下山，我們必須下山。』妳一直說這句話。妳一定以為我真的是超人。」

「我以為你是我的丈夫。」她柔聲說，低頭端詳雙手。

他的火氣突然爆發，將劇本原稿重重摔下，把桌上一疊書籍的邊緣撞歪，弄縐最底下的文件。

「溫蒂，該是妳接受不怎麼悅耳的事實的時候了。就像社會學家說的，妳似乎沒有把事實吸收進去。這些話就像一大堆不受約束的母球在妳腦袋裡撞來撞去，妳必須把它們敲進球袋裡。妳必須瞭解我們被雪困住了。」

床上的丹尼突然動了起來，雖然仍睡著，但開始翻來覆去。每次我們吵架時，他總是這樣，溫蒂沉悶地想。現在我們又在吵了。

「別把他吵醒，傑克。拜託。」

他瞥向丹尼，臉頰泛起幾抹紅潮。「好吧！對不起，溫蒂，我很抱歉我的口氣很兇，那其實不是因為妳。可是我砸壞了無線電，如果誰有錯的話，那就是我。無線電對講機是我們跟外面重要的通訊工具。喔伊——喔伊——不必再躲了。巡邏隊員先生，請來接我們吧！我們不能在外面待到這麼晚。」

「別這樣，」溫蒂說，一手放到他的肩膀上，他把頭一傾靠在妻子手上。她用另一隻手梳理他的頭髮。「我想我那樣子指責你之後，你確實有權利發飆。有的時候我就像我母親，可以很難搞。但是你得瞭解有些事情……很難忘懷。你必須明白這一點。」

「妳是指他的手臂？」他抿起嘴唇。

「對，」溫蒂說，但連忙接下去說：「不過，不只是你。我連他出去外面玩都擔心。我擔心他明年會想要兩輪的腳踏車，就算有輔助輪的也一樣。我擔心他的牙齒、視力，擔心他說的閃靈那種東西。我很擔心。因為他還小，看起來好像非常脆弱，還有因為……因為這飯店裡似乎有東西想要他。必要的話，那東西會透過我們去得到他。那就是我們必須把他帶走的原因，傑克。我知道！我感覺到了！我們必須把他帶走！」

她焦慮不安地收緊擱在傑克肩上的手，緊得讓他覺得痛，但他並沒有閃開。他的手察覺到她左胸扎實的重量，於是隔著襯衫撫摸了起來。

「溫蒂，」他說，然後頓住。她等他重新整理好想要說的話。胸部上強壯的手令她感覺很舒服，讓她得到撫慰。「我也許可以用雪鞋帶他下去。他自己可以走幾段路，但是大多數時候我得背著他。這代表要在外頭露營一、兩個晚上，也許三個晚上，那表示得造一個印第安雪橇來載補給品和被子。我們有AM／FM收音機，所以可以選氣象預報說暫時有連續三天好天氣的日子。但是如果預報錯誤的話，」他的聲音輕柔而緩慢地說完，「我想我們可能會死。」

她的臉色慘白。看起來很有光澤，幾乎如幽靈似的。他繼續愛撫她的乳房，用拇指掌輕輕地搓揉乳尖。

她發出一聲輕嘆——是由於他的話，或是對他輕壓她的乳房有反應，他無法辨別。他微微抬起手，解開她襯衫最上面的鈕釦。溫蒂稍微挪動她的雙腿。忽然間她的牛仔褲似乎過緊，以一種舒服的方式微微刺激著她。

「另外，那表示要留下妳一個人，因為妳雪鞋滑得很差。可能會有三天不知音訊，妳希望那樣嗎？」他的手下滑到第二顆鈕釦，鬆開，她的乳溝起點暴露出來。

「不。」她聲音有點嘶啞地說。她回頭瞄向丹尼，他不再翻來翻去，大拇指塞回嘴巴裡。所以這是可行的。可是傑克遺漏掉了某樣東西，她想不出來。還有別的……是什麼呢？

「如果我們留在原地，」傑克邊說，邊故意以同樣緩慢的速度解開第三和第四顆釦子，「森林公園的巡邏隊員或是狩獵警察會過來探查，看看我們的情況。到那時候我們只要告訴他，我們想下去，他就會負責辦好的。」他將她赤裸的乳房擠到襯衫敞開的寬大V字部分，彎身，用嘴唇覆蓋住乳暈四周。她的乳頭已經又硬又挺。他的舌頭以他知道她喜歡的方式，在乳尖上緩緩地來回滑動。溫蒂微微呻吟，將背部拱起。

（？我忘了什麼事？）

「親愛的？」她問。她的雙手自動摸索著他的後腦，因此他回答時聲音貼在她的肉上聽不清楚。

「巡邏隊員要怎麼把我們帶出去？」

他稍微抬起頭來回答，之後又將嘴巴緊貼在另一邊的乳頭上。

「如果有人預訂了直升機的話，我猜應該會是用雪上摩托車。」

（！！！）

「可是我們有一台啊！歐曼說的。」

他的嘴巴在她的胸部僵了半晌，然後他坐起身。她自己的臉龐有點發紅，眼睛過於閃亮。而傑克的則相反，十分平靜，彷彿他剛正在閱讀一本相當無聊的書，而不是忙著與妻子的前戲。

「假如有雪上摩托車的話，就沒問題了，」她興奮地說：「我們三人可以全都一起下去。」

「溫蒂，我這輩子從來沒有騎過雪上摩托車。」

「那個不會那麼難學吧！以前在佛蒙特的時候，你看過十歲的小孩自己在運動場上騎啊……雖然我不懂他們的父母在想什麼。而且我們認識的時候，你還有一台摩托車呢！」他的確有，一輛本田三百五十CC的摩托車。他和溫蒂同居後沒多久，就把它賣掉換成一台紳寶汽車（Saab）。

「我想我應該可以，」他緩緩地說：「不過，我懷疑那台雪上摩托車保養得有多好。歐曼和華生……他們管理這個地方是從五月到十月。他們考慮的都是夏天的東西。我曉得車上一定沒有汽油，很可能也沒有火星塞或是電池。溫蒂，我不希望妳讓希望沖昏了頭。」

她現在完全興奮起來，俯身向他，乳房滾出襯衫外。他驀地有股衝動，想要抓住她一邊的乳房，用力擰到她尖叫，或許那樣可以教她閉嘴。

「汽油不是問題，」她說：「福斯和飯店的載貨車兩台都加滿油，樓下還有給緊急發電機使用的汽油。外頭倉庫裡一定有汽油桶，這樣你就可以多帶點備用。」

「對，」他說：「的確是有。」事實上，一共有三個，兩個五加侖，一個兩加侖的。

「我敢說火星塞和電池也在外頭。沒有人會把雪上摩托車收在一個地方，再把火星塞和電池放在別處，會嗎？」

「似乎不太可能，是吧？」他起身走到丹尼躺臥睡覺的地方。一綹頭髮滑落到他的前額，傑克輕輕將頭髮撥開，丹尼絲毫沒有動。

「如果你能讓雪上摩托車動起來，你會帶我們出去吧？」她從他背後問：「一等收音機說好天氣的那一天？」

有一會兒傑克沒有回答。他站著俯看兒子，錯綜複雜的情感化為一股愛意。丹尼就如她所說的，脆弱、易受傷害。他頸部的傷痕非常鮮明。

「沒錯，」傑克說：「我會把摩托車發動起來，我們要盡快離開。」

「謝天謝地！」

他轉過身。她已脫掉襯衫躺在床上，小腹平坦，乳房神氣地朝著天花板。她慵懶地玩弄著自己的乳房，輕彈乳尖。「快點吧，先生，」她溫柔地說：「時間到了。」

＊

事後，房裡沒點燈，僅有丹尼從他房間搬過來的夜燈，溫蒂躺在傑克的臂彎裡，感覺平靜愉悅。她覺得難以相信他們居然能與兇殘的偷渡客同住全景飯店。

「傑克？」

「嗯哼？」

「到底是什麼碰了他？」

他沒有直接回答。「他的確有些與眾不同的東西，一些我們其他人都欠缺的天賦；抱歉，我們大多數人。也許『全景』也有些特別的東西。」

「鬼魂？」

「我不曉得。可以確定的是，不是像阿爾傑農．布萊克伍德⑰寫的那種。比較像是住過這裡的人殘留下來的感覺，有好的有壞的。照這樣說來，我想每間大飯店都有鬼魂，尤其是那些歷史悠久的。」

「可是浴缸裡有個死掉的女人……傑克，他不是發瘋了吧，是嗎？」

他緊緊抱了她一下。「我們知道他會……嗯，精神恍惚，因為找不到更合適的字眼……有時候。我們知道當他出神的時候，有時候能……看見？……一些他不明白的東西。假如預知的出神狀態真有可能發生，那大概是心靈潛意識的作用。佛洛伊德說過，潛意識從來不會用文字語言向我們表達，只會用符號。如果你夢見身在沒人說英文的麵包店，你可能是在擔心自己養活家庭的能力，或者只是沒人瞭解你。我讀過墜落的夢是發洩不安全感的典型表現。比賽，小比賽。意識在網子的這一邊，潛意識在另一邊，來回地傳遞荒誕不經的意象。精神病、預感，所有這一類的東西都一樣。為什麼預知就算是不尋常的呢？也許丹尼真的確實看見總統套房牆上濺滿了血跡。對像他這個年紀的孩子來說，血的影像與死亡的概念幾乎是可以互換的。不管怎樣，對孩子來說，影像總是比概念更容易理解。威廉．卡羅斯．威廉斯深知這一點，他是位小兒科醫師。當我們長大，概念漸漸變得比較容易懂，我們就把意象留給詩人……我只是隨口談談。」

「我喜歡聽你閒談。」

「她說了，各位。她說的喔！你們全都聽到了。」

「傑克，他脖子上的傷痕，那些是真的。」

「對。」

有很長一段時間傑克沒再說話。溫蒂開始以為他一定是睡著了，她自己也打起瞌睡，就在這時他說：

「我可以想到兩個解釋，沒有一個跟飯店裡的第四者有關。」

「什麼解釋？」她用手肘把身體撐起。

⑰ Algernon Blackwood：以撰寫鬼故事聞名的英國小說家。

「聖痕，可能吧！」他說。

「聖痕？那不是人在耶穌受難日流血或什麼的嗎？」

「對。有的時候深信耶穌神性的人在復活節前一週，手腳會現出流血的痕跡。在中世紀比現在常見。在那時代認為這樣的人是得到上帝的保佑。我不認為天主教聲明過這種現象是不折不扣的神蹟，這是非常聰明的。聖痕跟瑜伽修行者能做到的某些事情沒有太大的差別。現在大家比較瞭解了，就這樣而已。瞭解心靈和身體會相互影響的人——我是指研究，沒有人真的明瞭——相信人類比本來認為的更能控制自己無意識的動作。你如果夠專注去想的話，可以減緩自己的心跳，提高自己的新陳代謝，讓自己流更多汗，或者讓你自己流血。」

「你認為丹尼把這些瘀傷想到自己的脖子上？傑克，我沒辦法相信。」

「我可以相信這是有可能發生的，雖然我也覺得這似乎不大可能。更大的可能性是他自己弄上去的。」

「自己弄的？」

「他過去就曾陷入『出神狀態』傷害自己過。妳記得那次在晚餐桌上嗎？大概兩年前吧，我想。我們兩個對彼此超級生氣，大家都沒什麼交談。然後，突然間，他的眼睛往上一翻，臉朝下地栽進他的晚餐裡，之後摔到地板上。記得嗎？」

「嗯，」她說：「我的確記得。那時我以為他痙攣了。」

「還有一次我們在公園裡，」他說：「就只有丹尼和我，禮拜六下午。他坐在鞦韆上，盪來盪去，突然間他倒在地面上，簡直像被槍打中似的。我跑過去把他抱起來，結果他忽然又恢復意識，對我眨一眨眼然後說：『我撞到肚肚了。告訴媽咪，下雨的話要把臥室的窗戶關起來喔！』當天晚上就下了傾盆大雨。」

「對，可是——」

「而且他每次回來都是傷痕累累，手肘也擦傷。他的小腿看起來就像是陷入危機的戰場。你要是問他這個傷或那個傷是怎麼弄的，他只回答說：『喔，我在玩啦！』就結束了。」

「傑克，每個小孩都會撞到或擦到。小男孩從學走路開始一直到十二、三歲，傷口幾乎都是不間斷的。」

「那我確信丹尼的傷也是理所當然的，」傑克回答：「他是個活潑的孩子。可是我記得在公園的那天，還有晚餐桌上的那天晚上。我懷疑我們孩子身上有些撞傷和瘀傷是不是因為暈倒得來的。艾德蒙斯醫生說丹尼在他辦公室當場暈倒，我的天啊！」

「是沒錯。可是那些瘀傷是指痕啊！我可以對天發誓，他那些傷痕不是因為跌倒得來的。」

「他進入出神狀態，」傑克說：「也許他看見那房間內發生的事情：爭吵，也許是自殺。激動的情緒。那不像是在看電影，他處在非常容易受到影響的狀態。他就置身在那該死的情境中。他的潛意識可能用象徵的手法把發生的事情化為影像……好比說死而復生的女人、殭屍、亡靈、食屍鬼，隨便妳選哪個詞。」

「你讓我雞皮疙瘩都跑起來了。」她聲音沙啞地說。

「我自己也起了一些。我不是精神科醫師，但是這似乎非常符合他的情況。那個行屍走肉的女人象徵著槁木死灰的情感，死去的生命，就是不肯放棄離開……但是因為她是潛意識塑造出來的人物，所以她也是他。丹尼在出神的狀態下，本身的意識被淹沒掉。潛意識的人物在幕後操縱著，因此丹尼用雙手圈住自己的脖子，然後——」

「別說了，」她說：「我明白了。我覺得這比有個陌生人在走廊上鬼鬼祟祟的還要來得恐怖，傑克。你可以逃離陌生人，但沒辦法逃離你自己。你說的是精神分裂症啊！」

「非常有限的那種，」他說，但是有點不自在。「而且是性質非常特殊的。因為他似乎真的能看透人的想法，而且他有時似乎真的有預知的靈光。不管我再怎麼努力嘗試，也沒辦法把那當成是精神病。反正我們所有人多多少少都潛藏有精神分裂症。我想等丹尼年紀再大一點，他就能控制了。」

「假如你說對了，那麼我們就迫切需要把他帶走。不論他是什麼毛病，這間飯店都讓症狀更嚴重了。」

「我不認為，」他不贊同。「要是他乖乖聽我的話，一開始就絕對不會上去那個房間，這件事就永遠不會發生。」

「我的天，傑克！你是在暗示說，差點被勒死是……他擅自闖入禁地應得的懲罰嗎？」

「不……不，當然不是。可是──」

「沒有可是，」她激烈地搖著頭說：「事實是，我們全都在猜測。我們完全不知道他什麼時候可能會轉個彎，撞到那個……嗯，氣穴、一捲恐怖電影，或者無論是什麼。我們必須把他送走。」她對著黑暗笑了一下。「接下來就輪我們看到東西了。」

「少胡說八道了。」他說，在幽暗的房間裡，他看見樹籬獅子群集在小徑四周，不再是防守小徑的側面，而是監視著小徑，飢餓的十一月獅子。冷汗從他眉毛上冒出。

「你真的沒有看到東西吧，有嗎？」她在問：「我是說，你上去那個房間的時候，沒有看到任何東西吧？」

獅子消失了。現在他看見淡粉紅色的浴簾，後頭有個暗影斜靠著。關上的門。隱約、匆忙的重擊聲，以及隨後而來可能是跑動的腳步聲。當他吃力地轉動總鑰匙時，自己心臟恐怖、不穩的鼓動聲。

「什麼都沒有。」他說，那是真話。他非常緊張不安，不確定發生了什麼事。他沒有機會一一細查自己的思緒，找出兒子頸部瘀傷的合理解釋。他自己也該死地相當容易受影響。幻覺有的時候能有感染力。

「你沒有改變心意吧？我是指，雪上摩托車的事。」

他的兩手猛地一收緊握成拳

（別再煩我了！）

放在身側。「我說過我會試，不是嗎？我會的。現在睡覺了吧！今天過了漫長又辛苦的一天。」

「你說得沒錯。」她說。她轉向丈夫親吻他的肩膀時，被褥窸窣作響。「傑克，我愛你。」

「我也愛妳。」他說，但他只是動動嘴唇而已。他的雙手仍然握得緊緊的，感覺像是手臂末端的兩顆石頭。前額的血管跳動得很明顯。她隻字未提他們下山之後，當派對結束時，他們將會面臨什麼情況。一個字也沒說。一直都是丹尼這個，丹尼那個，噢傑克我好害怕。啊是啊，她害怕一大堆衣櫥的惡鬼和跳動的影子，有許多讓她提心吊膽的。但是也不乏現實的東西。他們抵達塞威之後，將只剩下六十塊錢和穿著的經久耐用的衣服，甚至連輛車也沒有。即使塞威有當鋪（事實上並沒有），他們也僅有溫蒂那只九十元的鑽石訂婚戒指和新力的AM／FM收音機能典當。當舖老闆可能給他們二十塊錢，仁慈的當舖老闆的話。他們沒有工作，甚至找不到兼差或季節性的工作，只除了也許幫人家的車道鏟雪，一次三塊錢。想像約翰．托倫斯，三十歲，作品曾經刊登在《君子》雜誌上，他曾經懷抱著夢想——不盡然是不切實際的夢想，他覺得——在接下來十年內成為美國的重要作家，如今肩上扛著從塞威西部汽車用品百貨買來的鏟子，挨家挨戶按電鈴……突然浮現在腦中的景象感覺比樹籬獅子更為清晰，他的拳握得更緊了，感覺指甲掐入手掌，留下神秘的弦月形血痕。約翰．托倫斯，站著排隊將六十元兌換成糧票，站在塞威衛理公會教堂旁的隊伍中，等著領取捐贈的物品，接受當地人惡意的眼光。約翰．托倫斯向艾爾解釋，他們不得不離開，不得不關掉鍋爐，不得不讓「全景」及其所有財物遭受搭雪上交通工具前來的惡徒或小偷覬覦，因為，你要明白，艾爾，別掛斷，艾爾，那上面有鬼啊！它們對我兒子懷恨在心。再見了，艾爾。想想第四章，春天為了約翰．托倫斯而來臨。然後呢？接下來究竟如何？他們或許能夠開福斯到西岸，他假設，換個新的汽油幫浦就行了。從這裡向西五十哩，全是下坡，你他媽的幾乎可以把金龜車放空檔，一路滑到猶他州。繼續前進到陽光加州，柑橘和機會之地。像他這樣擁有酗酒、毆打學生、追逐鬼魂等輝煌紀錄的人，無庸置疑地能在此自訂未來計畫，挑選任何他喜歡的工作：清潔技師——清理灰狗巴士，汽車業——穿著橡膠衣洗車，也許是烹飪業，在速食店洗碗盤，或者有可能是責任更重大的職位，例如加油。類似這樣的工作需要找零、開貸方傳票，甚至能持續激盪腦力。我能以最低薪資提供你一星期二十五個小時的工作。這在「神奇吐司」一條要賣六毛的年代是相當苛刻的協議。

血開始從他的手掌流下來。噢沒錯，正如同聖痕一般。他再握得更緊，用疼痛來殘害自己。他的妻子在他身旁熟睡，為什麼不呢？一切都沒問題了啊！他已經答應帶她和丹尼離開邪惡的巨大惡靈，沒問題了。所以你瞧，艾爾，我認爲最該做的事情將是——

（殺了她。）

這念頭驀然浮上來，赤裸裸、毫不掩飾的。他有股衝動想要讓她摔下床，光著身子，手足無措，意識才剛要清醒；想要猛撲向她，抓住她猶如青嫩白楊木未成熟的枝幹一般纖細的脖子，緊緊勒住，大拇指放在氣管上，手指頂住脊椎最上方，把她的頭猛然向上拉，再用力往下壓去撞擊地板，一遍又一遍地，重重地敲，使勁地打，猛力地搗，狠狠地砸。抖動搖擺吧！寶貝。搖啊！

碰吧！轉啊！他會逼她吃下她的藥，一滴不漏地，苦澀的每一滴。

他模模糊糊地留意到某個角落傳來隱約的聲響，就在他狂熱、快速轉動的內心世界之外。他看向房間的另一側，丹尼又在輾轉反側，在床上扭動，把毯子弄得凌亂。男孩的喉嚨深處傳出呻吟，一種受困籠中的微弱聲音。什麼樣的惡夢？青紫的女人，死去多時，在飯店彎彎曲曲的走廊上踉蹌地跟在他後頭嗎？不知怎地，傑克並不這麼認為。有別的東西在丹尼的夢中追逐著他，比死掉的女人更恐怖的東西。

他充滿怨恨不滿情緒的閘門頓時崩潰。他起床走過去男孩身邊，對自己感到失望羞愧。他該考慮的是丹尼，不是溫蒂，也不是他自己。唯有丹尼。無論他努力將事實扭曲成什麼形狀，心底都明白非送丹尼走不可。他拉好男孩的毯子，再添上床尾擺著的被子。丹尼現在又平靜下來。傑克輕觸他熟睡的前額

（在隆起的骨頭後面究竟是什麼怪物在玩把戲？）

發現他的額頭溫暖，但不過熱。他又平靜地睡著了。真是古怪。

他回到自己床上，試著入睡，卻睡不著。

事情轉變成這樣實在不公平——厄運似乎在跟蹤他們。即使他們上山來終究甩脫不了。等他們明天下午抵達塞威，絕佳良機也會消失——如同他以前的室友慣常說的：像藍色山羊皮鞋一樣絕跡。思考一下倘如他們不下山，假如他們能夠設法堅持下去的差別。他的劇本將會完成。無論如何，他會補上結局。他本身對筆下人物的不確定，也許反倒可能為原本的結局增添一點曖昧不清的魅力；或許甚至能幫他賺點錢，這不無可能。就算沒賺錢，艾爾可能會好好說服史托文頓的董事會重新聘雇他。當然應該會先試用察看，也許長達三年，但是如果他能保持頭腦清醒，並且繼續寫作，或許不需要在史托文頓待滿三年。當然，他以前並不十分喜歡史托文頓，老覺得窒悶，好

像遭活埋，但那是不成熟的反應。再說，每隔兩、三天就帶著頭痛欲裂的宿醉撐過前三堂課的人，能有多喜愛教書呢？他不會再重蹈覆轍，將能更妥善地克盡自己的職責。他有十足的把握。

腦袋在轉著這念頭的當兒，思緒逐漸飄散，他沉入夢鄉。隨著他陷入睡夢中的最後一個念頭如同敲響的鐘：

如此看來他也許能夠在此找到平靜。終於。只要他們允許的話。

他醒來的時候站在二一七號房的浴室裡。

（又夢遊了——為什麼？——這裡又沒有無線電可摔）

浴室的燈亮著，他背後的房間一片漆黑。長形四爪浴缸周圍的浴簾拉起，一旁的腳踏墊又濕又縐。

他開始感到害怕，但恐懼宛如作夢一般的特質告訴他這不是真的。然而那不單單限於恐懼，「全景」裡的許多事物感覺都像是幻夢。

他移動到浴缸旁，雖不願意卻無力迫使腳往回走。

他唰地一下把浴簾拉開。

躺在浴缸裡，渾身赤裸、懶洋洋、幾乎毫無重量地躺在水中的是喬治．哈特菲德，胸口插著一把刀，周圍的水染成鮮粉紅色。喬治的雙眼閉著。他的陰莖軟弱無力地漂浮著，宛如昆布。

「喬治——」他聽見自己說。

聽到這句話，喬治的眼睛啪地打開，瞳孔是銀色的，絲毫不像人類的眼睛。喬治死白的雙手摸到浴缸的側邊，奮力坐起身來。那把刀筆直地從胸膛突出，插在兩邊乳頭的正中央。傷口沒有肉邊。

「你把計時器調快了。」銀眼的喬治對他說。

「不，喬治，我沒有。我——」

「我沒有口吃。」

喬治現在站了起來，依舊用非人類的銀色眼眸緊盯著他，嘴唇卻向後扯開露出冷漠、扭曲的笑容。他將一條腿跨出陶瓷浴缸的邊緣，白皙起皺的腳安放在腳踏墊上。

「你先是想要輾過腳踏車上的我，接著把計時器調快，然後又企圖把我刺死，但是我還是沒有口吃。」喬治朝他走來，伸出雙手，手指微微彎曲。他聞起來有潮濕的霉味，有如一直淋雨的樹葉。

「那是為你著想啊！」傑克邊往後退邊說：「我把計時器調快是為了你好。再說，我碰巧知道你在期終作品上作弊。」

「我沒有作弊……也沒有口吃。」

喬治的手碰觸到他的脖子。

傑克轉身逃跑，跑的速度緩慢彷彿毫無重量地飄浮，一如夢中非常普遍的情境。

「你有！你的確有作弊！」他跑過昏暗的臥室兼起居室，既害怕又憤怒地大喊：「我會證明的！」

喬治的手又放到他的脖子上。傑克的心中漲滿了恐懼，他確信心臟將會爆開。然後，他的手終於握住門把，將門把一轉，猛力地把門拉開，衝了出去，並不是跑進二樓的走廊，而是跑進地下室拱門後的房間。滿佈蜘蛛網的燈亮著，那把有著幾何圖案的粗陋露營椅立在燈下，排放在四周有如縮小山脈模型的是紙箱、木箱，和用帶子捆好的檔案、發票及只有天曉得的鬼東西。他驀地感到全身放鬆。

「我會找到的！」他聽見自己吼叫。他抓了一個潮濕腐朽的紙箱，箱子在他的手中分解，如瀑布般傾洩出泛黃的薄紙。「證據就在這裡某個角落！我會找出來的！」他把手探進那堆紙張當中，出來時一手拿著乾枯、薄如紙的黃蜂窩，另一手拿著計時器。計時器滴答滴答地走著，後面附著一段電線，連在電線另一端的是一捆火藥。「這裡！」他高聲嚷著：「在這裡，過來拿啊！」

他的放鬆轉變為完全的勝利。他不僅逃離喬治，他還征服了。有了手上這些護身符，喬治再也不能碰他。喬治會驚慌而逃。

他正準備轉身以便面對喬治時，喬治的雙手圈住他的脖子，緊緊勒住，阻塞他的氣息，在他倒抽最後一口氣後，徹底截斷他的呼吸。

「我沒有口吃。」喬治從他身後低聲說。

他放下黃蜂窩，黃蜂成群湧出如一股狂怒的褐黃色浪潮。他的肺部像著了火似的。搖擺不定的視線落在計時器上，勝利感又回來了，伴隨著達到頂點的義憤。電線並非將計時器連結到火藥上，而是連到一根厚實牢固的黑色枴杖上的金色握柄，就如同他父親被牛奶貨車撞倒之後攜帶的那根枴杖一樣。

他一把抓住枴杖，電線頓時脫落。枴杖拿在手上感覺沉甸甸的十分順手。他將枴杖往肩膀後頭一甩，往上揮時枴杖擦到吊著燈泡的電線，電燈因此來回擺盪，讓房間裡罩著的陰影驚人地晃動，撞擊著地板和牆壁。揮下來時枴杖打到某個更加堅硬的物體。喬治放聲尖叫，掐住傑克喉嚨的手指鬆開。

他掙脫喬治的掌握，猛地旋身。喬治雙膝著地，頭低垂著，雙手在頭頂交握，鮮血從他的指間湧出。

「拜託，」喬治卑微地低聲說：「饒了我吧！托倫斯先生。」

「現在你會乖乖吃藥了吧！」傑克咕噥著說：「現在向上帝發誓，你會吧！年輕的傻小子，年輕沒用的無賴。現在有上帝為證，你馬上喝，一滴不剩，喝光該死的每一滴！」

頭上的燈光搖晃，影子擺盪飛舞，他開始揮動枴杖，一次又一次地揮下，他的手臂恍如機器般地舉起又落下。喬治護著頭部沾滿血污的手指從頭上滑落，傑克反覆不停地揮舞枴杖，打在他的頸部、肩膀、背部和手臂上。只不過枴杖不再是枴杖，看起來像是握柄上有某種鮮明條紋的球桿，一頭堅硬、一頭柔軟的球桿，銳利的那頭凝結了血跡和頭髮。空洞轟隆的聲響取代了球桿打在肉上的單調重擊聲，在四周迴盪迴響著。他自己的聲音也呈現同樣的音質，空洞地咆哮著。然而，矛盾的是，聽起來比較微弱，含糊不清，暴躁……彷彿他喝醉了。

跪著的人影緩緩抬起頭來，彷彿是在哀求。嚴格說來，那不是一張臉，只不過是露出眼睛的血淋淋面具。他再度舉起球桿準備最後咻地一擊，當他使出全力揮下時，才看見底下懇求的臉不是喬治的，而是丹尼的。那是他兒子的臉。

「爸爸——」

球桿擊中目標，正打在丹尼的兩眼中間，讓他的眼睛永遠闔上。而在某處有個東西似乎在狂笑——

（！不！）

他從夢中清醒，赤裸著身子站在丹尼的床邊，兩手空空，身體因為流汗而微微發光。他最後一聲尖叫只是在自己的腦海中。他再說一次，這次是用喃喃低語。

（不。不，丹尼。絕不。）

他以彷彿變成橡膠的兩條腿走回床上。溫蒂沉沉地睡著。床頭櫃上的時鐘顯示為四點四十五分。他無眠地躺到七點，直到丹尼甦醒過來。然後他把雙腿跨到床沿，開始著裝——該到樓下去檢查鍋爐了。

33. 雪上摩托車

午夜過後不知何時，當他們全都不安地睡著的時候，在舊的雪殼上傾倒了八吋新鮮積雪的大雪終於停止。雲層散開，清爽的風將雲朵一掃而空，此時陽光從髒污的窗戶斜射進設備倉庫的東邊，傑克就站在灰塵飛揚的一方陽光中。

這地方大約如運貨車廂那麼長，高度也差不多。聞起來有潤滑油、燃油和汽油的味道，以及隱約而令人懷念的甜茅香味。四台電動割草機在南面牆邊排成一列如校閱的士兵，其中兩台是乘坐式，外觀像小型牽引機。割草機左邊是掘孔機，圓刃的鏟子專門設計來幫果嶺動手術，還有鏈鋸、電動的修籬剪，以及一根又長又細、頂端有面紅旗的鋼桿。桿弟，在十秒內把我的球撿回來，裡頭有二角五分的硬幣給你。是的，先生。

早晨太陽斜射最強烈的東面牆邊，有三張乒乓球桌，一張緊靠著一張宛如歪斜的紙牌屋。拆除掉的球網從上方的架子懸垂下來。角落裡放著一堆推圓盤遊戲的圓盤，和短柄槌球組——槌球的拱門以幾撮鐵絲捆綁在一起，著色鮮豔的球收在有如雞蛋盒之類的東西裡（華生，你這裡養的雞還真奇怪……沒錯，你應該看看前面草坪上的動物啊，哈哈），以及球桿，共有兩套，豎立在支架上。

他走過去槌球那邊，跨過一個八芯電瓶（這無疑曾經位在飯店載貨車的引擎蓋底下）、一個充電器，及捲在充電器和電池之間的一副潘尼百貨的跨接線盤。他從前排支架迅速取下一根短柄球桿，舉到臉的正前方，宛如即將上戰場，正在向國王致敬的騎士。

他夢中的片段（如今全都混雜在一起，漸漸淡出）重現，有關喬治・哈特菲德及他父親的楞杖那部分，剛好足以令他心神不安，而且十分荒謬的是，握著老舊、平凡而普通的短柄槌球桿居然會有點罪惡感。短柄槌球不再是常見的大眾遊戲了，比它更現代的表親槌球如今更為普遍……還有兒童版的槌球遊戲。然而，短柄槌球……肯定是相當了不得的遊戲。傑克在地下室找到一本發霉的比賽規則手冊，是二十世紀初某一年北美短柄槌球錦標賽在「全景」舉辦時留下的。真是了不起的遊戲。

（精神分裂）

他皺了一下眉頭，然後笑了。是啊，這是一種精神分裂的遊戲。球桿完美地表達出這點：一頭柔軟，一頭堅硬。講求技巧和準度，強調原始、攻擊力量的遊戲。

他揮桿劃過空氣……咻——聽到球桿產生強大、呼嘯的聲音後微微一笑。隨後將球桿重新放回支架上，轉向左邊。所見到的東西令他再度皺眉。

雪上摩托車幾乎是盤踞在設備倉庫的正中央，非常新的一台，傑克一點也不喜歡它的外觀。面對他的引擎罩側邊以黑色字體印著龐巴迪雪上摩托車，字跡傾斜向後，大概是在暗示其速度。突出的滑橇同樣是黑色的。引擎罩的左右兩邊有黑色鑲邊，是在跑車上稱為賽車條紋的圖案。但實際的塗裝是明亮、嘲諷的鮮黃色，那正是他不喜歡的地方。在晨光中，黃色車體、黑色鑲邊、黑色的滑橇及裝有軟墊的開放式黑色駕駛座，使得這台雪上摩托車看起來好像巨大的機械黃蜂。當它發動時，聲音聽起來應該也像黃蜂，發出嘶吼、嘈雜的嗡嗡聲響，準備螫人。要不然它應該長得像什麼呢？最起碼，它不是以偽裝的顏色飛行。因為在它完成任務之後，他們將會受到相當大的傷害，他們所有的人。到春天來臨時，托倫斯一家將會傷得非常嚴重，比起來黃蜂在丹尼手上螫出的傷口簡直像是母親的吻。

他從身後口袋抽出手帕，擦拭嘴巴，然後走向雪上摩托車，站著俯視那台車，眉間的皺紋更加深，接著他將手帕塞回口袋。外頭一陣突如其來的強風猛烈地颳向設備倉庫，吹得倉庫搖晃不已並且嘎吱作響。他望出窗外，看見陣風夾帶一大片閃亮的雪花結晶飄然吹向飯店的後方，再將雪花高高捲上凜冽蔚藍的天空。

風停息後，他回去仔細端詳那台機器。這真的是令人厭惡的東西。你幾乎可預期看到一根長長、柔軟的刺從車尾突出去。他向來討厭可惡的雪上摩托車。它們將冬天教堂般的寧靜震碎成千百萬個嘎嘎作響的碎片，驚嚇到野生動物，排放大量污染的滾滾黑煙到後頭——咳嗽、咳嗽、嘔吐、嘔吐，讓我呼吸吧！它們或許是日漸開展的化石燃料時代最醜惡的玩具，提供給十歲孩童當聖誕節禮物。

他記得在史托文頓讀過一篇新聞報導，文章的發稿地是在緬因某處。一名孩童騎著雪上摩托車，以超過時速三十哩的速度飛馳在他以前從沒行走過的道路上。晚上。他的頭燈關著，行駛到一處兩根柱子之間綁著沉重的鍊條，中間掛著禁止入內的標示牌。他們說那孩子十之八九根本沒看到，月亮可能隱藏在雲後。那根鍊條將他的頭截斷。讀到這篇報導時，傑克幾乎是心情愉悅的，如今，低頭看著這台機器，那種感覺又重現了。

（要不是為了丹尼，我會非常樂意抓起一根球桿，拆開引擎罩，不斷地用勁敲，敲到）

他緩慢地長吁一口氣，釋出壓抑的氣息。溫蒂說得沒錯，只許成功，不許失敗，否則就只能排隊領救濟了。溫蒂說得對。把這台機器敲毀是愚蠢至極的行為，不論這愚蠢行為能帶來多麼愉快的一面，這幾乎等同於將自己的兒子搥到死。

「可惡的盧德分子⑱。」他大聲地說。

⑱Luddite：十九世紀英國工業革命時期，紡織業工人中參與搗毀機器運動的人，後引申為反對科技進步的人。

他走到機器後面，旋開油箱蓋，在環牆高及胸部的架子上找到一把量油尺，將尺迅速放進去，結果最後八分之一吋是濕的。不是非常多，但足夠試試看這該死的東西是否能發動。稍後他可以從福斯和飯店載貨車多抽一點油過來。

他把蓋子旋回去，再拆開引擎罩。沒有火星塞，也沒有電池。他再去架子那邊四處尋找，推開螺絲起子和活動扳手，從舊割草機取出單管式化油器，及好幾個塑膠盒的螺絲、釘子和各種尺寸的螺栓。架子因為陳年的油漬而又黏又黑，經年累積的灰塵黏在上頭有如一層毛。他不想碰到。

他找到一個沾滿油污的小盒子，上頭以鉛筆簡潔地標示著零件。他搖一搖，裡頭有東西嘎啦嘎啦響。火星塞。他高舉起一個火星塞向著燈光，企圖估量出間隙，希望不用到處搜找間隙測量工具。他媽的，他憤恨不平地想著，將火星塞扔回盒子裡。假如間隙不對，那就太糟了。該死的糟透了！

門後有張凳子。他拉過來，坐下，安裝上四個火星塞，然後在每個上頭套上小的橡膠點火帽。做完之後，用手指撥弄一下磁發電機。當我坐在鋼琴旁時，他們哄堂大笑。⑲

他再回到架子邊，這一回找不著他想要的一顆小電池，三芯或四芯的。架上有套筒扳手，一個裝滿鑽子和鑽頭的箱子，幾袋草地肥料和花壇用的肥料，但是沒有雪上摩托車的電池。他絲毫不覺得困擾；事實上，他覺得好極了。他解脫了。我盡力了，隊長，但是我沒辦法通過。沒關係的，孩子，我會為你申請銀星勳章，還有紫色雪上摩托車。你是本軍團的榮耀。謝謝，長官，我真的努力了。

他開始用口哨快速地吹著〈紅河谷〉，一邊繼續搜找最後兩、三呎的架子。音符吹出來時伴隨著一小口一小口的白煙。他已經徹底巡查過倉庫一遍，那東西不在這裡。也許有人把它搬走了，說不定是華生。他放聲大笑。老掉牙的私賣辦公室用品把戲：一些迴紋針、幾令紙，沒有人會發現遺失了這條桌巾，或這套金尊餐具……那麼拿走這個不錯的雪上摩托車電池又何妨？是啊！那遲早可能派上用場。把它扔進袋子。白領階級的犯罪，寶貝。每個人都有偷竊的習慣。小時候我們都稱這是外套下的折扣。

他走回雪上摩托車旁，經過時朝摩托車側邊使勁地狠狠踹上一腳。哼，就到此為止。他只需要跟溫蒂說聲抱歉，寶貝，但是——

門邊角落裡有個箱子。方才凳子就是放在箱子上，上頭用鉛筆書寫的是「零件」。

他死盯著箱子，笑容僵在唇邊。你瞧，長官，是裝中部隊。看來你的煙霧信號終究還是發揮作用了。

這不公平。

該死的，這根本不公平。

某種東西——運氣、命運、天意——一直在試圖拯救他，某種善心的運氣。然而在最後一刻壞心的老傑克．托倫斯的運氣又介入。這場討厭的牌局尚未結束。

一股灰暗、陰鬱的憤懣湧上他的喉嚨。他的雙手又緊握成拳。

（不公平，該死的，這不公平！）

他為何不會注意別的地方？任何地方都好！他為何沒有突然脖子抽筋，或鼻子發癢，或者需要眨眼呢？只要有任何一點小事，他就永遠不會看到那個箱子。

咳，他沒有。就這樣。那是幻覺，跟昨天在二樓房間外，或是該死的樹籬動物園發生的事情

⑲此為美國著名的廣告標題，下一句接「但且看我開始彈奏的時候！」

沒什麼不同，只是一時精神緊張而已。真是異想天開，我居然以為自己看見角落裡有雪上摩托車的電池。現在那裡什麼也沒有。長官，我猜是戰鬥疲勞症。抱歉。孩子，打起精神來，我們大家遲早都會犯這個毛病的。

他猛力將門打開，力氣大得幾乎足以弄斷鉸鏈，然後把雪鞋拖進來。雪鞋上結滿了雪霜，他用力將雪鞋往地板上拍，惹起一片灰塵。他把左腳伸進鞋中……驀地頓住。

丹尼在外面，就在牛奶平台的旁邊。看上去，他正努力堆出雪人。運氣不大好，雪太冰了無法黏合。然而，他還是盡全力去做，閃耀的晨光中，一個穿得厚厚的小不點在亮晶晶的雪上，在燦爛的晴空下。他的帽子反著戴有如紅襪隊捕手卡爾頓．費斯克。

（老天，你究竟在想什麼啊？）

答案毫不遲疑地浮現。

（我。我只想到我自己。）

驀地他想起昨晚躺在床上，躺著躺著突然考慮要謀殺他的妻子。

那一瞬間，蹲在那兒，他頓悟了每件事。「全景」不僅是對丹尼有影響，也對他有影響。薄弱的環節不是丹尼，而是他。他才是那個脆弱的人，那個可被彎折、扭曲直到某樣東西斷裂的人。

（直到我放棄而睡著……當我放手，如果我放手的話）

他抬頭仰望那一排窗戶，太陽從許多片拼成的窗戶表面反射出的光芒奪目，但他還是直視著。頭一次他注意到那些窗戶有多麼像眼睛。它們將太陽光反射出去，保留自己內部的黑暗。它們並非注視著丹尼。它們是在注視他。

在短短幾秒鐘內，他恍然大悟。他記得小時候在教義問答課堂上，看過一幅黑白的圖畫。修女向他們介紹掛在畫架上的這幅畫，宣稱這是上帝的神蹟。全班同學茫然不解地看著畫，沒看到任何東西，只看見一團混雜的黑與白，絲毫沒有意義，也沒有圖案。但沒多久第三排一個孩子倒抽一口氣說：「是耶穌！」由於那孩子是頭一位發現的，所以回家時帶著一本全新的聖經和一份月曆。其他同學更認真地凝視，小傑．托倫斯也是其中一位。其他的孩子一個接一個都發出類似的抽氣，一名小女孩激動得近乎狂喜，尖聲喊道：「我看見祂了！我看見祂了！」她同樣獲得一本聖經做為獎賞。到最後每個人都在那一團混雜的黑白之中看見耶穌的臉，只除了小傑外。他更加奮力地睜大眼睛，開始感到害怕，部分的他嘲諷地認為，其他每個人都只是為了取悅碧翠絲修女才假裝的；部分的他暗自相信，他沒看見是因為上帝判定他是班上最惡劣的罪人。「小傑，你沒看見嗎？」碧翠絲修女用憂愁溫柔的態度詢問。我看見妳的咪咪，絕望中他滿懷惡意地想。他搖搖頭，然後假裝興奮地說：「嗯，我看到了！哇！是耶穌！」班上每個人都笑了並為他鼓掌，讓他同時感到得意揚揚又羞愧害怕。之後，當每個人急急忙忙擠出教堂地下室到街上去的時候，他慢吞吞地逗留在後面，盯著碧翠絲修女留在畫架上的那團無意義的黑白。他恨它！他們全都像他一樣造假，就連修女自己也是。它是個大騙子。「去它的火——該死的火——去它的火。」他低聲地喃喃自語，正當他轉身要走的時候，眼角瞥見了耶穌的臉，悲傷而睿智的。他轉回去，一顆心跳到喉嚨。驀地所有的一切豁然開朗，他懷著敬畏的心驚訝地凝視那幅圖畫，不敢相信他之前居然沒看到。那雙眼，憂心忡忡的額頭上那道鋸齒狀的陰影，秀挺的鼻子，富有同情心的嘴唇，正看著小傑．托倫斯。原本僅是毫無意義的一團雜亂，忽然間轉化為清晰的主耶穌臉龐的黑白蝕刻版畫。敬畏的訝異變成恐懼。他在耶穌畫像前咒罵。他會下地獄，會和罪人一起待在地獄。耶穌的臉一直都在圖畫中，始終都在。

如今，跪在陽光底下，看著兒子在飯店的陰影中玩耍，他知道一切全都是真的。飯店想要丹尼，也許想要他們所有的人，但丹尼是絕對肯定的。樹籬真的走動。二一七號房有死掉的女人，或許在多數情況下只不過是個無害的靈魂，然而現在卻是積極活動的危險。她就像是個惡毒的發條玩具，是丹尼本身奇特的心靈……以及他自己的心思……幫她上了發條，讓她開始活動。是不是華生告訴過他，有一天有個男人在短柄槌球場中風，當場倒斃呢？還是歐曼？那不重要。三樓發生過暗殺事件。過去還有多少次爭執、自殺和中風呢？多少件謀殺案？葛拉迪是不是拿著斧頭潛伏在西側某個角落，只等著丹尼將他啟動，好讓他能從蟄伏的地方出人意外地冒出來呢？

丹尼頸部那一圈腫起的瘀傷。

空無一人的酒吧裡，若隱若現的閃亮酒瓶。

無線電收音機。

幻夢。

他在地下室發現的剪貼簿。

（梅鐸克／你在嗎？／親愛的，我又夢遊了……）

他突然站起來，把雪鞋用力推回門外。他渾身發抖，使勁將門關上，然後拿起裝了電池的箱子，箱子從他顫抖的手指滑開

（噢天啊，要是我把它摔壞了怎麼辦）

砰地翻倒到側面。他拆開箱子的封蓋，猛然拉出電池，完全不顧萬一電池破裂，裡頭的酸有可能從電池的外殼漏出來。但是電池沒破，完好無缺。他的嘴唇逸出小小聲的嘆息。

抱著電池，他走到雪上摩托車旁，放在靠近引擎前頭的平台上。他在架上找到一支小的活動扳手，順利地迅速接好電池的線。電池還可用，不需要用充電器。當他把電線接到正極那一端時，聽到電流噼啪的爆裂聲，並聞到輕微的臭氧味。完工後，他站開，雙手緊張地在褪色的牛仔

夾克上猛擦。好了，應該可以發動。沒有理由不行，一點理由也沒有，只除了這台車屬於「全景」，而「全景」實在不希望他們離開這裡，一點也不想。「全景」玩得不亦樂乎。有個小男孩可以嚇，還可以鼓動一個男人和他的女人互相敵視，倘若它好好運用手上的牌，他們最後就會如雪麗．傑克森⑳小說中無實體的幽靈一般，在「全景」的走廊上輕快地穿梭，無論什麼走在山宅裡都是獨個兒在走，但是你在「全景」不會單獨一人，噢不，這裡有好多同伴呢！但是這台雪上摩托車真的沒有理由不能發動，當然除了

（除了他依舊不是真心想要離開。）

對，除了這一點之外。

他站著端詳雪上摩托車，呼出的氣息凍結成小縷的白煙。他希望維持原狀。當他進來這裡時，他毫不懷疑。下山將是錯誤的決定，他那時就知道了。溫蒂只是害怕歇斯底里的小男孩召喚來的鬼魂。此時，忽然間，他能瞭解她的立場。感覺就好像他的劇本，那可恨的劇本。他不再清楚自己是支持哪一邊，或者事情該如何收場。一旦你在雜亂的黑與白之間看見上帝的臉，那就完了，你再也無法不看見。其他人也許會大笑說這沒什麼，只不過是一大堆毫無意義的斑點，隨便哪一天給我一張漂亮的舊藝術大師對號彩繪吧！但你總是會看到主耶穌的臉朝著你看。你已從碎片中看出完美的成形，意識和潛意識在令人駭然的領悟瞬間交融在一起。你永遠都會看見。你受到詛咒永遠都會看見。

（親愛的，我又夢遊了……）

⑳Shirley Jackson：美國作家，以恐怖小說聞名，許多後輩的小說作家深受其影響，史蒂芬．金即為其中之一。其著名的恐怖小說《山宅鬼驚魂》（Haunting of Hill House）曾被翻拍成電影「鬼入侵」。

本來一切都很好，直到他看見丹尼在雪中玩耍。都是丹尼的錯，一切都是丹尼的錯。他是那個擁有閃靈，或管他是什麼的人。那不是閃靈，是詛咒。假使他和溫蒂單獨在此，他們就能相當安穩地度過這個冬季。沒有痛苦，精神上也沒有壓力。

（不想離開嗎？不能嗎？）

「全景」不希望他們走，他也不希望他們離開，甚至不希望丹尼離開。也許現在他是計畫的一分子。或許「全景」，這位浮誇、說話長篇大論的山謬爾．約翰生㉑，選中他做為它的包斯威爾。你說新的管理員會寫作？非常好，那就雇用他吧！該輪到我們說說我們這一方的看法了。不過，我們要先除掉那個女人和他流鼻涕的孩子了。我們不希望他分心。我們不要——

他站在雪上摩托車的駕駛座旁，頭又痛了起來。結論到底是什麼？離開或是留下。非常簡單。簡單就是美。我們應該走，還是該留下來？

假如我們離開的話，你要多久才能在塞威當地找到簡陋的住處？他心中一個聲音問。擺了一台爛彩色電視，讓沒刮鬍子、沒工作的男人成天看益智遊戲節目的陰暗場所？男廁的尿騷味聞起來像是累積了兩千年以上，抽水馬桶裡總是有泡爛的駱駝牌菸蒂的地方？還是啤酒一杯三毛錢，你得摻著鹽喝，點唱機裡裝滿七十首鄉村老歌的地方？

多久？噢天啊，他很擔心根本撐不了多久。

「我贏不了的。」他非常輕聲地說。就是這樣，感覺就像是試圖用一副缺張A的紙牌玩接龍一樣。

他陡然俯身向雪上摩托車的引擎室，猛力拔掉磁發電機。令人生厭地輕鬆將磁發電機拆下。他審視磁發電機半晌，然後走到設備倉庫後門，把門打開。

從這兒山景一覽無遺，在早晨的閃耀光芒下宛如風景明信片般的美麗。連續不斷的雪地延伸到大約一哩遠外的第一排松樹那裡。他奮力將磁發電機扔到雪地中，儘可能扔到最遠處。磁發電機飛得比正常的還要遠，落下時噴濺起少量的雪。微風將雪的微粒吹到新的休息地。就地解散，我說。沒什麼好看的了。全都結束了。解散。

他感覺心境平和。

他站在門口好長一段時間，呼吸清新的高山空氣，然後把後門牢牢關上，從另一扇門走回去告訴溫蒂他們要留下。途中，他停下來和丹尼打雪球仗。

㉑Samuel Johnson：十八世紀英國著名的詩人、散文家與文學評論家。最為後人熟知的是他花了九年時間編撰的《約翰生字典》。而好友詹姆斯·包斯威爾為他所寫的傳記，《約翰生傳》，使他成為家喻戶曉的人物。

34. 樹籬

時間是十一月二十九日，感恩節後三天。上個禮拜過得很愉快，感恩節晚餐是他們一家人吃過最棒的。溫蒂把迪克．哈洛倫的火雞烹調得恰到好處，他們全吃到肚子撐，仍舊離清光這隻快活鳥還差很遠。傑克抱怨說他們接下來的冬天都得吃火雞——奶油火雞、火雞三明治、火雞麵、驚喜火雞燉菜。

不用啦，溫蒂微微笑著告訴他。只要吃到聖誕節，到時候我們會有閹雞。

傑克與丹尼齊聲呻吟。

丹尼頸部的瘀痕漸漸淡去，他們的恐懼似乎也隨之消失。感恩節下午，溫蒂拉著雪橇上的丹尼到處閒逛，傑克則忙著寫劇本，他的劇本現在已接近完成。

「博士，你還會害怕嗎？」她開口問，不知道該如何較委婉地提出這問題。

「會，」他簡單地說：「不過我現在待在安全的地方。」

「你爸爸說森林巡邏隊員遲早會覺得奇怪，我們為何都沒查一下無線電對講機。他們會過來看看是否有什麼問題，到時候我們或許就可以下山，你跟我。讓你爸爸做完整個冬季。他有很好的理由想這麼做。在某種程度上來說，博士……我知道你很難瞭解……我們已經無路可退了。」

「嗯。」他不置可否地回答。

這個閃亮的下午，他們兩人在樓上，丹尼知道他們剛才在做愛，現在在打瞌睡。他知道，他們很快樂。母親仍然有一點擔憂，但父親的態度十分奇怪。感覺好像他做了什麼非常艱難的事，而且做得很正確。可是丹尼似乎無法看出究竟是什麼事。父親小心翼翼地保守這個秘密，即使在他自己的心裡也一樣。丹尼懷疑，你有可能高興自己做了某件事，卻同時對這件事感到羞愧而盡量不去想嗎？這問題是相當令人困惑的。他不認為這種事情有可能……以正常人的心理來說。他費最大的工夫去探索父親的心，結果只得到模糊不清的畫面，一個好像章魚的東西快速捲上凜冽蔚藍的天空。而兩次他努力集中精神才取得這畫面的時候，爸爸突然用犀利、駭人的目光瞪視他，彷彿他知道丹尼在做什麼。

此刻丹尼在大廳裡，正準備要出門。他常常出去，帶著雪橇，或是穿雪鞋。他喜歡走出飯店。當他置身在外面陽光下時，感覺好像卸下了肩膀上的重擔。

他拉一把椅子過來，站上去，從舞廳的衣櫥取出連帽雪衣及雪褲，然後坐在椅子上著裝。高筒靴在鞋箱裡，他把靴子取出穿上，舌頭從嘴角探出，專心一意地繫鞋帶，把生牛皮帶子仔細綁成易解的祖母結，接著戴上連指手套和滑雪面罩，準備就緒。

他踩著沉重的步伐穿過廚房到後門去，驀地停下腳步。他厭倦了在後頭玩耍，到一天的這個時刻，飯店的影子會籠罩在他遊玩的區域，而他甚至不喜歡處在「全景」的陰影底下，於是他決定穿上雪鞋到遊戲場去。迪克．哈洛倫吩咐他要遠離綠雕，但是想到樹籬動物，他並不十分擔心。它們現在都埋在雪堆底下，除了粗略的小丘可看出是兔子的頭或獅子的尾巴外，什麼也看不見。它們從雪中隆起的模樣，使得尾巴看起來可笑而不可怕。

丹尼打開後門，從牛奶平台拿了雪鞋。五分鐘後，他在前廊用皮帶將雪鞋綁在腳上。爸爸告訴過他，他（丹尼）抓到了使用雪鞋的要領：放鬆、緩慢滑動的步伐，以及在抬起的腳即將落下之前，扭動腳踝將粉狀的乾細雪從繫帶上甩下來的動作。諸如此類的動作都能讓他鍛鍊到大腿、小腿及腳踝必要的肌肉。丹尼發現腳踝最先感到疲累。穿雪鞋行走對腳踝的負擔幾乎同滑雪一樣重，因為你必須一直清理繫帶。每隔五分鐘左右，他就必須雙腳張開停住，雪鞋平放在雪上讓腳踝休息。

但是去遊戲場的途中他不需要休息，因為全是下坡。在吃力地爬過飄進「全景」前廊的巨大雪丘後，不到十分鐘，他就已經站在遊戲場，一隻戴著連指手套的手擱在溜滑梯上，甚至沒有喘得多厲害。

埋在深雪中的遊戲場似乎比秋天時來得漂亮，看起來像是仙境的雕塑。鞦韆的鍊條凍結成奇怪的姿態，大孩子鞦韆的座椅與雪齊高。攀爬架是由滴下的冰牙護衛著的冰穴。「全景」娃娃屋唯有煙囪突出在雪上

（但願另一個也這樣被掩埋，只是不要將我們一起埋進去）

而水泥環的頂端有兩處露出來，宛如愛斯基摩的圓頂小屋。丹尼邁著沉重的步伐走過去，蹲下，開始挖掘，沒多久就挖出其中一個的幽暗入口，於是他鑽進冰冷的地道，想像自己是密諜派屈克・麥高漢（這個影集已在柏林頓電視頻道重播了兩次，他爸爸從不錯過，寧願不參加聚會，待在家裡看「密諜」或是「復仇者」，丹尼總是跟他一起看），正在瑞士山區逃離ＫＧＢ的探員。這區域發生雪崩，而惡名昭彰的ＫＧＢ探員史洛波用毒鏢殺害了他的女友，但是這附近某個地方有蘇俄的反重力機械裝置，或許就在這個地道的盡頭。他拔出自動手槍，走進混凝土地道，睜大眼睛警戒，呼吸時冒出陣陣白煙。

水泥環的最遠端被雪牢牢封住。他試著挖穿，卻驚訝（也有點不安）地發現雪有多堅實，由於寒凍加上越來越多的雪的重量不斷壓在上頭，這裡的雪幾乎像冰一樣。

他的假想遊戲瞬時瓦解，突然意識到自己好像被包圍，在這緊密的水泥環裡異常地緊張。他能聽見自己的呼吸聲，聽起來陰冷、淺快而空洞。他在雪底下，幾乎沒有光線從他進來時挖掘的

洞口透過來。驀地他亟欲出去到陽光下，忽然想起他的爸爸媽媽在睡覺，並不知道他在哪裡，萬一他挖的洞坍塌了，他就會被困住，更何況「全景」並不喜歡他。

丹尼有點困難地轉身，沿著長長的水泥環往回爬，他的雪鞋在後頭相撞，木頭發出咯噠咯噠的聲音，手掌啪啪啪地把底下今年秋天的白楊木枯葉弄碎。他才剛爬到盡頭，觸及上面射下的少許冷冽光線，雪就真的崩了，輕微的塌陷，但足以撒了他一臉，並且堵塞住他扭動身軀鑽下來的開口，將他留在一片闃黑之中。

有一剎那，他的大腦恐慌得完全愣住，無法思考。然後，彷彿從很遙遠的地方，他聽見爸爸告訴他，他絕對不能在史托文頓的廢物堆玩耍，因為有時候會有愚蠢的傢伙把舊冰箱拖出來丟，卻沒有把冰箱門拆掉，萬一你跑進去，門剛好關上，你就沒法出來了。你會在黑暗中死去。

（你不會希望這種事情發生在你身上吧！會嗎，博士？）

（不會，爸爸。）

但是事情眞的發生了，他慌亂的腦袋告訴他，事情確實發生了，他在黑暗中，他被困住了，這裡就像冰箱一樣寒冷。而且——

（這裡除了我以外還有別的東西。）

他倒抽一口氣後屏息，近乎遲緩的驚恐悄悄蔓延至他全身的血管。是的，沒錯。這裡有別的東西和他在一起，是「全景」為這種機會所保留的可怕東西。也許是一隻潛伏在枯葉底下的大蜘蛛，或許是一隻老鼠……或者也許是某個死在遊戲場的小孩的屍體。那種事情曾經發生過嗎？嗯，他想也許曾有過。他想起浴缸裡的女人，總統「套糖」牆壁上的血液和腦漿。想到某個小孩，頭部因為從攀爬的單槓或鞦韆上摔下來而裂開，在黑暗中追在他後面爬，咧開嘴笑，尋找與它一同在永無止盡的遊戲場玩耍的最後一位玩伴。再過一會兒他就會聽見它到來的聲音。

在水泥環的另一頭，丹尼聽見某個東西手腳並用地爬來找他時，枯葉發出鬼鬼祟祟的窸窣聲。隨時他都可能感覺到它冰冷的手抓住他的腳踝——

這個想法終止了他呆愣的狀態。他開始挖掘坍塌下來封住水泥環這端的疏鬆的雪，不斷迅速地將粉狀雪從兩腿間向後拋，猶如正在挖找骨頭的小狗。藍色的光線從上方透過來，丹尼奮力朝光線爬去，宛如從深海游出來的潛水人。他的背部擦撞到水泥環邊緣，一隻雪鞋纏繞在另一隻的後面，雪掉進他的滑雪面罩及連帽雪衣的領子裡。他五爪並用地挖著雪。雪似乎想要挽留他，將他再吸回底下，回到那個看不見的東西把枯葉弄得窸窣作響的水泥環，把他拘留在那兒，永永遠遠地。

然而他出來了，仰著臉正對太陽，他從雪中爬出，爬離半遭掩埋的水泥環，粗嘎地喘著氣，臉上淨是粉狀雪，白得近乎滑稽——活生生的嚇人面具。他跛著腳走到攀爬架，坐下來重新調整雪鞋，緩一口氣。在他將雪鞋恢復正常，重新綁緊帶子的時候，一雙眼始終沒離開水泥環盡頭的那個洞。他等著看是否有東西會跑出來。什麼也沒有，過了三、四分鐘後，丹尼的呼吸開始和緩下來。不管是什麼，它都受不了太陽光。它被拘禁在下面，也許只有天黑時才能出來……或者當雪把它環形的監牢兩端都堵塞住時。

（不過我現在安全了，我安全了，我可以就這樣回去，因為我）

他身後有東西發出輕微的撞擊聲。

他轉過身，向著飯店，仔細凝視。但是甚至在他凝望前

（你能看見圖片中的印第安人嗎？）

就已經知道他將會看見什麼，因為他曉得那輕微的撞擊聲是什麼。那是一大塊雪墜落的聲音，就是像雪從飯店的屋簷滑落，掉到地面上的聲音。

（你能看見——？）

是的，他可以。雪從樹籬狗的身上掉落。他下來時，它只不過是遊戲場外的無害雪團。如今它露出雪堆，在四周讓人炫目流淚的白色中一點極不協調的綠。它坐起來，彷彿要乞討糖果或是殘羹剩飯。

但這一回丹尼不會發狂，不會失去冷靜。因為最起碼他不是受困在某個漆黑古老的坑洞裡。他是在陽光下，而它只是一條狗。今天外面相當暖和，他抱著希望地想，也許太陽能融掉老狗身上足夠的雪，讓剩下的慢慢攤成一團。或許它就只有這點能耐。

（別靠近那個地方……靠右邊走繞過去。）

他將雪鞋的帶子綁得嚴嚴實實的，站起來回頭望著幾乎完全淹沒在雪中的水泥環，當他看到方才逃出的那一端時，心臟霎時凍結。在水泥環的末端有個環形的黑塊，一圈陰影標示著他為了進去所挖出的洞口。現在，儘管白雪刺目，他覺得自己能看見有東西在那兒——有個東西正在動。一隻手。是某個極為悲傷的孩子在揮動的手，是揮舞的手，懇求的手，即將溺死的手。

（救我，噢拜託，救救我，如果你救不了我，起碼來陪我玩……永遠。永遠。永永遠遠。）

「不。」丹尼啞著聲音喃喃地說。從他嘴巴漏出的這個字乾枯赤裸，完全失去水分。他能感覺到自己的精神開始搖擺，想要逃走，就像那時房間裡的女人要……不，最好別去想那件事。

他攫住現實的繩索，緊緊地抓著。他得離開這裡，集中精神在這件事上。鎮定點，要像密諜一樣。派屈克．麥高漢會像個小娃娃一樣地哭哭啼啼尿褲子嗎？

爸爸會嗎？

這想法讓他多少平靜一點。

從他身後，又傳來雪緩慢墜落時的撞擊聲。他一轉身看見一顆樹籬獅子的頭從雪中鑽出，朝他怒吼。它比原本該站的位置還要來得靠近，幾乎要到遊戲場的大門了。

恐懼想要冒出頭，但他強壓下去。他是密諜，他總會逃脫的。

他邁步走出遊戲場，採取繞道路線，與開始下大雪的那天父親走的路線相同。他全神貫注地操縱雪鞋，緩慢、平順地滑步。別把腳抬太高，否則會失去平衡；扭動你的腳踝，把雪從縱橫交錯的繫帶上甩下來。感覺好像非常地緩慢。他抵達遊戲場的邊陲，這兒的雪堆得很高，因此他能夠跨過圍籬。跨到一半時，突然差點跌趴下去，因為後腳的雪鞋勾到圍籬的柱子。他傾向重心的外緣，雙手如風車般地轉動，記得一旦跌倒有多困難爬起。

他的右邊，又傳來輕微的聲響，雪塊掉落的聲音。他轉回頭，看見另外兩隻獅子，如今前爪以上的雪都清乾淨了，它們並肩站在大約六十步以外，代表眼睛的綠色凹洞緊盯著他。那隻狗也把頭轉過來。

（只有在你沒留神的時候才會發生。）

「噢！嘿——」

他的雪鞋交錯，身子猛地往前一跌，陷入雪中，手臂無用地揮動著。更多雪跑進兜帽裡，向下滑到頸部，還跑進靴子的上部。他的心臟怦怦猛跳，掙扎著爬出雪堆，試圖穿著雪鞋站起來

（密諜，要記住你是密諜）

結果失去平衡往後倒。有一會兒他躺在那兒仰望天空，覺得放棄應該會容易點。

然後他想起混凝土地道裡的那東西，心知他不能就此放棄。他重新站起來，目不轉睛地看著綠雕。三隻獅子現在全都聚集在一塊兒，不到四十呎遠。狗圍在它們左邊稍遠處，彷彿要阻斷丹尼的退路。它們身上全都沒有雪，只有脖子和口鼻處有一環環粉狀的細雪。它們全都瞪視著他。

他的呼吸加速，驚慌有如老鼠在腦袋裡扭動、啃噬著。他奮力對抗驚慌，與雪鞋搏鬥。

（爸爸的聲音：不，博士，別想對付雪鞋。穿著雪鞋走路，把它們當成是你自己的雙腳。靠它們走路。）

（好的，爸爸。）

他再度走動起來，試著重拾與爸爸一起練習時的流暢節奏。一點一點地他逐漸掌握到節拍，但隨著節奏順暢，他繼而意識到自己有多麼疲累，恐懼多麼耗盡體力。他的大腿、小腿和腳踝的肌腱發燙顫抖。他能看見「全景」在前方，愚弄似的遙遠，好像在用許多窗戶直盯著他，彷彿這是一場它稍微感興趣的比賽。

丹尼轉回頭看，急促的呼吸哽塞了片刻，隨即加速，甚至比之前還更快。最接近的獅子如今在他身後只有二十呎遠的地方，有如狗在池塘裡涉水前進一般地挺胸穿過積雪。另外兩隻在它的左右兩邊，與它同速向前。它們有如一排巡邏的士兵，而狗，依舊在左邊稍遠的地方，宛如偵察兵。最靠近的獅子把頭低下，強健有力的肩膀拱得高過脖子，尾巴翹起，彷彿在他轉身看它之前，它正來來回回、來來回回地甩動尾巴。他覺得它看起來像是一隻異常巨大的家貓，正愉快地戲弄即將殘殺的老鼠。

（——要跌倒了——）

不，假如他跌倒的話就死定了。它們絕不會讓他爬起來。它們會猛撲過來。他死命地轉動雙臂，身子突然往前衝，重心的中央跳到鼻子之前。他抓到重心後急忙向前，迅速回頭瞄幾眼。空氣颼颼地進出他乾渴的喉嚨宛如熱燙的玻璃。

包圍他的世界僅剩刺眼的白雪、綠色的樹籬和雪鞋沙沙的聲響。還有別的東西，一個輕柔、聽不清楚的腳步聲。他想要加快速度，卻沒有辦法，他正走在大雪掩蓋的車道上頭。小男孩的臉幾乎完全隱沒在雪衣兜帽的陰影下。這個下午無風而晴朗。

再次回頭時，尖端的獅子離他只有五呎，齜牙咧嘴的，嘴巴張大，腰臀部繃緊有如上了發條。在它及其他幾隻後頭，他看見兔子鮮綠色的頭正鑽出雪堆，彷彿要把可怕茫然的臉轉過來看這場追獵的結果。

現在，在「全景」前面環形車道和前廊之間的草坪上，他不再壓抑心中的驚慌，開始笨拙地穿著雪鞋奔跑，絲毫不敢回頭看，身體越來越往前傾，兩隻手臂伸在前面，宛如盲人摸索障礙物一般。他的兜帽掉在背後，顯露出他的臉色，臉頰上病態的紅斑遮蓋住糨糊般的灰白，眼睛驚懼得凸起。前廊現在非常接近了。

在他背後，他聽見雪突然發出嘎吱一聲巨響，有個東西跳起來。

他跌在前廊的階梯上，發不出聲音地尖叫著，一面手腳並用地快速往上爬，雪鞋在後面歪歪斜斜地相撞。

空中有揮砍的聲音，他的腿忽然感到一陣疼痛，還有衣服撕裂的聲音。別的東西可能——肯定——存在他的心中。

咆哮，憤怒的吼叫。

鮮血和常青植物的味道。

他整個人跌趴在前廊上，嘶啞地啜泣著，嘴巴裡嚐到銅濃烈的金屬味。他的心臟在胸口怦怦狂跳，鼻子淌下一道細細的血流。

他不知道自己在那兒趴了多久，之後大廳門突然打開，傑克飛奔出來，只穿著牛仔褲和拖鞋。溫蒂跟在他後頭。

「丹尼！」她高喊。

「博士！丹尼，天啊！怎麼了？出了什麼事？」

爸爸扶他起來。他膝蓋底下的雪褲被撕開，裡頭羊毛料的滑雪襪也被撕裂，小腿肚上有淺淺的抓痕……似乎他努力擠過生長茂密的常青樹籬時，樹枝抓傷了他。

他轉回頭看。底下草坪的遠處，越過果嶺，有幾個隱約、蒙著雪的隆起物，是樹籬動物——在他們和遊戲場之間；介在他們與道路之間。

他的雙腿癱軟。傑克抱住他，於是他放聲哭了起來。

35. 大廳

丹尼告訴父母所有的事情，只除了雪封住水泥環盡頭時，他發生了什麼事。他無法強迫自己重述當時的情況，也找不出恰當的詞句來表達當聽見白楊枯葉在陰冷的黑暗中鬼祟地噼啪作響時，自己感受到的那種遲緩、漸漸爬上來的恐懼感。不過他告訴他們雪成團落下時輕微的聲響，還有獅子用頭和聳起的肩膀一路頂出雪堆來追逐他，甚至連即將終了時兔子如何轉頭來看的事也說了。

他們三人在大廳，傑克在壁爐裡生起熊熊的烈火。丹尼裹著毛毯坐在小沙發上，那兒曾經，彷彿是一百萬年前，有三位笑得像小女孩的修女坐在那兒，等待櫃檯的隊伍逐漸稀疏。丹尼啜飲著馬克杯中的熱麵湯，溫蒂坐在他身旁，輕撫他的頭髮。傑克坐在地板上，在丹尼講述那場經歷時，他的表情似乎越來越沉寂，越來越凝重。他兩度掏出後面口袋的手帕擦拭看來疼痛的嘴唇。

「然後它們就追著我。」丹尼說完，傑克起身走到窗邊，背對著他們。丹尼望著媽媽。「它們一路追著我到門廊。」他努力維持平靜的語氣，因為假如他保持平靜，他們也許會相信他。史坦格先生就沒有保持平靜，他開始哭泣，而且沒法停止，所以穿白袍的人才來帶走他，因為如果你不能停止哭泣，代表你發瘋了，那麼何時能夠回來呢？沒有人知道。他的連帽雪衣和雪褲及凝結了的雪鞋，擱在巨大雙扇門一進來的地毯上。

（我不哭，我不會讓自己哭出來的）

他想他有辦法做到，但是忍不住發抖。他直視著壁爐裡的火，等候爸爸開口說話。猛烈燃燒的橘黃色火焰在深色的石頭壁爐邊跳躍著。一顆松樹瘤砰的一聲爆開，火花衝上排煙管。

「丹尼，過來這兒。」傑克轉過身，臉上依舊是憔悴如死人般的表情。丹尼並不想看他的臉。

「傑克——」

「我只是要孩子過來一下子。」

丹尼滑下沙發，過來到爸爸身邊。

「好孩子。現在你看到什麼？」

丹尼甚至還沒走到窗邊就知道他會看到什麼。在標示著他們平常活動區域凌亂的靴子腳印、雪橇軌跡和雪鞋印子之下，覆蓋住「全景」草坪的雪地向下傾斜到綠雕，及再過去的遊戲場。兩組鞋印破壞了雪地，一組是從門廊到遊戲場一直線的足跡，另一組是回程長長、環形的印子。

「只有我的腳印，爸比。可是——」

「那樹籬呢，丹尼？」

丹尼的嘴唇顫抖了起來，他快要哭了。萬一他停不下來怎麼辦？

（我不哭，我不哭，不哭不哭絕不哭）

「全都被雪蓋住了，」他低聲說：「可是，爸比——」

「怎麼樣？我聽不見你說的話！」

「傑克，你是在盤問他啊！你難道看不出來他很難過，他——」

「閉嘴！好啦，丹尼？」

「它們抓傷我，爸爸。我的腿——」

「你一定是在雪殼上割傷腿的。」

溫蒂插入父子之間，臉色蒼白而憤怒。

「你打算要他做什麼？」她質問丈夫。「承認殺人嗎？你到底是怎麼搞的？」

這時他眼神中的古怪似乎淡去。「我只是想要幫助他找出現實和幻覺之間的差別。」他在丹尼身邊蹲下讓兩人處在眼睛平視的位置，然後緊摟住丹尼。「丹尼，事情並不是真的發生，明白嗎？那就像是你有的時候陷入的出神狀態，就這樣而已。」

「爸比？」

「怎麼樣，丹？」

「我並不是在雪殼上割傷腿的。那裡根本沒有雪殼，全都是粉粉的雪，甚至沒辦法黏在一起做雪球。記得我們想打雪球仗，都沒辦法打嗎？」

他感覺父親貼著他的身體僵硬起來。「那就是在門廊前的階梯。」

丹尼抽身退開。忽然間他懂了。他靈光一閃恍然大悟，就像他有時候會突然明白一些事情一樣，如同他知道那婦人想要鑽進灰衣男人的褲子裡一般。他瞪大眼睛直盯著父親。

「你知道我說的是實話。」他震驚地低喃。

「丹尼——」傑克的臉越加緊繃。

「你知道的，因為你看過——」

傑克張開手掌摑丹尼臉的聲音相當平淡，一點也不戲劇化。男孩的頭部往後一仰，臉頰上變紅的掌印宛如烙印。

溫蒂發出哀嘆的聲音。

有一瞬間他們三人都靜止不動，之後傑克一把抓住兒子說：「丹尼，對不起，你還好嗎，博士？」

「你打了他，你這混蛋！」溫蒂哭喊著：「你這下流的混蛋！」

她抓住他的另一隻手臂，有一會兒丹尼被兩人拉扯在中間。

「噢拜託，別再拉我了！」他對他們高聲喊，他的聲音聽起來非常痛苦，於是兩人都放開他，此時眼淚止不住了，他崩潰地哭泣，倒在沙發和窗戶之間，他的雙親無助地盯著他，就像孩子直瞪著在激烈爭奪玩具歸屬的扭打中弄壞的玩具一樣。壁爐裡另一顆松樹瘤爆裂的聲音有如手榴彈，把他們全都嚇了一跳。

溫蒂給他服用兒童阿斯匹靈，傑克輕輕將他放入輕便小床的被褥裡，他沒有抗議。他的拇指塞在嘴裡馬上睡著了。

「我不喜歡這樣，」她說：「這是倒回到從前。」

傑克沒有回答。

她柔和地注視他，沒有生氣，也沒有笑容。「你要我為了罵你混蛋向你道歉嗎？好吧，我道歉，對不起。但是你仍然不應該打他。」

「我知道，」他咕噥地說：「我曉得。我不知道自己究竟是怎麼回事。」

「你答應過絕對不會再打他的。」

他憤怒地望著妻子，隨後怒氣消退。突然間，帶著同情和震驚，她看見傑克年老後的模樣。她以前不曾見過他這副樣子。

（？什麼樣子？）

挫敗，她回答自己。他看起來像是被擊垮。

他說：「我一直認為自己能信守承諾。」

她走向傑克，把雙手放在他的手臂上。「好了，都過去了。等巡邏隊員來查看的時候，我們就告訴他，我們全都想下山，好嗎？」

「好。」傑克說，至少在那一刻，他是真心的。如同他早晨注視浴室鏡中自己蒼白枯槁的臉之後，總是真心如此認為。我要停掉，要徹底戒掉。但是早晨接下來是下午，到下午他覺得舒服一些。然後下午緊接著是晚上。如某位二十世紀的偉大思想家說過的，夜晚總會降臨。

他發現自己希望溫蒂詢問他關於樹籬的事，問他丹尼說的那句「你知道的，因爲你看過——」是什麼意思。倘若她問的話，他會把一切如實告訴她。所有的事情：樹籬、那房裡的女人，甚至那條似乎會變換姿勢的消防軟管。可是自白該終止在何處？他能告訴她，他把磁發電機扔掉，假如他沒那麼做的話，他們現在可能全都在塞威了？

結果她說的是：「你要喝茶嗎？」

「好。來杯茶應該不錯。」

她走到門邊，在那兒停住，隔著毛衣搓揉前臂。「這不單是你的錯，也是我的錯，」她說：「他在經歷那個……夢，或不管是什麼的時候，我們在做什麼？」

「溫蒂——」

「我們在睡覺，」她說：「睡得像一對剛滿足過性慾的青少年。」

「別再說了，」他說：「都結束了。」

「不，」溫蒂回答，對他露出古怪、焦躁不安的微笑。「還沒結束。」

她出去泡茶，留他繼續照看兒子。

36. 電梯

傑克從不安穩的淺眠中醒來，睡夢中，模糊不清的巨大幻影在無窮無盡的雪地上追著他，他醒過來時起先還以為是另一場夢：一片漆黑，黑暗中，突然響起機器的混亂噪音——咔嚓咔嚓、叮叮噹噹，嗡嗡嗡嗡，嘎嘎嘎嘎，啪嗒啪嗒和呼呼颼颼的聲音。

不久他旁邊的溫蒂坐起身，於是他知道這不是夢。

「那是什麼聲音？」她的手冰冷得像大埋石，緊抓住他的手腕。他克制想要把她的手甩開的衝動——見鬼的，他怎麼會知道那是什麼聲音？床頭櫃上發光的時鐘顯示差五分十二點。

那嗡嗡聲又來了，響亮而穩定，僅有輕微的變化。嗡嗡聲停止後緊接著是叮噹聲，然後嘎嘎作響再砰的一聲。撞擊。接著嗡嗡聲又繼續。

是電梯。

丹尼坐了起來。「爸爸？爸爸？」他的聲音帶著濃濃的睡意和恐懼。

「我在這裡，博士，」傑克說：「過來這邊，跳上來。你媽媽也醒了。」

丹尼爬上床到他們兩人中間，把被褥弄得沙沙作響。「是電梯。」他低聲說。

「沒錯，」傑克說：「只不過是電梯罷了。」

「只不過？你什麼意思？」溫蒂質疑，口氣略帶點歇斯底里。「現在是三更半夜啊！誰在操作電梯呢？」

嗡嗡嗡——咔嗒／叮噹。現在在他們上頭。閘門拉上時的嘎嘎聲，門開開關關的碰撞聲，接著又是馬達及纜線的嗡嗡聲。

丹尼嗚咽了起來。

傑克把腳移到床外，踏到地板上。「大概是短路。我去檢查一下。」

「你敢給我走出這個房間！」

「別傻了，」他匆忙穿上睡袍說：「這是我的工作。」

過一會兒她自己也下床，拉著丹尼一道。

「我們也要去。」

「溫蒂——」

「怎麼了？」丹尼陰鬱地問：「爸爸，怎麼回事啊？」

傑克沒有回答，反而轉身走開，表情憤怒而凝重。他在門邊繫上睡袍的帶子，打開門，踏入幽暗的走廊。

溫蒂遲疑片刻，事實上先開始移動的是丹尼。她很快地趕上，他們一起出去。

傑克沒費事開燈。她摸索著開關，點亮通往主走道的走廊天花板上四盞間隔排開的燈。前方，傑克已經轉過轉角。這一回丹尼找到開關面板，輕輕將三個開關全都扳上去，通到樓梯及電梯井的走廊立刻亮了起來。

傑克站在電梯間，電梯兩側有長椅及菸灰罈，他一動不動地站在緊閉的電梯門前。他穿著褪色的格子呢睡袍和鞋跟磨損了的棕色皮拖鞋，頭髮全都睡得亂捲，還有幾撮像苜蓿㉒那樣亂翹的頭髮。他望著她有如可笑的二十世紀哈姆雷特，一個猶豫不決的人物，陷入洶湧而至的悲劇，卻無力逆轉局勢，或者以任何方式改變。

（天啊，別再這樣妄想了——）

丹尼的手緊握住她的，令她吃痛。他抬頭專注地看著她，神情緊張焦慮。她明白，丹尼捕捉到她大致的想法，只是他究竟懂多少就難以判斷，但她的臉紅了，感覺很像兒子當場逮到她手淫。

「走吧！」她說，他們沿著走廊走到傑克身邊。

這裡的嗡嗡聲、叮噹聲和碰撞聲更為響亮，斷斷續續、令人麻木的聲響讓人感到恐怖。傑克極度焦慮地緊盯著關閉的門。透過電梯門中央的鑽石形窗戶，她覺得能看到纜線輕微地彈動著。電梯噹一聲停在他們底下，大廳層。他們聽見門咚地打開。然後……

（舞會）

為何她會想到舞會？這個詞就這樣毫無來由地躍入她的腦中。「全景」完全寂靜無聲，只除了電梯井傳上來的奇怪嘈雜聲。

（一定是個很棒的舞會）

（？？？什麼舞會？？？）

有一瞬間她的腦袋充斥著一幕景象，那影像如此真實，感覺像是回憶……不僅僅是一般的回憶，而是你珍藏的記憶，你為特殊場合保留，絕少大聲張揚的那種。燈……數百盞，也許上千盞。燈光和旗幟，香檳軟木塞砰地打開的聲音，四十人組成的管弦樂團，演奏著葛倫．米勒的〈喜悅心情〉。但是葛倫．米勒在她出生前就隨著轟炸機墜落，她怎麼會有關於葛倫．米勒的回憶呢？

她低頭看著丹尼，發現他的頭偏向一側，彷彿他正在聆聽她聽不見的聲音。他的臉龐非常蒼白。

砰。

㉒苜蓿（Alfalfa）：電視影集「小淘氣」（The Little Rascals）裡的人物，特色是總有一撮亂翹的頭髮。

底下的門關上，電梯開始上升發出嗡嗡的哀鳴。她從鑽石形的窗戶先看到電梯車廂頂上的發動機外殼，緊接著透過黃銅閘門形成的更多鑽石形，看見車廂的內部。車廂天花板的燈發出暖色調的黃光。電梯空蕩蕩的，車廂內空無一人。現在是空的但是

（在舞會那晚，車廂一定擠進幾十人，擠到超過安全限制，不過那時電梯當然是新的，他們全都戴著面具）

（？？？？什麼面具？？？？）

車廂停在他們上方，三樓。她看向丹尼，他的神情專注，嚇到毫無血色的嘴唇緊閉成一條縫。在他們上面，黃銅閘門嘎嘎地拉開。電梯門砰地打開，它砰地打開是因為時候到了，時間到了，該說

（晚安……晚安……是啊，眞的很愉快……不，我眞的沒辦法留到摘下面具……早睡，早起……喔，那位是席拉嗎？……那個修道士？……眞是詼諧啊，席拉扮成修道士來參加？……喔，晚安……很好）

砰。

齒輪相撞，馬達運轉，車廂開始哀號著往下。

「傑克，」她低聲說：「那是什麼？電梯怎麼搞的？」

「短路，」他說，表情如木頭一樣平板。「我告訴過妳，那是短路。」

「我一直聽見腦袋裡有聲音！」她喊著：「那是什麼？怎麼回事？我覺得自己好像快發瘋了！」

「什麼聲音？」他完全無動於衷地看著她。

她轉向丹尼。「你有——？」

丹尼緩緩地點頭。「有。還有音樂，好像是從很久以前來的，在我的腦袋裡。」

電梯車廂又停下來。飯店寂靜，空無一人，唯有嘎吱嘎吱的聲響。外頭，風繞著黑暗中的屋簷哀號。

「也許你們兩人都瘋了，」傑克聊天般輕鬆地說：「我沒聽到任何見鬼的聲音，只除了電梯有點電路上的小問題。假如你們雙雙都想要發作歇斯底里的話，沒問題，不過別把我算進去。」

電梯又下來。

傑克跨到右邊去，那兒約莫胸口高度的牆壁上，嵌著一個正面鑲玻璃的盒子。他赤手空拳地搥擊盒子，玻璃哐噹一聲往內凹，血從他的兩個指關節滴下來。他伸手進去，拿出一把附著光滑長圓筒的鑰匙。

「傑克，不，不要。」

「我要盡我的職責。溫蒂，妳別管我！」

她試圖抓住傑克的手臂。傑克將她往後一推，她的腳絆到睡袍的下襬，難看地重重跌坐在地毯上。丹尼刺耳地哭喊出聲，跪在她身旁。傑克轉回電梯，將鑰匙插入插孔。

電梯的纜線消失，車廂底部出現在小窗戶裡。片刻後傑克用力地轉動鑰匙，電梯車廂頃刻間停頓時，發出吱吱軋軋的尖銳聲響。有一瞬間地下室空轉的馬達哀號得更為響亮，緊接著馬達的斷路器打斷，「全景」陷入令人毛骨悚然的寂靜當中。屋外的夜風相形之下顯得非常大聲。傑克麻木地盯著灰色的金屬電梯門，鑰匙孔下方有他受傷的指節所留下的三點血漬。

他轉回去凝視溫蒂和丹尼半晌。她正要坐起來，丹尼用手攙扶著她。兩人都小心翼翼地瞪視著他，彷彿他是他們從未見過的陌生人，或許是危險的陌生人。他張嘴，不確定會吐出什麼話語。

「那……溫蒂，那是我的工作。」

她清清楚楚地說：「去你媽的工作。」

他轉身面對電梯，將手指擠進門右側由上到下的那條裂縫，設法讓它再打開一些，接著就能夠用他全身的重量把門頂開。

車廂停在半途，地板與傑克的胸膛齊高。溫暖的光線仍然灑落在地板上，與底下油膩黑暗的電梯井形成對比。

他探頭進去看了似乎很長一段時間。

「裡面是空的，」他說：「就像我說的，是短路。」他用手指勾住門後的溝槽，準備將門拉上……但她的手搭在他肩上，出乎意外地強而有力，猛然將他拉開。

「溫蒂！」他大喊。但是她已經抓住車廂底部的邊緣，將自己往上拉好探看裡頭。她的肩膀和腹部的肌肉抽搐地聳起，努力把自己一路往上舉。有一陣子結果令人存疑。她的腳在漆黑的電梯井上搖來晃去，腳上一只粉紅色的拖鞋掉落，滑到視野之外。

「媽咪！」丹尼尖叫。

然後她上去了，雙頰通紅，前額如酒精燈一般的蒼白而閃亮。「那這怎麼說，傑克？這也是短路嗎？」她丟下某種東西，突然間走廊上滿是飄落的五彩碎紙，紅的、白的、藍的、黃的。「這個呢？」綠色的派對彩帶，由於年代久遠而褪色成淺粉色。

「還有這個？」

她把手上的東西往外拋，那東西落在藍黑色的叢林地毯上，一張黑色絲質、太陽穴附近撒著亮片的貓眼面具。

「你覺得這看起來像是短路嗎？傑克？」她對著他高喊。

傑克慢慢地後退，遠離面具，一邊機械似的來回搖著頭。貓眼面具在撒滿五彩碎紙的走廊地毯上，空洞地仰望天花板。

37. 舞廳

這天是十二月一日。

丹尼正在東側的舞廳，站在鋪有軟墊的高背扶手椅上，注視著玻璃下的時鐘。這個鐘立在舞廳內裝飾用的高貴壁爐架正中央，側翼是兩隻巨大的象牙雕刻的大象。他站在那兒幾乎預期大象會開始移動，並且企圖用長牙刺他，然而它們完全靜止不動。它們是「安全的」。自從電梯事件的那晚後，他想到要把「全景」所有的東西區分成兩類。電梯、地下室、遊戲場、二一七號房，及總統套房（那個字是房，不是糖；昨晚晚餐時，他在爸爸讀的那本帳簿上看到正確的拼法，就小心地熟記起來）——那些地方是「不安全的」。他們的住處、大廳和門廊是「安全的」；顯然這間舞廳也是。

（至少，那兩隻大象是。）

他不確定其他地方如何，因此按照一般的原則盡量避開。

他凝視著玻璃圓罩裡頭的時鐘。這個鐘之所以罩在玻璃底下，是因為它所有的轉輪、齒輪和彈簧全都裸露在外。一圈鉻或鋼的軌道環繞在這些機件的外圍，而鐘面的正下方有條小小的軸線，軸線兩端有一對齧合的齒輪。時鐘的指針停在十一點十五分的位置，雖然他不懂羅馬數字，但是可以從指針擺放的形狀猜出時鐘停止的時間。這鐘放置在天鵝絨的基座上。鐘的前面由於圓罩的弧度而略微扭曲，上頭有把雕刻精緻的銀色鑰匙。

他想這個鐘是他不該碰的東西之一，就像大廳壁爐旁邊鍍銅陳列櫃裡裝飾用的司爐用具，或是餐廳後面展放瓷器的高腳櫃。

他的心中突然湧起一種委屈和憤怒反抗的感覺。

（別管我不該碰什麼，完全別介意。它碰了我，不是嗎？它玩弄了我，不是嗎？）

它的確碰了，而且也沒有特別小心留神不要弄壞他。

丹尼伸出雙手，抓住玻璃圓罩，將罩子拿起放到一旁。他用一根手指撥弄機件好一會兒，貼著齒輪的食指指腹凹陷下去，平順地滑過轉輪。他拾起銀鑰匙，這鑰匙對大人而言應該小得難以掌握，卻完美地契合他的手指。他將鑰匙插入鐘面中央的鑰匙孔。鑰匙牢牢插了進去，感覺到──而不是實際聽到──輕微的喀嚓一聲。鑰匙是向右轉的，當然囉，順時鐘方向。

丹尼旋轉鑰匙直到無法再轉，然後將鑰匙抽出。時鐘開始滴答滴答響。齒輪轉動，巨大的平衡擺輪來回晃動劃著半圓，指針在走動。倘若你保持頭部完全靜止不動，眼睛張大，就能看見分針緩緩移動，逐漸朝四十五分鐘後與時針會合的點前進，就在十二點。

（紅死病統馭了一切！）

他皺起眉頭，甩開這個念頭。這個念頭對他不具任何意義，也不重要。

他再度伸出食指，將分針推向時針，好奇將會發生什麼事。這顯然不是布穀鐘，但是那條鋼的軌道必定有某種用途。

時鐘發出一連串棘輪咬合的細微喀嚓聲，然後開始叮叮噹噹地響起史特勞斯的〈藍色多瑙河圓舞曲〉。一捲寬度不超過兩吋打了孔的布漸漸攤開。一小串黃銅的撞針起起落落。從鐘面後頭有兩個身影沿著鋼軌道滑出，是芭蕾舞者，左邊的女孩穿著蓬蓬裙和白色長襪，右邊的男孩穿著黑色的緊身連衣褲和芭蕾舞鞋，他們的雙手彎成拱形高舉在頭上。到中間後兩人聚在一起，就在6前面。

丹尼在他們的側面，就在腋窩下方，發現微小的凹槽。那條軸線嵌進凹槽，他聽見另一聲微弱的喀嚓聲，軸線兩端的齒輪開始轉動，〈藍色多瑙河圓舞曲〉叮噹地響起。舞者的手臂放下，環抱住彼此。男孩將女孩往上輕拋過他的頭，自己緊接著翻過那條軸線，然後兩人俯臥著，男孩的頭埋在女孩的芭蕾短裙下面，女孩的臉緊貼在男孩緊身連衣褲的中央。他們如機械般地瘋狂扭動著。

丹尼的鼻子皺起。他們正在親吻尿尿的地方，讓他覺得很噁心。

半晌後，一切開始倒轉。男孩翻回軸線這一頭，再將女孩輕拋回直立的姿勢。他們似乎熟稔地對彼此點點頭，一面將雙手舉回到頭上彎成拱狀，順著原路退回，當〈藍色多瑙河圓舞曲〉結束時，他們也消失無蹤。時鐘開始敲出報時的清亮鐘聲。

（午夜！午夜的鐘響了！）

（面具萬歲！）

丹尼在椅子上旋轉，差點跌下。舞廳空落落的。在雙層的教堂窗戶之外，他能看見新的雪花又飄落下來。上頭有著金紅色交雜鮮豔刺繡的寬大舞廳地毯（跳舞時自然要捲起）平平地鋪在地板上。在地毯周圍以一定間隔排列的是兩人座的私密小桌子，每張桌上倒放著長腳椅，椅腳指向天花板。

整個空間空空蕩蕩的。

但是其實並非真的空。因為「全景」這裡事情是一直持續不斷的。「全景」這裡所有的時間都融合為一。一九四五年八月有個無止盡的夜晚，歡笑、暢飲，少數精心挑選出來的菁英乘著電梯上上下下，喝著香檳，對著彼此的臉砰地拉砲。大約一十年後，六月裡一個天尚未亮的清晨，黑幫打手無休止地將獵槍的子彈射入三個男人淌著血的破碎軀體，讓他們經歷無窮無盡的痛楚。

二樓房間裡有個女人躺臥在浴缸裡，等待訪客。

「全景」裡的一切都有種生命，彷彿整個地方都用銀鑰匙上緊了發條。時鐘在走。時鐘在走動。

他正是那把鑰匙，丹尼難過地想。東尼警告過他，但他只是任事情發展。

（我才五歲啊！）

他對房間內隱約感覺到的存在吶喊。

（我才五歲而已，難道沒有什麼差別嗎？）

沒有回應。

他厭惡地轉回去面對時鐘。

他一直在推託，希望會發生某事幫他避免再嘗試呼喚東尼，冀望巡邏隊員會來，或是直升機，或者救援小組；在他看的電視節目中，他們總是及時到來，人們會獲救。電視裡的巡邏隊員、霹靂小組和護理人員是友善的白色勢力，對抗世界上他所認為的混亂邪惡；人們陷入困境的時候，總是有人會出手解救，安頓他們。他們不需要自己想辦法擺脫困境。

（拜託？）

毫無回應。

沒有回答，倘若東尼出現，會否仍是同樣的夢魘？那嘶啞暴躁的轟隆聲，有如多蛇竄動的藍黑色地毯？Redrum？

但是還有什麼？

（拜託，噢，求求你）

依然沒有回答。

他顫抖地嘆息一聲，注視著鐘面。齒輪轉動，與別的齒輪相互齧合。平衡擺輪催眠似的來回擺動。假使你保持頭部完全不動，就能看見分針毫不寬容地從十二慢慢爬下來到五。倘若你的頭完全靜止不動，就能看見——

鐘面不見了。在鐘面原本的位置剩下一個圓形的黑洞，洞一路往下通到永遠，開始膨脹。時鐘消失了。洞的後面有個空間，丹尼搖搖晃晃，墜入始終隱藏在鐘面背後的黑暗。

椅子上的小男孩突然倒下，身體彎成不自然的角度躺在椅子上，他的頭往後仰，眼睛盲目地瞪著舞廳挑高的天花板。

墜下、墜下、墜下，最後墜入——

——走廊，蜷伏在走廊上，他剛轉錯彎了，在設法走回樓梯時轉錯了彎，現在，**而現在**——

——他看見自己在盡頭是死路、只通往總統套房的短廊上，而轟轟的聲響越來越靠近，短柄槌球的球桿野蠻地颼颼劃過空氣，槌頭嵌入牆壁，劃破絲質壁紙，惹起一陣陣微細的灰泥粉塵。

（該死的，給我出來！吃你的）

但是走廊上有另一個身影。漠不關心地斜倚在牆上，就在他身後，宛如幽靈。

不，不是幽靈，但穿著一身白。穿著一身白。

（我會找到你的，你這拉皮條、矮不愣冬的**臭小鬼**！）

丹尼聽到聲音往後退縮了一下。如今那聲音正爬上三樓的主走道，很快地聲音的主人將會轉過轉角。

（過來！過來啊，你這討厭的小傢伙！）

穿著一身白的人影稍微挺直起來，拿開嘴角的香菸，從飽滿的下嘴唇扯下少許的菸草絲。丹尼看清了，是哈洛倫，穿著廚師的白色制服，而不是休館日穿的藍色西裝。

「萬一遇到麻煩，」哈洛倫說：「你就叫我吧！就像你幾分鐘前把我嚇一大跳那樣響亮地大叫，或許我在佛羅里達那麼南邊都能聽見。如果我聽到的話，我會馬上跑來的。我會馬上跑來。我會馬上跑——」

（那麼，馬上來吧！立刻來，馬上來吧！噢，迪克，我需要你，我們全都需要）

——「走了。對不起，但我必須走了。抱歉，丹尼好孩子，好博士，可是我得走了。這肯定會很有趣，你這傻小子，可是我得趕快，我必須走了。」

（不！）

但是他看著迪克．哈洛倫轉身，將香菸放回嘴角，冷淡地穿牆而過。留下他獨自一人。

就在這時，那個模糊的身影已轉過轉角，在走廊的幽暗中顯得龐大無比，只有眼睛反射出的紅光非常清晰。

（你在這裡！我找到你了，你這混蛋！我現在就來教訓你！）

令人恐懼地，那個身影步履蹣跚、搖晃不穩地跑向他，短柄槌球的球桿揮舞得越來越高越來越高。丹尼倒退著爬，一面大聲尖叫，忽然間他穿過牆往下掉，不斷地滾啊滾的，掉到洞裡，掉到兔子洞底下，墜入充滿噁心奇景的境地。

東尼在他下方遠處，也在墜落。

（丹尼，我不能再來了……他不讓我接近你……它們沒有一個容許我接近你……去找迪克……找迪克……）

「東尼！」他大喊。

但是東尼消失了，驀地他置身在一個黑暗的房間，但不全然漆黑，減弱的光線從某處照射進來。那是媽媽和爸爸的臥室，他看得見爸爸的書桌，但那個房間是一團混亂。他以前曾到過這間房裡。媽媽的唱機翻倒在地板上，唱片四散在地毯上，床墊有一半掉到床外，牆壁上的圖片被撕下來。他的小床側倒著有如死掉的小狗，亮紫的福斯車壓壞成紫色的塑膠碎片。光線是從浴室半開的門透過來的。就在門過去一點點，一隻手無力地懸垂著，鮮血從指尖滴落。在藥櫃的鏡子中，REDRUM這個字不停地忽閃忽滅。

突然，玻璃罩中的巨大時鐘具體出現在鏡子前。鐘面上沒有指針或數字，只有以紅字寫著的日期：十二月二日。此時，他驚恐地睜大雙眼，看見REDRUM這個字隱隱地反映在玻璃罩上，這回是反射再反射。於是他看清了這個字的拼法：MURDER（殺戮）。

丹尼．托倫斯悲慘驚駭地高聲尖叫。日期從鐘面上消失，鐘面本身也不見了，取而代之的是膨脹再膨脹的圓形黑洞，猶如擴張的虹膜。黑洞遮蔽了一切，他往前一倒，開始墜落、墜落，他正——

——摔下椅子。

有一會兒他躺在舞廳的地板上，劇烈地喘息著。

REDRUM

MURDER

REDRUM

MURDER

（紅死病統馭了一切！）

（摘下面具！摘下面具吧！）

在每張閃耀、美麗的面具後頭，是在幽暗走廊上追逐他的影子那張迄今仍看不見的面孔，它的一雙血紅眼睛睜得更大，茫然但透著殺氣。

噢，他害怕當最後摘下面具的時刻到來，顯露出的將會是怎樣的一張臉。

（迪克！）

他使盡全力大喊。他的頭似乎因為用力過猛而發抖。

（！！！噢迪克，噢求求你！求求你！求求你來吧！！！）

在他上方，剛才用銀鑰匙上緊發條的時鐘，持續標記出分分、秒秒、時時、刻刻。

PART FIVE

攸關生死

38. 佛羅里達

哈洛倫太太的三兒子迪克穿著廚師的白制服，嘴角叼著鴻運香菸，將改裝的凱迪拉克轎車倒出頂級蔬菜批發市場後頭的停車格，然後繞著建築物慢慢開。馬斯特頓——如今是這間批發市場的合夥人，但是走路時依舊習慣拖著腳走，那是他從二次世界大戰之前就養成的特徵——正推著一大箱萵苣進入又高又暗的建築物。

哈洛倫按了按鈕，降下副駕駛座的車窗，喊道：「那些酪梨該死的太貴了吧，你這吝嗇鬼！」

馬斯特頓回頭看，大大地咧開嘴笑，把三顆金牙全露出來，回喊道：「嘿，我的好兄弟，我可完全清楚你會把酪梨用在什麼料理上。」

「像這樣的評論我會記下來的，兄弟。」

馬斯特頓朝他比根中指。哈洛倫回報他的恭維。

「有買到小黃瓜嗎？」馬斯特頓問。

「買到了。」

「你明天早點來，我給你剛到貨的馬鈴薯，品質是你見過最棒的。」

「我會派小弟來，」哈洛倫說：「你今晚要來嗎？」

「你會供應酒嗎，兄弟？」

「那有什麼問題。」

「我會到的。你回家時可別開到極速喔，聽到沒？從這兒到聖彼得的每個警察都知道你的大名哪！」

「你很清楚嘛，啊？」哈洛倫咧嘴笑著問。

「我曉得的比你知道的還多呢！我的朋友。」

「聽聽這無禮的黑鬼說的話。你會聽信他嗎？」

「繼續啊，在我開始扔萵苣之前趕快滾吧！」

「你丟啊！我就可以撿免錢的。」

馬斯特頓作勢要丟顆萵苣，哈洛倫連忙閃避，搖起窗戶，繼續開車。他感覺很愉快。過去半個鐘頭左右，他一直聞到柳橙味，但他不覺得有何古怪，因為過去半個小時他都在蔬果市場裡面。

現在是東部標準時間，下午四點三十分，十一月的第一天，冬老先生將他長了凍瘡的臀部穩坐在國內大部分的地區，但在這兒男人穿袒露頸部的短袖襯衫，女人穿著輕薄的夏季洋裝和短褲。佛羅里達第一銀行大樓頂端，一台邊上鑲著巨大葡萄柚的數字溫度計一再閃爍著華氏七十九度。感謝上帝厚愛佛羅里達，哈洛倫心想，賜予蚊子和一切。

轎車後頭是兩打酪梨、一箱小黃瓜、一箱柳橙和一箱葡萄柚。三大購物袋中裝滿百慕達大洋蔥，這是慈愛的上帝所創造過最甜的蔬菜，還有些品質相當好的甜豆，這將隨著主菜一起端上，但十次有九次會吃剩退回，另外還有一顆青綠的冬季南瓜，這完全是給個人享用的。

哈洛倫在佛蒙特街口的轉彎車道上停下來等紅綠燈，當綠色箭頭出現時，他踩下油門開上州道二一九號，速度加到四十後就平穩地行駛，直到城鎮逐漸遠離，進入城鎮遠郊雜亂無序拓展的加油站、漢堡王和麥當勞。今天的訂貨不多，他大可派貝德克去找，不過貝德克一直尋求自己購買肉品的機會，此外，如果有辦法的話，哈洛倫從不錯過與法蘭克．馬斯特頓來來回回拌嘴的機會。馬斯特頓今晚也許會過來看個電視，喝哈洛倫的布希密爾愛爾蘭威士忌，也或許不會出現，不管怎樣都無所謂。但是見他一面這件事很重要。如今每一次都很重要，因為他們不再年輕。過去幾天內，他似乎常常想到這個事實。不再那麼年輕，當你歲數將近六十（或者——說實話，別說謊——過了六十），你不得不開始想到死亡。你隨時都可能走。這個禮拜這件事一直盤據在他的心中，不是什麼沉重的想法，而是當成一個事實。死亡是生命的一環，倘若你期望做個完整的人，就必須一直設法去瞭解死亡。就算自己死亡的事實難以理解，至少不是完全無法接受。

他說不上來為何該把這件事放在心上，但是他親自來取這批小量訂貨的另一個理由是，如此一來他就能到法蘭克燒烤餐廳樓上的小辦公室去。那裡現在有律師（去年在那兒的牙醫顯然已經破產），一位名叫麥基佛的年輕黑人。哈洛倫踏入辦公室，告訴麥基佛他想要立遺囑，詢問麥基佛是否能幫助他？麥基佛問，那麼，你希望多快能拿到文件？哈洛倫說，昨天，說完把頭往後一甩大笑。麥基佛的下一個問題是，你心裡有想到什麼複雜的東西嗎？哈洛倫並沒有。他有凱迪拉克、銀行帳戶——裡頭大約有九千元——還有一個微不足道的支票帳戶，以及一櫃子的衣物。他希望所有的財產都歸他姊姊。萬一你姊姊先你而去怎麼辦？麥基佛問。沒關係，哈洛倫說，如果發生的話，我會再立個新的遺囑。不到三個小時文件就完成並簽好——對狡詐的律師來說，實在是神速的作業——此刻收在哈洛倫胸前的口袋，摺好放入藍色的硬信封，外頭以古英文字體印著遺囑。

他說不上來自己為何選擇這個陽光和煦、心情十分愉快的日子，做這件他拖延好幾年的事，但衝動就是突然找上他，而他沒有拒絕。他向來習慣照著直覺去做。

現在他已經離城鎮相當遠了。他將轎車的時速加快到違法的六十，讓車子在左手邊的車道馳騁，超越多數往彼德斯堡的車流。他從經驗得知，這台轎車開到九十依然像鐵一般的堅實，就算到一百二十都不大會輕飄飄的。但是他呼嘯的時代早就過去了。如今想到要在直線距離把車子的速度拉到一百二十只會把他嚇壞，他的年紀大了。

（天啊！那些柳橙的味道眞強烈。不知道是否會消退？）

蟲子噼噼啪啪地撞在窗戶上。他把收音機調到邁阿密靈魂樂電台，聽到艾爾．葛林溫柔、哀泣的嗓音。

「我們共度的時光多麼美好，
此刻時間已晚，我們不得不分離……」

他搖下車窗，把菸蒂扔出去，再將車窗搖得更低點好清除柳橙味。他的手指輕敲方向盤，低聲跟著哼唱。祈求行車平安的聖克里斯多福聖牌吊掛在後照鏡上，輕微地來回搖晃。

忽然間柳橙味更為強烈，他心知有東西來了，某個東西正朝著他來。他在後照鏡中看見自己的眼睛，驚駭得越睜越大。接著那東西在刹那間來到，如一股強烈氣流把其他的一切：音樂、前方的道路，恍惚意識到自己是個獨特的人的自覺，全都驅散。那感覺彷彿有人拿把心靈的手槍抵住他的頭，並用點四五口徑的尖叫射中他。

（！！！噢迪克，噢求求你！求求你！求求你來吧！！！）

轎車剛好與一輛福特斑馬（Pinto）旅行車並行，駕駛人是一位身穿工作服的男人。工人見轎車偏到他的車道就猛按喇叭。當凱迪拉克依舊偏過來時，他朝駕駛迅速瞄一眼，只見一名大塊頭的黑人直挺挺地坐在方向盤後，眼睛茫然地往上看。後來工人告訴他老婆說，他知道那只是黑人目前流行的髮型，但當時看來簡直就像那黑鬼頭上的每根頭髮都豎直起來似的。他想那黑人是心臟病發作了。

工人用力急踩煞車，落到後頭幸虧恰巧沒車的空位。凱迪拉克的車尾領先在前，仍然繼續往這邊的車道插，工人驚恐得不知所措，瞪視著火箭形狀的長長車尾插進他的車道，距離他的前保險桿還不到四分之一吋。

工人切到左邊車道，繼續猛按喇叭，並對著喝醉酒左右搖擺的豪華轎車大聲咆哮。他邀請轎車駕駛對他做違法性行為，和形形色色的鶯鶯燕燕吹簫品玉。他清楚地說出自己的提議，要所有黑人血統的傢伙返回他們的祖國大陸去。他表達自己真心相信轎車駕駛人的靈魂死後會擔任何種職務。最後他總結說，他相信曾在紐奧良的妓院遇過轎車駕駛的母親。

然後他超到前面，脫離危險，忽然間意識到自己尿濕了褲子。

哈洛倫的腦海中，同樣的念頭不斷地重複

（迪克，來吧！迪克，求求你來吧！求求你！）

但是聲音開始逐漸轉弱，就像你達到電台廣播範圍的邊界時，收音會越來越差一樣。這時他才糊塗地留意到自己的車正以超過五十哩的時速，行駛在未鋪柏油的路肩上。他把車子開回車道上，感覺車尾搖擺了一下才重回道路的接合面。

前方不遠處有個Ａ／Ｗ露啤的攤子，哈洛倫打了燈號後轉進去，他的心臟在胸膛痛苦地怦怦猛跳，臉色是一片蒼白死灰。他開進停車場，從口袋拿出手帕，擦拭前額。

（我的神啊！）

「我能為您服務嗎？」

這聲音又嚇了他一跳，儘管這不是上帝的聲音，而是出自年輕可愛的路邊餐館服務生，她拿著點菜單站在哈洛倫敞開的車窗旁。

「喔好，小女孩，給我一杯漂浮露啤，兩球香草冰淇淋，好嗎？」

「好的，先生。」她轉身走開，臀部在紅色的尼龍制服下優美地晃動。

哈洛倫向後躺靠在皮椅上，閉上眼睛。現在已收聽不到任何殘餘的訊號。在他停進這裡向女服務生點菜之前，最後一絲訊號就逐漸消失了，只剩下極不舒服的陣陣頭痛，彷彿大腦被絞擰過揪出來，掛在外頭晾乾。如同他在歐曼寶貝的大建築那兒，讓那孩子丹尼朝他閃靈時所造成的頭痛一般。

可是這回響亮多了。那次男孩只是和他玩遊戲，這回是純粹的驚慌，每個字都在他腦中大聲地尖叫。

他低頭看著雙臂。熾熱的陽光照在上面，但手臂仍起了雞皮疙瘩。他記得自己告訴過男孩，需要幫助的話可以叫他，如今男孩在呼喚了。

他忽然驚覺自己根本不該將小男孩留在山上，他的閃靈是如此地明顯。必定會出問題的，也許是嚴重的問題。

他猛然發動車子，排入倒檔，倒回到公路上，急遽加速離開。搖擺臀部的女服務生站在A／W攤子的拱廊下，手裡捧著盛漂浮露啤的餐盤。

「你怎麼搞的，失火了嗎？」她大聲喊，但哈洛倫已經走了。

經理是位名叫克林姆司的男人，哈洛倫進來的時候，克林姆司正在與他的賭馬經紀人談話。

他要下注在洛克威的四匹馬賽事。不，不要連本帶利地賭，不要投注前兩名，不要正序連贏，也不要該死的賽前下注。只要下注在小老四，六百塊錢整。還有星期天的紐約噴射機隊。他是什麼意思，噴射機隊和水牛城比爾隊比賽？他難道不知道噴射機隊和哪一隊比賽嗎？五百塊，七分之差。克林姆司掛上電話時，看起來心煩意亂，哈洛倫頓時明白為何這個男人管理小小的溫泉療養旅館，一年賺五萬美元，卻還穿著下襬磨得發亮的西裝。他用一隻眼打量著哈洛倫，眼睛仍因為昨晚看太多波本酒瓶而有血絲。

「有問題嗎？迪克？」

「是的，長官，克林姆司先生。我想是吧！我需要請三天假。」

克林姆司黃色薄襯衫的胸前口袋裡有一包肯特香菸。他沒有拿出菸包，直接從口袋夾出一根，悶悶不樂地咬住擁有專利的微粒濾嘴。他用桌面上的蟋蟀打火機點燃香菸。

「我也需要，」他說：「不過，你有什麼事呢？」

「我需要三天，」哈洛倫再說一次。「是我兒子。」

克林姆司的目光落在哈洛倫的左手上，他的左手並沒有戴戒指。

「我在一九六四年就離了婚。」哈洛倫耐心地說。

「迪克，你知道週末的情況怎樣。我們是客滿的，滿到爆，就連廉價的住房都滿了。星期天晚上我們甚至連日光休息室都擠滿了人。所以拿走我的錶、我的皮夾、我的養老金——該死的！如果你能忍受我老婆的尖銳的話，甚至可以把她帶走，但是請不要跟我要求休假。他怎麼了？生病嗎？」

「是的，長官，」哈洛倫說，仍試圖想像自己擰著一頂便宜的布帽，轉動眼珠子的模樣。

「他中槍了。」

「中槍！」克林姆司說。他取下香菸，擱在印有密西西比大學校徽的菸灰缸裡，他是那兒企管系的畢業生。

「是啊，長官。」哈洛倫陰沉地說。

「打獵出意外嗎？」

「不是的，長官，」哈洛倫說，將聲音壓低，讓語調更為沙啞。「珍娜和卡車司機同居，一名白人。他開槍打了我兒子，他現在在科羅拉多丹佛的醫院，情況危急。」

「你是怎麼知道的？我以為你去採買蔬菜。」

「是啊，長官，我的確是去買菜。」他到這兒之前才剛繞到西聯的辦公室，預訂了一輛史戴波頓機場的艾維斯租車，離開前順手摸了一張西聯的電報用紙。現在他從口袋拿出摺得縐巴巴的空白表格，在克林姆司充血的眼前閃一下，然後放回口袋，再將聲音壓得更低一點，說：「珍娜發的。我剛回來就看見電報擱在信箱裡。」

「天哪，我的天啊！」克林姆司說。他臉上顯露出憂慮、緊繃的奇怪表情，哈洛倫十分熟悉這種表情。這是自以為「擅長與有色人種打交道」的白人，在遇到對象是黑人或他虛構的黑人兒子時，能夠表露出最近似於同情的表情。

「嗯，好吧，你可以走了。」克林姆司說：「我想，貝德克可以接手三天吧！那個酒館服務生也能幫點忙。」

哈洛倫點點頭，繼續拉長著臉，但是一想到服務生幫忙貝德克的景象，他就忍不住在心裡偷笑。就連狀態良好的時候，哈洛倫都懷疑那男孩是否能第一次噴就射中小便斗呢！

「我想要拿回這禮拜的工資，」哈洛倫說：「全部的。我知道這會讓你很為難，克林姆司先生。」

克林姆司的表情更加緊繃，看起來彷彿是有根魚刺鯁在他的喉嚨。「我們晚點再談這件事。你先去打包，我去跟貝德克商量。需要我幫你訂機位嗎？」

「不用了，長官，我自己會訂。」

「好吧！」克林姆司站起來，誠心誠意地傾身向前，吸進大量從他的肯特裊裊上升的煙。他劇烈地咳嗽，瘦削白皙的臉孔發紅。哈洛倫費力地維持憂鬱的表情。「迪克，我希望一切都能好轉。有消息就打個電話回來。」

「我會的。」

他們在辦公桌上方握個手。

哈洛倫下到一樓，走到另一頭員工的住宿區，然後突然搖頭晃腦地爆出洪亮的笑聲。他仍咧著嘴，用手帕擦拭泛淚的眼睛時，柳橙味又出現了，濃郁得令人窒息，緊接著閃電隨之而來，擊中他的頭部，讓他恍如喝醉似的搖搖晃晃退到粉紅色的灰泥牆邊。

（迪克，求求你來吧！求求你來吧！趕快來啊！！！）

他稍微恢復後，終於覺得有辦法爬外頭的樓梯到他的公寓。他將大門鑰匙藏在燈芯草編的擦鞋墊底下，當他彎身下去拿的時候，一樣東西從內側口袋掉了出來，聲音不十分響亮地砰一聲落在二樓的平台上。他的心思仍集中在腦海裡顫抖的聲音，因此有一瞬間他僅能茫然地盯著藍色的信封，不曉得那是什麼。

然後他把信封翻過來，細長的黑色字體寫的「遺囑」兩字朝上瞪著他。

（噢，我的天啊！是這麼回事嗎？）

他不確定，但是有可能。整個禮拜他的心裡一直想著自己的生命終點，就好像……嗯，就像是

（來吧，說出來啊）

像是一種預感。

死亡？有一剎那他的一生似乎在他眼前閃過，不是歷史，也不是哈洛倫太太的三兒子迪克一

生所經歷過的起起落落的地形圖，而是他此刻的生活現狀。馬丁・路德・金恩在子彈把他送入殉道者的墳墓前不久，告訴他們他已登上山巔。迪克無法如此斷言。雖然沒爬上山頂，但是在多年的奮鬥之後，他到達了陽光普照的高原。他有好朋友。擁有無論要到任何地方找工作所需要的所有推薦人。當他想要發洩性慾的時候，唔，可以找個朋友般的對象，不會問他問題，也不會大費周章地尋求這一切的意義。他已接受自己的黝黑膚色，並且是欣然地接受。另外感謝天，年歲超過六十，還能自由自在地漫遊。

他打算拿旅程的終點，他的生命終點去冒險嗎？就為了三個他甚至不認識的白人？

但那是謊言，難道不是嗎？

他認識那個男孩。他們彼此分享的事情，是交情超過四十年的好朋友都無法分享的。他熟悉男孩，男孩也熟知他，因為他們各人腦中都有一種探照燈，那不是他們自己要求得來的，而是上天賦予的。

（不，你的是手電筒，他才是擁有探照燈的人。）

有的時候那道光，那道靈光，似乎是相當美好的東西。你能選中賽馬，或者像男孩說的，當你爸爸的旅行箱不見時，你能告訴他旅行箱的下落。然而那只是沾醬，沙拉上的醬汁，底下那碗沙拉裡有冰涼的小黃瓜，也有苦味的野豌豆。你能品嘗到痛苦、死亡和淚水。如今男孩受困在那個地方，他將會過去，為了男孩。因為對男孩而言，當他們用嘴巴交談時，兩人只是膚色不同而已。因此他要去。他會盡自己所能去做，因為倘若他不做的話，男孩就會死在他的腦袋裡。

不過因為他是凡人，他忍不住強烈地希望苦杯永遠別傳到他這邊來[23]。

[23] 在《聖經》中，拿到苦杯象徵著準備成為殉道者。

（她開始爬出來追他。）

他正把換洗衣物丟進準備過夜的行李袋時，這個念頭突然浮現，那段回憶的力量讓他當場僵住，一如以往每當他想起來的時候。他試著儘可能少去回想那段記憶。

那個清潔女服務生，名叫德洛莉絲．維克瑞的，一直歇斯底里，對其他負責客房清潔的女服務生說了一些事，更糟的是，還對部分客人說。當消息傳到歐曼耳裡時，如那愚蠢的騷貨早該知道的，他即刻將她開除。她淚汪汪地來找哈洛倫，並不是來提遭到解雇的事，而是哭訴她在二樓房內看到的東西。她說，她到二一七號房換毛巾時，梅西太太沒有生命地躺在浴缸裡。當然，那是不可能的事。他們前一天就小心翼翼地把梅西太太搬走了，甚至一路送她飛回紐約——裝在貨艙，而非她習慣坐的頭等艙。

哈洛倫不大喜歡德洛莉絲，但他那晚還是上去查看。那名女服務生二十三歲，膚色如橄欖，她在營業季末旅館步調緩慢下來時幫忙端盤子。她有些微的閃靈，哈洛倫判斷，實際上不比一點點火星。一個老鼠長相的男人和隨行的人穿著褪色的布衣，進來用餐，德洛莉絲就會和別人交換去服務他們那桌；老鼠長相的矮小男人會留一張亞歷山大．漢米爾頓[24]的肖像在餐盤底下，對特地與人交換的女孩實在夠差勁，但更糟的是，德洛莉絲還為此洋洋得意。她很懶散，在一個不容許偷懶的男人所管理的旅館摸魚。她會坐在亞麻布織品儲藏櫃中，邊翻閱自白雜誌[25]邊抽菸，但無論歐曼何時不定期地悄悄巡視（被他逮到正在歇腳的女孩就倒楣了），都發現她在勤奮工作，她的雜誌藏在高架上的被單底下，菸灰缸安全地塞在制服口袋中。沒錯，哈洛倫想，她是個愛摸魚的懶鬼，其他的女孩怨恨她，但德洛莉絲擁有小小的火星，總是能讓她事事順利。不過她在二一七號房所見到的卻把她嚇慘了，所以非常高興地撿起歐曼發給她的解雇通知走人。

她為什麼來找他呢？有閃靈的人彼此看得出來㉖，哈洛倫心裡想著，對這句雙關語咧嘴一笑。

因此那晚他上樓潛入那個房間，這間房隔天又將有人佔用。他用辦公室的總鑰匙進去，倘使歐曼抓到他拿那把鑰匙，他就會加入德洛莉絲．維克瑞失業的行列。

浴缸周圍的浴簾是拉上的。他將其拉開，但即使在拉開之前，他就有預感將會看到什麼。梅西太太，腫脹青紫的，濕淋淋地躺在水半滿的浴缸裡。他站著俯視她，頸部的脈搏急速地跳動。「全景」裡還有別的東西：夢魘不定期地反覆出現，像是某種化妝舞會，他在「全景」的舞廳提供餐飲，當呼喊摘下面具的叫聲響起，每個人露出的面孔是腐爛的昆蟲；另外還有那些樹籬動物，兩次，也許三次，他看見（或者自以為看見）它們在動，非常輕微地。那隻狗似乎會從坐起身的姿勢改變成微微蹲伏著，而獅子似乎會往前進，彷彿在威嚇遊戲場上的小孩子。去年五月，歐曼派他上閣樓找尋那套如今立在大廳壁爐旁、裝飾華麗的司爐用具。他上去那裡時，懸掛在頭頂上的三顆燈泡突然熄滅，害他迷失了回到活動門的路。他跌跌撞撞地四處走了不知多久的時間，越來越瀕臨恐慌，一會兒小腿擦到箱子蹭破皮，一會兒撞到東西，越來越強烈地感覺到黑暗中有東西在悄悄跟蹤他。有個巨大恐怖的怪物在燈滅時，正巧從蟄伏處突然冒出來。當他確實給活動門的帶環螺栓絆倒後，他盡全力飛快地衝下樓，連活動門都沒關，露出漆黑而凌亂的內在，覺得自己勉強躲過一劫。稍後歐曼親自到廚房告知他，他任閣樓的活動門敞開，上頭的電燈亮

㉔亞歷山大．漢米爾頓（Alexander Hamilton）：美國開國首任財政部長，其肖像印在十元紙鈔上。

㉕自白雜誌（confession magazine）：一次世界大戰後，美國所流行以女性讀者為主的雜誌，內容多為女性自白其私密問題及真實經驗的文章。

㉖Shine在此書中意為有閃靈的人，但在美國俚語中亦指黑人。

著。難道哈洛倫以為客人想要到上面去玩尋寶遊戲嗎？他以為電不用錢嗎？

而且他懷疑，不，幾乎是肯定，有幾位客人也看到東西或聽到聲音。他待在那兒的三年內，總統套房被預訂了十九次，其中六位投宿那間的客人提前離開飯店，有的看起來明顯地身體不舒服。還有的客人同樣倉卒地離開別的房間。一九七四年八月的某天晚上，接近傍晚時分，一名在韓戰贏得銅星和銀星勳章的男人（那人如今擔任三家大公司的董事，據說曾親自解雇一位知名的電視新聞男主播），莫名其妙地在果嶺突然歇斯底里地尖叫。而在哈洛倫為「全景」工作的期間，有許多孩童就是拒絕走入遊戲場。有個孩子在水泥環裡玩耍時忽然痙攣，但是哈洛倫不知道這是否能歸咎於「全景」致命可怕的女妖歌聲，傭人之間謠傳那孩子——一位帥氣電影明星的獨生女——是靠藥物控制的癲癇患者，只是那天忘了吃藥。

因此，低頭瞪著梅西太太的屍體，他雖然嚇到，但不十分驚恐；這並非完全出乎意料之外。恐懼出現在她睜開眼露出空洞的銀色瞳孔，對他咧開嘴笑的時候。驚恐發生在當

（她開始爬出來追他。）

他拔腿逃跑，心跳加速，即使門關上，在身後牢牢鎖住，他仍然不覺得安全。事實上，此時拉上登機旅行手提包的拉鍊，他對自己坦承，從那之後在「全景」的任何角落，他都不再感到安全。

而今，男孩在呼喚，大聲地呼救。

他看一下手錶，下午五點半。他走到公寓門邊，想起科羅拉多現在是隆冬，尤其在高山上，於是走回衣櫃，從聚氨酯的乾洗袋取出羊皮襯裡的長大衣，掛在手臂上。那是他擁有的唯一一件冬衣。他關掉所有的燈，環顧四周。他有遺忘什麼事情嗎？有，一件。他從胸前口袋拿出遺囑，塞入梳妝台鏡子的邊緣。運氣好的話，他還可以回來拿。

當然，運氣好的話。

他離開公寓，鎖上門，把鑰匙放到燈芯草的擦鞋墊底下，從外面的階梯跑下去，到他改裝過的凱迪拉克上。

＊

在前往邁阿密國際機場的半途中，安心遠離人家都知道克林姆司或他身邊的馬屁精會偷聽的電話交換機後，哈洛倫停在購物中心的自助洗衣店，打電話給聯合航空。有班機到丹佛嗎？

有一班預計在六點三十六分起飛。先生有辦法趕上嗎？

哈洛倫看看手錶，錶上顯示六點零二分，回答說他有辦法。機上還有空位嗎？

請讓我查一下。

耳邊傳來沉悶的金屬聲，接著是甜得發膩的曼托瓦尼，本該是為了讓等候變得比較愉快，但並沒有。哈洛倫將身體重心從一隻腳輕快地移到另一隻腳，目光交替看著自己的錶，和背上吊帶揹著入睡嬰兒的年輕女孩，她正取出投幣式美泰克洗衣機裡的衣物。她擔心會比預計的時間晚到家，烤肉會燒焦，而她丈夫——馬克？麥可？麥特？——會大發脾氣。

過了一分鐘，兩分鐘。他正下定決心要繼續往前開，碰碰運氣時，負責班機訂位的職員那聽起來像錄音的聲音回來了。有個空位，有人取消訂位，是在頭等艙。這樣有沒有影響呢？

沒有。他要訂位。

刷卡還是付現呢？

付現，親愛的，付現。我得趕緊走了。

那麼大名是——？

哈洛倫，洛陽的洛，倫敦的倫。晚點再談吧！

他掛斷電話，急忙往門口衝。女孩單純的想法，對烤肉的掛念，一遍又一遍地朝他播送，直到他覺得自己快要抓狂。有的時候就會如此，毫無來由地捕捉到一個想法，與其他事情毫不相干，完全純淨……而且通常毫無用處。

他差點趕上。

他把轎車速度加快到八十，事實上機場已經在望，就在這時一名佛羅里達警察要他停靠路邊。

哈洛倫把電動車窗搖下，對警察開口，對方正在翻手上的罰單冊子。

「我知道，」警察安慰地說：「是參加在克里夫蘭的喪禮，你父親的。西雅圖的婚禮，你姊姊的。一場聖荷西的火災徹底毀掉你爺爺的糖果店。有些品質非常好的柬埔寨大麻正在紐約市的航站置物櫃裡等著。我愛死機場外圍的這段路，從小，說故事時間就是我在學校最喜歡的活動了。」

「聽著，警官，我兒子——」

「故事中唯一不到最後我永遠猜不出來的是，」警官說著，找到罰單冊子的正確頁數，「違規騎士／說故事的人的駕照號碼和行照資料。所以好心一點吧！讓我偷看一眼。」

哈洛倫直視警察心平氣和的藍眼睛，盤算是否仍要辯說那套兒子情況危急的故事，最後決定那只會讓情況更糟。這名公路警察可不是克林姆司。他掏出皮夾。

「好極了，」警察說：「你可以幫我把東西拿出來嗎？麻煩一下？我就是得看看最後的結果如何。」

哈洛倫不發一語地拿出駕照和佛羅里達州的行照，遞給交通警察。

「非常好。因為非常乖，所以你贏得一項禮物。」

「什麼？」哈洛倫滿懷希望地問。

「等我抄完這些數字時，我要你幫我吹一個小氣球。」

「噢，我的老天——啊！」哈洛倫呻吟著：「警官，我的飛機——」

「噓，」交警說：「可別不聽話喔！」

哈洛倫閉上眼睛。

他在六點四十九分到達聯合航空的櫃檯，抱著一線希望班機延誤了。他甚至無須開口問，入境旅客櫃檯上方的起飛螢幕顯示了情況。往丹佛的九〇一號班機，預計在東部標準時間六點三十六分起飛，已於六點四十分離開。九分鐘前。

「噢，可惡！」迪克·哈洛倫說。

突然間，柳橙的味道濃郁得令人倒胃口，他才剛到男廁，那訊息就來了，震耳欲聾，令人聞之喪膽：

（！！！求求你來吧！迪克，來吧！求求你！求求你來吧！！！）

39. 樓梯上

從佛蒙特搬到科羅拉多之前，他們為了增加一點流動資產所賣掉的其中一樣物品，是傑克收藏的兩百張搖滾和節奏藍調的老唱片；全都在庭院舊貨拍賣中以一張一元的價格售出。這些唱片中，丹尼個人最喜歡的是一套艾迪·柯克蘭㉗的雙唱片，唱片封套上附有四頁由萊尼·凱寫的說明文字。溫蒂時常為丹尼特別鍾愛這張專輯感到驚詫，因為這張唱片的歌手是個放縱生活、英年早逝的小伙子……事實上，他過世的時候，她自己也才年僅十歲。

此刻，七點十五分（山區標準時間），正當迪克·哈洛倫告訴克林姆司他前妻的白人男友的事時，溫蒂瞧見丹尼坐在大廳到一樓的樓梯中間，兩手交互傳遞著一顆紅色的橡皮球，哼唱那張專輯裡的一首歌。他的聲音低沉、不成調。

「所以我爬一、二樓、三樓、四，」丹尼唱著：「五樓、六樓、七樓多……當我抵達頂樓，我已累到無法搖擺……」

她走到他身邊，在其中一階樓梯踏板上坐下來，看到他的下唇腫成兩倍大，下巴上還有乾掉的血跡。她胸口的心臟嚇得猛然一跳，但是她勉強保持平穩的口氣。

「博士，怎麼了？」她問，雖然她確信自己知道是怎麼回事——傑克揍了他。嗯，當然囉，接下來就是這一步了，不是嗎？前進的動力；遲早會將你帶回起始的原點。

「我呼叫東尼，」丹尼說：「在舞廳。我想我是從椅子上摔下來。現在不會痛了，只是覺得……好像嘴唇腫太大了。」

「事情真的是這樣子嗎？」她盯著兒子，不安地問。

「不是爸爸弄的，」他回答：「今天沒有。」

她凝視他，感到害怕。球從一手飛到另一隻手。他看出她的心思。她兒子看穿了她的心思。

「那……東尼跟你說了什麼？丹尼？」

「那不重要。」他的表情鎮定，語調冷漠得令人背脊發涼。

「丹尼——」她緊抓住他的肩膀，力道比原先打算的還要重。但是他沒有退縮，甚至也沒試著把她甩開。

（噢，我們在殘害這個孩子。不單單是傑克，還有我，而且也許不只是我們兩個，傑克的父親、我母親，他們也在這裡嗎？當然囉，怎麼不在？反正這地方滿是鬼魂，再多兩個又何妨？噢天上的神啊，他就像電視上展示的手提箱一樣，被輾過，從飛機上摔落，通過工廠的粉碎機。或者像天美時手錶，遭到痛毆依舊照走不誤。噢丹尼，我很抱歉。）

「那不重要，」他再說一次，球在兩手間傳來傳去。「東尼再也不會來了，它們不讓他來。他被打倒了。」

「誰不讓他來？」

「飯店裡的人，」丹尼說。然後他望著母親，他的眼神一點也不冷漠，雙眼深邃、驚恐。

「就是……飯店裡的那些東西，各式各樣的。飯店裡充滿了那些東西。」

「你可以看到——」

「我不想看見，」他低聲說完，轉回去注視在兩手間畫成弧形的橡皮球。「可是我偶爾能聽

㉗ Eddie Cochran：從一九五三年開始踏入樂壇，為美國搖滾樂的先驅，年僅二十一歲即在車禍中喪生。

見它們，在深夜的時候。它們就像風一樣，同時發出嘆息聲。在閣樓、地下室、客房，到處。我想那是我的錯，因為我是這樣的人，是鑰匙，小小的銀鑰匙……」

「丹尼，別這樣……不要這樣讓你自己難過。」

「但是那同時也是他，」丹尼說：「是爸爸，是妳。它要我們所有的人。它在欺騙爸爸，要他，想讓爸爸以為它最想要的是他。其實它最想要的是我，不過它會抓走我們所有人。」

「假如有那台雪上摩托車——」

「它們不允許他，」丹尼以同樣低沉的聲調說：「它們讓他把裡頭的零件丟到雪地裡，丟得遠遠的。我夢見了。而且他知道那女人真的在二一七號房間裡面。」丹尼用陰鬱、驚恐的眼睛注視著她。「不管妳相不相信我都無所謂。」

溫蒂伸出一隻手輕輕環住他。

「我相信你。丹尼，告訴我真相。傑克……他是不是想要傷害我們？」

「它們會想辦法讓他下手，」丹尼說：「我一直在呼喚哈洛倫先生。他說假如我需要他的話，只要喊叫就可以了，所以我一直在叫。但是這非常困難，搞得我好累好累。最糟糕的是，我不曉得他有沒有聽到。我不認為他能回答我，因為對他來說太遠了。而且我不知道對我來說是不是也太遠。明天——」

「明天怎麼樣？」

他搖搖頭。「沒事。」

「他在哪裡？」她問：「你爸爸？」

「他在地下室。我不認為他今天晚上會上來。」

她突然站起來。「你就在這裡等我，給我五分鐘。」

天花板的日光燈管底下的廚房冰冷、空寂。她走到磁性滑軌上吊掛著切肉刀的架子旁，拿起最長、最銳利的一把，以擦碗巾包起來，然後離開廚房，走的時候將燈關上。

丹尼坐在樓梯上，視線跟隨著紅色橡皮球在手中傳來傳去的路徑。他哼唱著：「她住在上城區的二十樓，電梯故障了，所以我爬一、二樓、三樓、四……」

（——甜心，甜心，奔向我的甜心——）

他的哼唱中斷。他仔細傾聽。

（——奔向我的甜心，我親愛的——）

那聲音在他腦袋裡，簡直就像是他的一部分，如此令人害怕地接近，彷彿是他自己思緒的一部分。那聲音很溫柔，極其地詭秘，嘲弄著他。好似在說：

（噢是的，你會喜歡這裡的。試試看，你會喜歡的。試試啊！你會喜喜喜歡的——）

現在他的耳朵張開，又能聽見它們了，它們的聚會，鬼魂或幽靈，抑或是飯店本身，一間恐怖的奇幻屋，其中穿插的所有表演都是以死亡告終，裡頭特別上色的怪物全都真正活著，在這兒樹籬會走動，小小的銀鑰匙能開啟不祥的事。輕柔、悲嘆，如夜晚在屋簷下吹拂不止的冬風般沙沙作響，那是夏天觀光客絕對聽不到的致命催眠的風聲。宛如夏日在地面巢穴中的黃蜂令人昏昏欲睡的嗡嗡聲，困倦、致命的，漸漸覺醒。它們在離地一萬呎的高處。

（爲何烏鴉會像寫字桌？當然是，越高越少囉！丹喝一杯茶吧！）

這是活生生的聲響，但不是說話聲，也不是呼吸聲。愛好哲學的人可能會稱之為靈魂的聲音。迪克．哈洛倫的奶奶，在世紀之交前幾年在南方成長，她應該會稱之為陰魂。靈媒調查員也許會取個很長的名字：心靈的回聲、念力或心電活動。但是對丹尼而言，那只是飯店的聲音，是這古老怪物，不斷地嘎吱作響，越來越緊密地包圍他們；如今距離延展，同時回溯到過去的走廊，飢渴的影子，以及沒有安然入睡的騷動客人。

一個粗嘎的聲音，喝了酒而殘暴無情地大聲吼著：「摘下面具，我們來大幹一場！」

溫蒂正越過大廳走到半途中，嚇了一跳猛然頓住。

她看向樓梯上的丹尼，他仍丟著手中的球。「你有聽到什麼聲音嗎？」

丹尼只是望著她，繼續將手中的球丟來丟去。

他們那晚沒什麼睡，雖然兩人一同睡在上鎖的門後。

黑暗中，丹尼的眼睛睜著，心想：

（他想要成爲它們的一分子，永生不死。那是他所想要的。）

溫蒂想著：

（如果我不得不做的話，我要把他帶到更上面去。假如我們要死的話，我寧願死在高山上。）

她將包在擦碗巾裡的屠刀放在枕頭底下，手始終沒遠離那把刀。他們睡睡又醒醒，飯店在四周吱吱嘎嘎地發響。外頭如鉛般厚重的天空開始飄起雪來。

40. 地下室裡

（！！！鍋爐，那該死的鍋爐！！！）

這念頭全面進佔傑克・托倫斯的腦袋，邊緣還鑲著亮晃晃、警示的紅色。緊跟在後的是，華生的聲音：

（你要是忘了，指針就會慢慢、慢慢地往上爬，那麼十之八九你和你家人最後就會跑到他媽的月球上了……她估計可以到兩百五十，不過早在那之前就會爆炸了……當她到一百八十的時候，我可不敢下來站在她旁邊。）

他整晚都待在這下面，認真鑽研那幾箱舊紀錄，滿腦子著了魔似的覺得時間急迫，他得趕快。然而，關鍵的線索、能讓一切明朗的關聯卻沒有出現。他的手指由於弄碎陳舊的紙張而發黃、沾滿污垢。而且因為太過專心，他根本沒有查看鍋爐。他前一天傍晚六點左右卸過壓力，那時他剛下來。現在時間是……

他看一下手錶，立刻跳了起來，踢翻一大疊舊發票。

天啊，現在是清晨五點十五分。

在他身後，火爐突然開始運轉，鍋爐發出呻吟、咻咻的聲音。

他跑向鍋爐。他的臉龐在過去一個月左右變得削瘦，此時覆蓋著滿滿的鬍碴，有著像是在集中營的空洞表情。

鍋爐的壓力計到達每平方英寸二百一十磅的位置。他想像自己幾乎能看見這個修補、焊接過的老鍋爐，側邊由於致命的壓力而鼓出來。

（她會慢慢爬……當她到一百八十的時候，我可不敢下來站在她旁邊。）

忽然間一個客觀、誘人的內在聲音對他說話。

（隨它去吧！去找溫蒂和丹尼，趕緊離開這兒。任它爆炸到半空中。）

他能想像爆炸的景象。雙重的如雷巨響首先會扯出這地方的心臟，再來是靈魂。鍋爐會隨著橘紫色的閃光爆開，熱燙的碎片將會降落在地下室的各個角落。他的腦海裡，能看見熾熱的金屬碎屑有如奇形怪狀的撞球到處衝撞，從地板到牆壁再到天花板，一片片邊緣呈鋸齒狀的死神颼颼地劃過空氣。有的必定會筆直飛馳過石頭拱門，落在另一邊的舊文件上，熊熊燃燒起來。摧毀秘密，燒掉線索，成為活著的人永遠無解的謎。緊接著瓦斯爆炸，火焰噼噼啪啪地發出隆隆的巨響，碩大的母火會將飯店的整個中心變成大烤肉爐。樓梯、走廊、天花板和房間全陷入火海，宛如「科學怪人」電影中最後一幕的城堡。火勢擴散到兩側，匆忙席捲藍黑交織的地毯，有如飢渴的客人。絲質壁紙燒成炭蜷曲起來。飯店內沒有灑水裝置，只有那些無人使用的過時軟管。而且世上沒有一輛消防車能在三月底以前到達這裡。燒吧，寶貝，燃燒吧！十二個小時內，這裡就會僅剩骨架而已。

壓力計的指針往上爬到二百一十二，鍋爐發出吱嘎、呻吟的聲響，宛如想要下床的老婦人。嘶嘶噴射的蒸汽開始從舊補釘的邊緣冒出，焊珠亦開始燒得滋滋響。

他沒有看見，沒有聽見，一手擱在能卸除壓力抑制火災的閥門上僵立不動，雙眼如藍寶石般地從眼眶發出閃耀的光芒。

（這是我最後的機會。）

現在唯一尚未兌現的款項只有壽險保單，那是他在史托文頓前一、二年間的夏天與溫蒂一同辦理的。假如他或她在火車事故、墜機或火災中身亡的話，死亡保險給付是四萬元。骰子擲出七或十一就贏，秘密死去的話贏百元。

（火災的話……八萬元。）

他們會有時間逃出；就算他們在睡覺，也有時間逃出去。他深信這點。而且倘若「全景」付之一炬的話，他不認為樹籬或其他任何東西會試圖阻攔他們。

（大火。）

油膩、近乎不透明的刻度盤內的指針跳上每平方英寸二百一十五磅。

他又想起另一個孩提時代的回憶。他們屋子後面蘋果樹的低枝中有個黃蜂窩，爸爸在那棵樹的某根低枝上吊了一個舊輪胎，他的其中一個哥哥——如今他記不得是哪一個了——在盪輪胎時曾經被螫過。那時是夏末，通常是黃蜂最兇惡的時期。

他們的父親剛下班回家，穿著白袍，啤酒的味道如薄霧般地彌漫在他臉上。他召集了三個男孩布雷特、麥可和小傑，告訴他們他打算除掉黃蜂。

「現在仔細瞧著啊！」他說，邊微笑邊輕微地搖晃著（他當時還沒拿枴杖，與牛奶貨車相撞是好幾年後的事）。「也許你們會學到點東西。我父親表演給我看過。」

這棵蘋果樹通常在九月底結果，當時還要再過半個月。而蜂窩是比這樹所產出乾癟但美味的蘋果還要致命的果實。父親在黃蜂窩所在的樹枝底下耙了一大堆被雨打濕的樹葉。他點燃樹葉。那天晴朗無風，樹葉悶燒但沒有真正燃燒起來，產生了一種氣味，一種香味，至今每年秋天，當穿著睡褲及輕薄防風夾克的男人把樹葉耙在一塊兒燃燒時，他就會回想起那個味道。有著苦澀底韻的香甜氣味，強烈得喚起人的回憶。悶燒的樹葉產生大量的煙往上飄，掩蓋住蜂窩。

父親讓樹葉悶燒了整個下午，自己坐在門廊喝啤酒，將空的黑牌啤酒罐扔進老婆拖地用的塑膠水桶，兩個較大的兒子陪在兩旁，小傑則坐在他腳邊的階梯上，玩著單人乒乓球，並一遍又一遍單調地唱著：「你欺瞞的心……會令你哭泣……你欺瞞的心……將使你心神不寧。」

六點十五分的時候，就在晚餐前不久，爸爸走向蘋果樹，三個兒子小心翼翼地聚集在他後面。他一隻手中握著園藝用的鋤頭將樹葉打散，讓一小叢一小叢的葉子分散開來悶燒熄滅，然後舉起鋤頭柄，來回揮舞閃動，試了二、三下後，將蜂窩打到地上。

男孩逃向安全的門廊，但爸爸只是站在蜂窩旁，低頭搖搖晃晃地朝蜂窩眨眨眼。小傑躡手躡腳地走回去看。幾隻黃蜂遲緩地在牠們紙糊的領地上爬行，但並沒有試著飛起。從蜂窩內部，那個漆黑的異域，傳出令人永遠無法忘懷的聲響——一種低沉、催眠的嗡嗡聲，恍如高壓電線的聲音。

「牠們為什麼不想叮你呢，爸爸？」他問道。

「因為煙讓牠們醉了，小傑。去拿我的汽油桶來。」

他跑去取來。爸爸把琥珀色的汽油澆在蜂窩上。

「小傑，現在往後退，除非你想要失去眉毛。」

他退到一邊去。爸爸從白色外衣寬鬆的摺層某處，拿出木製的粗頭火柴。他用拇指指甲點燃火柴後擲向蜂窩。蜂窩爆炸冒出白熱的橘色火光，火勢兇猛卻幾乎無聲無息。爸爸退開，失控地咯咯直笑。黃蜂窩立即燒毀殆盡。

「火，」爸爸說，面帶笑容地轉向小傑。「火可以燒死任何東西。」

晚餐後，男孩走出來，在白晝逐漸減弱的光線下，嚴肅地站在燒焦變黑的蜂窩周圍。從熱燙的內部傳出黃蜂屍體有如玉米爆開的聲音。

壓力計到達二百二十。鍋爐內部鐵哀號的低沉聲響逐漸增大。噴射的蒸汽在無數個地方挺直地冒出，宛如豪豬的刺一般。

（火可以燒死任何東西。）

傑克忽然驚醒。他在打瞌睡……他睡著了，差點把自己直接送上天國。他究竟在想什麼？保護飯店是他的職責，他是管理員啊！

他的雙手迅速湧出恐懼的汗水，因此一開始沒抓好巨大的閥門。之後他曲起手指握住閥門的輪輻，轉了一圈、兩圈、三圈。蒸汽響亮地嘶嘶作聲，猶如龍的呼吸。從鍋爐底下升起的溫暖熱帶薄霧籠罩住他，有一瞬間他沒法再看見刻度盤，以為自己一定是等太久了；鍋爐裡呻吟、叮噹的聲音越來越響，緊接著是一連串猛烈的嘎嘎聲，和金屬扭曲所發出的刺耳聲音。

等到部分蒸汽吹散，他看見壓力計掉回到兩百，並且仍在下降。從焊接的補釘四周噴出的蒸汽開始失去力道。那扭曲、摩擦的響聲漸漸微弱。

一百九十……一百八十……一百七十五……

（他正在下坡，以時速九十哩的速度前進，此時汽笛突然尖叫起來——）

但他不認為汽笛現在會響。壓力已經降到一百六十。

（——他們在殘骸中發現他，手擱在節流閥上，遭蒸汽活活燙死。）

他往後退離鍋爐，劇烈地喘息、顫抖著。他審視雙手，看見手掌上已起了水泡。去他的水泡，他想，笑得渾身顫動。他差點手擱在節流閥上死去，如同〈老九七的殘骸〉㉘一曲中的火車司機凱西一樣。更糟的是，他可能毀了「全景」。最終徹底地失敗。他做為一名教師、作家、丈夫和父親都失敗了，甚至連當個酒鬼都失格。但是在過去失敗的分類中，沒有比炸掉原本該照料

㉘〈老九七的殘骸〉：強尼·凱許根據一輛名為老九七的運送郵件火車，在維吉尼亞州發生重大交通事故的事件所寫的歌曲。

的建築更厲害的。況且這還不是棟普通的建築，一點也不尋常。

天啊！他好需要喝一杯。

壓力掉到psi八十。他小心謹慎地再度關上卸壓閥，雙手的疼痛讓他微微縮了一下。但是從現在起，他必須比以往更加嚴密地留意鍋爐。它有可能嚴重地受損。這冬天剩餘的時間，他不會放心讓它超過psi一百。倘若他們覺得有點冷，也只得咧嘴笑著忍受。

他弄破兩個水泡，雙手像蛀牙一樣陣陣抽痛。

一杯酒，只要一杯酒就能使他好過些，但這該死的屋子裡除了料理用的雪利酒之外一無所有。在這種時刻酒可是藥啊！上帝可為證，就是這樣而已，當成麻醉劑。他盡了本分，如今可以用上一點點麻醉劑，比益斯得寧的藥效來得強的東西。但是這裡什麼都沒有。

他想起陰影中閃亮的酒瓶。

他拯救了飯店，飯店應該會想要酬謝他。他感覺相當有把握。他從背後口袋拿出手帕，一邊走上樓梯，一邊擦著嘴唇。只要喝一點點，只要一杯，用來減緩疼痛。

他為「全景」效勞，現在「全景」該滿足他的需求了。他很確定這一點。踩在樓梯上的腳步快速而急切，是從冗長、嚴酷的戰爭後返家的男人匆促的步伐。現在時間是山區標準時間，清晨五點二十分。

41. 黎明

丹尼壓抑地喘著氣從可怕的惡夢中驚醒。夢裡有爆炸。大火。「全景」整個燒起來，而他和媽咪從前面的草坪上觀望。

媽咪說：「你看，丹尼，看那些樹籬。」

他看著它們，它們全都死了，身上的葉子轉變成令人窒息的褐色。緊密紮起的樹枝隱約透出，宛如肢解到一半的屍體骨骸。然後他爸爸從「全景」巨大的雙扇門衝出來，像把火炬似的熊熊燃燒。他的衣服著了火，皮膚染上不祥的深棕色，而且隨著時間過去顏色越來越深，頭髮則像一叢燃燒的灌木。

他就在這時醒過來，喉嚨害怕得繃緊，雙手緊抓著被單和毯子。他尖叫了嗎？他望向母親。溫蒂側躺著，毛毯拉到下巴，一綹麥稈色的頭髮貼著臉頰。她自己看起來就像個孩子。沒有，他沒尖叫出聲。

躺在床上，盯著上方，夢魘逐漸淡去。他有種奇妙的感覺，似乎驚險地避開了某個大悲劇。

（大火？爆炸？）

他讓精神飄蕩出去，搜尋爸爸，發現傑克站在樓下某處，在大廳。丹尼努力再挺進一些，試著進入父親的心裡。不好。因為爸爸正想著壞東西。他正在想

（很好，只要一、兩杯就夠了，我不在乎世上哪個角落的太陽爬到橫桅上[29]，反正現在是飲酒作樂的時間。艾爾，還記得我們以前是怎麼說的嗎？琴湯尼波本加上少許的苦酒、蘇格蘭威士

忌加蘇打、蘭姆加可樂，半斤和八兩，一杯給我，一杯給你，火星人在世界上某個角落登陸了，管他是普林斯頓、休士頓還是史托克卡．邁克爾[30]什麼鬼的，總之這是歡樂的季節，我們沒有人）

（滾出他的腦袋，你這小混蛋！）

那個內心聲音嚇得他往後退，他的眼睛睜大，兩手繃緊得緊抓住床單。這不是他父親的聲音，而是精巧的模仿。這聲音他認得，粗嘎、殘忍，然而帶著一種愚蠢的幽默而顯得沒那麼尖刻。

它如此接近了嗎？接下來呢？

他把被子掀開，雙腳擺盪到地板上，再將床底下的拖鞋踢出來穿上。他走到門邊，把門拉開，匆匆忙忙跑到主走道，穿著拖鞋的腳在走廊地毯的呢絨上產生沙沙的聲響。他彎過轉角。

走廊中間有個男人四肢著地，就趴在他與樓梯之間。

丹尼嚇呆了，動也不動。

那人抬頭看他，一雙小眼睛發紅。他身穿某種綴滿亮片的銀白色服裝，丹尼領悟到是狗的裝扮。從這奇怪生物的臀部突出的是一根長長、鬆軟下垂的尾巴，尾端還有個蓬鬆毛球。衣服背後是一整條拉鍊直通到頸部。他的左邊是狗或狼的頭，口鼻之上是空洞的眼窩，嘴巴張開發出意義不明的低吼，看來是紙模做的利牙間露出地毯藍黑色的花樣。

那人的嘴巴、下顎和臉頰沾滿血污。

他開始對丹尼低聲咆哮。他咧著嘴笑，但那狺狺聲卻是貨真價實的，那是由喉嚨深處發出，令人膽寒的原始聲音。接著他狂吠起來，露出的牙齒上也沾著血。他開始爬向丹尼，無骨的尾巴拖在後面。裝扮的狗頭被忽略在一旁的地毯上，神情茫然地瞪著丹尼的肩膀上方。

「讓我過。」丹尼說。

「我要吃掉你，小鬼。」犬人回答完，咧開的嘴巴突然發出一連串的猛烈狂吠。聲音是人模仿的，但內含的野蠻是真實的。那人的頭髮是深色的，侷促的服裝使他滿頭大汗，頭髮也因此油膩膩的。他呼出的氣息有威士忌和香檳混合的味道。

丹尼畏懼地退縮，但並沒有逃跑。「讓我過去。」

「想都別想，」犬人回答，紅色小眼睛聚精會神地盯著丹尼的臉。他繼續咧著嘴笑。「我要把你吃得一乾二淨，小鬼。我想我要從你肥嘟嘟的小雞雞開始吃起。」

他開始輕佻地往前跳，一面齜牙低吼，一面小步跳躍。

丹尼的勇氣突然爆發。他逃回通往他們住處的短廊，一邊回頭看。背後傳來一串混合的嗥叫、狂吠和咆哮，中間夾雜著含混不清的咕噥和咯咯笑聲。

丹尼發抖地站在走廊上。

「起來！」酒醉的犬人從轉角大聲吼著，聲音既粗暴又急切。「起來，哈利，你這狗娘養的雜種！我才不在乎你有多少間賭場、航空公司和電影公司咧！我知道你在自己家──家裡獨處時喜歡什麼！起來！我會呼啊呼的……用力吹氣……直到哈利．德爾文全都被吹吹吹倒！」他最後發出一聲嚇人的長嗥，就在嗥叫聲漸弱消失前，似乎轉變為憤怒和痛苦的尖叫。

丹尼擔心地轉向走廊盡頭緊閉的臥室門，悄聲地走過去。他打開門探頭進去，媽媽以完全相同的姿勢睡著。除了他以外，沒有人聽到這聲音。

㉙ Sun is over the yardarm：在早期航海時代，特別是在北大西洋，有個不成文規定，水手必須在太陽上升到橫桅上才能喝當天第一杯酒。

㉚ 史托克卡．邁克爾（Stokely Carmichael）：提倡黑人權力（Black Power）的黑人人權領袖。

他輕輕關上門，再度走回他們的走廊與主走道的交叉點，希望犬人已經走開，如同總統套房牆壁上的血跡消失那般。他小心地繞過轉角窺探。

裝扮成狗的人仍在那兒。他已經重新戴上狗頭，正在樓梯井旁四肢著地地跳著，追逐自己的尾巴，偶爾會從地毯跳起再落下，喉嚨做出狗的呼嚕聲。

「汪！汪！咆嗚汪汪汪！嘎！」

這些聲音從面具挖空仿效齜牙低吼的嘴巴傳出來，其間參雜著也許是啜泣或大笑的聲音。

丹尼走回臥室，在小床上坐下，用雙手遮住眼睛。飯店現在主宰了一切。或許一開始發生的事只是偶發事件；也許起初他看見的東西真像可怕的圖片一樣不會傷害他。然而現在飯店控制了這些東西，它們會傷人。「全景」不希望他去找他父親，那可能會破壞所有的樂趣，所以它派犬人擋住他的去路，就如它派樹籬動物擋在他們和馬路之間。

但是他爸爸可以來這裡。遲早爸爸會來的。

他哭了起來，眼淚無聲地滾落雙頰。太遲了。他們會死掉，三個人全都會死，等「全景」明年春末開張時，他們會在這兒和其餘的鬼一同迎接客人。浴缸裡的女人，犬人，混凝土地道裡駭人的不明東西。他們將會——

（停！馬上停下來！）

他氣憤地用指關節擦去眼中的淚水。他要盡全力防止這件事情發生，別發生在他自己身上，也不能發生在爸爸和媽媽身上。他要盡一切努力去試。

他闔上眼，把想法用強大、猛烈、清楚的閃電送出。

（！！！迪克，求求你快點過來，我們惹上嚴重的麻煩了。迪克，我們需要）

忽然，黑暗中他的眼睛後方，那個在夢中「全景」漆黑的走廊上追逐他的東西出現在那裡，就在那邊，穿著白袍的碩大生物，它手中老舊的球桿高舉過頭：

「我會讓你停下來！你這討厭的小狗！我會讓你住嘴，因爲我是你的父親！」

「不！」他猛然跳回臥室的現實，眼睛完全張開瞪著，尖叫聲不受控制地從嘴巴湧出，他母親猝然驚醒，將被單緊緊抓在胸口。

「不，爸爸，不！不！不！——」

他們兩人都聽見無形球桿惡狠狠地向下揮動，劃破近處的空氣，然後逐漸消失陷入寂靜，他跑向母親擁抱她，發抖得像隻陷阱中的兔子。

「全景」不許他呼喚迪克，那也會破壞興致。

他們孤立無援。

外頭的雪下得更大了，將他們與世界隔絕開來。

42. 半空中

迪克·哈洛倫的飛機在東部標準時間早上六點四十五分廣播，辦理登機的櫃檯人員將他留在三十一號登機門，他神經緊張地將旅行手提包從這隻手換到另一隻手，直到六點五十五分的最後登機通知。他們兩人在尋找一位名叫卡爾登·維克的男人，他是環球航空由邁阿密飛往丹佛的一九六號班機上唯一沒報到的乘客。

「好了，」櫃檯人員說，發給哈洛倫一張藍色頭等艙的登機證。「您的運氣非常好。先生，您可以登機了。」

哈洛倫急忙衝上已圍起的登機空橋，讓臉上掛著機械式笑容的空服員撕掉他的登機證，把存根交給他。

「我們會在飛機上供應早餐，」空服員說：「如果您想要——」

「只要咖啡就好，小妞。」他說完，順著通道走到吸菸區的座位。他一直預期那位沒出現的維克會在最後一秒鐘冷不防從門口冒出，宛如會跳出小丑的玩具盒。靠窗座位的女士正在看《你能成為自己最好的朋友》，臉上帶著不快、懷疑的表情。哈洛倫扣上安全帶，黝黑的一雙大手包住座位的扶手，向缺席的卡爾登·維克保證，他得和五名強壯的環球航空空服員合力才能將他拖出座位。他的眼睛一直盯著手錶。錶以令人抓狂的緩慢速度將分針拖到七點，起飛的時刻。

七點零五分時，空服員通知他們將會稍微延遲，地勤的工作人員正在複查貨艙門的門閂。

「白癡。」迪克·哈洛倫咕噥地抱怨。

尖臉的女士將不快、懷疑的面容轉向他，再轉回去繼續看書。

他在機場待了一晚，在各家航空公司的櫃檯間打轉，從聯合、美國、環球、大陸到布蘭尼夫，不斷地騷擾售票人員。午夜後的某刻，他在小吃部喝著第八或第九杯咖啡的時候，斷定自己是個傻瓜，居然把整件事扛在自己的肩上。那兒有管理局啊！他走到最近的一排電話，與三位不同的接線生通話後，取得落磯山國家公園管理局的緊急聯絡電話號碼。

接聽電話的男人聲音聽起來筋疲力盡。哈洛倫報了假名後說，塞威西邊的全景飯店出了問題，很嚴重的問題。

對方請他稍候。

那位國家公園的巡邏隊員（哈洛倫假定他是巡邏隊員）大約在五分鐘內回來。

「他們有民用頻段的無線電對講機。」巡邏隊員說。

「他們確實有無線電對講機。」哈洛倫說。

「我們沒有收到他們的求救呼叫。」

「天哪，那不重要。他們——」

「他們到底遇到什麼樣的困難，哈洛先生？」

「嗯，有一家人，管理員和他的家人。我想他可能有點神經不正常，你知道的。我想他很可能會傷害他老婆和年幼的兒子。」

「我能請教一下你是從哪裡得到這個消息的嗎？先生？」

哈洛倫閉上雙眼。「小伙子，你叫什麼名字？」

「湯姆．史丹頓，先生。」

「嗯，湯姆，我知道了。現在我會儘我可能地對你坦白直說。那上頭發生了嚴重的問題，也許是像謀殺那麼的嚴重，你明白我說的話嗎？」

「哈洛先生，我真的得知道你是怎麼——」

「聽好，」哈洛倫說：「我告訴你，我就是知道。幾年前那上頭有個叫葛拉迪的傢伙，他殺了他的老婆和兩個女兒，然後朝自己扣了扳機。我現在告訴你，如果你們不趕緊過去阻止的話，同樣的事情會再度發生！」

「哈洛先生，你不是從科羅拉多打來的吧！」

「不是。但是這有差——」

「如果你不在科羅拉多，就不在全景飯店的無線電對講機的範圍內。假如你不在無線電對講機的範圍內，就絕不可能聯繫，呃……」隱約傳來急速翻動紙張的聲音。「托倫斯一家。我讓你稍候時，試著打過電話。電話不通，這沒什麼不尋常，飯店和塞威的交換台之間還有二十五哩的電話線是在地面上。我的結論是你肯定是腦筋有什麼毛病。」

「噢天哪，你這愚蠢的……」但是他太過絕望，找不出合適的名詞來搭這個形容詞。忽然間，他靈機一動。「打給他們！」他大喊。

「先生？」

「你有無線電對講機，他們也有無線電對講機。那就打給他們啊！打給他們問問情況！」

電話傳來短暫的沉默，及長途電話線的嗡嗡聲。

「你也試過了，對吧？」哈洛倫問：「所以才讓我等了那麼久。你試過電話，接著又試了無線電對講機，沒有得到任何回應，你卻不覺得有什麼不對勁……你們這些傢伙在那上面幹什麼？閒閒沒事坐著玩金拉米牌嗎？」

「不，我們當然不是。」史丹頓生氣地說。哈洛倫聽到他聲調中的憤怒鬆了一口氣。他首次覺得自己是對著人，而不是對著錄音機說話。「我是這裡唯一的人員，先生。其他公園裡的每位巡邏隊員，加上狩獵警察，另外再加上志願義工，全都上去赫斯提峽谷，冒著生命的危險，因為有三個白癡的混蛋，只有六個月的經驗卻決定去挑戰國王公羊山的北壁。他們困在半山腰上，也許能下來，也許不能。有兩台直升機上去了，駕駛直升機的人冒著自己的生命危險，因為這裡已經是晚上，而且開始下雪了。所以假如你還是沒辦法把事情說清楚的話，我可以幫你：第一，我沒有人手可以派去『全景』。第二，『全景』現在不是重點，國家公園裡發生的事才是我們優先考慮的。第三，天亮前沒有一台直升機能夠起飛，因為根據國家氣象局的預報，快要下大雪了。你瞭解目前的狀況了嗎？」

「是的，」哈洛倫輕聲說：「我明白了。」

「好吧！我猜想我沒辦法用無線電對講機和他們取得聯繫的原因非常簡單。我不知道你那邊現在幾點，但是我們這裡是九點三十分。我想他們也許把無線電關掉，上床睡覺去了。現在如果你——」

「老弟，祝你的登山客好運，」哈洛倫說：「但是我希望你知道，他們不是唯一搞不清楚自己陷入什麼處境而受困在高山上的人。」

他掛上電話。

早上七點二十分，環球航空七四七笨重地退出停機坪，轉向，往跑道方向滑動。哈洛倫無聲地長吁一口氣。卡爾登．維克，無論你人在何處，儘管傷心去吧！

一九六號班機在七點二十八分與地面分離，七點三十一分，當飛機開始上升時，那把思想的手槍又在迪克．哈洛倫的腦袋中開火。他聳起肩膀徒勞地抵抗柳橙的味道，接著痙攣地猛然一抽。他的額頭皺起，嘴角往下拉，痛苦得擠眉弄眼。

（！！！迪克，求求你快點過來，我們惹上嚴重的麻煩了。迪克，我們需要）

就這樣而已。聲音突然消失，這回沒有漸漸淡出。信息被乾淨俐落地斬斷，彷彿是用刀子砍的。他受到驚嚇，仍緊抓住座位扶手的雙手幾乎發白，嘴巴乾渴。那男孩出事了，他很肯定。假如有人傷了那小男孩——

「你起飛時向來反應這麼激烈嗎？」

他看看左右，是那個戴角框眼鏡的女士。

「不是這樣子的，」哈洛倫說：「我的腦袋裡有塊鋼板，韓戰時得來的，三不五時就會感到一陣刺痛。妳不知道嗎？震動會擾亂訊號。」

「是這樣嗎？」

「是的，女士。」

「這是前線軍人最終為干涉國外付出的代價。」尖臉女士嚴肅地說。

「是這樣的嗎？」

「是的。這個國家必須下決心停止卑鄙的小戰爭。美國本世紀所打的每場卑鄙小戰爭的根源都是中央情報局，中央情報局和金錢外交。」

她打開書本開始閱讀。禁止吸菸的燈號熄滅。哈洛倫注視著逐漸遠去的陸地，心想不知男孩是否安好。他對那孩子產生了關愛之情，雖然他的父母似乎沒那麼關心。

他祈禱上帝，他們有留心丹尼的情況。

43. 免費暢飲

傑克站在餐廳裡，就在通向科羅拉多酒吧的雙扉推門外面，他的頭歪向一邊，仔細聆聽，隱隱地笑著。

在他四周，他能聽見「全景」飯店正甦醒過來。

很難說明他如何得知，但他猜想與丹尼不時擁有的洞察力相差不遠……有其父，必有其子，一般不是都這麼說的嗎？

那並非視覺或聽覺，雖然非常接近，僅以最薄的感知布幔相隔。那就彷彿另一間「全景」就在離這一間不到數吋的距離外，和真實世界隔絕（假使有「真實世界」這種東西的話，傑克心想），但是逐漸進入協調的狀態。他想起孩提時代看過的立體電影。如果你不戴上特別的眼鏡看銀幕，就會看到雙層的影像，那就是他現在的感覺。可是一旦你戴上眼鏡，一切就清楚了。

飯店所有的年代如今全合在一起，只除了當下，托倫斯的年代。而這個年代很快就會和其餘的會合。那樣很好，非常好。

他幾乎能聽見登記櫃檯上鍍銀小鐘發出高傲的叮、叮聲，召喚搬行李的侍者到櫃檯來，因為身穿一九二〇年代流行的法蘭絨西裝的男士要入住，而穿著一九四〇年代流行的雙排釦、細條紋西服的男士要退房。那兒有三位修女坐在壁爐前，等待辦理退房手續的隊伍逐漸稀疏，而站在修女後面，以鑽石領帶夾別住藍白圖案的領帶，打扮帥氣的是查爾斯．格羅丁和維多．吉奈力，他們正在討論盈虧，生死。後門外頭卸貨區有十二輛貨車，有的層疊在另一輛上頭，好像長時間曝光不良。在東側的舞廳，一打不同的商業會議同時舉行，彼此的時間差僅有幾釐米。另外還有一場化妝舞會在進行。有晚會、婚宴、生日及週年紀念的派對。男人談論著英國首相內維爾·張伯倫和奧地利大公。音樂。歡笑。酩酊。歇斯底里。幾乎沒有愛，這裡沒有，只有源源不絕的感官暗流。而他幾乎能同時聽見所有的一切，飄蕩在整間飯店，形成優雅的嘈雜聲。在他所站的餐廳，七十年來的早餐、午餐、晚餐全都同時在他身後端上。他幾乎可以……噢不，去掉幾乎。他可以聽見這些聲音，迄今隱隱約約，卻十分清楚的，就像炎熱的夏日，人能聽到好幾哩外的雷鳴一般。他能聽見他們所有人，那些出色的陌生人。他開始意識到他們，正如他們必定打從一開始就覺察到他了。

今天早上「全景」所有的客房都有人入住。

客滿。

在雙扉推門後面，連續不清的低微交談聲縈迴繚繞著，有如香菸上慵懶的煙。更為世故，更為私密。低沉、沙啞的女性笑聲，是如仙環般繞著五臟六腑和生殖器共振的那種。收銀機的螢幕在溫暖的微暗中柔和地發光，其聲響把一杯杯琴利奇、曼哈頓、消沉轟炸機、野莓琴菲士、殭屍酒的價格記錄下來。點唱機流洩出酒徒的歌曲，每一首最後都與其他的重疊。

他推開雙扉推門走進去。

「哈囉，各位，」傑克·托倫斯輕柔地說：「我離開過，但是現在我回來了。」

「晚安，托倫斯先生，」洛伊說，由衷地感到高興。「見到您真好。」

「洛伊，我很高興回來。」

他鄭重地說，一腿跨上吧台的高腳凳，坐在穿鮮藍色西裝的男人和身穿黑色洋裝、眼神朦朧的女人之間，那女人正凝視一杯新加坡司令的深處。

「您想喝點什麼呢，托倫斯先生？」

「馬丁尼。」他非常愉快地說。

他看著吧台後架上一排排頂端蓋著銀色虹吸管、微微閃光的酒瓶：金賓、野火雞、吉爾伯、夏洛德私釀、托羅、施格蘭。啊，又回到家了。

「請給我一杯大杯的火星人，」他說：「火星人已經降落在世界上某個角落了，洛伊。」他拿出皮夾，把一張二十塊錢小心地放在吧台上。

洛伊準備他的酒時，傑克回頭看。每個雅座都坐了人，有的客人還變裝打扮……有個女人身穿薄紗燈籠褲和綴著閃亮水鑽的胸罩，一個男人的狐狸頭狡猾地從身上的晚禮服探出來，有個全身打扮成銀白色小狗的男人，正在用長尾巴末端的毛球搔弄穿紗籠女人的鼻子，娛樂所有的人。

「托倫斯先生，這是免費招待您的，」洛伊說，在傑克的二十塊錢上把飲料放下。「您的錢在這裡沒有用。經理吩咐的。」

「經理？」

他突然感到隱隱不安；縱使如此，他依然端起馬丁尼杯在手中旋轉，注視底部的橄欖在飲料冰涼的深處微微地浮沉。

「當然，是經理。」洛伊的笑容加深，但他的眼睛陷在黑眼圈中，膚色慘白得嚇人，有如屍體的皮膚。「稍後他打算親自照看您兒子的福祉。他對您兒子非常感興趣，丹尼是個很有天分的男孩。」

琴酒的杜松子氣味嗆得令人愉快，但似乎同時使他的思緒變得渾沌不清。丹尼？這一切關丹尼什麼事？他在酒吧裡端著一杯酒是要幹什麼？

他曾發誓要戒酒。他戒酒了，他發過誓了。

他們要他兒子做什麼？他們要丹尼幹嘛？溫蒂和丹尼不在計畫裡面。他努力望入洛伊罩著黑眼圈的眼睛，但太暗、太黑，彷彿試著從頭蓋骨上空洞的眼球中讀取情緒一般。

（他們非要不可的是我……不是嗎？我才是他們要的人。不是丹尼，不是溫蒂。我才是喜歡待在這裡的人。他們想要離開。我是處理掉雪上摩托車的人……翻遍舊檔案……降低鍋爐的壓力……說謊……簡直是出賣靈魂……他們還想要他的什麼？）

「經理在哪？」他想裝作若無其事地問，但他的話似乎是從已被第一杯酒麻痺的唇間吐出，彷彿是來自惡夢，而非美夢的話語。

洛伊僅是微笑。

「你們想要我兒子做什麼？丹尼不在這……他在嗎？」他聽出自己聲音中赤裸裸的懇求。

洛伊的臉孔似乎在移動、轉變，變成某種致命的東西。白皮膚變得像是得了肝炎似的發黃、龜裂。皮膚上突然長出一顆顆紅瘡，流出氣味難聞的液體。血滴如汗一般地從洛伊的前額冒出，此時某處傳來清亮的鐘聲，正敲著一刻鐘。

（摘下面具，摘下面具！）

「喝你的酒吧！托倫斯先生，」洛伊輕聲地說：「那不關您的事。至少在這個時間點還不是。」

他再度端起酒，舉到唇邊，猶豫了一下。他聽見丹尼手臂折斷時清晰、可怕的斷裂聲；看到毀壞的腳踏車飛越過艾爾的車頂，在擋風玻璃上留下星狀的裂痕。他看見單只車輪倒在路面，扭曲的輪輻指向天空，宛如鋼琴弦的鋸齒。

他意識到所有的交談聲都停止了。

他轉回頭去看。他們全都滿懷期待、不發一語地盯著他看。穿紗籠的女人身旁的男人取下狐狸頭，傑克看出他是霍瑞斯．德爾文，他淡金色的頭髮披散在前額。吧台的每個人也都在觀望。他旁邊的女人仔細地端詳他，彷彿想要調整焦距。她的禮服從單邊肩上滑落，視線往下就能看見下垂乳房頂端鬆弛皺縮的乳頭。目光再回到她的臉上，他開始認為這位大概是二一七號房的女士，那個想要勒死丹尼的女人。在他的另一邊，穿著鮮藍色西裝的男人從上衣口袋取出一把點三二口徑、珍珠手柄的小手槍，把槍放在吧台上悠悠哉哉地轉動著，好似腦中想著俄羅斯輪盤的男人。

（我想要——）

他察覺到這句話並沒有通過自己僵住的聲帶，於是再試一次。

「我想要見經理。我……我不認為他瞭解，我兒子不是這計畫的一部分。他……」

「托倫斯先生，」洛伊說，他的聲音帶著令人驚駭的溫柔，從染上瘟疫的臉孔內發出，「時機到了您就能見到經理。事實上，他已經決定任命您在這件事情上當他的代理人。現在喝您的酒吧！」

「喝你的酒吧！」他們齊聲唱和。

他用顫抖得很厲害的手端起酒杯。這是杯純的琴酒。他凝視杯中，感覺好像要沉溺下去一般。

他身旁的女人以單調、死氣沉沉的聲音唱起歌來：

「推……出……酒桶……我們將……盡情玩樂……」

洛伊接了下去，然後是穿著藍西裝的男人。犬人也加入，一掌重重拍在桌上。

「現在是推出酒桶的時候了——」

德爾文的聲音加入其他人。他的嘴角瀟灑地叼著一根菸，右手臂環抱著穿紗籠的女人，右手心不在焉地輕輕撫摸她的右乳，他心情愉悅地以輕蔑的眼神看著犬人，一面歌唱。

「——因為一夥人……全都……在此！」

傑克將酒杯舉到嘴邊，分三大口把酒灌下去，琴酒宛如在隧道中行進的貨車全速順喉嚨而下，在胃裡爆發，再一躍彈上他的腦部，最後在腦袋爆發劇烈的震動，讓他身不由主地打顫。

當震顫逐漸退去，他感覺棒極了。

「同樣的再來一杯吧！麻煩你。」

他說完，將空杯推向洛伊。

「好的，先生。」

洛伊說著，接過杯子。洛伊又看起來完全正常了。那名橄欖膚色的男人收起點三二口徑的手槍。右手邊的女人再度目不轉睛地盯著她那杯新加坡司令，一邊胸部完全裸露在外，靠在吧台的皮革軟墊上，毫無意義的低吟從她鬆弛的嘴巴傳出。隱隱約約的談話聲再度開始，不斷地來回交織著。

他的新飲料出現在他面前。

「洛伊，非常感謝你。」他說著，舉起酒杯。

「托倫斯先生，我向來很高興能為您服務。」洛伊微微笑著。

「洛伊，你一直是他們裡頭最棒的。」

「哎呀，謝謝您，先生。」

這回他慢慢地喝，讓酒液緩緩滴下喉嚨，再拋幾顆花生米滾下滑道，以祈求好運。

那杯酒很快就見底，他又再點一杯。總統先生，我已經和火星人見面了，很高興地向您報告，他們很友善。當洛伊在調另一杯時，他搜尋口袋要找個兩角五分的硬幣投入點唱機。他又想到丹尼，但是愉快地發現丹尼的臉蛋變得模糊不清、難以形容。他曾經傷害過丹尼，但那是在他學會如何操控酒精之前。而今那些日子已成過往。他不會再傷害丹尼。

絕對不會。

44. 舞會中的對話

他在和一位美麗的女人跳舞。

他不知道現在幾點，也不清楚自己在科羅拉多酒吧待了多久，或者在舞廳這兒待了多久。時間不再重要。

他依稀記得：聆聽一名曾是成功的廣播電台喜劇演員，後來在電視初期成為綜藝節目明星的男人，講述一個非常冗長、非常滑稽，有關連體嬰亂倫的笑話；看見穿燈籠褲和亮片胸罩的女人隨著點唱機播放的脫衣舞音樂（似乎是大衛．羅斯「脫衣舞孃」中的主題曲），跳著緩慢款擺腰肢的脫衣舞；與兩人同行穿過大廳，另外兩個男人穿著二十世紀之前的晚禮服，他們全都唱著羅西．奧格雷迪的內褲上有塊硬補釘的歌。他記得自己似乎望出巨大的雙扇門，看見日式燈籠沿著蜿蜒的車道串成優雅、彎曲的弧線，散發出柔和的粉彩光芒，恍如藹藹含光的寶石。門廊天花板上的巨大球形玻璃燈罩也亮起，夜間昆蟲在四周飛來飛去，不時撞到燈罩上。他內心的一角，或許是神智最後一絲絲的清醒，試著告訴他，現在是十二月某天的清晨六點。但時間中止了。

（與瘋狂對立的爭辯，最終仍以輕柔的沙沙聲落空／層層疊疊地……）

這是誰寫的？某個他唸大學時讀過的詩人嗎？還是某個大學肄業，如今在沃索銷售洗衣機或是在印第安納波利斯賣保險的詩人？也許是他原創的想法？都無所謂。

（夜黑／星高／脫離現實的卡士達蛋糕／飄浮在半天高……）

他忍不住咯咯發笑。

「親愛的，有什麼好笑的嗎？」

於是他又回到這兒，在舞廳裡。水晶吊燈點亮了，雙雙對對的舞伴，有的變裝打扮有的沒有，全都圍繞在他們身旁，隨著戰後樂團的悠揚樂聲翩翩起舞——可是是哪場戰爭？你能確定嗎？

不，當然不能。他只確定一件事：他正和一位美麗的女人跳舞。

她身材高瘦，髮色紅棕，穿著貼身的白色綢緞，而她緊貼著他跳舞，胸部柔軟、舒適地貼靠在他的胸膛上，白皙的手與他的交握。臉上戴著閃耀的小型貓眼面具，秀髮梳到一邊，如瀑布般柔順、閃亮地垂落，匯聚在動人香肩之中的深壑。她的禮服是寬襬的，但他能感覺到她的大腿不時觸碰到他的腿，因此他越來越確信禮服底下她光滑、搽了粉的胴體是一絲不掛的，

（我親愛的，這樣比較能感受到你的勃起啊）

而他身上真掛著一根硬邦邦的鐵棒呢！就算這令她不快，她也隱藏得非常好；她甚至更加挨近他。

「沒什麼好笑的，寶貝。」他說完，又咯咯笑了。

「我喜歡你。」她低喃道，他覺得她的香氣聞起來像百合，秘密地隱藏在毛茸茸的青苔覆蓋著的裂縫中，那兒的日照短，陰影長。

「我也喜歡妳。」

「你想要的話，我們可以上樓去。我應該要陪著哈利，不過他絕不會注意到的。他忙著逗弄可憐的羅傑呢！」

樂曲結束，喝采的掌聲四起，樂團幾乎毫不停歇地接著演奏〈藍調心情〉。

傑克從她裸露的香肩上看過去，瞧見德爾文站在茶點桌旁，著紗籠的女孩在他身邊。一瓶瓶

的香檳裝在冰桶裡，沿著覆蓋桌面的上等白色細麻布排成一排，德爾文手裡就拿著一瓶冒著泡的。一群人聚在一起，大笑。在德爾文和紗籠女孩的前面，羅傑四肢趴在地上動作滑稽地雀躍著，尾巴無力地拖在後頭，他正在吠。

「說話啊，小子，說話！」哈利．德爾文嚷著。

「汪！汪！」羅傑回應。每個人都拍手，幾個男人吹起口哨。

「好吧，坐起來。狗狗，坐起來！」

羅傑爬起來蹲坐著。面具的口鼻固定在永遠咆哮的嘴型。眼孔中，羅傑的眼睛高興得瘋狂、費力地打轉。他伸出手臂，擺動著一雙手掌。

「汪！汪！」

德爾文傾倒那瓶香檳，酒液如起泡的尼加拉瓜瀑布落在上仰的面具上。羅傑做出咕嚕咕嚕拚命喝的聲音，每個人再次鼓掌。有的女人甚至邊笑邊尖叫。

「哈利可不是個活寶嗎？」他的舞伴問他，又貼近一些。「每個人都這麼說。你知道嘛，他是雙性戀。可憐的羅傑只是同性戀。他曾和哈利在古巴度過一個週末……喔，好幾個月前了。現在他到哪兒都跟著哈利，在他後頭搖著小尾巴。」

她吃吃地笑，百合嘲弄的香味揚起。

「不過，當然囉，哈利從來不會再要第二輪的……至少，同性方面不會……但羅傑就是很狂熱。哈利告訴他，假如他在變裝舞會上扮成小狗，可愛的小狗狗的話，他可能會重新考慮，羅傑就是這麼蠢，所以他……」

一曲終了，更多的掌聲。樂團的團員排隊下場休息。

「抱歉啦！甜心，」她說：「有個人我必須……達拉！達拉，妳這乖女孩，妳到哪裡去啦？」

女人一路揮著手擠進正在吃吃喝喝的人群中，他傻傻地目送她，心想他們一開始怎麼會碰在一塊跳舞的？他不記得了。事情發生得似乎並不連貫。先是這裡，接著是那裡，最後是到處。他的頭在暈。聞到百合和杜松子的味道。茶點桌旁，德爾文正拿著一個三角形的小三明治在羅傑頭上催促他，為了逗旁觀者開心，趕緊翻筋斗。狗面具翻向上，狗服裝的銀色側邊如風箱般縮進又突出。羅傑突然一躍而起，把頭蜷縮在胸前，試著在半空中翻滾。他跳得太低而且筋疲力盡，所以笨拙地背先著地，頭部重重地敲在瓷磚上。一聲沉悶的哀號從狗面具裡頭飄出來。

德爾文率先鼓掌。「再試一次啊，狗狗！再試一次！」

圍觀的人跟著唱和——再試一次，再試一次——傑克蹣跚地朝相反方向走，隱隱覺得不舒服。

一名穿著白色晚宴服、額頭低平的男子推著飲料推車過來，傑克差點跌撞在推車上。他的腳撞到推車低層鍍鉻的架子上，上層的酒瓶和虹吸管碰撞在一起，發出悅耳的聲音。

「對不起。」傑克粗啞地說。他忽然覺得遭到包圍，幽閉恐懼症發作；他想要出去。他希望「全景」恢復原本的樣子……擺脫這些不請自來的客人。他身為真正的開路者，地位不受尊重；他只不過是上萬名歡呼的臨時演員中的一個，一隻依照命令翻滾坐起的小狗。

「沒關係，」穿白色晚宴服的男子說。簡短、清晰的文雅英語出自那張流氓臉非常地超脫現實。「要來杯酒嗎？」

「馬丁尼。」

他身後又爆發出另一波笑聲，羅傑正隨著〈山腰上的家〉的曲調嗥叫。有人用史坦威平台鋼琴憑印象彈出伴奏。

「給您。」

冰凍的玻璃杯塞進他手裡。傑克心存感激地喝著，覺得琴酒命中並擊潰了神智清醒的第一輪進攻。

「還可以嗎，先生？」

「很好。」

「謝謝您，先生。」推車又轉動起來。

傑克驀地伸出手輕觸那人的肩膀。

「先生，什麼事？」

「抱歉，不過……你叫什麼名字？」

對方並沒有顯出驚訝的樣子。「葛拉迪，先生。戴伯特．葛拉迪。」

「可是你……我的意思是……」

酒保禮貌地看著他。縱使嘴因為琴酒與不當存在的人物而結巴，傑克仍再試一次，每個字感覺都大若冰塊。

「你以前不是這裡的管理員嗎？在你……在……」但他無法說完。他說不出口。

「喔不，先生。我不這麼認為。」

「可是你太太……你女兒……」

「我太太正在廚房幫忙，先生。當然，女兒都在睡覺。這時間對她們來說太晚了。」

「你以前是管理員。你——」噢，說出來啊！「你殺了她們。」

葛拉迪的表情依舊十分有禮。「先生，我一點也不記得這回事。」他的杯子空了。葛拉迪從傑克毫不抵抗的手指中抽走杯子，開始為他再調一杯。他的推車上有個白色的塑膠小桶子，裡頭裝滿了橄欖。不知何故，讓傑克聯想到一顆顆割下來的微小頭顱。葛拉迪熟練地叉起一顆橄欖丟進玻璃杯，遞給他。

「但是你——」

「您才是管理員，先生，」葛拉迪委婉地說：「您一直都是管理員。我很清楚的，先生。我一直都在這裡。同一個經理，同時雇用了我們兩個人。可以嗎，先生？」

傑克喝一大口酒。他的頭在轉。「歐曼先生——」

「我不認識任何名叫歐曼的人，先生。」

「可是他——」

「經理，」葛拉迪說：「飯店，先生。您肯定明白是誰雇用您的，先生。」

「不，」他粗啞地說：「不，我——」

「托倫斯先生，我認為您該進一步質問您的兒子。他明白所有的事情，雖然他沒有指點您。他相當地淘氣，如果我可以這樣大膽地說，先生。事實上，他幾乎在每個轉機都阻撓您，不是嗎？況且他還不到六歲呢！」

「是啊，」傑克說：「他是。」背後又傳來一陣笑聲。

「他需要被糾正，如果您不介意我這樣說的話。他需要人好好地責備一頓，也許再多一些。我自己的女兒起初不喜歡『全景』，其中一個實際上偷了我一盒火柴，想要把『全景』燒掉。我糾正她們，用最嚴厲的方法糾正她們。當我太太想要阻止我盡我的責任時，我連她也糾正。」他朝傑克平淡、晦澀地一笑。「我發現一個遺憾但真正的事實：女人很少瞭解父親對他孩子所負的責任。丈夫和父親確實有一定的責任，對不對，先生？」

「對。」傑克說。

「她們不像我那麼愛『全景』，」葛拉迪說完，開始再為他調另一杯酒，銀色的氣泡在倒置的琴酒瓶中上升。「就像您的兒子和太太不喜歡它一樣……至少，現在不喜歡。但是他們會慢慢喜歡上它的。您必須向他們指出他們錯誤的地方，托倫斯先生。您同意嗎？」

「是的，我同意。」

他確實明白了。他對他們太寬容了，丈夫和父親的確有其責任。父親知道什麼最好。他們不瞭解，那本身不是罪過，但他們是故意不去瞭解的。他平常不是個嚴厲的人，但是他的確認為懲罰有益。假如他的兒子、太太故意與他的想法作對，反抗那些他知道對他們最好的東西，那麼他豈不是有義務——？

「逆子無情甚於蛇蠍，」葛拉迪說著，將他的酒遞給他。「我的確相信經理能讓您兒子乖乖就範，然後您太太很快就會照做。您同意嗎，先生？」

他突然不大確定。「我……但是……假如他們能夠就這樣離開……我的意思是，畢竟經理要的是我，不是嗎？肯定是的。因為——」因為什麼？他應該知道的，但忽然間他不曉得了。噢，他可憐的腦袋在暈。

「可惡的狗！」德爾文大聲說，與周圍的笑聲形成對照。「可惡的狗居然在地板上小便。」

「當然囉！您知道的，」葛拉迪說著，神秘兮兮地傾身靠在推車上，「您的兒子企圖找外人進來。您的兒子擁有非常棒的天賦，經理可以用來更進一步改善『全景』，讓『全景』更加……富裕，這樣說如何？但是您的兒子卻企圖用那個天賦來對付我們。他是故意的，托倫斯先生，存心的。」

「外人？」傑克愚蠢地問。

葛拉迪點頭。

「誰？」

「一個黑鬼，」葛拉迪說：「一個黑鬼廚師。」

「哈洛倫？」

「先生，我想那是他的名字，沒錯。」

羅傑以哀鳴、抗議的語氣說了些話後，他們的身後又爆出一陣笑聲。

「好啊！好啊！好啊！好啊！」德爾文反覆有節奏地喊叫起來。他身邊的人也加入，但是傑克還來不及聽清楚他們要羅傑做什麼，樂團就重新開始演奏，曲目是〈燕尾服交叉點〉。曲中用了許多醇厚的薩克斯風，但不大像靈魂樂。

（靈魂樂？靈魂樂甚至還沒創造出來呢！還是已經有了？）

（一個黑鬼……一個黑鬼廚師。）

他張口想要說話，卻不知道自己可能會說出什麼。結果他說的是：

「我聽說你沒唸完高中，可是你的談吐不像是沒受過良好教育的人。」

「沒錯，我非常早就放棄正規教育，先生。但是經理很照顧他雇用的人，他發現這樣有好處。教育總是有好處的，您不贊同嗎，先生？」

「我同意。」傑克茫然地說。

「比方說，您表現得非常有興趣多瞭解一些全景飯店。先生，您非常聰明，非常優秀。所以在地下室留了一本剪貼簿，等著您去發現——」

「誰留的？」傑克急切地問。

「當然是經理留的啊！還有一些別的資料可以提供給您，如果您想要的話……」

「我要，非常想要。」他想要控制語氣中的熱切，卻悽慘地失敗。

「您是真正的學者，」葛拉迪說：「徹底地追究論題，詳盡研究所有的根源。」他微微彎下額頭低矮的頭，拉出白色晚宴服的翻領，用指節輕拂傑克看不見的污點。

「而且經理慷慨大方，饋贈毫無附加條件，」葛拉迪繼續說：「一點也沒有。看看我，一個高一的輟學生。想想您自己在『全景』的組織架構中能爬到多高的位子？也許……遲早……到達最頂端。」

「真的嗎？」傑克低聲說。

「不過那完全取決於您兒子的決定，不是嗎？」葛拉迪挑起眉毛問。這個細緻的動作與眉毛本身極不協調，因為他的眉毛濃密，看起來有點野蠻。

「取決於丹尼？」傑克對葛拉迪皺眉。「不，當然不是。我自己的事業是不容許我兒子來作決定的。絕不。你把我看成什麼人了？」

「專心致力於事業的人，」葛拉迪熱心地說：「或許我表達得不好，先生。我們這樣說吧，您在這兒的未來將依據您決心如何處理兒子的任性而定。」

「我自己作決定。」傑克喃喃道。

「但是你必須處理他的事。」

「我會的。」

「我會的。」

「堅決地。」

「沒法控制自己家人的男人，提不起我們經理的興趣。很難期待一個無法引導自己妻兒方向的男人可以操縱他自己，更別提要在這麼龐大的企業裡承擔重責大任。他——」

「我說了，我會好好管他的！」傑克突然惱火地大吼。

〈燕尾服交叉點〉剛剛結束，新的曲目尚未開始。他的吼叫恰好落入空檔，背後的交談聲倏地停止。他忽然覺得渾身的肌膚發燙，非常確信每個人都在盯著他看。他們已經玩完羅傑，現在要開始戲弄他了。翻滾，坐起來，裝死。假如你照我們的遊戲規則來玩，我們就會配合你。重責大任。他們要他犧牲他的兒子。

（——現在他到哪兒都跟著哈利，在他後頭搖著小尾巴——）

（翻滾。裝死。責打你兒子。）

「先生，這邊請，」葛拉迪在說：「有個東西您可能感興趣。」

交談再度開始，以自有的節奏起起伏伏，穿插在樂團的音樂間，樂團現正演奏藍儂與麥卡尼的作品〈遠行的車票〉。

（我聽過超市喇叭播放的更好。）

他吃吃地傻笑，低頭看著左手，發現手上拿了另一杯酒，半滿的。他一大口喝乾。

現在他站在壁爐架前面，壁爐裡噼噼啪啪燃燒的火焰傳來熱氣，溫暖著他的腿。

（火？……八月天？……是啊……不……所有的時間都合而爲一了）

玻璃圓罩底下有個鐘，側翼是兩隻象牙雕刻的大象，指針停在午夜前一分鐘。他視線模糊地凝視時鐘。這是葛拉迪想讓他看的東西嗎？他轉身欲問，但葛拉迪已離開他。

〈遠行的車票〉演奏到一半，樂團以華麗、誇張的動作作結尾。

「時間快要到了！」霍瑞斯．德爾文宣告。「午夜！摘下面具！摘下面具！」

他想要再度轉身，看看隱藏在亮片、化妝品和面具底下的是哪些知名的臉孔，但他現在動彈不得，目光無法從時鐘上挪開，鐘的指針會合，直指著上方。

「摘下面具！摘下面具！」反覆而有節奏的呼喊聲響起。

時鐘開始精密地報時。鐘面下，從左到右有條鋼的滾軸，兩個人偶沿著滾軸前進。傑克目不轉睛地看著，深深著迷，忘卻摘掉面具的事。鐘的發條裝置嗡嗡地旋轉，齒輪轉動齧合，黃銅散發出溫暖的光芒。平衡擺輪精準地來回擺動。

其中一個人偶是踮起腳尖站著的男人，兩手緊抓著一根看似小型球桿的東西，另一個是戴著圓錐形傻瓜帽的小男孩。發條人偶閃閃發亮，極為精細。在男孩的傻瓜帽正面，他能辨識出雕刻著愚人一詞。

兩個人偶滑到鋼軸上反向的那端。某處，叮叮噹噹響個不停的是，〈史特勞斯圓舞曲〉的片段。一段無聊的廣告詞隨著曲調流過他的心中：買狗食吧，汪—汪，汪—汪，買狗食吧……

發條爸爸手上的鋼製球桿落在男孩的頭上，發條兒子向前倒。球桿揚起落下，揚起落下，男孩反抗、往上伸出的雙手開始發抖。男孩由蹲伏垮成俯臥的姿勢，但是球桿依舊隨著史特勞斯的旋律叮叮噹噹的輕快調子揚起落下。他似乎能看見男人的臉抽搐、糾結、皺縮著，也看得見發條爸爸的嘴巴一開一闔，痛斥遭到重擊失去知覺的兒子人偶。

一滴鮮紅的液體飛濺在玻璃圓罩的內側。

接著又一滴。再兩滴潑到前一滴的旁邊。

現在大量的紅色液體噴濺上來宛如驚人的陣雨，打在圓罩內側再流下來，遮蔽了內部的景象，腥紅之中處處點綴著細微的灰色組織碎片，骨頭和大腦的碎屑。然而他還是能看見球桿起起落落，發條持續在轉，齒輪繼續齧合，及這台製作精巧的機器的齒狀零件。

「摘下面具！摘下面具！」德爾文在他背後尖叫，不知何處有隻狗以人類的音調嗥叫著。

（但是發條不會流血，發條不會流血啊）

整個圓罩噴濺著鮮血，他只能看到凝結了血塊的頭髮，其他什麼都看不見。謝天謝地，他看不見其他的東西，但是他仍然覺得自己大概會吐，因為他能聽見球桿依舊往下捶打的聲音，能聽到敲擊的聲音透過玻璃傳出，正如他能聽見〈藍色多瑙河〉的樂句一般。然而聲音不再是機器球桿敲打機器的頭所發出的那種叮噹—叮噹—叮噹的機械噪音，而是真實的球桿往下劈，重擊在富有彈性的泥糊狀殘骸中，所產生的那種柔和、濕軟的敲擊聲。那殘骸曾經是——

「摘下面具吧！」

（——紅死病統馭了一切！）

他發出逐漸擴大的淒厲尖叫，轉身離開時鐘，雙手伸出去，兩腳像木樁一樣互相絆倒，他哀求它們住手，帶走他、丹尼、溫蒂，如果它們想要的話，連全世界都可以拿走，只要它們停止，留給他一點點理智，一點點光。

舞廳空寂無人。

椅腳細長的椅子倒放在覆蓋著塑膠防塵布的桌面上。鑲著金色滾邊的紅色地毯又回到舞池，保護著拋光的硬材表面。音樂台空無一人，僅有拆解開來的麥克風架，及斜靠在牆上灰塵滿佈的無弦吉他。寒冷的晨光，冬季的光線，陰沉地從高窗照射下來。

他的頭仍似乎不停在旋轉，他仍覺得自己喝醉了，但是當回到壁爐架時，他的酒不見了。架上只有象牙刻的大象……還有那座鐘。

他跌跌撞撞地走回冰冷、幽暗的大廳，穿過餐廳。他一腳勾到桌腳，整個人摔下去，咔嗒一聲弄翻桌子，鼻子結結實實地撞到地板上，開始淌血。他起身，將鼻血吸回去，用手背擦抹鼻子，接著走過去科羅拉多酒吧，猛力撞開雙扉推門，使得門反彈回來撞到牆壁。

這地方空空蕩蕩的……但吧台擺滿了庫存。讚美主！玻璃杯與標籤上的銀色鑲邊在黑暗中熱情地發光。

有一回，他記得，非常久以前，他曾經生氣吧台後面沒有鏡子。如今他十分高興。倘若照著鏡子，他會看見另一個酒癮剛復發的醉鬼：淌血的鼻子、沒塞好的襯衫、亂七八糟的頭髮，及長滿鬍碴的雙頰。

（這就是你將整隻手伸進蜂窩的模樣。）

寂寞倏地全面洶湧而來。他忽然悲慘地大叫，真心希望自己已死去。他的妻兒在樓上，門鎖著防備他。其他人全都離開了。舞會結束了。

他再度蹣跚前進，到達吧台。

「洛伊，你死到哪裡去啦？」他高聲喊著。

沒有回答。在這個塞滿軟墊的

（牢房）

房間裡，他的話語甚至沒有發出回聲，製造有同伴的假象。

「葛拉迪！」

沒有回應。唯有酒瓶，直挺挺地立正站好。

（翻滾。裝死。去撿。裝死。坐起來。裝死。）

「沒關係，該死的，我自己來。」

他爬到吧台上，中途失去平衡身體往前傾，頭沉悶地砰一聲撞到地板上。他掙扎著用手腳把身子撐起，眼珠子脫序地左右轉動，口中冒出含混不清的咕噥聲，最後倒下去，臉轉向一側，發出刺耳的鼾聲呼吸著。

外頭，風呼呼地吹得更響，把下得越來越密的雪驅趕在前。時間是早上八點三十分。

45. 丹佛．史戴波頓機場

山區標準時間，早上八點三十一分，環球航空一九六號班機上一名婦人突然大哭，並開始嚷嚷她自己的看法，說這架飛機即將墜毀，幾位旁邊的乘客（或甚至機組人員）或許都聽到了。坐在哈洛倫旁邊的尖臉女士從書中抬起頭，說句簡短的人物分析：「笨蛋。」然後又繼續看她的書。她在航程中已喝下兩杯螺絲起子，但酒精似乎絲毫沒讓她溫暖起來。

「飛機要墜毀了！」婦人尖聲尖氣地哭喊：「噢，我就是知道！」

空服員急忙到她的座位，在她旁邊蹲下來。哈洛倫心想，似乎只有空服員和非常年輕的家庭主婦才多少能優雅地蹲下；這是令人讚賞的稀有才能。他心裡想著這件事時，空服員正溫柔、安撫地對那婦人說話，一點一點地使她平靜下來。

哈洛倫不知道一九六班機上其他人如何，但他本人差點嚇到拉在褲子上。窗外看不見任何東西，只有一片飄動的白色帷幔。強風似乎從四面八方吹來，讓飛機左右晃動得令人想吐。引擎的馬力加大以提供局部的補強，因此地板在他們腳下不斷地震動。他們後面經濟艙中有幾個人在呻吟，一名空服員拿了滿手乾淨的嘔吐袋走來，在哈洛倫前面三排的男人哎喲一聲吐在他的《國家觀察者》報上，朝過來幫他清理的空服員抱歉地咧嘴一笑。「沒關係，」她安慰他，「我看《讀者文摘》時也有同樣的感受。」

哈洛倫夠常搭飛機，因此能推測發生了什麼事。他們一路上大多頂著強烈的逆風飛行，丹佛上空的天氣突然出乎意料地變糟，目前要轉向其他天氣較好的地區已經有點太遲。我的兩條腿爭氣點吧！

（噢老弟，這眞是一團混亂的騎兵衝鋒啊！）

空服員似乎成功地抑制了婦人最嚴重的歇斯底里。她抽吸著鼻子，對著蕾絲手帕擤鼻子，但停止向整個機艙廣播她對飛機可能的下場的看法。最後空服員拍拍她的肩站起來，此時七四七客機剛好顛簸得更厲害。空服員向後一倒，跌在剛才吐到報紙的男人的膝上，露出一截裹著尼龍絲襪的迷人大腿。男人眨眨眼，然後親切地輕拍她的肩膀。她回以微笑，但哈洛倫認為已顯露出緊張。今天早上的飛航極為艱辛。

禁止吸菸的燈號重新亮起時，輕微地乒了一聲。

「機長報告，」一個柔和、帶點南方腔調的聲音通知他們。「我們準備開始降落到史戴波頓國際機場。這趟飛行十分不穩，為此我向大家道歉。著陸時或許也會有點顛簸，但我們預期不會有真正的困難。請遵循**繫緊安全帶**及**禁止吸菸**的燈號指示，我們希望各位在丹佛都會區能度過愉快的時光。我們也希望——」

再一次猛烈的撞擊搖晃飛機，接著飛機如升降梯驟降般令人作嘔地急遽下降。哈洛倫的胃像跳起角笛舞似的翻轉，令他噁心。有幾人——無論如何並不全是女人——高聲尖叫。

「——我們很快就能在另一班環球航空的飛機上見到各位。」

「非常不可能。」哈洛倫背後有人說。

「真愚蠢。」哈洛倫旁邊的尖臉女士評論，在飛機開始下降時，把火柴盒的封皮夾進書中闔上。「當一個人見識過卑鄙小戰爭的恐怖……像你一樣……或是發覺中央情報局可恥、不道德的金錢外交干涉……像我一樣……顛簸的著陸就失色得無足輕重了。我說得對嗎？哈洛倫先生？」

「完全正確，女士。」他說完，陰鬱地望著窗外狂吹的風雪。

「你的鋼板對這一切有何反應，如果我方便問的話？」

「噢，我的頭很好，」哈洛倫說：「只是我的胃有點想吐。」

「真是遺憾。」她重新打開書本。

當他們通過難以穿透的團團風雪降落時，哈洛倫想起幾年前在波士頓洛根機場發生的墜機事件。當時的狀況類似，只不過讓能見度降為零的是霧而不是雪。飛機的起落架絆到靠近降落跑道盡頭的擋土牆。機上八十九人的遺骸看起來與美味小幫手的燉鍋菜差不了多少。

如果只有他自己的話，他不會太介意。如今他在世上幾乎是孑然一身，參加他喪禮的人多半不外乎是曾與他共事的人，和叛逆的老馬斯特頓，他至少會向他敬酒。可是那男孩……那孩子仰賴他。他也許是那孩子能夠期待的唯一援手，他不喜歡男孩最後一次呼喚被硬生生切斷的情況。不斷想到那些樹籬動物彷彿在移動的方式……

一隻細瘦白皙的手出現在他的手上。

尖臉的女士摘下眼鏡，沒戴眼鏡的五官看起來比較柔和。

「不會有事的。」她說。

哈洛倫擠出微笑，點點頭。

如機長宣告的，飛機下降時顛得厲害，與陸地重聚的力道猛得足以把大部分雜誌從前面架子翻出來，並且讓塑膠餐盤從收放處傾洩而出，宛如超大號的撲克牌。沒有人尖叫，但哈洛倫聽見幾排牙齒猛烈地咔嚓咔嚓作響，有如吉普賽的響板。

接著渦輪引擎提升到怒吼，煞住飛機，等引擎的音量降低後，機師溫柔，或許不十分沉穩的南方口音，出現在內部通話系統。「各位先生女士，我們已降落在史戴波頓機場。請繼續坐在座位上，直到飛機在航站完全停妥為止。謝謝。」

哈洛倫身旁的女士闔上書，吐出長長的嘆息。「哈洛倫先生，我們活下來再戰另一場。」

「女士，我們這場仗還沒打完呢！」

「對，非常正確。你願意在休息廳和我喝一杯嗎？」

「我很想，不過我得去赴約。」

「很急嗎？」

「非常急。」哈洛倫嚴肅地說。

「我希望有些事情會在小地方上改善整體的局面。」

「我也希望。」哈洛倫說著，微微一笑。她也向他微笑，笑的時候十年的歲月悄然無聲地從她臉上消失。

因為他的行李僅有一只隨身的手提包，所以哈洛倫比人群先抵達地下樓層的赫茲租車櫃檯。在煙燻黑的玻璃窗外，他能看見雪依然不停地下。強勁的風將團團白雪趕來趕去，所有走去停車場的人都頂著風吃力地前進。一個男人掉了帽子，哈洛倫很同情他，因為帽子快速地旋轉，靈巧地飛得又高又遠。男人的目光緊追著帽子，哈洛倫想：

（哎呀，算了吧！老兄。那頂霍姆堡氈帽不飛到亞利桑納是不會掉下來的。）

緊接在那個想法之後：

（如果丹佛的天候都這麼糟了，波爾德西邊會是什麼情況呢？）

也許，最好別去想那回事。

「先生，我能為您服務嗎？」穿著赫茲黃色制服的女孩問他。

「如果妳有車的話，就能幫上忙了。」他大大地露齒笑著說。

以超出一般的收費，他能租到比一般更巨型的車子，一輛銀黑色的別克依勒克拉。他考慮的是彎彎曲曲的山路，而不是氣派；他仍需要在路上找地方稍停，裝上雪鍊。沒裝雪鍊的話他無法開得遠。

「天氣有多糟？」當女孩把租車契約交給他簽名時，他問。

「他們說這是一九六九年以來最惡劣的暴風雪，」她爽朗地說：「先生，您要開遠程嗎？」

「比我願意的還遠。」

「您要的話，先生，我可以先打電話到二七〇號公路交叉口的德士古加油站，他們會幫您裝雪鍊。」

「親愛的，那將是天大的恩惠。」

她拿起電話筒撥打電話。「他們會等著您。」

「非常感謝妳。」

離開櫃檯，他看見尖臉女士站在行李轉盤前形成的行列中。她仍在看書。哈洛倫經過時對她眨個眼。她抬頭，對他笑一笑，比出和平的手勢。

（閃靈）

哈洛倫翻起大衣的領子，微笑著把手提包換到另一隻手。只有一點點閃靈，但那讓他感覺好多了。他很抱歉告訴她自己腦袋裡面有鋼板的荒唐故事，在心裡祝她一切順利。當他走到外面呼嘯的風雪中時，覺得她回報他同樣的祝福。

加油站安裝雪鍊的收費不高，但哈洛倫給修車間的工人多塞了十塊，以期在等候名單上能往上挪一點。儘管如此，他真正上路時已十點十五分，雨刷咔嚓咔嚓響，別克大輪胎上的雪鍊單調不和諧地叮噹作響。

公路路況一團糟。即使裝了雪鍊，他的行進速度也無法超過三十。車輛以古怪的角度偏離道路，在幾個斜坡路段，車陣勉強掙扎著前進，夏季的輪胎在漂流的細雪中無力地打轉。這是低地今年冬天的第一場大雪（假如你能稱高出海平面一哩的地方為「低」的話），而且還是場巨大的暴風雪。他們許多人沒有準備，這是很尋常的，但是當哈洛倫困在車陣中緩慢前進時，依舊忍不住咒罵他們。他不時看著車外凝了雪塊的鏡子，以確保左邊車道沒有車會

（在雪中橫衝直撞……）

開過來狠狠撞上他的黑色車尾。

更多倒楣的事在三十六號公路入口匝道等著他。三十六號公路，丹佛到波爾德的收費高速公路，同時向西到埃絲蒂斯公園，從那兒連接上七號公路。那條路也稱為高地公路，會穿過塞威經過全景飯店，最後蜿蜒下西坡地區進入猶他州。

一輛翻覆的半拖車堵住了入口匝道。燃燒得發亮的火焰散佈在半拖車四周，如同某個笨小孩的蛋糕上的生日蠟燭。

他停車搖下車窗。一名將哥薩克毛皮帽拉下覆蓋住耳朵的警察，用戴著手套的手比向二十五號州際公路往北的車流。

「你不能從這邊上！」他以高於風聲的音量對哈洛倫大喊：「往下開兩個出口，上九十一號，在布隆菲連接三十六號！」

「我想我可以從左邊繞過他！」哈洛倫吼回去。「那比我預期的路線多繞了二十哩耶！你在鬼扯什麼！」

「我會狠狠敲你這見鬼的頭！」警察回吼：「這個匝道封閉了！」

哈洛倫後退，在車陣中等待機會，然後繼續前進上二十五號公路。路標告訴他，離懷俄明州的夏陽只有一百哩。假如他沒有仔細留意他的匝道，最後就會開到那裡去。

他慢慢將速度提升到三十五，但不敢再加快；雪已快要將雨刷片凍結，而交通路線顯然是荒唐。多繞二十哩的路。他咒罵，心中又湧起男孩的時間越來越短的感覺，緊迫感幾乎令他窒息。同時他覺得十分確定，自己命中注定此去將回不來了。

他打開收音機，轉過聖誕節的廣告，找到氣象預報。

「——已經下了六吋，傍晚以前丹佛都會區可望再下一呎。本地的警察及州警呼籲大家除非絕對必要，否則不要把車開出車庫，並提出警告，多數山區的通路都已封閉。因此請待在家，替滑雪板上蠟，並且隨時收聽——」

「謝啦！媽。」哈洛倫說完，粗魯地關掉收音機。

46. 溫蒂

中午左右，丹尼到浴室上廁所時，溫蒂從枕頭底下取出毛巾包裹的刀子，放進浴袍口袋，走到浴室門邊。

「丹尼？」

「什麼事？」

「我要下去準備午餐，可以嗎？」

「喔，好啊！妳要我下去嗎？」

「不用了，我會端上來的。起司煎蛋捲再配點湯怎麼樣？」

「當然可以。」

她在關閉的門外遲疑了好一會兒。「丹尼，你確定沒問題嗎？」

「對啊，」他說：「只要小心點。」

「你爸爸在哪裡？你知道嗎？」

他的聲音傳回來，平淡得古怪。「不知道。不過，沒問題的。」

她壓抑下繼續追問，繼續圍繞著那個話題嘮叨的衝動。那東西在那兒，他們都很清楚它是什麼，不斷嘮嘮叨叨相關的話題只會更嚇壞丹尼……還有她自己。

傑克發瘋了。今晨八點暴風雪開始威力增強，越來越惡劣，他們一起坐在丹尼的小床上，聽著他在樓下，邊吼叫邊跌跌撞撞地從一處走到另一處。大多時候聲音似乎來自舞廳。傑克不成調地哼著歌曲的片段，提出片面的論點，在某個時間點傑克大聲尖叫，把他們兩人嚇得目瞪口呆，面面相覷。最後他們聽見他蹣跚地走回到大廳，溫蒂覺得自己聽到砰的一聲巨響，似乎是他跌倒，或將門粗暴地推開。大約八點三十分之後，距現在三個半鐘頭，只剩下寂靜。

她沿著短廊下去，轉入一樓的主走道，走到樓梯處。她站在一樓的樓梯平台，往下觀察大廳。大廳看來似乎沒人，但是灰暗、下雪的日子使得這長形空間的許多角落都在陰影中。丹尼有可能說錯。傑克可能在椅子或長椅後頭……也許在登記櫃檯後面……等待她下去……

她潤一潤嘴唇。「傑克？」

沒回答。

她的手摸到刀柄，開始往下走。她預想過自己的婚姻結局好多次：離婚，傑克死於酒醉駕車的意外現場（在史托文頓凌晨兩點的黑暗中常有的幻想），偶爾作作白日夢，想像另一個男人發現了她，一名肥皂劇的騎士加拉哈德，將丹尼和她一把拉上他那匹雪白戰馬的馬鞍，帶他們遠走高飛。但她從未想像過自己在走廊及樓梯間悄然潛行，猶如緊張不安的重罪犯，一手緊握住刀子，準備用來對付傑克。

一念及此，她突然感到一陣絕望，必須停在下樓的半途中，抓緊欄杆，擔心膝蓋會直不起來。

（承認吧！不光是傑克而已，他只不過是這一切中唯一實體的東西，讓妳能將其他東西依附在他身上，那些妳無法相信，卻被迫去信的東西，像是樹籬、電梯內的派對拉砲、面具）

她試圖停止去想，但太遲了。

（還有那些聲音。）

因為有的時候感覺不像是他們底下有個孤獨的瘋子，大聲吼叫並且與他崩潰心靈中的幽靈對話。有時候，宛如收音機的訊號時強時弱，她聽見——或者以為自己聽見——別的說話聲、音樂和笑聲。在某個時刻，她聽到傑克與名叫葛拉迪的人交談（這個名字她隱隱覺得熟悉，但想不出實際的關聯），對著沉默的空間發表聲明、問問題，而且說話的聲音洪亮，彷彿要讓自己的音量高過背景不斷的喧鬧聲。然後，出奇詭異地，別的聲音出現了，彷彿悄悄溜進定位——舞會的樂團、人們鼓掌，一個男人以逗趣但具有權威的聲音，似乎在試著說服某人致詞。她聽見這些聲音大概三十秒到一分鐘的時間，長得足以讓她驚恐到昏倒。之後聲音又消失，她只聽見傑克，以威嚴但有點含糊的方式說話，她記得那是他喝醉時說話的嗓音。可是飯店內除了料理雪利酒外，沒有可以喝的酒。不是嗎？是啊，但是倘若她能想像飯店充滿了聲音和音樂，難道傑克不能幻想他喝醉酒嗎？

她不喜歡這個想法，一點也不。

溫蒂到了大廳，環顧四周。將舞廳隔離起來的天鵝絨圍繩已扯落；原本扣著圍繩的鋼柱翻倒，彷彿有人經過時粗心撞到。柔和的白色光線從舞廳高而窄的窗戶透進來，穿過敞開的門落在大廳地毯上。她的心臟急遽跳動，走向舞廳打開的門，往裡頭瞧。舞廳空曠而寂靜，唯一的聲音是奇妙的耳下共鳴，那種聲音似乎迴盪在所有廣大的空間，從最宏偉的教堂到最小的家鄉賓果遊樂場。

她回到登記櫃檯，猶豫不決地站了半晌，聆聽外頭怒號的風聲。這是目前為止最惡劣的暴風雪，而且威力還在增強。西側某處遮板的窗閂損壞了，遮板不斷以單調的砰砰聲響來回撞擊著，宛如只有一位客人的射擊場。

（傑克，你真的該處理一下。趁東西進來之前。）

假如他此刻襲擊她，她懷疑自己會怎麼做？倘若他從放著一疊一式三份的表格及鍍銀小鐘的深色、亮面的登記櫃檯後躍出，有如從玩具盒跳出的兇狠傑克小丑，手持切肉刀咧嘴大笑、眼底已不留一絲理性的傑克小丑，她會驚駭到呆立不動，或是還有足夠的母性本能，為了兒子與他搏鬥，直到任何一方死亡為止嗎？她不知道。這個想法令她很不舒服，讓她覺得自己這一輩子是場漫長、愜意的夢，哄騙她無助地墜入這醒著的夢魘。她很軟弱。當麻煩來臨，她就假寐。她的過去極為平凡，從來不曾受過火的試煉。如今磨難降臨在她身上，不是火而是冰，不容許她假寐通過。她兒子還在樓上等著她。

她將刀柄抓得更牢，越過櫃檯往裡瞧。

那邊什麼都沒有。

她放心地吁出一口遲疑的長嘆。

她抬起櫃檯門走了進去，在進入裡間辦公室前，停下腳步往內瞄一眼，一路摸索到下一扇門，找尋那排廚房電燈的開關，完全預期隨時會有一隻手抓住她的手。接著日光燈發出微弱的滴答和嗡嗡的聲響，亮了，哈洛倫的廚房出現在她眼前——現在無論好壞，是她的廚房了——淺綠色的瓷磚，亮晶晶的美耐板廚具，潔白無瑕的瓷器，光亮奪目的鉻合金鑲邊。她答應過哈洛倫會保持他的廚房清潔，也確實做到了。她覺得這裡彷彿是丹尼的安全場所之一。迪克．哈洛倫的存在似乎包圍著她，給予她安慰。丹尼呼叫了哈洛倫先生，當她在樓上，害怕地坐在丹尼旁邊，聽著丈夫在底下怒罵叫囂時，感覺那似乎是微乎其微的希望。但是站在這兒，身在哈洛倫先生的地盤時，感覺好像幾乎是很有可能的。也許他此刻正在路上，不顧風雪一心想要到他們身邊。或許正是如此。

她走去食物儲藏室，將插銷拉開，跨入裡面，拿了一罐番茄湯，再把食物儲藏室的門關起、閂上。這道門緊緊貼著地板。倘若妳把插銷閂好，就無須擔心米、麵粉或糖裡頭會有大、小老鼠的糞便。

她開啟罐頭，將微成膠凍狀的內容物噗通一聲倒進湯鍋。接著走去冰箱拿煎蛋捲需要的牛奶和雞蛋。再去大型冷凍庫拿起司。所有的這些動作是如此地平常，在「全景」成為她生活的一環之前，是她生活中經常做的，因此有助於讓她平靜下來。

她在煎鍋裡把奶油融化，用牛奶稀釋湯汁，再將打散的蛋倒入鍋中。

驀地她感覺有人站在她後面，伸手向她的喉嚨。

她抓住刀子，猛地旋身。背後沒人。

（！小姐，控制一下妳自己！）

她從整塊起司上刮了一匙，加入蛋捲中，迅速翻面，再將瓦斯爐的火調到微弱的藍火。湯熱了，她把鍋子放在大餐盤上，再放上銀製餐具：兩個碗、兩個盤子，以及鹽和胡椒罐。等蛋捲微微膨脹起來，溫蒂就把它從爐上移到盤子上再蓋起來。

（現在順著原路回去。關掉廚房的燈。穿過裡間辦公室。通過櫃檯門，拿個兩百塊錢。）

她在大廳這一側的登記櫃檯停下腳步，把餐盤放在銀鐘旁邊。不敢面對現實的態度只能到此為止，這就像是某種超現實的捉迷藏遊戲。

站在陰影幢幢的大廳，她皺起眉頭沉思。

（小姐，這次別再把事實推開了。儘管眼前的情況也許看似瘋狂，但還是有些確定的現實。其中之一是妳也許是這棟詭異的宏偉建築物中，僅存唯一可靠的人。妳有個將滿六歲的五歲兒子要照顧。而妳丈夫，不管他發生什麼事，也不論他可能多麼危險……或許他也屬於妳該負的責任。就算他不是，考慮一下這個：今天是十二月二日。假使巡邏隊員沒有剛巧過來，妳可會繼續受困在這兒四個月。即使他們眞的開始懷疑，爲何都沒有在無線電對講機上聽到我們的聲音，今天不會有人來，或者明天……也許一個禮拜都不會。妳打算一個月都帶把刀在口袋，偷偷溜下來弄食物，看到每個影子都嚇一跳嗎？妳眞的認爲自己能避開傑克一個月嗎？妳以爲假如傑克想進去樓上臥室，妳眞能把他關在外面嗎？他握有總鑰匙，而且用力一踹就能把插銷折斷。）

她將餐盤留在櫃檯上，慢慢走到餐廳往內看。餐廳裡空落落的，有張桌子周圍置放了幾張椅子，他們曾試著在那張桌子用餐，直到餐廳的空洞開始令他們焦慮不安。

「傑克？」她遲疑地喊著。

此時突然颳起一陣強風，驅使雪花猛打在遮板上，但她感覺似乎有別的聲音，一聲模糊不清的呻吟。

「傑克？」

這次不再有回傳的聲音，但她的視線落在科羅拉多酒吧那扇雙扉推門底下的物體，那物體在微弱的光線中隱隱發出微光，是傑克的打火機。

鼓起勇氣，她走向雙扉推門，將門推開。琴酒的味道強烈得害她的呼吸哽在喉嚨。這甚至不該稱為味道，完全是惡臭。但架子是空的。他究竟是在哪裡找到的？藏在碗櫥後頭的酒瓶嗎？哪裡？

又是一聲呻吟，低沉、含糊的，但這回聽得非常清楚。溫蒂緩緩走向吧台。

「傑克？」

無回應。她越過吧台往裡瞧，他在那邊，四肢成大字形地攤在地板上昏睡。從氣味判斷，是喝得酩酊大醉。他一定是想要爬過吧台上方，結果失去平衡。沒摔斷脖子算是奇蹟。她頓時想起一句古老的諺語：上帝眷顧醉漢與小孩。阿門。

然而她並沒有生傑克的氣；俯視著他，她覺得他看起來像是疲累至極的小男孩，因為想要做太多的事情，最後在客廳地板中央睡著了。他已經戒酒。並不是傑克自己決定要重新開始的；這裡也沒有烈酒讓他可以著手……所以這酒是從哪裡來的呢？

馬蹄形的吧台上，每隔五、六呎擺著包在麥稈裡的酒瓶，每個瓶口以蠟燭塞住，應該是為了看起來有波西米亞風吧，她想。她拿起一瓶搖一搖，有點期待能聽見琴酒在裡頭晃蕩作響

（舊瓶裝新酒）

但毫無聲響。她把瓶子放下。

傑克微微在動。她繞過吧台，找到吧台門，走進傑克躺著的地方，只停下來看一眼閃亮的鋁合金龍頭。龍頭是乾的，但當她走近的時候能聞到啤酒味，新鮮的酒氣，如一層薄霧。當她走到傑克身邊時，他翻過身來，張開眼睛，向上盯著她。有一瞬間，他的目光是一片茫然，半晌才清醒過來。

「溫蒂？」他問：「是妳嗎？」

「是我，」她說：「你想你有辦法上樓嗎？如果我攙著你的話？傑克，你到哪裡——」

「傑克！你在幹——」

他的手粗暴地抓住她的腳踝。

「抓到妳了！」他說著，咧嘴笑了起來。他身上有股走味的琴酒及橄欖的氣味，似乎引爆她心中過往的恐懼，比飯店自身能提供的任何恐懼還要來得可怕。她心裡恍惚地想，最糟的情況就是一切回歸於此：她與她酒醉的丈夫。

「傑克，我想要幫忙。」

「喔，是啊。妳和丹尼純粹想要幫忙。」緊握住腳踝的手逐漸加壓。傑克一方面仍牢牢抓住她，一方面搖搖晃晃地跪起來。「妳想要幫助我們全都離開這裡。但是現在……我……逮到妳了！」

「傑克，你弄傷我的腳踝了——」

「我要傷害的不只是妳的腳踝，妳這婊子。」

這個字眼讓她完全愣住，因此當他鬆開她的腳踝，蹣跚地從跪姿爬起來站立時，她根本沒設法移動，而現在他搖搖擺擺地站在她面前。

「妳從來沒愛過我，」他說：「妳希望我們離開，因為妳知道一離開我就完了。妳曾經想過我的責……責……責任嗎？不，我猜妳他媽的從沒想過。妳考慮的只有如何把我拖垮。妳就像我母親一樣，妳這懦弱的臭婊子！」

「別說了，」她大喊：「你不知道自己在說什麼。你喝醉了。我不知道怎麼辦到的，但是你醉了。」

「喔，我懂，我現在懂了。妳跟他，樓上那隻小狗崽子，你們兩個一起計畫的，是不是？」

「不，沒有！我們從來沒有計畫任何事情！你在說——」

「妳這騙子！」他大叫：「喔，我知道妳是怎麼做的！我想我明白！當我說：『我們要留在這裡，我要盡我的職責。』妳說：『好啊，親愛的。』他說：『好的，爸爸。』然後你們就開始籌劃了。你們計畫用雪上摩托車。你們策劃好了。但是我知道，我看透了。你們以爲我看不出來嗎？你們以爲我是笨蛋嗎？」

她瞪視著他，無法言語。他會先殺了她，再殺掉丹尼。然後飯店也許會心滿意足，允許他自殺。就像另一位管理員。就像

（葛拉迪。）

她驚恐得差點昏厥，終於明白與傑克在舞廳對話的是誰。

「妳讓我兒子反過來對付我，那是最差勁的。」傑克的臉一垮，現出自怨自艾的表情。「我

的小寶貝，現在他也恨我。妳設法辦到的。那是妳自始至終的計畫，不是嗎？妳一直在嫉妒我，對不對？就像妳媽一樣。除非妳能獨佔整個蛋糕，否則妳不會滿足的，對吧？對吧？」

她無法開口。

「哼，我會修理妳的。」他說著，想要用雙手掐住她的咽喉。

她往後退一步，再一步，他踉踉蹌蹌地走近她。她想起睡袍口袋裡的刀，暗中摸找著，但他的左手已經一把抱住她，將她的手臂牢牢固定在身側。她能聞到琴酒及他身上汗酸的嗆鼻味道。

「必須處罰，」他不滿地嘟囔著：「嚴懲。嚴厲地……懲戒。」

他的右手摸到她的喉嚨。

當她的呼吸停止時，純粹的驚慌完全支配了她。他的左手與右手聯合起來，現在她的手可自由行動去拿刀，但她忘記了刀的事。她的兩隻手向上舉，徒勞地猛拉他那一雙更大更強壯的手。

「媽咪！」丹尼不知從何處尖聲喊著：「爸比，住手！你在傷害媽咪！」他刺耳地大聲尖叫，聲音尖銳清澈，她聽起來彷彿從遙遠的地方傳來。

紅色的閃光在她的眼前跳躍，有如芭蕾舞者。房間變得更暗了。她看見兒子吃力地爬上吧台，使勁撞向傑克的肩膀。忽然間緊緊壓迫她喉部的其中一隻手鬆開，傑克大吼一聲用手掌將丹尼拍開。男孩往後倒碰撞到空架子，跌落到地板上，摔得頭暈眼花。那隻手又回到她的咽喉。紅色閃光開始轉變成黑色。

丹尼軟弱地哭著。她的胸腔灼痛。傑克直對著她的臉大喊：「我要修理妳！該死的妳，我會讓妳知道誰是這裡的老大！我會教妳——」

但是所有的聲響逐漸消失在又長又黑的走廊上。她的掙扎力道越來越微弱。她的一隻手從他的手上滑落，緩緩地落下，直到手臂伸展出去與身體成直角，腕關節以下的手虛軟無力地懸吊著，宛如溺水女人的手。

那隻手碰到一只瓶子，就是用麥稈包裹起來當成裝飾用燭台的酒瓶。

她眼睛看不見，用最後一絲力量，摸索著酒瓶的頸部，好不容易找到了，感覺到滑膩的蠟滴貼著她的手。

（噢天哪，萬一滑掉的話）

她把酒瓶拿起又放下，祈禱能命中，心知若只是擊中他的肩膀或上臂，她就死定了。

但酒瓶砸下來正中傑克．托倫斯的頭，麥稈裡的玻璃砸得粉碎。瓶子的底座又厚又重，敲在他頭蓋骨上所產生的聲音好像健身球掉到硬木地板上。他嚇了一跳，眼窩裡的眼睛往上翻。她喉嚨上的壓力放鬆，然後完全鬆脫。他伸出雙手，彷彿想要穩住身體，但最後砰的一聲往後倒下。

溫蒂抽噎著深吸一口氣。她自己也差點倒下，緊抓住吧台邊緣，勉強支撐住，意識搖擺不定，忽隱忽現。她聽得見丹尼在哭，但她不知道他在何處，哭泣聲聽起來帶著回音。朦朦朧朧地，她看見十分硬幣大小的血滴落在吧台的深色表面，是從她鼻子滴下的吧，她想。她清清喉嚨，吐一口口水在地板上。一陣劇烈的疼痛跟著從喉嚨的圓柱上升，不過，疼痛減弱成持續的隱隱壓痛……尚可忍受。

漸漸地，她勉強成功地控制住自己。

她放開吧台，轉身，看見傑克整個人攤開平躺著，破碎的酒瓶在他旁邊。看起來像是被摺倒的巨人。丹尼蹲在酒吧的收銀機下方，兩手塞在嘴裡，目不轉睛地瞪著失去知覺的父親。

溫蒂步履不穩地走向丹尼，輕觸他的肩膀。丹尼往後退縮。

「丹尼，聽我說——」

「不，不，」他以嘶啞的老人聲音嘟囔著說：「爸爸傷害妳……妳傷害爸爸……爸爸傷害妳……我想要去睡覺。丹尼要去睡覺覺。」

「丹尼——」

「睡覺，睡覺。晚安—安。」

「不！」

疼痛再度往上撕扯她的喉嚨，她痛得臉皺縮起來。但是他睜開眼，雙眼從帶著黑眼圈的淺藍色眼眶小心戒慎地盯著她。

她設法讓自己平靜地說話，視線始終沒有離開丹尼的眼睛。她的聲音低沉、嘶啞，幾乎像是耳語。光是開口說話就極為疼痛。

「聽我說，丹尼。想要傷害我的並不是你爸爸，我也不想傷害他。飯店佔據了他的人，丹尼。飯店佔據了你爸爸。你明白我的話嗎？」

丹尼的眼中慢慢恢復了一些知覺。

「壞東西，」他低聲說：「之前這裡完全沒有，有嗎？」

「沒有。是飯店放的。這個……」她突然一陣咳嗽中斷了談話，吐出更多的血，感覺喉嚨已腫脹到原來的兩倍大。「飯店讓他喝了。你聽見今天早上他對那些人說話嗎？」

「有……飯店的人……」

「我也聽見了。那表示飯店的力量越來越強大，它想要傷害我們所有的人。不過我認為……我希望……它只能透過你爸爸來辦到這件事。他是它唯一能影響的人。丹尼，你瞭解我說的嗎？你能不能理解非常地重要。」

「飯店抓了爸爸。」丹尼看著傑克，無可奈何地嘆息道。

「我知道你愛爸爸，我也愛。我們得記住飯店正打算傷害他，就像它要傷害我們一樣。」她自己也相信這是真的。更何況，她認為飯店真正想要的可能是丹尼，那是它進展至此的原因……或許是它能夠發展到這地步的原因。甚至有可能是丹尼的閃靈以某種不明的方式提供給它力量，就像電池供電給汽車裡的電力設備……如同電池讓車子發動。倘若他們離開此地，「全景」或許就會消退回以前半有感應的狀態，僅能向比較通靈的住客播放如廉價恐怖小說般的駭人幻燈片。少了丹尼，它就只不過是遊樂園裡的鬼屋，或許有一、兩位客人會聽見交談聲，或是化妝舞會的幽靈聲音，或者看見偶爾發生的騷動。但是如果它吸收了丹尼……丹尼的閃靈或生命力或靈魂……無論你想要如何稱呼……到飯店裡，到時將會變得如何？

這想法令她渾身發冷。

「我希望爸爸能完全恢復。」丹尼說著，又開始流淚。

「我也是，」她緊緊地擁抱丹尼說：「寶貝，那就是為什麼你得幫忙我把爸爸搬到某個地方去，搬到飯店沒辦法讓他傷害我們，也不會傷害他自己的地方。然後……假如你的朋友迪克，或是森林公園的巡邏隊員來的話，我們就能把他帶走。我想他可能又會恢復正常。我們全都可能沒事的。我想我們還有機會，如果我們夠堅強勇敢的話，就像你跳到他背上那樣。你懂嗎？」她懇求地看著他，心想這是何等的奇怪，她從未像此刻覺得他與傑克長得如此相像。

「懂，」丹尼說著，點點頭。「我想……如果我們能離開這裡……一切就會恢復原狀。我們可以把他搬到哪裡呢？」

「食物儲藏室。那裡面有食物，外頭又有相當堅固的插銷，而且溫暖。我們可以吃冰箱和冷凍庫裡的東西，食物夠多，可以讓我們三個人撐到援手來。」

「我們要現在搬嗎？」

「對，馬上，趁他醒來之前。」

丹尼將吧台門往上搬，她則將傑克的兩手疊放在他胸前，聆聽他的呼吸聲半晌。他的呼吸徐緩但很有規律。從他身上的氣味判斷，她認為他鐵定喝了非常多……但他早已戒掉這個習慣了。她想大概是烈酒，加上酒瓶在頭部猛敲的那一記，才讓他失去知覺。

她抓起傑克的兩腿，開始將他順著地板拖行。她嫁給他將近七年，他躺在她上面無數次——數以千計——可是她不曾意識到他有多麼沉重。她的呼吸吃力地咻咻進出受傷的喉嚨。儘管如此，她覺得比這幾天要舒暢多了。她仍活著。方才險些與死神擦身而過，活著是極為珍貴的。而傑克也活著。憑著誤打誤撞的好運，而不是計畫，他們或許找到能將他們全都安全救出的唯一方法。

劇烈地喘著氣，她停頓片刻，抓住傑克的腳靠在自己臀部上。周遭環境令她想起《金銀島》中，老船長在接到盲眼皮尤傳給他的黑券後的那聲吶喊：我們還有足夠的時間！

然而她接著想起，忐忑不安地，那老船員僅僅幾秒鐘後就暴斃身亡了。

「妳還好嗎，媽咪？他……他太重了嗎？」

「我有辦法的。」她又開始拖他。丹尼站在傑克旁邊。傑克的一手從胸口滑落，丹尼輕輕地把他的手放回原位，滿懷著愛意。

「妳確定嗎，媽咪？」

「嗯。這是最好的辦法，丹尼。」

「那樣好像把他關到監獄裡。」

「只是暫時的。」

「那就好。妳確定妳能辦到嗎？」

「對。」

然而那是岌岌可危的事。他們跨過門檻，丹尼抱著父親的頭，但是進入廚房時，捧著傑克油膩頭髮的雙手一滑，傑克的後腦撞到瓷磚，開始呻吟並動了起來。

「你必須用煙，」傑克很快地嘟囔說：「現在跑去幫我拿汽油桶。」

溫蒂和丹尼交換了倉皇、害怕的眼色。

「幫我。」她壓低聲音說。

有一剎那，丹尼彷彿被父親的臉嚇到動彈不得地站著，過一會兒才猝然跑到她身旁，協助她抱住父親的左腿。他們以惡夢般的慢動作將他拖過廚房地板，唯一的聲響只有日光燈微弱、似昆蟲的嗡嗡聲，以及他們自己吃力的喘息聲。

他們抵達食物儲藏室時，溫蒂將傑克的腳放下，轉身笨拙地應付插銷。丹尼低頭凝視再度鬆軟無力地躺著的傑克。他的襯衫下襬在他們拖著他的時候，從褲子後頭扯出來，丹尼懷疑爸爸是否醉到不會冷。將他像頭野生動物一樣地鎖在食物儲藏室，似乎是不對的，可是他看見爸爸打算對媽媽做的事。即使在樓上他也知道爸爸準備那麼做，他的腦袋中聽見他們在爭吵。

（只要我們都能離開這裡。或者但願這只是我在史托文頓作的夢。但願。）

插銷卡住了。

溫蒂用盡全力拉，但插銷絲毫沒動。她無法拉開該死的插銷。這真是愚蠢又不公平……她進去拿湯罐頭時，毫不費事就打開了，現在卻動也不動。她要怎麼辦呢？他們不能把他放進大型冷凍庫，他會凍僵或缺氧至死。但是假如他們放他在外面，一旦他醒來……

傑克又在地板上動了一下。

「我會處理的，」他嘟囔著：「我明白。」

「他快要醒了，媽咪！」丹尼出聲警告。

現在她一面啜泣，一面用雙手猛拉插銷。

「丹尼？」傑克的聲音縱使仍然含糊不清，卻帶點輕柔的威脅。「是你嗎？乖博士？」

「正要去睡覺，爸爸，」丹尼緊張不安地說：「你知道的，睡覺時間到了。」

他抬頭看母親，仍然在和插銷奮戰，立刻看出問題在哪。她在試圖拉開之前忘記先旋轉插銷。小卡榫陷在V形凹槽裡。

「這兒。」他低聲說，將媽媽顫抖的手撥到一旁；他自己的也抖得差不多一樣厲害。他用掌根敲鬆卡榫後，輕易地拉開插銷。

「快點。」他說著低頭看。傑克的眼睛又顫動地睜開，這回爸爸直視著他，眼神異常地呆滯，帶著疑問。

「你抄了一份，」爸爸告訴他。「我知道你抄了，還在這裡的某個角落。我會找出來的。我向你保證，我會找到……」他的話再度含糊地中斷。

溫蒂用膝蓋頂開食物儲藏室的門，幾乎沒注意到乾果的刺鼻氣味飄送出來。她再次抬起傑克的腳，將他拖進去。現在她已達到力氣的極限，劇烈地喘著氣。當她猛拉開燈的鍊條時，傑克的眼睛又顫動地張開。

「妳在做什麼？溫蒂？妳在幹什麼？」

她跨過他身上。

他的動作很快，迅速得令人驚訝，一隻手突然揮出，她必須橫跨一步，幾乎是跌出門外，才避開他的掌握。然而，他還是一把抓到她的浴袍，袍子裂開時他發出深沉的咕嚕聲。他爬起來趴著，頭髮披散在眼睛上，有如某種壯碩的動物：一隻大狗……或是獅子。

「你們兩個該死的。我知道你們想要什麼，但是你們得不到的。這間飯店……是我的。它們要的是我。我！我！」

「丹尼，門！」溫蒂高聲尖叫：「關門！」

就在傑克猛然跳起的同時，丹尼使勁一推砰地把厚重的木門關上。門立即門上了，傑克徒勞地用力撞門。

丹尼的小手摸找著插銷。溫蒂距離太遠無法幫忙；他究竟是會關在裡頭，或是解脫，其結局將在兩秒鐘內決定。丹尼第一次沒抓著，又再摸到，當底下的門閂開始瘋狂地上下抖動時，他正好將插銷鎖上。接著插銷就挺在那兒，傑克用肩膀猛力撞門，發出一連串的砰砰巨響，而插銷——這個直徑四分之一吋的鋼條——絲毫沒有鬆脫的跡象。溫蒂緩緩地吐出一口氣。

「放我出去！」傑克大發脾氣。「放我出去！丹尼，他媽的，我是你爸爸，我要出去！你馬上照我的話去做！」

丹尼的手不自覺地伸向插銷。溫蒂抓住他的手，緊壓在自己的胸口。

「丹尼，你聽爸爸的話！你照我說的去做！你照著做，否則我會痛打你一頓，讓你永遠不會忘記。打開門，不然我會把你那可惡的腦袋打扁！」

丹尼看著她，蒼白得有如窗玻璃。

他們可以聽見厚達半吋的實心橡木後面，他的氣息急促地呼進呼出。

「溫蒂，妳讓我出去！現在馬上放我出去！妳這個只值五分錢的妓女！妳放我出去！我是說真的！讓我離開這裡，那我就算了！如果妳不照做，我就會痛扁妳一頓！我是說真的！我會狠狠地揍妳，揍到連妳自己媽媽在街上都會和妳擦身而過！立刻給我開門！」

丹尼嗚咽。溫蒂望著他，覺得他馬上會昏倒。

「來吧，博士，」她說，訝異於自己的口氣鎮定。「記住，現在說話的不是你爸爸，是飯店。」

「你們給我回來，馬上放我出去！」傑克高聲大吼。他用指甲攻擊門的內側，傳出刮擦、斷裂的聲音。

「是飯店，」丹尼說：「是飯店。我記得。」但是他回過頭去看，小臉蛋驚恐得皺在一起。

47. 丹尼

這是漫長、漫長的一天的午後三點。

他們坐在住處的大床上。丹尼手上拿著那台怪物從遮陽篷探出頭來的紫色福斯模型車，不由自主地反覆地翻來轉去。

他們穿過大廳時，一路聽見爸爸在猛撞門。撞門聲及他的聲音粗嘎、暴怒有如懦弱的國王般，他破口大罵髒話，說他為他們做牛做馬了那麼多年，他們兩人居然背叛他，他發誓將會嚴懲他們，保證他們會活著後悔一輩子。

丹尼以為他們到樓上就不會再聽見，然而他發怒的聲音由送菜升降機井清清楚楚地傳上來。

他反覆地轉動手中的模型車，是他熟記閱讀功課後，爸爸給他的獎賞。

媽媽的臉色慘白，脖子上有可怕的淡褐色瘀傷，那是爸爸試圖……

（……那是爸爸抱她抱得太緊的痕跡。）

媽媽用小唱機播放些音樂，沙沙的樂聲中充滿了喇叭及長笛。她疲累地對他微笑。他想要回以笑容，卻笑不出來。即使音量調到很大聲，他依然覺得能聽見爸爸朝他們吼叫，並且猛敲食物儲藏室的門，像隻動物園獸籠裡的動物。萬一爸爸得上廁所怎麼辦？他要怎麼上呢？

丹尼哭了起來。

溫蒂立刻將唱機的音量降低，將他抱在她膝上輕輕搖晃。

「丹尼，親愛的，一切都會好起來的。沒事的。就算哈洛倫沒收到你的訊息，其他人也會來，只要等暴風雪過去。反正在那之前也沒人能上山來，不管是哈洛倫先生或其他任何人。但是等暴風雪停了，一切又會恢復正常。我們會離開這裡。你知道我們明年春天要做什麼嗎？我們三個人？」

丹尼貼靠在她的胸口搖搖頭。他不曉得。感覺上似乎永遠不會再有春天。

「我們要去釣魚。我們租艘船去釣魚，就像去年我們在查特頓湖那樣，你跟我還有你爸爸。也許你會釣到一條鱸魚當我們的晚餐。也可能我們什麼都沒釣到，但是肯定會玩得很開心。」

「我愛妳，媽咪。」

他說完，擁抱她。

「噢，丹尼，我也愛你。」

外頭，風呼嘯狂吼著。

大約四點半，正當日光開始減弱時，尖叫聲停止了。

他們兩人小睡得極不安穩。溫蒂仍把丹尼抱在懷裡，她還沒醒，但丹尼醒了。不知怎地寂靜感覺更糟，比尖叫和撞擊堅固的食物儲藏室門更為不祥。爸爸又睡著了嗎？還是死了？還是怎麼了？

（他逃出來了嗎？）

十五分鐘後，一聲金屬猛烈摩擦的嘎嘎巨響打破了沉默。接著是沉重的嘎扎聲，以及機械的轟轟聲。溫蒂大叫一聲驚醒過來。

電梯又在運轉了。

他們傾聽電梯的聲響，眼睛圓睜，摟抱著彼此。電梯從一層樓到另一層樓，鐵柵嘎嘎作響地拉開，黃銅門碰地打開，有笑聲、酒醉的叫囂、偶發的尖叫，還有斷裂的聲音。

「全景」在他們四周甦醒過來。

48. 傑克

他坐在食物儲藏室的地板上，兩腿伸向前，腿間有一盒脆司吉薄脆餅乾。他望著門，一片一片地吃著薄脆餅乾，並沒有品嘗，只是吞食而已，因為他得吃點食物。等他脫離這裡後，他將會需要力氣，所有的力氣。

就在此時此刻，他覺得自己這輩子從未感到如此悽慘。他的身心共同組成極為重要的疼痛經典。他的頭痛得厲害，宿醉後令人想吐的陣陣抽痛。隨之而來的症狀也出現了：嘴巴的味道彷彿糞肥耙子掃過口中一般，耳朵鳴叫個不停，心臟特別沉重地怦怦搏動，像鼓一樣。此外，兩肩由於他用身體撞門而劇烈疼痛，喉嚨因為無用的吼叫擦破皮而感到刺痛。門閂還割傷了右手。

一旦他離開這裡，就要給他們點顏色瞧瞧。

他大聲咀嚼著一片接一片的餅乾，拒絕屈服於想吐出所有東西的悲慘的胃。他想起口袋裡的益斯得寧，但決定等到胃稍微舒服一些。既然馬上會吐出來，實在沒道理吃止痛藥。得用用大腦，有名的傑克．托倫斯大腦。你不是曾經打算靠聰明才智過日子的傢伙嗎？傑克．托倫斯，最暢銷的作家。傑克．托倫斯，眾所激賞的劇作家，及紐約劇評人協會獎的得獎者。約翰．托倫斯，文學家、受人尊重的思想家，七十歲時由於其犀利的回憶錄作品《我在二十世紀的歲月》而獲頒普立茲獎。所有的這些廢話總歸起來就是：靠你的聰明才智過日子。

靠聰明才智過日子就是永遠知道黃蜂在哪裡。

他再放一片脆司吉入嘴，嘎吱嘎吱地嚼著。

他猜想，歸根究柢，就是他們缺乏對他的信任。他們不相信他曉得什麼對他們最好，並且知道如何取得。他的妻子企圖竄奪他的權力，先是用光明正大的

（算是吧）

手段，然後再用骯髒下流的招數。當他合情合理的論點推翻她的小勸告和泣訴的異議時，她就讓他兒子轉而對付他，企圖用酒瓶殺死他，再把他鎖起來，偏偏在該死可惡的食物儲藏室。

然而，他的內心有小小的聲音嘮叨不休。

（對，不過那些酒是從哪兒來的？那不才是眞正的重點嗎？你很清楚自己喝酒時會出什麼事，你從痛苦的經驗中學到的。你一旦喝了酒，就會喪失理智。）

他把整盒脆司吉用力扔到狹小空間的另一頭。餅乾盒撞到罐頭的貨架，落到地板上。他注視著盒子，用手擦抹嘴唇，然後看一下手錶，快要六點半了。他在這裡待了好幾個小時。他太太把他鎖在這裡頭，而他在裡面他媽的好幾個小時了。

他開始同情他父親。

傑克現在才注意到，有件事他從未問過自己，一開始究竟是什麼逼使他爸爸喝酒的呢？而且實際上……當你進一步歸結他以前學生喜歡說的「事實的根本」……難道不是他所娶的女人嗎？臉上總是帶著認命殉道的表情，無聲地在屋裡拖著腳步走來走去的女人，這種沒骨氣的寄生蟲？繞在爸爸腳踝上的愛情枷鎖？不，不是愛情枷鎖。她從來沒有積極地想讓爸爸成為囚犯，如同溫蒂對他所做的。就傑克的父親而言，應該比較像是法蘭克．諾里斯的偉大小說《麥克悌格》的結局中，牙醫麥克悌格的命運：銬在荒地裡的死人身上。沒錯，那樣比較恰當。他母親的精神和心靈都死去，憑藉著婚姻給他父親戴上手銬。然而，即使爸爸拖著她漸漸腐爛的屍體走過一生，他仍試著做對的事。他試著教育四個孩子明白是非，清楚紀律，更重要的是，尊重父親。

好吧！他們是忘恩負義的人，他們全都是，包括他自己。現在他正付出代價；他自己的兒子也變成忘恩負義的人。但是仍有一線希望。他會想辦法離開這裡，會嚴厲地懲戒他們兩人。他會為丹尼樹立榜樣，這樣子丹尼長大後總有那麼一天，會比他自己還知道該怎麼做。

他記得那個星期天的晚餐，父親在餐桌上用枴杖毆打母親……當時他和其他人有多麼地驚恐。如今他能明瞭那是多麼必要的，可以看出父親只是假裝酒醉，自始至終父親隱藏在表相下的頭腦是多麼地敏銳、活躍，尋找最細微的不敬徵兆。

傑克爬行去拿脆司吉，坐在她奸詐鎖上的門邊，又吃將起來。他好奇父親到底看到什麼，他如何演戲揭穿她的假象？她曾經掩嘴偷偷嘲笑他嗎？對他吐舌頭？比猥褻的手勢嗎？或者只是傲慢無禮地看著他，深信他愚蠢得醉到看不清嗎？無論如何，他當場逮到她了，並且嚴厲地責罰她。現在，二十年後，他終於懂得讚佩父親的智慧。

當然，你可以說爸爸很笨才會娶到這樣的女人，才會一開始把自己銬在那具死屍上……而且是具不敬的屍體。可是年輕人倉卒成婚，事後必定後悔，或許爸爸的爸爸娶了同一類型的女人，因此傑克的爸爸無意識中也娶了一位，就如傑克本身一樣。只除了他的妻子，不滿足於毀掉一種事業再破壞另一種的消極角色，選擇了惡毒的積極任務，努力毀壞他最後及最好的機會：成為「全景」員工的一分子，並且遲早可能爬升……扶搖直上到經理的位子。她一直拒絕把丹尼交給他，而丹尼是他的入場券。當然，這是非常愚蠢的——當他們可以擁有父親的時候，幹嘛要兒子呢？——不過員工經常有笨點子，這是談好的條件。

如今他看得出來，他是不可能和溫蒂講道理的。在科羅拉多酒吧時，他白費力氣地試著同她講理，可是她不但拒絕聽，還用酒瓶砸他的頭。不過，還有一次機會，很快就到了。他會脫離這裡。

他突然屏息側頭。某處鋼琴在彈奏布吉伍吉舞曲，人們高聲笑著，並跟隨音樂拍手。聲音隔著厚重的木門顯得模糊不清，但是依稀可聽見。曲子是〈今夜在舊城狂歡〉。

他的手不禁蜷曲成拳；他得克制自己別用雙手猛敲門。舞會又開始了。烈酒將會無限制地斟滿。某個角落，有位女孩正在和別人跳舞，在她白色的絲質禮服下感覺起來是令人瘋狂的一絲不掛。

「你們會為此付出代價的！」他咆哮：「該死的你們兩個，你們會付出代價！你們得為此吃下該死的藥，我向你們保證！你們——」

「行了，夠了，好了，」就在門外一個溫和的聲音說：「不需要大吼大叫的，老朋友。我可以非常清楚地聽見您的聲音。」

傑克蹣跚地站起來。

「葛拉迪？是你嗎？」

「是的，先生，的確是我。看來您似乎被關在裡頭啊！」

「讓我出去，葛拉迪。趕快。」

「我看您沒辦法處理我們談過的事啊！先生。糾正您的妻兒。」

「就是他們把我鎖在裡面的。看在老天的份上，把插銷拔開！」

「您讓他們把您關在裡頭？」葛拉迪的聲音顯露出教養良好的驚訝。「噢，天哪！一個身材只有您一半的女人，和一個小男孩。成為高階經理的棟樑很難激起您的動力，是嗎？」

傑克右邊太陽穴的血管開始跳動。「放我出去，葛拉迪。我會收拾他們的。」

「您真的會嗎？先生？我很懷疑。」教養良好的惋惜取代了教養良好的訝異。「我很痛苦地說我十分懷疑。我，以及其他人，真的相信您的心不在此，先生。您沒有……慾望做這件事。」

「我有！」傑克大喊：「我有，我發誓！」

「您會把兒子帶來給我們嗎？」

「會！我會！」

「您的妻子會非常強硬地反對，托倫斯先生。她看來似乎……比我們想像的還要稍微強硬些，也比較機智一點。她無疑地似乎勝過您一籌啊！」

葛拉迪竊笑。

「托倫斯先生，或許自始至終我們應該要和她打交道才對。」

「我會帶他來的，我發誓，」傑克說。如今他的臉貼在門上，他在流汗。「她不會反對的，我發誓她不會。她不能。」

「我恐怕，您不得不殺了她。」葛拉迪冷酷地說。

「我會做我該做的事，只要讓我出去。」

「您能向我保證嗎？先生？」葛拉迪堅持。

「我保證，我答應，我鄭重發誓，不管你要的究竟是什麼。如果你——」

插銷拉開時不清脆地喀嚓一聲，門哆嗦地打開四分之一吋。傑克的話和呼吸頓時停住。有一會兒，他覺得死神本人站在門外。

那種感覺消逝。

他低聲說：「謝謝你，葛拉迪。我發誓你不會後悔的。我發誓你不會的。」

沒有回答。他意識到所有的聲音都停止，只除了外頭風冷漠地呼呼價響。

他推開食物儲藏室的門，鉸鏈發出微微的嘎吱聲。

廚房空無一人。葛拉迪走了。日光燈管冰冷的白色強光下，所有的東西都靜止不動。他的視線落在他們三人一起用餐的那張大砧板上。

砧板上面立著一個馬丁尼酒杯，一瓶七百五十毫升的琴酒，和一個擺滿橄欖的塑膠盤。

倚靠在砧板旁的是從設備倉庫取來的短柄槌球桿。

他凝視球桿好長一段時間。

不久，一個遠比葛拉迪的聲音低沉、強而有力的聲音，從某處，各個角落……從他心裡傳來。

（托倫斯先生，要信守你的承諾啊！）

「我會的。」他說。他聽見自己口氣諂媚卑屈，卻無力控制。「我會的。」

他走到砧板旁，抓住球桿的握柄。

舉起球桿。

揮動。

球桿邪惡地嘶嘶劃過空中。

傑克・托倫斯笑了起來。

49. 哈洛倫・上高地

時間是下午兩點十五分，根據雪塊凝結的路標和赫茲別克的里程表，他終於下高速公路時，離埃絲蒂斯公園不到三哩。

山丘上，雪下得比哈洛倫生平所見的都要來得更快、更猛（哈洛倫所見過的雪，或許不能說是非常多，因為哈洛倫這輩子都儘可能避免遇到雪），風則是變幻莫測地狂吹——忽而打西邊來，忽而反轉吹向北方，將一陣陣粉狀細雪吹過他的視野，讓他一再一再發冷地警覺到，假如他來不及轉彎，就有可能衝出路面兩百呎，車子會翻身倒栽蔥地摔下去。雪上加霜的是他本身是個業餘的冬季駕駛。看到中央的黃線埋在打旋、堆積的雪底下時，他嚇到了；當猛烈吹颳的強風毫無阻礙地從山口吹來，居然讓沉重的別克打轉時，他嚇壞了。當路標大多被雪掩蓋，前方白茫茫一片彷彿開進免下車電影院的銀幕中，只能擲硬幣決定道路會轉向右邊或左邊時，他感到恐慌。沒錯，他害怕極了。打從攀上波爾德與萊昂斯西邊的山丘後，他就冒著冷汗開車，小心翼翼地操控油門和煞車，彷彿它們是明代的花瓶。穿插在收音機的搖滾樂之間，電台節目主持人不斷敦促駕駛人別上主要幹線，無論如何都別開進山區，因為許多道路無法通行，所有的路都很危險。有許多起小車禍已經報導了，還有兩起重大車禍：一群開著福斯麵包車的滑雪客，以及穿過桑格里克利山脈要開往愛伯克奇的一家人。兩起車禍總共有四死五傷。「所以遠離這些道路，進入KTLK的悅耳音樂世界。」主持人愉快地下結論，接著播放〈陽光季節〉調和哈洛倫的悲慘。「我們曾擁有快樂，擁有歡笑，我們曾擁有——」泰瑞．傑克斯急促不清地快樂唱著，哈洛倫憤恨地啪一聲關掉收音機，心知五分鐘內他又會把收音機轉開。不管廣播節目有多差，總好過獨自開在這片白茫茫的瘋狂當中。

（承認吧！這個壞小子起碼有條長長的黃色條紋……直直爬上他永遠心愛的背！）

這一點也不好笑。要不是憑著他堅信男孩陷入可怕困境的一股衝動，早在通過波爾德之前，他就已經放棄了。即使到現在他後腦勺仍有微小的聲音——他想，這是發自理性，而不是膽怯的聲音——告訴他今晚就先躲在埃絲蒂斯公園的汽車旅館，等鏟雪車讓中央的黃線再度露出來。那聲音不斷提醒他飛機搖搖晃晃地降落在史戴波頓，想起那種下墜的感覺，好像飛機將要由機鼻先著陸，把機上乘客送到地獄之門，而不是B候機室的三一九號登機門。然而理性無法抵抗衝動。非今天不可。遇到暴風雪是他自己運氣不好，他必須克服。他擔心如果他沒去，夢中可能得應付更糟的東西。

強風又突然猛颳，這一回從東北來，你看多奇怪，竟然又轉個方向！風雪再次遮蔽了山丘的模糊形影，甚至道路兩邊的路堤。他在白色的空茫之中開車。

驀地，鏟雪車的高壓鈉燈從濃霧中赫然聳現，往前逼近，他驚恐地發現，別克的車頭不是朝著鈉燈的側邊，而是正對著頭燈的中間。鏟雪車一點也不講究要謹守自己那一側的道路，而哈洛倫又放任別克偏離車道。

鏟雪車柴油引擎咿軋的咆哮聲硬壓過風的怒號，接著是汽笛聲，又猛又長，幾乎震耳欲聾。

哈洛倫的睪丸皺縮成兩個裝滿刨冰的小液囊，五臟六腑似乎變形成一大團橡皮黏土。白色的雪花當中突然出現色彩：冰雪凝結的橘色。他可以看到高位駕駛室，甚至單根長雨刷後司機打手勢的身影。也能看見鏟雪車V字形的翼型葉片，將更多的雪噴到道路左手邊的路堤上，宛如蒼白冒著煙的排氣管。

叭叭叭叭叭叭叭！汽笛氣憤地狂吼。

他擠壓油門，彷彿那是深愛女人的乳房，別克急速向右前方衝去。這邊沒有路堤；朝上而非朝下的鏟雪車只將雪直接推到陡坡上。

（陡坡，啊對了，陡坡——）

哈洛倫左邊的翼型葉片整整高過依勒克拉的車頂四呎，相距不到一、兩吋地迅速從旁經過。一直到鏟雪車真正通過他為止，哈洛倫都認為撞車無可避免。他一半祈禱，一半對男孩無聲地道歉，如破布般支離破碎的禱告掠過他的心頭。

然而鏟雪車通過了，旋轉的藍燈在哈洛倫的後照鏡中不斷地閃爍。

他操縱別克的方向盤，轉回左邊，但是毫無作用。急衝變成滑行，別克如作夢似的飄向陡坡邊緣，從擋泥板底下激起雪花泡沫。

他迅速將方向盤轉到另一邊，朝滑行的方向，車子的前後開始交換位置。哈洛倫驚慌失措，用力踩煞車，緊接著感覺到猛烈的衝擊。眼前的路消失了……他直視著大雪紛飛的無底深淵，及遙遠、遙遠的下方隱隱約約的綠灰色松樹。

（我要死了，聖母瑪利亞啊，我就要死了）

車子就在此停住，以三十度角向前傾斜，左邊的擋泥板卡在護欄上，後輪幾乎騰空。哈洛倫試著倒退時，輪子只是空轉。他的心臟如鼓王金恩．克魯帕般狂野地擊鼓。

他下車，十分小心地下了車，繞到別克的後車箱旁。

他站在那兒，無可奈何地看著後輪時，後方一個快活的聲音說：「哈囉，老兄，你八成是他媽的瘋了吧！」

他轉過身，看見鏟雪車停在再過去四十碼處，被狂吹的大雪遮住，只看得到暴露在外的一截深褐色排氣管和頂上旋轉的藍燈。司機就站在他後面，穿著羊皮長大衣，外頭再罩一件雨衣，頭上戴著藍白細條紋的工作帽，哈洛倫難以相信帽子居然頂得住逆風。

（膠水，絕對肯定是膠水。）

「嗨，」他說：「你能幫我拖回到路上嗎？」

「唔，我想我可以，」鏟雪車司機說：「先生，你跑到這上頭幹嘛？真是自殺的好方法啊！」

「有急事。」

「沒什麼事有那麼緊急。」鏟雪車司機緩慢親切地說，彷彿在和心智缺陷的人說話。「如果你再大力一點點撞到那根欄杆的話，就得等到愚人節才有人救你出來了。你不是這一帶的人吧，是嗎？」

「不是。要不是事情像我說的那麼緊急，我也不會在這兒了。」

「這樣子嗎？」司機隨和地換個站姿，彷彿他們是在後面階梯上閒聊，而不是站在大風雪中近乎大吼大叫，而且哈洛倫的車還懸在底下樹梢的上方二百呎處搖擺不定。

「你要往哪裡去？埃絲蒂斯？」

「不，一個叫做全景飯店的地方，」哈洛倫說：「塞威再上去一點點——」

但司機陰鬱地搖搖頭。

「我想我非常清楚那地方在哪兒，」他說：「先生，你是絕對沒辦法上去老『全景』的。埃絲蒂斯公園和塞威之間的路況糟透了。不管我們多辛苦地鏟，雪就在我們後面馬上堆積起來。我從幾哩外的積雪中過來，那裡中間該死的有將近六呎高。而且就算你能到塞威，那又怎樣？從那裡一路到猶他州巴克蘭的道路全都封閉了。沒轍啦！」他搖搖頭。「先生，絕對沒法到的，一點辦法也沒有。」

「我得試試，」哈洛倫說，使出最大的耐心以保持平常的口氣。「有個男孩在上面——」

「男孩？不會吧！『全景』九月底就關了。開張得長一點也沒有好處，太多像這樣要命的暴風雪。」

「他是管理員的兒子，他有了麻煩。」

「你怎麼知道的？」

他的耐心啪的一聲用盡。

「看在上帝的份上，今天剩下的時間你打算就站在這兒跟我閒扯淡嗎？我知道，我都知道！現在你到底要不要幫我把車拖回馬路上？」

「你這人性子很急啊，是吧？」司機評論，並沒有因此特別煩躁。「沒問題，進去裡面吧！我的座位後頭有條鍊子。」

哈洛倫回到駕駛座上，反應遲緩地現在才開始發抖。他的雙手麻木得幾乎完全沒感覺。他忘了帶手套。

鏟雪車後退到別克的車後，他看見司機拿著一捆長長的鍊條下車。哈洛倫打開車門大喊：「我能幫什麼忙？」

「別礙事就夠了，」司機回喊道：「這一下子就好。」

他說的是真的。當鍊條拉緊時，一陣顫動貫穿別克的車架，一秒鐘後車子已回到路上，大約朝著埃絲蒂斯公園的方向。鏟雪車司機走到車窗旁，敲敲安全玻璃。哈洛倫搖下車窗。

「謝謝，」他說：「我很抱歉對你大吼。」

「我以前也被吼過，」司機咧開嘴笑著說：「我想你是有點緊張。這個你拿著。」一雙鬆厚的藍色連指手套落在哈洛倫的膝上。「我想，等你又衝到路外頭時會需要的。外面很冷。你戴著吧！除非你想要下半輩子都用編織的鉤針挖鼻子。事後你再寄還給我，那是我太太織的，我非常喜歡。姓名和地址都直接縫在內襯裡。順便說一聲，我叫霍華．柯特瑞爾。等你不需要再用到的時候，再寄還給我。另外記住，我可不想還得去付不足的郵資啊！」

「好的，」哈洛倫說：「謝謝。感激不盡。」

「你小心點啊！我是很樂意自己帶你去，不過我忙得跟貓在亂成一團的吉他弦裡一樣。」

「沒關係。再次謝謝你。」

他準備搖起車窗，但柯特瑞爾阻止了他。

「等你到塞威的時候——如果你真到得了塞威的話——你去一趟德爾金的康諾克加油站，就在圖書館旁邊，不可能錯過。找一位賴瑞．德爾金，告訴他霍華．柯特瑞爾指點你去的，你想要跟他租一輛雪上摩托車。你提我的名字，給他看那雙手套，就會拿到好價格。」

「再說一次謝謝。」哈洛倫說。

柯特瑞爾點點頭。

「這很奇怪，你不可能會知道『全景』那上頭有人遇到麻煩……電話線斷了，我非常肯定。不過我就是相信你，有的時候我會有些直覺。」

哈洛倫點頭。「我有的時候也有。」

「嗯。我知道你有。不過，你好好保重。」

「我會的。」

柯特瑞爾最後揮揮手消失在風狂吹的微暗當中，他的工作帽仍神氣活現地戴在頭上。哈洛倫再度出發，雪鍊擊打在道路的積雪上，好不容易挖得夠深讓別克動了起來。在他後面，霍華．柯特瑞爾用鏟雪車的汽笛鳴聲最後祝他好運，雖然真的沒必要，但哈洛倫能感受到他真心祝自己好運。一天之中兩個閃靈的人，他想，那應該是某種好的預兆。但是他不相信預兆，無論好壞。況且一天遇見兩個具有閃靈能力的人（他通常一年當中碰到的不超過四、五個）也許沒有任何意義。那種定局的感覺，那種他無法解釋清楚

（好像一切都結束）

的感覺仍盤據在他心裡。那是——

別克在過一處急陡的彎道時快要打滑到一邊去，哈洛倫謹慎地操控著，幾乎不敢呼吸。他再度打開收音機，是艾瑞莎，艾瑞莎相當不錯。任何一天他都可以與她分享他的赫茲別克。又一陣突來的強風襲擊車子，讓車子晃動並滑來滑去。哈洛倫咒罵著風，更加彎身貼近方向盤。艾瑞莎唱完歌，緊接著主持人又上場，告訴他今天開車是找死的好方法。

哈洛倫啪地關掉收音機。

他的確成功抵達了塞威，雖然從埃絲蒂斯公園到那兒他開了四個半鐘頭。等到他上高地公路時天已全黑，但暴風雪並沒有顯示出減弱的跡象。有兩次他得停在與引擎蓋齊高的積雪前，等候鏟雪車出現，在雪堆中鑿洞。其中一次鏟雪車出現在他這一側的道路，又一次千鈞一髮的局面。那位司機僅是繞過他的車子，沒有下車閒聊，不過他確實送來兩根指頭的手勢[31]，那是全美國十歲以上的人都認得的，並非和平的手勢。

感覺上似乎越開近「全景」，他想要加快的衝動就變得越來越難以抑制。他發現自己幾乎不間斷地看手錶，指針似乎跟著飛快起來。

在轉上高地後十分鐘，他通過兩個路標。呼嘯的風清掉了路標上的積雪，因此他能夠看得

到。第一個寫著：塞威十哩。第二個：前方十二哩的道路冬季封閉。

「賴瑞．德爾金。」哈洛倫喃喃自語。他的黑臉在儀表板黯淡的綠色光芒下顯得緊張而緊繃。此時是六點十分。「圖書館旁的康諾克加油站，賴瑞——」

就在這時它全力襲向他，那柳橙的味道和思想的力量，狂暴、憎恨，充滿殺意的：

（滾開！你這骯髒的黑鬼。這不關你的事。你這黑鬼，掉頭，掉頭回去，否則我們會殺了你，把你吊死在樹枝上。你他媽的黑野人、黑種。然後再燒掉屍體，我們就是這樣對付黑鬼的，所以現在馬上掉頭回去！）

哈洛倫在車子密閉的空間內大聲尖叫。這個訊息並非以言語傳給他，而是以一連串好似畫謎的影像，用可怕的力道猛烈撞入他的腦袋。他的雙手離開方向盤，想要抹去那些畫面。

於是車子的側面撞到路堤，反彈，中途不斷旋轉，最後停住。後輪無用地空轉。

哈洛倫迅速將排檔打入停車檔，然後以雙手掩面。確切地說他並沒有哭泣；他口中發出的是不規律的哼—嗯哼—嗯哼的聲音，胸膛起起伏伏。他知道倘若這次猛烈攻擊發生在任何一邊有懸崖的路段上，他很可能現在已死。也許那是它們打的主意。它隨時可能再攻擊他。他必須防禦。一股有可能是回憶、勢力龐大的紅色力量包圍住他，他淹沒在自己的天賦能力中。

他把兩手從臉上挪開，小心翼翼地睜開眼。什麼都沒有。假如有東西想要再嚇他的話，它並沒有穿過。他被隔離起來了。

那孩子已出事了嗎？噢天哪，小男孩已經出事了嗎？

所有的影像中，最令他不安的是沉悶的重擊聲，好像槌子噼噼啪啪地打在厚起司上。那是什

㉛伸出食指和中指，手掌朝向自己，為蔑視、侮辱對方的手勢。

麼意思呢？

（天哪，別是那小男孩。天啊！求求你。）

他將排檔桿降到低檔，一次加少許油進引擎。輪胎轉動，卡住，轉動，又卡住。終於，別克開始動了，頭燈無力地穿過飛旋的風雪。他看一下錶，現在快要六點半，他開始覺得其實非常遲了。

50. REDRUM

溫蒂．托倫斯猶豫不決地站在臥室中央，望著熟睡的兒子。

半小時前，聲音停了；所有的，同時——電梯、舞會，房間門開開關關的聲音。可是這非但沒有令她安心，反而讓她內心逐漸增強的緊張更為加劇，就像是風暴最後殘忍的一擊前，邪惡的寧靜。但是丹尼幾乎是立即睡著；先是進入時而抽搐的淺眠，在前十分鐘左右進入更深沉的睡眠。即使直接盯著他看，她也幾乎看不出他狹小胸膛的緩慢起伏。

她好奇他上一次熟睡整晚是什麼時候，沒有作苦惱的惡夢，或者長時間在黑暗中警覺，聆聽外頭的狂歡——那是過去這幾天，隨著「全景」增強對他們三人的控制，她才開始聽得到、看得到的。

（是眞的靈異現象？還是集體催眠？）

她不知道，也不認為這很重要。不論是哪一種，發生的事都同樣致命。她注視著丹尼，心想

（但願他一直安睡）

倘若他不受驚擾，或許可以一覺到天亮。無論他有何種天賦，仍然是個小男孩，需要休息。

傑克才是她開始擔心的。

她忽然痛得皺起臉，把手從嘴巴上移開一看，發現自己扯下一片指甲。她一向努力保持指甲的完美。雖然還沒長到可稱為爪子，但形狀依然很漂亮，而且

（妳爲什麼還在擔心指甲？）

她輕輕一笑，但只發出顫抖的聲音，並沒有笑意。

先是傑克停止咆哮撞門。接著舞會又展開，

（或者舞會曾停過嗎？是否有時候只是移到時間的不同角度，他們沒法聽見而已？）

而電梯不斷碰撞發出的砰砰巨響呼應著舞會的聲響。之後那也停了。在新近的寂靜中，丹尼沉沉入睡，而她卻幻想自己聽到幾乎在他們正下方的廚房，傳來低微、密謀的聲音。一開始她當成是風聲不予理會，風能模仿許多不同音域的人聲，從圍繞著門和窗框如臨終般脆弱的低語，到屋簷下全力的尖叫……像低劣通俗劇中女人逃離兇手的叫聲。然而，僵硬地坐在丹尼身邊，那確實是人聲的想法越來越具有說服力。

傑克和別人，討論他如何逃出食物儲藏室。

討論謀殺他的妻兒。

在這幾面牆內，謀殺不是新鮮事，以前就發生過了。

她走去暖氣的通風口，把耳朵貼在上頭，但就在那一刻火爐開始運轉，任何聲音都消失在地下室突然湧上的暖風中。五分鐘前火爐再度停止時，這地方一片靜默，只除了風聲、含沙的雪撒落建築上的聲音，及木板偶爾的嘎吱聲。

她低頭看自己撕裂的指甲，底下慢慢冒出一滴滴的小血珠。

（傑克逃出來了。）

（少胡說八道。）

（沒錯，他出來了。他從廚房拿了一把刀，或者也許拿了切肉刀。他現在正走上來，沿著樓梯踏板的邊緣走，如此一來樓梯就不會嘎吱作響。）

（！妳瘋了！）

她的嘴唇顫抖，有一會兒她看來肯定會出聲大喊。但是沉默依舊。

她覺得有人在監視她。

她旋身瞪著夜色漆黑的窗戶，一張帶著黑眼圈、令人驚駭的慘白臉蛋，對她急促不清地說話，這是個可怕瘋子的面孔，它一直隱藏在這幾面哭嚎的牆內——

那只是玻璃外頭結霜的圖樣。

她長吁一口氣，吐出恐懼的沙沙低喃，她感覺到似乎聽見，這回相當清楚，某處傳來逗樂的竊笑。

（妳是在自己嚇自己。別那麼做就夠糟了。等到明天早上，妳就準備住進精神病房了。）

唯有一種方法能減輕恐懼，她知道是什麼。

她必須走下去，確認傑克仍在食物儲藏室。

非常簡單。到樓下去，窺探一眼，再回樓上來。喔，順便停下來拿登記櫃檯上的餐盤。煎蛋捲大概不行了，但是湯可以用傑克打字機旁的電爐重新加熱。

（喔對啊，別被殺了，說不定他帶著刀子躲在那兒呢！）

她走向梳妝台，試著甩去籠罩在身上的恐懼。散落在梳妝台上面的是一大堆零錢、一疊飯店載貨車的加油帳單、兩管傑克隨身攜帶卻難得抽的菸斗……及他的鑰匙圈。

她拿起鑰匙圈，握在手中半晌，又放下。她動過出去後將臥房門鎖上的念頭，但就是覺得不妥。丹尼在睡覺。模模糊糊的火災想法閃過她的心中，還有其他啃噬得更用力的東西，但她沒去多想。

溫蒂穿過房間，猶疑不定地站在門邊片刻，然後從睡袍口袋拿出刀子，右手握住木製的刀柄。

她拉開門。

通到他們住處的短廊空蕩蕩的。牆上間隔規律的電氣燭台全都耀眼地發著光，突顯出地毯藍色的背景及彎彎曲曲、交織的圖案。

（看，這裡沒有鬼吧！）

（不，當然沒有。它們希望妳出去，希望妳做些女人會做的蠢事，那正是妳現在要做的事。）

她又開始遲疑，悽慘地困在中間，不想離開丹尼和安全的房間，同時又極為渴望能消除自己的疑慮，確認傑克仍然……安全地隔離起來。

（當然他還在裡頭。）

（可是那些說話聲）

（根本沒有說話聲。是妳的幻想。是風聲。）

「那不是風聲。」

她自己的聲音害她嚇一跳，但是聲音裡十足的確信驅使她往前走。刀子在她身側擺動，將不同角度的光反射在絲質的壁紙上。拖鞋在地毯的短呢絨上沙沙作聲。她的神經如電纜一般充滿嗡嗡聲。

她到達主走道的轉角，仔細觀望四周，她的情緒緊繃，迎接任何有可能看到的東西。那兒什麼也沒看見。

遲疑了一會兒後，她轉過轉角，開始沿著主走道往下走。朝幽暗的樓梯間所走的每一步都加深她的恐懼，讓她意識到自己把沉睡的兒子留在身後，孤孤單單的無人保護。拖鞋踩在地毯上發出的聲音聽來似乎越來越響亮；她兩度回頭看，以說服自己沒人在後面鬼鬼祟祟地接近她。

她走到樓梯間，把手擱在欄杆頂端冰冷的端柱上。到樓下大廳共有十九個寬廣的台階，她數過很多次所以非常清楚。十九階鋪了地毯的樓梯踏板，傑克並沒有蹲伏在任何一階上頭。當然沒有。傑克被關進食物儲藏室，鎖在沉重的鋼製插銷及厚厚的木門後。

但是大廳幽黑，而且滿是陰影。

她的脈搏在頸部強烈、不間斷地砰砰直響。

前方稍微靠左的位置，電梯的黃銅裂口嘲笑地敞開著，邀請她踏入享受一段生命之旅。

（不用了，謝謝）

電梯車廂內垂飾著粉紅及白色的縐紗彩帶，五彩碎紙從兩個管狀的派對拉砲中迸發出來，倒在左後方角落的是香檳的空瓶。

她察覺到上方的動靜，迅速轉身，仰望通往漆黑二樓平台的十九級台階，什麼也沒看見；然而眼角令她不安地感覺到，有什麼

（東西）

在她眼睛能留意之前，躍回樓上走廊更幽暗的地方。

她再低頭看著樓梯。

抓著木製刀柄的右手在流汗；她將刀子換至左手，在睡袍的粉紅色毛巾布上抹一抹右掌，再把刀子換回右手。幾乎沒注意到她的大腦下令身體往前走，她開始下樓梯，左腳跨出後換右腳，左腳接著右腳，空著的手在扶手上輕輕地拖著。

（舞會在哪裡？別讓我把你們嚇跑了，你們這捆發霉的裹屍布！沒人嚇得了拿著刀子的女人！我們來放點音樂吧！讓氣氛熱烈一點吧！）

下了十階，十二階，十三階。

一樓走廊的燈光透進一絲晦暗昏黃的光線到這兒，她記著必須將餐廳入口旁，或是經理辦公室內的大廳電燈打開。

然而有道光線來自別處，微弱的白光。

無疑地，是日光燈，廚房裡的。

她停頓在十三階，試著回想她與丹尼離開時是否關掉電燈，或是讓燈開著。她就是想不起來。

在她下方，大廳裡，高背椅赫然顯現在群聚的陰影中。一層積雪在大廳門的玻璃印上清一色的白。沙發靠墊的黃銅飾鈕如貓眼般隱約地閃耀著。這兒有上百個地方可以躲藏。

她的雙腿由恐懼支撐著，繼續往下走。

現在十七階，接著十八階，然後十九階。

（大廳層到了，女士。請小心地跨出去。）

舞廳門開得大大的，僅有黑暗溢出。裡頭傳出穩定的滴答聲，像是炸彈。她全身一僵，繼而想起壁爐架上那個玻璃罩下的時鐘。一定是傑克或丹尼上了發條……抑或是鐘自己上的發條，就像「全景」裡別的一切。

她轉向接待櫃檯，意圖穿過櫃檯門和經理辦公室進入廚房。她可以看見原本計畫當午餐的餐盤散發著黯淡的銀光。

突然時鐘敲了起來，發出不十分響亮的叮噹聲調。

溫蒂僵住，舌頭升起頂到上顎。接著她放鬆下來。時鐘正要敲八下，就這樣而已。八點……五、六、七……

她數算著鐘聲，忽然間似乎覺得在時鐘靜止前不該再行動。

……八……九……

（？？九？？）

……十……十一……

猛然間，遲了一步地，她恍然大悟，轉身笨拙地跑向樓梯，已經明白自己太遲了。但是她怎會知道呢？

十二。

舞廳內全部的燈光亮起，銅管樂器洪亮、尖銳的巨大聲音響起。溫蒂大聲尖叫，她的叫聲與那些黃銅肺所發出的刺耳鳴響相比根本微不足道。

「摘下面具！」呼喊聲迴盪著。「摘下面具！摘下面具！」

然後聲音淡出，彷彿走下時間的長廊，再度留下她孤身一人。

不，不是孤單一人。

她轉身，他朝她撲來。

是傑克，卻又不是傑克。他的眼睛閃著空洞、兇殘的光芒，熟悉的嘴巴如今掛著令人戰慄、毫無喜悅的笑容。

他一手拿著短柄槌球的球桿。

「妳以為把我關進去了？妳以為自己辦到了嗎？」

球桿呼嘯著劃過空氣。她往後退，被厚實的墊腳椅絆倒，跌到大廳的地毯上。

「傑克——」

「妳這個婊子，」他低聲說：「我很清楚妳的本性。」

球桿再次以致命的速度咻咻地揮下，撞入她柔軟的腹部。她放聲尖叫，突然淹沒在無垠的痛苦中。朦朦朧朧地，她看見球桿彈回去。突如其來令她漸漸麻木的現實讓她頓時領悟到，他打算用握在手中的球桿將她毆打到死。

她想要再對他呼喊，央求他看在丹尼的份上住手，但是他敲得她喘不過氣來。只能勉強發出微弱的嗚咽，幾乎算不上是聲音。

「好啦！現在老天為證，」他齜牙咧嘴地笑著說，將腳墊椅踢到一旁。「我想妳會乖乖吃藥了吧！」

球桿嘶鳴地揮下。溫蒂滾到左側，她的睡袍纏到膝蓋上。球桿撞到地板上時猛然一震，讓傑克的掌握放鬆。他不得不彎身撿起，趁他撿的時候，她奔向樓梯，一口氣終於抽噎著喘過來，腹部的瘀傷一陣陣地抽痛。

「婊子，」他齜牙咧嘴地說，邁步追她。「妳這臭婊子，我想妳總會得到報應的。我想妳一定會的。」

她聽見球桿呼嘯劃過空中，接著右邊爆發極劇的疼痛，槌頭剛好擊中她的胸線下方，打斷兩根肋骨。她往前倒在台階上，撞到受傷的那一側，新的痛楚將她撕裂。然而本能驅使她翻身，滾開，球桿颼颼地經過她的臉側，明顯僅差一吋就擊中。槌子發出一聲悶響，重擊在樓梯地毯深厚的呢絨上。就在這時她看見刀子，由於跌倒而從她手中震落的刀，就亮晃晃地躺在第四階的樓梯踏板上。

「婊子。」他重述一次。球桿落下。她用力把身體撐起，球桿就落在她的膝蓋骨下方。她的腿下半部頓時像著火似的，血從小腿肚流淌下來。緊接著球桿又再次揮下。她猛然把頭一甩躲開球桿，槌子撞擊在她的脖子與肩膀之間凹陷處的樓梯踏板上，擦去她耳朵的皮肉。

他再度向下揮舞球桿，這一回她滾向他，滾下樓梯，進入他揮動的弧線中。當斷掉的肋骨撞擊、摩擦時，她發出慘叫。她用身體攻擊他的小腿，他失去平衡，憤怒驚訝地大叫一聲向後摔，兩腳輕輕搖晃想繼續踩穩在樓梯踏板上。然後他重重地跌到地板上，球桿從他的手中飛出。他坐起身，用驚愕的眼神瞪了她半晌。

「我會宰了妳。」他說。

他翻滾，伸長手去抓球桿的握柄。溫蒂強迫自己站起來，左腿將一陣又一陣的疼痛直傳到臀部。她的臉色灰白但堅定。當他的手握住槌球桿的柄時，溫蒂跳到他的背上。

「噢，上天啊！」她對著「全景」陰影幢幢的大廳高聲叫著，將廚房刀子整個插入他的下背部，直沒入柄。

他在她底下身體一僵，然後發出尖叫。她覺得自己這一輩子不曾聽過如此駭人的聲音，彷彿飯店所有的木板、門窗都在尖叫。叫聲似乎無窮盡地繼續下去，而他在她重量下的身體維持如木板般的僵硬。他們宛如在起居室偽裝的馬與騎士；只除了他那紅黑格子的法蘭絨襯衫背部顏色越來越深，被逐漸擴散的血給浸透。

然後他正面往前撲倒，猛然的震盪將她摔下撞到受傷的脅腹，害她呻吟出聲。

她躺著粗喘了一陣子，無法動彈，全身從頭到尾無不劇烈地抽痛。每次吸氣，就有東西惡狠狠地刺她，而擦傷耳朵所流出的血把脖子都弄濕了。

四周只有她吃力喘息的聲音、風聲，及舞廳裡時鐘的滴答聲。

最後她勉強站起，一瘸一拐地走向樓梯。到達那兒後，她緊攀住端柱，頭垂下來，一波波暈眩朝她襲來。等到頭暈稍微過去，她開始攀爬，利用沒受傷的腿，並用手臂抓著樓梯扶手往上拉。她一度抬起頭來，期待能看見丹尼在那裡，但樓梯上空無一人。

（感謝天，他自始至終都在睡覺，謝天謝地。）

爬了六階她就得休息，她的頭低垂，金髮盤繞在扶手上。空氣呼呼地通過喉嚨令她疼痛，彷彿長了倒鉤似的。她的右側一大片腫脹、發燙。

（加油啊！溫蒂，振作點，老朋友，等到把身後的門鎖上，再來瞧瞧傷勢吧！還剩下十三階要爬不算太糟。等妳到樓上走廊時就可以用爬的。我允許妳。）

她在斷裂的肋骨可允許的範圍內，儘可能深吸一口氣，然後半拉、半跌地再往上一階，接著再一階。

當她到第九階，幾乎快爬到一半時，傑克的聲音從下方傳來。他沙啞地說：「妳這婊子，妳殺了我。」

如午夜般陰暗的恐懼席捲她全身。她回過頭，看見傑克緩緩地站起來。他的背彎著，因此她能看見廚房刀子的柄插在上面。他的眼睛似乎緊縮，幾乎消失在周圍蒼白、下垂的皮膚皺摺之中。他的左手鬆弛地抓著短柄槌球的球桿，槌子末端血淋淋的，她粉紅色毛巾布睡袍的碎片黏在差不多正中央的位置。

「我會把妳的藥給妳。」他喃喃地說，開始蹣跚地走向樓梯。

溫蒂害怕得啜泣，又開始奮力往上拉：十階、十二、十三。然而一樓走廊看來仍如遙不可及的山巔一般的高遠。她現在喘著氣，脅腹抗議地尖叫，頭髮雜亂地在面前來回擺盪，汗水刺痛她的雙眼。耳邊似乎充滿舞廳裡圓罩時鐘的滴答聲，與其呼應的是，傑克開始爬樓梯所發出的氣喘吁吁、極為痛苦的喘息聲。

51. 哈洛倫抵達

賴瑞·德爾金是個高瘦的男人，一臉陰鬱的表情，頭頂上是濃密的紅色長髮。哈洛倫找到他時，他正要離開康諾克加油站，悶悶不樂的臉深埋在軍隊發放的連帽雪衣中。無論哈洛倫從多遠的地方來，他在這種暴風雪的日子都不願意再接任何生意，甚至不情願將兩台雪上摩托車之一租借給這名堅持要上老「全景」、怒目而視的黑人。在塞威這個小鎮生活了大半輩子的人當中，這家飯店的臭名昭彰。那上面發生過謀殺案；一群流氓經營過那地方一陣子，無情的商人也經營過一陣子。而發生在老「全景」的事從來沒有登上報紙，因為有錢能使鬼推磨。但是塞威的居民相當清楚。飯店的女服務生大多來自這兒，而女服務生看到的事可多了。

不過，當哈洛倫提及霍華·柯特瑞爾的名字，並秀給德爾金看藍色連指手套內側的標籤後，這位加油站老闆的態度軟化了。

「他叫你來這兒的啊？」德爾金詢問，打開修車間的鎖，帶領哈洛倫進去。「知道那老廢物還有點腦筋真是太好了。我還以為他完全沒有了哪！」他輕輕撥一下開關，一排非常陳舊、非常骯髒的日光燈發出嗡嗡聲，懶洋洋地亮起。「老兄，你怎麼會突發奇想要上去那地方啊？」

哈洛倫的精神快要崩潰。進入塞威的最後幾哩狀況非常糟糕，一度有強風以肯定超過六十哩的時速吹得別克旋轉了三百六十度。目前還有好幾哩的路要走，只有老天知道路的盡頭是什麼。他為男孩感到害怕。現在差十分鐘就快七點了，他還要再從頭說一次這些不著邊際的廢話。

「上面有人遇到麻煩，」他非常謹慎地說：「管理員的兒子。」

「誰？托倫斯的男孩？他會有什麼麻煩？」

「我不曉得。」哈洛倫咕噥地說。他對這需要花費的時間感到厭煩。他在和一個鄉下人說話，他很清楚所有的鄉下人同樣都覺得做生意需要拐彎抹角，在投入買賣的核心前，必須先嗅一嗅周圍的邊邊角角。但是現在沒時間了，因為他是個嚇壞了的黑鬼，假如對話再繼續久一點，他可能直接決定慌忙逃走。

「聽著，」他說：「拜託。我需要上去，我得有輛雪上摩托車才上得去。我會付你錢，但是拜託，讓我可以繼續做我的事！」

「好啦，」德爾金絲毫不以為意地說：「如果是霍華叫你來的，那就沒問題啦。你就用這輛北極貓吧！我會加五加侖的汽油到油桶裡。油箱是滿的，我想，夠載你上去再下來。」

「謝謝。」哈洛倫說，口氣並不十分鎮定。

「我收你二十塊錢，那包含乙基汽油。」

哈洛倫從皮夾摸出一張二十塊的鈔票遞給他。德爾金幾乎看也沒看就塞進襯衫口袋。

「我想或許我們最好連外套也交換一下，」德爾金說著，脫掉他的連帽雪衣。「你那件大衣今晚不管用。你還雪橇時再跟我換回來。」

「喔，嘿，我不能——」

「別跟我爭，」德爾金打斷他，仍然很和善地。「我不會把你送出去凍死。我只需要走兩條街就到自己的晚餐桌上了。拿過來吧！」

哈洛倫有點頭昏腦脹的，用自己的大衣換來德爾金有羊毛襯裡的連帽雪衣。頭頂上的日光燈微微地嗡嗡叫，讓他想到「全景」廚房裡的電燈。

「托倫斯的男孩，」德爾金搖搖頭說：「長得很好看的小傢伙，對吧？他跟他爸在真的下雪前常常來這裡，大多時候是開飯店的貨車。在我看來，他們兩個真的黏得很緊。那是個愛他爸爸的小男孩。希望他平安無事。」

「我也希望。」哈洛倫將雪衣的拉鍊拉上，帽子繫好。

「我幫你把這車推出去。」德爾金說。他們把雪上摩托車推過沾滿油污的混凝土地，往修車間去。「你以前騎過這種車嗎？」

「沒有。」

「喔，這沒什麼啦！操作指南貼在儀表板上，不過實際上只有停和走而已。你的油門在這裡，就像摩托車的油門一樣。煞車在另一邊。轉彎時身體跟著傾斜。這輛寶貝在壓實的積雪上可以跑到七十，但是在這種粉狀雪上，你開不到五十就逼得很緊了。」

他們到了加油站前面積滿雪的空地，德爾金提高音量，好讓聲音壓過不斷襲擊的風聲。「沿著路開啊！」他對著哈洛倫的耳朵大喊：「注意護欄的柱子和路標，我想你就不會有事的。如果你衝到路外頭，就死定了。明白嗎？」

哈洛倫點頭。

「等我一下！」德爾金吩咐他，接著跑回修車間。

在他離開的期間，哈洛倫轉動點火的鑰匙，壓一下油門。雪上摩托車咯隆幾聲後，莽撞而不穩地啟動了。

德爾金回來時，拿著一個紅黑色的滑雪面罩。

「把這個戴在帽子底下！」他喊道。

哈洛倫套上面罩。面罩非常緊貼，但是阻隔了最後一道令人麻木的風，護住臉頰、額頭和下巴。

德爾金傾身靠近，好讓哈洛倫聽得見他說的話。

「我猜你應該知道一些事情，就像霍華有時候一樣，」他說：「那無所謂，只不過那地方在這一帶的名聲不大好。你要的話，我可以給你一把來福槍。」

「我不認為那會有什麼幫助。」哈洛倫回喊道。

「你說了算。不過，如果你接到男孩的話，把他帶到桃子巷十六號，那位太太會供應一些湯。」

「好的。感謝你所提供的一切。」

「你當心點！」德爾金叫嚷著：「沿著路開啊！」

哈洛倫點點頭，慢慢轉動油門。雪上摩托車隆隆地前進，頭燈在繁密落下的大雪中，乾淨俐落地切出圓錐形的光亮區塊。他從後照鏡看見德爾金舉起的手，也舉起自己的手回禮。然後他輕輕將把手推向左邊，騎到主街上，雪上摩托車平穩地行駛在街燈投射出的白光下。車速表保持在時速三十哩。現在時刻是七點十分。在「全景」，溫蒂和丹尼在睡覺，傑克·托倫斯正和前任管理員討論生死攸關的事。

沿著主街行駛了五條街後，到達街燈的盡頭。有半哩左右都是小房子，全都扣得緊緊的以抵擋暴風雪，再過來是只有狂風咆哮的黑暗。除了雪上摩托車頭燈微弱的光矛之外，四周毫無燈火。在漆黑之中，恐怖再度逼近他，如孩子般的恐懼、憂鬱和沮喪。他不曾覺得如此孤單過。當塞威少數的幾盞燈逐漸減弱，繼而消失在後照鏡中，有好幾分鐘，想要掉頭回去的衝動幾乎難以抑制。他瞭解到儘管德爾金如此擔心傑克·托倫斯的孩子，但也沒有提出要騎另一輛雪上摩托車和他一起來。

（那地方在這一帶的名聲不大好。）

咬緊牙關，他再多加兩下油門，看著車速表的指針爬過四十，維持在四十五。他似乎飛快地前進，然而他仍擔心不夠快。以這種速度，他需要將近一個小時才能抵達「全景」。但是速度再快的話，他恐怕永遠也到不了。

他的眼睛緊盯著飛逝而過的護欄，及安置在每個護欄頂端、十分硬幣大小的反光片。許多都埋在積雪下。有兩次他驚險地太晚看見彎路的標示，感覺雪上摩托車騎上掩蓋住陡坡的雪堆，再轉回到道路夏天原本該在的位置。里程表以令人抓狂的緩慢節奏報著里程數——五、十，好不容易到十五。即使罩在編織的滑雪面罩後頭，他的臉依然開始凍僵，雙腿也漸漸失去感覺。

（我想我該花個一百大洋買件滑雪褲。）

每過一哩，他的恐懼就加深，彷彿這地方的空氣有毒，你越靠近毒氣就越濃。以前曾經像這樣子嗎？他從來沒有真正喜歡過「全景」，也有其他人跟他有相同的感覺，但從來不曾如此。

他感覺得出在塞威外圍幾乎將他擊垮的聲音仍舊企圖闖入，通過他的防護網進入裡頭柔軟的核心。假如它在二十五哩前威力就很強大了，那現在將變得多麼強呢？他無法完全將它摒除在外。有些東西悄悄滲入，讓他的大腦潛意識中充斥著不祥影像。他得到越來越多的影像：浴室裡一名受重傷的女人，抬起雙手徒勞地抵禦毆打，他越來越覺得那女人肯定是——

（天哪，當心！）

他前方的路堤逼近有如貨運列車。胡思亂想之際，他沒注意到轉彎的路標。他猛然將雪上摩托車的龍頭使勁向右轉，車子立刻迴轉，同時傾斜。底下傳來雪胎在岩石上所發出的刺耳摩擦聲。他以為雪上摩托車會把他甩出去，而車子的確如在刀鋒平衡般搖搖欲墜，之後才半行駛、半滑回遭大雪掩埋而多少較為平坦的路面。懸崖就在他前方，頭燈映照下的路突然消失在積雪中，再過去就是一片漆黑。他將雪上摩托車轉到另一個方向，頸部的脈搏虛弱地跳動著。

（要行駛在道路上啊！迪克老友。）

他強迫自己再加一下油門，現在車速表的指針固定在將近五十。風呼嘯狂吼，頭燈刺探著黑暗。

不知過了多久之後，他繞過積雪成堤的彎道，看見前方微微閃動的燈光。僅此一瞥，緊接著隆起的地層就遮住了亮光。那一瞥太過短暫，因此他說服自己那只是一廂情願的想望，不久，另一次轉彎讓燈火再度映入眼簾，稍微近些，持續了幾秒。這回他不再質疑真實性，他以前從方才這個角度看過太多次了。是「全景」。看來像是一樓及大廳層的燈光。

他的某些恐懼——擔心會騎車衝出路外，或是在沒看見的彎道撞毀雪上摩托車的擔憂——徹底消失。車子穩當迅速地駛入S彎道的前半段，那是他一步一步都極有把握記得的路段，就在這時候頭燈辨別出

（噢我的老天爺啊，那是什麼）

擋在他前方的路中間，以鮮明的黑白色所描繪出的物體。哈洛倫起先認為是碩大得可怕的灰狼，風雪將其從高地區域驅趕下來。然而當他逐漸接近，辨認出那是什麼後，他感到萬分驚恐。不是狼，而是獅子。樹籬獅子。

它的面貌掩蓋在黑色的陰影及粉狀的細雪下，腰腿上緊發條準備跳躍。它確實一躍而起，彈躍的後腿所揚起的粉狀雪，無聲地迸發出透明的閃光。

哈洛倫大叫一聲將把手用力向右轉，同時低下身子。抓傷、撕裂的疼痛胡亂地劃過他的臉、頸部和肩膀。滑雪面罩連背面整個被撕開。他被雪上摩托車拋出去，撞到雪地，犁過雪堆，翻轉過來。

他能感覺到它朝自己衝來。他的鼻孔嗅到綠葉和冬青的苦味。巨大的樹籬腳爪擊中他的腰

背，他在空中飛了十呎，全身攤開宛如破布娃娃。他看見雪上摩托車——無人騎乘，直撞上路堤，前輪翹起，頭燈探照著天空，然後砰一聲掉落，停止轉動。

樹籬獅子接著撲到他身上，發出輕微爆裂的沙沙聲響。有東西刮過雪衣前襟，將衣服撕成碎片。也許是堅硬的細枝，但哈洛倫知道是爪子。

「你不在這兒！」哈洛倫對著邊繞圈子邊咆哮的樹籬獅子大喊：「你根本不在這兒！」他掙扎著站起來，朝雪上摩托車走到一半時，獅子突然撲向前，用針尖似的腳爪猛打他的頭。哈洛倫看見無聲的爆炸火花。

「不在這兒。」他再說一次，但只剩越來越微弱的低喃。他的膝蓋失衡，讓他跌進雪中。他爬向雪上摩托車，右臉一片血淋淋的。獅子再度攻擊他，將他像烏龜般地翻轉過來。它嬉鬧地大吼。

哈洛倫奮力地將手伸向雪上摩托車，他所需要的在車上。但獅子再次撲上他，又撕又抓。

52. 溫蒂與傑克

溫蒂冒險再回頭看一眼。傑克在第六階，同她自己一樣緊攀住樓梯扶手。他仍張嘴笑著，暗褐色的血液從咧開的笑容緩緩流出，順著下顎的線條滑落。他朝她露出牙齒。

「我要狠狠敲妳的腦袋，把妳的腦袋敲到扁進去。」他再費勁爬上另一階。

驚慌激勵著她，使得脅腹的疼痛減弱一些。不顧身上的痛楚，她盡快地使勁往上拉，突然使出力氣猛拉扶手。好不容易到達頂端，她往後瞄一眼。

他的力氣似乎逐漸增加，而不是減弱。他距離頂端僅剩四階，一邊用右手拚命往上拉，一邊用左手的球桿測量距離。

「就在妳後面啊！」他用淌血咧開的嘴氣喘吁吁地說，彷彿看穿她的心思。「馬上就追上妳了，婊子。帶著妳的藥。」

她跌跌撞撞地逃往主走道，雙手壓著脅腹。

一間客房的門猛地打開，一個戴著綠色食屍鬼面具的男人蹦出來。「很棒的舞會，對吧？」他正對著她的臉尖叫，拉扯派對拉砲上塗了蠟的細繩。隨著迴響的爆炸聲，縐紗彩帶突然間飄落在她四周。戴著食屍鬼面具的男人呵呵笑著，砰地甩門回到自己房間。她整個人往前跌倒在地毯上。右脅腹似乎疼得爆裂，她拚命避免陷入意識不清的黑暗中。朦朦朧朧地，她聽見電梯又在運轉，張開的手指底下可以看見地毯的圖樣好像在動，縱橫交錯地搖擺纏繞。

球桿砰的一聲落在她後面，她啜泣著往前一撲。轉過頭，看見傑克蹣跚地向前走，東倒西歪地，舉起球桿往下一揮後立刻摔倒在地毯上，噴出一大口鮮血在地毯的呢絨上。

槌頭直接擊在她的肩胛骨中間，有一瞬間疼痛過於劇烈，她只能扭動身體，雙手張開又緊握。她清楚地聽見體內有什麼斷裂了，好一會兒她只有隱約、微弱的意識，彷彿只是透過一層朦朧的薄紗在觀察這些事。

然後完整的意識恢復，恐懼與疼痛隨之而來。

傑克試著起身，好完成任務。

溫蒂想要站起來，卻發現毫不可能。她一施力，就感覺似乎有電流順著背部上下竄動。她開始以側泳的姿勢爬行。傑克爬著追她，利用槌球的球桿當作支柱或枴杖。

她到達轉彎處，用雙手奮力猛拉牆角，使勁繞過去。她的恐懼加深了，原本她不相信這是有可能的，但事實如此。無法看見他，或是不知道他有多接近，比之前還要恐怖百倍。她扯掉一撮撮地毯的呢絨竭力將自己拉向前，當她爬到這條短廊的一半時，才注意到寢室的門大敞。

（丹尼！噢天啊）

她勉強自己跪起來，接著拚命手指用力抓著旁邊站起來，手指在絲質壁紙上滑動，指甲扯落些許細長條的壁紙。她忽略疼痛，半走、半拖著腳步經過門口，此時傑克繞過遠處的轉角，倚靠著球桿，朝打開的門猛衝過來。

她抓到梳妝台的邊緣，把身體支撐起來靠在上頭，並且急忙抓住門框。

傑克對她吼叫：

「妳不准把門關上！可惡啊，妳敢把門關上！」

她砰地把門關上，閂上插銷。她的左手胡亂摸找著梳妝台上零亂的東西，將硬幣碰落到地板上，向四面八方滾去。就在球桿呼嘯著揮落在門上，使得門在門框內震顫時，她的手終於抓到鑰匙圈。她戳了二次才把鑰匙插入鎖孔，向右一轉。聽見鎖簧彈落的聲音，傑克立即高聲大吼。球桿連續轟隆隆地擊打著門，讓她畏怯地向後退。他的背上插著刀怎麼還能辦得到這種事？他從哪裡找到這等力氣？她想要朝著上鎖的門放聲尖叫：你爲什麼沒死？

然而她只是轉身。她和丹尼得走進附屬的浴室，並且把那扇門也鎖上，以防萬一傑克真的能突破臥室門。由送菜升降機井逃下去的瘋狂念頭突然閃過她的心上，不過她否決了。丹尼夠瘦小塞得進去，但她沒辦法控制牽引的繩索。他很可能一路摔到底。

必須到浴室。如果傑克連那裡也突破的話——

但是她不容許自己想下去。

「丹尼，寶貝，你得醒來——」

然而床鋪是空的。

剛才他開始睡得比較熟的時候，她幫他蓋上毛毯和一床被。現在全都掀開了。

「我會逮到妳的！」傑克吼叫著：「我會逮到你們兩個人的！」每隔一個字就會插入槌球桿的重擊聲，但是溫蒂全都忽視。她全心的注意力都集中在空無一人的床鋪。

「出來！打開這該死的門！」

「丹尼？」她低聲輕喚。

肯定是……在傑克攻擊她的時候，他感應到了，如同他向來似乎能感應到激動的情緒一般。或許他甚至在惡夢中預見了整件事。他躲起來了。

她動作不靈活地跪下去，忍受腫脹流血的腿突來的另一波劇痛，察看床底下，但除了塵埃和傑克的臥室拖鞋外什麼也沒有。

傑克叫嚷著她的名字，這一次當他揮動球桿時，門上的一長條木頭碎片彈出，噼啪一聲從硬木板上剝落。接下來的一擊帶來令人不舒服的破碎斷裂聲，像是手斧劈乾柴的聲音。沾滿鮮血的槌頭，憑它自己的本事擊碎鑿開，敲穿門上新開的洞，抽出後又落下，讓木頭碎片飛到房間的另一頭。

溫蒂利用床腳奮力再站起來，一瘸一拐地走到房間另一頭的衣櫃。斷裂的肋骨刺著她，她不禁呻吟出聲。

「丹尼？」

她狂亂地將掛著的衣物撥到一旁；有些從衣架上滑落，毫不優雅地飄落到地板。他不在衣櫃裡。

她跛著腳走向浴室，到達門邊時，她回頭一瞥。球桿再度嘩啦一聲地擊破門，把洞再擴大，接著出現了一隻手，摸找著插銷。她驚恐地發現她將傑克的鑰匙圈懸掛在鎖上。

那隻手猛然將插銷拉開，拉開時碰到那串鑰匙。鑰匙發出愉快的叮噹聲。那手得意揚揚地抓住鑰匙。

她嗚咽著，努力地擠進浴室，就在她使勁關上門的那一刻，寢室門猛然打開，傑克怒吼著衝進來。

溫蒂閂上插銷，扭上彈簧鎖，拚命地四處張望。浴室裡沒人，丹尼也不在這裡。但是當她看見藥櫃鏡子中自己滿是血污、驚駭的臉孔時，她很慶幸。她從不認為孩子應該目睹父母親的小爭吵。也許此刻咆哮著在臥室走來走去，把家具翻倒砸毀的東西，會在追逐她兒子之前終於癱垮。或許，她想，也有可能由她更嚴重地傷害它……或者，殺了它。

她的目光迅速掠過浴室中機器製的平滑陶瓷表面，找尋任何可當成武器的東西。那邊有一塊肥皂，但就算包裹在毛巾裡，她也不認為有足夠的殺傷力。其他每樣東西都是鎖死不能動的。天啊！她難道無計可施了嗎？

門外，野獸破壞的聲音持續不斷，伴隨著口齒不清的吼叫，像是他們會「吃下他們的藥」以及「為他們對他做的事付出代價」。他會「讓他們明白誰是老大」。他們是「沒用的小狗」，兩個人都是。

外頭傳來她的唱機翻倒時砰的一聲巨響，二手電視的映像管砸碎時重濁的碰撞聲，接著窗玻璃哐噹一聲後，一陣冷風從浴室門底下鑽進來。另外還有，傑克從他們相擁共眠的兩張單人床上將床墊扯下時，所發出低悶的重擊聲。和他用球桿胡亂敲打牆壁時的轟隆聲。

雖然如此，在那咆哮、抱怨、發怒的聲音中並沒有真正的傑克。那聲音時而轉換成自憐聲調的哀號，時而升高成駭人的尖叫；令她膽寒地回想起高中時暑期打工的醫院，偶爾從老人病房傳來的那種尖叫聲。老年癡呆症。外頭的人不再是傑克。她聽見的是「全景」本身發狂、精神錯亂的聲音。

球桿撞擊浴室的門，敲下一大塊薄薄的鑲板。半張瘋狂抽搐的臉直瞪著她。嘴巴、臉頰和頸部鮮血淋漓，她唯一看得見的那隻眼睛小得像豬似的閃閃發亮。

「妳這賤貨，沒地方可逃了。」它咧開嘴笑著對她氣喘吁吁地說。球桿再度落下，將木頭碎片打進浴缸，飛到藥櫃反射的鏡面上——

（！！藥櫃！！）

她旋身時發出拚死的哀鳴，暫時忘卻疼痛，猛然將藥櫃上鑲著鏡子的門打開。開始笨手笨腳地翻找裡頭的物品。身後嘶啞的聲音怒吼著：「我馬上進來了！妳這隻豬，我馬上就進來了！」它以機器般規律的狂暴動作拆毀那扇門。

瓶瓶罐罐在她瘋狂搜尋的手指前倒下——咳嗽糖漿、凡士林、可麗柔草本精華洗髮精、雙氧水、苯作卡因麻醉劑——全都掉進水槽摔得粉碎。

她的手剛握住雙刃刮鬍刀片的分片器，就聽見那隻手在摸索插銷和彈簧鎖。她滑出一片刮鬍刀片，緊張地摸弄著，呼吸變成刺耳淺短的喘息。她割傷了自己的拇指根。旋過身去割那隻手，它已經轉開彈簧鎖，正在摸找插銷。

傑克放聲大叫，手猛然縮回。

喘著氣，刮鬍刀片夾在拇指和食指之間，她等待他再嘗試。他試了，她再亂割。他再度尖叫，想要抓住她的手，她又再割他。刮鬍刀片在她手裡旋轉，再次割傷她，然後掉落在馬桶旁邊的地板上。

溫蒂再從分片器滑出另一片刀片等著。

另一間房有動靜——

（？？要離開了？？）

有聲音由臥室窗戶傳過來，是馬達。高亢，如昆蟲似的嗡嗡聲。

傑克發出怒吼，然後——沒錯，沒錯，她很確定——他離開管理員的住處，費力穿過一片狼籍到外頭走廊去。

（？？誰來了？是巡邏隊員？還是迪克·哈洛倫？）

「噢天啊！」她的口中斷斷續續地吐出喃喃低語，嘴巴似乎充塞了斷裂的木片和老舊的鋸木屑。「噢神啊！噢求求祢。」

她得馬上離開，得去找她兒子，這樣他們才能肩並肩地面對其餘的惡夢。她伸出手去摸插銷，手臂彷彿伸長好幾哩，最後好不容易把插銷拉開。她推開門，搖搖晃晃地走出去，忽然間確信傑克只是假裝離開，其實是在等著她，這個可怕的想法把她嚇壞了。

溫蒂張望四周。房間是空的，起居間也是。到處都是凌亂、破碎的物品。

衣櫃呢？空的。

頓時，眼前一片朦朧、深淺不一的灰向她襲來，她跌在傑克從床鋪扯下來的床墊上，失去了意識。

53. 哈洛倫遇襲

哈洛倫觸及翻覆的雪上摩托車時，一哩半外的溫蒂正努力爬過轉角，進入通往管理員住處的短廊。

他想要的不是雪上摩托車，而是用兩條鬆緊帶綁在車後的汽油桶。他的雙手仍戴著霍華．柯特瑞爾的藍色連指手套，抓住頂端的鬆緊帶，將帶子解開，此時樹籬獅子在他背後咆哮，那聲音彷彿是在他的腦袋裡，而不是發自外頭。強勁、有刺的一掌擊中他的左腿，打得膝關節彎曲到從未預期過的角度，使膝蓋疼得發出哀鳴。哈洛倫緊閉的牙關逸出一聲呻吟。它已厭倦了玩弄他，現在隨時都會撲過來殺他。

他緊張地摸找第二條帶子。黏稠的血液流進他眼睛。

（吼叫！掌摑！）

這一下抓過他的臀部，差點讓他摔倒，再次滾離雪上摩托車。他拚了老命地——並非誇大其詞——支撐住。

接著他解開第二條鬆緊帶，緊抱住汽油桶，這時獅子再度攻擊，使他翻轉身子仰躺在地。他再次看見它，只是黑暗及降雪中的一團影子，與活動的石像怪獸一樣令人驚駭。哈洛倫扭轉汽油桶的蓋子時，這個活動的影子高視闊步地走向他，踢起一團團的雪霧。當它再次向前時，蓋子旋開了，釋放出汽油的刺鼻氣味。

哈洛倫努力跪起身，當它低伏著以不可置信的快速襲擊他時，他把汽油潑灑在它身上。

它發出嘶嘶、吐唾沫的聲音，往後退。

「汽油！」哈洛倫大喊，他的聲音尖銳而破碎。「會燒死你的，寶貝！欣賞一下吧！」

獅子再度攻擊他，仍然憤怒地吐著唾沫。哈洛倫再次潑它，但這一回獅子並沒有退讓。它向前猛攻。哈洛倫感覺到，而不是實際看見，它的頭對準他的臉，他猛地往後退，稍微避開。然而獅子仍斜斜地擊中他的胸腔上部，那兒爆發一陣劇痛。他仍抓著油桶，汽油從裡頭汩汩流出，潑在他的右手及手臂上，冷得要命。

此時他如雪天使般地四肢攤開仰躺著，距離雪上摩托車的右邊大約十步。嘶嘶作聲的獅子龐然聳立在他左邊，又逐漸迫近。哈洛倫覺得能看見它的尾巴在抽動。

他猛力扯下右手上柯特瑞爾的手套，嚐到浸透的羊毛和汽油。他扯開雪衣的下襬，再把手塞入褲子口袋。口袋底下，和鑰匙、零錢放在一起的是非常破舊的芝寶（Zippo）打火機，一九五四年在德國買的。鉸鏈壞過一次，他送回芝寶原廠，他們免費修好，一如廣告所說的。

剎那間，一波波夢魘般的想法充溢他的腦海。

（親愛的芝寶，我的打火機被鱷魚吞噬，從飛機上掉落，消失在太平洋海溝，在「突出部之役」中鬼德軍的子彈下救了我。親愛的芝寶，如果這個混蛋點不起來，那隻獅子就會把我的頭撕掉。）

打火機拿出來了。他喀嗒一聲彈開蓋子。獅子衝向他，宛如撕裂布料的咆哮聲，他的手指輕彈點火的滾輪，火花，火焰，

（我的手）

他浸滿汽油的手倏地著火燃燒，火焰順著雪衣的袖子往上跑，不疼，還不痛，獅子畏懼於眼前突然熊熊燃燒的火炬，這隻有眼睛嘴巴的可怕樹籬雕像晃動著，驚慌而逃，但太遲了。

哈洛倫痛得擠眉皺眼，將燃燒的手臂鑽入獅子堅硬扎人的側面。

一瞬間整隻怪物燃燒起來，成為在雪上騰躍、扭動身體的柴堆。它憤怒而痛苦地狂嗥，歪歪扭扭地從哈洛倫身邊退開，彷彿在追逐自己著火的尾巴。

他將自己的手臂深深插入雪中，滅了火焰，好一會兒視線無法離開樹籬獅子瀕死的痛苦掙扎。半晌，他喘著氣站起來。德爾金連帽雪衣的袖子淨是煙灰，但並未燒壞，那同樣能形容他手的情況。山坡下距離他站的位置三十碼的地方，樹籬獅子變成一團火球。火星在天空飛舞，又被狂暴的風迅速奪走。有一瞬間它的肋骨和頭蓋骨全都遭橘紅色的火焰腐蝕，然後它似乎崩潰、瓦解，分散成若干燃燒的火堆。

（別管它了。繼續向前走吧！）

他拿起汽油桶，掙扎著走向雪上摩托車。他的意識似乎忽隱忽現，呈現家庭電影般的剪輯和零星片段，但是絕對沒有完整的影像。其中一個片段中，他意識到自己奮力將雪上摩托車扶正，然後騎上去，上氣不接下氣地，好一陣子無法移動。在另一個片段，他重新綁好仍有半桶的汽油桶。頭因為油氣而劇烈地砰砰作痛（他想，一方面也是因為與樹籬獅子的搏鬥），他由身邊雪地裡冒熱氣的孔發現自己方才吐過，但他記不得是什麼時候。

雪上摩托車的引擎仍熱著，馬上就發動了。他不平均地轉動油門，車子向前衝去，一連串足以折斷頸部的顛簸讓他的頭痛更加劇烈。起初雪上摩托車喝醉酒似的左右搖擺著前進，不過他稍微站起來，把臉探到擋風玻璃上，迎著鋒利而刺骨的疾風，驅走一些恍神。他把油門再加大一點。

（其餘的樹籬動物在哪裡呢？）

他不知道，但是至少他不會再毫無警覺地遭受襲擊。

「全景」赫然聳現在他面前，點燈的一樓窗戶投映出狹長的黃色長方形到雪地上。車道底端的大門鎖住了，他機警地環顧四周後下車，祈禱剛才從口袋掏出打火機時沒有弄丟鑰匙……沒有，鑰匙還在。他在雪上摩托車頭燈投射的亮光下翻找鑰匙，找到正確的那把後解開掛鎖，任其掉落在雪中。起先他認為自己無論如何都移動不了大門；他瘋狂似的刨開大門四周的雪，不管頭部陣陣的劇痛，以及另一隻獅子可能從後方偷偷接近的恐懼，設法將門拉離門柱一呎半，再擠進裂縫，用力推。他讓門再移動兩呎，留足夠的空間給雪上摩托車，讓車子擠過去。

驀地他留意到前方的黑暗中有動靜。那些樹籬動物，所有的，都聚集在「全景」階梯的底部，看守著進出的道路。獅子來回踱步，狗的前爪擱在第一階上站著。

哈洛倫加足油門，雪上摩托車往前一躍，背後噴起一團雪。管理員的住處內，傑克·托倫斯聽見逼近的引擎那尖銳如黃蜂的嗡嗡聲時猛然轉頭，突然又費力地朝走廊移動。那婊子現在不重要了。那婊子可以等一下，現在先輪這個骯髒的黑鬼。這個骯髒、好管閒事的黑鬼居然來插手不歸他管的事。先解決他，再解決他兒子。他會讓他們瞧瞧。他會讓他們知道……他……他具有管理的才幹。

外頭，雪上摩托車的速度急速飆升，飯店彷彿朝車子急湧過來。大雪飛上哈洛倫的臉，頭燈臨近的強光聚焦在樹籬狼犬的臉及空洞無眼窩的眼睛上。

樹籬狼犬退縮，留下一條通路。哈洛倫用盡僅存的力氣猛拉雪上摩托車的龍頭，車子急遽地反轉半圈，揚起一大片雪霧，險些翻倒。車尾撞到門前階梯的底部，反彈了一下。哈洛倫立即跳下車，跑上台階。他絆倒，跌下去，再爬起。狗在低沉地咆哮——又像在他腦子裡——就緊貼在他身後。有東西撕裂雪衣的肩膀，緊接著他人就到了門廊，安全地站在傑克從雪中鏟出的狹窄通道裡。它們體型太大無法塞進這兒。

他到達向著大廳的巨大雙扇門邊，再度翻找鑰匙。一邊找，他一邊試試看門把，門把毫無阻礙地轉動了。他推開門進去。

「丹尼！」他以嘶啞的聲音喊著：「丹尼，你在哪裡？」

回應的只有沉默。

他的目光梭巡著大廳，一直到寬廣樓梯的底部，不由得發出刺耳的抽氣聲。地毯上到處噴濺著血液。有一小塊粉紅色毛巾布睡袍的碎片。血跡一路通到樓梯上，扶手上也潑濺著鮮血。

「噢天啊！」他喃喃地說，再度揚聲叫喚：「丹尼！丹尼！」

飯店的寂靜彷彿是在嘲弄他似的，傳來十分相近、狡詐而邪惡的回音。

（丹尼？誰是丹尼？這裡有誰認識丹尼嗎？丹尼，丹尼，誰抓到丹尼？有人要玩旋轉丹尼的遊戲嗎？把尾巴別在丹尼的身上？㉜滾出去，黑人小鬼。這裡壓根兒沒人認識丹尼。）

老天，他歷經千辛萬苦而來，難道太遲了嗎？已經無可挽回了嗎？

他兩階併作一階地跑上樓，在一樓的頂端站住。血跡一路通向管理員的住處。他開始走向短廊時，恐懼輕輕地爬進他的血管，進入他的大腦。樹籬動物很可怕，但這更嚴重。在他心中，已經確定自己走到那兒時，將會發現什麼樣的情景。

他不急著看到。

哈洛倫走上樓梯時，傑克一直躲藏在電梯裡。現在他從後頭悄悄接近雪衣上覆蓋著一層雪的人影，身上一道道鮮血及血塊的幽靈，臉上浮現微笑。他儘可能高高地舉起槌球桿，在背後可憎的裂傷

（？？那個臭婊子捅了我嗎？我不記得了？？）

㉜以上皆諷刺地改編自孩童常玩的團體遊戲的名稱。

所允許的範圍內。「黑人小鬼，」他低聲說：「我要教你去管別人的閒事。」

哈洛倫聽見低語，連忙轉身，低頭，球桿咻咻地揮下。雪衣的兜帽削弱了這一擊的力道，但還不夠。煙火在他的腦袋裡爆炸，留下星星的軌跡……然後什麼也不剩。

他搖搖晃晃地撞到絲質壁紙上，傑克再次毆擊他，這一回槌球桿削到旁邊，粉碎哈洛倫的面頰骨及下顎左側大多數的牙齒，他無力地倒下。

「好了，」傑克低喃說：「現在，有上天為證。」丹尼在哪裡？他有事要找那個違規的兒子。

三分鐘後，電梯門在陰暗的三樓砰地打開，傑克．托倫斯獨自一人在裡頭。車廂停在入口的半途中，因此他必須努力攀爬上走廊的地板，痛苦地蠕動身體宛如殘障。他將破裂的球桿拖在身後。屋簷外，風在怒吼咆哮。傑克的眼睛在眼窩裡狂亂地打轉。他的髮間有鮮血及五彩碎紙。

他兒子在此，在這上面某處。他感覺得出來。聽任丹尼自行其事的話，他可能做任何事：用蠟筆在昂貴的絲質壁紙上塗鴉，損壞家具，打破窗戶。他是個騙子、說謊的傢伙，他必須受到懲罰……嚴厲的懲罰。

傑克．托倫斯掙扎著站起來。

「丹尼？」他呼喚：「丹尼，過來一下，好嗎？你做了錯事，我要你過來，像個男人一樣地吃藥。丹尼？丹尼！」

54. 東尼

（丹尼……）

（丹……）

黑暗與走廊。他徘徊在黑暗與走廊間，與存在飯店主體內的走廊相似，但有些許的不同。貼著絲質壁紙的牆壁不斷地向上延伸，縱使丹尼伸長了脖子，也看不到天花板。牆壁消失在微暗中。所有的門都鎖著，同樣也都上升到微暗中。而窺視孔下面（在這些巨大無比的門上，窺視孔的尺寸大若槍的瞄準鏡），小小的骷髏頭鎖在每扇門上取代房間號碼。

某處，東尼在呼喚他。

（丹……）

有個他非常熟悉的連續重擊的噪音，還有一聲聲粗嘎的怒吼，由於距離遙遠而模糊不清。他分辨不出每一個字，但他如今非常清楚怒吼的內容。他以前就聽過了，無論是在睡夢中或清醒時。

他停頓了一下，一個脫離尿布未滿三年的小男孩，努力判斷自己身在何處，可能位在哪裡。他有點害怕，但這種害怕他能夠忍受。他已經天天害怕擔心了兩個月，程度從隱約的焦躁不安，到全然令人驚慌的恐懼。這個他可以承受。可是他想知道東尼為何出現，為什麼會在這個走廊發出他名字的聲音，這裡既不屬於真實世界，也不是東尼偶爾帶他去看東西的夢境。為什麼，我在——

「丹尼。」

在巨大走廊遙遠的盡頭，有個與丹尼本身差不多渺小的微黑人影。是東尼。

「我在哪裡？」他輕聲問東尼。

「睡覺，」東尼說：「睡在你媽媽和爸爸的臥室裡。」東尼的語調帶著哀傷。

「丹尼，」東尼說：「你媽媽即將受到嚴重的傷害，也許被殺掉。哈洛倫先生也是。」

「不！」

他大聲哭喊，心中感到疏離的悲傷，恐懼似乎因這夢也似的陰沉氛圍而減弱。儘管如此，腦海中依然浮現死亡的影像：黏糊在收費公路上的死去青蛙有如令人厭惡的郵票；爸爸壞掉的手錶擱在準備扔掉的一箱垃圾上頭；一座座墓碑底下的死者；電線杆旁死掉的松鴉；媽媽從盤子上刮下的冷掉廚餘，沖下垃圾處理機陰暗的無底洞。

然而他無法將這些簡單的象徵與母親變化無常的複雜現實劃上等號；她符合了他孩子氣的永恆定義。她從他還不存在時就在了。當他不在時她會繼續存在。他能接受自己死亡的可能性，自從二一七號房的遭遇後，他已經能夠應付了。

但是他不能接受她死去。

也不能接受爸爸死亡。

絕不。

他開始掙扎，黑暗及走廊搖晃了起來。東尼的形影變得虛幻、朦朧。

「不要！」東尼嚷著：「丹尼，不要啊！別這麼做！」

「她不會死的！她不會！」

「那你就必須幫助她。丹尼……你現在在自己心靈很深很深的地方，就是我存在的地方。我是你的一部分，丹尼。」

「你是東尼。你不是我。我要找媽咪……我要我的媽咪……」

「不是我帶你來這兒的，丹尼。你自己來的，因為你很清楚。」

「不——」

「你一直都很清楚，」東尼繼續說，他開始走近一些。這是頭一回，東尼往前走近一點。「你在自己的內心深處，一個沒有東西能通過的地方。丹尼，我們單獨在這裡一下下。這是沒有人能進來的，被忽略的角落。這裡沒有時鐘會動。沒有一把鑰匙合用，所以時鐘永遠無法上發條。這裡的門從來不曾開過，沒有人曾經待過這些房間。但是你沒法待太久，因為它來了。」

「它……」丹尼擔心地低聲說，就在他說話的同時，那不規則的重擊噪音似乎越來越近，越來越響亮。片刻前還冷靜遙遠的恐懼，此時變得接近而急迫。那些字句現在分辨得清楚了。嘶啞、沒完沒了的；粗劣地模仿他父親的聲音所說的話語，但是那不是爸爸。他現在明白了。他知道

（是你自己來的，因爲你很清楚。）

「噢東尼，是我爸爸嗎？」丹尼高聲嚷著：「來抓我的是我爸爸嗎？」

東尼沒有回答。但是丹尼不需要答案，他很清楚。一場漫長、惡夢般的化妝舞會在這裡舉行，延續了好多年。力量一點一滴地自然增加，隱密且一聲不響地，就如銀行帳戶裡的利息。力量、怪物、幽靈，全都只是名稱而已，沒有一個重要。它戴了許多面具，但全部都是同一個。此刻在某個地方，它朝他過來了。隱藏在爸爸的臉孔後面，模仿爸爸的聲音，穿著爸爸的衣服。

但是它並非他爸爸。

它不是他爸爸。

「我得去幫他們！」他大叫。

現在東尼就站在他眼前，注視東尼有如照著神奇的鏡子，看見自己十年後的模樣，兩眼分隔頗遠且非常的幽黑，下巴堅毅，嘴型漂亮。頭髮是淡金色像他母親，然而五官的特徵與他父親如出一轍，彷彿東尼是——彷彿丹尼爾．安東尼．托倫斯將來總有一天會變成——介於父與子之間的半成年人，是兩人的重像、融合。

「你必須想辦法幫忙，」東尼說：「可是你父親……他現在和飯店站在同一陣線，丹尼。這是他想要待的地方。它也想要你，因為它非常地貪心。」

東尼走過他身邊，進入幽暗。

「等等！」丹尼大喊：「我能幫什麼——」

「他馬上要接近了，」東尼說著，依舊繼續走開。「你必須逃跑……躲起來……避開他。遠離。」

「東尼，我沒辦法！」

「但是你已經開始了，」東尼說：「你會想起你父親忘記的事。」

他走了。

從近處傳來他父親的聲音，冷靜地用甜言蜜語誘哄著。「丹尼？你可以出來了，博士。只是輕輕打一下屁股而已，像個男人一樣挨一下就結束了。我們不需要她，博士。只有你跟我，好嗎？等我們輕輕地打完……屁股後，就只剩下你跟我。」

丹尼拔腿奔跑。

在他身後，那東西在搖晃不穩地偽裝正常後脾氣發作。

「給我過來，你這小廢物！馬上！」

氣喘吁吁地喘著氣，跑到長廊盡頭，轉個彎，爬上一段樓梯。在他跑的時候，原先高聳遙不可及的牆壁開始降低；腳下原本一團模糊的地毯呈現出熟悉的藍黑色圖樣，錯綜複雜地交織在一起；房門又標了號碼，門後所有的派對照樣繼續進行，聚集了各個世代的賓客。周圍的空氣似乎微微發光，球桿敲擊牆壁的砰砰聲迴響又再迴響。他似乎衝破一層薄薄的胎盤子宮，從睡夢中衝到三樓總統套房外的地毯；旁邊血淋淋地躺成一堆的，是兩具穿著西裝、打著窄版領帶的男人屍體。他們遭槍擊死亡，現在卻又在他面前蠕動，站了起來。

他吸氣想要放聲尖叫，但叫不出來。

（！！**假面具！！不是真的！！**）

它們在他瞪視下，宛如舊照片逐漸褪色、消失。

可是在他底下，球桿擊牆的隱約聲響依舊持續，循著電梯井和樓梯間飄上來。「全景」的控制力量，化身為他父親的模樣，在一樓跌跌撞撞地走來走去。

他背後有扇門微弱地嘎吱一聲打開來。

一名腐爛的女人穿著朽壞的絲質睡衣跳了出來，發黃迸裂的手指頭上戴著幾只滿佈銅鏽的戒指。體型碩大的黃蜂在她臉上遲緩地爬著。

「進來吧！」她對他低語，咧開黑色的嘴唇笑著。「進來，我們來跳跳探——戈……」

「假面具！」他發出噓聲斥責。「不是真的！」她驚慌地從他身旁退開，往後退的同時逐漸淡出、消失。

「你在哪裡？」它高聲大喊，但是聲音依然僅存在他的腦袋裡。他仍可聽見那個戴著傑克的面具的東西在一樓……還有別的聲音。

逐步接近的馬達高亢的轟轟聲。

丹尼倒抽一小口氣，氣息哽在喉嚨。這是否只是飯店的另一張面具，另一個假象？或者是迪克？他想要相信，非常渴望地想要相信那是迪克，但是他不敢冒這個風險。

他撤退到主走道盡頭，接著走其中一條岔路，腳步在地毯的呢絨上沙沙作響。上鎖的門同方才夢境、幻覺中一樣，蹙眉不悅地俯視他，只不過現在他是在現實的世界，在這兒遊戲是來真的。

他轉向右邊，突然停住，心臟在胸口沉重地鼓動。熱氣在腳踝四周吹拂，無疑地，是來自暖氣口。今天應當是爸爸放西側暖氣的日子

（你會想起你父親忘記的事。）

到底是什麼呢？他差一點就明白了。可能可以拯救他和媽媽的東西？可是東尼說他必須自己辦到。究竟是什麼？

他背靠著牆坐下來，拚了命地想。但思考非常困難……飯店一直試圖闖入他的腦子……腦海中浮現一個垂頭彎腰的陰沉人影，左右揮動著球桿，鑿穿壁紙……激起一陣陣灰泥粉塵。

「幫幫我，」他嘟囔地說：「東尼，幫我。」

驀地他察覺到飯店變得一片死寂。馬達轟轟的聲音停了。

（一定不是真的）

舞會的聲音亦休止，只剩下風，毫不停歇地呼嘯怒號。

電梯突然嗡嗡運轉起來。

電梯正在往上。

丹尼知道是誰，或者說是什麼，在電梯裡。

他匆匆一躍而起，雙眼失控地瞪著，驚慌揪住他的心臟。東尼為何送他到三樓呢？他被困在

這上面，所有的門都上了鎖。

閣樓！

他知道有間閣樓。爸爸在閣樓裡到處散佈捕鼠器的那天，他曾和爸爸一起上來這裡。他不准丹尼和他一同上去，因為有老鼠，他擔心丹尼可能會被咬。通往閣樓的活動門是嵌在這一側最後一條短廊的天花板上，有根長桿靠在牆壁上。爸爸用長桿推開活動門，平衡的制輪裝置發出呼呼的轉動聲，門就往上升，梯子跟著擺盪下來。假如他能上到閣樓，將身後的梯子拉上去……

在他後面這個走廊迷宮的某處，電梯停下來。電梯門拉開時傳出金屬嘎啦作響的碰撞聲。緊接著一個聲音——現在不是在他腦子裡，而是非常具實地——呼喊著：「丹尼？丹尼，過來一下，好嗎？你做了錯事，我要你過來，像個男人一樣地吃藥。丹尼？丹尼！」

順服根深柢固地深植在丹尼心裡，因此他不由自主地真的朝那聲音走了兩步才停住。他的雙手在身側蜷曲成拳。

（不是眞的！假面具！我知道你的眞面目！拿掉你的面具！）

「丹尼！」它咆哮著：「過來，你這小狗崽子。過來，像個男人一樣地吃下去！」球桿撞擊牆壁傳出響亮而空洞的轟隆聲。當聲音再度怒吼出他的名字時，改變了位置。它更接近了。

在現實的世界裡，狩獵行動展開。

丹尼狂奔，腳步無聲地踩在厚實的地毯上，他跑過緊閉的門，經過紋飾華麗的絲質壁紙，通過固定在牆角的滅火器。他遲疑了一下，然後衝進最後一條走廊。盡頭處什麼都沒有，僅有一扇上閂的門，他無路可逃了。

但是長桿仍在那兒，依舊靠在爸爸擱置的牆壁上。

丹尼一把抓起桿子，伸長脖子仰頭盯著活動門。長桿的尾端有個鉤子，你得用鉤子勾住鑲嵌在活動門上的環。你必須——

活動門上懸吊著一個全新的掛鎖。那是傑克．托倫斯部署完捕鼠器後扣在搭釦上的，以防萬一他兒子哪天興起上去探險的念頭。

鎖住了。恐懼席捲了他。

他身後那東西正走過來，跌跌撞撞、搖搖晃晃地走過總統套房，球桿邪惡地咻咻劃過空氣。

丹尼往後退，背緊貼住末端關閉的門，等待著它。

55. 被遺忘的事

溫蒂在某個時刻稍微恢復意識，灰暗逐漸退去，取而代之的是疼痛：她的背、腿、脅腹……她不認為自己有辦法行動。就連手指頭都痛，開始她還搞不清楚原因。

（啊，是因爲刮鬍刀片。）

她的金髮如今濕透糾結在一塊，披散在眼睛上。她將頭髮撥到一旁時，肋骨戳痛內側，讓她痛苦地呻吟。現在她看見一大片藍白色的床墊，上頭血跡斑斑；她的血，或者也許是傑克的。無論是何者，都仍是新鮮的。她沒有失去知覺太久。這點很重要，因為——

（？爲什麼？）

因為——

她首先想起的是馬達如昆蟲般的嗡嗡聲。有一會兒她呆呆地專注於回憶，然後一陣暈眩、作嘔突然襲來，她的思緒似乎將鏡頭搖轉回來，同時把一切呈現給她看。

哈洛倫，那一定是哈洛倫。否則傑克為何如此突然地離去，沒把事情完成……沒解決掉她？因為他不再好整以暇。他得快點找到丹尼……趁哈洛倫能阻止它之前趕快解決。

還是說事情已經發生了？

她能聽見電梯在電梯井內上升的隆隆聲。

（不，上帝，求求祢，千萬不要啊！血跡，血跡，血跡還是新鮮的，別讓事情發生）

她設法站起來走路，蹣跚地走過臥室，經過起居間的殘骸，到達毀損的前門。她推開門，跑到外頭走廊上。

「丹尼！」她大喊，胸腔的疼痛讓她縮了一下。「哈洛倫先生！有人在嗎？有沒有人？」

電梯又再運轉，接著停住。她聽見電梯門拉開的金屬碰撞聲，然後覺得自己聽見說話的聲音。可能是她的想像，風聲太大十分難判斷。

倚靠著牆，她前進到短廊的轉角處。正要轉彎的時候，一聲順著樓梯間和電梯井飄下來的吶喊，使她嚇得僵立不動：

「丹尼！過來，你這小狗崽子。過來，像個男人一樣地吃下去！」

傑克，在二樓或三樓，找尋丹尼。

她繞過轉角，絆到而差點跌倒。一口氣哽在喉嚨。什麼東西

（什麼人？）

縮成一團靠在牆邊，就在離樓梯間大約四分之一的地方。她開始加緊步伐，每次體重壓在受傷的腿上，就畏縮一下。她看見了，是個男人，當她更靠近些，明白了嗡嗡馬達聲代表的意義。是哈洛倫先生，他終究還是來了。

她小心緩慢地在他身邊跪下，向上帝語無倫次地祈禱他沒死。他的鼻子在流血，嘴巴流出相當驚人的血塊，側邊的臉龐有腫脹的瘀青。但是他還在呼吸，謝天謝地。他的吸氣長而粗重，撼動他整個骨架。

再更仔細地端詳他，溫蒂的眼睛睜大。他所穿的連帽雪衣一隻袖子燒得焦黑，一邊被撕開。他的頭髮上有血，還有一道不深但醜陋的抓傷延伸到頸後。

（我的天啊，他到底遭遇了什麼事？）

「丹尼！」嘶啞、暴躁的聲音在他們上方咆哮。「給我滾出來，該死的！」

現在沒時間考慮樓上的事。她開始搖晃哈洛倫，肋骨爆發的劇痛使她的臉部扭曲。她的側邊感覺又腫又大並且發燙。

（要是我一動，肋骨就戳我的肺該怎麼辦？）

那也無計可施。倘若傑克找到丹尼，他會痛下殺手，用那根球桿把丹尼活活打死，就像他方才想對她做的一樣。

因此她搖動哈洛倫，接著開始輕輕拍打他沒有瘀傷的那半邊臉。

「醒醒啊！」她說：「哈洛倫先生，你必須清醒過來啊！拜託……求求你……」

頭頂上，傑克．托倫斯尋找兒子時，球桿所發出的轟鳴聲絲毫沒有停息過。

丹尼背貼靠著門站立，注視著走廊相交的直角。球桿敲擊牆壁的持續、不規律的轟轟聲越來越響。追他的東西在尖叫、咆哮和咒罵。夢與現實緊密地結合在一起。

它轉過了轉角。

就某種程度來說，丹尼感覺鬆了一口氣。那不是他父親，臉和身體上的面具被撕裂、切碎，製成惡意的笑話。它不是他爸爸，這個眼珠打轉、駝背、肩膀寬大笨重、襯衫浸滿鮮血的週六夜驚悚節目的恐怖東西絕對不是。不是他爸爸。

「現在，有老天為證，」它喘口氣，用顫抖的手擦拭嘴唇。「你馬上會發現誰才是這裡的老大，你將會明白的。它們要的不是你，是我。我。我！」

它揮出損壞的球桿，槌子兩端的頭由於無數次的撞擊如今已碎裂走樣。球桿擊中牆壁，在絲質壁紙上削了一個洞，灰泥粉塵噴出。它咧嘴笑了起來。

「現在讓我們瞧瞧你要任何特技的花招吧！」它嘟囔著：「你要知道，我可不是三歲小孩。

天知道，也不是昨天從載乾草的卡車上摔下來，摔壞了腦子。我要對你盡我做父親的職責，小子。」

丹尼說：「你不是我爸爸。」

它停下腳步。有一瞬間它當真看起來不大確定，彷彿不確定它是誰或是什麼。接著它又開始向前走，槌子咻咻地揮出，撞擊門板，發出空洞的隆隆聲。

「你是個騙子，」它說：「那不然我是誰？我有兩個胎記、凹陷的肚臍，甚至還有老二，我的乖兒子。去問你媽。」

「你是張面具，」丹尼說：「只是張假面具。飯店需要利用你的唯一原因是，你不像其他人那樣死光了。可是當它把你利用完了，你就什麼都不是了。你嚇不了我的。」

「我會嚇死你！」它怒吼。球桿猛烈地咻咻揮下，撞擊到丹尼兩腳之間的地毯。丹尼毫不退縮。「關於我的事你說謊。你和她共謀。你們密謀對付我！而且你作弊！你抄襲了期末考！」毛茸茸眉毛底下的眼睛怒視著他，眼神中帶著瘋狂詭詐的表情。「我也會找到證據的，就在地下室的某個角落，我會找出來的。他們答應我我想要的全都可以看。」它再次高舉球桿。

「對，他們答應你，」丹尼說：「不過他們說謊。」

球桿揮到最高處遲疑了。

哈洛倫逐漸甦醒，但溫蒂停止拍打他的臉頰。不久前你作弊！你抄襲了期末考！的語句從電梯井飄下來，模模糊糊的，在風聲中幾乎聽不見。聲音來自西側的深處。她幾乎可確信他們在三樓，而那個傑克，那個佔據傑克身體的任何東西，找到丹尼了。現在她或哈洛倫都無能為力了。

「噢！博士。」她喃喃地說，淚水模糊了她的雙眼。

「那狗娘養的混帳打破我的下巴，」哈洛倫聲音重濁地低語，「還有我的頭……」他費力地坐起身。他的右眼急速變青紫，腫得闔起來。不過，他仍看見了溫蒂。

「托倫斯太太——」

「噓。」她說。

「托倫斯太太，那孩子在哪裡？」

「三樓，」她說：「和他父親在一起。」

「他們說謊。」丹尼再說一遍。有個東西通過他的腦海，如流星一閃，太快、太亮，無法捕獲，只殘留想法的尾巴。

（就在地下室的某個角落）

（你會想起你父親忘記的事）

「你……你不應該那樣子跟你父親說話，」它嘶啞地說。球桿顫動著，落下。「你只會讓事情變得更糟，害了你自己。你的……你的懲罰，會更嚴重。」它喝醉酒似的搖搖晃晃，感傷自憐地凝視著他，漸漸地自憐轉為憎恨，球桿又舉起。

「你不是我爸爸，」丹尼再告訴它一次。「如果我爸爸還剩下一點點在你心裡的話，他知道它們這裡的東西在說謊。每樣東西都是謊言和欺騙。就像去年聖誕節，爸爸放在我聖誕襪裡的灌鉛骰子，或者像他們擺在商店櫥窗的禮物，爸爸說裡頭什麼都沒有，沒有禮物，只是空盒子。我爸爸說，只是擺好看的。你是它，不是我爸爸。你是飯店。等你得到你想要的，你不會給我爸爸任何東西，因為你很自私。我爸爸很清楚這一點。你必須讓他喝**壞東西**，那是你能得到他的唯一方法，你這個說謊的假面具。」

「騙子！騙子！」微弱的尖叫聲喊出這個詞，球桿瘋狂地在空中揮舞。

「來啊，打我啊！但是你絕對不會從我這邊得到你想要的東西。」

他眼前的臉孔改變了。難以說明是如何改變的；五官並沒有溶解或合併。身體微微地發抖，接著血淋淋的雙手張開如骨折的爪子；球桿從手上掉下來，咚地落在地毯上。僅此而已。但是忽然間他爸爸就在那兒，凝視著他，表情極度地痛苦、哀傷，讓丹尼胸口的心臟激動起來，嘴巴顫抖地往下彎。

「博士，」傑克．托倫斯說：「逃跑，快點。要記住我是多麼地愛你。」

「不。」丹尼說。

「噢丹尼，看在上帝的份上——」

「不，」丹尼說。他拉起父親滿是鮮血的手親吻。「就快要結束了。」

哈洛倫用背靠牆支撐著身體，使力站起來。他和溫蒂彼此相望，宛如從遭到轟炸的醫院逃出，有著可怕經歷的倖存者。

「我們必須上去那兒，」他說：「我們得去幫他。」

她的臉色蒼白如粉筆，一雙焦慮不安的眼睛直視著他的眼。「太遲了，」溫蒂說：「現在他只能靠他自己了。」

過了一分鐘，兩分鐘，三分鐘。然後他們聽見它在上方——尖叫，不是憤怒也不是得意揚揚，而是極度地恐懼。

「我的天啊！」哈洛倫低聲說：「發生什麼事了？」

「我不知道。」她說。

「它殺了他嗎？」

「我不曉得。」

電梯噹啷地運轉，裡頭關著尖叫、暴怒的東西開始下降。

丹尼站著動也不動。他逃不到一處沒有「全景」的所在。他突然毫不費力地，完全認清這一點。這是他一生中頭一回有成年人的想法、成年人的感受，是他在這邪惡地方的體驗的精髓——悲痛的精華：

（媽媽和爸爸不能幫我，我是獨自一個人。）

「走開，」他對眼前渾身是血的陌生人說：「去吧！離開這裡。」

它彎下腰，露出插在背上的刀柄，兩手再度抓住球桿，但是並沒有瞄準丹尼，反而翻轉握把，將槌球桿堅硬的那端對準自己的臉。

剎那間丹尼明白了。

球桿開始舉起落下，摧毀傑克．托倫斯僅存的外表。走廊上的東西拖著腳步，跳著詭異的波卡舞，其節拍呼應著槌頭再三敲擊的恐怖聲響。鮮血潑濺在整面壁紙上。骨頭尖利的碎片跳躍到空中宛如破碎的鋼琴鍵。無法說清這過程持續了多久，但是當它的注意力轉回丹尼身上時，他父親永遠消失了。剩餘的那張臉變成陌生、變化多端的綜合體，許多張臉不完美地混合為一。丹尼看見二一七號房的女人；犬人；水泥環裡飢渴的男孩怪物。

「既然如此，就脫掉面具吧！」它喃喃地說：「不再有干擾了。」

球桿最後一次舉起。一個滴答滴答的聲響充塞了丹尼的耳朵。

「還有什麼話要說嗎？」它詢問：「你確定你不想跑？也許，玩個鬼捉人的遊戲？你知道的，我們什麼沒有就是有時間，永恆的時間。或者我們應該作個了結？這樣也行，畢竟我們快要錯過舞會了。」

它露出斷裂的牙齒貪婪地笑著。

突然，丹尼想到了——他父親遺忘的事情。

他的臉上頓時洋溢著勝利的表情；那東西見狀猶疑了一下，感到困惑。

「那個鍋爐！」丹尼高聲叫嚷：「從今天早上以後就沒有釋放壓力！壓力在上升！快要爆炸了！」

面前這個五官破碎的東西，臉上閃過奇特的恐懼和恍然大悟的表情。球桿從它握成拳頭的手中掉落，在黑藍色的地毯上無害地彈跳。

「鍋爐！」它大叫：「噢不！那是不可以的！絕對不許！不！你這可恨的小狗崽子！絕對不行！噢，噢，噢——」

「它要爆了！」丹尼激烈地回吼。他開始拖著腳步向前，對著面前破敗的東西揮動拳頭。「隨時！我很確定！鍋爐，爸爸忘記鍋爐了！你自己也忘記了！」

「不，噢不，它不許，它不能，你這卑鄙的小鬼，我會逼你吃下藥，我會讓你吃下每一滴藥，噢不，噢不，噢不——」

它突然掉頭夾著尾巴踉蹌地逃開。有一會兒它的影子在牆壁上跳躍著，忽明忽滅。它背後拖著一聲聲的慘叫，宛如破舊不堪的派對彩帶。

片刻後電梯發出巨響，開始啟動。

忽然間他的靈光閃現

（媽咪，哈洛倫先生——朋友都叫我迪克——他們在一起，還活著，他們還活著，得趕緊出

去，快要爆炸了，快要炸到天空那麼高了）

有如強烈耀眼的日出，他拔腿狂奔。一隻腳將沾滿血跡、殘缺不全的槌球桿踢到一旁，他沒注意到。

他一邊啼哭，一邊跑向樓梯。

他們必須趕緊出去。

56. 爆炸

哈洛倫永遠無法確定之後事情的發展。他記得電梯下來，經過他們時並沒有停，有東西在裡面。但是他沒有努力嘗試透過鑽石形的小窗子往裡瞧，因為裡頭的東西聽起來不像是人類。一會兒後，樓梯上響起奔跑的腳步聲。溫蒂．托倫斯起先往後退縮，貼靠著他，繼而開始跌跌撞撞地盡速走下主走道，往樓梯去。

「丹尼！丹尼！噢，謝天謝地！謝天謝地！」

她一把將他擁入懷中，因為喜悅及自身的疼痛而呻吟。

（丹尼。）

丹尼從母親的臂彎望著他，哈洛倫察覺男孩的改變有多大。他的臉蛋蒼白消瘦，眼睛幽黑深不見底。看起來似乎體重輕了。看他們兩人站在一起，哈洛倫覺得母親看起來反倒年輕，儘管她挨打得很悽慘。

（迪克——我們得走了——快跑——這地方——快要）

「全景」的圖像，火焰從屋頂竄出，磚塊如雨點般落在雪地上，火警警鈴大作……倒不是三月底之前能有任何消防車上來這兒，由丹尼傳達出來的想法中，首要感受到的是事情迫在眉睫，感覺隨時都可能發生。

「沒問題的。」哈洛倫說。他開始朝兩人前進，起初感覺好像在深水中游泳。他的平衡感扭曲了，右邊的眼睛沒法對焦。下顎不斷將爆發的劇烈抽痛往上傳到太陽穴，往下到頸部，臉頰感覺大如甘藍。但是男孩的催促讓他繼續向前，漸漸地變得比較沒那麼費力。

「沒問題？」溫蒂問。她的視線從哈洛倫到兒子，最後又回到哈洛倫。「沒問題，那是什麼意思？」

「我們得走了。」哈洛倫說。

「我還沒穿好……我的衣服……」

丹尼衝出她的臂彎，飛奔向走廊盡頭。她目送著兒子，當他消失在轉角後，目光再回到哈洛倫。「萬一他回來的話該怎麼辦？」

「妳丈夫？」

「他不是傑克，」她低聲說：「傑克已經死了。這地方殺了他。這個受詛咒的地方。」她用拳頭敲打牆壁，割傷的手指讓她痛得大叫。「是鍋爐吧，對不對？」

「沒錯，女士。丹尼說鍋爐快要爆炸了。」

「很好。」她麻木地斷言：「我不知道自己能不能再走下那些樓梯。我的肋骨……他打斷我的肋骨，還有背部某個地方，很痛。」

「妳辦得到的，」哈洛倫說：「我們全都能撐過去的。」可是忽然間他想起樹籬動物，萬一那些動物看守著出口的話，不曉得會做出什麼事。

不久丹尼回來了。他帶著溫蒂的靴子、外套和手套，以及他自己的外套和手套。

「丹尼，」她說：「你的靴子。」

「來不及了。」他說著，以一種絕望的狂亂眼神注視他們。他看向迪克，瞬時哈洛倫的思緒專注在玻璃圓罩下的時鐘影像，就是舞廳裡由瑞士外交官於一九四九年捐贈的那座鐘。鐘的指針停在午夜的前一分鐘。

「噢我的天哪！」哈洛倫說：「噢我的老天哪！」

他急忙伸出一手摟住溫蒂，扶她起來，另一手環住丹尼，然後跑向樓梯。

當他擠壓到她受傷的肋骨，或是她背後的傷口互相摩擦時，溫蒂痛得尖叫，但哈洛倫並沒有減慢速度。他一手抱著一個衝下樓梯，一隻眼拚了命地睜大，另一隻腫得只剩一條細縫。他看起來像是綁架人質打算稍後勒索贖金的獨眼海盜。

忽然間他感受到閃靈，頓時明瞭丹尼說來不及了是什麼意思。他能感覺到爆炸準備從地下室轟隆隆地往上升，將這個恐怖的地方夷為平地。

他更加飛快地跑，倉卒地衝過大廳朝雙扇門奔去。

它急急忙忙地穿過地下室，進入鍋爐室唯一的光源昏黃的光線中。它害怕得淌著口水。它如此接近了，只差一點就能得到那男孩和他驚人的力量。它不能現在敗下陣來。不可以發生爆炸。它會卸掉鍋爐的壓力，然後嚴厲地懲戒男孩。

「絕不可以發生！」它吶喊：「噢不，絕對不可以發生！」

它跌跌撞撞地走去鍋爐旁，爐子長管狀主體的下半部散發出黯淡的紅光，並嘎嘎、嘶嘶地作響朝無數個方向噴出縷縷蒸汽，宛如巨大的汽笛風琴。壓力指針指在刻度盤的最末端。

「不，絕對不容許！」經理／管理員大喊。

它將傑克．托倫斯的雙手放在閥門上，絲毫不在乎熾熱的輪子有如陷入泥濘車輸般地深深嵌入時，肌肉上的灼熱或出現的燒焦味道。

輪子推動了，那東西得意揚揚地高喊一聲，將輪子完全旋開。蒸汽發出轟然巨吼從鍋爐逸出，十來條飛龍一起發出嘶嘶聲。但是就在蒸汽完全掩蓋住壓力指針之前，指針明顯地擺盪回去。

「我贏了！」它大聲嚷著，肆無忌憚地在熱騰騰的煙霧中雀躍，著火的兩手在頭頂上揮舞。「還不太遲！我贏了！還不太遲！還不太遲！還不太遲！還不——」

字句轉變為勝利的尖叫，而尖叫被吞沒在「全景」鍋爐爆炸時飛散的轟隆震響中。

哈洛倫衝過雙扇門，帶著他們兩人穿過門廊上的大雪堆間的壕溝。他清楚地看見樹籬動物，比之前還要清晰，就在他領悟到最糟的恐懼成真，它們盤據在門廊與雪上摩托車之間時，飯店爆炸了。對他來說所有的事情似乎發生在同一瞬間，雖然他後來明白事情是不可能同時發生的。先是單調的爆炸聲，好像是單靠一個無孔不入的低音符的聲音。

（轟轟轟轟轟轟——）

接著一股強勁的暖空氣吹到他們的背上，彷彿輕輕地推著他們。他們三人被這股蒸汽拋出門廊，在半空中飛的時候，一個混亂的想法

（超人鐵定就是這種感覺吧）

滑過哈洛倫的腦海。他鬆開握住他們的手，撞到隆起的柔軟雪堆裡。他從襯衫下面一直到鼻子上都是雪，隱約意識到受傷的臉頰貼著雪感覺很舒服。

之後他掙扎著爬到雪堆頂上，在那一刻既沒有想到樹籬動物，也沒有想到溫蒂．托倫斯，甚至沒想到小男孩。他翻過身仰躺著，好看著它滅亡。

「全景」的窗戶碎裂。舞廳內，罩在壁爐架時鐘外頭的圓罩裂開，破成兩片，掉到地板上。時鐘停止滴答滴答地走動：所有齒輪及平衡擺輪全都變得靜止不動。一聲低微、悲嘆的聲音，和一陣翻騰的灰塵。二一七號房裡，浴缸突然裂成兩半，傾洩出淺綠色，聞起來有毒的小規模洪

水。總統套房內，壁紙倏地燃燒起來。科羅拉多酒吧的雙扉推門鉸鏈突然折斷，掉落到餐廳地板上。地下室拱門的另一邊，成堆成疊的大量舊文件著了火，發出如焊槍的嘶嘶聲，熊熊燃燒起來。沸騰的水翻滾到火焰上，卻沒有將火撲滅；如同蜂窩底下燃燒的秋天落葉般，紙張急速地打轉、變焦黑。爐子爆炸，粉碎了地下室的屋樑，樑柱坍塌下來有如恐龍的骨骸。給爐子添燃料的煤油噴嘴，如今拔掉塞子，轟轟地噴出火焰塔往上竄升，突破大廳裂開的地板。樓梯踏板上的地毯著火，迅速地延燒到二樓樓層，彷彿要傳遞天大的好消息一般。一連串的爆炸撕裂了整個地方。餐廳裡的枝形吊燈如兩百磅的水晶炸彈，嘩啦一聲地摔成碎片，將桌子撞得東倒西歪。火焰由「全景」的五根煙囪噴出，衝向逐漸散開的雲層。

（不！絕不可以！絕不可以！絕對不可以！）

它發出尖叫；它哀號但此時它已失去嗓音，叫嚷出的驚慌、毀滅和天譴只有它自己的耳朵才能聽見，它漸漸消散、喪失思考能力和意志，網狀的結構崩潰，它尋找，找不到，出去，逃出去，消失，消失到空虛、無，成為泡影。

舞會結束。

57. 退場

怒吼撼動了整間飯店的正面。玻璃噴到外面的雪地上，閃閃發亮有如邊緣參差不齊的鑽石。本來正走近丹尼和他母親的樹籬狗，立即向後退縮，綠色和陰影相間的耳朵下垂，腰腿卑躬屈膝地彎下，尾巴夾在腿間。哈洛倫的腦子裡，聽見它懼怕地悲嗥，與其哀鳴混合在一起的是大貓害怕、困惑的嚎叫。他掙扎著站起來，走向另外兩人，幫助他們，在行動時，他看見比其他一切更像惡夢的景象：那隻樹籬兔子仍覆蓋著雪，瘋狂地用身子猛撞遊戲場遠端的鐵絲網，鋼製的網眼配合一種夢魘似的旋律叮噹作響，宛如幽靈彈奏的齊特琴。即使從此處，他都能聽到緊密編成兔子身體的細枝和枝條彷彿斷裂的骨頭，發出噼啪和嘎吱的聲響。

「迪克！迪克！」丹尼大聲呼喊。他正努力扶著母親，協助她走到雪上摩托車那裡。他為兩人帶出來的衣物散落一地，掉在他們摔下的地點與現在所站的位置之間。哈洛倫忽然察覺到那位女士僅穿著睡衣，丹尼沒穿外套，而氣溫還不到華氏十度。

（我的天啊！她還光著腳）

他在雪地中費力地走回去，拾起她的外套、靴子、丹尼的外套和不成雙的手套，然後跑回去他們身邊，不時陷入深及臀部的雪中，得掙扎著爬出來。

溫蒂蒼白得嚇人，她的頸子側邊滿是鮮血，血液現在逐漸結凍。

「我辦不到，」她嘟囔地說，幾乎快要意識不清。「不，我……辦不到。對不起。」

丹尼抬頭懇求地看著哈洛倫。

「不會有事的，」哈洛倫說，再度牢牢抓住她。「來吧！」

三人成功地走到雪上摩托車迴轉停住的地點。哈洛倫讓女士坐在乘客座位上，幫她穿上外套，再將她非常冰冷但尚未凍僵的腳抬起，用丹尼的外套迅速揉搓她的腳，再把靴子穿上。溫蒂的臉色如雪花石膏般的蒼白，兩眼半閉著茫然無神，不過她開始打顫。哈洛倫認為這是好的徵兆。

在他們背後，一連三次爆炸搖晃著飯店。橘紅色的閃光照亮了雪地。

丹尼把嘴巴貼近哈洛倫的耳朵，高聲喊了些話。

「什麼？」

「我說你需要那個嗎？」

男孩指向斜放在雪地裡的紅色汽油桶。

「我猜我們會需要。」

他把汽油桶撿起來晃動一下。裡頭仍有汽油，他分辨不出有多少。他將油桶捆綁在雪上摩托車的後頭，由於手指漸漸麻木，所以笨拙地綁了好幾次才弄好。這是他頭一次留意到他弄丟了霍華．柯特瑞爾的連指手套。

（等我離開這裡，我會請我姊姊織一打給你，霍華）

「上來吧！」哈洛倫對男孩喊道。

丹尼往後縮。「我們會凍死的！」

「我們必須繞到設備倉庫去！那邊有些備用品……毛毯……之類的東西。上來坐到你母親後面！」

丹尼爬上去，哈洛倫轉頭以便直接對著溫蒂的臉大聲說話。

「托倫斯太太！抓緊我！妳聽明白了嗎？抓好！」

她伸出手臂環抱住他，臉頰貼靠在他的背上。哈洛倫發動雪上摩托車，小心翼翼地轉動油門，以免爆衝出去。女人抓住他的握力非常微弱，假如她往後傾，她的體重會讓她自己和男孩翻滾出去。

他們開始移動。他先讓雪上摩托車迴轉一圈，再往西騎，與飯店平行。接著哈洛倫往內橫切多一點要繞到飯店後頭的設備倉庫。

一時間他們清楚地看進「全景」的大廳。煤油噴嘴的烈焰從破裂的地板竄上來，有如巨大的生日蠟燭，中心是猛烈的黃色火焰，邊緣閃爍的是藍色的氣焰。在那一刻，火光彷彿只是提供照明，而不是毀滅。他們能看見登記櫃檯上的銀鐘、信用卡壓印單、有渦捲飾紋的老式收銀機、飾有花紋的小地毯、高背椅，以及馬毛呢的腳墊椅。丹尼看得見壁爐旁的小沙發，那是他們初來的那天——也就是休館日，三位修女所坐的位子。但今天是真正的休館日了。

沒多久門廊的雪堆遮蔽了視線。片刻後，他們繞著飯店的西側外圍走。光線仍夠亮，無須雪上摩托車的頭燈也看得見。上兩層如今全都在燃燒，火焰的旗幟從窗戶射出。發亮的白漆開始焦黑剝落。覆蓋總統套房內大型落地窗的遮板，那些十月中傑克小心謹慎地按照指示閂緊的遮板，如今變成著火的燒焦木頭懸掛在那兒，暴露出背後遼闊破滅的黑暗，宛如無牙的嘴巴大張，發出最後、無聲的臨終悲鳴。

溫蒂把臉緊貼著哈洛倫的背以阻隔寒風，丹尼同樣地把臉貼在母親的背上，因此只有哈洛倫看到最後的景象，但他絕口不提。從總統套房的窗子，他覺得自己看見一個巨大的黑色模糊形影衝出，遮蔽了背後的雪原。有一剎那它的外形化為巨大無比、令人憎厭的披風，之後風似乎捉住它、撕裂它，將它如同深色舊報紙一般地撕成碎片。它四分五裂，捲入快速旋轉的濃煙渦流中，一會兒後就煙消雲散彷彿不曾存在過。然而就在那幾秒鐘內，當它陰鬱地旋轉，有如負片的光點般舞動時，他想起孩提時代的事……五十年前，或更久以前，他和哥哥在自家農場北邊不遠處，偶然發現了一個巨大的地蜂窩，就塞在土壤與曾遭閃電擊中的老樹之間的凹洞裡。哥哥的帽子箍環裡有一個大的舊瓶裝火箭，是從七月四日之後就一直保存的。他把火箭點燃後扔向蜂窩。火箭響亮地砰一聲爆炸開來，憤怒、越來越響的嗡嗡鳴聲，近乎低音的尖叫，從炸碎的蜂窩湧現。他們轉身逃跑，彷彿惡魔緊追在後。在某個程度上來說，哈洛倫認為那的確是惡魔。那天他就像現在一樣轉回頭看，結果看見一大群黑壓壓的大黃蜂在熱氣中上升，一起旋轉、分散，尋找對牠們的家做出這種事的敵人，好將對方螫到死——這是牠們群體唯一的認知。

不久那東西在天空中消失了，或許歸根究柢它只是一陣煙，或是一大片飄動的壁紙，最後只剩下「全景」，在夜晚怒吼的嗓音中燃燒的柴堆。

哈洛倫的鑰匙圈上有設備倉庫掛鎖的鑰匙，但是他發現沒必要用到鑰匙。倉庫的門微敞，搭釦上掛著的掛鎖是打開的。

「我不能進去裡面。」丹尼低聲說。

「沒關係，你和你媽一起待在這裡。裡頭向來擺著一堆舊的馬毯，現在大概全都被蟲蛀過了，不過總比凍死強一些。托倫斯太太，妳還清醒嗎？」

「我不知道，」虛弱的聲音回答：「我想是吧。」

「很好。我去一下下就回來。」

「盡快回來啊！」丹尼低聲說：「拜託。」

哈洛倫點點頭。他將頭燈對準門，然後掙扎著在雪中前進，在自己前面投射出長長的影子。

他推開設備倉庫的門，跨進去。馬毯仍在角落，就在一套短柄槌球球具旁。他拿起四張馬毯——毯子聞起來發霉陳舊，蛀蟲肯定享用了一頓免費午餐——然後突然頓住。

一根短柄槌球的球桿不見了。

（他就是用那根打我的嗎？）

嗯，他是被什麼打的並不重要，對吧？不過，他的手指仍摸向一邊的臉，檢查起那兒的大腫塊。這麼一擊，價值六百元的牙齒整形就毀了。儘管如此

（也許他不是用其中一根球桿揍我的。或許那根遺失了，或者遭小偷，或是被拿去當紀念品。畢竟）

那不是很重要。明年夏天沒有人會在這裡打短柄槌球。或是在可預見未來的任何一個夏天都不會有。

不，這真的不重要，只不過盯著支架上獨缺一名成員的球桿令人著迷。他察覺自己想著槌頭敲在圓圓的木球上所發出有力、生硬的重擊聲。愉快的夏季聲響。注視著球滑過

（骨頭。鮮血。）

石礫。這聲音喚起各種影像：

（骨頭。鮮血。）

冰茶、門廊的鞦韆、戴白色草帽的淑女、蚊子的嗡嗡聲，以及

（不按規矩來玩的調皮小男孩。）

所有那一類的東西。當然，令人愉悅的遊戲。現在不流行了，不過……很有意思。

「迪克？」這聲音微弱、狂亂，而且——他覺得——相當令人不快。「迪克，你還好嗎？馬上出來吧。拜託！」

（「馬上出來吧，黑人兄弟，主人在叫你們呢！」）

他的手牢牢圈住一根球桿的握柄，喜歡這種觸感。

（小孩不打不成器。）

在火光一閃一閃的黑暗中，他的眼神變得茫然。實際上，這樣做是幫他們兩人一個大忙。她被狠狠地揍了一頓……很痛苦……而這大多是

（全都是）

那可惡的男孩的錯。毫無疑問。他把自己的爸爸留在那裡燒掉。你仔細想想，那根本與謀殺無異，一般稱之為弒父，相當該死的卑劣。

「哈洛倫先生？」她的聲音低而虛弱，滿腹的牢騷。他不怎麼喜歡這個聲音。

「迪克！」男孩懼怕地啜泣了起來。

哈洛倫從支架上抽出球桿，轉身走向雪上摩托車的頭燈射出的那片白光。他的腳不平衡地刮擦著設備倉庫的木板，步伐有如剛上了發條開始移動的玩具。

驀地他停下腳步，懷疑地看著手中的球桿，心中的恐懼逐漸加深。他詢問自己方才究竟想做什麼。殺人？他剛才想著殺人嗎？

有一會兒他的整個腦袋似乎充斥著微弱的憤怒、威逼之聲：

（下手吧！下手啊，你這個軟腳蝦、沒卵蛋的黑鬼！殺了他們啊！殺了他們兩個！）

他惶恐地低喊一聲，將球桿用力拋到身後。槌子嘩啦地掉到原本放置馬毯的角落，球桿的其中一頭指向他，無語地發出邀請。

他連忙逃走。

丹尼坐在雪上摩托車的座位上，溫蒂軟弱無力地抱著他。丹尼的臉上閃動著淚光，彷彿得了

瘧疾似的發抖，牙齒喀嗒喀嗒地作響，他說：「你在哪裡？我們嚇壞了。」

「這是個嚇人的好地方，」哈洛倫緩緩說著：「就算這地方燒成平地，只剩地基，你也別想叫我再走近這裡一百哩之內。來吧！托倫斯太太，用這些裹住身體，我會幫忙的。還有你，丹尼，把自己包得像個阿拉伯人。」

他把兩條毛毯捲在溫蒂身上，將其中一條做成兜帽的形狀蓋住她的頭，再幫丹尼綁好他的毯子以免掉落。

「現在為了保命要抓穩了，」他說：「我們有很長的路要走，但是最糟的情況已經過去了。」

他繞行設備倉庫，讓雪上摩托車沿著來時的痕跡回去。「全景」如今成了火炬，火苗直竄向天空。巨大的破洞侵蝕它的側邊，裡頭是熾紅的煉獄，時盛時衰的。融化的雪水流入燒成焦炭的排水溝，如冒著蒸汽的瀑布。

他們發出低沉的咕隆聲到達前面草坪，一路十分明亮。雪丘閃耀著緋紅色的光芒。

「看！」正當哈洛倫減速要過大門時，丹尼高喊。他指著遊戲場。

樹籬怪物全都回到了原來的位置，但是渾身赤裸裸的，燒得焦黑。火光中，枯死的樹枝光禿禿地交織成網狀，小片的樹葉四散在腳邊如掉落的花瓣。

「它們死掉了！」丹尼狂喜激動地大喊：「死了！它們死了！」

「噓，」溫蒂說：「好了，寶貝。沒事了。」

「嘿，博士，」哈洛倫說：「我們去溫暖的地方吧！你準備好了嗎？」

「準備好了，」丹尼低聲說：「我已經準備好久了──」

哈洛倫擠過大門與門柱間的縫隙。片刻後他們騎到馬路上，往回朝著塞威前進。雪上摩托車的引擎聲逐漸變小，直到消失在狂風毫不止息的呼嘯聲中。風嘎嘎地吹過樹籬動物光禿禿的樹枝間，發出低沉、淒涼，有規律地敲打的聲音。火焰時盛時衰。在雪上摩托車的引擎聲消失一段時間後，「全景」的屋頂塌陷，先是西側，再來是東側，幾秒鐘後中央的屋頂也坍了。一大團盤旋上升的火花和燃燒著的瓦礫往上衝進咆哮的冬夜裡。

大量燃燒的屋瓦和熾熱的遮雨板，隨風飄進敞開的設備倉庫門內。

不久後，倉庫也開始燃燒。

他們離塞威還有二十哩時，哈洛倫停下來將剩餘的汽油倒入雪上摩托車的油箱中。他非常擔心溫蒂．托倫斯，她的神智似乎漸漸飄離他們。仍有很長的一段路要走。

「迪克！」丹尼叫喊。他從座位上站起來，指著遠方。「迪克，你看！看那邊！」

雪停了，如銀盤的月亮從群聚的雲層中向外窺探。遠遠地，在連續的S形彎道上奔馳而來一連串珍珠似的燈光，並且持續朝著他們前進。風暫歇了一會兒，哈洛倫聽見遠處雪上摩托車引擎轟轟的怒吼聲。

哈洛倫、丹尼和溫蒂在十五分鐘後遇到他們。他們帶來了多的衣物和白蘭地，以及艾德蒙斯醫生。

於是漫長的黑暗結束了。

58. 尾聲·夏天

仔細檢查完替補人員做的沙拉，並偷看一眼他們這禮拜拿來做開胃菜的家常烤豆子後，哈洛倫解開圍裙，掛到掛鉤上，溜出後門。在他必須認真準備晚餐之前，也許有四十五分鐘的時間。這地方的名稱是紅箭小屋，隱匿在緬因州西部的高山裡，距離朗吉利小鎮三十哩。哈洛倫認為，這是個好差事。生意不是太繁忙，小費令人滿意，目前為止沒有一樣菜被退回。考慮到營業季幾乎過了一半的話，這一點也不壞。

他謹慎地穿梭在戶外吧台和游泳池之間（雖然他永遠不懂既然就近有湖，為何有人會想要使用游泳池），橫過一行四人正笑著玩槌球的草地，到達小山丘頂。松樹佔據了此處，宜人的風在松樹間沙沙作響，傳送杉樹和香甜樹脂的芬芳。

在另一邊，幾間擁有湖景的小屋適度地坐落在樹林裡。最後一間是最棒的，哈洛倫早在四月份剛拿到這份差事時，就為一對客人預定下來了。

女士坐在門廊的搖椅上，手上捧著一本書。她的轉變再次給予哈洛倫深刻的印象。轉變之一是儘管周遭環境不拘禮節，她的坐姿卻僵硬、近乎呆板——那無疑是因為背部的支架。她的脊柱碎裂，另外還有三根肋骨斷掉，以及一些內傷。背部是復元最慢的，她仍穿著支架……因此姿態才會拘謹。但是她的改變不僅於此。她看起來老了許多，臉上也失去一些笑容。此刻，她坐著看書，哈洛倫察覺到一種嚴肅的美麗，那是大約九個月前他初次見到她那天所沒有的。當時她還是一般的女孩。如今是個女人，一個被拖到月亮陰暗的那一面，回來還能將碎片重新拼湊在一起的人類。但是那些碎片，哈洛倫心想，永遠無法像從前一樣的契合。在這世上永遠不可能。

她聽見他的腳步聲，抬起頭來闔上書。「迪克！嗨！」她準備起身，臉上出現些微疼痛得皺眉的表情。

「不用了，別站起來，」他說：「我可不講究禮節，除非是穿著正式禮服的場合。」

她微微一笑。哈洛倫上了階梯走到門廊上，在她旁邊坐下來。

「怎麼樣？」

「相當不錯，」他承認。「今天晚上試試克里奧爾燴蝦，妳一定會喜歡的。」

「一言為定。」

「丹尼跑去哪裡了？」

「在那裡呢！」她指著，哈洛倫看見一個小小人影坐在碼頭末端，他身穿紅色條紋的襯衫和牛仔褲，褲管捲到膝蓋上。再過去一點的平靜水面上，漂著一個浮標。丹尼三不五時收繞釣線把浮標拉過來，檢查一下鉛錘和底下的釣鉤，再把浮標重新扔出去。

「他曬黑了。」哈洛倫說。

「對啊！非常黑。」她憐愛地望著丹尼。

哈洛倫掏出香菸，壓實後點燃。煙在陽光明媚的午後慵懶地飄散。「他還繼續作那些夢嗎？」

「好多了，」溫蒂說：「一個禮拜只有一次。以前是每天晚上，有的時候一個晚上兩、三次。爆炸，樹籬。特別是……你知道的。」

「嗯。他會沒事的，溫蒂。」

她注視他。「會嗎？我懷疑。」

哈洛倫點頭。「妳和他，你們會慢慢康復的。也許，和以前不同，不過，沒事的。你們兩個不再和過去一樣，但不見得是壞事。」

他們沉默了半晌，溫蒂讓搖椅微微來回搖晃，哈洛倫把腳抬到門廊的欄杆上，抽著菸。一陣微風吹起，擠過松樹間的秘密通道，但幾乎沒弄亂溫蒂的頭髮。她把秀髮剪短了。

「我決定接受艾爾——蕭克利先生——提供的工作。」她說。

哈洛倫點點頭。「聽起來是個很好的工作，應該是妳會感興趣的。妳什麼時候開始工作？」

「勞動節一過立刻開始。丹尼和我離開這裡後，我們會直接到馬里蘭找地方。你知道，實際上是商會的宣傳手冊說服了我，看起來是個適合養育孩子的城鎮。我希望趁我們花太多傑克留下的保險金之前，重新開始工作。雖然說還有超過四萬元。如果花費得當的話，夠送丹尼上大學，還剩餘足夠的錢讓他開始獨立謀生。」

哈洛倫點點頭。「妳媽呢？」

她看著他，無精打采地笑一笑。「我想馬里蘭夠遠了。」

「妳不會忘記老朋友吧，會嗎？」

「丹尼不會准我忘的。下去那邊看看他吧！他等了一整天了。」

「喔，我也是啊！」他站起來，用力拉拉臀部的廚師白制服。「你們兩個會很順利的，」他重複一次。「妳沒有感覺到嗎？」

她仰望他，這回笑得溫柔些。「有，」她說著，牽起他的手親吻一下。「有時候我覺得我能感覺到。」

「克里奧爾燴蝦，」他說著，走向階梯。「別忘了。」

「我不會忘的。」

他走下通往碼頭微微傾斜的碎石子小徑，然後沿著飽受日曬雨淋的木板走到盡頭，丹尼坐在那兒，雙腳泡在清澈的水裡。再過去，湖面越來越開闊，倒映著湖畔的松樹。這一帶的地形多山，但這裡的高山非常古老，隨著時光變得渾圓而謙遜。哈洛倫相當喜歡。

「釣到很多嗎？」哈洛倫問，在丹尼旁邊坐下。他脫掉一隻鞋，再脫掉另一隻，舒口氣，將悶熱的雙腳浸入冰涼的水中。

「沒有。不過沒多久以前，有魚咬我的餌。」

「我們明天早上搭小船出去。孩子，如果你想要釣隻可以吃的魚，一定得到湖心去。在遠一點的地方才有大魚。」

「多大？」

哈洛倫聳一下肩。「唔……鯊魚、旗魚、鯨魚，那一類的。」

「這裡才沒有鯨魚呢！」

「沒有藍鯨，不，當然沒有。這裡的鯨魚長得不超過八十呎，粉紅鯨。」

「牠們怎麼從海洋來到這裡呢？」

哈洛倫伸出一手撥亂男孩紅金色的頭髮。「牠們逆流游過來的，孩子，就是這樣子。」

「真的嗎？」

「真的。」

他們靜默了一段時間，眺望寧靜的湖面，哈洛倫只是在思考。當他回頭看丹尼時，望見丹尼的眼睛充滿淚水。

他一手摟著丹尼說：「怎麼了？」

「沒事。」丹尼低聲說。

「你在想你爸爸，對不對？」

丹尼點點頭。「你總是知道。」一滴眼淚從他右眼角溢出，緩緩地順著臉頰滴落。

「我們沒辦法有秘密，」哈洛倫同意。「事實就是如此。」

丹尼盯著釣竿說：「有時候我希望死的人是我。是我的錯，全都是我的錯。」

哈洛倫說：「你不想在你媽身邊談這件事，對吧？」

「對。她想要忘記事情曾經發生過。我也想，但是——」

「但是你沒辦法。」

「對。」

「你需要哭一下嗎？」

男孩想要回答，但是語句被啜泣聲給吞沒。他把頭靠在哈洛倫的肩上哭泣，眼淚從臉龐滾滾而落。哈洛倫抱著他不發一語。男孩必須一再一再地流淚，他知道，丹尼很幸運，他還夠年輕可以如此流淚。治癒傷痛的淚水，同時也是燙人、令人苦惱的眼淚。

等丹尼稍微平靜下來，哈洛倫說：「你會忘記這一切的。雖然現在你不覺得，但總有一天會的。你擁有閃——」

「我希望我沒有！」丹尼哽咽著說，聲音仍因為哭泣而嘶啞。「我但願我沒有這種能力！」

「可是你有，」哈洛倫輕聲說：「不論是好是壞。你沒得說不，小子。但是最壞的已經過去了。日子難過的時候，你可以利用它跟我說話。假如實在太難過了，你就呼喚我，我會過來的。」

「就算我在馬里蘭？」

「就算是在那裡。」

他們又沉默不語，看著丹尼的浮標在距離碼頭末端三十呎處漂來漂去。片刻後，丹尼說：

「你以後還是我的朋友嗎？」聲音低得幾乎聽不見。

「只要你想要我當你朋友的話。」

男孩緊緊抱住哈洛倫，他也擁抱男孩。

「丹尼？你聽我說。我要告訴你一件事，只說這一次，以後永遠不會再說。有些事情，世界上沒有一個六歲小男孩該知道，但是事情應該如何跟它實際的情況往往很難兜在一塊。世界是個嚴酷的地方，丹尼。它不在乎。它不恨你我，但也不愛我們。世界上發生很多可怕的事，是沒有人能解釋的。好人不幸、痛苦地死去，留下那些愛他們的人孤零零的。有的時候感覺好像只有壞人能常保健康和成功。這世界不愛你，可是你媽媽愛你，我也愛你。你是個乖孩子。你為你爸爸感到傷心，當你覺得必須為他發生的不幸哭泣的話，你就躲進衣櫥或是被單底下哭，直到你全部哭出來為止；那是好兒子必須做的。但是你務必要繼續過日子，那是你在這個嚴酷世界的責任：不論發生什麼事，都要維持你的熱情，務必繼續過下去。振作起來，繼續向前進。」

「好吧！」丹尼低聲說：「你希望的話，我明年夏天會再來看你……如果你不介意的話。明年夏天我就七歲了。」

「到那時我六十二歲。我會抱得你喘不過氣來。不過我們先過完一個夏天，再來談下一個吧！」

「好。」他望著哈洛倫。「迪克？」

「嗯？」

「你還會活很久吧？會嗎？」

「我確定我還沒仔細想過這個問題。你有想過嗎？」

「沒有，先生。我——」

「小伙子，有魚咬你的餌哪！」他指給丹尼看。紅白色的浮標潛到水面下，再浮上來時閃閃發光，然後又沉下去。

「嘿！」丹尼倒抽一口氣說。

溫蒂下來加入他們，站在丹尼背後。「是什麼？」她問：「梭魚嗎？」

「不是的，太太，」哈洛倫說：「我認為是粉紅鯨。」

釣魚竿的尖端彎曲。丹尼把釣竿往回拉，一條長長的七彩魚兒，以燦爛而閃亮的拋物線突然躍出水面，接著又消失無蹤。

丹尼瘋狂地捲線，大口喘著氣。

「迪克，幫幫我！我釣到了！我釣到了！幫我！」

哈洛倫大笑。「小傢伙，你自己一個人也做得挺好的。我不曉得那是粉紅鯨還是鱒魚，但是這樣就行了。這個很好。」

他一手環住丹尼的肩膀，男孩收繞釣線一點一點地把魚釣上來，溫蒂在丹尼的另一邊坐下來。在午後的陽光下，他們三人坐在碼頭末端。

國家圖書館出版品預行編目資料

鬼店／史蒂芬・金(Stephen King)著；黃意然 譯 --
初版. -- 臺北市： 皇冠, 2012.9
面；公分. --（皇冠叢書；第4252種 史蒂芬金選；
22)
譯自：The Shining
ISBN 978-957-33-2935-0(平裝)

874.57　　101016246

皇冠叢書第4252種
史蒂芬金選 22

鬼店

The Shining

作　　者—史蒂芬・金
譯　　者—黃意然
發 行 人—平雲
出版發行—皇冠文化出版有限公司
台北市敦化北路120巷50號
電話◎02-27168888
郵撥帳號◎15261516號
皇冠出版社(香港)有限公司
香港銅鑼灣道180號百樂商業中心
19字樓1903室
電話◎2529-1778　傳真◎2527-0904
美術設計—許惠芳
著作完成日期—1977年
初版一刷日期—2012年9月
初版九刷日期—2022年5月
法律顧問—王惠光律師

讀者服務傳真專線◎02-27150507
電腦編號◎508022
ISBN◎978-957-33-2935-0
Printed in Taiwan
本書原價◎新台幣520元/港幣173元
本書特價◎新台幣399元/港幣133元